Ulla Mothes
Geteilte Träume

ULLA MOTHES

Geteilte Träume

ROMAN

Eine deutsche Familiengeschichte

LÜBBE

MIX
Papier aus verantwortungsvollen Quellen
FSC® C014496
FSC www.fsc.org

Dieser Titel ist auch als E-Book erschienen.

Originalausgabe

Lektorat: Dr. Stefanie Heinen
Umschlaggestaltung: Johannes Wiebel | punchdesign, München
Einband-/Umschlagmotiv: Unter Verwendung von Motiven von
© shutterstock: ThomBa 1 ArTono; © animaflora/de.123rf.com;
© SPUTNIK / STF/ullsteinbild.de
Satz: Dörlemann Satz, Lemförde
Gesetzt aus der Adobe Caslon Pro
Druck und Einband: GGP Media GmbH, Pößneck

Printed in Germany
ISBN 978-3-7857-2729-4

2 4 5 3 1

Sie finden uns im Internet unter luebbe.de
Bitte beachten Sie auch: lesejury.de

Gewidmet allen, die um die deutsche Einheit ringen

Auferstanden aus Ruinen
Und der Zukunft zugewandt,
Laß uns dir zum Guten dienen,
Deutschland, einig Vaterland.
Alte Not gilt es zu zwingen,
Und wir zwingen sie vereint,
Denn es muß uns doch gelingen,
Daß die Sonne schön wie nie
über Deutschland scheint.

Johannes R. Becher

1

Berlin, April 1992

Name: Beerenhain. Ingke stapfte über den Krankenhausflur, und der Name auf dem Formular brannte sich ein in ihren Blick. Das war sie, Ingke Beerenhain. Beerenhain wie der Name des Gutes, von dem ihre Familie stammte. Seit ein paar Minuten wusste sie, dass das Lug und Trug war. Sie war keine Beerenhain, sondern eine Schröder. Ihre schokoladenbraunen Augen schwammen in Tränen, als sie so schnell wie möglich dem Aufzug zustrebte. Glücklicherweise war niemand in der Kabine, als sie einstieg. Sie strich sich die dunklen Locken von den nassen Wangen.

Die ganze Beerenhainfamilie hatte ovale Gesichter, blaue oder zumindest helle Augen und mehr oder weniger sandblondes Haar, eine Farbe wie der karge Boden im nördlichen Brandenburg, woher sie stammte. Nur ihre Mutter Maren, die nicht ihre Mutter war, wie Ingke nun wusste, war brünett. Die Beerenhains waren alle groß und schlank, Maren war zierlich, sie selbst dagegen knuffig. Manchmal fühlte sie sich in diesem Körper deshalb ein wenig fremd. Kämpferisch wischte sie die Tränen weg. Sie hatte jedenfalls viel schönere Hände als alle Beerenhains zusammen: weich und rund, mit ovalen Fingernägeln. Und einen Kirschmund hatte sie auch. Einen so schönen Mund hatte höchstens noch Rosa, Onkel Pauls Tochter, von wem auch immer.

An diesem Vormittag war Ingke mit ihrem Arbeitsbuch fürs Matheabitur in den Krankenhauskomplex in Berlin-Buch gekommen, in dem ihre Eltern arbeiteten. Ihr Vater im Städtischen Klinikum, ihre Mutter in der Robert-Rössle-Klinik, in der sie jetzt auch lag. Maren Beerenhain war an Leukämie erkrankt und brauchte dringend eine Stammzellenspende. Einen Spender zu finden war nicht einfach, aber Familienangehörige kamen infrage. Deshalb hatte sich Ingke gleich nach ihrem achtzehnten Geburtstag testen lassen. Ihre Eltern waren dagegen gewesen. Dieses Verfahren sei noch recht neu, man wisse noch nicht, welche Schädigungen Spender davontrügen, und überhaupt sei das wegen des Abiturs jetzt keine gute Idee, hatten sie behauptet. Aber ihre Mutter hing zwischen Leben und Tod, und es fand sich einfach kein geeigneter Spender. Und da sollte sie gemütlich Abitur machen?

Vor einer Stunde war Ingke im Labortrakt der Robert-Rössle-Klinik eingetroffen. Ein strammer jovialer Mann im Kittel hatte sie begrüßt. »Na, da wollen wir mal sehen. Sie können stolz auf sich sein, dass Sie Ihrer Mutter das Leben retten wollen«, hatte er gesagt und auf den Besucherstuhl gewiesen. Dann zog er ihre Testergebnisse aus einem Umschlag und verglich sie mit denen aus der Patientenakte ihrer Mutter. Er blätterte und zog die Augenbrauen zusammen. Und blätterte und schwieg. Dann atmete er tief ein, entließ die Luft mit flappenden Lippen und sah sie an. »Entschuldigen Sie, dass ich das frage, aber haben Sie nicht mit Ihren Eltern vorher darüber gesprochen? Die sind ja Ärzte hier und wissen, dass so ein Test sehr teuer ist …«

»Nein«, sagte Ingke und fügte spitz hinzu: »Das musste ich ja wohl auch nicht.«

Er gab ein unwirsches »Ach« von sich. »Schon bei Blutsverwandten ist die Trefferquote sehr klein. Aber in Ihrem Fall ist das wie Lotto.« Er klang vorwurfsvoll, als hätte sie sich hier eingeschmuggelt und ihm umsonst Arbeit gemacht.

»Wie bitte?«, fragte Ingke verwirrt und musste erst einmal einen Augenblick nachdenken. Wieso war das bei ihr »wie

Lotto«? Aufgebracht sagte sie: »Seit wann ist eine Mutter nicht blutsverwandt mit ihrer Tochter?« Sie beugte sich vor und tippte mehrmals auf den Nachnamen Beerenhain, bei Maren und sich selbst.

Schweißperlen sammelten sich auf der Stirn des Laborarztes. Er zuckte vor Ingkes Zeigefinger zurück. »Oh. Das hätte ich jetzt nicht … Ich rufe Dr. Beerenhain an.«

Das musste es sein! Ihr Vater hatte irgendwas manipuliert, damit sie »in Ruhe« ihr Abitur ablegen konnte.

»Ja, machen Sie das«, sagte Ingke patzig. Sie war achtzehn, und ihr Vater hatte ihr nicht zu sagen, ob sie für ihre Mutter Stammzellen spendete oder nicht. Dann lehnte sie sich zurück und sagte nichts mehr.

Zwanzig Minuten später betrat ihr Vater das Zimmer. Er hielt die Thermoskanne mit dem Melissentee aus Beerenhain in der Hand, den er sich jeden Tag zur Arbeit mitnahm.

»Ingke«, sagte er atemlos und winkte den Laborarzt mit den Augen aus dem Raum. Der Mann war ganz offensichtlich froh, dass er wegkam.

Dann setzte Kelle Beerenhain sich seiner Tochter gegenüber, goss den Becher voll und schob ihn ihr hin.

»Du spinnst wohl«, sagte sie. »Woher wusstest du überhaupt, dass ich mich habe testen lassen? Das dürfen die dir doch gar nicht sagen, oder?«

»Das haben sie mir auch nicht gesagt.«

Er sprach leise, klang müde. Dann legte er die linke Hand auf Ingkes Testergebnis, die rechte auf Marens Krankenakte und senkte den Kopf. Ingke starrte ihn an. Sie bemerkte zum ersten Mal, dass sein aschblondes Haar schon fast weiß war. Sie hatte im Vergleich zu ihren Mitschülern alte Eltern. Ihre Mutter war Mitte dreißig gewesen, als sie Ingke bekommen hatte, ihr Vater schon fast vierzig.

Das Schweigen dauerte an, und Ingke begriff, dass ihr Vater

seine Finger nicht im Befund gehabt hatte. Das bedeutete, dass der Test entweder falsch war oder ihre Mutter nicht ihre Mutter. Dass der Becher Tee vor ihr stand, sagte ihr wiederum, dass die zweite der beiden Varianten die richtige war. Ihr Vater hatte ihr etwas Ernstes mitzuteilen. Ingke schob den Becher über den Tisch zurück.

Ihr Vater sah auf. Er lächelte dünn und nahm einen Schluck. »Maren ist nicht deine leibliche Mutter. Und ich bin nicht dein leiblicher Vater.«

Ingkes Schultern sackten herab.

»Wir haben dich adoptiert, als du noch ein Baby warst. Maren konnte keine Kinder kriegen. Sie hatte als junges Mädchen mal eine Eierstockentzündung, ihre Eileiter sind verklebt.«

Ingke horchte auf. »Spielt sie deswegen im Winter immer so verrückt, dass ich ja nicht ohne Unterhemd rausgehen soll?«

»Wahrscheinlich«, sagte Kelle.

»Aber warum habt ihr mir das nie gesagt?«, fragte Ingke. Vermutlich hatte ihre Mutter jedes Mal, wenn sie Terz machte, weil Ingke nicht warm genug angezogen war, daran gedacht, dass sie adoptiert war. Und hatte es verschwiegen und verschwiegen und verschwiegen.

»Zuerst warst du zu klein.« Ihr Vater rieb sich über die Stirn und lächelte sie an. »Du warst so ein süßes Baby!«

Ingke schlug ärgerlich mit der flachen Hand auf den Tisch.

»Entschuldige«, sagte ihr Vater. »Aber das warst du. Wir waren und sind überglücklich, dass wir so eine wunderbare Tochter haben.«

»Und wessen Tochter bin ich wirklich?«

Ihr Vater, der nicht ihr Vater war, nahm einen Schluck Tee. »Geboren hat dich eine Frau namens Petra Schröder. In deiner Abstammungsurkunde ist der Vater als unbekannt verzeichnet. Du warst noch nicht mal ein Jahr alt, als sie mit dir in den Westen flüchten wollte. Sie kam ins Gefängnis und du in ein Heim.

Und dann haben wir dich adoptiert. Du bist wirklich und richtig unsere Tochter.«

»Und was ist aus meiner echten Mutter geworden?« Ingke konnte es nicht fassen. Sie war dieser Petra weggenommen worden, einfach so.

Ihr Vater zuckte mit den Schultern.

»Ihr habt nie nachgeforscht?«

»Nein.«

Ein Tonfall voller Unschuld, registrierte Ingke, und ihre Wut loderte empor. »So tiefrot, wie ihr gewesen seid, habt ihr wahrscheinlich auch noch gedacht, es geschieht dieser Asozialen recht, die sich erdreistet hat, aus eurer tollen DDR verschwinden zu wollen.«

Sie musste an die Luft. Kurz schoss ihr durch den Kopf, dass Onkel Paul auch immer »an die frische Luft« musste, wenn er nachdenken oder ein Problem lösen wollte. Paul Beerenhain, nicht mein Onkel, korrigierte sie sich im Stillen. Sie merkte, wie ihr die Tränen kamen.

»Kelle, ich geh jetzt«, blaffte sie und sprach ihren Vater das erste Mal in ihrem Leben mit seinem Rufnamen an. »Ihr habt mich mein ganzes Leben lang hintergangen.« Als sie im Aufspringen eine Handbewegung machte, mit der sie ihm das ganze Gespräch vor die Brust wischen wollte, kippte die Thermoskanne um, und der Beerenhainer Melissentee ergoss sich über Kelles Kittel. Ingke kümmerte sich nicht darum. »Soll Maren doch verrecken.«

Damit war sie hinausgerauscht und hatte die Tür hinter sich zugeworfen. Sie wollte den Schreck spüren, der ihr bei jedem Türenknallen durch Mark und Bein fuhr.

Jetzt, Minuten später, stand Ingke vor der Klinik und wusste nicht, wohin. Bloß weg, war das Einzige, was sie denken konnte, nicht dass der Herr Chirurg Dr. Kelle Beerenhain ihr noch hinterherkam. Sie eilte zu ihrem Fahrrad. In ihrem Kopf drehte sich alles. Ihr Herz stach, und das kam nicht vom Rennen. Als sie ihr Fahrrad aufschloss, fühlte ihr Leib sich leer an, als wäre Ingke Beerenhain nicht mehr da.

»Und sonst gibt es niemanden«, flüsterte sie. Ingke Schröder war ein Phantom, mehr nicht. Ein ausradiertes Kind. Sie musste weg. Zu einer Freundin wollte sie aber nicht. Irgendwie war diese Nachricht zu viel für ihre Freundinnen. Sie hatte schon immer Probleme damit gehabt, sich ihren Schulkameradinnen anzuvertrauen, wenn ihr etwas naheging. Wenn die dann etwas Falsches sagten, fühlte sie sich sofort fremd, und das Ganze endete damit, dass sie sich in ihrem Zimmer gekränkt in die Bettdecke wickelte.

Sie trat so fest in die Pedalen, dass sie nur wenige Minuten bis zu ihrem Einfamilienhaus brauchte. Während sie ihr Rad in der Garage mehr an die Wand schmiss als stellte, fasste sie einen Entschluss. Sie würde ein paar Sachen zusammenpacken und zu Rosa fahren, der Tochter von Onkel Paul. Kelle und Paul Beerenhain waren zwar eigentlich Cousins, aber eher brüderlich verbunden, weshalb Rosa so etwas wie eine Cousine für sie war. Rosa würde sie garantiert aufnehmen. Und zwar, ohne schwierige Fragen zu stellen.

»Soll sie doch sterben! Ich will sie nie wiedersehen!«, rief Ingke schon auf der Treppe zu Rosas Wohnung in einem Altbau im Prenzlauer Berg. In diesem Haus wohnte sie schon ewig. Zuerst allein im Seitenflügel, und jetzt, mit Ende zwanzig, zusammen mit ihrem Mann Peter in einer großen Wohnung im Vorderhaus. Das Stockwerk war auch dasselbe geblieben, das vierte.

»Hallo, wütende Wespe, schön, dass du gekommen bist«, begrüßte Rosa sie und fing sie an der Tür in ihren Armen ein.

Ingke, vom Treppenrennen und vor Zorn außer Atem, machte sich erst steif, aber dann spürte sie Rosas Wärme und ihren gerundeten Bauch, und da schluchzte sie auf. Diesmal kamen die Tränen richtig, keine trotzigen Tropfen, sondern ein stetiger Strom, der alles mitnahm, außer der Verzweiflung. Die wusch er aus, sodass es erst so richtig wehtat.

Rosa nahm Ingke die große Reisetasche ab und bugsierte sie ins Wohnzimmer auf das Sofa am Fenster. Auch sie hatte Beerenhainer Kräutertee gekocht, aber nicht einfach Melisse, sondern irgendeine bittere Mischung.

Ingke hatte am Telefon erzählt, dass sie adoptiert worden war, und so war ihre Cousine bereits vorbereitet. Rosa kommandierte »Beine hoch!«, breitete eine warme selbst gewebte Decke über Ingke und stopfte sie um sie herum fest. Sie selbst setzte sich Ingke gegenüber in einen Sessel, steckte sich ein Kissen in den Rücken und goss ein. Allerdings nur Ingke, sie hatte schon was in der Tasse.

Ingke trank Schlückchen für Schlückchen, und langsam ließen ihr Zittern und Schluchzen nach.

»Ich habe Kelle Bescheid gesagt, dass du herkommst.« Als Ingke erschrocken aufblickte, hob Rosa die Hand. »Er wird nicht hier erscheinen, keine Sorge.«

Ingke nickte. Das war okay, sie wollte ja nicht gesucht werden. Sie tat Honig in den Tee. Beerenhainer Honig natürlich, was sonst. Rosas Vater Paul wohnte dort, im alten Gutshaus der Familie, mit seiner Mutter Emma, die früher noch eine richtige Gutsherrin gewesen war, und seiner Frau Hanna. Er arbeitete in einer Biokooperative, die aus der LPG »Morgenröte« hervorgegangen war, die Kelle und Paul als ganz junge Männer mitgegründet hatten.

Rosa zupfte ihr knallrotes Schwangerenshirt zurecht, das eng saß und dessen Vorderteil in den Seitennähten angekräuselt war. Bestimmt hat sie es selbst genäht, dachte Ingke, die es wunderbar knallig fand. Rosa war Modedesignerin und wusste ihren kleinen Babybauch optisch zu feiern. Sie ließ sich nun genauer berichten, was geschehen war. »Petra Schröder heißt deine Mutter?«, fragte sie am Schluss nach.

Ingke nickte.

»Hmm«, machte Rosa. »Bei Oma war öfter eine Ingrid Schröder zu Gast, als ich noch klein war. Und die hatte eine Tochter. Aber wie die hieß, weiß ich nicht. Ich habe mich nie besonders für Omas Pensionsgäste interessiert.«

Emma hatte drei Zimmer des großen Hauses als Gastzimmer hergerichtet, eines ihrer finanziellen Standbeine, die anderen waren ihre Schafherde und ihre Tätigkeit als Imkerin. Das Gutshaus lag an einem See, und Familien mit kleineren Kindern oder alte Leute kamen gern dorthin.

Ingke merkte, dass sie auf einmal ganz müde wurde. Sie stellte ihre Tasse ab. Wer weiß, was für einen Beruhigungstee Rosa da zusammengebraut hat, dachte sie bei sich. Der Tee in Rosas Tasse hatte verdächtigerweise eine andere Farbe als ihrer.

»Na ja, der Name Schröder ist nicht gerade selten«, sagte Rosa.

Ingke zuckte mit den Schultern. Draußen war es dunkel geworden, nur eine ganz schmale Mondsichel war zu sehen.

»Ich mag den Mond so am liebsten. Besonders wenn es die zunehmende Sichel ist«, sagte Rosa, die Ingkes Blick aus dem Fenster gefolgt war.

»Woran siehst du das?«, fragte Ingke.

»Dann ist die Rundung da, wo das alte deutsche Z wie ›zunehmend‹ gerundet ist – im Gegensatz zum abnehmenden Mond, der links gebogen ist wie das kleine A.«

Ingke schwieg.

»Vati hat mir das beigebracht, und der hat es von Oma. Ich werde es meinem Kind beibringen.«

Jetzt musste Ingke zum ersten Mal lächeln, und sie fühlte, wie sich ihr Gesicht dabei entspannte. Sie schaute auf Rosas Bäuchlein. »Ist das Familie?«, fragte sie. »Also dass man so was weitererzählen will, meine ich.«

Rosa nickte. »Ich glaube schon. Ja, das ist Familie.«

»Und was noch?«

Rosa kniff die Augen zusammen. Nach einer Weile sagte sie: »Dass Ernst damals zu mir gehalten hat. Das ganz bestimmt.«

Sie nahm das Kissen hinter ihrem Rücken weg und zog die Schultern nach hinten. Offensichtlich war das lange Sitzen unbequem für sie. Ernst war ihr Zwillingsbruder, und worauf auch immer Rosa anspielte – es musste etwas Besonderes sein. Denn die beiden hielten eigentlich immer zusammen wie Pech und Schwefel.

»Wenn du wissen willst, was Familie ist, musst du zu Ernst. Frag ihn nach Marie. Die Geschichte mit Marie hat uns auf die Probe gestellt. Aber jetzt lass uns erst mal schlafen gehen.«

Vielleicht ist das tatsächlich eine gute Idee, dachte Ingke, wenn man nicht mehr weiß, wer man ist und wo man hingehört, andere zu fragen. Herauszufinden, was für sie entscheidend ist, was sie zu denen macht, die sie sind. Sie zupfte an ihrer Decke. »Dein Entwurfstalent hast du von Tante Emma geerbt, stimmt's?«

Rosa nickte und strahlte. Ingke wusste, dass Rosa ihre Großmutter sehr mochte. Sie selbst fand, dass die vornehme Emma etwas Unnahbares hatte. Als ihre eigene Omi Lisbeth, Kelles Mutter und Emmas Schwägerin, noch lebte, hatte sie sich in Beerenhain meistens an sie gehalten.

»Was ich wohl geerbt habe? Ob ich es je erfahren werde?« Ingke gähnte. Die Mondsichel war inzwischen hinter einer Wolke verschwunden. »Ist schon ein Hammer, dass die nichts erzählt haben, oder?«, fragte sie.

Rosa strich sich über den Bauch. »Wenn Peter und mir etwas zustößt und unser Kind zu anderen Eltern kommt, würde ich mir wünschen, dass es weiß, dass es uns gab.« Sie stockte. »Oder? Ist das egoistisch? Ist so ein Wissen nicht auch ein Fluch? Das arme Kind, warum sollte man es damit quälen?« Sie seufzte. »Ach, ich weiß nicht. Komm, wir ziehen das Sofa aus, darauf kannst du diese Nacht schlafen.«

Rosa stand auf und streckte sich. Als Schwangere wirkte sie noch majestätischer als sonst, denn sie hatte nicht nur die stolze Haltung der Beerenhains, sondern auch kräftige Schultern. Selbst wenn der Bauch dicker wird, wird sie niemals wie ein Fass aussehen, dachte Ingke – im Gegensatz zu ihr selbst, falls sie jemals Kinder bekommen sollte, sie war ja ohne Babybauch schon rund. Sie rappelte sich auf und richtete einträchtig mit Rosa ihr Bett her.

In der Nacht schreckte Ingke auf. Ihr Schlaf-T-Shirt klebte an ihrer Haut. Sie hatte wieder ihren Geistergeheul-Traum gehabt, einen Traum, der sie seit ihrer frühen Kindheit immer wieder heimsuchte. Als sie kleiner gewesen war, hatte sie danach immer schrecklich weinen müssen, und ihre Mutter hatte sie getröstet und sich die restliche Nacht zu ihr gelegt. In diesem Traum war es dunkel. An ihr Ohr drang ein Heulen, erst leise, dann immer lauter. Dann knallte es, und dann fiel sie, fiel und fiel in ein grundloses Nirgends. Davon wachte sie jedes Mal auf. Dennoch lag ihr der Traum auf der Seele wie ein Nachtmahr.

Auch jetzt dauerte es lange, bis Ingke wieder einschlafen konnte, und als sie am nächsten Morgen erwachte, waren Rosa und Peter, der erst spätabends nach Hause gekommen sein musste, schon weg. Aber es lag ein Zettel auf dem Küchentisch.

Liebe Ingke, habe Ernst angerufen. Er weiß Bescheid, und wenn Du Lust hast, trifft er sich heute abend mit Dir. Brombeermarmelade ist im Kühlschrank.

Ingke holte sich das Marmeladenglas – Beerenhainer Marmelade natürlich – und machte sich Toast und Kaffee. Vielleicht war es gut, Maren und Kelle schmoren zu lassen und erst einmal zu sich selbst zu kommen. Sie mochte Ernst. Er kam nach seinem Vater und war, obwohl er in Berlin studierte, ein Ökofreak und ein echtes Landei. Dadurch wusste er auch viel über leckere Dinge aus der Natur. Sie hatte schon als Kind gern mit Essen experimentiert, und Ernst hatte ihr beigebracht, dass man frische Tannentriebe fein hacken und in Vanilleeis drücken konnte. Das machte sie seitdem jedes Frühjahr, und bisher waren alle ihre Freundinnen schwer beeindruckt gewesen.

Ingke schnappte sich Toast, Kaffee und Mathearbeitsbuch und blieb bis zum späten Nachmittag auf Rosas Bettsofa. Ehe Rosa und Peter nach Hause kamen, räumte sie auf, ging in den umliegenden Straßen, in denen es zwar den alten Konsum an der Ecke nicht mehr, aber dafür hier und da neue hübsche Läden und Cafés gab, Schaufenster gucken und dann zum verabredeten Treffpunkt in einem Uraltlokal am Wasserturm, das schon zu DDR-Zeiten ein heimeliger Szenetreff gewesen war.

Der schlaksige Ernst war bereits da und umarmte sie zur Begrüßung. Er war der einzige Mensch, den Ingke kannte, dessen kühlblaue Augen warm leuchten konnten.

»Na, mein Küken? Was machen die für Sachen mit dir?«

Ingke fühlte sich sofort zu Hause. »Küken« nannte der zehn Jahre ältere Ernst sie, seit sie denken konnte. Die Frage war eine rhetorische gewesen. Ernst wollte nicht darüber reden, dass sie adoptiert war. Er war einfach gestrickt, jedenfalls im Herzen, das wusste Ingke. Für ihn würde sie immer sein Küken bleiben. Und bei ihm konnte sie das auch annehmen.

Sie war erleichtert. Ohne es sich bewusst zu machen, hatte sie Angst gehabt, dass sie die Menschen verlieren würde, zu denen sie nun eigentlich nicht mehr gehörte, nie gehört hatte. Nein, Ingke schüttelte unwillkürlich den Kopf, »verlieren« war der falsche Ausdruck. Dass sie von ihr abrücken würden, hatte sie befürchtet, dass sie sie betrachten würden wie ein unbekanntes Insekt. Zumindest für Ernst schien dieser Gedanke jedoch Lichtjahre entfernt zu sein.

Er streckte seine langen dünnen Beine unter dem Tisch aus und bestellte ihr ungefragt ein kleines Bier, er hatte schon ein großes vor sich stehen. »Ich soll dir von Marie erzählen?«

Noch eine rhetorische Frage.

Ingke nickte und trank einen Schluck Bier. So was trank sie sonst nie. Zu Hause bekam sie nicht mal Kaffee zum Frühstück. Bei ihren Eltern – oder vielmehr bei Maren und Kelle – war sie immer noch Kind.

Ernst, der als Brandenburger Bauernsohn noch nie viel um etwas herumgeredet hatte, verschwand umstandslos in seiner Vergangenheit.

2

Berlin, 1986

Marie war für Ernst wie von einem anderen Stern. Nicht nur wie. Denn Marie war aus dem Westen, und der war so etwas wie ein anderer Stern. Sie kam aus Bad Oeynhausen und studierte im nahen Bielefeld im dritten Semester Sozialpädagogik.

Die Berliner Zionskirchgemeinde, in der Rosa im Chor sang, hatte Anfang Oktober ein Konzert mit ihrer Partnergemeinde aus dem Bad Oeynhausener Stadtteil Werste organisiert. Kammermusik, Chor, alles gemischt. Die Westler waren im Pulk mit ihren Instrumenten am Grenzübergang erschienen. Das fiel natürlich auf, und die Hälfte wurde zurückgeschickt. So auch der Cellist. Marie mit ihrem kleinen Querflötenköfferchen in der Umhängetasche war schon durch.

Das Konzert drohte zu platzen, weil Instrumente fehlten. Also bekniete Rosa Ernst, ob er nicht mit seinem Cello einspringen könnte. Er hatte es nicht so mit Kirche, aber er war im Umweltkreis der Gemeinde aktiv, und natürlich buckelte er Rosa zuliebe sein Cello zur Probe.

In der Sakristei wimmelte es von Musikern. Die mit den Saiteninstrumenten fluchten, weil es wegen der Kälte ewig dauerte, bis Geige, Bratsche und Cello einigermaßen gestimmt waren. Neben Ernsts uraltem Cellosack lag ein hübsches Querflötenkästchen mit Atomkraft-nein-danke-Aufkleber, und neben dem hübschen Kästchen stand ein noch viel hübscheres Mädchen mit blonden Korkenzieherlocken und fremdelte etwas mit dem Gewusel im Raum. Genau wie Ernst.

»Hallo, ich bin Ernst. Und du?« Super originell, schalt Ernst sich, aber er war eben schon immer eher kurz und direkt. »Du Bauer«, schimpfte Rosa gern. Seine Schwester verteilte jedoch glücklicherweise weit genug weg Noten.

»Ich bin Marie. Springst du bei Vivaldi ein?«

»Wenn ich das wüsste.« Er lachte auf.

»Das kann ja heiter werden.« Marie lächelte zurück. Sie hatte wunderschöne volle Lippen. Ernst ahnte schon, wie das an der Querflöte aussehen würde.

»Wir spielen das a-moll-Trio. Den Fagottisten haben sie an der Grenze zurückgeschickt. Aber das kannst du auch auf dem Cello spielen.« Marie biss sich auf ihre volle Unterlippe und sah Ernst erwartungsvoll an.

Der nickte beflissen und starrte auf Maries Mund. Er hatte keine Ahnung, er hatte noch nie ein Fagott ersetzt.

»Und Bach, C-Dur-Trio. Dann noch eins von Haydn. Nummer weiß ich nicht.« Marie wühlte in ihren Notenblättern und schob dabei fahrig ihre Brille hoch. Sie war kräftig gebaut, breites Kreuz, feste Hände, und dabei doch schlank. Eine interessante Mischung. Die kann man im Bett bestimmt fest anpacken, überlegte Ernst und erschrak vor sich selbst.

»Mozart spielen die Streicher. Da weiß ich nicht so genau«, fuhr sie fort. Dann blickte sie auf. »Meinst du, wir kriegen Schwierigkeiten heute Abend?«

Ernst musste sich erst mal sammeln. »An der Grenze?«

Marie nickte. »Na ja, wenn wir hier was Strafbares machen …«

»Wirst du eingeknastet.«

Sie zögerte nur eine Millisekunde. Dann knuffte sie ihn in die Seite. Sie war kräftig, wie er vermutet hatte. Als sie die Faust zurückziehen wollte, fing er sie ab und strich ganz leicht darüber.

»Alle mal herhören!«, rief Rosa durch das Gewühl. Ernst sah auf und tat so, als hätte er vergessen, Maries Hand loszulassen. »Wer hat noch keine Noten?«

Marie ließ ihm ihre Hand, und Ernsts Herz pochte spürbar. Er drückte Maries Finger ganz kurz und so zart, wie Drücken eben ging. Dann ließ er sie los und meldete sich. »Ich! Vivaldi, Bach, Haydn, Mozart.«

Es wurde eine denkwürdige Katzenmusik. Einerseits natürlich, weil Ernst noch nie ein Fagott ersetzt und nur das Bach-Trio irgendwann in der Musikschule schon mal geübt hatte. Andererseits aber auch, weil Maries Lippen an der Querflöte seine schärfste Ahnung noch übertrafen, was dazu führte, dass er sich nicht auf die Noten konzentrierte und sich ständig verspielte. Aber egal. Hier zählte der Zusammenhalt von Ost und West. Und den, schwor Ernst sich, würde er zum Thema des Abends machen. Marie sollte erst in letzter Minute auf ihre Seite der Mauer kommen.

So geschah es. Ernst sorgte dafür, dass ihre Hände sich wieder trafen und später auch ihre Münder. Marie, oder vielmehr das Gloss auf ihren Lippen, schmeckte nach Himbeerbrausepulver. Echte Himbeeren wären besser gewesen, fand Ernst, aber der Glanz war schnell abgeküsst, und ab da schmeckte sie himmlisch nach Mädchen.

Er brachte sie auf den letzten Drücker zur Tränenschleuse, wie das Gebäude für die Ausreise nichtsozialistischer Bürger genannt wurde, und holte sie am nächsten Morgen zum Frühstück hundert Meter weiter auf der anderen Seite der S-Bahn-Brücke Friedrichstraße wieder ab.

Geschlafen hatte Ernst nicht. Denn er musste in der Nacht ein Problem lösen. Wo sollte er mit Marie frühstücken? Er wohnte bei Rosa, Frühstückscafés gab es nicht in Ostberlin, und Rosas Küche kam nicht infrage. Rosa hatte ein Ding weg, was Liebe und Osten und Westen in Kombination betraf. Sie hatte sich zum Anfang ihres Studiums in jemanden verliebt, der einen Ausreiseantrag laufen hatte. Gregor hieß er, erinnerte sich Ernst, und es hatte todunglücklich geendet. Bittere Kommentare in dieser Richtung konnte Ernst an diesem Morgen jedenfalls nicht gebrauchen, und mit einer Westbraut an Rosas Küchentisch waren die vorprogrammiert.

Ich muss mir dringend eine eigene Wohnung besorgen, überlegte er. Die Erdgeschosswohnung in Rosas Seitenflügel war frei, allerdings total feucht. Trotzdem sollte er die vielleicht besetzen. Aber so schnell ging das nicht, und das Wetter versprach schön zu werden. Ihm kam eine Idee.

Er nahm sich eine von Rosas Wolldecken, zwei Kissen und Emmas Heidelbeermarmelade und was er sonst noch fürs Frühstück finden konnte, fuhr frühmorgens mit der ersten S-Bahn nach Baumschulenweg und stiefelte in die Gärtnerei, in der er gerade eine Lehre begonnen hatte. Im Gewächshaus richtete er eine Art Gartenzimmer mit Wänden aus großen Oleanderbüschen her, die Gerti, seine Chefin, züchtete. Der Ur-Oleander kam von dem Platz vor der Ständigen Vertretung der BRD, da hatte sie mal einen Trieb abgeschnitten, und der hatte Wurzeln geschlagen. Ernst war beeindruckt gewesen, denn Oleander gab es sonst nur im Westen. Gerti hatte gelacht. »Oleander wächst wie Unkraut, aber sag's nicht weiter.«

Ernst schleppte und räumte und holte noch ein paar Passionsblumen, Fuchsien und Geranien herbei, stellte sie vor die großen Kübel, schnitt draußen ein paar letzte Rosenblüten ab und ordnete sie in einer Vase. Dann baute er aus einigen Kisten und der Platte eines großen Pflanztischs eine Bank, breit wie ein Bett, platzierte den Gartentisch davor und drapierte Decke und Kissen. Er stellte Teller und Kaffeepötte aus der Teeküche der Gärtnerei auf den Tisch. Dann noch die Rosenvase, und schon sah alles richtig gut aus.

Er verließ das Gewächshaus, schnappte sich den Kleinlaster und fuhr zur Friedrichstraße. An einem Sonntag erschien Gerti nie auf der Arbeit, sie würde von alldem gar nichts mitkriegen.

Ernst parkte in einer Seitenstraße und warf noch einen

Blick in den Rückspiegel. Seine glatten Haare hatte Rosa vor ein paar Tagen mit Todesverachtung poppermäßig geschnitten, und leicht verwuschelt kamen sie unauffällig schick rüber. Unauffällig schick war immer das Beste bei einem Mann, fand er. Zufrieden stieg er aus.

Marie kam ihm entgegen und duftete nach Vanille. »Küssen erst um die Ecke, es ist hell«, konnte Ernst ihr gerade noch zuraunen, dann zog er sie weg vom Bahnhof.

Im Lieferwagen knutschten sie endlich richtig. Zum Vanilleduft kam kurz wieder das Himbeerbrausepulver, aber als das weg war, schwebte Ernst im siebten Himmel. Irgendwann hatten sie Hunger, Ernst startete den Motor und ratterte übers Pflaster. Bis Baumschulenweg war es ein ganz schönes Stück.

»Wohin fahren wir?«, fragte Marie.

»Leider weit«, gab er zu. »Aber ich habe eine Überraschung für dich.«

»Was denn für eine?«

Ernst schaute kurz rüber. Maries Augen glitzerten hinter ihrer schicken Goldrandbrille. Sehr gut.

»Das kommt auch ein bisschen auf dich an«, meinte er.

Sie schwieg einen Augenblick, dann fragte sie: »Was wäre passiert, wenn wir uns am Bahnhof geküsst hätten?«

»Dir nichts.«

»Und dir?«

»Schwer zu sagen.« Ernst wusste es wirklich nicht. Wenn ein dienstbeflissener Bulle sie aufgegriffen hätte, wäre die Wahrheit gewesen: Wir kennen uns nur flüchtig, genau genommen nicht mal vierundzwanzig Stunden. Ich will sie bumsen, und dann verschwindet sie wieder ganz weit weg. Das war jedoch nur die halbe Wahrheit. Die ganze war: Ernst wollte zwar mit ihr ins Bett, aber er hatte sich auch richtig verknallt.

»Hätten sie dich verhaftet?«, setzte Marie nach.

Ernst hatte den Eindruck, dass er die Sache entschärfen

musste. »Wenn ein Bulle gekommen wäre und unsere Ausweise verlangt hätte, hätte ich gesagt, dass er das vermutlich falsch einschätzt. Ich hätte nur wissen wollen, wie dieser Glanzstift schmeckt, der so nach Brausepulver riecht.«

Marie dachte nach. »Ich hätte dann mein Lipgloss rausholen und es dem Polizisten auf die Hand schmieren müssen und sagen, er soll auch mal probieren, oder?«

Ernst fuhr vor Überraschung durch ein Schlagloch. »Das wäre eine richtig gute Idee gewesen.«

»Ich wäre aber in dem Moment nie draufgekommen«, sagte sie.

Schweigen breitete sich aus. Was für ein beknacktes Gespräch, dachte Ernst. Am Vorabend war alles so einfach gewesen. Marie hatte ihm von ihrem Praktikum in einer Gesamtschule erzählt und ihm den Kanon *Frère Jacques* beigebracht. Ernst hatte sie damit herausgefordert, ob sie es schaffen würde, ihn nach jeder Sequenz zu küssen und dann richtig weiterzusingen. Sie hatten es beide geschafft, jedenfalls bis sie mit dem Singen aufhörten. Es war erst lustig und dann innig gewesen.

»Hier ist es ganz schön grau«, wechselte Marie das Thema.

Er zuckte mit den Schultern. »Außer da, wo Erich jeden Tag langfährt. Also Erich Honecker. In Weißensee haben sie an der Straße, die er von der Bonzensiedlung in Wandlitz aus stadteinwärts fährt, alle Fassaden gestrichen. In der Schönhauser Allee an der Mauer auch. Das sieht man, weil da die S-Bahn im Mauerstreifen fährt.« Diese Bonzensiedlung war wirklich verrückt. Da wohnte die ganze DDR-Regierung Gartenzaun an Gartenzaun.

»Echt? Die haben ihm eine Kulisse gebaut? Weiß er das nicht?«

»Keine Ahnung. Vielleicht ist es auch nur für die Staatsgäste, denen seine Margot zu Hause Spiegeleier brät. Damit ihnen nicht auffällt, wie es hier sonst aussieht.«

»Wie nach dem Krieg«, sagte Marie und zog die Beine hoch.

»Schlimmer«, sagte Ernst und zeigte auf eine Bahnbrückenanlage vor ihnen. »Von den sechs Brücken werden nur noch zwei oder drei befahren. Die Schienen der restlichen sind als Reparationsleistung in die Sowjetunion transportiert worden. Hat mir mein Onkel erzählt.«

»Ich habe Hunger«, sagte Marie, und Ernst begriff, dass er seine DDR-Führung beenden sollte.

»Ich habe Frühstück«, antwortete er deshalb und bog zwei Minuten später in die Gärtnerei ein.

Marie war hin und weg von Ernsts Gartenzimmer. »Hast du das wirklich für mich gemacht?«, fragte sie.

Ernst nickte. Dann bekam er endlich wieder einen richtigen Kuss, aber als er seine Hand unter ihren Pullover schob, knurrte ihr Magen. Laut und vernehmlich. Schnell zog er die Hand zurück. Warten war eine Kunst, die bei Mädchen meistens zum Erfolg führte, so viel wusste er schon.

Er löste sich von ihr und wedelte mit der Brötchentüte. Marie griff danach und schaute hinein.

»Die sind aber klein«, meinte sie.

Na toll, dachte Ernst. Westbrötchen hatte er nun mal nicht. Er sparte sich einen Kommentar.

Sie biss in eins. »Schmecken aber super. Unsere schmecken nicht mehr, wenn sie vom Vortag sind.«

Na, wenigstens das, dachte Ernst befriedigt und schob ihr Emmas Marmelade rüber. »Probier mal. Heidelbeere.«

Marie langte zu. Das nächste Mal küssten sie sich mit heidelbeerblauen Lippen und Zungen. Und dann wanderte seine Hand wieder unter ihren Pullover und ihre unter seinen, und Decke und Kissen kamen auch zum Einsatz.

Später zeigte Ernst Marie die Gärtnerei, jedenfalls den Teil mit den Herbstblumen und die Obstbäume. Er holte ihr die erste Winterbirne herunter, und sie pflückten Äpfel. Als sie einen in jeder Hand hielt, nutzte Ernst die Gunst der Sekunde. »Das kann ich auch«, sagte er, legte seine Hände um ihre süßen Apfelbrüste, und natürlich endete das wieder im Gartenzimmer.

Am Nachmittag schleckten sie das Glas Heidelbeermarmelade aus, und Ernst erzählte Marie von seinem Traum einer umweltbewussten Landwirtschaft. Das hatte er noch nie bei einem Mädchen gemacht, denn das roch nach Mist und stank nach Dorf. Und welches Mädchen wollte schon aufs Dorf? Bei Marie war das egal. Eine Zukunft stand nicht zur De-batte.

Sie erzählte von den Rabatten im elterlichen Garten und davon, dass sie diese langen Blumenbeete als Kind immer von Unkraut freihalten musste und es gehasst hätte, weil in den Winterheidebüschen die Mücken nur darauf gewartet hätten, sie zu überfallen. Ernst lachte, und dann spielten sie Mückenplage beim Unkrautrupfen.

Als es dunkel wurde, sagte Marie: »Nächstes Mal zeigst du mir aber den Fernsehturm, ja?«

* * *

Berlin, April 1992

Ernst hatte erzählt und erzählt, und Ingke hatte keinen Schimmer, warum Rosa ihr gesagt hatte, sie solle Ernst nach Marie fragen. Außer dass es irgendeine alte Ost-West-Geschichte war, hatte das alles nichts mit ihr zu tun oder mit ihren Eltern, welchen auch immer.

»Und warum hat Rosa nun gesagt, ich soll dich nach Marie fragen?«, fragte Ingke deshalb.

Ernst griff nach ihrer Hand. »Weil ich Rosa ein Jahr, bevor ich Marie kennengelernt habe, ein Versprechen gegeben habe. Und damit du verstehst, was es hieß, dieses Versprechen gegenüber meiner Schwester zu halten, musst du meine Liebesgeschichte mit Marie kennen.«

Ernsts Stimme war ganz weich geworden. Er hatte schon immer so etwas Unmännliches, dachte Ingke, ihrs war das nicht. Aber sie musste zugeben, die Geschichte war romantisch. Und auch wenn sie alles andere als in romantischer Stimmung war, beruhigte sie irgendwie ihr Herz.

»Erzähl weiter«, sagte sie deshalb.

Ernst blickte zum Tresen, hielt zwei Finger für zwei Biere hoch und fuhr sich dann durchs Haar.

* * *

Berlin, 1986

Als Ernst in der Nacht nach Hause kam, nachdem er Marie zur Grenze gebracht hatte, war Rosa auf hundertachtzig.

»Wütende Wespe!«, warnte sie, raffte ihre lange selbst gestrickte Jacke aus dicker Beerenhainer Wolle um sich und legte los: »Schön, dass ich heute den letzten Schwarzbrotkanten mit nichts frühstücken durfte.«

»Waren doch noch Spaghetti da«, versuchte Ernst, ihr den Wind aus den Segeln zu nehmen.

Sie verdrehte die Augen. »Danke vielmals. Das Letscho war schimmlig. Du gehst morgen einkaufen. Alles komplett.«

Ernst nickte ergeben.

»Wo kommst du überhaupt her?«, fragte sie.

»Aus der Gärtnerei.« Das war die Wahrheit. Oder jedenfalls fast. Bis auf den kleinen Umweg zur Tränenschleuse, die ihrem Spitznamen an diesem Abend alle Ehre gemacht hatte.

Aber Ernsts Zwillingsschwester wäre nicht seine Zwillingsschwester gewesen, wenn sie ihm nicht hätte ins Herz sehen können. »Du hast dich mit dieser Marie getroffen.« Sie kniff die Augen zusammen. »Die ist heute noch mal rübergekommen, und ihr habt …«

»In der Gärtnerei gepicknickt.« Es hatte sowieso keinen Sinn, Rosa etwas vorzumachen, befand Ernst.

»Gepicknickt.«

»Gepicknickt.«

»Pick, pick, pick«, machte Rosa und dazu die passende Geste mit dem Finger.

»Ich werd' die Wohnung unten besetzen«, wechselte Ernst das Thema. »Ich breche die Wand auf und mache eine Tür nach draußen rein. Und dann bepflanz ich mir eine richtig schöne Terrasse im Hof.«

»Oje.« Mehr gab Rosa nicht von sich. Es war auch alles gesagt. Sie verschwand in ihrem Zimmer, Ernst in seinem.

In der Woche darauf besetzte Ernst die Erdgeschosswohnung. Wie unkompliziert das war, wusste er von seiner Schwester: mit einem Dietrich rein, Schloss auswechseln, den gleichen Betrag wie Rosa auf ein Konto der Kommunalen Wohnungsverwaltung überweisen und fertig. Wenn das drei Monate gutging, würde ihn so leicht keiner wieder rausschmeißen können. Er flickte das lecke Abflussrohr, das für die meiste Feuchtigkeit gesorgt hatte, holte die Schimmeltapeten herunter, soweit sie nicht schon von selbst abgeblättert waren, föhnte die Schimmelflecken, bis Rosas Föhn glühte, besorgte sich einige Dielen und eine hübsche Balkonflügeltür aus einem Abbruchhaus ein paar Straßen weiter, ersetzte die verfaulten Dielen und brach mit einem Kumpel aus der Gärtnerei, der einen Türsturz mauern konnte, ein Loch in die Außenwand des Wohnzimmers. Da setzten sie die Flügeltür ein. Weil es Herbst war, fing Ernst auf der Terrasse erst einmal mit Buchsbaum an, Heide und ein bisschen Efeu. Und einem der Oleander, den wollte er im Winter oben bei Rosa ins Treppenhaus stellen.

Um die Ecke gab es eine Telefonzelle, die irgendjemand so manipuliert hatte, dass man darin kostenlos telefonieren konnte. Ernst verabredete mit Marie Telefonstelldicheins, meistens morgens um halb sechs. Zu der Zeit stand keine Schlange vor dem Apparat, und man kam fast immer innerhalb von zehn Minuten in den Westen durch. Sie nannten es ihr Schlummergeflüster. Zur Sicherheit redete Marie Ernst mit dem Namen Hans an. Den hatte er als Tarnnamen gewählt, weil der »rote Hans« in Beerenhain immer mit irgendwelchen Parteileitungsbeschlüssen dazwischenfunkte. Marie war meist noch ganz schläfrig, Ernst konnte ihre Bettwärme durch den Hörer spüren.

Über Silvester verabredeten sie sich in Prag. Dorthin konnte Marie viel einfacher reisen, sie hatte keinen Zwangsumtausch, und Ernst besorgte ihnen ein billiges Zimmer.

Sie trafen sich auf der Karlsbrücke. Ernst und Marie rannten aufeinander zu, er wirbelte sie herum, sie küssten sich und fummelten an ihren dicken Winterjacken herum, bis irgendjemand sie mit einem Schneeball bewarf. Vermutlich war die Abkühlung angebracht.

Marie war mit einem zehn Jahre alten Golf Cabrio gekommen, dunkelblau, helle Sitze. Ernst hatte die ganze Zeit Angst, dass es ihr geklaut werden würde. Passierte aber zum Glück nicht. Sie ließ ihn sofort ans Steuer, war froh, sich nicht mehr orientieren zu müssen.

Ernst saß zum ersten Mal in seinem Leben hinter dem Lenkrad eines Westautos, die wunderschöne Marie mit der zarten Goldrandbrille neben sich, und konnte sich einbilden, er sei ein Westler. Das war ganz leicht. Er fuhr sie zu ihrem abgeranzten Hotel in der Altstadt, und dann landeten Maries schicke West- und seine labbrige Ostjeans einträchtig nebeneinander auf dem Fußboden und sie selbst im Bett.

Ernst versank in den Tagen wie in einem frischen Heuhaufen. Morgens stärkten sie sich mit wunderbar weichen, hefigen Butterhörnchen. »Die gibt es nur in der Tschechoslowakei«, sagte Ernst stolz.

Marie stutzte. »Nö, in Bayern auch.«

Ernst war kurz enttäuscht, hatte er doch gedacht, endlich mit etwas punkten zu können, das es nicht im Westen gab, aber dann war es ihm egal.

Mittags gingen sie spazieren, damit Marie zu Hause wenigstens vom Wenzelsplatz und dem Hradschin erzählen konnte. Danach holten sie sich in einer Uraltbäckerei neben dem Hotel Kuchen mit viel Schlagsahne, und Ernst traute sich und garnierte seine Marie im Bett mit dieser cremigen Köstlichkeit. Er führte sie zum Schwarzbiertrinken ins U Fleků aus, und sie lud ihn Silvester zu seinem ersten echten Champagner ein, den sie im Doppelkastenfenster des Hotelzimmers kaltgestellt hatten.

Am letzten Tag standen sie auf der Karlsbrücke und schauten in die Moldau. Die floss ruhig und gewiss in ihre Zukunft. Was ist meine, überlegte Ernst.

Marie war nervös und steif. Irgendwann, als sie schon fast erfroren waren und Ernst Marie doch nicht bitten konnte: Warte auf mich, hol mich raus; als er wieder Ostler war und Marie Westler und zwischen ihnen die Mauer wuchs, sagte sie unvermittelt: »Das ist verrückt.«

Mehr gab es auch nicht zu sagen.

Im März kam sie zwei Tage nach Westberlin, irgendwie fürs Studium. Natürlich besuchte sie ihn, und diesmal zeigte er ihr den Fernsehturm.

Oben schauten sie über die Stadt, die ganze geteilte Stadt. Ernst neigte sich zu Maries Ohr und sang leise:

»Wenn ich ein Vöglein wär
Und auch zwei Flügel hätt,
Vögelt ich dich hier.
Versteckt dich unterm Flügelein,
Versteckt dich unterm Flügelein,
Wäre tief in dir.«

Marie lächelte, überlegte einen Augenblick, suchte seine Augen und sang:

»Bin ich gleich weit von dir,
Bin doch im Schlaf bei dir
Und red mit dir.
Wenn ich erwachen tu,
Wenn ich erwachen tu,
Bist halb sechs da du.«

Marie, klar, dachte Ernst. Die kennt das Lied auch. Sie stammte schließlich aus einem gutbürgerlichen Westhaushalt mit Blumenrabatten, wo man noch alte Volkslieder sang und nicht neue FDJ-Lieder. Marie hatte das Lied bestimmt in der Schule gelernt, und er kannte es durch seine Großmutter und Mutter, eine Pfarrerstochter. So sangen sie zusammen:

»Es vergeht kein Stund' in der Nacht,
Da mein Herze nicht erwacht
Und an dich gedenkt,
Dass du mir viel tausendmal,
Dass du mir viel tausendmal,
Dein Herz geschenkt.«

Sie flanierten Hand in Hand in der Runde der Aussichtsplattform. Ernst zeigte Marie die Karl-Marx-Allee, und sie suchte den Kurfürstendamm. Sie blieben lange dort oben über der Welt und küssten sich völlig unbeobachtet, weil alle nur rausschauten und nicht auf das, was auf dieser kleinen Insel über der Stadt geschah.

Als sie später Unter den Linden entlangschlenderten, sah sie dann doch jemand. Ein Polizeiauto hielt neben ihnen. Die Kollegen stiegen aus.

»Passiert nichts«, konnte Ernst Marie gerade noch zuraunen, die erstarrte und offensichtlich nicht wusste, ob sie sich an seinem Arm festhalten sollte oder nicht.

»Die Ausweise, bitte.«

Klar, was sonst, dachte Ernst. Sie händigten einem der Polizisten die Papiere aus. Ein großer grüner Pass, ein kleinerer blauer Ausweis, die kein bisschen zusammenpassten.

»Sie sind auf Tagesbesuch?«, wurde Marie gefragt.

Sie nickte und streckte die Hand nach ihrem Pass aus. »Darf ich den bitte wiederhaben?«

Der Polizist zog einen Mundwinkel nach unten und händigte ihn ihr aus.

Tja, Marie ist eben Westlerin, dachte Ernst. Seinen behielt der Bulle noch ein bisschen.

»Woher kennen Sie sich?«

Marie war so klug, Ernst reden zu lassen. Er blieb bei dem, was die sowieso garantiert wussten. »Marie ist aus unserer Partnergemeinde.«

»Partnergemeinde«, der Polizist zog auch noch den anderen Mundwinkel nach unten, nachdem er das Wort auf den ersten beiden Silben betont hatte.

Lernen die Bullen das Fratzenziehen in ihrer Ausbildung, fragte sich Ernst.

»Ich will jetzt das Brandenburger Tor sehen«, sagte Marie und rückte ihre Brille zurecht, ohne die Polizisten aus den Augen zu lassen.

Und da bekam er wirklich seinen Ausweis zurück, und sie waren entlassen.

Das Polizeiauto fuhr noch ein bisschen in Schrittgeschwindigkeit hinter ihnen her, aber irgendwann bog es ab.

Sie blieben vor dem Brandenburger Tor mit der kahlen Freifläche davor und der Mauer dahinter stehen. Marie sagte wieder nur einen Satz: »Ich hol dich hier raus.«

Er nahm sie in den Arm. »Das dauert ewig.«

Sie schüttelte den Kopf. »Es gibt Eheschließungsanträge. Ich hab mich erkundigt. Dauert nur ein halbes Jahr.« Sie wurde rot.

Ernst hatte noch nie gesehen, dass Marie rot wurde, aber jetzt hatte sie sich so weit vorgewagt, dass sie sich schämte. Dabei hätte er sich schämen müssen, fand er. Wie konnte er ihr das zumuten? Wollte sie ihn heiraten, nur um ihn »hier rauszuholen«? Oder wollte sie ihn wirklich heiraten? Das war doch alles Wahnsinn! Marie war so mutig und gleichzeitig so unbedarft, so schrecklich gefährlich schön unbedarft – worüber er bestürzt war und was ihn extrem scharfmachte. Er atmete tief durch und schaute in den einen Himmel über der zweigeteilten Stadt. Ernst musste beiden eine eiskalte Dusche verpassen.

Er nahm Marie noch fester in den Arm und streichelte sanft ihr Haar. Leise sang er hinein:

»Wenn ich ein Vöglein wär'
Und auch zwei Flügel hätt',
Flög ich zu dir.
Weil es aber nicht kann sein,
Weil es aber nicht kann sein,
Bleib' ich allhier.«

Marie versteifte sich.

»Ich kann keinen solchen Antrag stellen. Dann fliegt Rosa von der Hochschule. Solange Rosa studiert, muss ich stillhalten.«

»Was?«

Er nickte langsam. »Ich hab es ihr versprochen. Ich wollte schon vor längerer Zeit einen Ausreiseantrag stellen, als wir uns noch gar nicht kannten.«

»Aber wieso …« Marie ließ offen, was sie fragen wollte. Vermutlich verstand sie gar nichts mehr. Weder Ernst, noch was los war.

Und diesmal blieb er knapp, weil es mehr nicht zu sagen gab. »Sippenhaft. So ist das eben.«

Ihre Augen wurden feucht, und er führte sie weg von dem leeren Platz vor dem Tor, durch das niemand mehr kam, damit sie nicht noch mehr auffielen. Er gab ihr ein Taschentuch, als sie zu schniefen begann.

Abends an der Tränenschleuse weinte sie zum ersten Mal beim Abschied nicht. »Ich lass mir was einfallen«, sagte sie. Dann war sie weg.

Was sie sich einfallen ließ, hätte Rosa nicht zur wütenden Wespe, sondern zur wütenden Hornisse werden lassen, hätte sie davon erfahren. Marie wollte nämlich jemanden suchen, der Rosa heiratete. »Dann könntet ihr beide zusammen rüber«, sagte sie bei einem der nächsten Schlummergeflüster.

»Grete geht nicht in den Westen«, musste er ihr antworten, beeindruckt davon, dass Marie wie selbstverständlich auch für Rosa einen Tarnnamen gefunden hatte, den »Hans« sofort verstand. Aber wie auch immer, das Thema war bei Rosa seit der Sache mit Gregor durch. Rosa ließ sich nicht »entwurzeln«, wie sie sagte.

Marie und Ernst verabredeten einen gemeinsamen Urlaub in Ungarn. Treffpunkt am Sonntag, dem 10. August, auf der Margaretenbrücke in Budapest, siebzehn Uhr. Ernst stand da und wartete und dachte an ihre Küsse an der Karlsbrücke zu Silvester und ihre Abschiede an der S-Bahn-Brücke Friedrichstraße. Er hielt zwischen den vielen Touristen Ausschau nach ihr, bis ihm die Augen wehtaten. Keine Marie. Erst nach Mitternacht, als es kühl wurde, machte er sich klar, dass sie nicht mehr kommen würde.

Ernst ging auf die Insel hinunter und suchte sich einen

Schlafplatz im Gebüsch. Er beschloss, es am nächsten Tag noch einmal zu probieren. Vielleicht war ja irgendwas dazwischengekommen. Ein Zimmer hatte er nicht, denn Marie hatte gesagt, dass sie einen R4-Kastenwagen aufgetrieben habe, in dem man auch schlafen könne. Morgens wusch er sich in der Donau. Mit seinem schweren Rucksack wollte er nicht durch die Stadt laufen, also setzte er sich auf eine Wiese.

Um vier ging er wieder auf die Brücke, wartete, hielt Ausschau. Kurz vor sechs war sie da. Er hatte sie zwischen all den Menschen dort nicht kommen sehen. Sie liefen sich nicht entgegen. Sie fielen sich in die Arme, aber ohne Schwung. Marie sagte, dass sie wegen der Gardinen, die sie noch im Auto angebracht habe, erst einen Tag später losgekommen sei als geplant.

Wegen Gardinen! Und er hatte gedacht, sie käme gar nicht. Als sie sich an ihn schmiegte und er ihre kräftige und doch schlanke Gestalt umfing, verging seine leichte Verstimmung jedoch sofort. Er freute sich auf zwei Wochen Marie. Marie Tag und Nacht, immerzu.

Sie parkten in der Nähe des Gellért-Bades in einer Seitenstraße und gingen jeden Tag dort schwimmen und duschen. Morgens waren nur alte Leute da, die in den geschwungenen Thermalbecken saßen wie knubbelige Statuen. Sie teilten sich das Bad wohlwollend mit dem jungen Paar, und am dritten Tag meinte Marie, das sei so kuschelig, wie zu den Großeltern zu fahren.

Sie schauten sich die Stadt an, und als sie oben auf der Burg standen, sagte Marie: »Budapest ist viel schöner als Wien. Wien haben sie neben die Donau gebaut. Die fließt am Rand vorbei. Ich meine, wenn man schon eine Stadt mit Fluss haben kann …« Sie wies auf die Löwenbrücke und auf die breite Treppe, die vor dem Parlament in den Fluss führte und auf der man herrlich sitzen und Kadarka trinken konnte.

Na immerhin, dachte Ernst. Der Osten hat also doch was zu bieten. Aber Ungarn war eigentlich gar nicht richtig Osten, dem Land ging es wirtschaftlich deutlich besser.

In der zweiten Woche gondelten sie einmal rund um den Balaton, fuhren abends irgendwo auf ein Feld und schliefen dort. Manchmal, wenn Marie mal warmes Wasser zum Haarewaschen brauchte, gingen sie auch auf Campingplätze. Mit ihrem Westgeld bekamen sie überall einen Stellplatz.

Am Ende ihrer Rundfahrt trafen sie bei Siófok zwei junge Männer aus Ravensburg, die zum Brettsegeln da waren, was im Westen Surfen hieß. Die beiden boten an, es ihnen zu zeigen, und Marie war Feuer und Flamme. Der eine Ravensburger, Andreas, war auch Feuer und Flamme für Marie, bemerkte Ernst, aber er wollte kein Spielverderber sein.

Marie erwies sich als Naturtalent – ihr biegsamer Körper war wie fürs Surfen gemacht. Also entwickelte auch Ernst Ehrgeiz und hatte es glücklicherweise recht schnell drauf.

Abends saßen sie nun zu viert zusammen. Ernst nahm leicht verstimmt zur Kenntnis, dass die beiden Kerle perfekt ausgestattet waren, mit Grill und allem Drum und Dran. Am dritten Abend erzählten sie sich von früheren Reisen. Da war Ernst natürlich außen vor. Mit der Ostsee kam er nicht gegen das Mittelmeer an, das war ihm klar, das brauchte er gar nicht erst zu probieren. Dass er es nicht tat, kam ihm allerdings wie Verrat an sich selbst vor und an seinen Eltern, die ihm und Rosa wirklich eine schöne Kindheit beschert hatten. Aber er schwieg und legte sich dafür nachts in ihrem Vögelnest, wie Marie das Auto getauft hatte, umso mehr ins Zeug.

Sie wollte noch zwei Tage länger bleiben, weil Wind aufkam und Andreas ihr versprach, ihr den Wasserstart zu zeigen. Ernsts Visum ging über drei Wochen, und er hätte Marie auf den Tod nicht mit den beiden allein gelassen. Also blieb auch er. Gerti wird das schon verstehen, dachte er.

Am letzten Abend fragte Andreas scheinbar leichthin, wieso sie nicht die Matratze in ihrem Auto aushöhlten und Ernst dort versteckten. An der österreichischen Grenze seien die Kontrollen lax.

Marie schwieg dazu, und Ernst, dem Andreas' provokativer Blick nicht entgangen war, stand als Feigling da. Als Andreas dann auch noch herumtrötete, dass er seine Schwester Marie nicht vorziehen würde, kochte Ernst vor Wut. Er merkte, er war knapp davor, diesem affigen Kerl einen Kinnhaken zu verpassen, so knapp davor. Der hatte doch überhaupt keine Ahnung, worum es ging. Dass er seiner Schwester das Leben versauen würde und seinen Eltern vermutlich ebenfalls. Für immer.

In dieser Nacht versagte Ernst im Bett. Er lag mit offenen Augen da, bis der Morgen graute. Marie schlief, und Ernst prägte sich ihren wunderschönen Körper mit dieser unglaublichen Mischung aus Kraft und Schlankheit ein.

Statt wie ursprünglich geplant am Samstagabend verabschiedeten sie sich am Montagabend am Budapester Bahnhof. Ernst stieg in den Nachtzug, Marie in ihr Vögelnest.

Als Ernst am Dienstagnachmittag zu Hause eintraf, lag ein Zettel von Rosa auf dem Tisch. *Sofort hochkommen,* stand drauf. Das sah nicht gut aus.

War es auch nicht. Rosa eröffnete ihm, dass die Stasi da gewesen war und nach ihm gefragt hatte. Als Ernst am Montagmorgen nicht in der Gärtnerei erschienen war, musste Bummi Alarm geschlagen haben, so reimte er es sich zusammen. Bummi hieß so wie der DDR-Kinderbär, weil er bummifellgelbe Haare hatte und auch dessen runden Bärenleib und die kurzen Gließmaßen. Der Bummi aus der Gärtnerei war allerdings kein freundlicher Bär, sondern ein Hundertprozentiger – und hatte Ernst offenbar prompt bei der Stasi verpfiffen. Die wiederum hatte am Montagabend bei Rosa in Berlin und bei ihren Eltern in Beerenhain vor der Tür gestanden, als Marie mit ihrem Vögelnest davongebraust war. Wie Ernst später erfuhr, hatte man Marie an der Grenze nach allen Regeln der Kunst gefilzt. So viel zur ausgehöhlten Matratze und Andreas, der Tröte, dachte Ernst, als Marie es ihm beim nächsten Schlummergeflüster brühwarm berichtete.

Rosa sagte erst mal gar nichts zu Ernsts verspätetem Erscheinen, was ein schlechtes Zeichen war. Was bei Rosa nicht gleich kam, kam später umso wuchtiger. Sie meinte nur: »Los, zu Onkel Kelle, schnell.«

Kelle rief von seiner Station im Bucher Krankenhaus in der Poliklinik an, und dort stellte ein Kollege Ernst ein Attest wegen Grippe aus. Rosa rief am nächsten Morgen von der Telefonzelle aus in der Gärtnerei an und erzählte, dass Ernst so hohes Fieber gehabt habe, dass er reiseunfähig gewesen sei und deshalb erst zwei Tage später habe heimfahren können. Jetzt läge ihr Bruder im Bett, und es gehe ihm schon wieder besser.

Im Bett lag Ernst wirklich, aber besser ging es ihm nicht. Obwohl – besser als in den letzten Tagen mit den Ravensburgern ging es ihm schon. Deren »Heitititeiti-Surferwelt«, wie er sie im Stillen bezeichnete, war ihm fremd gewesen. Er war jetzt zu Hause, und er fühlte sich auch so, was jedoch gleichzeitig deprimierend war. Er war zu Hause und wollte dort nicht sein. Er lag in seiner kühlen Wohnung, das letzte Sommerlicht fiel mittags in den Hof und auf seine Terrasse. Rosa hatte alles gegossen, und es war lauschig. Auch wenn Gertis Rosen nicht viele Blüten trugen, weil es im Hof zu schattig war, sie hatten welche und dufteten durchs Fenster.

Das sollte Marie sehen, dachte Ernst. Und sie sollte mit ihm draußen essen, an seinem Holztisch, gefüllte Paprika, das Hackfleisch mit Knoblauch und Peperoni. Sie hatten in Ungarn einen hübschen Zopf gekauft, in dem Knoblauch und Peperoni zusammengeflochten waren, und jeder hatte eine Hälfte mitgenommen. Mit Marie an seiner Seite hatte er sich ebenfalls zu Hause gefühlt, und das hatte nicht nur an ihrem Vögelnest gelegen.

Was Rosa betraf, hatte Ernst sich getäuscht. Es kam keine wütende Wespe hinterher, sondern frisch eingekochte Heidelbeermarmelade von ihrer Großmutter, die sie Ernst hinstellte. Sie ahnte nicht, dass das noch viel mehr wehtat.

»Es tut mir leid, Ernst«, sagte sie, als sie das Glas auf den Küchentisch stellte.

»Schon gut«, erwiderte er.

»Nächstes Jahr bin ich fertig. Ich werde dir das nie vergessen.«

»Wenn Marie nicht warten kann, ist sie es nicht wert«, sagte Ernst, um seine Schwester zu entlasten. Aber er merkte, dass das nicht stimmte. Das hatten ihn Tröte Andreas gelehrt und Maries Schweigen, als es um die ausgehöhlte Matratze gegangen war. Die Westler surften leichthin durchs Leben, und wenn der Wind blies, wären sie nie auf die Idee gekommen, ihn abzuwettern. Warum sollte Marie sich dem Wind entgegenstellen, wenn der Horizont fern war und der Wind sie in die weite Welt blies?

An einem trüben Oktobermorgen bei ihrem Schlummergeflüster nahm sie ab und klang kein bisschen verschlafen. »Ich warte nicht mehr. Ich will nicht warten. Ich will mein Leben nicht verwarten.«

»Der Wind hat aufgefrischt«, sagte Ernst.

»Was?«, fragte Marie.

»Geh surfen«, sagte er.

Es dauerte einen Moment, bis Marie begriff.

»Du bist gemein.«

»Nein, Marie, ich will es dir nur nicht schwermachen. *Lass dich nicht aufhalten, kleines Gespenst* war dein Lieblingssatz aus einem deiner Kinderbücher, nicht wahr?« Das hatte sie ihm verraten, als sie einander im Vögelnest von ihrer Kindheit erzählt hatten. »Der Satz passt zu dir: Lass dich nicht aufhalten, wunderbare Marie.«

»Danke«, sagte sie.

Obwohl das Danke weich klang, war es wie eine Ohrfeige. Aber auf die hatte er es ja angelegt. Ernst hängte den Hörer ein.

* * *

Berlin, April 1992

»Zwei Kurze!«, rief Ernst zum Tresen hinüber.

Gut, dass ich beim letzten Bier auf Cola umgestiegen bin, dachte Ingke. So musste sie ihn nicht allein trinken lassen und konnte trotzdem vermutlich noch halbwegs geradlinig das Lokal verlassen. Sie war Alkohol nicht gewohnt. Wie auch, bei ihnen in Buch draußen gab es keine Lokale für junge Leute, und sinnloses Betrinken irgendwo bei einem Kumpel war nicht so ihre Sache.

Als Ernst seinen Schnaps runtergestürzt und Ingke an ihrem genippt hatte, sagte sie: »Deshalb wollte Rosa also, dass du mir von Marie erzählst. Du hast dich für deine Schwester und gegen deine Freundin entschieden.«

Ernst legte den Kopf schräg. »Nur für meine Schwester, nicht gegen meine Freundin. Das hat Marie entschieden.«

»Na ja«, sagte Ingke.

Ernst kniff die Augen ein kleines bisschen zusammen, kippte Ingkes Schnaps auch noch und sagte: »Unser Küken.«

Ja, das bin ich, dachte sie. Sie war zehn Jahre jünger als Ernst und Rosa. Als die Mauer fiel, war sie in der neunten Klasse gewesen. Sie und die Zwillinge trennten nicht nur zehn Jahre, sie trennte etwas ganz Entscheidendes: dass Rosa und Ernst die Weichen, die sie jetzt in aller Freiheit für ihr Leben stellen konnte, in einer Diktatur gestellt hatten, in der sie eingesperrt waren.

Was trennt mich dann erst von meiner Mutter – und was eint mich mit ihr, fragte sich Ingke. Ihre Mutter hatte ihr Leben in diesem eingemauerten Land von sich abgeschnitten und war ohne ihre Tochter in das Leben aufgebrochen, in dem sie, Ingke, gerade erwachsen geworden war.

»Nicht ›na ja‹«, sagte Ernst, und er klang kein bisschen betrunken. »Ich musste eine Priorität setzen. Sieh mal: Wie hätte ich mit Marie glücklich werden sollen, wenn ich Rosa ins Unglück gestürzt hätte?«

»Und wie kann Rosa damit leben, dass sie dir das mit Marie versaut hat?«, erwiderte Ingke.

»Das hat sie nicht. Ich habe Marie zu wenig von meinem Leben gezeigt, ich habe nicht dafür gesorgt, dass Rosa und sie Freundinnen werden. Ich war nie mit ihr in Beerenhain, sie hatte immer nur ein Visum für Berlin und war zu ängstlich, um nach Beerenhain zu fahren. Marie kannte mich gut, sie kannte meinen Charakter, aber sie wusste nicht, was mich geformt hat. Sie wusste nicht, was mich geerdet hat. Sie hatte keine Ahnung von dem, was Rosa und mich stark gemacht hat. Stärker als sie. Diese Stärke hätten wir ihr vermitteln müssen. Vielleicht hätte sie sie dann so geschätzt, dass sie gewartet hätte.«

Jetzt faselt er aber, dachte Ingke. »Ich versteh kein Wort. Außer immerzu Rosa, Rosa, Rosa«, sagte sie. »Ihr seid wie Pech und Schwefel. Ich wäre an Maries Stelle weggelaufen.«

»Genau deswegen habe ich mich auch nicht so geöffnet, wie ich es hätte tun sollen. Weil Marie dann erst recht die Flucht ergriffen hätte. Sie hätte es nie verstanden. Aber du solltest es verstehen. Es ist wichtig für dich. Auch wenn du unser Küken bist, deine Geschichte ist eine ostdeutsche, und deine Bindungen sind es auch.«

Ernst signalisierte dem Mann hinter dem Tresen, dass er zahlen wollte. Sie waren die Letzten, was Ingke unangenehm war. Sie legte schon mal ihre Tasche auf den Schoß.

»Frag Rosa nach Gregor. Vielleicht verstehst du es dann besser«, sagte Ernst.

»Ihr schickt mich von Pontius zu Pilatus, stimmt's?«

Ernst bezahlte, schob seinen Stuhl zurück und grinste Ingke an. »Das dient der Wahrheitsfindung.«

Dann brachte er sie zu Rosa. Weil alle Fenster schon dunkel waren, verabschiedete er sich an der Haustür von ihr und kam nicht mit hoch.

Ingke schlich sich ins Wohnzimmer, wo Rosa ihr einen Wecker aufs Bett gelegt hatte. Außerdem hatte sie ihr durchgeschwitztes Nachtshirt und die Unterwäsche gewaschen und gefaltet danebengelegt, was hieß, dass Ingke auch auf längere Zeit bei ihr willkommen war.

Am nächsten Morgen musste Ingke in die Schule. Während der Abiturprüfungen hatte sie zwar nicht mehr viel Unterricht, aber die Mathevorbereitung wollte sie unbedingt mitnehmen.

Sie packte ihr Mathezeug und ein paar Stifte in eine von Rosas flippigen Taschen. Was sollte sie bloß ihren Schulfreundinnen sagen? Sie konnte ja nicht einfach von ihrer Adoption erzählen und dann in den Unterricht gehen. Die Nachricht würde einschlagen wie eine Bombe, und es würde tausend neugierige Fragen geben. Bei der Vorstellung, sich aller Welt zu öffnen, sehnte sie sich sofort nach der sicheren Abgeschiedenheit ihres Zimmers zu Hause. In Buch. Da, wo sie jetzt auf den Tod nicht hinwollte. Sie tigerte durch die Wohnung, packte alles noch einmal in eine unauffällige Tasche von Peter um und ging erst auf die letzte Minute los.

In der Tram nach Weißensee beschloss sie, dass sie für ihre Mitschülerinnen Ingke Beerenhain bleiben wollte, wer auch immer sie später sein würde. Ihre Schulzeit war sowieso bald zu Ende, und bei den Abiturprüfungen wäre ein neues Ich einfach zu viel.

Würde es so etwas geben? Ein neues Ich? Würde sie in sich etwas von ihrer leiblichen Mutter entdecken, wenn sie die fand? Das war vermutlich gar nicht so einfach. Schröders gab es doch wie Sand am Meer, und vermutlich hatte ihre Mutter längst geheiratet und hieß ganz anders.

Irgendwie war das alles zu viel. Ingke spürte, dass es sich erst einmal setzen musste. Deshalb holte sie auf dem Rückweg alles für Spaghetti mit Gorgonzolasauce und kochte für Rosa und Peter.

Als sie am Abend zusammen aßen, sagte Peter, er könne sich in die ganze Sache nicht reinversetzen. Rosas Mann, der untersetzt war und mit Anfang dreißig schon Geheimratsecken hatte, war der ruhige Gegenpol zu seiner Frau, deren verrückte Einfälle er jedoch liebte, wie Ingke schon öfter an seinen Blicken abgelesen hatte, wenn Rosa mal wieder irgendeinen Vogel abschoss. »Ich komme aus Aachen«, entschuldigte er sich. »Ich habe mich nie mit der DDR befasst, eher mit Frankreich. Obwohl es noch gar nicht da ist, kann ich mir nicht vorstellen, unser Baby jemals herzugeben. Wenn deine Mutter das gemacht hat, wird sie es sich nicht leichtgemacht haben.« Er zuckte mit den Schultern und nahm sich noch Sauce. Dann leckte er seine Gabel ab und sah Ingke an. »Wenn sie gewusst hätte, wie gut ihre Tochter Gorgonzolasauce hinkriegt, hätte sie es sich bestimmt noch mal überlegt.«

Da musste sogar Ingke lächeln. Das Geheimnis der Sauce, das mit Kürbisstückchen aus dem Tiefkühlregal zusammenhing, hatte sie nicht verraten.

Ehe Peter Rosa und sie in der Küche am Esstisch allein ließ, sagte er: »Wir zählen fest auf dich als Babysitterin. Zum Familienpreis, versteht sich.«

»Vielleicht habe ich ja Geschwister«, sagte Ingke. »Also Halbgeschwister.«

»Auf jeden Fall hast du uns an der Backe«, sagte Rosa und

stellte die Teller in den funkelnagelneuen Geschirrspüler, den Peter »für die Familie« angeschafft hatte. »Und wir sind wie die Kletten.«

»Ist das das Stichwort für deine Geschichte mit Gregor?«

Rosa stellte den Wasserkessel auf den Herd und überlegte. »Das Stichwort dafür sollten wir uns gemeinsam ausdenken.« Sie setzte sich wieder hin, zog Peters Stuhl näher zu sich heran, legte die Beine hoch und fing an zu erzählen.

3

Berlin, 1984

Rosa war glücklich. Sie war an der Kunsthochschule in Weißensee angenommen worden. Ihre Großmutter und sie stießen mit dem Schlehenlikör an, den Emma im Winter immer machte. Denn den Platz hatte Rosa ihrer Oma zu verdanken.

Ihr Großvater, der im Krieg gefallen war, hatte sich für das Bauhaus begeistert, und er hatte mit seiner Frau für ihr gemeinsames Heim auch einige Möbel aus den Bauhauswerkstätten gekauft und eine Schreibtischlampe, aber das hatten alles die Sowjets mitgehen lassen. Emma erzählte bei der Feier zur Studienplatzergatterung, der russische Offizier, der bei der Bodenreform erschienen sei, habe Ahnung von so was gehabt, und nur weil Opa ein Baushausfan gewesen sei, habe sie das Haus jetzt noch und auch noch eine Menge Land für die Schafe.

Rosas Vater Paul hatte geschnaubt und gesagt, das habe noch ganz andere Gründe und sie solle mal bei der Wahrheit bleiben. Da hatte Emma ihn mit einem so kalten Blick angesehen, wie Rosa ihn noch nie bei ihr bemerkt hatte. Der Ausdruck in den Augen der Großmutter raubte ihr den Atem. Und der Schlehenlikör schmeckte plötzlich bitter.

Als Rosa ihren Vater später fragte, was da gewesen sei, meinte er verdrossen, sie solle mal Onkel Otto fragen, sie könne ihm ja schreiben. Onkel Otto war im Westen, und er war noch nie zu Besuch gekommen, Rosa kannte ihn nur von Fotos. Nur ihre Eltern und Kelle hatten Kontakt zu ihm. Irgendwas musste vor Ewigkeiten vorgefallen sein, aber so wichtig waren ihr die Leichen im Keller ihrer Oma nicht.

Entscheidend für Rosas Aufnahme an der Kunsthochschule Weißensee war etwas, was die Russen nicht mitgenommen hatten: Bücher und Broschüren über die Bauhauswerkstätten, die ihre Oma noch hatte, obwohl die Nazis das vermutlich gar nicht gut gefunden hätten. Es waren auch welche von der Weberei darunter, mit Teppichen und Kissen und Decken. Die hatte Rosa schon als Kind an Regentagen immer wieder durchgeblättert. Ihre Großmutter hatte ihr daraufhin das Spinnen und Stricken und Weben beigebracht.

So hatte Rosa die Bewerbungsmappe für die Kunsthochschule in ein riesiges handgewebtes Etui gesteckt – ein Modell für einen Kissenbezug. Das hatte sie sich überlegt, damit ihre Bewerbung auffiel. Ihren Datenbogen stickte Emma, das musste ewig gedauert haben, so viel war Rosa klar. Die Umrandung war immerhin ihr Entwurf.

»Die glauben mir doch nie, dass ich die Buchstaben und Ziffern selbst gestickt habe«, sagte sie ängstlich, als Emma ihr das fertige Stück präsentierte.

Die Antwort ihrer Großmutter würde sie nie vergessen: »Das Erfolgsgeheimnis von Familienbetrieben besteht darin, dass alle gemeinsam für eine Sache arbeiten und zusammenstehen, wenn einer Probleme hat.« Es komme nicht darauf an, dass die in der Kunsthochschule wüssten, wer die Buchstaben gestickt habe, hatte sie gesagt, sondern darauf, dass die Familie insgesamt weiterkäme. »Wenn du einmal eine gute Modegestalterin bist und ich eine alte Frau und selbst nichts mehr tun kann, dann werde ich mich an deinem Erfolg erfreuen. Also nimm und halt den Mund.«

Onkel Otto steuerte Westgeld für einen guten Farbfilm bei, den Maren im Intershop holte, und dann machte Kelle Fotos von Rosas Entwürfen. Er fotografierte den Pullover im Kornfeld, auch das moderne LPG-Morgenröte-Logo, das Kelle 1952 hatte entwerfen lassen, war irgendwo im Hintergrund zu sehen.

Kelle meinte, es solle als Bekenntnis zum Staat mit drauf. Dabei sah es gar nicht nach DDR aus, so schick war es, fand Rosa.

Dass sie eine Schneiderlehre absolviert hatte, half natürlich auch, ebenso die Tatsache, dass ihr Vater LPG-Vorsitzender war. Denn sie war damals Punkerin, und das hätte ihr eigentlich das Genick brechen müssen.

Hatte es aber nicht. Dafür brachte ihr ihre Erscheinung mit rosa gefärbten Stoppelhaaren – zur Aufnahmeprüfung hatte sie die vorsichtshalber unter einem selbst gewebten Tuch verschwinden lassen – und Punkerklamotten die Aufmerksamkeit von Gregor Nehmring ein. Der war damals zwar schon exmatrikuliert, weil er im zweiten Studienjahr einen Ausreiseantrag gestellt hatte, auf seinem Fetenboden fanden aber immer grandiose Studentenpartys statt.

Seine Wohnung – eigentlich waren es zwei Wohnungen, eine riesige Etage plus Dachboden – lag nahe dem S-Bahnhof Schönhauser Allee. Durch das Dach des Hauses hatte es so durchgeregnet, dass die beiden obersten Wohnungen unbewohnbar geworden waren. Gregor hatte über einen Dachdecker, der ein Faible für Kunst hatte und seine Bilder toll fand, Ziegel und Dachpappe gegen Kunst getauscht, das Dach gemeinsam mit seinem Mäzen ausgebessert und war eingezogen. In der einen Wohnung hatte er eine Wand und die Decke herausgenommen, die ohnehin schon halb eingestürzt war; dadurch hatte er ein Atelier, in dem er riesige Formate bemalen konnte. In der anderen wohnte er, und obendrüber auf dem Dachboden fanden die Partys statt.

Gregor malte wild, kritisch und abstrakt, und das kam an der Hochschule nicht gut an. Bei Rosa schon. Keine drei Wochen nach der Erstsemesterparty bei ihm waren die beiden miteinander im Bett. Rosa zog bei Tante Maren und Onkel Kelle aus und in Gregors Wohnung ein. Sie sorgte dafür, dass die

Räume ordentlich punkig aussahen. *Beton brennt doch,* prangte eines Tages in der Küche an der Wand. Und weil kein A darin vorkam, musste das Anarcho-A über den Klopapierhalter im Bad: *Alarmstufe braun.*

Gregor war Rosas erste große Liebe. Er war schon sechsundzwanzig, also sechs Jahre älter als Rosa, und mollig. Das Runde an seinen Armen waren aber die reinsten Boxerbizepse. Er hatte eine Stupsnase und ein kugeliges Lachen, bei dem Rosa einfach immer mitlachen musste. Seine grünbraunen Augen schauten jedoch stets kritisch in die Welt und blieben irritierend lang an dem hängen, was sie erfasst hatten.

In der Punkszene hatte sich Rosa ausprobiert, aber die meisten Punker empfand sie als ziemlich kaputt. Außerdem stellte sie fest, dass die Kerle im Bett doch die Mädchen mit den langen Haaren wollten, nicht diejenigen, die sich von ihren bürgerlichen Zöpfen verabschiedet hatten. Sie war, das wurde ihr erst später klar, eigentlich nur Punk, weil sie die Klamotten und Frisuren und den Schmuck fetzig fand. Und den Zusammenhalt. Und weil sie Fantasie hatte und kreativ und frech war und unbedingt den Landeigeruch loswerden wollte.

Sie punktete mit ihrer großen Klappe. Als ihre Kumpel am S-Bahnhof Prenzlauer Allee eine Scheibe nach der anderen eintraten – klirr, klirr, klirr, sodass der frische Wind durchkam –, fand sie nur den Wind schön. »Das wächst nach im Sozialismus«, erklärte einer, und Rosa musste sich schwer verkneifen, nicht doch ein Landei zu sein.

Gregor hielt sich damit über Wasser, dass er bei einer Keramikerin in der Nähe Geschirr bemalte. Er war nicht der Einzige; das Atelier war bekannt dafür, dass man dort Tassen und Teller von Künstlern bekam, die nicht ausstellen durften. Außerdem kaufte ihm der Dachdecker hin und wieder etwas ab. Aber das reichte nicht, und Rosa war von Maren und Kelle in Berlin-Buch einen vollen Kühlschrank gewöhnt. Also besann sie sich auf ihre handwerklichen Fähigkeiten und ließ sich etwas einfallen.

Kleider aus Baumwollstoffen waren damals heiß begehrt, man bekam aber weder sie noch die Stoffe zu kaufen, um sie sich selbst zu nähen. Rosa ließ sich von Maren aus der Klinikapotheke Verbandsmull mitbringen – der war spottbillig und wurde in richtig breiten Bahnen geliefert. Drei übereinandergelegt ergaben einen blickdichten Stoff. Ihn färbten Gregor und sie in der Badewanne. Gregor bedruckte die Bahnen mit Textilfarbe. Rosa nähte Shirts und Kleider daraus, die eine Freundin von Gregor, die auch einen Ausreiseantrag laufen hatte, unter der Hand verkaufte. Deshalb war das für Rosa relativ ungefährlich. Dachte sie jedenfalls. Aber das stimmte natürlich nicht.

Eines Tages fand Maren im Briefkasten eine Vorladung für sie. Rosa war *zur Klärung eines Sachverhalts* in die Keibelstraße bestellt.

* * *

Berlin, April 1992

»Was war in der Keibelstraße?«, fragte Ingke.

Rosa schaute auf. »In der Keibelstraße am Alexanderplatz war das Polizeipräsidium. Praktischerweise mit einer Menge Zellen, in denen man zur Untersuchungshaft verschwinden konnte«, gab sie Auskunft. »Es war ein Ort, an dem auch die Stasi ein und aus ging. Wer in Ostberlin politisch irgendwas anstellte, landete meistens dort.«

Ingke nahm sich noch ein bisschen Honig in den Tee. Sie hatte keine Ahnung, worauf Rosa mit ihrer Erzählung hinauswollte. Genau wie bei Ernst zuvor. Die einzige DDR-Geschichte in dieser Art, die Ingke hätte beisteuern können, war die Geschichte ihrer Erweiterten Oberschule. Die war, als sie in der neunten Klasse dort aufgenommen worden war, noch eine reine Mädchenschule gewesen, eine katholische Schule mit staatlich anerkanntem Abitur – ein Unikum in der DDR. Kelle war natürlich dagegen gewesen, aber Maren zuliebe, die aus einer frommen Erzgebirgsfamilie kam, hatte er zugestimmt. Pauls Frau Hanna hatte ihn darauf aufmerksam gemacht, dass die Schule während der Nazizeit geschlossen gewesen war, weil sich die Ordensschwestern nicht konform verhalten wollten, was wiederum der Grund war, warum es sie in der DDR überhaupt gab. Da hatte Kelle, dessen Vater als Kommunist im KZ umgekommen war, nichts mehr sagen können.

Diese klitzekleine Schule hatte sich nach der Wende auch für Jungen öffnen dürfen und war in ein größeres Gebäude nach Weißensee gezogen. Zu DDR-Zeiten war es dort so unpolitisch zugegangen wie auf keiner staatlichen Schule. »Eine Glasglocke«, hatte Maren gesagt.

»Eine Käseglocke«, hatte Kelle erwidert, woraufhin ihn Maren niedergestarrt hatte.

»Na schön, ein Brutkasten«, hatte Kelle eingelenkt und von Maren einen Kuss dafür bekommen.

Wegen dieses Brutkastens und weil sie am Stadtrand wohnte und lieber Nudelsaucen erfand, als über Politik zu reden, hatte Ingke, die zum Zeitpunkt der Wende fünfzehn gewesen war, von der ganzen Sache nicht so richtig viel mitbekommen. Zudem hatten sich Kelle und Maren damals oft über die politische Entwicklung gestritten, und da war ihre Tochter lieber in ihrem Zimmer verschwunden.

Bei Rosa zu sitzen ist einfach schön, fand Ingke. Rosa machte es einem immer heimelig. Das hatte sie schon getan, als Ingke klein gewesen war. Wenn ihre Eltern und sie in Beerenhain waren, wollte sie immer zu Rosa. Sie hatte ihr Lesenester in ihrem Bett gebaut und alte Kinderbücher herausgekramt. Jetzt berichtete sie weiter, und Ingke musste zugeben, es war schön, dass sie von sich erzählte. Sie wusste, dass Rosa das nur für sie tat. Und ebenso wie bei Ernst würde bestimmt auch jetzt etwas für sie herausspringen, worüber sie nachdenken konnte.

* * *

Berlin, 1985

Rosa war nach wie vor bei Maren und Kelle gemeldet, die mit der damals elfjährigen Ingke in Berlin-Buch lebten. Deswegen landete die amtliche Post in deren Briefkasten. Kelle stand noch am selben Abend mit dem Schreiben bei Rosa vor der Tür. »Spaziergang. Dicke Jacke«, sagte er knapp und würdigte Gregor keines Blickes.

Sie liefen durch die Straßen des Viertels. Es war feucht und kalt an diesem Abend Anfang März, und es stank nach Kohle. Kelle hielt Rosa unter einer Gaslaterne wortlos den Schrieb unter die Nase.

»Erich III. Mist«, war Rosas erste Reaktion.

Erich III. studierte Bildhauerei und hieß wirklich Erich. Das »III.« hatte er aber weg, weil er bei der Stasi war. Das wussten alle an der Kunsthochschule. Weil es schon zwei Erichs seiner Kategorie gab, nämlich Erich Honecker und Erich Mielke, war er Erich III.

Dummerweise hatte Erich III. ein Auge auf Rosa geworfen und damit Gregor auf dem Kieker. Bei der letzten Party war er erschienen, obwohl er nicht eingeladen gewesen war. Die Studenten hatten ihn zwar recht schnell abgefüllt, und einer hatte auch Faustan dabei, das in sein Weinglas wanderte, aber irgendwann war er doch wieder aufgewacht und verschwunden. Zu dem Zeitpunkt hatte sich niemand mehr um ihn gekümmert.

»Das war der Fehler. Er muss sich bei der Fete in die Wohnung geschlichen haben«, murmelte Rosa vor sich hin.

»Bei welcher Fete auch immer«, sagte Kelle ungeduldig. »Und was war da in der Wohnung?«

Rosa wand sich. »Meine Nähmaschine.«

»Mit dem Mullzeug von Maren«, stellte Kelle klar.

Rosa nickte.

»Und was, bitte schön, ist das besondere Problem daran?«

»Die Aufdrucke. *Mach kaputt, was dich kaputt macht.* In Anlehnung an die Scherben.«

»Die Scherben?«

»Ton Steine Scherben. Die Rockgruppe. Gregor hat einen Druck damit gemacht.« Einen super expressionistischen, dachte Rosa, verkniff es sich jedoch, das zu erwähnen.

Kelle schwieg, lief weiter und machte immer größere Schritte. Offenbar dachte er nach. Rosa kam kaum hinterher.

Sie wartete darauf, dass jetzt die Leier kam: Du weißt, dass du uns alle damit in Teufels Küche bringen kannst. Dass du deinen Eltern und Ernst alles versauen kannst und dir auch dein ganzes Leben, und das ist noch lang, und so weiter und so fort.

Diese Predigten hatte Rosa während ihrer Lehre jede Woche gehört. In ihrer heftigsten Punkphase war sie immer wieder aufgegriffen worden, sie und ihre Freunde hatten mit den Zivilstreifen Katz und Maus gespielt. Auf dem Fest zu ihrem siebzehnten Geburtstag, das als Punkerparty in Beerenhain geplant war, waren sie nie angekommen, weil die Transportpolizei die schrille Truppe schon in Oranienburg aufgegriffen hatte. Dabei hatten Rosas Freunde nicht mal randaliert, Polster rausgerissen und aus dem Fenster geworfen, was sonst durchaus vorkommen konnte. Es reichte schon, dass sie eine Gruppe waren. Gruppen waren Zusammenrottungen. Und Zusammenrottungen waren verdächtig.

Rosas Geburtstagsgesellschaft wurde in Oranienburg in einen Viehwaggon verfrachtet und zurückgeschickt. In dem stinkenden Wagen, der zwischendrin stundenlang irgendwo im Nirgendwo stand, stieg dann die Party. Schließlich ruckelten sie in Schöneweide auf ein Abstellgleis, dann wurde der Riegel wieder geöffnet, und die Punks torkelten hinaus. Von Transportpolizei oder sonstigen Gesetzeshütern keine Spur. Wahrscheinlich wussten die, dass die Jugendlichen nicht mehr einsatzfähig sein würden, vermutete Rosa später. Glück für Hanna und Paul.

Jetzt, im feuchtkalten Prenzlauer Berg, kam die übliche Leier nicht. Ihr Onkel hüllte sich in Schweigen. Da wusste Rosa, er machte sich ernsthaft Sorgen. Irgendwann standen sie wieder vor Gregors Haus. Kelle guckte Rosa an. »Wird dein Gregor abgehört?«

Sie zuckte mit den Schultern.

»Hol ihn runter.«

»Aber …«

»Ich rede. Du nicht.«

»Onkel …« Der ist ja wohl nicht mehr ganz dicht, dachte Rosa.

Er nahm sie bei den Schultern. »Das ist mein Ernst. Ich helfe dir, aber zu meinen Bedingungen. Du hältst die Klappe. Wenn nicht, bin ich weg. Klar?«

Offenbar war ihm tatsächlich etwas eingefallen, anders als Rosa. Und eins war Fakt: So wie sich Kelle anstellte, war sie ihren Studienplatz los, wenn sie aus der Nummer nicht rauskam. Also nickte sie.

Sein rechter Mundwinkel kräuselte sich. »Na, dann geh jetzt.«

Onkel Kelle ist wirklich anders als sonst, überlegte Rosa, und echte Angst stieg in ihr auf. Kelle und sie hatten sich oft in den Haaren, weil er die Auswüchse der Staatsgewalt immer mit der Waffenungleichheit zwischen dem Sozialismus und den »revanchistischen Kräften« begründete. Der Westen hätte nun mal einen Vorsprung, der hätte schließlich den Marshallplan gehabt und neue Fabriken hingestellt gekriegt, während bei ihnen in der SBZ, die dann zur DDR wurde, die Industrieanlagen und Gleise als Reparationszahlung für die Sowjetunion abgebaut worden seien. Da draußen, wo er wohnte, fiel Rosa ein, war die S-Bahn tatsächlich erst vor ein paar Jahren wieder zweigleisig ausgebaut worden – jedenfalls im Bereich der Bahnhöfe, sodass sich dort Züge begegnen konnten. Aber wie heftig sie auch immer diskutiert hatten, Kelle hatte sie stets respektiert und nie von oben herab mit ihr geredet.

Also tat sie, was er wollte.

»Rosa?«, rief er noch, bevor die Haustür hinter ihr ins Schloss fiel. »Dicke Jacke und dicker Schal.«

Sie brachte für Kelle auch noch eins von ihren Wolltüchern mit, denn inzwischen fiel feiner Sprühregen.

Gregor kam mit herunter. Kelle nickte ihm kühl zu. Der mollige Gregor mit der Stupsnase und der hoch aufgeschossene, schlanke Kelle waren in jeder Hinsicht ein ungleiches Paar. Nur Gregors grünbraune Augen mit dem steten Blick und Kelles blaue wache korrespondierten miteinander.

Kelle strebte einem kleinen Park zwei Straßen weiter zu. Er wies auf eine Bank, und Gregor setzte sich lammfromm wie ein Schüler. So kannte Rosa ihn überhaupt nicht, und eine Welle von Liebe überschwemmte ihr Herz. Ihr Onkel und Gregor ließen sich wegen ihr nass regnen. Um sie rauszuhauen. Also setzte sich Rosa neben ihren Freund, Kelle hockte sich auf ein feuchtes Mäuerchen gegenüber.

Nachdem die drei überlegt hatten, welche Möglichkeiten es für den zu klärenden »Sachverhalt« noch geben könnte, und auf nichts anderes kamen, räusperte sich Kelle und hielt die längste Ansprache, die Rosa je von ihm gehört hatte. Zuerst wandte er sich an Gregor.

»Meine Nichte Rosa baut sich gerade ein Leben auf, und zwar hier. Wenn sie sich in einen wie Sie verknallt, ist das ihre Sache. Sie wird daraus lernen.«

Rosa wollte dazwischenreden, weil ihr Onkel gerade so tat,

als sei sie ein Stoffballen, der auf der Bank lag und um den gefeilscht wurde, aber er hob nur kurz den Zeigefinger zur Erinnerung: *Ich rede, du nicht.* Also machte Rosa den Mund wieder zu.

»Sie, Herr Nehmring, haben sich entschieden, diesem Land den Rücken zuzukehren. Sie wissen, dass das in den Augen des Staates, der Ihnen eine Schulausbildung ermöglicht und einen Studienplatz in einem gesellschaftlich verantwortlichen und staatlich geförderten Gebiet gegeben hat, einer Kriegserklärung gleichkommt.«

Onkel Kelle, die rote Socke, kann wirklich nicht aus seiner Haut, dachte Rosa.

Gregor schwieg und ließ ihn reden.

»Das können Sie für sich machen, wie Sie wollen. Aber meine Nichte mit hineinziehen, indem Sie mit ihr schlafen und ihr Schmerzen bereiten werden, wenn Sie ihr und ihrem Land für immer den Rücken zukehren, spricht nicht für Ihre menschlichen Qualitäten. Aber bitte, man ist nur einmal jung. Ich erwarte jedoch mindestens«, Kelle zeigte mit dem Finger auf Gregor, »als absolutes Minimum, dass Sie die Sache auf Ihre Kappe nehmen. Sie werden irgendwann gehen. Ob Sie vorher ins Gefängnis kommen oder nicht, kann Ihnen relativ egal sein – Sie wollen sowieso nicht hierbleiben. So weit verstanden?«

Rosa hielt vor Schreck den Atem an. Gregor nickte nur.

»Können Sie nähen, Herr Nehmring?«

Gregor schüttelte den Kopf.

»Dann wird Ihnen Rosa das heute Nacht beibringen. Und zwar so weit, dass Sie sich im Falle des Falles an die Maschine setzen können, den Faden einfädeln und eine Naht nähen.«

Gregor schnaubte und nickte. »Ich verstehe, was Sie meinen, Herr Dr. Beerenhain.«

»Die Nähmaschine kommt ins Atelier. Da hat sie Rosa stehen. Und dort liegt auch der Mull von meiner Frau. Gefärbt oder wie auch immer. Da liegt alles, was Rosa macht, nämlich Kleider für sich und ihre Freundinnen und Modelle fürs Studium, was weiß ich.« Er wedelte kurz mit der Hand und wendete sich an Rosa. »Und wenn nichts da ist, liegt da bis morgen früh was.«

Rosa nickte.

»Rosa teilt sich mit Ihnen das Atelier. Ansonsten wohnt sie bei meiner Frau und mir. Mit Ihrer Wohnung, in der diese bedruckten Klamotten gefunden wurden, hat sie nichts zu tun. Und sie hat auch keine Ahnung davon, dass Sie sich die Maschine für Ihre freien künstlerischen Versuche ausleihen.« Als er »freien künstlerischen« sagte, wackelte sein Kopf vielsagend hin und her. Dann wandte Kelle sich an Rosa. »Und du wirst auch nicht mehr bei ihm übernachten, mein Fräulein, jedenfalls nicht in nächster Zeit.«

Rosa nickte, was sollte sie tun. Es war der einzige Weg, und doch war ihr ganz schlecht. Wenn sie Gregor einknasteten, war das keineswegs »egal«. Freunde von ihr waren als Punks im Jugendknast gelandet. Einer war inzwischen wieder draußen, und er war nicht mehr derselbe.

»Schön. Ich nehme an, es wird Redebedarf zwischen euch beiden geben«, ergänzte Kelle noch. »Aber nicht heute Nacht und nicht in der Wohnung. Rosa, du zeigst ihm schweigend, wie das mit dem Fadeneinfädeln und dem Nähen geht. Im Atelier.«

Rosa nickte.

Kelle gab Gregor die Hand und scheuchte die zwei nach Hause. »Ich lass dir das Auto stehen. Du kommst heute noch nach Buch.« Er kramte in der Manteltasche und drückte Rosa den Schlüssel in die Hand. Dann ging er Richtung S-Bahnhof davon.

Gregor und Rosa liefen nach Hause.

»Das ist doch alles verrückt«, meinte Gregor auf dem Weg. »Ich mein, ich mach das für dich. Irgendwie hat dein Onkel recht.«

»Hat er nicht. Ich bin ja mit dir nicht zwangsverkuppelt worden.«

Gregor lächelte und zog Rosa kurz an sich. »Ich habe eigentlich gehofft, du würdest auch einen Antrag stellen. Ich versteh überhaupt nicht, warum du hierbleiben willst.«

Das verstand Rosa in diesem Moment auch nicht, aber es war egal. Erst mal ging es um Schadensbegrenzung. Und da hatte Kelle eine schlaue Lösung gefunden, das musste sie ihm lassen.

Sie machten es genau so, wie er gesagt hatte. Gregor übte einfädeln und nähte sich einmal fast durch den Finger, und sie flüsterten und kicherten und küssten sich dabei, und es kam ihnen herrlich verboten vor.

Irgendwann landeten sie auf dem Atelierboden zwischen dem ganzen Mull. Sie hatten Sex, als wäre es das letzte Mal. Kurz vor dem Orgasmus schoss Rosa durch den Kopf, was passieren würde, wenn Kelles Plan aufging. Dann hatte sie Schuld daran, dass Gregor in den Knast kam.

Gregor stieß heftig in sie, viel härter als sonst, als hätte er ähnliche Gedanken. Sie verkrampfte sich, es tat weh, aber der Orgasmus kam und dann ihre Tränen, die Gregor nicht sah. Eben noch hatte sie seine breiten Schultern umklammert und das köstliche Spiel seiner Muskeln genossen. Jetzt, kurz vor seinem Höhepunkt, war er ganz bei sich, und sie sah ihn über sich wie einen Fremden. Auf einmal stellte sie sich vor, wie sie ihm ein Messer in den Rücken stieß, und dann kam auch er und ließ sich auf sie sinken.

»Gregor, ich kann das nicht«, flüsterte Rosa.

»Was kannst du nicht?«, flüsterte er schläfrig zurück.

»Ich kann nicht sagen, dass du das warst.«

»Also, du allein warst das nicht.« Er hob den Kopf und klang wieder wacher, blieb aber beim Flüstern. »Die wissen doch längst, dass Rita die Dinger verkauft. Und von Rita führt die Spur erst mal zu mir, nicht zu dir. Ich häng da sowieso mit drin. Du musst das sagen. Und mir nutzt das vielleicht. Vielleicht komm ich dann endlich raus.«

Rosa wand sich unter ihm hervor, und sie legten sich Bauch an Bauch nebeneinander. »Ich will nicht raus.«

»Ich weiß.«

»Ich hab hier alle. Meine Freunde. Meine Familie. Dich. Dich bald nicht mehr.«

»Du denkst zu kurz. Deine Ideen werden hier vertrocknen.« Den letzten Satz sagte er laut, gewissermaßen zum Mithören.

»Ich geh jetzt nach Hause«, antwortete Rosa wie aufs Stichwort, zog sich an und stieg die kalte Treppe hinunter.

Als sie in Kelles Golf stieg, den er als Arzt und Parteimitglied abgefasst hatte, als mal ein Schwung in die DDR gekommen war, fror sie entsetzlich. Auch die Westautoheizung konnte sie nicht wärmen.

Zwei Tage später fand sie sich zur *Klärung eines Sachverhalts* im Polizeipräsidium in der Keibelstraße ein. Hier würde ihr bisheriges Leben in einer U-Haft-Zelle enden, oder es würde weitergehen. Irgendwie. Wie auch immer. Sie hatte keine Ahnung, ob Gregor abgehört wurde und ob sie nicht irgendwelche Wanzen in der Wohnung sowieso verraten hatten. Sie hatten sich nie darum gekümmert.

Ich war so blöd, dachte Rosa und schaute ein letztes Mal in den Märzhimmel, der heute blau war und den nahenden Frühling verhieß.

»Guten Morgen, Fräulein Beerenhain«, grüßte sie ein Ziviler. »Hier entlang.«

Er brachte sie in einen Raum, in dem zwei Sprelacarttische T-förmig aneinandergestellt waren. Hinter Rosa hatte sich ein zweiter Mann, ebenfalls in Zivil, dazugesellt. Vor dem hohen, schmalen Fenster hing eine Spitzengardine, die so dreckig war, dass sie den Vorfrühlingshimmel grau färbte.

Der erste Mann setzte sich an den quer stehenden Tisch mit dem Rücken zum Fenster, der andere Rosa gegenüber an den längs stehenden. Beide waren dick. Dicki und Specki. »Gib den Typen gemeine Spitznamen«, hatte Rosas Kumpel Assel ihr in ihrer Punkzeit für Verhöre geraten. Assel war Stammgast in der Keibelstraße gewesen, manchmal auch ein paar Tage im Zellentrakt auf dem Hof, bis er sich irgendwann nicht mehr rauswinden konnte und im Jugendknast landete. Assel saß noch immer. Trotzdem, der Tipp war nicht schlecht, fand Rosa.

Beide Männer hatten teigige Gesichter. Kein Wunder, wenn die immer hinter solchen Spitzengardinen sitzen müssen, schoss es ihr durch den Kopf.

Der Mann seitlich von ihr – Dicki – stellte ihre Personalien fest. Dann lehnte er sich zurück. Offensichtlich ein Zeichen für Specki, das Verhör zu beginnen.

Der redete nicht um den heißen Brei herum. »Sie sind oft in der Pappelallee. Fräulein Beerenhain.«

»Ja. Da ist mein Gemeinschaftsatelier.«

»Gemeinschaftsatelier. Aha.« Specki machte eine Pause. Dicki schwieg.

»Da passt mein Webstuhl rein«, sagte Rosa als Erklärung. Sie besaß seit einem Jahr ein Riesenmonstrum aus dem Erzgebirge, ein uraltes Teil, das sie und ihre Mutter halb kaputt gekauft hatten. Ihr Vater und Ernst hatten das Webeblatt komplett erneuert. Den Webstuhl hatte sie tatsächlich bei Gregor aufgestellt.

»Und die Nachtschicht?«, mischte sich Dicki ein.

»Wie bitte?«

»Sie bleiben oft über Nacht, Fräulein Beerenhain«, erklärte Specki.

Rosa zuckte mit den Schultern. »Schweigen, schweigen, schweigen«, hatte ihr Assel außerdem geraten. »Und dann verbindlich freundlich sein. Egal, was die sagen. Nebenherreden ist auch gut.« Rosa schwieg. Immerhin hatte Specki keine Frage gestellt, die sie verbindlich freundlich beantworten müsste.

»Was machen Sie denn in der Wohnung von Herrn Nehmring so?«, setzte Specki nach.

»Wir machen zusammen Pause, essen was.«

»Und bumsen«, ergänzte Dicki.

Rosa entschied sich wieder fürs Schweigen.

»Sie wissen aber schon, dass Herr Nehmring unserem Land den Rücken kehren will.«

Schweigen wäre nicht verbindlich-höflich. Eine Antwort heikel. Also nebenherreden, beschloss Rosa. »Um welchen Sachverhalt soll es heute eigentlich gehen?«, fragte sie.

Dicki legte ein Foto vor sie hin. Es zeigte ihre Nähmaschine in Gregors Wohnung, auf dem Tisch ein halbgenähtes Mach-kaputt-was-dich-kaputt-macht-Shirt.

Rosa betrachtete das Foto. Es war neu. Das Pflaumenmusglas mit dem abgeschrammten Schild hatten sie vor einer Woche aufgemacht, ungefähr als die Party war. Das Foto war tagsüber aufgenommen worden. Erich III. konnte es also nicht gemacht haben, aber vielleicht war an einem der nächsten Tage einer von der Stasi in der Wohnung gewesen, als Gregor und sie nicht da waren. Es war keine Person zu sehen.

Rosa runzelte die Stirn. »Wieso steht meine Nähmaschine da?«

»Es ist also Ihre?«

Sie guckte noch mal auf das Foto. Es ließ sich nicht leugnen. »Ja, aber die steht immer im Atelier.«

Specki warf Dicki einen kurzen Blick zu. »Auf dem Foto

steht sie aber in Herrn Nehmrings Wohnung. Und offensichtlich wurde etwas sehr Unerfreuliches damit genäht«, sagte er.

Keine Frage, frohlockte Rosa. Also schweigen.

»Nicht wahr?«, schob Dicki hinterher.

Mist.

»Ach.« Rosa machte eine wegwerfende Handbewegung. »Herr Nehmring findet meine Mullmodelle gut. Er meint, die sollte man für Schwerkranke verwenden und Sprüche draufschreiben, die die Patienten auffordern, gegen ihre Krankheit anzugehen. Diese weißen Binden sind doch langweilig. Und die gefärbten kann man auch auskochen. Einer ist: ›Krebs im Krebsgang – ich voran.‹«

Die beiden glotzten. Die wissen wohl nicht, dass Krebse rückwärts flüchten, dachte Rosa. Dann erinnerte sie sich ans Nebenherreden. »Ich will die Sachen aber nicht für Kranke. Ich mach so Stufenkleider, die –«

»Sie haben das nicht genäht?« Specki wies mit dem Finger auf das Corpus Delicti.

Rosa schüttelte den Kopf und zuckte gleichzeitig mit den Schultern.

»Ja oder nein?«, fragte Dicki schneidend.

»Nein.«

»Und der Spruch?«

»Keine Ahnung. Wir haben eigentlich nur Quatsch gemacht. Einer hieß auch ›Raucherbein muss nicht sein‹, aber Hosen kann man mit dem Mull schlecht nähen. Der liegt nicht breit genug. Den Spruch«, Rosa nickte zu dem Foto und fühlte, wie ihr der Schweiß ausbrach, »muss er sich allein ausgedacht haben.«

»Den Spruch hat er sich nicht allein ausgedacht. Der ist von einer dieser verdorbenen Rockgruppen aus der BRD.«

Dicki machte eine Pause.

Darauf fiel Rosa nicht rein. Ihr war klar, dass Dicki wusste, dass sie die fast wortgleiche Textzeile der Scherben kannte: *Macht kaputt, was euch kaputt macht.* Er wusste das, weil der Spruch einer der gängigen Punkersprüche war und die Stasi jeden Punk kannte. Sie war damals nur davongekommen, weil sie brav ihre Lehre weitergemacht hatte und nie bei einer richtig schlimmen Aktion dabei gewesen war.

Wenn der denkt, ich geb zu, dass ich den Spruch kenne, hat er sich getäuscht, dachte Rosa kämpferisch. »Dann weiß ich auch nicht«, sagte sie kryptisch und beugte sich vor. Nebenherreden kam jetzt bestimmt gut. »Aber ehrlich, bunte Binden, so was macht doch fröhlich, oder? Da könnte man ja mal weiterdenken. Müssen ja keine Sprüche drauf sein. Und Krankenklamotten aus Mull nähen würde ich auch nicht. Einfach nur bunte Binden. Vielleicht mit Pusteblumenbatik, das wäre –«

»Das reicht jetzt, Fräulein Beerenhain.«

»Entschuldigen Sie, aber ich habe immer viele Ideen«, sagte Rosa einfältig-freundlich-verbindlich.

»Wie kommt Ihre Nähmaschine dahin?«, fragte Specki und bohrte seinen Zeigefinger in das Foto.

»Muss sich Herr Nehmring geborgt haben.«

»Ach, und der kann nähen.«

»Keine Ahnung, warum nicht?« Rosa zog die Augenbrauen zusammen. »Doch, ich glaube schon. Er hat mal irgendwas an einem seiner Hemden ausgebessert. Eine Naht oder so. Aber das mit den bunten Binden, das muss ich unbedingt bei meiner Kollektion –«

»Fräulein Beerenhain, Sie können erst mal gehen. Wir melden uns bei Ihnen. Und suchen Sie sich ein neues Atelier.«

Als Rosa wenig später ins helle Sonnenlicht auf den Alex trat, fühlte sie sich mindestens so teigig wie Dicki und Specki. Aber das war jetzt unwichtig. Sie musste Gregor in seinem Versteck aufsuchen. Sie hatten nämlich ausgemacht, dass er so lange verschwand, bis sie ihr Verhör hinter sich gebracht hatte, damit er nicht gleichzeitig abgeholt werden und sie sich absprechen konnten.

Rosa betrat den U-Bahnhof, stellte sich ans Gleis, wo die Bahn nach Thälmannplatz fuhr, guckte sich unauffällig um und tat ansonsten so, als würde sie vor sich hin träumen. Die Luft schien rein zu sein. Der Zug nach Vinetastraße fuhr ein. Im letzten Augenblick tat sie so, als würde sie aufwachen, sprintete hinüber und sprang hinein. Niemand folgte. Wenig später traf sie Gregor in Ritas Keller.

Er nahm sie zwischen einer versifften Matratze und einem Kohlenhaufen fest in seine starken Arme. »Dir ist also nichts passiert.«

Das stimmte, und es stimmte auch wieder nicht. Rosa war etwas passiert. Sie hatte gemerkt, dass Gregor ihr viel zu viel bedeutete. Er hatte nie damit hinter dem Berg gehalten, dass er einen Antrag laufen hatte, aber trotzdem. Rosa stellte fest, dass sie nicht mit jemandem zusammen sein wollte, der auf dem Sprung lebte. Für sie war Gregor nicht nur irgendeine Lebensstation mit Sex und Freundschaft und einem gemeinsamen Pflaumenmusglas wie sie für ihn. Sie hatte sich etwas vorgemacht. Sie war bis über beide Ohren in Gregor verliebt, und deshalb musste sie sehen, wo sie blieb. Sie würde sich tatsächlich ein neues Atelier suchen.

Rosa erzählte Gregor alles, vor allem die Sprüche, die sie sich angeblich ausgedacht hatten.

Er lachte sein kugeliges Lachen, doch zum ersten Mal steckte er Rosa nicht damit an. »Du bist viel zu frech und zu schlau für dieses verrottete Land.« Er wurde ernst. »Ehrlich, Rosa, du musst hier auch raus.«

»Nein, Gregor. Mein Bruder und meine Eltern und Onkel Kelle, also Dr. Beerenhain, den du kennengelernt hast, die sind nicht verrottet.«

»Dein Onkel ist tiefrot.«

»Na und? Ich bin es nicht, und er liebt mich trotzdem.«

»Familie ist rückwärtsgewandt. Was ist mit deinem Leben?«

»Das gehört da rein.«

Er schüttelte den Kopf und küsste sie. Rosa schob ihn weg. »Geh nach Hause«, sagte sie. »Ich muss in die Hochschule.«

Gregor wurde am nächsten Tag abgeholt, aber wieder freigelassen. Er hatte ein Mullshirt druntergehabt, auf dem stand: *Krank? Steht nicht im Fünfjahresplan.*

Rosa bekam vom Leiter ihres Fachbereich den Tipp für ein Atelier, einen recht großen Laden in Friedrichshain, ausreichend für den Webstuhl. Erst als sie eingezogen war, wurde ihr klar, wer dafür gesorgt hatte, dass sie diesen Laden bekam. Direkt daneben hatte Erich III. sein Atelier, ein richtig großes. Da hätte sie fast doch noch einen Antrag gestellt.

* * *

Berlin, April 1992

»Und wie ist das mit Gregor ausgegangen?«, fragte Ingke Rosa, als diese mit einem traurigen Lächeln abbrach. Ihr Tee war kalt geworden. Kalter Kräutertee, das ging gar nicht, auch mit Honig nicht. Ingke schob die Tasse weg.

»Mit Gregor habe ich nicht mehr geschlafen. In den langen Nächten ohne ihn bei Tante Maren, Onkel Kelle und dir zu Hause habe ich mir überlegt, was ich mit meinem Leben anfangen will«, sagte Rosa. »Ich habe überlegt, wie es wäre, auch einen Ausreiseantrag zu stellen. Mir war schnell klar, dass ich daran zugrunde gehen würde. Dieses Ausgeschlossensein, das Abgeschnittensein von der Zukunft, das wollte ich nicht. Das hätte mich kaputt gemacht.«

Sie stand auf, schüttete den Rest Tee aus der Kanne weg und suchte im Küchenschrank nach Schokolade. Als sie welche fand, öffnete sie gedankenverloren die Packung und vergaß,

Ingke auch etwas anzubieten. Sie stellte sich vor das Küchenfenster und starrte in die Dunkelheit, die inzwischen hereingebrochen war.

»Vielleicht hatte das auch Gregor kaputt gemacht. Vielleicht war er deshalb so brüsk, was familiäre Bindung betraf.« Sie stopfte sich ein großes Stück in den Mund, besann sich, drehte sich um und hielt Ingke die Tafel hin. »Diese Ungewissheit, diese Schwebe, dieses Im-Niemandsland-Leben, während ein Ausreiseantrag läuft, jahrelang. Wenn alle wissen, dass du gehst, dann gehörst du nicht mehr dazu. Du bist noch da, bist aber in den Augen der anderen eigentlich schon weg. Du bist eine lebende Tote.« Rosa ließ sich abfällig ächzend wieder auf ihrem Stuhl nieder.

Ingke nahm auch ein Stück Schokolade, ließ es in ihrem Mund zergehen und das Gehörte sacken. Dann huschte ein verschmitztes Lächeln über ihr Gesicht. »Und da hast du die Möglichkeit zu gehen kaputt gemacht.«

»Genau. Und ich habe noch etwas anderes kaputt gemacht, nämlich den Gedanken, mich von meinem gegenwärtigen Leben und meiner Vergangenheit abzuschneiden. Wegen des Westens? Wegen irgendeines Westens?«

Rosa griff unter sich und warf Ingke ihr Sitzkissen zu. Die fing es auf.

»Riech mal«, sagte Rosa.

Ingke schnupperte daran. »Riecht nach Wolle.«

»Riecht nach Beerenhain«, sagte Rosa. »Für mich jedenfalls. Für mich wird Wolle immer nach Beerenhain riechen. Nach Omas Weiden und den Schafen. Ich hätte mich nach Beerenhain verzehrt, wenn ich in den Westen gegangen wäre. Ich hätte mich nach Oma verzehrt und nach Mutti und Vati und Ernst und auch nach dir, du Sprotte.«

»Na ja«, sagte Ingke. »Jetzt übertreibst du.«

»Ein bisschen. Jetzt gründe ich meine eigene Familie, und

Oma ist alt und wird irgendwann sterben. Und es wäre auch im Westen weitergegangen. Aber meins war das damals eben nicht. Ich habe mein Nest noch gebraucht. Ich war nur ein Jahr älter als du jetzt, Ingke.«

»Nur dass ich nicht in das Nest gehöre.«

»Das stimmt nicht. Maren und Kelle haben ein Nest für dich gebaut. Ein warmes und liebevolles für ein aus dem Nest gefallenes Junges. Und Maren und Kelle waren nicht diejenigen, die das Nest deiner Mutter zerstört haben.«

Ingke verschränkte die Arme.

»Du willst nicht mit deinen Eltern sprechen, oder?«, fragte Rosa.

Ingke schüttelte den Kopf. »Noch nicht. Kann nicht.«

Rosa langte über den Tisch und drückte Ingkes Hand, sagte, dass sie natürlich auch weiter bei ihr schlafen dürfte, und beendete dann ihre Geschichte.

»Kurze Zeit später besetzte ich selbst eine Wohnung. Ich kam mit Leuten von der Kirche zusammen und durch Ernst mit Umweltaktivisten, mit Menschen also, die im Osten etwas wollten. Ich glaube, ich bin irgendwie bodenständig. Ich merkte, dass ich hingehöre, wo ich hingestellt bin. Dass ich da Kraft entwickle. Und so haben viele von denen auch empfunden. Gregor hatte diesen Verwurzelungsdrang nicht. Er konnte im Nichts leben, von einem Tag auf den anderen.« Sie machte eine vage Handbewegung. »Oder er war gedanklich einfach schon ganz woanders.«

Für Ingke klang das verquast, fast ein bisschen schwülstig. »Das Stichwort ›Kletten‹ passt«, murmelte sie in Gedanken.

»Hä?«, machte Rosa.

»Na ja, am Anfang habe ich dich doch nach dem Stichwort gefragt. Und ›Kletten‹ passt. Ernst und du, ihr behindert euch gegenseitig. Ihr seid zwar Zwillinge, aber ihr seid deswegen doch nicht euer Leben lang aneinandergekettet. Du hast Ernst das mit Marie versaut, weil er dir versprechen musste, während deines Studiums stillzuhalten.« Ingke stutzte. »Ernst wollte vorher schon mal ausreisen, vor Marie, sonst hätte er dir das nicht versprechen müssen. Dabei wusstest du doch, wie scheiße es in der DDR war.«

Rosas Wangen überzog eine leichte Röte. »Vielleicht«, gab sie zu. »Eigentlich hat das mehr mit Vati zu tun.«

»Paul? Der ist fast so rot wie mein Vati«, sagte Ingke. »Also … wie Kelle.«

»Mein Vater hat die LPG trotzdem schon immer sehr ungewöhnlich geführt, nämlich ökologisch, obwohl damals noch kein Mensch den Begriff verwendet hat. Ernst fand das mit dem Fruchtwechsel und dem Durchziehen der Schafe alle paar Jahre interessant – Vati hat es uns, als wir Kinder waren, wirklich toll erklärt. Wir hatten über Mutti auch Kontakte zu westdeutschen Umweltschützern und Pazifisten. Deswegen hätte Ernst fast kein Abi machen können, aber das musst du dir von ihm erzählen lassen. Jedenfalls wurde er Bausoldat, und danach überlegte er, einen Ausreiseantrag zu stellen. Das fiel in die Zeit, als ich gerade meine Wunden wegen Gregor geleckt hatte, eine eigene Wohnung eingerichtet und ganz optimistisch war, dass man in der DDR doch eine Menge erreichen könne. Die Kunsthochschule bot uns eine Menge Freiheiten, viel mehr, als es anderswo gab.«

Rosa stand auf, streckte sich und setzte sich wieder. »Ernst hat mich ausgelacht. ›Nischenromantikerin‹ war sein Schimpfwort. Und er hatte nicht unrecht. Er war mit seiner Kompanie zur Sanierung von LPG-Gebäuden eingesetzt worden. Sein Freund hatte dabei einen tödlichen Unfall. Das war so eine Art Erweckungserlebnis für Ernst. Er schaute sich an, wie die Landwirtschaft in der DDR wirklich lief, und stellte fest, dass die kleine LPG ›Morgenröte‹ ein Wolkenkuckucksheim war. Die meisten anderen LPGs hatten riesige Felder, ausgelaugte

Böden, die Tierproduktion war fast ausschließlich Massentierhaltung, alles war gülleverseucht. Und da wollte er nicht mitmachen.«

»Und du Nischenromantikerin hast ihn umgestimmt?«, fragte Ingke süffisant. »Nischenromantikerin« passt zu Rosa, fand sie. Irgendwie kam sie damit immer noch durch.

Rosa schüttelte den Kopf. »Ich habe mich fürchterlich mit ihm gestritten.«

»Wütende Wespe«, sagte Ingke, weil Rosa das selbst immer gebrauchte.

»Genau.« Rosa lachte und machte sich selbst nach. »Stell doch den Antrag! Bitte sehr. Kannst du gerne machen, dann ist mein Studium futsch und Vatis LPG-Vorsitz auch, und dir ist schon klar, was dann mit der LPG ›Morgenröte‹ passiert. Güllesee um Beerenhain.«

Jetzt musste auch Ingke lachen.

Rosa war schon wieder ernst. »Überzeugt hat ihn dein Vati, glaube ich.«

»Kelle«, sagte Ingke streng. Sie wollte ihn nicht mehr Vati nennen.

»Genau, Onkel Kelle«, sagte Rosa freundlich, als wäre Ingkes Einwurf eine Nachfrage gewesen.

Nischenromantikerin, vom Feinsten, dachte Ingke. Einfach alles jenseits ausblenden.

Aber da redete Rosa schon weiter. »Er hat Ernst von der Graswurzelbewegung erzählt und ihm empfohlen, sich mit Leuten von der Umweltbewegung in der DDR zusammenzutun, die inzwischen ziemlich stark geworden war. Und da ist Ernst irgendwie reingewachsen.«

»Graswurzelbewegung?«

»Das meint das Aufbrechen alter Strukturen von unten.« Rosa krabbelte mit ihren Fingern nach allen Seiten über die Tischplatte, so wie Graswurzeln wuchsen. »Das haben die

Kommunisten gemacht, also dein Opa, der im KZ umgebracht worden ist. Traditionell ist das eine Strategie der Linken, wenn sie gegen das Establishment rebellieren.« Sie griente. »Ich glaube, Ernst hat der Name gefallen. Mit Graswurzeln konnte er was anfangen.«

»Ja, Kelle war im Überzeugen schon immer gut«, sagte Ingke bitter, ohne auf Rosas launige Bemerkung einzugehen. »Aber bei mir schafft er das nicht.« Sie stand auf und trat ans Fenster. Der Mond war schon über das Dach gezogen. Es musste spät sein. »Ihr hängt zusammen wie Kletten, mit Widerhaken, jeder mit dem anderen.«

»Das ist Familie«, sagte Rosa.

»Das mit den Widerhaken?«

»Du meinst, weil wir uns gegenseitig ausgebremst haben?«

Ingke drehte sich um und nickte.

»Haben wir. Aber das war die DDR. Die hat die Haken zu Widerhaken gemacht. Wenn eine Familie in Freiheit lebt, sind es nur Haken. Die kann man öffnen, schließen, neu verhaken. Ganz ohne Haken ist doch wie vogelfrei.«

Rosa räumte die Tassen in den Geschirrspüler, Ingke stellte den Honig weg.

»Noch Hunger?«, fragte Rosa.

Ingke nickte. Peter und Rosa hatten vorhin bei den Spaghetti kräftig zugelangt, und Ingke hatte sich mit wenig begnügt. Außerdem war das Abendessen ewig her.

»Käsebrot?«

Ingke nickte wieder.

Rosa holte den guten Schafskäse aus Beerenhain aus dem Kühlschrank, eine Paprika dazu, und schmierte Ingke ein Brot. Während sie die Paprika ganz klein schnitt und in den weichen Schafskäse drückte – ihre Spezialstulle –, guckte sie versonnen. »Als ich nach der Sache mit Gregor in den Sommerferien zu Hause in Beerenhain war und stundenlang die Wolle von der

Junischur spann, habe ich gemerkt, dass ich alles richtig gemacht hatte. Mir fehlte nichts. Ich sprudelte über vor Ideen. Nach meinem ersten Studienjahr machte ich mir klar, dass ich den Hauptgewinn gezogen hatte. Du warst damals zwölf. Ich war ganz oft mit dir am See. Weißt du noch?«

»Hmm.« Mehr konnte Ingke gerade nicht von sich geben. Sie hatte den Mund zu voll. Der Beerenhainer Schafskäse war auch so ein Haken. Der hatte bei ihr verfangen. »Ich bin immer hinten auf deinem Gepäckständer mitgefahren, weil ich kein Rad in Beerenhain hatte«, sagte sie schließlich, stockte und kaute weiter. »Weißt du, was Tante Emma mal gesagt hat?«

Rosa schüttelte den Kopf.

»Das Zimmer, in dem ich jeden Sommer gewohnt habe. Sie hat mal gesagt, das sei immer das Schröderzimmer gewesen. So was sagt man doch nicht, wenn das normale Gäste sind.« Sie schluckte den Bissen hinunter. »Und wieso kriege ich das immer? Vielleicht sind die Mutter und die Tochter, von denen du erzählt hast, ja irgendwie mit mir verwandt.«

»Moment«, sagte Rosa. »Das klären wir gleich. Ich rufe an.« Sie stand auf.

»Ich spreche nicht mit denen«, sagte Ingke und rührte sich nicht.

Rosa verdrehte die Augen. »Dann bleib in der Küche.« Sie ging ins Wohnzimmer.

Wenig später kam sie zurück. »Ich habe Emma angerufen, nicht deine Eltern. Und ja, deine Mutter war als Kind mit deiner Großmutter hin und wieder Gast bei Oma. Hat dir Onkel Kelle das echt nicht erzählt?«

Ingke schüttelte den Kopf. »Nee.«

»Na ja, wenn ich ihn vorgestern am Telefon richtig verstanden habe, bist du ziemlich schnell abgerauscht. Da hatte er vielleicht keine Gelegenheit dazu.«

»Und garantiert auch keine Lust«, versetzte Ingke. »Dass

Tante Emma da auch mit drinhängt …« Die Wut kam wieder hoch. »Und mir nie was gesagt hat.«

Rosa wiegte den Kopf. »Ich glaube, du musst zu ihr fahren.«

Ingke bekam auf einmal keine Luft mehr. Es war, als würde der Käse in ihrem Schlund aufquellen. Sie ließ die Stulle fallen. »Tante Emma hat mir immer das Zimmer meiner Mutter gegeben und nie was gesagt! Wie konnte sie nur!«

4

Beerenhain, April 1992

Rosa musste Beerenhain schon vorgewarnt haben. Wahrscheinlich hatte sie gesagt: »Passt auf, wütende Wespe im Anflug. Deckung!« Jedenfalls hatten sich ihre Tante Hanna und ihr Onkel Paul weggeduckt, nur Tante Emma war da.

»Warum habt ihr mir nichts gesagt?«, wollte Ingke wissen, kaum dass Emma ihr die Tür aufmachte. Emma trug ein Wollkostüm wie immer, wenn sie nicht gerade im Gemüsegarten arbeitete, und einen weißen Haarknoten mit Haarteil, das man aber nicht sah. Das machte sie sehr geschickt. Einmal Gutsherrin, immer Gutsherrin. Wie eine Landfrau sah sie jedenfalls nicht aus. Sie war schon über achtzig und gehörte noch zu der Generation, die Menschen gleich ins Wohnzimmer bat, in der Küche Kaffee aufgoss – das Wasser setzte sie flugs auf, wenn jemand auf der Auffahrt erschien, noch ehe sie die Tür aufmachte – und eine Minute später mit einem Tablett mit Kanne, Tassen, Zucker, Sahne und etwas Süßem, diesmal Rhabarberkuchen, wiederkam.

Heute deckte Emma den Couchtisch mit dem Keramikservice von Otto Lindig. Ein Zeichen dafür, dass sie ihrem Besuch besondere Bedeutung beimaß. Das Service war aus dem Bauhaus, und Emmas Mann Friedrich, der im Krieg gefallen war, hatte es ihr einmal geschenkt. Für jeden Tag. Es war aus Keramik, anders als das uralte Gutsgeschirr von KPM, das sie im Krieg im Garten verbuddelt hatten und von dem es nur noch Fotos gab. Ingke hatte keine Ahnung, wo das eigentlich abgeblieben war. Das Lindig-Service war eine der wenigen Erinnerungen, die ihre Großtante Emma noch an ihren Mann hatte, und sie liebte es sehr.

Ingke mochte vor allem Emmas Kaffee, sie schüttete ihn nämlich einfach in die Kanne und brühte ihn auf. So schmeckte er am besten. Vielleicht auch deswegen, weil sie als Kind, wenn Maren, Kelle und sie bei Omi Lisbeth gewesen waren, morgens immer zu Emma in die Küche gelaufen war und eine Tasse heiße Milch mit einem winzigen Schuss Kaffee bekommen hatte. Kelle und Maren hatten es genossen auszuschlafen, und Lisbeth war immer erst mal zu den Hühnern gegangen.

»Interessant, dass du mir als Erstes diese Frage stellst. Das freut mich«, sagte Emma und goss ihrer Großnichte ein.

Ingke war platt. Das freute sie? Ihre Hand, die schon auf dem Weg zum Sahnekännchen war, blieb in der Luft hängen.

Emma tat Rhabarberkuchen auf. »Du hättest auch zuerst fragen können, wo deine Mutter ist. Aber du willst wissen, warum dir deine Familie nichts gesagt hat.«

Ah, daher wehte der Wind. »Meine Familie.«

Emma blickte auf. Kühl sagte sie: »Deine Familie. Die Menschen, die für dich einstehen, die siebzehn Jahre lang bis zu deinem achtzehnten Geburtstag für dich verantwortlich waren, die dich erzogen und dafür gesorgt haben, dass du einen guten Start in die Welt hast. Die Menschen, die dich ihr Leben lang begleiten werden.«

»Ich will auch wissen, wo meine Eltern sind.«

»Und wir werden uns bemühen, dir bei der Suche zu helfen. Aber erst einmal werde ich dir deine erste Frage beantworten.« Emma saß trotz ihres hohen Alters ganz gerade, rührte die Sahne in ihrem Kaffee um und wies auf Ingkes Stück Rhabarberkuchen.

Ingke war klar, dass sie zugreifen sollte. Ihre Großtante würde ihre Kuchengabel nicht in die Hand nehmen, ehe sie sich nicht einen Bissen in den Mund geschoben hatte. Emma war eine vornehme Gastgeberin, das hatte sie aus ihrer Jugend. Also langte Ingke zu. Emmas Rhabarberkuchen war der beste der Welt – mit Vanillepuddingschmand. Dazu der saure, frische Rhabarber und knackige Streusel, da konnte kein Mensch widerstehen.

Emma führte einen mikroskopisch kleinen Bissen zum Mund, und Ingke wusste, dass sie das nur der Form halber tat. Sie würde sie nicht allein essen lassen, aber auch nicht mit vollem Mund reden. Noch weniger würde sie Ingke warten lassen, weil sie Kuchen spachtelte. Da begann sie auch schon.

»Es gibt schlimme Ereignisse und vor allem schreckliche Erkenntnisse, vor denen die Jugend geschützt werden muss. Solange das Nervenkostüm nicht robust ist – und dem trug die Volljährigkeit mit einundzwanzig Jahren, so wie das früher war, besser Rechnung –, sollte die Jugend vor Schockierendem bewahrt werden. Mir ist das nicht gelungen, und diese Erfahrung hat mich deinen Eltern raten lassen, dir nichts zu sagen.«

Oh Mann, das war aber gestelzt, dachte Ingke. Und ihre Großtante kam ihr auf einmal vor wie eine Eiskönigin.

* * *

Beerenhain, 1945

»Junkerland in Bauernhand« – dieses Damoklesschwert hing seit September 1945 über Gut Beerenhain. In der sowjetischen Besatzungszone wurden alle enteignet, die mehr als hundert Hektar Land besaßen. Beerenhain war nicht groß, aber zum Gut gehörten mehr als hundert Hektar. Und wer mehr als hundert Hektar hatte, durfte die hundert nicht etwa behalten, sondern wurde ganz enteignet, Gutshäuser und Schlösser wurden geplündert. Die enteigneten Ackerflächen wurden unter Landarbeitern und den vielen Vertriebenen verteilt, die aus den Ostgebieten gekommen waren.

Aus Sachsen hatte Emma Schreckliches gehört. Dort war zuerst mit der Durchführung der Bodenreform begonnen worden, und Friedrichs Onkel war in einem Lager verschwunden. Emma hatte nie wieder von ihm und seiner Frau gehört. Andere schafften es, sich zu den Amerikanern durchzuschlagen.

Emma war wie paralysiert. Sie war Witwe, Otto war siebzehn, Paul elf. Der Sommer 1945 war heiß und trocken gewesen, die Ernte bescheiden. Emma und ihre Schwägerin Lisbeth gaben trotzdem ab. Die meisten Beerenhainer Landarbeiter kamen nicht aus dem Krieg zurück. Einfache Bauern hatten in die Schützengräben gemusst. Da waren nicht viele übrig geblieben. Die Frauen und Alten hatten sich schon im Frühjahr '45 zusammengetan und gemeinsam gewirtschaftet, damit keiner verhungerte. Beerenhain hatte Glück gehabt. Es waren nur wenige Häuser ausgebrannt, auf dem Gut der Stall, aber Tiere hatten sie sowieso nicht mehr. Das letzte Schwein hatte Emma schlachten lassen, kurz bevor die Russen kamen. Sie hatte eine Flüchtlingsfamilie aus Ostpreußen aufgenommen und eine aus dem Dorf, die kein Dach mehr über dem Kopf hatte.

Und dann kamen sie.

* * *

Beerenhain, April 1992

Emma verstummte. Ingke hatte keine Ahnung, warum sie ihr das alles erzählt hatte, aber das kannte sie mittlerweile schon.

Plötzlich fiel ihr ein, dass Rosa von »Leichen im Keller« ihrer Großtante gesprochen hatte. Damit musste sie irgendetwas gemeint haben, das mit dem Erhalt des Gutshauses und Friedrichs Faible fürs Bauhaus zusammenhing.

Ingke strich über die bauchige Kaffeekanne. Material und Farbton – Keramik, außen braun – wirkten bäuerlich. Die weißen Innenflächen und die großzügige Form zeugten hingegen von Könnerschaft, das sah sogar Ingke sofort. Und jetzt war sie neugierig.

Emma folgte ihrer Bewegung mit dem Blick. Dann lächelte sie dünn, holte tief Luft, nahm einen großen Bissen Kuchen, ließ sich Zeit.

Ingke schaute sich im Zimmer um. Hellerau-Möbel aus den Sechzigern standen darin. Hell, lebhaft gemasert, Esche, das wusste sie von Ernst. Ingke saß auf einem runden Sessel mit langen Spinnenbeinen, die nur eingesteckt und manchmal abgegangen waren, wenn sie als Kind mit Rosa oder Ernst getobt hatte. Dann war Emma richtig herrisch geworden, und sie mussten »an die frische Luft«, egal was für ein Wetter war. Die Werkstätten Hellerau folgten der Bauhaus-Tradition, ihre Möbel waren nur über Beziehungen erhältlich gewesen, und Ingke hatte keine Ahnung, was aus dem Betrieb nach der Wende eigentlich geworden war.

Emma saß kerzengerade auf ihrer Klappcouch und aß in Gedanken versunken ihr ganzes Stück Rhabarberkuchen auf. Draußen vor dem offenen Fenster schimpfte eine Amsel.

Dann goss Ingkes Großtante Kaffee nach, Sahne, umrühren. Sie trank einen Schluck, lächelte etwas weniger dünn und erzählte weiter.

* * *

Beerenhain, 1945

Ein Jeep und ein Mannschaftswagen fuhren vor, im Jeep saßen der Offizier und sein Fahrer.

Während Emma auf die Einfahrt trat, verschwand Lisbeth durch die Küchentür in den Garten und holte alle Kinder ins Haus, die sie finden konnte. Russen waren meistens kinderlieb, das hatte Emma im April schon gelernt, als sie das Gut besetzt hatten. Vielleicht schützte sie das vor der Brandschatzung. Wertsachen hatte sie nicht mehr, nur noch ein paar Möbel. Geplündert worden war sie schon, das hatte die Rote Armee bereits erledigt.

»Leutnant Igor Wladimirowitsch Semkin. Guten Tag.«

Guten Tag. Immerhin. »Emma Beerenhain. Willkommen in unserem Dorf, Leutnant Semkin.« Nicht: Willkommen auf unserem Gut. Es war das erste Mal, dass Emma das Gut samt den umliegenden Häusern der Landarbeiter und zweier Altbauern als Dorf bezeichnete. Dass sie suggerierte, »in« Beerenhain zu wohnen und nicht »auf« Beerenhain. Aber der Flecken hieß nach dem Gut.

Aus dem Haus drang Kinderlärm. Frau Enseleit aus Ostpreußen lugte aus der Tür. Frau Bredow kam mit einem kleinen Korb voller ebenso kleiner Äpfel um die Ecke. Sie erstarrte, ließ den Korb fallen und lief weg.

»Entschuldigen Sie, Leutnant Semkin. Der Krieg.« Emma wusste nicht, was sie sonst sagen sollte.

Leutnant Semkin zog die Augen leicht zusammen. »Kommen Sie«, sagte er und wies Emma in ihr Haus. Seine Geste machte klar, dass es nun nicht mehr ihr Haus war, sondern seins.

Emma erwiderte: »Selbstverständlich. Aber lassen Sie mich Ihnen vorher etwas zeigen.« Die Geste, mit der sie ihn in den Garten bat, war unterwürfig.

Das Wetter war schön, und Semkin ließ sich von Emma hinters Haus führen, von wo aus man einen Blick auf die Felder hatte. Dort arbeitete gerade fast das ganze Dorf. Es war die Zeit der Kartoffellese.

»Unser Kolchos«, sagte Emma. Sie wusste, dass die Zusammenschlüsse von Bauern in der Sowjetunion so hießen. Das hatte ihr Lisbeth erzählt. Emmas Schwager Wilhelm war begeistert gewesen von dieser Landwirtschaftsform, in der das Land in kollektiver Selbstverwaltung bewirtschaftet wurde.

Leutnant Semkin brach in Lachen aus. »Theater. Gutes Theater.«

Der Wind fuhr Emma durchs Haar und presste den Rock eng an ihre Beine. Leutnant Semkins Blick wanderte abwärts.

Emma blieb kerzengerade stehen. »Wilhelm Beerenhain war in Hitlers Lager. Sachsenhausen. Wegen dem Kolchos«, log Emma dreist. »Bitte«, sagte sie und führte den Offizier ins Haus.

Lisbeth brachte die Papiere, die sie von Wilhelm hatte. Sein KPD-Parteibuch war abfotografiert worden, und Leutnant Semkin wusste glücklicherweise, was Sachsenhausen war. Natürlich verschwiegen die beiden Frauen, dass Wilhelm kein Teil des Guts gehörte, das Land hatte sein älterer Bruder Friedrich geerbt.

Leutnant Semkin schaute sich alles an, und Emma hatte den Eindruck, er dächte nach.

Als sie die Papiere zusammenschieben wollte, beugte sie sich vor. Leutnant Semkins Hand fuhr blitzschnell aus, und er ergriff sie am Ausschnitt. »Papiere schön. Du auch. Ich liebe Theater. Gute Laune …«

Da war Emma klar, was Leutnant Igor Wladimirowitsch Semkin wollte. Er wollte, dass sie ihm Theater vorspielte. Er wollte sein Vergnügen haben. Ob dabei etwas für sie heraussprang? Sie konnte es nicht sagen. Aber es war eine Chance.

Leutnant Semkin ließ sich durchs Haus führen und blieb in Emmas Schlafzimmer stehen. Doch er sah nicht etwa das Bett an, sondern Friedrichs Schreibtischlampe, die bei der Plünderung im April übersehen worden war. Emma hatte damals eine Phase aus dem Schalter gezogen, die Lampe eingestaubt und in den Keller gelegt.

»Christian Dell«, sagte Leutnant Semkin akzentfrei.

»Bauhaus«, würgte Emma hervor und kam sich vor wie eine Verräterin. »Haben wir vor Hitler versteckt.«

Er lachte wieder. »Theater. Theater!« Er griff nach Emma und wirbelte sie herum. Und dann musste sie Theater spielen.

Leutnant Semkin blieb eine Woche. Lisbeth wickelte aus den Fetzen von zerrissenen Hemden Pfropfen mit einer Mischung aus getrockneten Akazienknospen und Honig, die Emma sich einführte. Sie erfuhr, dass Wilhelm als Arzt früher vielen Frauen geholfen und eine Menge gewusst hatte, was das betraf. Lisbeth hatte im Frühjahr reichlich Akazienknospen getrocknet und gemahlen, als die Russen näher gekommen waren. Im Sommer hatte sie das Gleiche mit Petersiliensamen gemacht, für den Fall, dass die Periode nicht einsetzte. So war Lisbeth in Wilhelms Fußstapfen getreten. Sie hatte zwar nicht studiert, aber kräuterkundig war sie allemal.

Während des Theaterspiels breitete Leutnant Semkin die Karte mit den Ländereien des Guts auf dem Bett aus. Emma erspielte sich jedes Flurstück. Lisbeth bekam die Felder neben ihren. Auch die erspielte sie. Nach einer Woche war die Bodenreform abgeschlossen.

In der letzten Nacht wachte Otto auf, weil Emma vor Schmerz aufschrie. In dieser Nacht spielte Leutnant Semkin mit ihr das große Finale, das Spiel, das deutsche Soldaten mit seiner Frau im Kessel von Smolensk aufgeführt hatten.

Auf einmal stand Otto in der Tür. Emma hatte furchtbare Angst, dass er sich auf Leutnant Semkin stürzen und alles verderben, vielleicht sogar erschossen werden würde. Deshalb spielte sie noch besser Theater, damit Otto nicht hereinkam und sie rettete, sondern in der Tür stehen blieb. Die Lampe von Christian Dell diente als Theaterscheinwerfer, wie jede Nacht. Otto sah alles mit an, und als sich die Verachtung auf sein Gesicht malte, wusste Emma, er würde es nicht verderben.

Am nächsten Tag verschwand Leutnant Semkin. Den Theaterscheinwerfer nahm er mit.

Otto redete kein Wort mehr mit seiner Mutter. Sie versuchte, ihm alles zu erklären, aber er ließ sich nichts sagen.

Zwei Wochen später wurde er achtzehn. Als Emma und Paul an jenem Morgen mit dem Geburtstagskuchen auf ihn warteten, kam er mit dem großen Koffer seines Vaters die Treppe hinab. Er umarmte Paul, würdigte seine Mutter keines Blickes und verschwand zur Tür hinaus. Emma blieb starr stehen, während Paul seinem Bruder nach ein paar Schrecksekunden nachlief. Der war bereits auf der langen Lindenallee, die zum Gutshaus führte. Kopfsteinpflaster, und daneben ein Sommerweg, eine Sandpiste, die seit Generationen Fahrzeugen in den trockenen Monaten das Geholper auf dem Pflaster ersparte. Darüber das Blätterdach alter Bäume, das der Herbstwind erbarmungslos rupfte.

Otto lief auf dem Pflaster, Paul auf dem Sommerweg, aber als er zu Otto wollte und ihn am Arm ziehen, machte der eine Gebärde, als wolle er den kleinen Bruder schlagen. Er ließ ihn nicht mehr an sich heran, wies auf die Grenze zwischen Sandweg und Pflasterstraße, das sah Emma voller Schmerz aus dem Küchenfenster. Als Paul wieder und wieder versuchte, seinen Bruder zurückzuhalten, schrie Otto ihm irgendetwas zu. Paul blieb daraufhin mit hängenden Armen im Sand stehen wie angewurzelt und blickte erschrocken zum Haus zurück.

Otto zog auf dem Pflaster von dannen. Er hielt erst an, als er bei den Briten in Niedersachsen ankam. Das erfuhr Emma durch eine Karte, die Otto an Paul adressierte. Und was er zu Paul gesagt hatte, hinterbrachte Lisbeth, bei der Paul Trost gesucht hatte, Emma später: »Die Russen sind Wölfe, und Mama hat mit ihnen geheult.«

* * *

Beerenhain, April 1992

Emma schaute um sich, als erwachte sie aus einer Ohnmacht. Sie sah auf einmal jung aus, als hätte ihre Geschichte ihr das Alter genommen. Erschrocken senkte Ingke den Blick. Sie war wie vor den Kopf geschlagen. Diese Geschichte war das Schrecklichste, was sie je gehört hatte. Ihre Großtante Emma war vergewaltigt worden. Hatte sich vergewaltigen lassen. Eine Woche lang. Es war unvorstellbar. Ingke schluckte, und es brannte ihr in den Augen. Verstört sah sie wieder auf.

Emma saß kerzengerade da wie die ganze Zeit. Sie fing ihren Blick auf und lächelte ihre Großnichte schmerzlich an. »Ottos Blick war das Schlimmste. Den werde ich nie vergessen.«

»Schrecklich«, flüsterte Ingke.

»Und vorbei«, sagte Emma.

Das »Vorbei« klang fast wie eine Drohung, dass es hierzu nichts mehr zu sagen gäbe. »In der Familie heißt es immer, dass dieser Leutnant so begeistert von der Lampe war und dir deshalb die Flurstücke gelassen hat und das Haus«, sagte Ingke deshalb vorsichtig.

»Das stimmt ja gewissermaßen auch«, sagte Emma, ohne mit der Wimper zu zucken.

Ingke schüttelte den Kopf. Ihre Großtante war unverbesserlich. Und knallhart.

Emma räusperte sich. »Um auf den Grund zurückzukommen, warum ich das erzählt habe – übrigens zum ersten und letzten Mal –, ich wollte nicht, dass du als Kind oder Jugendliche deine Mutter verlierst, wie Otto seine verloren hat. Ich wollte nicht, dass du eine Enttäuschung erleben musst, weil deine Mutter eine ganz andere ist, als du bisher geglaubt hast. Deswegen habe ich immer dazu geraten zu warten.«

Emma legt sich die Welt genauso zurecht wie Rosa, dachte Ingke hilflos. Das musste in der Familie liegen, und in dieser

Hinsicht kam sie definitiv nicht nach den Beerenhains. »Du spielst dir selbst Theater vor, Emma. Du hast meine Mutter gekannt. Du hast mir ihr Zimmer gegeben, jeden Sommer! Das hättest du nicht gemacht, wenn meine Mutter eine Enttäuschung gewesen wäre!«

Emma legte kurz den Handrücken an die Kanne, als wolle sie testen, ob sie noch warm war. War sie offensichtlich nicht mehr, denn Emma goss nichts nach. »Deine Großmutter, Ingrid Schröder, hat das Zimmer für sich und deine Mutter Petra ausgesucht, und ich dachte, es würde dir vielleicht auch am besten gefallen.«

Sie sah Ingke an und zuckte mit den Schultern.

Knallhart, dachte Ingke noch einmal. Fürchterlich. Sie schwieg.

»Deine Mutter wollte ein Leben in Freiheit führen. Soweit ich weiß, wollte sie in den Westen flüchten und hat riskiert, dass ihr das Erziehungsrecht aberkannt wird. Ich wollte das Gut halten. Wir haben beide das Seelenheil unserer Kinder in Gefahr gebracht. Das ist eine schreckliche Schuld«, sagte Emma leise in Ingkes Schweigen hinein. »Aber ich nehme an, deine Mutter wollte genau wie ich für Otto und Paul das Beste für dich. Ich wollte von Friedrichs Erbe so viel wie möglich für mich und meine Kinder retten, ich wollte, dass sie nicht von zu Hause vertrieben werden wie die Kinder von Frau Enseleit. Und glaub mir, die waren völlig verstört, du kennst ja den Sohn noch, das war unser Dorftrottel.«

In diesem Augenblick hätte Ingke ihre Großtante am liebsten gefragt, was ihre Mutter sich damals bei der Flucht mit einem Baby gedacht hatte, aber sie konnte sich gerade noch zurückhalten. Selbst wenn Emma ihre Mutter gekannt hatte und sich in sie hineinversetzen konnte, sie musste es von ihrer Mutter erfahren. Emma war ihr im Moment einfach unheimlich.

»Erzähl mir von ihr«, sagte Ingke deshalb nur.

Emma nickte und ging neuen Kaffee brühen. Ingke wartete im Wohnzimmer, weil sie das Gefühl hatte, ihre Großtante wolle sich sammeln.

»Iss noch ein Stück«, sagte Emma, als sie wieder hereinkam und Kaffee nachschenkte. »Das Rezept habe ich von Ingrid, deiner leiblichen Oma. Ich habe Rhabarberkuchen früher immer mit Hefeteig und Baiser gemacht, klassisch. Aber das macht viel mehr Arbeit und ist nur halb so gut, weil sich das Süße und das Saure dabei nicht verbinden.«

Ingke guckte auf ihr zweites Stück. Dieser Rhabarberkuchen stammte also von ihrer Familie, ihrer leiblichen. In diesem Moment war sie zerrissen zwischen dem Bedürfnis, ihrer Adoptivgroßtante das Rezept wegzunehmen, und dem Glücksgefühl darüber, mit diesem Familienrezept verwachsen zu sein. Das Bild eines Stammbaums kam ihr in den Sinn. Stammbäume mochten sich nach oben hin verzweigen, aber sie hatten auch Wurzeln, die sie von verschiedenen Seiten nährten. Eine der Wurzeln, die den Beerenhain-Baum nährten, war der Schröder'sche Rhabarberkuchen. Glück für den Beerenhain-Baum, dass er die Schröderwurzel aussaugen kann. Pech für die Schröders.

»Deine Oma Ingrid war eine gute Köchin«, sagte Emma. »Und deine Mutter – ich weiß nicht, was aus ihr geworden ist – wäre eine noch bessere geworden. Vielleicht ist sie das ja auch.«

»Wieso?«, fragte Ingke.

»Ingrid und Petra, also deine Mutter, waren von den Fünfzigerjahren an bis Anfang der Siebziger immer wieder mal ein paar Tage hier im Urlaub. Im Sommer manchmal auch länger. Der Kontakt kam über Paul zustande, aber das soll er dir erzählen. Jedenfalls waren sie Stammgäste, und wir standen uns deshalb näher. Deine Mutter hatte ein Faible für Kräuter. Sie hat sich immer an Lisbeths Fersen geheftet, wenn sie welche sammeln gegangen ist. Es begann damit, dass Lisbeth sie einmal mitgenommen hat, als sie Ackerkräuter für einen Salat holen gegangen ist. Das muss noch in den Fünfzigern gewesen sein, deine Mutter war vielleicht sechs oder sieben. Salat gab es damals nicht zu kaufen, und im Gemüsegarten waren immer Schnecken. Deshalb haben wir oft einfach Ackerkräuter gesammelt.«

Ingke unterbrach sie. »Das macht ihr doch heute noch.«

Emma lächelte. Und dann zählten sie gemeinsam auf, immer abwechselnd, denn ihre Tante Emma, Omi Lisbeth oder Onkel Paul hatten auch Ingke zum Wildpflanzensammeln mitgenommen. »Rauke – Ackersenf – Ackerschachtelhalm – Melde – Gänseblümchen – Hellerkraut – Wiesenkerbel –«

Emma winkte ab. »Jedenfalls mussten wir einen Sommer lang ständig Spinat aus Giersch essen, den Petra gekocht hat. Da war sie vermutlich ungefähr zehn. Und weil es ihr selbst irgendwann zum Hals raushing, erfand sie alles Mögliche dazu.«

»Mit deinem Schafskäse in Blätterteig schmeckt Giersch super«, sagte Ingke.

»Genau«, sagte Emma. »Der Dreh mit dem Schuss Honig und viel Pfeffer stammt von deiner Mutter.«

Ingke staunte und versuchte, sich ihre Mutter in Emmas Küche vorzustellen. »Hast du ein Foto von meiner Mutter?«, fragte sie.

Emma schüttelte den Kopf. »Damals hat man noch nicht so viel fotografiert.« Sie räumte die Teller zusammen. »Paul wird bestimmt bald da sein. Du schläfst doch hier, oder?«

Ingke nickte.

»Du weißt ja, wo«, sagte Emma.

Natürlich wusste Ingke das. Als sie ihre Tasche ins Schröderzimmer brachte, stand ein kleiner Strauß Frühlingsblumen auf dem Tisch. Tulpen, Anemonen, Freesien, Ranunkeln. Dazwischen Blütenzweige von Pflaumen und Schlehen. Sie hielt die Nase an die Freesien und wollte sie gar nicht mehr wegnehmen, so wunderbar war der Duft. Dass ihre Großtante Tulpen abschnitt, war eine besondere Ehre. Sie muss ein schlechtes Gewissen haben. Soll sie auch, dachte sie.

Ingke hängte das Kleid, das sie mitgebracht hatte, weil es über den 1. Mai warm werden sollte, in den alten Schrank. Er hatte ursprünglich in einer der Mägdekammern auf dem Dachboden gestanden und war eins der wenigen Stücke, die im Gutshaus noch von früher waren. Die anderen beiden Gastzimmer, die Emma vermietete, waren neu eingerichtet. Das hatte sie gleich nach der Wende mit Rosa gemacht.

Rosa hatte auf Blümchentapeten bestanden, obwohl zu der Zeit alle nur weiße Raufaser wollten, weil es die im Osten nicht gegeben hatte. Rosa hatte bei der Gelegenheit erzählt, dass ihre Studienfreunde zu DDR-Zeiten einfach die billigsten Tapeten gekauft, sie falsch rum angeklebt und dann Wandfarbe mit Sägespänen vermischt hatten – das ergab prima Raufaser. Dennoch hatte Rosa damals befunden, dass ein Gutshaus etwas Besonderes sei und es müsse ländlich werden und gemütlich und einen Tick altmodisch. Und das hatte sie mit den Blümchentapeten, schlichten weißen Möbeln, luftigen Gardinen und handgewebten Kissenbezügen wirklich toll hinbekommen.

Emma hatte zwei alte Möbelstücke, die die Sowjets im April 1945 zerschlagen, aber nicht total zerstört hatten, vom Spitzboden geholt. Für das eine Zimmer ein Intarsientischchen, das sie im Nachbardorf aufarbeiten ließ, und für das andere einen Lesesessel, den die Sowjets aufgeschlitzt hatten und den Ernst und Rosa zusammen neu bezogen.

Nur das Schröderzimmer blieb, wie es war, als Ingkes Großmutter Ingrid und ihre Mutter Petra dort schliefen, und Ingke hatte den Verdacht, dass Emma es wirklich für sie so gelassen hatte. Aus schlechtem Gewissen? Oder weil sie sie als Familienmitglied liebte?

Während Ingke darüber nachdachte, traf es sie wie ein

Schlag, und sie spürte, wie ihr die Röte ins Gesicht schoss. Ihre Großtante hatte ihr eben erzählt, wie sie vergewaltigt worden war, eine ganze Woche lang. Und dass am Ende Onkel Otto in den Westen verschwunden war. Und sie hatte nur an sich gedacht und Emma nach ihrer Mutter ausgefragt.

Unten hörte Ingke Hanna und Paul ins Haus kommen. Auf einmal wollte sie nicht mehr allein sein und machte, dass sie die Treppe runterkam.

Hanna begrüßte sie zuerst und fragte sofort: »Wie geht es Maren?«

Ingke wäre in diesem Moment die Treppe am liebsten wieder hochgerannt. Sie hatte, seit sie im Krankenhaus erfahren hatte, dass Maren nicht ihre leibliche Mutter war, nicht einen Augenblick daran gedacht, wie schlecht es ihr ging. Und wie viel schlechter es ihr gehen musste, weil sie sich nicht gemeldet hatte. Kelle hatte ihr garantiert erzählt, was sie herausgefunden hatte.

Ingke zuckte mit den Schultern und sah Hanna hilflos in das freundliche Gesicht mit den immer roten Wangen.

Hanna verstand und nahm Ingke fest in die Arme. »Ach, meine Kleine. Ich rufe sie an«, flüsterte sie in ihr Haar.

Ingke kuschelte sich einen Augenblick dankbar an sie. Hanna war weich und duftete immer ein wenig nach Schaf. Merkwürdigerweise roch das bei ihr nicht streng, sondern war nur ein ganz leichter bitter-scharfer Hauch.

Als Ingke wenig später Paul begrüßte, eilte Emma aus der Küche und scheuchte sie alle hinaus. Gleich würden die Gäste kommen, die sich über den 1. Mai angekündigt hatten, und dafür musste sie noch ein wenig vorbereiten.

Hanna wandte sich der Treppe zu. Paul und sie bewohnten das halbe Obergeschoss und hatten die Mägdekammern auf dem Dachboden dazugenommen und umgebaut, die früher Ernsts und Rosas Reich gewesen waren.

Onkel Paul nahm Ingke beim Arm. »Ein bisschen frische Luft?«

Ingke sah auf seine langen knochigen Finger mit der rauen Haut eines Bauern, dann in seine blauen Augen, die etwas sanfter waren als Kelles, und nickte. Onkel Paul war eigentlich immer an der frischen Luft. »Im Haus kann ich nicht denken«, hatte er irgendwann einmal gesagt. »Dazu brauche ich den weiten Himmel über mir.« Und der war hier wirklich weit im nördlichen Brandenburg.

Sie gingen um das Haus herum, durch den Garten, den Gemüsegarten, ließen den See links liegen und schlugen den Weg an der Weide vorbei Richtung Felder ein. Wie Kelle hatte auch Paul lange Beine und machte große Schritte. Ingke merkte, dass ihr das Ausschreiten nach all dem Rhabarberkuchen und dem Kaffee guttat. »Du willst wissen, woher ich deine Familie kenne«, brachte Paul es auf den Punkt.

Ingke nickte. Am liebsten hätte sie noch ergänzt: »Und warum du mir nie was davon gesagt hast.« Aber das ließ sie bleiben. Sie wollte etwas in Erfahrung bringen und Paul nicht verärgern.

»Ich will ein wenig ausholen und dir zuerst erzählen, wie ich zum Mann gemacht wurde«, fuhr Paul fort.

Ingke nickte ergeben. War ja klar, dachte sie. Paul würde wie seine Kinder bei der Erschaffung des Menschen beginnen.

5

Beerenhain, 1952

»Wir machen das auch!«

Kelles Augen blitzten, als er mit der Zeitung im Mund auf dem Rad eine Vollbremsung vor Paul machte. Der war gerade mit einer vollen Schubkarre zum Misthaufen unterwegs. Kelle war ihm in den letzten Jahren beinahe ein Bruder geworden, nachdem Otto an seinem achtzehnten Geburtstag einfach verschwunden war.

In der Zeitung stand, dass SED-Kreisleitung und die Vereinigung der gegenseitigen Bauernhilfe die genossenschaftliche Bewirtschaftung für ihren Landstrich beschlossen hatten, was nichts anderes hieß, als dass Beerenhain zu einer LPG werden würde. Was das bedeutete, hatte Emma Paul an einem verregneten Vorfrühlingstag 1952 schmallippig klargemacht, als sie morgens den Küchenherd anheizte.

»Diese ›Kollektivierung‹«, sie hatte das Wort geradezu ausgespuckt und ein Holzscheit ins Ofenloch gesteckt, dass die Funken flogen, »ist eine Enteignung durch die Hintertür. Da bleibt einem nur, mit den Wölfen zu heulen, um das Schlimmste zu verhindern.«

Mit den Wölfen heulen. Als sie das sagte, dachte Paul an das, was Otto ihm erklärt hatte, als er von einem Tag auf den anderen wegging. Mit den Wölfen hatte ihre Mutter schon einmal in irgendeiner Weise geheult. Damals hatte sie es geschafft, trotz Bodenreform das Haus und eine Menge Flurstücke zu behalten und auch Lisbeth fruchtbares Land zuzuschustern. Irgendwie hatte sie dabei mit den Sowjets geschachert.

Emma hatte sich bereits danach erkundigt, welche Rechtsform einer LPG zugrunde lag und welche Freiheiten in der Ausgestaltung bestanden. Knapp umrissen sollten alle ihren Grund und Boden auf dem Papier behalten, aber in die Produktionsgenossenschaft einbringen und gemeinsam bewirtschaften. Für Beerenhain bedeutete das keinen besonders großen Umbruch, weil die Frauen seit dem Krieg eigentlich schon eine Dorfpumpen-LPG führten. An dieser Pumpe, um die sich die ehemaligen Landarbeiterhäuser gruppierten, trafen sie sich morgens und entschieden, bei wem gearbeitet wurde, wer wem half. Das ehemalige Gut, das durch die Bodenreform aufgeteilt war, war nicht groß gewesen, und Beerenhain bestand nur aus zwölf Familien. Emma war als ehemalige Gutsherrin die Dorfpumpen-LGP-Vorsitzende.

Beerenhain sah man zu dieser Zeit den Krieg kaum noch an. Das Haus der Familie Bredow war wiederaufgebaut, größer als zuvor, denn Frau Enseleit war dort mit ihren Kindern miteingezogen. Die beiden Witwen hatten sich angefreundet, während sie bei Emma Obdach gefunden hatten. Die Panzerspuren auf dem Oval um den Dorfbrunnen waren unter einer Rasenfläche verschwunden, auf der nun eine Schaukel, ein Buddelkasten und eine Wippe standen. Die Dorfkinder spielten dort zusammen, und irgendjemand war immer da, der aus dem Fenster gucken konnte, wenn es Geschrei gab. Über die Kopfsteinpflasterstraße holperten nur Leiterwagen, denn sie war lediglich eine Zufahrtsstraße, die von der Landstraße einen Kilometer weiter abging und am Gutshaus endete.

Paul war 1952 gerade achtzehn geworden, Kelle siebzehn, aber sie arbeiteten längst mit wie die Männer. Von denen gab es im Dorf nur alte und zwei, die erst vor wenigen Jahren aus sowjetischer Kriegsgefangenschaft zurückgekommen waren. Davon ging einer, ein Altbauer, bei der LPG-Gründung in den Westen. Sein Gehöft wurde Eigentum der Produktionsgenossenschaft, ebenso seine Maschinen. Sein Land aber kaufte ihm Emma noch flugs vorher ab. Jetzt besaß sie wieder fast hundert Hektar. Sie gab ihm dafür das ganze KPM-Service, das sie und Friedrich im Krieg vergraben hatten, weil er das zu Westgeld machen konnte. Mit Ostgeld konnte er nichts anfangen – im Westen bekam er für eine Mark gerade mal zwanzig Pfennig.

Kelle und Paul durften bei der LPG-Gründung dabei sein, schließlich arbeiteten sie nach der Schule mit. Kelle hatte sich auch den Namen ausgedacht – LPG »Morgenröte« –, und er hatte einen jungen Künstler aufgetrieben, der das Logo der LPG gestaltete.

Kelle und Paul hatten schon die Bodenreform begrüßt – dass jeder etwas Land besitzen sollte und nicht manche Menschen für den Gewinn anderer auf deren Land schufteten, fanden sie beide gut. Dass sie auch zusammen wirtschaften und alles in einen Topf kommen sollte, war ihrer Meinung nach einfach konsequent. So konnten sie gemeinsam magere Erntejahre viel besser auffangen.

Emma beriet sich mit dem letzten verbliebenen Altbauern, Bauer Nowak. Der folgte dem Rat der erfahrenen Gutsherrin, stellte mit ihr einen Saat- und Ernteplan auf und kandidierte für den LPG-Vorsitz.

Am Tag vor der Gründung wurde Paul abends zu seiner Mutter ins Wohnzimmer zitiert. Sie trug Rock und Bluse, und ihr Haarknoten war frisch frisiert. Auf dem Tisch stand der Schlehenlikör, mit dem immer angestoßen wurde, wenn etwas Wichtiges beschlossen wurde.

»Paul«, sagte Emma, die hochaufgerichtet neben dem Tisch stand, »ich unterschreibe morgen unter einer Bedingung: Du wirst der nächste LPG-Vorsitzende, nach Nowak.«

Paul starrte sie an. LPG-Vorsitzende werden gewählt, die werden doch nicht bestimmt, dachte er. Sie waren doch nicht mehr in der alten Zeit.

»Deshalb wirst du in Berlin Landwirtschaft studieren«, fuhr seine Mutter fort. »Du wirst der Gebildetste sein, an dir werden sie nicht vorbeikommen. Ich bringe dir alles bei, was ich über gutes Wirtschaften weiß. Und das«, sie goss ein, »ist eine ganze Menge.«

Sie schob Paul sein Glas hinüber und erhob ihres. »Was auch immer aus dieser DDR wird, irgendwann wird der Spuk vorbei sein. Und dann wirst du dieses Gut hindurchgerettet haben.«

Paul stand da wie ein begossener Pudel.

Emma nickte zu seinem Glas hin. Ihr Gutsfrauennicken, das kannte Paul. Wenn sie so schaute, war nichts zu machen. Also nahm er brav sein Glas und stieß mit ihr an.

Im Bett ging ihm auf, dass seine Mutter ihn an diesem Abend zum Mann erklärt hatte, zu einem mit Verantwortung. Ihm war mulmig, aber er war auch stolz. Er war ja der Einzige, der übrig geblieben war.

Im selben Sommer machte Paul Abitur, und im Herbst ging er an die landwirtschaftliche Fakultät der Humboldt-Universität zu Berlin. Dort lernte er Bernhard Schröder kennen.

* * *

Beerenhain, April 1992

»Meinen Großvater, nehme ich an«, unterbrach Ingke ihren Onkel.

Der nickte.

»Das war aber eine ganz schön lange Vorrede«, sagte sie.

Paul blieb stehen, schaute in die schräge Nachmittagssonne, ließ sich auf dem Feldrain nieder und klopfte neben sich auf den Boden. »Dieser denkwürdige Abend war heute vor vierzig Jahren«, sagte er. »Morgen, am 1. Mai, wird unsere LPG ›Morgenröte‹ vierzig Jahre alt.«

»Wird? Die gibt es doch nicht mehr.«

Paul schüttelte den Kopf und lächelte verschmitzt. »Unsere Bio-Kooperative heißt nicht umsonst auch LPG ›Morgenröte‹. Wir haben bloß die Gesellschaftsform geändert und zählen einfach weiter.«

Was für eine Bauernschläue, dachte Ingke.

»Es ist auch gar nicht so viel anders, dank Mutter. Ich fand sie damals mit ihrem Gutsgefasel wirklich revanchistisch, aber eins muss man ihr lassen: Sie hat die LPG all die Jahre im Stillen geführt, und sie hat sie durch viele Untiefen gesteuert und bewahrt.«

Ingke merkte, dass er darüber sprechen wollte. Das sollte er auch. Er sollte gut gestimmt für das sein, was sie eben beschlossen hatte, ihm zu erzählen. Deshalb fragte sie: »Wie denn?«

»Mutter hat deinen Großvater Bernhard Schröder zwar nie kennengelernt, aber seine Erkenntnisse aus der Forschung und ihr Eigentumsverständnis Mitte der Fünfzigerjahre haben letztlich dazu geführt, dass die LPG ›Morgenröte‹ auf die Anlage großer Monokulturen verzichtet hat. Andere LPGs fassten die Felder zu riesigen Flächen zusammen. Du siehst das im Umfeld, das kaufen jetzt alles Investoren auf, ist ganz schlimm, aber ein anderes Thema. Jedenfalls blieben unsere Flächen überschaubar, und vor allem achteten wir auf den Fruchtwechsel, so wie das früher auf dem Gut gemacht wurde. Deine Omi Lisbeth war im DFD, im Demokratischen Frauenbund, und Mutter hat über sie dafür gesorgt, dass jede Familie private Flächen für den Gemüseanbau bekam, weil es kaum was zu kaufen gab. Frau Enseleit und Frau Bredow waren auch mit von der Partie, und die beiden vergaßen Mutter nie, dass sie ihnen Unterschlupf gewährt hatte, und unterstützten sie treu, bis sie gestorben sind. Was die Ortsgruppe des Demokratischen Frauenbundes beschloss, wurde gemacht. Da hätten wir Männer uns niemals in die Nesseln gesetzt.«

Onkel Paul lächelte, und Ingke musste auch schmunzeln.

»Vati setzt sich auch nicht in die Nesseln, wenn Mutti was irgendwie haben will.«

»Ist sinnvoll«, sagte Paul trocken und fuhr fort: »Jedenfalls brachte das Mutter viel Sympathie bei den Familien ein. Deshalb hatte sie immer eine gewichtige Stimme, ohne dass sie selbst auf den Versammlungen viel sagte. Um 1960 herum gab es in Brandenburg eine Kartoffelkäferplage. Wir waren die Einzigen weit und breit ohne nennenswerte Ernteausfälle, weil wir die Kartoffeln jedes Jahr auf ein anderes Feld pflanzten und so die Engerlinge nicht zum Zuge kamen. Die Kartoffelkäferplage war unser großes Glück. Die hat die ganzen nächsten Jahre, als wir gedrängt wurden, die LPG auf Typ II oder sogar Typ III umzustellen, immer den Ausschlag gegeben, dass wir das nicht machen. Unsere Art zu wirtschaften ermöglichte konventionellen Landbau mit viel weniger Gift, als die LPGs um uns rum brauchten, und führte letztlich in Beerenhain zu einem Umweltbewusstsein, das in die Bio-Kooperative mündete. Wir haben in den Siebzigerjahren alle nicht ganz so viel verdient wie die Bauern in den anderen LPGs. Aber wir hatten immer Gemüse, auch im Winter, weil unsere Frauen für die Pflege der Gemüsegärten frei bekamen und einweckten, was das Zeug hielt, und wir hatten nie wirkliche Ernteeinbrüche.«

Paul lächelte stolz und hob einen Finger. »Ein Bauerngedächtnis ist lang. Und deine Großtante Emma hatte recht: Sie kann wirtschaften, und zwar auf lange Sicht hin. Dafür werde ich ihr immer dankbar sein.«

Er zeigte in den Himmel, wo ein Raubvogel kreiste. »Schau, ein Rotmilan. Die gibt es nur da, wo auch Feldraine sind und Gebüsch und überhaupt viele Arten von Pflanzen und kleinen Säugetieren. Sie sind inzwischen auch hier in der Gegend stark dezimiert, aber wir haben jedes Jahr welche. Sind seit vier Wochen zurück.«

Das ist der richtige Moment, beschloss Ingke. »Ich weiß,

wie Tante Emma mit den Wölfen geheult hat. Das hat sie mir heute erzählt«, sagte sie.

Paul sah Ingke an, und hinter seinem alarmierten Blick leuchtete noch ein bisschen Glück über den Milan in seinen Augen. »Ja?«

»Komm«, sagte Ingke und stand auf. »Dazu brauchen wir ganz viel frische Luft. Lass uns noch ein bisschen gehen.«

Sie berichtete ihm, was damals bei der Bodenreform geschehen war und warum Otto an seinem achtzehnten Geburtstag seine Heimat verlassen hatte.

Paul sagte lange nichts. Dann seufzte er. »Hanna hat immer gesagt, dass da was ganz Schlimmes passiert sein muss. Ihr Vater, der Pfarrer, hat wohl mal fallenlassen, dass Emma seit der Bodenreform nicht mehr die war, die sie vorher war. Ich weiß nicht … Ich war so verletzt, dass mein Bruder einfach abgehauen ist, und bin es bis heute.« Er wischte sich über die Stirn. »Es ist nicht gut, wenn ein Schweigen in der Familie ist. Jedenfalls nicht so lange.«

»Womit wir bei Bernhard Schröder sind, oder?«, fragte Ingke.

Paul legte ihr den Arm um die Schultern und drückte sie. Er war offenbar erleichtert, dass sie das Thema wechselte. Was Ingke ihm erzählt hatte, war nach all den Jahren ganz schön viel für ihn gewesen, und er war ja auch nicht mehr der Jüngste. Wie sie ihn kannte, wollte er das Gehörte erst einmal still für sich verdauen und vor allem mit Hanna darüber reden. Das wird ihm guttun, dachte Ingke.

»Genau. Da machen wir jetzt weiter.« Paul ließ sie los und schlug den Weg zum See ein, der sich südwestlich bis an den großen Gutshausgarten erstreckte. Südlich, wo sie jetzt waren, lagen Felder und Weiden. Die Kartoffeln waren gesetzt, die Felder frisch geeggt, es roch noch eine Spur nach Mist. Die Flächen mit Winterweizen waren schon recht grün und dufteten nach Frühling. Östlich und nördlich grenzte Wald an Beerenhain. Dort begann es mittlerweile zu dämmern.

Paul stieß die Luft aus. »Berlin war ein Schock für mich. 1952 waren in der Stadt überall noch Trümmerberge. Häuser standen nur halb. Die Fassaden waren rußgeschwärzt. Aber schlimmer war, dass es im Herbst anfing zu rumoren. Im Juli hatte Walter Ulbricht auf der II. Parteikonferenz der SED die fünf Länder aufgelöst und vierzehn Bezirke daraus gemacht. Die Verwaltung war nun zentral in der Hauptstadt, die kommunale Ebene geschwächt. Deshalb war es gut, dass wir unsere LPG ›Morgenröte‹ so früh gegründet hatten. Andere haben LPG-Vorsitzende aus der Partei geschickt bekommen, die gar nichts von Landwirtschaft verstanden. Außerdem mussten Handwerker und kleine Produktionsbetriebe aufgeben. Manche taten sich zu Produktionsgenossenschaften des Handwerks zusammen, aber viele Handwerksmeister mussten in die Schwerindustrie, die nun aufgebaut wurde. Und anders als wir Bauern waren sie damit wirklich enteignet. Die hatten ja kein Land, sondern nur Werkzeug und Maschinen, und die gehörten ihnen auf einmal nicht mehr. In der Folge kam es zu Versorgungsengpässen bei vielen alltäglichen Dingen, es gab immer wieder Stromsperren.«

Er bückte sich, rupfte zwei frische Blätter Sauerampfer ab, gab eins davon Ingke, das andere kaute er selbst. Dann fuhr er fort: »Ich fand das sehr bedenklich. Kelle und ich teilten uns damals ein Zimmer, er war nämlich auf der ABF aufgenommen worden.«

»Was ist das?«, fragte Ingke.

»Die Arbeiter- und Bauernfakultät. Klar, kannst du nicht wissen. Das war was ganz Tolles. Dort hat man begabte Kinder aus Arbeiter- und Bauernfamilien auf ein Hochschulstudium vorbereitet. Die kamen nämlich früher nicht aufs Gymnasium. Da kamen nur Kinder von feineren Leuten hin. Wilhelm, also

Kelles Vater, war zwar Landarzt gewesen, aber Kommunist, und Lisbeth hatte sich, seitdem er im KZ saß, als einfache Landarbeiterin durchgeschlagen. Auch wenn Mutter ihnen oft was zugesteckt hat, musste dein Vater immer mitarbeiten, damit sie genug zu essen hatten. Kelle konnte nicht wie ich aufs Gymnasium in die Kreisstadt.«

»Ist Vati damals so eine rote Socke geworden?«, fragte Ingke.

»Wo hast du denn den Ausdruck her?«, fragte Onkel Paul ärgerlich zurück.

»Von Rosa.«

»Aha.« Weiter kommentierte Paul das nicht. Seine Gedanken schweiften in die Vergangenheit.

* * *

Berlin, 1952

»Du bist kleingeistig«, warf Kelle Paul vor, als mal wieder Stromsperre war und er sich beschwerte. Sie teilten sich eine ehemalige Mädchenkammer bei einer entfernten Verwandten von Lisbeth in Berlin, die bis auf eines alle ihre Zimmer vermietete, um über die Runden zu kommen. Paul und Kelle hatte sie gern genommen, weil sie ihre Miete in Beerenhainer Naturalien zahlten.

»Ein großer Wurf ist nicht ohne Nachteile zu machen. Das ist eine einmalige historische Chance«, belehrte Kelle Paul und wischte die langen Deckhaare seiner modischen Sportfrisur zur Seite.

»Na, ich weiß nicht.« Paul goss jedem von ihnen ein Glas selbst gemachten Apfelsaft aus Beerenhain ein. »Den hätten wir jedenfalls hier in Berlin nicht kaufen können.«

Kelle zuckte nur mit der Schulter.

Manchmal ist er mit seinem Sozialismuswahn wirklich blind, dachte Paul. Er fand ihren sozialistischen Staat im Prinzip auch gut, aber was im Moment passierte, hielt er für bedenklich. »Ein Bekannter von Herrn Schröder hat sich geweigert, mit seinem kleinen Reparaturbetrieb für Landmaschinen in eine PGH zu gehen, und jetzt bekommt er keine Aufträge mehr.«

»Von diesem Schröder erzählst du oft«, sagte Kelle.

»Ja, der ist Assistent bei uns, ein ganz junger noch. Erst dreiundzwanzig, ist grad erst fertig geworden mit dem Studium. Der bringt frischen Wind rein. Jedenfalls, als Schröder das auf dem Flur erzählt hat, kam Werner Schulze aus dem letzten Studienjahr um die Ecke und drohte, ihn wegen ›konterrevolutionärer Propaganda‹ anzuschwärzen. Ich hab mich mit Werner angelegt deswegen, und da hat mich Herr Schröder zu sich eingeladen. Studentenabend. Geht um Kolchosen in der Sowjetunion. Vermutlich will er was erzählen, was Werner auch als staatsfeindliche Propaganda einstufen würde. Hast du Lust mitzukommen?«

Hatte Kelle natürlich. Diese Kolchosen, riesige landwirtschaftliche Produktionsgenossenschaften in der Sowjetunion, waren schließlich Vorbild für die Kollektivierung der Landwirtschaft in der DDR. »Hört sich spannend an«, sagte er. »Jedenfalls spannender als die sowjetischen petrochemischen Standorte, die ich eigentlich heute Abend für Geografie büffeln muss.«

Paul stand auf und holte seine gute Hose von der Vermieterin ab. Gestern Nacht beim Tanzen im Knaack, einem angesagten Schuppen mit tollen Mädels, war ihm eine Naht geplatzt, und sie hatte sie für ihn ausgebessert.

»Er hat gerade was geangelt«, begrüßte die beiden wenig später an Herrn Schröders Wohnungstür eine kleine zierliche Frau mit einem braunen Pferdeschwanz und einem Baby auf dem Arm. »Ich bin Ingrid. Geht schon mal durch.«

Bernhard Schröder wohnte in einem uralten feuchten Haus gegenüber der Fischerinsel. Direkt unter seinen Fenstern floss die Spree vorbei. Das Haus muss so alt wie die Stadt sein, dachte Paul, so bröckelig und niedrig war es. Sein Dozent hatte eine Angelschnur aus dem Wohnzimmerfenster gehängt und holte gerade einen ordentlichen Barsch hoch. Mit ihm drängelten sich drei Studenten aus dem fünften Studienjahr am Fenster, aber Werner war natürlich nicht dabei.

»Na ja, gibt eine Rübensuppe mit Fischsuppenaroma. Besser als nur Rübensuppe«, brummte Herr Schröder mit dem klangvollen Bariton, der aus seinem kräftigen Brustkorb kam. Bariton und Brustkorb ließen den Mann erwachsener wirken als seine Studenten, die kaum jünger waren als er. Hinzu kam natürlich, dass er eine Frau hatte und sogar schon ein Kind.

Der Dozent betäubte den Barsch beherzt mit dem Fleischklopfer auf dem Fensterstock. Dann stach er ihm ins Herz und drehte sich zu seiner Frau um, die Paul und Kelle ins Zimmer gefolgt war. Es erfolgte ein Austausch von Fisch und Baby. Ingrid ging in die Küche, und der Herr Schröder begrüßte die beiden Jüngsten in der Runde. »Hier duzen wir uns«, sagte er. »Ich bin Bernhard.«

Kelle sagte: »Ich bin Kelle von der LPG ›Morgenröte‹. Genau wie Paul.«

Paul schüttelte den Kopf. Kelle musste immer angeben, aber irgendwie war das bei ihm so echt, so aus dem Herzen, dass es ihm niemand übelnahm, schon gar nicht die Damenwelt, wie gestern im Knaack. Wie üblich hatte Kelle das hübscheste Mädchen erobert und war mit ihm in einem der dunklen Hinterhöfe verschwunden. Eins hatte Paul von Kelle gelernt: Du musst von deinem Leben begeistert sein, dann bist du auch glücklich. Alles eine Einstellungsfrage.

Das fand Paul einleuchtend. Deshalb hatte er sich gestern die beste Tänzerin ausgesucht. Groß und schlank, wie er war, klappte das meistens. Die besten Tänzerinnen waren zwar meistens nicht besonders hübsch, aber dafür gewitzt und lebenslustig. Und bis zum Küssen hatte er es immerhin auch gebracht.

Als alle saßen, auf Stühlen, einem Wäschepuff, einer Trittleiter – der einzige Sessel wurde für Ingrid frei gehalten –, zog Bernhard seinen abgewetzten Pullover zurecht und begann zu erzählen. Im Sommer war er mit einer Wissenschaftlergruppe in der Sowjetunion gewesen und hatte sich dort große Kolchosen angesehen. Vor Kurzem hatte der Studiendirektor ihm verboten, über seine Beobachtungen zu referieren. Den Studenten seines Vertrauens berichtete er dennoch von den Problemen großer Monokulturen. Während er seine Tochter Petra im Arm wiegte, sprach er von ausgelaugten Böden, Insektenplagen, Tierseuchen, von Gewässern, in denen durch die Gülleausbringung der Massentierhaltung die Fische gestorben waren. »Das sollten wir in der DDR vermeiden«, schloss er.

»Kriegen wir hin«, meinte Kelle forsch. »Bei uns behalten die Bauern in den LPGs ihr Land ja, das ist anders als in der Sowjetunion.«

Bernhard wiegte zweifelnd den Kopf, und dann diskutierten sie über den Grad der Kollektivierung und aßen die Rübensuppe mit Barscharoma, die Ingrid inzwischen hereingebracht hatte. Sie nahm Bernhard das Baby ab, setzte sich in den Sessel, hörte zu und stillte.

Dass das eine Frau einfach so in der Runde machte, irritierte Paul. Seine Mutter hätte Ingrid höflich, aber bestimmt den Weg zum Schlafzimmer gewiesen. Paul hatte zwar Mühe wegzusehen, aber auch das war eben die neue Zeit: Die Frauen waren gleichberechtigt dabei. Es gefiel ihm.

Auf dem Rückweg sagte Kelle, der nach seinem ersten forschen Einwurf erstaunlich still gewesen war: »Dieser Bernhard mag ja fachlich ein kluger Mann sein, aber er ist auch ein Dummkopf.«

»Wie bitte?«, fragte Paul.

Kelle fuchtelte mit den Armen. »Was er beschrieben hat, sind Kinderkrankheiten des Sozialismus. Natürlich können wir nicht rausposaunen, dass die in der UdSSR da vielleicht ein bisschen viel des Guten gemacht haben. Sie waren schließlich die Ersten, und wir können auf ihren Erfahrungen aufbauen. Wir Sozialisten müssen zusammenhalten.«

Paul wollte seinen Dozenten verteidigen. »Na ja, aber –«

Kelle wischte den Einwand weg, ehe er ausgesprochen war. »Man muss wissen, was am wichtigsten ist. Und am wichtigsten ist jetzt der Aufbau des Sozialismus.«

Paul fand, dass die Bodenqualität von Feldern mindestens genauso wichtig war, schwieg aber. Kelle war Feuer und Flamme für die politische Ausrichtung der ABF, an der er büffelte, und Paul gönnte ihm die Möglichkeit von Herzen, auf diesem Weg die Studienreife für sein Medizinstudium zu erlangen.

Er ging weiter zu Bernhards Studentenabenden. Einmal fiel ihm auf, dass die Nachbarstür leise ins Schloss gezogen wurde, als die Studenten die Wohnung verließen. Beim letzten Mal kam er mit der zierlichen Ingrid ins Gespräch, die mit ihrem Zopf und ihren bunten Pullovern immer aussah, als sei sie die ältere Schwester ihres Babys, und erzählte ihr von Beerenhain und davon, dass seine Mutter vermietete. Ingrid fand das toll, und sie machten eine Woche Sommerurlaub aus. Alle anderen waren schon weg, als Paul ging, und er traf im Treppenhaus auf den Nachbarn, der mit einer Wäschewanne vom Dachboden kam. Ihm wäre gar nichts aufgefallen, wenn der Mann nicht ertappt gewirkt und das Hemd, das ganz oben lag, über etwas drübergezogen hätte. Es war ein Oktavheft.

Paul tat geistesgegenwärtig so, als hätte er nichts gesehen, murmelte ein »Guten Abend« und ging die Treppe hinunter.

»'n Abend«, quakte der Mann, der kaum größer als die zierliche Ingrid war und dessen Kopfhaar sich lichtete, obwohl er bestimmt erst in den Dreißigern war.

Vermutlich hat er es nötig, dachte Paul und drehte sich nicht noch einmal um. Es war ein Freitag, und er wollte Bernhard gleich am Montag warnen, dass er bespitzelt wurde, aber er kam zu spät. Paul sah seinen Dozenten nicht wieder.

An diesem unseligen Freitag setzte sich nämlich Bernhards Doktorvater, der immer eine schützende Hand über ihn gehalten hatte, in den Westen ab. Dann ging es ganz schnell. Montagfrüh gab es eine Hausdurchsuchung bei Bernhard, und man fand George Orwells *Farm der Tiere* und Briefe eines sowjetischen Dissidenten. Bernhards fast fertige Promotion wurde als revanchistisches Machwerk eingestuft, und er selbst kam ins Gefängnis. Das und das Folgende erfuhr Paul später von Ingrid in Beerenhain. Die Verhandlung fand unter Ausschluss der Öffentlichkeit statt. Der Pflichtverteidiger teilte Ingrid lediglich die Anklagepunkte mit: *Anfertigen von Aufzeichnungen, die geeignet sind, den Interessen der DDR zu schaden. Staatsfeindliche Hetze. Konterrevolution. Antisowjetische Propaganda. Faschistischer Provokateur. Aufwiegelung der Jugend.* Bernhard wurde nach Artikel 6 der Verfassung der DDR zu zehn Jahren Haft verurteilt. Es war die Zeit der roten Hilde.

* * *

Beerenhain, April 1992

»Wer war das?«, fragte Ingke.

Paul blieb stehen, hob einen Stein auf und warf ihn in den See, den sie schon fast umrundet hatten. »Die rote Hilde? Das war Hilde Benjamin, damals Vizepräsidentin des obersten Gerichts der DDR. Ihr Mann war Kommunist gewesen wie dein Opa Wilhelm und im KZ Mauthausen hingerichtet worden. Ihr Schwager Walter Benjamin, ein Schriftsteller und Philosoph, nahm sich auf der Flucht vor den Nazis in Südfrankreich das Leben. Hilde war Rechtsanwältin und bekam bei den Nazis Berufsverbot. Ihr ist Grausames widerfahren, und das hat sie unerbittlich werden lassen. Sie hat zwei Todesurteile wegen Hochverrats gefällt und furchtbar lange Haftstrafen verhängt. Aber weißt du was? Im Westen gab es derweil Richter, die haben bei den Nazis die Leute reihenweise in den Tod geschickt und machten einfach weiter.«

»Onkel Paul, jetzt vergleichst du Äpfel mit Birnen«, sagte Ingke.

Paul warf noch einen Stein in den See. Weiter diesmal. Dann wandte er sich Ingke zu, und sie stellte fest, dass sein schmaler Mund vor Ärger zu einem Strich geworden war. »Die Äpfel und Birnen haben mehr miteinander zu tun, als du denkst. Ja, die rote Hilde hat bei deinem Großvater nach dem, was ich weiß, danebengelegen. Und bei vielen anderen vermutlich auch. Und das ist tragisch. Aber willst du bei einer Frau wie Hilde Benjamin, die zugucken muss, wie im Westen Kollegen das Sagen haben, die ihr und ihrer Familie unsägliches Leid zugefügt haben, den ersten Stein werfen? Einer Frau, die deshalb rotsieht, wenn Menschen die im Aufbau befindliche sozialistische Gesellschaft angreifen oder auch nur angreifbar machen wie Bernhard?«, widersprach Onkel Paul.

Ingke schwieg, sie ließ ihm lieber noch ein bisschen frische Luft und schaute auf die konzentrischen Kreise der beiden Steine, die Paul in den See geworfen hatte. Wie sie sich ausbreiteten, überlagerten, abschwächten.

Während die Dämmerung vom Wald im Osten her nun auch ihre Finger über den See streckte, liefen sie das letzte Stück zurück. Paul auf der einen Wegseite, Ingke auf der anderen. Bald waren sie am Garten des Gutshauses angekommen. Warmes Licht ergoss sich aus den Fenstern auf die Beete und den Rasen. Ingke sah die Gäste ihrer Großtante durchs Fenster im kuschligen Salon, den Emma für ihren kleinen Pensionsbetrieb hergerichtet hatte. Der war früher mal das Herrenzimmer gewesen und holzgetäfelt. Ingke hatte Ernst in einem Sommer geholfen, dunkle Beizeschichten abzuschmirgeln. Danach hatten sie das helle Lindenholz mit der geschnitzten Oberkante – sie war einem Erntekranz aus Ähren und Obst nachempfunden – geölt. Rosa hatte eine Millefleurs-Tapete aufgetrieben und eine farblich passende bunte Borte für die Leinenvorhänge gewebt.

Mitten auf dem Rasen blieb Paul stehen. Der Lichtschein aus den Fenstern rahmte seine Silhouette. Ingke fiel auf, dass sie leicht gebeugt war, und Pauls Haar wurde langsam schütter. Weil er so viel an der Sonne war, hatte er schon Altersflecken bekommen, aber irgendwie passte das alles so harmonisch zusammen, dass sie es noch nie bemerkt hatte.

Paul holte Atem. »Ich habe Bernhard über die Telefonauskunft ausfindig gemacht. Mutter konnte sich erinnern, dass Ingrid mal erzählt hat, wo er wohnt, als sie hier zu Besuch war. Da wohnt er immer noch. Du kannst ihn morgen anrufen«, sagte er schroff.

Ingke öffnete vor Staunen den Mund, aber Paul sah sie eindringlich an und redete weiter. »Es kann sein, dass dein Vater morgen mit deiner Mutter herkommt, wenn sie aus dem Krankenhaus rausdarf. Vierzig Jahre LPG ›Morgenröte‹, das ist für Kelle fast so wichtig wie für mich, auch wenn er Arzt geworden und in Berlin geblieben ist. Unsere Bio-Kooperative ist ihm eine Herzensangelegenheit. Und für uns beide der Beweis, dass eine landwirtschaftliche Produktionsgenossenschaft eine Zukunft hat.«

»Oh.« Daran hatte Ingke gar nicht gedacht. Dabei war ihr Vater jedes Jahr zum Maifest nach Beerenhain gefahren, nur sie war in den letzten Jahren nicht mehr mitgekommen, weil sie lieber sturmfrei in Berlin hatte.

»Du wirst dich benehmen, mein Fräulein, dass das klar ist«, sagte Onkel Paul. »Ich gehe jetzt hoch zu Hanna.« Ein schmerzlicher Ausdruck trat auf sein Gesicht. »Und ich werde in den nächsten Tagen wohl auch ein wichtiges Telefonat führen.« Er ging ums Haus, hielt Ingke die Tür auf und stiefelte dann die Treppe hoch.

Ingke trottete nachdenklich hinterher. Ob er mit seinem Bruder Otto telefonieren wollte? Das würde sicher nicht einfach.

Natürlich konnte sie lange nicht einschlafen. In ihrer Adoptivfamilie war eine ganze Menge ins Rollen gekommen. Und in ihrer richtigen? Was würde da jetzt passieren? Wie würde es ihrer Mutter damit gehen, wenn sie auftauchte?

Ingke wälzte sich auf die andere Seite. Wie würde es mir gehen, wenn mir ein Kind weggenommen wurde und es sich jetzt auf einmal meldet, fragte sie sich. Sie konnte sich das überhaupt nicht vorstellen. Hatte Emma recht, wenn sie von ihrer und Petras Schuld sprach? Hätte sie selbst versucht, aus der DDR in den Westen zu flüchten, wenn sie ein Baby gehabt hätte? Mit dem Risiko, totgeschossen zu werden?

Ingke legte sich auf den Rücken und starrte die Decke an. Wie war Petra überhaupt geflüchtet? Ob Bernhard das wusste? Und dann ihre Eltern oder, besser gesagt, Maren und Kelle … Nein, »Maren und Kelle«, das ging nicht. Sie würde erst mal weiter »Mutti« und »Vati« sagen, wenn sie kamen. Ihre Mutter war so krank. Wer wusste schon, wie lange sie noch lebte.

»Das ›Fräulein‹ wird sich benehmen, versprochen, Onkel Paul«, flüsterte Ingke in die Stille ihres Zimmers.

In dieser Nacht hatte Ingke wieder ihren Geistergeheul-Traum. Nachdem sie hochgeschreckt war, stand sie auf und ging zum Fenster. Es war wolkenlos, und über Brandenburg wölbte sich der schönste Sternenhimmel, den sie kannte. Sie schaute hinaus. Ob dieser Traum irgendwas mit ihrem Leben als Ingke Schröder zu tun hatte?

* * *

Beerenhain, 1. Mai 1992

»Schröder.«

Die Stimme am Telefon klang tief und voll. Ihr erster Blutsverwandter! Ingke war aufgeregt. Sie saß in Emmas Telefonsessel, und Emma hatte ihr versprochen, dass sie das Wohnzimmer ganz für sich allein haben würde, egal, wie lange sie reden wollte.

»Hier ist Ingke, deine Enkelin«, sagte sie und musste sich räuspern, weil sie einen Frosch im Hals hatte. »Paul hat dich auf meinen Anruf vorbereitet, nicht wahr?«

»Hat er.« Es klang zögerlich. »Hallo, Ingke. Es ist … ich weiß nicht, wahrscheinlich ein großes Geschenk, dich zu hören. Du willst bestimmt alles über deine Mutter erfahren.«

Ingke nickte, und erst einen Augenblick später fiel ihr ein, dass er das ja gar nicht sehen konnte. »Ja, will ich.« Oh Mann, war sie durch den Wind!

»Ich muss dich enttäuschen. Ich weiß nicht viel von deiner Mutter. Wir sehen uns nur sehr selten. Als Kind habe ich sie kaum gekannt«, sagte Bernhard schroff.

»Aber wieso –«

»Sie war ein Baby, als ich ins Gefängnis kam.« Er machte eine Pause. »Von meiner Verhaftung hat Paul dir doch erzählt, oder?«

»Ja«, sagte Ingke schnell.

»Gut«, sagte Bernhard. »Als ich im Juli 1961 wegen guter Führung ein paar Monate eher entlassen wurde, habe ich sofort im Westen nach einer Zukunft für deine Oma, deine Mutter und mich gesucht. Petra war damals neun. Ich wusste, dass ich nach dem Knast in der DDR keine akademische Karriere würde machen können. Am 13. August 1961 war ich in Bonn.«

»Am Tag des Mauerbaus«, flüsterte Ingke.

»Ich habe deine Oma nie wiedergesehen. Petra erst, nachdem sie 1977 aus der Haft freigekauft wurde.« Ingke hörte ihn abfällig schnauben. »Wahrscheinlich wollten sie sie los sein, weil Ingrid im Knast gestorben ist.« Er verstummte.

»Was?«, fragte Ingke.

»Ich kann das nicht am Telefon.« Die tiefe, volle Stimme klang belegt. Bernhard räusperte sich. »Ich mache dir einen Vorschlag: Ich spendiere dir ein Bahnticket«, sagte er. »Du kommst her, und wir reden. Ich denke, das wäre … angemessen.«

Ingke nickte wieder.

»Ingke?«, fragte Bernhard am anderen Ende.

Irgendwie brüsk, fand sie. »Ja, ja natürlich«, sagte sie hastig. »Das finde ich toll. Das mache ich. Danke.«

Sie hörte ihren Großvater am anderen Ende tief atmen, dann machten sie aus, dass Ingke gleich am nächsten Wochenende nach Göttingen fahren würde. Bernhard wollte sie dort mit dem Auto abholen und dann mit ihr nach Witzenhausen fahren, wo er wohnte.

Nachdem sie das recht förmlich besprochen hatten, legte Ingke auf. Mit dem Telefon in der Hand blieb sie sitzen. Das hatte sie sich anders vorgestellt. Ihr Großvater fand es »angemessen«, mit seiner Enkelin zu reden. Von Freude keine Spur. Und ihre Oma Ingrid war im Gefängnis gestorben. Dabei konnte sie eigentlich noch nicht besonders alt gewesen sein.

Ihre Mutter war offensichtlich im Westen, seit Ingke drei war. Und ihr Großvater, der auch im Westen lebte, hatte kaum Kontakt zu seiner Tochter. Sehr mysteriös, dachte Ingke missmutig. Tolle Familie. Aber auch wenn sie sich nicht willkommen fühlte, hinfahren würde sie.

Emmas Telefonsessel stand so, dass sie in den Garten schauen konnte. Die Rosen hatten schon ausgeschlagen, in der Ferne kreiste Pauls Milan. Ingke zog die Beine an und nahm sie einen Augenblick später wieder herunter. Hier herumzugrübeln würde sie noch ganz verrückt machen. Sie stellte den Telefonapparat zurück auf die Kommode, stand auf und ging in die Küche.

Dort stand Emma und rührte Puddingschmand für ein großes Blech Rhabarberkuchen zusammen. Ingke schnappte sich wortlos eine Stange und ein Messer und begann, sie zu schälen.

In einträchtigem Schweigen arbeiteten sie Hand in Hand. Emma war zwar ein harter Knochen, fand Ingke, aber ihr sprödes Wesen hatte auch etwas Vertraueneinflößendes. Emma ist zu vornehm, um nach dem Telefonat zu fragen, begriff sie. Deshalb kam sie ihrerseits nicht noch einmal auf das zu sprechen, was Emma ihr von der »Bodenreform« berichtet hatte. Es gab nichts zu sagen. Ein später Trost wäre billig. Mitleid auszudrücken wäre angesichts der Monstrosität dieser schrecklichen Woche mit Leutnant Semkin peinlich. Nein, dachte Ingke, es ist an der Zeit, einfach zusammen zu sein. Füreinander da zu sein im einfachsten Sinne des Wortes. Und das, stellte sie fest, war eindeutig etwas Familiäres.

Als das Kuchenblech in die Backröhre gewandert war, kam ein Auto die Auffahrt hoch. Ingke erkannte das Motorengeräusch sofort. »Die letzte Familienkutsche«, hatte Kelle zu Maren gesagt, als sie den Wagen vor zwei Jahren gekauft hatten. »Danach kriegst du dein Sportcabrio. Nur für dich und mich.« Ingke hatte das zufällig von der Treppe mitgehört. Ihre Eltern hatten sie nicht bemerkt, weil sie sich im Flur küssten. Ingke hatte es schön gefunden, auch wenn sie sich ein bisschen ausgeschlossen gefühlt hatte. Aber dazu hatte sie eigentlich nie Grund gehabt, und irgendwann wollte sie ja wirklich ausziehen – und ohne ihre Eltern verreisen sowieso.

Sie trat ans Fenster und sah, wie Ernst hinten ausstieg, zur Beifahrertür ging und Maren mehr oder weniger aus dem Auto hob. Ihre Mutter würde das Cabrio vielleicht nie bekommen.

Emma war längst aus der Küche verschwunden.

Auf der anderen Seite des Kombis stiegen ihr Vater und Rosa aus und dann auch noch Peter. Zusammen mit Kelle holte er einen Rollstuhl aus dem Kofferraum und klappte ihn auf. Maren war inzwischen offenbar zu schwach zum Laufen.

Rosa machte sich daran, eine riesige Tasche von der Ladefläche zu ziehen. Oje, dachte Ingke und spurtete nach draußen.

Um eine Begrüßung ihrer Eltern kam sie praktischerweise herum, weil die sich durch den Garten auf den Weg zur Terrasse gemacht hatten, sie jedoch Rosa daran hindern musste, die schwere Tasche zu schleppen.

»Was ist denn da drin?«, fragte sie, als sie Rosa die Tasche abnahm.

»Sachen für unseren kleinen Maimarkt«, sagte Rosa.

Ingke war zwar schon ein paar Jahre nicht mehr beim Maifest gewesen, aber jetzt erinnerte sie sich, dass auf dem LPG-Gelände mittags immer ein kleiner Markt aufgebaut war. Trödel, leckeres Essen, Kunsthandwerk aus der Gegend – und natürlich Rosas Produkte aus Schafwolle. Sie hatte seit zwei Jahren einen eigenen Laden im Prenzlauer Berg, in dem sie Wolle verkaufte, selbst gewebte Kissenbezüge und Decken sowie ihre eigene Strickkollektion.

Ingke besuchte sie dort manchmal. Nicht dass Rosa dann Zeit für sie gehabt hätte, denn sie hatte viel Kundschaft und beriet ausführlich und geduldig, außerdem hatte sie die Wand zum Hinterzimmer zum Teil herausgebrochen und webte dort, was die Leute auf der Straße neugierig machte. Aber der Laden war so geschmackvoll eingerichtet, dass Ingke einfach gern da war und Rosa beim Wareeinräumen oder Musterstricken zur Hand ging.

Jetzt schulterte sie die Tasche. »Ich trage dir das rüber.«

Gemeinsam mit Rosa ging sie auf den Hof der LPG »Morgenröte« zu. Dort hatten die Mitglieder der Kooperative schon alles geschmückt: Wimpel, frisches Birkengrün, und vor dem Hoftor standen große Körbe mit Frühjahrsblühern. Darüber, festgemacht am Logo, flatterte wirklich und wahrhaftig eine große rote Vierzig aus heliumgefüllten Luftballons.

»Wie zwei Arbeiterfahnen«, raunte Rosa Ingke zu. Und tatsächlich, als Ingke näher hinsah, bemerkte sie, dass die Vier und die Null an den ehemaligen Fahnenhalterungen angebunden waren, in denen früher zu Festtagen die DDR- und die Arbeiterfahne gesteckt hatten. Sie prustete los, und Rosa grinste.

»Hallo, meine Hübschen!«, wurden sie vom roten Hans begrüßt, der wie üblich schon betrunken war und eine makellose tuffige Mainelke im Knopfloch seiner speckigen Jacke sowie eine Flasche Klaren in der Hand trug.

»Hallo, Hans«, rief Rosa fröhlich, ohne Blickkontakt mit dem ungepflegten alten Mann aufzunehmen, und zog Ingke aus der Gefahrenzone und zu den Markttischen, die ein paar junge Männer gerade aufstellten.

»Wieso heißt der eigentlich roter Hans?«, fragte Ingke.

Während sie Rosas Ware auf einem der Tische ausbreiteten, erzählte Rosa Ingke, was sie von ihren Eltern wusste. »Der rote Hans heißt so, weil er der oberste SED-Parteifunktionär Beerenhains war. Immer hundertprozentig. Er hat die Wende als Einziger nicht gut überstanden, hat sich der Kooperative verweigert und kommt mit seinem bisschen Land allein nicht klar. Während der DDR-Zeit hat er Paul immer im Nacken gesessen. Er wollte auch in Beerenhain große Felder und vor allem unbedingt den riesigen Mähdrescher E 532, der Ende der Siebzigerjahre in Bischofswerda gebaut und in die halbe Welt exportiert wurde.«

Rosa faltete einen Schal so, dass das Muster besonders gut zur Geltung kam. »Dieser Mähdrescher ist wirklich schick. Davon fahren immer noch welche rum. Vati hat ihn mir mal gezeigt, als wir irgendwas in der Stadt besorgen mussten. Aber er war zu groß für die Beerenhainer Felder. Hans war strammer SED-Funktionär und versuchte es über die Partei. Aber der DFD, vor allem deine Omi Lisbeth sowie die Damen Bredow und Enseleit, machten ihm immer wieder einen Strich durch die Rechnung. Vor entscheidenden LPG-übergreifenden Parteiversammlungen füllten sie Hans ab oder sorgten dafür, dass sein Wartburg mit leerem Tank auf einer der einsamen Landstraßen der Mark liegen blieb. Eine Umwandlung zur LPG Typ II oder gar III, die von der Partei gewollt war, hätte eine Vergesellschaftung des Landes nach sich gezogen, die die privaten Gemüsegärten gefährdet hätte. Und das war für die Funktionärinnen des Demokratischen Frauenbundes absolut indiskutabel.«

»Stimmt«, mischte sich eine ältere rotwangige Frau vom Stand nebenan ein, die getrocknete Steinpilze, wie Senfgurken eingelegten Kürbis und Kohlrouladen im Glas auf ihrem Tisch aufbaute. Sie trug eine karierte Schürze über der Jacke, unter der jedoch ein festlicher Rock mit Goldlamé hervorschaute. »Du bist doch die Kleine von Lisbeth, die Enkelin, nicht?«

Ingke nickte.

»Ich bin Bertha«, sagte die Frau. »Bertha Dreesch. Aber kannst Bertha sagen. Du heißt Ingke, stimmt's?«

Ingke nickte wieder.

»Riecht gut«, sagte Rosa und zeigte auf den eingelegten Kürbis.

»Lust auf Saures? Na, kein Wunder.« Bertha lachte. »Im wievielten Monat biste denn? Willste mal kosten?«

»Im sechsten. Fast siebter«, sagte Rosa. »Und kosten will ich.«

»Ich auch«, sagte Ingke, denn bei Essen war sie immer neugierig.

Der eingelegte Kürbis war köstlich, und Ingke bestand darauf, ein Glas von ihrem Taschengeld zu kaufen. »Verraten Sie auch das Rezept?«

»Kindchen, kannst Du sagen.« Bertha verdrehte die Augen. »Gehörst doch dazu zu unserer LPG. Klar kriegste das Rezept.«

»Ingke kocht supergut«, sagte Rosa.

Während Bertha das Rezept aus dem Kopf auf eine Papiertüte schrieb, riss Ingke einen Streifen Einschlagpapier von Rosa ab und kritzelte ihr Geheimrezept der Gorgonzola-Kürbis-Sauce darauf. Dann tauschte sie mit Bertha.

Die warf einen Blick auf den Zettel. »Gorgon-was?«

»Gorgonzola. Ein Blauschimmelkäse«, sagte Ingke. »Gibt's in jedem Supermarkt.«

»Das ganze neue Zeug aus dem Westen. Aber gut, probier ich«, sagte Bertha, und dann kam Kundschaft. In einem ruhigen Moment beugte sie sich noch einmal zu Ingke hinüber. »1980 hat der rote Hans deinen Onkel Paul fast gekriegt. Das war, als Ernst mit diesem Kirchenfriedensaufnäher ankam. Die Geschichte musst du dir mal erzählen lassen.« Sie zwinkerte Ingke zu, und dann kam auch schon wieder Kundschaft. In den benachbarten Kreisstädten war das Beerenhainer Maifest bekannt, immerhin gab es das schon seit vierzig Jahren, und der Hof füllte sich zunehmend.

Ingke half Rosa, bis plötzlich Emma vor ihr stand. Ihr Wollkostüm hatte zur Feier des Tages einen ausgestellten Rock, und sie trug ein Seidentuch elegant um den Hals geschlungen. »Da bist du ja, Ingke«, sagte sie. Ihr Tonfall war locker, aber als Ingke aufsah, hob Emma ganz kurz die Augenbrauen, und da wusste sie, dass sie ihren Eltern nicht mehr ausweichen konnte. Und richtig. Der nächste Satz war: »Deine Mutter wartet auf der Terrasse.« Dann begrüßte Emma Bertha und ging mit dem Rhabarberkuchen zum Kaffeestand, der dringend Nachschub benötigte.

Ingke ließ die Schultern sacken.

»Jetzt mach!«, zischte Rosa, und Ingke merkte ihr an, dass Rosa ganz Emmas Meinung war. Es wurde Zeit.

Als Ingke am Gutshaus ankam, war nur noch ihre Mutter da. Die anderen waren wohl auch in der LPG, und Ingke hatte sie im Gewühl nur nicht gesehen. Wahrscheinlich halfen sie beim Bierausschank, beim Grillen oder richteten in der Scheune die Bühne für die Band her, die inzwischen eingetroffen war.

Maren saß in zwei Wolldecken gewickelt wie eine Mumie auf der Terrasse, dabei war es sonnig und warm. Aber sie hatte nichts mehr zuzusetzen, und obwohl Ingke sie nur ein paar Tage nicht gesehen hatte, erschrak sie. Ihre Mutter war noch dünner als beim letzten Mal, und da war sie schon klapperdürr gewesen. Ihr nach wie vor braunes Haar, das eigentlich eine betörend elegante Naturwelle hatte, hing schlaff herunter – jedenfalls das, was noch da war. Es schien ihr auszugehen.

»Ingke, Kind«, sagte ihre Mutter und hob matt beide Arme.

Ingke trat mit einem Kloß im Hals auf Maren zu und ließ sich umarmen. Es war vertraut, wenn auch matt. Aber Maren roch anders.

»Du riechst wie ein Chemielabor«, rutschte es Ingke heraus.

Ihre Mutter gluckste. »So direkt hat das noch keiner gesagt. Momentan bin ich quasi ein Atomreaktor. Ich werde von innen bestrahlt.«

Ingke schluckte den Kloß herunter und setzte sich zu ihr. Ihre Mutter musterte sie, und es war überhaupt nicht unangenehm, sondern ein Streicheln mit Blicken.

»Ich möchte dir danken, dass du mir mit einer Stammzellenspende helfen wolltest«, sagte Maren. »Es hat mich sehr berührt und froh gemacht. Es tut mir leid, dass für dich eine solche Enttäuschung daraus erwachsen ist.« Sie machte eine Pause und schluckte trocken. »Ich habe dich nicht verdient.« Sie schluckte noch einmal ohne jede Feuchtigkeit.

Ingke schwieg.

»Kannst du mir vielleicht ein Glas Wasser holen?«, fragte ihre Mutter mit kratziger Stimme. »Das Zeug geht furchtbar auf die Schleimhäute.«

Ingke tat, wie ihr geheißen. Maren nahm das Glas und trank in kleinen Schlückchen.

»Wieso habt ihr mich eigentlich adoptiert?«, fragte Ingke.

Einen Augenblick wirkte Maren gehetzt, aber dann trat in ihre Augen ein trauriger Schimmer. »Ich habe noch nie erzählt, wie es kam, dass ich keine Kinder kriegen kann. Du sollst es nun erfahren«, sagte Maren.

Ehe Ingke einwerfen konnte, dass ihre Frage nicht darauf abgezielt hatte, begann ihre Mutter zu erzählen. Hastig, als wolle sie nicht unterbrochen werden.

6

Bad Schlema, 1961

In der zwölften Klasse veränderte eine Bitte ihrer Freundin Renate Marens Leben. Renate hatte Flausen im Kopf, wollte nach Amerika, nach New York, und dort reich werden. Dazu musste sie zunächst aus ihrem kleinen Erzgebirgsort Bad Schlema in den Westen. Sie selbst kannte dort niemanden. Sie wusste aber, dass Marens Mutter eine entfernte Verwandte in Hof hatte, was über die grüne Grenze nicht weit entfernt war. Renate bat Maren um die Adresse, und da deren Mutter nichts dagegen hatte, schrieb Maren sie auf einen Zettel und gab den ihrer Freundin. Renate versprach, im Austausch Nylonstrümpfe zu schicken, sobald sie konnte. Größe vierzig für Marens Mutter und sechsunddreißig für Maren.

Renate machte sich auf den Weg. Maren hörte nichts von ihr. Drei Tage später wurde sie am Schultor von zwei ihr unbekannten Herren empfangen, die sich als Mitarbeiter des Ministeriums für Staatssicherheit auswiesen. Der eine zeigte ihr den Zettel. »Kommen Sie bitte unauffällig hinter uns her, Ihnen passiert nichts«, hieß es. Der Ton allerdings machte klar, dass sehr wohl etwas passieren würde, wenn sie nicht mitkam.

Maren bekam es mit der Angst zu tun und stolperte den beiden hinterher. Ihre Schulmappe kam ihr auf einmal schrecklich schwer vor, und sie würde ihr Leben lang nicht vergessen, dass sie an diesem Tag hellblaue Kniestrümpfe und braune Lederschuhe trug, weil sie immerzu auf ihre Füße starrte, damit niemand merkte, dass sie den Männern folgte.

Es war nicht weit. Die Männer ließen sie an der Tür zu

einem Mehrfamilienhaus im Ortskern von Bad Schlema herankommen, schlossen auf und komplimentierten sie die Treppe hoch bis in eine Wohnung unter dem Dach, an deren Tür *Müller* stand.

Drinnen klopfte einer an eine Zimmertür, und auf ein »Herein« wurde Maren in den Raum gewinkt. Darin standen ein Schreibtisch mit Telefon, hinter dem ein Mann mit rötlichen Haaren und vielen Sommersprossen saß, der ihr kaum älter zu sein schien, als sie selbst war, sowie ein Besucherstuhl.

Hinter ihr wurde die Tür von außen geschlossen, der Mann erhob sich und kam hinter dem Schreibtisch hervor. »Fräulein Winkler?«

Maren nickte.

»Guten Tag. Thomas Uhlig mein Name. Ministerium für Staatssicherheit.« Er gab ihr die Hand. »Setzen Sie sich.«

Maren gehorchte. Mit der Schulmappe auf dem Rücken passte sie kaum auf den Stuhl.

Herr Uhlig lächelte. »Ihre Mappe dürfen Sie ruhig abnehmen.«

Das tat Maren, stellte sie möglichst nah neben ihren Stuhl und setzte sich wieder.

Herr Uhlig ließ sich hinter dem Schreibtisch nieder, stützte die Ellbogen auf und legte die Fingerspitzen aneinander. »Ihre Freundin Renate wollte unser Land verlassen.«

Maren schüttelte den Kopf, als hätte sie etwas zu Kaltes gegessen.

»Fräulein Winkler«, sagte er sanft. »Ihre Freundin ist am Sonntagvormittag in Oelsnitz mit einem Rucksack und einem Koffer aus dem Zug gestiegen, hat eine Busfahrkarte nach Posseck gelöst und von dort ihr Gepäck gen Süden geschleppt.«

Maren hielt die Luft an. Herr Uhlig schaute geduldig. Nur seine Stupsnase, die viel zu niedlich für ein Männergesicht war, zuckte. Hinter Posseck kam nichts mehr, wo Renate mit Gepäck hingewollt haben könnte – nur die grüne Grenze. Warum musste die dumme Pute so viel Zeug mitnehmen, dachte Maren erbost und entließ die Luft mit einem Schnauben.

Herr Uhlig schien ihre Gedanken verfolgt zu haben. Er nickte ihr zu. »Sehen Sie?« Dann fragte er etwas Überraschendes. »Ihr Vater ist Bergbauingenieur, nicht wahr?«

Maren sah ihn erstaunt an und stellte fest, dass sie Hunger hatte. Warum auch immer ihr das in dem Augenblick einfiel. »Ja«, sagte sie und warf einen Blick auf ihre Mappe, in der noch ein halbes Schulbrot steckte.

»Brauchen Sie etwas aus Ihrer Schultasche?«, fragte Herr Uhlig.

»Nein.« Maren schüttelte den Kopf, dass ihr brauner Zopf nach vorn flog.

Herr Uhlig hob die Augenbrauen und schwieg.

»Da ist noch ein Schulbrot drin«, sagte Maren.

»Na dann«, sagte Herr Uhlig. »Einen Augenblick.« Er ging zur Tür – dabei fielen Maren seine schicken Männerschuhe aus butterweichem hellbraunen Leder auf –, öffnete sie einen Spalt, sagte etwas und kam federnden Ganges wieder zurück an seine Seite des Tisches. »Die Schuhe hat mein Vater gemacht. Er ist der beste Schuhmacher des Landes. Ich komme aus Weißenfels, er ist beim VEB Banner des Friedens. Sein Ziel ist, dass jeder Arbeiter solche Schuhe hat, nicht nur reiche Industrielle, für die er vor dem Krieg genäht hat. Ziegenleder ist sehr haltbar, solche Schuhe können ewig getragen werden.«

Maren blieb der Mund offen stehen. Dieser Mann musste hinten Augen haben. Wie konnte er gesehen haben, dass sie einen Blick auf seine Schuhe geworfen hatte!

Herr Uhlig wies auf ihre Schulmappe. »Holen Sie das Brot ruhig heraus. Sie sollen hier nicht mit knurrendem Magen sitzen.«

»Nein, nein«, sagte Maren.

»Doch«, sagte Herr Uhlig. Leise, bestimmt. So, dass Maren sich genötigt fühlte, das Brot aus der Mappe zu holen. Sie legte es vor sich auf den Tisch und wickelte es aus dem Butterbrotpapier, das voller Knicke war, weil ihre Mutter es mehrmals verwendete. Sie schämte sich ein bisschen deswegen.

Die Tür öffnete sich, einer der Männer von eben kam herein, stellte eine Flasche Limonade sowie ein Glas vor sie hin und verschwand wieder.

»Bedienen Sie sich.« Herr Uhlig goss ihr ein, wies auf das Glas und lehnte sich zurück. »Wo waren wir?«

Maren war klar, dass er das sehr wohl wusste. Deshalb sagte sie nichts und widmete sich ihrem Schulbrot mit Jagdwurst.

»Richtig. Bei unseren Vätern. Ihrer hat einen schönen Beruf, Bergbauingenieur. Ein helles Büro, Außentermine in der Landschaft, kurze Besuche im Stollen.«

Maren rutschte auf ihrem Stuhl hin und her. Ihr Vater durfte nicht über seine Tätigkeit reden, denn er arbeitete bei der Wismut, im Uranbergbau. In Schlema-Alberoda war eines der größten Uranbergwerke der DDR. Die Förderung des radioaktiven Erzes war geheim, und das gewonnene Uran ging komplett in die UdSSR. Maren durfte das eigentlich gar nicht wissen. Schon gar nicht durfte sie wissen, dass der Uranabbau eine sehr gefährliche Arbeit war und die Kumpel in den Stollen vor allem deshalb so viel verdienten, weil viele nicht alt wurden. Lungenkrebs und Silikose waren in der Gegend auffallend häufige Todesursachen. Maren hatte deshalb als Kind nicht in der Zwickauer Mulde baden und auf gar keinen Fall auf Abraumhalden spielen dürfen.

Der Mann von der Staatssicherheit musterte sie streng, und Maren legte das Brot auf das Papier. Der Bissen, den sie genommen hatte, war beim Kauen im Mund irgendwie immer größer geworden.

»Wir haben jetzt zwei Möglichkeiten«, sagte Herr Uhlig.

»Wir nehmen diesen Zettel«, er wedelte mit der Hand in Richtung Tür, hinter der wahrscheinlich der Mann mit dem Zettel wartete, »und betrachten ihn genauer. Dann stellen wir fest, dass es eine Beihilfe zur Republikflucht gab. Unser Staat ermöglicht Subjekten, die so etwas tun, weder ein Abitur noch ein Medizinstudium. Das werden Sie verstehen, Fräulein Winkler. So ein Medizinstudium ist teuer, und das bezahlen die Werktätigen. Auch Ihren Vater können wir in diesem Fall nicht in einer solch verantwortlichen Stellung belassen, denn wer seine Tochter so erzieht ...« Er hob die Schultern, ließ sie wieder fallen und Luft durch die Nase entweichen. »Eine Tätigkeit als Bergmann wäre eher angemessen.«

Er schwieg, während Maren eiskalte Hände bekam.

»Eine sehr hässliche Möglichkeit, nicht wahr?«, sagte Herr Uhlig nach einer Weile. »Und vielleicht etwas übertrieben.« Er lächelte, aber nur mit dem Mund, nicht mit den Augen. »Trinken Sie einen Schluck, Fräulein Winkler. Sie sehen blass aus.«

Maren würgte einen Schluck Limonade herunter. Das Glas in ihrer Hand zitterte, als sie es abstellte.

»Aber wir haben ja noch eine andere. Wir schauen uns diesen leidigen Zettel gar nicht mehr an. Sie haben gute Noten in der Schule, Sie werden sicherlich eine fantastische Ärztin werden, Fräulein Winkler. Solche brauchen wir in der DDR. Allerdings sollten Sie uns beweisen, dass Sie Ihr Verhalten bereuen. Und das können Sie am besten, indem Sie uns das nächste Mal rechtzeitig Bescheid geben, wenn jemand aus Ihrer Bekanntschaft dieses Land ausbluten lassen will.«

Maren verstand. Sie sollte ein Spitzel werden.

Schweigen breitete sich aus.

Herr Uhlig schob seinen Stuhl zurück, sodass Maren erschrocken zusammenfuhr, und trat zur Gaube. Er schob die ungewaschene Spitzengardine zur Seite und schaute in den Himmel. Dann drehte er sich plötzlich um und zeigte mit dem

Finger auf Maren. »Ich sehe Ihnen an, dass Sie das negativ bewerten. Also doch die erste Möglichkeit?«

Maren schüttelte den Kopf.

Er setzte sich wieder. »Essen Sie Ihr Brot auf, das wird ja ganz trocken«, sagte er, als ginge es hier um nichts Besonderes.

Maren nahm das Brot brav in die Hand.

»Unser Staat hat mit vielen Anfeindungen zu kämpfen, Fräulein Winkler. So ein wirtschaftlicher Neuaufbau geht nicht von null auf jetzt. In Weißenfels bei meinem Vater wurden in den Vierzigerjahren fast alle Maschinen zur Schuhproduktion als Reparation in die Sowjetunion gebracht. 1950 sorgte mein Vater mit dafür, dass es einen Neuanfang gab. Aber es wird lange dauern, bis er solche Schuhe wie die hier«, er wippte mit dem Fuß, »im VEB Banner des Friedens wird herstellen können. Es braucht Geduld und Patriotismus. Manche Menschen sind da sehr ungeduldig«, er stockte und winkte ab, »leider nicht nur manche, sondern viele. Wie Ihre Freundin Renate zum Beispiel. Helfen Sie mit, diesen Abtrünnigen keine Chance zu geben. Es ist *Ihr* Land, das Land, in dem Sie Ärztin werden wollen. Kämpfen Sie mit uns gegen die Feinde dieses Staates.«

Als er das sagte, sah Maren seine Augen schimmern, als dränge ein Licht aus seinem Herzen hindurch. Er glaubte wirklich an seine Mission. Und obwohl Maren nicht sonderlich patriotisch war, wäre auch ihr nicht in den Sinn gekommen, die DDR zu verlassen, denn hier war sie zu Hause. Aber weil sie den Eindruck hatte, dass er wirklich daran glaubte, fiel es ihr nicht ganz so schwer, sich für die zweite Möglichkeit zu entscheiden. Dabei war ihr durchaus bewusst, dass sie nicht wirklich eine Wahl hatte. Es war eine Erpressung, und sie hätte niemals den Mut gehabt zu widerstehen.

Als sie mit ihren Überlegungen so weit gekommen war, biss sie in ihr Schulbrot. Sie würde spitzeln, aber sie würde niemals jemanden ans Messer liefern. Sie kaute und tat so, als überlege sie ernsthaft. Sie würde einfach irgendwelche Nichtigkeiten berichten. Wer sollte ihr das ankreiden?

Zwanzig Minuten später verließ sie das Haus allein. In vierzehn Tagen würde sie ein Beobachtungsprotokoll ihrer Schulklasse in den Müller-Briefkasten werfen, in vier Wochen sollte sie sich an diesem Ort wieder einfinden und erneut ein Gespräch mit Herrn Uhlig führen.

»Ihre Mutter arbeitet heute bis sechs, von unserem kleinen Stelldichein wird also niemand was erfahren«, hatte Herr Uhlig zum Abschied gesagt. Maren verstand das als Mahnung zur Konspiration und als Hinweis, dass die Stasi sie und ihre Eltern im Blick hatte.

Wie sie nach Hause kam, wusste sie später nicht mehr. Ihre Beine in den hellblauen Kniestrümpfen und ihre Füße in den braunen Schuhen fanden den Weg von allein. In ihrem hübschen Mädchenzimmer setzte sie sich aufs Bett. Es war still. Sie schaute aus dem Fenster, in das schräg die Sonne schien, sah Staub in der Luft tanzen und dann vor ihrem inneren Auge Thomas Uhlig vor der Gaube stehen. Schnell drehte sie den Kopf weg.

* * *

Beerenhain, 1. Mai 1992

Maren schwieg und atmete schwer.

Ingke hatte während der ganzen Zeit steif dagesessen. Jetzt beobachtete sie aus dem Augenwinkel, wie ihre Mutter in kleinen Schlückchen ihr Glas leer trank. Der Knöchel an ihrem sowieso zarten Handgelenk trat spitz hervor.

In der LPG erscholl ein Chor. Ingke horchte auf. *Unsre Heimat*, ihr Lieblingslied aus Kindertagen. Ihr Vater hatte es ihr beigebracht. Es war nicht lange vor der LPG-Gründung gedichtet und komponiert worden, und Kelle hatte es damals

als LPG-Hymne festgelegt. Ingke hatte es später auch in der Schule gelernt, weil es ein Pionierlied geworden war. Kelle hatte eine Schallplatte damit gekauft, *Fröhlich sein und singen.* Sie hatte das Lied oft mit ihren Eltern zusammen gesungen.

Maren summte leise mit.

Ingke sang erst leise und dann lauter: »... *das Korn auf dem Feld und die Vögel in der Luft und die Tiere der Erde und die Fische im Fluss sind die Heimat.*«

Maren fiel ein: »*Und wir lieben die Heimat, die schöne, und wir schützen sie, weil sie dem Volke gehört, weil sie unserem Volke gehört.*«

Maren standen Tränen in den Augen, als Ingke sich ihr beim Singen zuwandte. Ingke hatte als Jungpionierin in der vierten Klasse einen Gesangswettbewerb an der Schule gewonnen, natürlich mit diesem Lied. Kelle war bei der letzten Strophe im Publikum aufgestanden, hatte gedämpft die zweite Stimme mitgesungen und sich dann wieder hingesetzt. Ingke war stolz auf ihren Vater gewesen und er auf sie, und Maren hatte seine Hand genommen und war stolz auf beide gewesen. Als Preis hatte Ingke Benno Pludras Kinderbuch *Lütt Matten* bekommen. In den Folgewochen und noch Jahre danach musste Maren ihr bei Festen Marikens Haarnest aufstecken, genau so, wie es auf den Illustrationen von Werner Klemke aussah.

Maren wischte die Tränen weg, als das Lied verklang. »Ich muss mal aufs Klo. Hilfst du mir?«

Das tat Ingke, und dann gingen sie wieder hinaus, und Maren erzählte, ein frisches Glas Wasser vor sich, weiter.

* * *

Jena, 1963

Maren berichtete seit jenem ersten Treffen mit Thomas Uhlig brav und gegenstandslos. Auch nachdem sie 1961 ihr Medizinstudium in Jena begonnen hatte, traf sie sich dort regelmäßig mit ihm. Sie fertigte nichtssagende Protokolle an und verhielt sich so naiv wie möglich. Sie hoffte, dass die Stasi irgendwann das Interesse an ihr verlieren würde.

Aber das geschah nicht. Im Gegenteil. Drei Studenten aus ihrem Studienjahr trafen sich häufig, was Maren berichtet hatte, weil sie niemals gedacht hätte, dass ihnen daraus ein Nachteil erwachsen würde. In ihren Augen waren sie einfach Freunde, sie lernten zusammen. Sie täuschte sich jedoch. An einem kalten Januartag 1963 fragte Thomas Uhlig sie, wo sich die drei denn immer treffen würden.

»Die laufen oft zur Lobdeburg hoch«, antwortete Maren. Die Burgruine war nicht weit vom Universitätsklinikum entfernt und ein beliebtes Wanderziel.

»Und was nehmen sie mit?«

»Nichts«, sagte Maren hastig. Denn in dem Augenblick fiel ihr ein, dass die drei sich oft über eine große schwarze Kladde beugten, und die hatte der eine von ihnen unter dem Arm gehabt, als sie ihnen einmal mit einer Freundin auf dem Wanderweg zur Burg hoch begegnet war. Und als sie sich bei einer Vorlesung kurz vor Weihnachten neben die Freunde gesetzt hatte, war die Kladde schnell zugeklappt und weggeschoben worden.

»Fräulein Winkler, was denken Sie gerade?«, holte Herr Uhlig sie aus ihren Gedanken.

»Ich habe überlegt, was die wohl zusammen machen«, sagte sie unbestimmt. Dann zuckte sie mit den Schultern. »Ich glaub, die lernen einfach miteinander.«

»Ich glaube das nicht. Herr Holzapfel arbeitet als Hilfspfleger im Krankenhaus Gera und hat dort merkwürdige Fragen gestellt.«

Arno Holzapfel war einer der drei.

»Was denn für Fragen?«

»Er interessierte sich für Silikose-Patienten.«

Maren wurde blass. Silikose war eine fast immer tödliche Lungenkrankheit, die unter den Kumpeln im Bergbau grassierte. Von ihrem Vater wusste sie, dass diese Krankheit vor allem entstand, wenn bei Trockenbohrungen Quarzfeinstaub in die Lunge der Männer gelangte. Trockenbohrungen waren schon seit vielen Jahren verboten, aber selbst ihr Vater vermutete, dass sie trotzdem noch stattfanden, um die Norm zu schaffen. Die Sache war hochbrisant, denn niemand, der nicht bei der Wismut beschäftigt war, durfte vom Uranbergbau wissen, schon gar nicht von Berufskrankheiten und noch viel weniger von eventuellen Verstößen gegen die Arbeitsbestimmungen.

»Und Sie, Fräulein Winkler, werden das mit unserer Erlaubnis jetzt auch tun.« Herrn Uhligs rechter Mundwinkel kräuselte sich. »Ihre Gesichtsfarbe verrät, dass Sie mehr über Silikose wissen, als man bei Ihrem medizinischen Wissensstand vermuten sollte. Es soll Ihr Schaden nicht sein, und auch nicht der Ihres Vaters.«

Jetzt schoss Maren die Röte ins Gesicht. Herr Uhlig konnte sich an drei Fingern abzählen, dass ihr Vater zu Hause mehr erzählte, als er durfte. Ihr Verbindungsoffizier redete aber schon weiter.

»Sie werden sich in diesen Kreis einschleusen und herausbekommen, ob die anderen beiden dieses Interesse Herrn Holzapfels teilen oder ob die drei tatsächlich einfach nur miteinander lernen. Geben Sie Ihr Bestes.«

Maren versprach es und dachte bei sich, dass sie alles sammeln und zusammendichten würde, was für eine harmlose Freundschaft sprach. Aber neugierig geworden war sie doch.

Sich einzuschleusen war nicht schwer, denn Reinhard Glaser, der Zweite im Bunde, kam aus Schneeberg, nicht weit von Bad Schlema. Maren und er fuhren manchmal zusammen am Wochenende nach Hause.

Nachdem Maren im Zug das Gespräch auf die nächste Klausur in innerer Medizin gebracht hatte, warf sie ein: »Bei uns in Bad Schlema gibt es ziemlich viel Lungenkrebs. Das ist schon auffällig. Ich frage mich, ob das vom Bergbau kommt.«

Reinhard sah sie scharf an. »Das weißt du doch. Dein Vater arbeitet doch da.«

»Der erzählt eigentlich nie was von seiner Arbeit.«

»Hast du ihn mal gefragt?«

»Nö. Wieso? Ist da was dran?«

Reinhard zuckte mit den Schultern.

»Also, ich finde die vielen Lungenkranken bei uns schon merkwürdig.« Maren ließ nicht locker.

»Mein Vater ist an Silikose gestorben, mein Onkel auch. Die waren beide Kumpel«, sagte Reinhard nach einer Weile.

»Oh.« Maren biss sich auf die Unterlippe. »Das tut mir leid.«

»Statt auf dieser ganzen beknackten Geheimhaltung zu bestehen, sollten die mal lieber mehr in die Forschung investieren. Rauskriegen, wie das verhindert werden kann. Und vor allem Therapien entwickeln. Man kann doch nur sehen, was anschlägt, wenn man Vergleiche anstellt. Statistik.«

»Stimmt«, sagte Maren.

»Alles bloß, weil die Sowjets ihre Atomraketen geheim halten wollen«, sagte Reinhard.

»Echt?«, fragte Maren.

»Na klar«, sagte Reinhard. »Tu doch nicht so, als weißt du das nicht.«

»Mein Vater erzählt wirklich nichts«, log Maren und wurde rot.

Reinhard sah sie nachdenklich an und sagte nichts mehr.

Am Mittwoch darauf gesellte sich Maren in der Essensschlange der Mensa zu Reinhard. »Ich hab meinen Vater gefragt. Es stimmt«, sagte sie. »Suchen wir uns Plätze zusammen?«

Reinhard steuerte zwei Plätze in der Mitte des Raumes an. »Erzähl«, sagte er, als sie saßen.

Maren hätte gedacht, er würde sich mit ihr in eine stille Ecke verdrücken wollen, und blickte voll Unbehagen um sich.

Er beugte sich zu ihr. »Hier hört uns keiner, jeder ist mit sich beschäftigt, und wenn die Wände Ohren haben, sind wir hier weit genug weg.«

Maren wurde knallrot. Sie aß schnell eine Gabel Gemüse. Dann erzählte sie ihm, dass Silikose und die sogenannte Schneeberger Krankheit, ein Lungenkrebs, unter Kumpeln nach wie vor besonders häufig sei.

»Das ist ein alter Hut. Das wissen wir schon. Du musst dir mal die Untersuchungen von Boris Rajewski angucken, der hat 1939 bei euch in Schlema ein Radiuminstitut aufgebaut. Hat dein Vater Verbindungen zum Bergarbeiterkrankenhaus?«, fragte Reinhard.

Das war in Schneeberg, wo Reinhard herkam. »Ich glaub nicht«, sagte Maren.

»Wir müssen einfach wissen, wie viel von welcher Strahlung wo drin ist und wie lange ein Mensch halbwegs gefahrlos unter Tage arbeiten kann. Dafür müssen wir wissen, wie lange an Silikose Erkrankte unter Tage gearbeitet haben, wo sie gewohnt haben, was genau sie wie abgebaut haben.«

»Und ›wir‹, das bist du mit Arno und Norbi?«, fragte Maren. Norbi war Norbert Kircheisen, der Dritte im Kladdenbund.

»Wie kommst du darauf?«, fragte Reinhard scharf, während seine Gabel in der Luft hing.

»Na, weil ihr immer zusammenhängt«, sagte Maren und bemühte sich, so unauffällig wie möglich weiterzuessen.

Reinhard sah ihr zu. »Wir, das sind wir alle, Maren. Alle, die in einer Region mit Radiumdämpfen, Uran und anderen radioaktiven Erzen leben und arbeiten. Aber wenn politische Interessen dagegenstehen …«

»Schwierig«, sagte Maren.

»Sehr schwierig«, sagte Reinhard. »Ich bin satt.« Dann ging er.

Maren hatte nicht den Eindruck, dass er satt war, viel eher den, dass er an seinen toten Vater gedacht hatte. Sie berichtete ihrem Verbindungsoffizier nichts von dem, was sie herausgefunden hatte. Sie erzählte stattdessen, dass die drei ein Abfragesystem entwickelt hätten, ein Pingpong, und damit gerade für die Klausur in innerer Medizin lernen würden.

Dennoch hatte sie in der Folge den Eindruck, dass Reinhard sie mied. Sie erwischte ihn nicht mehr allein.

Als Maren Ende Februar das übernächste Mal zu der konspirativen Wohnung in Jena ging, an der wie auch schon in Bad Schlema unten am Klingelschild nichts und oben an der Tür *Müller* stand, war es schon dunkel. Schneeregen setzte ein. Maren fühlte ein leichtes Brennen im Unterleib. Sie verkühlte sich schnell und hatte schon am Vortag das Gefühl gehabt, dass eine Blasenentzündung im Anzug war.

Sie war fast da, als sie merkte, dass hinter ihr jemand lief und ihr näher kam. Sonst war niemand auf dem Bürgersteig. Sie war eigentlich nicht ängstlich, aber irgendwie bemächtigte sich ihrer das unangenehme Gefühl, verfolgt zu werden. Sie ging einen Schritt schneller, da wurde ihr von hinten mit einem kalten, feuchten Handschuh der Mund zugehalten. Das Nächste, was sie spürte, war ein Pieken im Arm, durch die Jacke hindurch. Dann verlor sie das Bewusstsein.

Als sie erwachte, fror sie. Es war dunkel. Irgendetwas tropfte. Sie tastete neben sich. Stein, kalt und feucht. Uneben. Nasse, halb verrottete Blätter. Sie hörte Bäume rauschen und richtete sich auf. Sie musste dringend pullern und tastete die Wände rings um sich ab. Sie gingen rundum nach oben, fühlten sich behauen an. Sie fand keinen Gang, und bei der Dunkelheit war Klettern ausgeschlossen. Also ließ sie sich nieder und erleichterte sich. Es brannte. Mist. Blasenentzündung.

Erneut suchte sie nach einer Möglichkeit, dieses Loch zu verlassen, aber fand keine. Sie kauerte sich zusammen. Wer hatte sie überfallen? Wie war sie hierhergekommen? Und wo war sie? Was war, wenn dieser Mensch wiederkam? Sobald es hell wurde, musste sie unbedingt sehen, wie sie aus diesem Loch kam. Sie horchte. Die Bäume mussten ein ganzes Stück über ihr stehen. Vermutlich war sie in irgendeinem Schacht. Rund um Jena hatte es immer schon Bergbau gegeben.

Wenig später musste sie schon wieder Wasser lassen. Es brannte stärker, und das Brennen hörte auch nicht auf, als sie sich erleichtert hatte. Maren stand auf und hüpfte, bis sie keuchte. Wenigstens war ihr nun etwas wärmer. Irgendwann dämmerte es. Allerdings nur schwach, gleichzeitig begann es zu schneien, und dann ging der Schnee in Regen über. Maren musste schon wieder. Diesmal kam kaum noch etwas, aber ihr Unterleib schmerzte stärker, und sie hatte nur wenig später das Gefühl, schon wieder zu müssen.

Als sie nach oben schaute, schätzte sie, dass das Loch, in dem sie sich befand, etwa sechs Meter tief war. Das graue Morgenlicht fiel durch die kreisrunde Öffnung, die einen Durchmesser von etwa einem Meter hatte. Nur ganz unten war der Schacht breiter, hier war es fast eine Höhle. Vielleicht war das ein Probeschacht, sie hatte keine Ahnung. Wenn sie irgendwie bis zu dem schmalen Teil hochkam, konnte sie sich vielleicht gegen beide Wände gestemmt emporarbeiten.

Sie versuchte es überall, rutschte aber immer wieder ab. Ihre Hände bluteten, und ihr Unterleib schmerzte und stach.

Sie kauerte sich zusammen und weinte. Den Überhang bis zu dem schmaleren Stück werde ich nie schaffen, dachte sie.

Sie erleichterte sich wieder, und diesmal brannte es höllisch. Dann rief sie um Hilfe, bis sie heiser war. Nichts, nur das

Rauschen der Bäume. Sie versuchte es erneut mit Klettern, bis ihr der Stein vor den Augen verschwamm. Bis auf die Haut durchnässt kauerte sie sich erneut zusammen. Verzweifelt überlegte sie, wie sie in diese Lage gekommen war. Ob Reinhard herausbekommen hatte, warum sie sich für ihn interessiert hatte? Aber sie hatte ihn und seine Freunde doch gar nicht verraten! Sie konnte sich beim besten Willen nicht vorstellen, wer ihr so übelwollte.

Irgendwann wurde es dunkel, und dann wurde es Nacht. Maren kratzte ein bisschen Schnee zusammen, aß ihn und dämmerte dahin, bis auf einmal etwas Raues ihre Wange streifte und dann wieder weg war. Sie schrie auf und sprang hoch. Oben meinte sie Schritte zu hören und rief vor Schmerzen gekrümmt heiser um Hilfe. Es war alles still. Und dunkel. Sie spürte, wie sie glühte und schlotterte zugleich.

Aber was hatte sie gestreift? Sie tastete den Boden ab, und ein Schreck durchfuhr sie, als sie ein Seil ertastete. Es hing von oben herab und hatte Knoten, an denen sie Halt finden würde.

Maren weinte vor Erschöpfung und Angst und Erleichterung. Dann riss sie sich zusammen und begann den Aufstieg. Sie schaffte es mit Müh und Not und nässte sich ein. Doch darauf kam es nun auch nicht mehr an. Oben war niemand. Maren stolperte los. Nur weg!

Nach ein paar Schritten verschwamm wieder alles vor ihren Augen, und ihr wurde übel. Sie erbrach sich, wischte sich den Mund mit Schneematsch ab und taumelte weiter. In einer Fichtenschonung hockte sie sich ins Dickicht. Hier war es fast trocken.

Maren spürte, dass sie fast nicht mehr konnte. Sie musste unbedingt eine Straße erreichen. Sie sollte warten, bis es heller wurde, und dann musste sie immer geradeaus in eine Richtung laufen. Irgendwann würde sie in einen Ort oder an eine Straße kommen. Sie zitterte, der kalte Schweiß brach ihr aus, und inzwischen strahlten die Unterleibsschmerzen bis in den Rücken aus. Trotzdem wartete sie, bis es dämmerte. Dann machte sie sich auf den Weg.

Es dauerte gar nicht lange, bis sie eine Straße erreichte. Richtung egal, sagte sie sich und lief gekrümmt am Fahrbahnrand entlang. Aufrecht konnte sie inzwischen nicht mehr laufen. Wenige Minuten später kam ihr ein Auto entgegen. Die Fahrerin bremste und sah Maren mit weit aufgerissenen Augen durch die Windschutzscheibe an. Die Scheibenwischer fuhren vor ihrem Gesicht hin und her.

Maren stieg ein, und die Frau wendete und sagte: »Sie müssen ins Krankenhaus.«

Maren landete im Krankenhaus Apolda. Ihre Blasenentzündung hatte den Genitaltrakt und die Eierstöcke bereits angegriffen, trotz Behandlung konnte nicht verhindert werden, dass die Eileiter verklebten. Beide.

Kurz vor ihrer Entlassung erschien Thomas Uhlig in ihrem Krankenzimmer. Er trug dicke Fellstiefel, die aussahen wie aus einer Traumwelt. Er kam unumwunden zum Grund seines Besuchs. »Reinhard Glaser, Norbert Kircheisen und Arno Holzapfel sitzen in Untersuchungshaft. Bis jetzt ist keiner geständig.«

»Wie kommen Sie …« Maren hatte der Polizei keinen Hinweis gegeben. Sie war zu dem Schluss gekommen, dass die Sache mit dem Schacht ein Warnschuss gewesen war, den sie keinesfalls überhören durfte.

Herr Uhlig lächelte bitter. »Ich nehme an, Sie wollten mir etwas von dem feinen Trio erzählen, als Sie auf dem Weg zu mir waren.«

Maren kniff die Lippen zusammen.

Er nickte und redete weiter. »Wir wissen inzwischen, dass die drei Spione waren, die militärische Geheimnisse der UdSSR ausgekundschaftet haben. Aber eine Sache wussten wir nicht.« Seine Stupsnase zuckte, er wirkte auf einmal hilflos und sah mit seinen Sommersprossen aus wie ein kleiner Junge. »Es ist meine Schuld, dass Sie hier liegen, Fräulein Winkler. Norbert Kircheisens älterer Bruder war in meiner Parallelklasse in Weißenfels. Er wusste, dass ich auf die Schule des Ministeriums für Staatssicherheit gegangen bin. Ich habe das nicht recherchiert und bin bei unserem letzten Treffen schon kurz nach Ihnen aus dem Haus gegangen. Das muss Herr Kircheisen gesehen haben.«

Marens Verbindungsoffizier machte eine Pause und sah sie nachdenklich an. »Es gibt nur einen Grund, warum Herr Kircheisen Ihnen zu unserem letzten Treffen gefolgt ist: Sie haben mehr erfahren, als Sie mir berichtet haben. Allerdings haben Sie wohl ungeschickt gefragt und Verdacht erregt.«

Maren wollte ihn unterbrechen und alles abstreiten, aber er hob die Hand.

»Ich will das jetzt nicht vertiefen. Sie eignen sich nicht zu einer Zusammenarbeit. Als Grund habe ich im Bericht an meine Vorgesetzten Ungeschick, nicht Unwillen, angegeben. Ihre Tätigkeit als informelle Mitarbeiterin ist hier und heute beendet. In Jena sind Sie verbrannt. Sie werden, sobald Sie wieder gesund sind, an die Humboldt-Universität wechseln. Ein Zimmer im Studentenwohnheim steht für Sie bereit. Ich hoffe, Sie werden unserem Land als gute Ärztin dienen.«

* * *

Beerenhain, 1. Mai 1992

Maren holte Luft und klappte ihren Mund auf und wieder zu. Drei Mal. Als ob sie noch etwas sagen will, dachte Ingke.

Dann setzte ihre Mutter ein fröhliches Gesicht auf, nahm ihr Glas in die Hand und hob es hoch. Der Wasserspiegel zitterte. »Zwei Jahre später stand Renates Mutter mit einem flachen Päckchen in Westeinwickelpapier bei meiner Mutter vor der Tür. Sie erzählte, dass Renate in den Westen entlassen worden sei und dieses Geschenk aus ihrem ersten Westpaket für uns. Meine Mutter fand darin zwei Nylonstrumpfhosen Größe vierzig und zwei Größe sechsunddreißig. Von ARWA.«

Maren prostete Ingke zu und trank mit Todesverachtung im Blick.

Weil ihre Mutter den Firmennamen so abfällig betont hatte, fragte Ingke nach: »ARWA?«

»Ja, im Erzgebirge, wo ich herkomme, war ein großer Teil der deutschen Strickwaren- und Spitzenindustrie beheimatet. Im Firmennamen ARWA steckt Auerbach, ein Erzgebirgsstädtchen, zwanzig, dreißig Kilometer von Bad Schlema entfernt. Die Firma wurde 1946 enteignet, der damalige Besitzer verschwand kurzerhand mit Arbeitern und Know-how nach Baden-Württemberg. Weil ARWA-Strümpfe einen guten Namen gehabt hatten, bekam er Kredite und baute sein Unternehmen neu auf.« Maren wickelte sich enger in die Decke. »Tja, ich habe die Strumpfhosen jedenfalls nie getragen. Ich hab sie einer Freundin zur Hochzeit geschenkt.«

Als Ingke den Mund aufmachte, um etwas zu sagen, schüttelte ihre Mutter ganz leicht den Kopf und legte ihre Hand auf Ingkes. »Ich glaub, ich muss mich hinlegen. Das war alles ein bisschen viel. Geh du mal feiern.«

Ingke brachte ihre Mutter ins Haus, klappte Emmas Sofa auf, und Maren legte sich mit einem erleichterten Stöhnen hin. »Es ist schön, dass du hier bist«, sagte sie und drückte Ingkes Hand. »Dein Vater kennt die Hintergründe meiner Unfruchtbarkeit übrigens nicht. Er weiß nur, dass ich mal eine Eierstockentzündung hatte. Aber du kannst es ihm erzählen, wenn du willst.«

»Vati findet ja eigentlich alles an der DDR gut, immer noch«, sagte Ingke. »Nur dass die Staatssicherheit so nach innen gespitzelt hat, hat er immer kritisiert.«

»Ich finde auch nach wie vor vieles an der DDR gut, zum

Beispiel das Sozialsystem, die Krankenversicherung, das Babyjahr.« Maren holte tief Luft. »Aber das spielt jetzt alles keine Rolle mehr.« Damit drehte sie sich zur Wand.

Ingke hatte das Gefühl, dass ihre Mutter sie jetzt los sein wollte. Wahrscheinlich hat sie sich sehr ein eigenes Kind gewünscht, samt Babyjahr, dachte sie auf dem Weg nach draußen. Als adoptiertes war sie nur ein Kind zweiter Wahl. Und ihr Gespräch hatte Maren daran erinnert.

Als sie über den Dorfplatz ging, kam Ingke sich sehr allein und verlassen vor. Sie war beinahe froh, dass der Erste, der ihr über den Weg lief, Ernst war.

»Du kommst gerade recht«, sagte er und fuhr mit der Hand in den Kragen seines Wollpullovers, den Rosa gestrickt hatte. Anthrazitfarben mit einem zarten Ringel an allen Bündchen. Da der schlaksige Ernst Modelmaße hatte, lief er für seine geliebte Schwester heute als Kleiderpuppe herum – einschließlich eines Etiketts mit dem Namen ihres Ladens, das mit einer Sicherheitsnadel auf Brusthöhe befestigt war. »Ich muss meiner Vermieterin einen Polenkorb mitbringen. Ihrer ist kaputt. Ich weiß nicht, welchen ich nehmen soll. Und die bauen schon ab.«

»Einen Polenkorb?«

»Ja, früher gab es Weidenkörbe aus unerfindlichen Gründen nicht zu kaufen. Keine Ahnung, warum. Weiden gab es ja. Vielleicht gingen die Korbwaren alle an Ikea oder so. Jedenfalls gab es die in der DDR nur an polnischen Marktständen. Deshalb haben wir hier in Beerenhain immer einen solchen Stand. Auch wenn es Körbe jetzt überall gibt, die Leute schwören auf die Qualität.«

Er zeigte zu einer schicken Frau in einem bordeauxfarbenen Anzug, die gerade ihre restliche Ware in einen alten Transporter räumte.

Sie sieht überhaupt nicht wie eine Korbflechterin aus, eher wie eine Stewardess, dachte Ingke. »Na, dann schnell«, sagte sie.

Die Händlerin fragte sie nach dem Alter der Vermieterin, nickte, als Ernst sagte: »Mitte sechzig?«, und stieg in ihren Transporter.

»Der wird ihr gefallen.« Sie kam mit einem ovalen Exemplar wieder, dessen oberer Rand aus ineinandergreifenden Bögen geformt war. »Ist seit Ewigkeiten das beliebteste Modell. Nur die jungen Leute wollen einfache bäuerliche Körbe.«

Ernst guckte zu Ingke, und die nickte zuversichtlich. »Nehmen wir.« Er holte sein Geld aus der Tasche.

»Ich habe Hunger«, sagte Ingke.

»Ich auch«, meinte Ernst.

»Das Spanferkel«, Ingke deutete auf das Tier, das sich am Spieß über einem Feuer drehte, »da kann man nichts falsch machen.« Da konnte man auch nichts falsch machen, weil in einer nicht besonders gut einsehbaren Nische zwischen der Scheunenwand und einem dekorativen alten Leiterwagen gerade eine kleine Bank frei wurde. Dort würde ihr Vater sie vielleicht gar nicht entdecken.

Wenig später saßen sie dort – Ingke hinten in der Nische, Ernst als Sichtschutz davor – und ließen sich das fetttriefende Fleisch und dazu eine dicke Folienkartoffel mit Quark und den ersten frischen Kräutern schmecken.

Ingke musste sich von Marens Geschichte ablenken, die ihr das Herz schwer machte. Deshalb sagte sie: »Bertha hat erzählt, dass Paul deinetwegen einmal fast den LPG-Vorsitz verloren hat. Wegen irgendeinem Aufnäher. War das damals, als du den Ausreiseantrag stellen wolltest?«

»Nein, aber es hing in gewisser Weise damit zusammen.« Über Ernsts Gesicht huschte ein Schatten, und er legte sein Stück Fleisch auf den Teller. »Ich erzähle es dir, wenn du willst.«

Ingke nickte, schnappte sich eine Pferdedecke, die neben ihr auf der Bank lag, und wickelte sich darin ein, denn es wurde langsam kühl.

7

Beerenhain, 1979

Im September 1979 wechselte Ernst auf die EOS, die erweiterte Oberschule in der Kreisstadt, wo er und sein Freund Jürgen aus dem Nachbardorf das Abitur ablegen sollten. Ihr Schulwechsel fiel in die Zeit der Debatte um den NATO-Doppelbeschluss – eine Reaktion auf die sowjetischen SS-20-Mittelstreckenraketen. In Westdeutschland wurden in der Folge Pershing-II-Raketen aufgestellt. Sowohl die SS-20 als auch die Pershings waren für atomare Sprengköpfe ausgelegt.

Das Wettrüsten trat in eine neue Phase. Ein Jahr zuvor war für die neunten und zehnten Klassen der Wehrkundeunterricht eingeführt worden. Margot Honecker, die Bildungsministerin, hatte den ausgeheckt. Die Schüler wurden seither in »sozialistischer Landesverteidigung« unterrichtet und am Ende der neunten Klasse in ein Wehrlager geschickt, die Mädchen in ein Zivilverteidigungslager, das alles andere als zivil war. Diese Lager sollten ein Abenteuer ein, ein ernsthaftes, und die Jungen auf den Wehrdienst einstimmen. Was bei vielen funktioniert haben mochte, ging bei Ernst und Jürgen nach hinten los. Sie waren nämlich bei Hannas Vater, dem Pfarrer in Jürgens Dorf, im Konfirmandenunterricht gewesen.

Gottfried – so hieß der Pfarrer bezeichnenderweise mit Vornamen, und so ließ er sich von allen Gemeindegliedern ab der Konfirmation auch anreden – war Pazifist. Ernst kannte den Grund. Gottfrieds Sohn, der jüngere Bruder von Ernsts Mutter Hanna, war als Dreijähriger von einem Granatsplitter getroffen worden und gestorben, weil zwei alte Männer aus dem Ort der Meinung gewesen waren, ein deutsches Dorf dürfe nicht kampflos übergeben werden. Bewaffnet mit einer Panzerfaust, die sie irgendwo herhatten, und zwei Jagdgewehren hatten sie sich gegen mindestens zwanzig Panzer der Roten Armee gestellt.

Gottfried war klug. Er redete nie gegen die DDR, sondern argumentierte mit dem Bekenntnis zum Frieden, mit dem der junge Staat einmal angetreten war. Um das zu verdeutlichen, sang er in der Jungen Gemeinde die Nationalhymne vor, die wegen der Wendung *Deutschland einig Vaterland* in der ersten Strophe schon lange nicht mehr öffentlich gesungen wurde.

Ernst, der gern und gut sang, trug gemeinsam mit Jürgen im Wehrkundeunterricht die zweite Strophe vor.

Glück und Friede sei beschieden
Deutschland, unserm Vaterland.
Alle Welt sehnt sich nach Frieden,
reicht den Völkern eure Hand.
Wenn wir brüderlich uns einen,
schlagen wir des Volkes Feind.
Laßt das Licht des Friedens scheinen,
daß nie eine Mutter mehr
ihren Sohn beweint.

Danach fragte Ernst ganz naiv: »Warum machen wir das nicht? Warum einen wir uns nicht? Warum stehen in der DDR SS-20 und in der BRD Pershings? Ist das nicht gegen die Nationalhymne? Wir wollen doch Frieden.«

Damit brachte er den Reserveoffizier, der das Fach bei ihnen unterrichtete, auf die Palme. Der Mann war ein Choleriker und brüllte die Jungen an. Sie würden »den imperialistischen Kriegstreibern in die Hände arbeiten«, warf er ihnen vor.

Natürlich wurde Meldung gemacht, und über die Parteileitung erfuhr es der rote Hans, der dann Paul die Hölle heißmachte. »Dein Sohn hat wohl kein klares Freund-Feind-Bild. Als LPG-Vorsitzender solltest du deinem Sohn ein besseres Vorbild sein.«

Paul wiederum zitierte Ernst am Abend zu sich und ließ sich berichten, was vorgefallen war. Er schimpfte in Hannas Richtung, ihr Vater solle sich mal ein bisschen zurückhalten, der bringe sie noch in Teufels Küche. Da hatte er sich allerdings mit der Falschen angelegt, denn Hanna beteiligte sich gemeinsam mit Gottfried an den Vorbereitungen der ersten Friedensdekade der evangelischen Kirche, Motto: »Frieden schaffen ohne Waffen«.

»Ausgerechnet du musst das sagen«, schalt sie ihren Mann. »Wenn mich nicht alles täuscht, hast du irgendwo eine Kassette, die wir 1975 bei einem der letzten Renft-Konzerte mitgeschnitten haben. Hast du doch noch, oder?«

Paul, der seine Frau über alles liebte, gab ihr einen versöhnlichen Kuss. »Ja, hab ich noch. Wir sollten uns nicht streiten. Ich will doch nur nicht, dass Ernst was passiert.«

»Was ist das für eine Kassette?«

»Die kriegst du nicht«, sagte Paul.

»Ist verboten«, sagte Hanna.

»Staatsdemontierender Widerstand, gesellschaftliche Verweigerung, Aufwiegelung der Jugend«, ergänzte Paul, und dann holte er die Kassette und steckte sie in den Rekorder.

Kurz darauf hörten sie das Lied *Glaubensfragen*, und Ernst lauschte andächtig, wie der Leadsänger fragte, was einer glaubt, der zur Fahne geht, einer, der Bausoldat wird, und einer, der *in'n Kahn geht und den Hintern quer zu der Fahn'* dreht.

»Wieso *in'n Kahn*?«, fragte Ernst.

»Ich glaube, ich weiß, warum«, sagte seine Mutter, spulte ein Stück vor und suchte eine Weile nach einem Liedanfang. »Hör mal.« Sie drückte auf Play.

Es ertönte die *Rockballade vom kleinen Otto*. Der wollte in den Westen abhauen und *fuhr ungefährdet bis nach Wittenberge, dort sprang er auf'n Elbekahn*.

»Das ist ja perfide!«, rief Paul. »Das habe ich gar nicht gemerkt damals, diese Verbindung.«

»Ich auch nicht«, sagte Hanna, »aber als Ernst gefragt hat, konnte ich mich an die Stelle erinnern.«

»Tja«, sagte Paul. »Nur um das klarzustellen: Der kleine Otto will abhauen, weil er Westgeld haben will. Solche wie er können mir gestohlen bleiben.«

»Mir auch«, sagte Hanna, und diesmal küsste sie Paul, und zwar nicht nur versöhnlich.

Ernst schnappte sich den Kassettenrekorder, um den sich seine Eltern sowieso nicht mehr kümmerten, und verschwand mit ihm in seinem Zimmer. So lernte er eine der berühmtesten Rockgruppen der DDR kennen, die 1975 von einem Tag auf den anderen von der Bildfläche verschwunden war: Verhaftung, Auftrittsverbot, Verbot, die Lieder im Radio zu spielen.

Natürlich hatte er nichts Besseres zu tun, als die Kassette am nächsten Tag auch Jürgen vorzuspielen. Da aber kam Paul ins Zimmer und konfiszierte sie. »Damit wir uns nicht falsch verstehen«, sagte er. »Die DDR ist ein Land, in dem gegen einen finanziell aufgepumpten Westen ein neuer Gesellschaftsversuch gemacht wird, den ich sehr befürworte und den der Westen lieber heute als morgen beerdigen würde. Dass die Regierung nervös ist, ist da kein Wunder. Und ich möchte nicht, dass ihr das befeuert.«

Hanna beteiligte sich weiter an der Vorbereitung der ersten Friedensdekade, die im November 1980 vor dem Buß- und Bettag stattfinden sollte. Die Einladung druckten sie nicht auf Papier, sondern auf Vlies, weil das als »Textiloberflächenveredlung« und nicht als Drucksache galt und daher nicht genehmigt werden musste. Sie zierte die Zeichnung einer Skulptur, die einen Mann zeigte, der ein Schwert zu einer Pflugschar umschmiedet, im Anklang zur Bibelstelle Micha 4,3. Das fand auch Paul gut, der nicht ahnte, was folgen würde.

Was folgte, war, dass Rosa das runde Schwerter-zu-Pflugscharen-Emblem fein säuberlich sowohl für Ernst als auch Jürgen aus der Einladung ausschnitt. Sie nähte es auf ihre Jackenärmel, wie es auch einige ihrer Freunde in Berlin schon gemacht hatten.

Weil die SED tatsächlich sehr nervös war und um die »Verteidigungsbereitschaft der sozialistischen Heimat« fürchtete, wurde Paul nur Tage später vor die SED-Kreisleitung zitiert, der der rote Hans angehörte. Hans machte Paul höchstpersönlich deutlich, dass die Aufnäher als »staatsfeindliche Hetze« eingestuft wurden und er als LPG-Vorsitzender mit einem solch revanchistischen Element von Sohn nicht länger tragbar sei. Da müsse wohl nun doch mal ein Genosse ran, der die Linie der Partei vertrete.

Paul, der das brühwarm beim Abendbrot erzählte, drückte die Hand seiner Frau. »Ich bin deinem Rat gefolgt und ruhig geblieben. ›Du weißt schon, dass du gerade den sowjetischen Bildhauer Jewgeni Wiktorowitsch Wutschetitsch in den Schmutz gezogen hast‹, habe ich Hans geantwortet. Der hat natürlich blöd geglotzt.«

Hanna kicherte und biss in ihr Schinkenbrot, und Ernst sagte: »Versteh ich nicht.«

»Das ist ein Bildhauer, dessen Skulptur *Schwerter zu Pflugscharen* 1957 vor dem Hauptgebäude der UNO aufgestellt wurde, genau die Skulptur, die auf deinem Aufnäher abgebildet ist.«

»Oh«, machte Ernst und biss in sein eigenes Brot.

»Es hat aber nichts genützt«, sagte Paul. »Du machst den Aufnäher ab.«

»Nein«, sagte Ernst.

»Doch«, sagte Hanna, stand auf, ging zur Anrichte, holte einen Brief, faltete ihn auf und sagte: »Ist heute gekommen. Vom Rat des Bezirks. Du fliegst sonst von der Schule.«

»Gottfried hat gesagt, in Gramzow gibt es einen Gedenkstein für die von den Nazis verschleppten Kommunisten und Sozialdemokraten, und da steht der Bibelspruch zu dem Aufnäher auch drauf.«

Hanna schüttelte den Kopf. »Dieser Gedenkstein in der Uckermark kann dich vor dem Schlimmsten bewahren, vielleicht, aber das Schlimmste ist nicht, dass du von der Schule fliegst. Und schon das möchten wir auf keinen Fall.«

Es lief darauf hinaus, dass Ernst und Jürgen ihre Jacken an den nächsten Tagen gar nicht trugen und aus Protest frierend in die Schule fuhren. Am Wochenende kam Rosa zu Besuch und berichtete beim Frühstück, dass es in Berlin Zuführungen wegen des Aufnähers gegeben hatte und die Leute daraufhin einfach kreisrunde Löcher in ihre Ärmel schnitten oder weiße Kreise auf die Jacken nähten.

»Die Polizei hat die sich echt gegriffen? Dann schneide ich mir auch ein Loch rein«, sagte Ernst und sprang auf.

»Auf keinen Fall ein Loch«, sagte Hanna. »Rosa, du kriegst einen morschen Kissenbezug, um das abzudecken.«

»Wieso ich?«

»Wer hat denn den Jungs die Aufnäher erst auf die Jacken genäht, hä?«, fragte Hanna.

Rosa stöhnte.

Ab da trugen Jürgen und Ernst einen weißen Kreis auf ihren Jacken, und Paul fuhr mit Hans und zwei Flaschen Goldbrand in die Uckermark nach Gramzow. Sie gingen auf den Friedhof und ließen sich bei den Gefallenengräbern an einen Baum gelehnt nieder, mit Blick auf den Gedenkstein. *So spricht der Herr*, stand auf ihm, und darunter:

Die Völker werden ihre Schwerter umschmieden in Pflugscharen und ihre Lanzen in Winzermesser. Es wird kein Volk wider das andere das Schwert erheben, und sie werden nicht mehr lernen, wie man Krieg führt. Micha 4,3
1914/18 1933 1938 1939/45
Kyrie Eleison

Dort stießen die Rivalen mit Hochprozentigem auf die verschleppten Kommunisten und Sozialdemokraten an, bis Hans so oft angestoßen hatte, dass er nicht mehr wusste, worum es überhaupt ging, und das Gras neben Paul ganz schlammig war und nach dem Fusel stank, den er aus seinem Glas unauffällig hineingekippt hatte.

Die Sache verlief im Sande, kochte aber wieder hoch, als Jürgen Ernst in der elften Klasse kurz vor den Winterferien unter dem Tisch den *Berliner Appell* zuschob. Darin stellten der wegen des Vorwurfs der »Sammlung von Nachrichten, die gegen die Deutsche Demokratische Republik gerichtet sind« unter Hausarrest stehende Kommunist Robert Havemann und der evangelische Pfarrer Rainer Eppelmann vier höchst brisante Fragen: Ob man in der DDR nicht auf Kriegsspielzeug verzichten sollte? Ob es nicht statt Wehrkunde einen Unterricht über Fragen des Friedens geben sollte? Ob man statt des Wehrersatzdienstes nicht einen sozialen Friedensdienst zulassen sollte und ob man nicht auf Militärparaden verzichten könnte?

Die Frage zum Wehrersatzdienst hatte Jürgen unterstrichen. »Wir gehen nicht zur Armee«, flüsterte er Ernst zu. »Höchstens Bausoldat. Aber da müssen wir auch in die Kaserne. Und exerzieren und so weiter.«

Ernst schrieb sich den Appell während des Staatsbürgerkundeunterrichts ab und legte ihn am Abend zwischen die Kartoffelschalen, die sich vor seinen Eltern aufhäuften, die einträchtig schälten. »Guckt mal, da haben sich ein SED-Mitglied und ein Pfarrer zusammengetan«, sagte er.

Sein Vater las sich den Appell durch. »Havemann ist kein SED-Mitglied, der ist schon irgendwann in den Sechzigern ausgeschlossen worden.« Er reichte Hanna den Zettel weiter. »Und zwar zu Recht. Der hat alles im Westen veröffentlicht, statt hier eine Form des kritischen Dialogs zu finden. Dabei hätte er dafür eigentlich genug Köpfchen.«

»So einen Dialog, wie du ihn damals mit dem roten Hans und den Schnapsflaschen geführt hast?«, provozierte Ernst.

Ehe Paul auffahren konnte, sagte Hanna: »Dein Vater ist mit Klugheit weitergekommen. Du kannst dein Abi machen und hier was bewegen. Havemann sitzt zu Hause und weint den Westmedien die Ohren voll.« Sie wedelte mit dem Zettel: »Diesen Appell haben sie nämlich auch gleich in den Westen geschickt. Und der Eppelmann, der ist ein eitler Fatzke, sagt Gottfried. Dein Opa kennt den. Als Pfarrer hat der doch nichts zu verlieren. Aber die Jugendlichen, die er aufwiegelt, landen im Knast.«

»Ich geh trotzdem nicht zur Armee«, sagte Ernst. »Und Jürgen auch nicht.«

Seine Eltern schauten sich an und schälten weiter Kartoffeln.

Nach dem Abitur ließen sich Jürgen und Ernst als Bausoldaten einziehen und kamen zur selben Einheit. Ihre Armeezeit war fast zu Ende, als sie eine heruntergekommene Schweinemastanlage auf Vordermann bringen sollten. Die Güllegrube bröckelte überall, und Jürgen sollte sie mit zwei Kameraden neu vermörteln. Dabei stürzte Jürgen in die sechs Meter tiefe Grube. Seine Kameraden lachten, als Jürgen in die stinkende Brühe klatschte, sich strampelnd hocharbeitete und dann bis zum Hals darin stand. Sie holten andere hinzu, die ebenfalls lachten.

Ernst war außer Hörweite damit beschäftigt, die völlig verrottete Stalltür herauszubrechen. Irgendwann sah er auf und seine johlenden Kameraden an der Güllegrube stehen.

Er ließ seine Arbeit liegen, um nachzuschauen, was der Grund für die allgemeine Heiterkeit war. Auf dem Weg wurde ihm klar, dass es eigentlich nur eine Möglichkeit gab, und er rannte los. Einer musste in die Güllegrube gefallen sein.

Niemand von den anderen kam von einem Bauernhof, nur Jürgen und er. Und nur Jürgen und er wussten, wie gefährlich eine Güllegrube war, vor allem die Gase darin. Jürgen hätte sofort dafür gesorgt, denjenigen herauszuholen – wenn er gekonnt hätte. Ernst keuchte und schrie den anderen von ferne zu: »Ein Seil! Schnell!«

Die anderen starrten ihm nur entgegen. Dann schauten sie wieder in die Grube, und drei von ihnen schrien auf. Als Ernst einen Augenblick später ankam, lag Jürgen mit dem Hinterkopf nach oben in der Brühe. Ernst schrie wie wild und zog sich aus, so schnell er konnte. »Wir müssen ein Seil machen, mit unseren Sachen!«

Endlich kapierten es auch ein paar andere, und sie knoteten ein Seil aus Jacken und Hosen und Hemden zusammen. Als sich Ernst herablassen wollte, kam ihr Unteroffizier dazu, der in der Kantine der LPG Tierproduktion »7. Oktober« ein Schwätzchen mit einer drallen Köchin gehalten hatte. »Halt!«, schrie er.

Aber Ernst drückte zwei seiner Kameraden das Kleidungsseil in die Hand und ließ sich herab. Es stank entsetzlich, er hielt die Luft an, ließ sich bis ganz hineingleiten, sodass er den leblosen Jürgen um den Bauch fassen konnte. Er schaute nicht hin, als die anderen ihn hochzogen.

Er schob Jürgen über den Bröckelrand und wurde selbst herausgezogen. Als er um sich blickte, sah er, dass alle zurückgetreten waren, bis auf den Unteroffizier. Der bellte: »Das wird ein Nachspiel haben!«

»Hat einer einen Krankenwagen gerufen?«, schrie Ernst.

Das hatte keiner. Es war ohnehin zu spät. Jürgen war erstickt.

* * *

Beerenhain, 1. Mai 1992

»Deine Mutter sorgte dafür, dass ich psychologisch betreut wurde und für die restlichen Wochen nicht mehr zu meiner Einheit zurückmusste«, sagte Ernst, pickte ein Stück Folienkartoffel mit der Gabel auf und ließ sie liegen. Sein Spanferkel hatte er nicht mehr angerührt.

»Tante Maren war sehr vehement«, sagte er. »Sie tauchte gleich am nächsten Tag auf. Keine Ahnung, wie sie es geschafft hat reinzukommen. Wir Bausoldaten waren wie die richtigen Soldaten in einer Kaserne untergebracht. Da konnte keiner einfach so reinspazieren. Ich lag im Sanitätsraum, weil mit mir nichts anzufangen war. Auf einmal hörte ich ihre Stimme und wie sie mit dem Sanitäter umsprang. Als sei sie der Chefarzt persönlich.«

Ingke fiel der Schacht ein, in dem Maren gesessen hatte. Sie konnte sich denken, warum ihre Mutter so energisch gewesen war.

»Maren sorgte mit Gottfried dafür, dass ich zu Jürgens Beerdigung durfte. Als Bausoldat bekam er wenigstens kein militärisches Begräbnis.« Ernst schnaubte. Dann schwieg er, und Ingke schwieg mit ihm.

»Ich wollte erst nicht, aber es ist wichtig, Abschied zu nehmen«, sagte Ernst nach einer Weile. »Es hat mir gutgetan, und es war im Nachhinein betrachtet ein ganz entscheidender Baustein für meine Heilung.«

Sie schwiegen wieder, und jeder hing seinen Gedanken nach. Ingke musste an ihre leibliche Mutter, Petra, denken. Ob die sich von ihrem Baby hatte verabschieden dürfen? Bestimmt nicht. Sie versuchte, sich vorzustellen, wie das gewesen sein musste, aber es gelang ihr nicht. Es war einfach zu ungeheuerlich.

Ob Petra das überhaupt irgendwann hatte verarbeiten können? Jürgen war wenigstens tot, das war ein Abschluss. Für Petra war die Sache nie zu Ende gewesen. Irgendwo musste ihr Kind ja leben.

Und wenn Petra all das inzwischen verarbeitet oder verdrängt hatte: Was würde sie dazu sagen, wenn Ingke jetzt auf einmal bei ihr auftauchte? Würde das nicht alles wieder hochspülen, so wie die Erzählung bei Ernst, dessen Augen im Schein der Glut unter dem Spanferkelgerippe feucht glänzten, alte Wunden aufgerissen hatte?

Ingke wickelte sich aus der Pferdedecke aus und dann Ernst zusammen mit sich selbst ein. Ernst schlang den Arm um ihre Schulter, dann legten sie die Köpfe aneinander und sahen in den Abendhimmel.

Aus der Scheune klangen Volksmusik, Lachen, Gerede und das Klirren von Gläsern zu ihnen hinaus. Sie waren die Letzten hier draußen auf dem Hof, und das war Ingke nur recht.

Ernst wollte wohl auch nicht zu den anderen. Seine Haut an den Schläfen zog sich immer wieder zusammen, sein Kiefer mahlte. Ingke überlegte, wie sie ihn auf andere Gedanken bringen könnte. Man muss sich verabschieden, dachte sie, aber man muss es auch zu Ende bringen, und da reicht ein Verabschieden nicht. Man muss weitergehen, erst dann liegt ein Ende hinter einem. Deshalb fragte sie: »Und wie ging es dann weiter?«

* * *

Berlin, 1985

Als Rosa erfuhr, dass Maren Ernst eine Therapie in Berlin besorgt hatte, bot sie ihm sofort an, bei ihr einzuziehen. Sie hatte zwar nur ein Wohnzimmer und eine klitzekleine Schlafkammer, aber die räumte sie für ihren Bruder.

Paul besorgte Ernst fürs Erste eine Stelle als Gehilfe in einer Gärtnerei und Baumschule im Süden der Stadt, von der die LPG »Morgenröte« Obstbäume bezog. Die Chefin hieß Gerti, war eine rundliche Frau mit rot gefärbten Haaren, wettergegerbter Haut und kräftigen Oberarmen. Ernst erfuhr nie ihren vollen Namen, sie war einfach nur Gerti, und ihre Unterschrift auf Rechnungen war so unleserlich, dass er beim besten Willen nicht hätte entziffern können, wie sie hieß. Aber das war auch egal. Gerti duldete keinen Schlendrian, was die Arbeit mit den Pflanzen anging. »Det sind meine Kinder«, sagte sie ihren Angestellten, »und ihr könnt euch vorstellen, wat passiert, wenn ihr die schlecht behandelt.« Gerti hatte auch richtige Kinder, die oft in der Gärtnerei herumsprangen, und die behandelte sie so wie ihre Pflanzen: einfach wachsen lassen und Schädliches wie Läuse, oder was auch immer ihnen in die Quere kam, ausrotten. Genauso ging Gerti auch mit Ernst um, der zwar anpackte, aber ansonsten in sich gekehrt war und sich absonderte. Sie ließ ihn einfach. Einen Mann hatte Gerti, soweit Ernst das beurteilen konnte, nicht.

Gerti war zufrieden mit Ernst, denn er hatte als Kind oft in der LPG mitgeholfen und wusste wenigstens, »det bei einer Pflanze die Wurzel unten und die Blüte oben is«, wie Gerti sich ausdrückte, und das reichte offensichtlich für einen Gehilfen.

Gerti verstand, dass Ernst nicht in der gesundheitlichen Verfassung war, regelmäßig zu kommen. Im Sommer 1985 blieb er zwischendurch auch wochenlang in Beerenhain.

Seine Mutter Hanna, die als Melkerin auf der Nachbar-LPG begonnen hatte, hatte inzwischen Emmas alt gewordenen

Schäfer beerbt und betreute auch alle anderen Tiere der LPG »Morgenröte«. Sie nahm Ernst mit zu den Schafen und brachte ihm das Melken bei. Die Ruhe bei der Arbeit mit den Tieren tat Ernst gut.

Sein Vater machte lange Spaziergänge mit ihm durch die Felder und erklärte ihm eine uralte Bauernweisheit nach der anderen. Wie eins ins andere griff. Warum der Mais bei ihnen viel besser stand als in der Nachbar-LPG. »Lass uns mal graben«, sagte er zu Ernst.

Und dann zog Paul die alten Buddelschaufeln seiner Zwillinge aus der Jackentasche, was Ernst rührte. Eine war aus rotem, die andere aus blauem Blech, wobei man von der Farbe nicht mehr viel sah, und sie hatten einen Holzstiel. Der ältere und der junge Mann buddelten wie die Kinder im Feld, und Ernst stellte fest, dass die Humusschicht auf dem Maisfeld der LPG »Morgenröte« viel dicker war als bei der benachbarten.

»Das kommt, weil wir die Flächen immer mal ruhen lassen und Luzerne als natürlichen Stickstofflieferanten anbauen, Mist ausbringen und nicht nur Gülle«, erklärte Paul.

»Aber dann habt ihr ja gar keinen Ertrag«, sagte Ernst.

»Doch«, erwiderte sein Vater. »Luzerne eignet sich als Viehfutter. Und langfristig haben wir keine niedrigeren Erträge, weil unsere lockeren Böden auch in trockenen Jahren die Feuchtigkeit besser speichern und insgesamt nährstoffreicher sind.« Am Feldrain zeigte Paul auf den Samenstand eines Korbblütlers. »Deine Oma achtet immer sehr darauf, dass genug Wiesenkerbel auf den Rainen wächst, weil der den Honig besonders schmackhaft macht.«

»Gewinnt sie deshalb jedes Jahr den ersten Preis unter den Imkern des Kreises?«, fragte Ernst.

»Genau«, sagte Paul, und Ernst spürte, dass er sich über seine Frage gefreut hatte. Doch er hatte sie nur seinem Vater zuliebe gestellt. Er hatte mit seinem Leben in dem Land, in dem das Dasein von Uniformen durchzogen war – blaues Halstuch, rotes Halstuch, blaues Hemd, GST, Kampfgruppe, Armee –, innerlich abgeschlossen.

»Ich will weg hier«, sagte er eines Tages zu Rosa. »Ich stell einen Ausreiseantrag.« Woraufhin Rosa zur wütenden Wespe wurde und ihm vorwarf, er würde nur an sich selbst denken und an sein Elend. Dass sie ihren Studienplatz verlieren und dann selbst im Elend leben würde, das kümmere ihn nicht.

Ernst war unbeeindruckt. Er ging in seine Kammer, holte ein Päckchen aus Zeitungspapier und legte es vor Rosa auf den Tisch. »Mach auf«, sagte er.

Rosa öffnete das Päckchen und rümpfte die Nase. Es stank widerlich. Schließlich fand sie in der Zeitung eine Schulterklappe mit einem aufgestickten Spaten.

»Die habe ich Jürgen abgerissen, als er tot dalag und niemand bei ihm wachen wollte, weil er so stank. Ich habe ihm geschworen, dass ich mir nie wieder irgendwas befehlen lassen werde, von einem Offizier, einer Parteileitung, einer Regierung, von wem auch immer. Ich kann hier nicht studieren, weil ich dann wieder ins Wehrlager muss. Dieses Ding«, er zeigte auf die Schulterklappe, »ist meine Mahnung daran.«

Rosa schwieg.

»Und weißt du was? Dieses Land ist eine einzige Güllegrube. Das habe ich in den letzten anderthalb Jahren gesehen. An dem Tag, an dem Jürgen starb, habe ich mich morgens mit dem Tierarzt unterhalten, der die Mastanlage betreut hat. Er meinte, wenn ich mal Kinder haben will, solle ich nicht so viel Schweinefleisch essen. Damit die Tiere in kurzer Zeit so viel Gewicht auf die Waage bringen, werden sie nämlich mit allen möglichen Hormonen gefüttert, weiblichen vorzugsweise. Der Arzt zeigte auf das Nebengebäude, *Futtermittellabor* stand über der Tür. *Labor!* Und weißt du, warum die Eier in Berlin nicht so schmecken wie die von Lisbeths Hof?«

Rosa schüttelte den Kopf. »Die schmecken hier irgendwie …« Ihr fiel kein Vergleich ein.

»Nach Fisch. Weil die Hühner in den Mastanlagen mit Fischmehl gefüttert werden und nicht wie bei Lisbeth Körner Gras und die Schnecken kriegen, die sie vom Salatbeet absammelt.«

»Iiih«, machte Rosa.

»Ja, du Nischenromantikerin. Die Hühner fressen Fische.«

Rosa nahm die Schulterklappe und ging damit zum Waschbecken. »Jürgen haben sie auch gewaschen, bevor er beerdigt wurde. Deine Mahnung sollte ebenso würdevoll behandelt werden.«

Ernst redete weiter. »Die LPG ›Morgenröte‹ ist ein Wolkenkuckucksheim, Rosa, mit ein paar Schafen, die im Winter auf Stroh stehen, das im Frühjahr auf den Feldern ausgebracht wird und dann guten Humus gibt. Wir bauen Getreide an, die anderen produzieren es. Wie in der Industrie.«

»Dafür haben alle genug Fleisch, nicht wie früher nur die Reichen.«

»Ich weiß nicht, ob man so viel Fleisch braucht«, sagte Ernst und sah zu, wie Rosa die Schulterklappe mit Seife unter lauwarmem Wasser vorsichtig auswusch, das Spülwasser in ein Handtuch presste und Jürgens Abzeichen der Bausoldaten zum Trocknen über eine Tasse legte.

Dabei rollten ihr die Tränen über die Wangen, und Ernst versprach ihr, mit der Ausreise so lange zu warten, bis sie mit dem Studium fertig sein würde.

Am nächsten Morgen lag die Schulterklappe in einem Täschchen aus schwarzem Samt neben seinem Bett, und so gerührt Ernst war, dachte er doch in einem seiner vielen Anfälle von Mattigkeit, Rosa habe ihm damit zugleich seinen DDR-Leichensack genäht.

Was Ernst letztlich wieder ins Leben zurückbrachte, war ein Treffen von Maren und Gerti. Maren holte ihn eines Tages aus der Gärtnerei ab, weil sie abends in Buch grillen wollten – »Du kommst dazu, keine Widerrede«. Sie kam von einem Lungenärztekongress in Leipzig, und auf dem Rückweg war es nur ein kleiner Abstecher zur Gärtnerei. Als Maren die Baumschule sah, seufzte sie. »Wissen Sie, wie es im Erzgebirge aussieht?«, fragte sie Gerti. »Da steht bald überhaupt kein Wald mehr.«

»Ja«, sagte Ernsts Chefin. »Weeß ick.«

Maren guckte erstaunt.

»Ick mach seit vier Jahren bei die Baumpflanzaktionen mit«, sagte Gerti.

»Welche Baumpflanzaktionen?«, fragte Ernst.

»Na, mit die Umweltgruppen. Kannst nächstet Mal mitkommen. Musste aber ordentlich ran.«

»Und wieso wächst da kein Wald mehr?«, fragte Ernst.

»Wejen den sauren Regen«, sagte Gerti gleichzeitig mit Marens »Wegen des sauren Regens«.

Davon hatte Ernst schon aus den Nachrichten gehört, Westnachrichten natürlich.

»Det kommt von die Verhüttung und von die Braunkohlekraftwerke in der Tschechei«, wusste Gerti. »Da is ’ne Menge Dreck inne Luft, und wennet regnet, kommt der runter. Und dit versaut den ph-Wert inne Erde. Den vertragen die Bäume dann nich mehr. Ick hab beim letzten Mal 4,1 jemessen. Det ist fast so sauer wie Apfelsaft.«

Maren zog die Augenbrauen hoch, wie Ernst wusste, ein Zeichen dafür, dass sie beeindruckt war. Gerti berlinerte zwar frei von der Leber weg, aber Maren war nicht so dumm, sich davon täuschen zu lassen. Gerti war nicht umsonst Chefin der Gärtnerei.

»Also, kannst mitkommen«, sagte Gerti. Und weil Bummi

gerade über den Hof kam, fügte sie etwas leiser und mit einem Seitenblick auf ihn hinzu: »Aba hänget nich anne große Glocke.«

Maren erzählte Kelle und Rosa beim Grillen von Gertis Aktion, und Kelle war begeistert und referierte über die Graswurzelbewegung. »Da muss man was machen. Natürlich brauchen wir auch Filter in den Kraftwerken und Chemieanlagen. Aber der Aufbau der chemischen Industrie war erst mal wichtiger. Muss man ja auch verstehen. Jetzt muss das Volk zeigen, wo feinjustiert werden muss.«

Rosa und Kelle wechselten einen heimlichen Blick: Kelle, der blinde Verteidiger des Sozialismus. Ernst hingegen war erstaunt über Kelles kritischen Unterton. Feinjustiert! Da musste wirklich was im Argen liegen.

So kam es, dass Ernst zwei Wochen später, am Samstag früh um vier, mit Gerti und ihrem Barkas-Pritschenwagen voller junger Blaufichten, Lärchen, Buchen und Eichen, zwei Säcken Kalk und vielen Spaten ins Erzgebirge aufbrach. Neben ihm saßen noch Martin und Annegret, zwei Berliner Umweltschützer aus der Zionskirche, glücklicherweise beide schlank, denn sie teilten sich zu dritt die Beifahrerbank. Leider duftete – oder vielmehr stank – Annegret schrecklich nach Patschuli, was Gerti wohl schon kannte.

»Tu mir den Jefallen, und setz dich als Puffer neben mich«, hatte sie Ernst zugeraunt, als es ans Einsteigen ging. »Ick mag fast alle Pflanzen jerne riechen, aber erstens am liebsten an frischer Luft und zweitens ist dieset indische Zeug wirklich zu ville für meen Riechorgan.«

Nach einer halben Stunde Fahrt packte Martin einige Stullen aus. »Hier, nimm«, sagte er zu Ernst, der wie meistens seit Jürgens Tod vor sich hin schwieg.

»Danke«, sagte Ernst, nahm ein Brot, behielt es aber in der Hand, ohne hineinzubeißen.

Gerti, Annegret und Martin hingegen ließen es sich schmecken. Gerti reichte ihre Thermoskanne weiter.

»Das kann man essen«, sagte Annegret, schlug ihren Franschal nach hinten und zeigte mit einem ihrer knochigen Finger auf Ernsts Brot.

»Ja«, sagte Ernst und biss ab.

»Und? Schmeckt's?«, fragte Martin.

Ernst biss noch mal ab, weil er wie immer in letzter Zeit gar nichts geschmeckt hatte, und kaute. »Ja, schmeckt gut«, sagte er erstaunt.

»Ist Möhren-Bohnen-Paste von meiner Mutter. Mit Kümmel«, sagte Martin stolz und fuhr sich mit der Hand durch seine recht langen braunen Wuschelhaare. »Kannst auch noch die zweite Stulle damit haben, ich hab die ja immer.«

Ernst biss noch einmal ab, und dann ließ er auch Gertis Thermoskanne nicht an sich vorbeigehen. Zum ersten Mal seit einem Vierteljahr hatte er wieder wirklich Hunger, dabei hatten sie noch keinen einzigen Baum gepflanzt. Aber Martins unbedarfter Stolz sowie seine Freude darüber, dass es ihm schmeckte, und seine Freigiebigkeit, obwohl er ihn gar nicht kannte, hatten ihn berührt. Er aß auch die zweite Stulle noch.

Bei Dresden fuhr Gerti von der Autobahn ab, und Ernst erfuhr, dass es nach Bärenfels ging. Der dortige Förster hatte einen Subbotnik angesetzt, einen freiwilligen Arbeitseinsatz der Bevölkerung.

Ernst kannte das aus Beerenhain. Im Frühsommer vor den Ferien wurden die Schüler zu Subbotniks aufgerufen, um die Felder von Unkraut zu befreien, bei denen das die Angestellten der LPG nicht schafften. Rosa und Ernst waren jedes Mal dazu verdonnert worden. »Die Kinder des LPG-Vorsitzenden müssen Vorbilder sein«, sagte Paul, und auch Hanna war unerbittlich.

»Das mit dem Subbotnik ist eine super Idee«, erklärte Annegret und fummelte erneut an ihrem Fransenschal herum. »So ist alles ganz offiziell, und bei einem Subbotnik fragt auch niemand, wer da ist und mitmacht. Es kommen auf jeden Fall auch Leute aus einer Jungen Gemeinde in Annaberg, die kennen wir schon.«

Je weiter sie nach Süden kamen, desto schlimmer sah der Wald aus, vor allem auf den Kammlagen. Oben waren die Berge schon kahl. »Und det is nich die Baumgrenze«, sagte Gerti zu Ernst. »Die liecht in unsern Breiten knapp zweitausend Meter höher.«

Da, wo noch Bäume wuchsen, sah Ernst es erst richtig: Die Nadelbäume standen fast alle ohne Nadeln da, sie waren längst abgestorben.

»Wie kann so was passieren?«, fragte er.

»Alle wolln se Strom, aba keena will den Dreck«, sagte Gerti.

»Es gibt schon Filter für Kraftwerke«, sagte Annegret, »aber die sind teuer.«

»Wachsen unsere Bäume denn so überhaupt an?«, fragte Ernst. »Die sterben doch dann auch gleich wieder.«

»Da kommt mein Kalk int Spiel«, sagte Gerti, hielt vor der Försterei und drückte auf die Hupe. »Och wennse nich groß wern, 'n bisschen wachsen se. Denn wird dit hier wenichstens keene Steppe. Wennet nämlich erst mal Steppe is …«

»… dann können hier gar keine Bäume mehr angepflanzt werden, weil der Wind die Muttererde wegweht.«

»Jenau«, sagte Gerti und stieg aus.

Auf dem großen Forsthof standen schon zwei Schulklassen, ein paar Erwachsene in Gummistiefeln und einige junge Leute mit selbst gestrickten Schals, PLO-Tüchern und Taizé-Kreuzen um den Hals. Eindeutig Kirchentypen, das sah Ernst sofort. Sie begrüßten Annegret und Martin mit großem Hallo. Ernst hielt sich an Gerti.

Die Wiederaufforstungsfläche war nicht weit entfernt, und

schon bald ging es los. Ernst brachte zwei Achtklässlern, die lustlos herumstanden, das Graben mit dem Spaten bei, und dann zeigte er ein paar Mädchen, wie das auch ohne viel Kraft gut ging. Er spornte die Schüler an, die keine besondere Lust auf den »doofen Subbotnik« hatten, indem sie Namen für die kleinen Setzlinge erfanden: Krummer Anton, Schornstein-emmi, Puschelpaule – Puschelpimmel verbot Ernst mit einem Seitenblick auf die Lehrerin –, Bella Stelzebein.

Als Gerti ihn rief, weil sie Kalk ausbringen wollte, was ihrer Meinung nach »nur wat für Fachpersonal« war, staunte sie. »Hast ja rote Backen, Junge.«

Zur Mittagspause kam die Freiwillige Feuerwehr mit ihrer Gulaschkanone, und nachmittags, ehe es dunkel wurde, gab es Blechkuchen, den ein paar Frauen aus dem Ort gebacken hatten.

Als sie ihr Werkzeug einluden, griff Annegret in ihren Brustbeutel und holte ein kleines braunes Fläschchen heraus. Ernst ahnte Schlimmes, und zu seiner eigenen Verwunderung ergriff er die Initiative. »Annegret«, sagte er, »du duftest so gut nach Tanne. Ich finde, das da«, er zeigte auf das Fläschchen, »würde uns jetzt das Nachklingen des schönen Tages verderben.«

Hatte er wirklich »Nachklingen« gesagt? Er wurde rot. Annegret ebenso.

»Geht mal zur Seite«, sagte Gerti, obwohl genug Platz war, um den letzten Spaten ins Auto zu werfen.

Das verschaffte Annegret die Möglichkeit, ihr Fläschchen ohne Aufhebens in den Brustbeutel zurückzustecken, und während sie dafür die Augen senkte, hob Gerti unauffällig den Daumen.

Ernst grinste stolz. Er hatte sich schon lange nicht mehr getraut, den Mund aufzumachen.

Zum Glück erwies Annegret sich als nicht nachtragend. Auf

der Rückfahrt breitete sie eine Karte aus, auf der ihre Annaberger Bekannten das Waldsterben dokumentiert hatten. »Wir sammeln das in Berlin, auch von woanders.« Sie tippte mit ihrem knochigen Hexenfinger auf eine rot schraffierte Stelle. »Aus Wolfen zum Beispiel, da wächst schon seit Jahren in der Windschneise von Bitterfeld kein Baum mehr. Das müssen wir einfach bekannter machen. Komm doch auch mal. Jeden Dienstagabend. Bei mir zu Hause.«

* * *

Beerenhain, 1. Mai 1992
»Bei Gerti im Auto war eine Luft zum Gesundwerden«, sagte Ernst und lächelte schief. »Vati und Mutti waren wirklich rührend in der Zeit, aber ich habe ihre Angst um mich gespürt. Das hat nicht besonders weitergeholfen. Gerti hat mich einfach genommen, wie ich war. Sie war in der Zeit so was wie eine Ersatzmutter für mich.«

Ingke sah einem fröhlich beschwipsten Paar nach, das sich aneinander festhaltend über den Hof der LPG »Morgenröte« auf den Heimweg machte.

»Ersatzmutter«, sagte sie.

»Vielleicht eher Zeitmutter. Eine Familie muss nicht die ganze Zeit die leibliche sein.«

»Ich weiß nicht«, sagte Ingke und erschauerte. Inzwischen war es trotz Pferdedecke ganz schön kalt.

»Natürlich weißt du das. Komm, wir gehen auch nach Hause«, sagte Ernst, pfiff den Hofhund heran und stellte ihm das Spanferkelstück auf den Boden.

Auf dem Weg erzählte er Ingke noch, dass seine Therapeutin ihm damals während seiner depressiven Phase geraten hatte, wieder mehr Cello zu spielen, und dass er nach Tschernobyl im nächsten Frühjahr ab und zu beim Umweltkreis erschienen war, der sich inzwischen unter dem Dach der Zionskirche gebildet und dort sogar Räume für eine Dokumentationsbibliothek bekommen hatte, in der auch Annegrets Karten aus dem Erzgebirge lagerten.

»Bei der legendären Stasi-Razzia damals war ich nicht dabei, aber durch die Beziehung zur Kirchengemeinde bin ich Marie begegnet, und die Geschichte kennst du ja schon.«

Gleich nachdem sie sich im Haus auf der Treppe verabschiedet hatten, schlüpfte Ingke fröstelnd und müde ins Bett. Erst am nächsten Morgen, als sie im Schröderzimmer aufwachte, weil draußen die Vögel so laut sangen, dachte sie wieder an Marens Geschichte.

Ihre Eltern waren am Vorabend nach Berlin zurückgefahren, Kelle hatte Maren wieder in der Klinik abgeliefert. Rosa und Ernst waren aber noch da, und nebenan quasselten Hanna, Paul, Emma, die Zwillinge und Peter fröhlich durcheinander. Die Wohnungstür von Hanna und Paul musste nur angelehnt sein, sonst hätte Ingke sie nicht so laut gehört. Die zahlenden Gäste waren wohl unterwegs, und das Haus gehörte ganz und gar der Großfamilie.

Mutti war bei der Stasi, dachte Ingke, legte sich auf den Rücken, wand fröstelnd ihre Schultern unter die Bettdecke und faltete die Hände unter dem Kinn. Und sie sollte das jetzt Kelle erzählen, weil Maren zu feige dazu war. Ihr Vater verteidigte die DDR nach wie vor. Er war in der Partei gewesen und vor dem Beerenhainer Maifest immer in Berlin auf die große Kampfdemonstration gegangen. Nur die nachrichtendienstliche Tätigkeit nach innen lehnte er ab, jedenfalls in dem Maße, in dem die Stasi sie betrieben hatte. »Die DDR ist ein Land des Vertrauens«, hatte er mal gesagt. »Diese Vorgehensweise der Staatssicherheit sät Misstrauen, und das ist schlimmer für die DDR als das, was ihr entgehen würde, würde sie diese Spitzeleien sein lassen. Die werden ja von Menschen gemacht, von

Nachbarn, Kollegen. Das zerstört unsere Hausgemeinschaften und unsere sozialistischen Kollektive.«

Maren und Kelle sollen die Stasigeschichte untereinander klären oder es bleiben lassen, dachte Ingke und stand auf. Sie wollte zu den anderen.

Bei Hanna und Paul in der großen Wohnküche war es gemütlich und warm. Vor Rosa und Peter türmte sich ein großer Haufen Beerenhainer Schätze, Ernst hatte seinen etwas kleineren Beuteberg wohl schon im Polenkorb verstaut.

Vor Ingkes Teller lag nur ein eingewickeltes Brot für die Zugfahrt, ihre Eltern hatten die Vorräte für den Bucher Familienzweig vermutlich schon gestern mit dem Auto mitgenommen. Garantiert waren auch wieder getrocknete Kräuter und Apfelchips dabei. Mit den dünn geschnittenen und auf der Heizung getrockneten Apfelscheiben brachte Ingke sich durch die Lernnachmittage. Die mündliche Matheprüfung war für Dienstag angesetzt, und da würde morgen vermutlich ein ganzes Glas fürs Büffeln draufgehen.

Wenn sie Mathe bestehen wollte, sollte sie heute nach Buch fahren, und nicht zu Rosa.

»Tee?«, fragte Hanna und goss gleichzeitig ein.

Ingke frühstückte, während die anderen sich über das gestrige Fest unterhielten, über Rosas Schwangerschaft und zum Schluss noch wissen wollten, wie es Ingke mit den Prüfungen ging. Dann brachte Hanna die vier Berliner zum Zug, und am späten Nachmittag traf Ingke zu Hause in Berlin-Buch ein. Kelle war noch im Krankenhaus bei Maren.

Ingke war in viel friedlicherer Stimmung als in den letzten Tagen, weniger weil sie mit Bernhard telefoniert hatte, das war befremdlich gewesen. Eher weil es in Beerenhain so schön und vertraut gewesen war. Weil sie sich trotz allem aufgehoben gefühlt hatte, selbst bei Emma und Maren.

Also beschloss sie, Kelle zum Abendessen Kartoffelbrei mit

Eirand zu kochen, ein Gericht aus seiner Kindheit, das er liebte. Seine Mutter Lisbeth hatte immer Hühner gehabt; zwei Hennen und einen Hahn hatte sie durch die schlimmsten Kriegszeiten gebracht und vor den Russen in einem Käfig versteckt, den sie in die Dachgaube eingebaut hatte. Das war früher ein Versteck für Wilhelms kommunistische Schriften gewesen. Von innen ließ sich eine Klappe vorlegen, und weil alles holzverschalt war, sah es aus, als laufe das schräge Dach einfach weiter. Die Rote Armee hatte sich das Haus bei der Durchsuchung des Dorfs nicht so genau angesehen, dass aufgefallen wäre, dass es außen eine Gaube gab, von innen aber keine. Auf diese Weise hatten es die Hühner sogar hell gehabt.

Ingke hatte ihre Omi Lisbeth geliebt. Sie war letztes Jahr gestorben, und Kelle und Maren hatten ihr Haus an eine junge Familie aus dem Dorf verkauft. Während Ingke den Beuteberg, den Kelle am Vorabend einfach auf der Arbeitsplatte aufgehäuft haben musste, in Speisekammer und Kühlschrank räumte, dachte sie daran, wie Lisbeth sie in die Heilkräuterkunde eingeführt hatte. *Schafgarbe im Leib tut wohl jedem Weib* oder *Wie ein sanftes Ruhekissen wirkt der Tee von den Melissen. Stärket Nerven, Herz und Magen, hilft bei vielen Frauenplagen. Fördert auch den Schlaf ganz herrlich. Kurzum: Macht sich unentbehrlich* – solche Sprüche hatte sie sie zuhauf gelehrt, wenn sie Kräuter sammeln gingen.

Als Ingke drei Eier beiseitelegte, die sie kochen wollte, hätte sie beinahe eins fallen lassen, weil ihr einfiel, wie Omi Lisbeth einmal gesagt hatte: »Ich hätte dich gern auf die Welt gebracht, aber das ging ja nicht.« Lisbeth war früher Hebamme gewesen, und Ingke hatte immer angenommen, sie habe das nicht gekonnt, weil Maren Ingke in Berlin bekommen hatte. Aber Lisbeth war damals schon Rentnerin gewesen und in Ingkes Kindheit immer noch hier und da eingesprungen, wenn eine werdende Mutter es nicht bis ins Krankenhaus in die nächste

Kreisstadt schaffte, weil kaum einer ein Auto hatte, oder wenn es zu schnell ging. Dann wurde in der LPG angerufen, wo ein Telefon stand, und Lisbeth schwang sich aufs Rad.

Ingke schälte Kartoffeln und setzte etwas Salzwasser auf, nicht viel, denn an Kelles Kartoffelbrei musste reichlich Sahne. Lisbeth hatte damals auffällig lange geschwiegen, und erst jetzt ging Ingke auf, dass ihre Omi darauf gewartet hatte, dass sie nachfragte.

Ingke schnitt die Kartoffeln klein. Omi Lisbeth hatte sogar nachgefasst. Sie hatte dann nämlich gesagt: »Wenn du mal Kinder kriegst, leg dir eine Kaffeekompresse unten vor, wenn die Wehen stärker werden, das fördert die Durchblutung, dann reißt der Damm nicht. Maren hat von so was keine Ahnung, deshalb erzähl ich dir das.«

Ingke hatte nicht gestutzt. Maren war eine moderne Frau, die nur bedingt an Lisbeths Kräutermedizin glaubte, sie hielt sich mehr an »ordentliche Tabletten«, wie sie sagte, und Antibiotika, wenn es schlimm wurde. Deshalb hatte Ingke gedacht, es wäre einfach ein vertraulicher Rat ihrer Omi gewesen. Wie sollte sie auch den Grund ahnen, warum Maren davon keine Ahnung hatte!

Es war verrückt. Alle hatten es gewusst. Omi Lisbeth war die Einzige gewesen, die es ihr hatte sagen wollen. Doch offenbar hatte sie sich nicht getraut. Emma hätte ihr die Hölle heißgemacht, vermutete Ingke und warf die Kartoffelstückchen so ins Salzwasser, dass es spritzte.

Als sie etwas später Muskat über die Kartoffeln gab, die inzwischen in heißer Sahne lagen, ging die Haustür. Kelle kam in die Küche, und Ingke strich sich die dunklen Locken aus der Stirn.

»Hallo, mein Kind«, sagte Kelle.

Ingke blieb die Spucke weg. »Ist das eine Kampfansage oder eine Begrüßung?«

»Es ist die Wahrheit und eine Begrüßung – also, die Wahrheit war es juristisch bis vor zwei Wochen, bis du erwachsen geworden bist. Aber ich war auch bis zum Schluss Omi Lisbeths Kind, so ist das nun mal. Und das ist schön«, fügte er sanft hinzu.

»Ich weiß ja nicht, was meine Mutter Petra zu deinem Sermon sagen würde, aber ich nehme an, nichts Fröhliches.« Ingke schnitt hektisch wilden Lauch aus Beerenhain klein.

»Hmm, Kartoffelbrei mit Ei. Danke, dass du das für uns machst«, wich Kelle aus.

»Wie geht es Maren?«, fragte Ingke, schälte das erste Ei und gab Kelle einen Wink mit den Augen, sich auch eins vorzunehmen.

Das tat er. »Deiner Mutter geht es besser. Die Bestrahlung ist erst mal vorbei, jetzt kommt eine Erholungsphase.«

»Aha«, sagte Ingke und versuchte, sich nicht anmerken zu lassen, dass sie erleichtert war.

Sie legten die Eier in Scheiben den Tellerrand entlang, dann mixte Ingke den Kartoffelbrei, klatschte ihn in die Mitte und bestreute die Eier mit dem wilden Lauch.

Kelle stellte die Teller auf den Küchentisch, holte Beerenhainer Birnensaft aus der Speisekammer und goss ihnen ein.

»Und jetzt möchtest du wissen, wie das mit deiner Adoption war«, sagte Kelle.

»Möchte ich.«

»Deine Mutter und ich haben uns verliebt, als ich hier in Buch seit zwei Jahren Chirurg war. Sie kam als Assistenzärztin an die Robert-Rössle-Klinik. Daran angeschlossen war das Institut für Krebsforschung, und Maren verfasste ihre Promotion über Lungenkrebs, weil der im Erzgebirge, wo sie herkam, durch die Radondämpfe sehr häufig war. Sie hospitierte bei Lungenkrebsoperationen, so engagiert war sie.« Kelle lächelte bei der Erinnerung daran verschmitzt. »Fast ein wenig verbissen.«

Wenn du wüsstest, dachte Ingke.

»Ich habe mich auf der Stelle in sie verliebt, und ich bin es noch heute«, sagte ihr Vater, und seine hellblauen Augen leuchteten wie Sterne. »Sie hat mir gesagt, dass sie keine Kinder bekommen könne, und ich wollte zwar immer Kinder, aber es war mir egal. Ich wollte vor allem Maren. Sie hat so etwas an sich, etwas Verletzliches und gleichzeitig Starkes, ich weiß auch nicht.« Kelle machte eine Pause und rührte in seinem Kartoffelbrei. »Jetzt, da sie so krank ist, kommt das wieder zum Vorschein, genau wie damals, ganz am Anfang.«

Wenn du wüsstest, wenn du wüsstest, dachte Ingke in einem fort. Aber Kelle war so mit seinen Gedanken bei seiner Frau, dass ihm nichts auffiel.

»Als wir vier, fünf Jahre verheiratet waren und Marens beste Freundinnen Kinder bekamen, merkte ich, dass sie traurig wurde. Und ich war es auch. Wir wünschten uns ein Kind. Sie redete nicht davon, weil sie sich als Ursache dafür sah, dass ich auf Kinder verzichtet hatte, und ich redete nicht davon, weil ich sie nicht verletzen wollte. So ging die Zeit ins Land.«

»Und dann erfuhrt ihr von mir.«

»Dann habe ich mich erst mal Paul anvertraut, und er fragte, warum wir kein Kind adoptieren würden. Ich wollte nicht so recht. Wir hatten auf der Kinderstation mal ein Heimkind gehabt, die Eltern waren Alkoholiker, die Mutter hat auch während der Schwangerschaft getrunken. Das Kind war verwahrlost, geistig zurückgeblieben, es hatte eine Hasenscharte, die mein Kollege in der Kinderchirurgie operiert hat. Und ich dachte, selbst wenn es nicht so schlimm ist – wenn Kinder nicht in asozialen Verhältnissen aufwachsen oder ihnen etwas angetan wurde –, haben sie doch durch den Verlust ihres Zuhauses ein Ding weg. So wie der Sohn von Frau Enseleit, der bei der Vertreibung irgendwie Schaden genommen hat.«

Ingke erinnerte sich noch an ihn. Er war in Beerenhain oft

auf der Straße rumgelaufen und hatte vor sich hin geschimpft oder laut rumgepöbelt und unverständliches Zeug gemurmelt. Er war nicht alt geworden, hatte aber im Dorf dazugehört.

»Paul hat gemeint, das sei doch Quatsch. Wenn es ein kleines Kind sei, würden wir es schon zu einer guten Persönlichkeit erziehen können – wer, wenn nicht Maren und ich.«

»Jedenfalls hatte er unrecht, dass das Quatsch ist. Ich habe ja schließlich auch ein Ding weg«, sagte Ingke.

»Wieso?«, fragte Kelle erstaunt.

»Wegen meinem Albtraum? Der immer wiederkommt?«

»Hm«, machte Kelle. »Dein Geistergeheul? Kann sein, jedenfalls bist du schon als Baby nachts voller Angst aufgeschreckt.« Er gab sich einen Ruck. »Wie genau du von Petra Schröder weggekommen bist und was sonst vorher war, wir wissen es nicht. Erfahren haben wir von dir über Paul. Das war zum Jahreswechsel 1974/75.«

»Ich höre«, sagte Ingke, die sich innerlich darüber aufregte, dass Kelle behauptete, er wisse nicht, wie sie von Petra Schröder weggekommen sei. Natürlich wusste er das. Sie war ihr weggenommen worden. Viel mehr musste man ja wohl nicht wissen. Aber wenn sie jetzt etwas erfahren wollte, war es klüger, den Mund zu halten.

8

Berlin, 1975

Am 30. Dezember 1974 erschien Paul unangekündigt am späten Nachmittag bei Kelle im Krankenhaus. »Komm«, sagte er aufgeregt, »ich habe Post bekommen. Wir müssen an die frische Luft.«

Glücklicherweise war Kelle erst in einer Dreiviertelstunde wieder im OP eingeteilt, und so holte er seinen Mantel, zog ihn über den Kittel und schlenderte mit Paul über das altehrwürdige Klinikgelände mit den vielen roten Backsteinhäusern.

Paul erzählte, dass Ingrid Schröder schon zwei Tage vorher, am Samstag, zu Emma hatte kommen wollen, um in Beerenhain Silvester zu verleben. Sie war aber nicht angereist. Stattdessen war an diesem Morgen ein Brief angekommen, und er war tatsächlich von Ingrid, jedoch ohne Absender in die Post gegeben worden.

Kelle nahm den Brief entgegen, trat an ein hell erleuchtetes Fenster und las:

Liebe Emma,
bitte verzeihen Sie mir, aber ich bin mir sicher, Sie werden verstehen, daß ich meinen Urlaub auf Beerenhain nicht absagen konnte. Ich habe mich entschloßen, mit Petra die DDR zu verlassen. Wenn Sie dieses Schreiben erhalten, sind wir entweder tot oder im Gefängnis. Ich habe eine Freundin gebeten, den Brief in den Kasten zu werfen, wenn ich mich nicht bei ihr melde. Natürlich haben wir auch die kleine Ingke mitgenommen, und ich muß davon

ausgehen, daß sie Petra entrissen und ins Heim gegeben wird.
Bitte sagen Sie Paul, er möge meinen ehemaligen Mann kontaktieren. Es wäre zu gefährlich gewesen, ihn vorab zu informieren, und ich traue seiner Frau nicht. Sie würde den Brief vielleicht unterschlagen, deshalb geht die Nachricht an Sie.
In Dankbarkeit
Ingrid

Kelle gab Paul das Schreiben angewidert zurück. »Bist du jetzt wegen dieses Briefes hierhergefahren? Was soll ich damit?«

»Wahrscheinlich warst du nie in Beerenhain, wenn Ingrid dort Urlaub gemacht hat«, sagte Paul.

»Wer ist das überhaupt?«, fragte Kelle.

»Du kennst sie, und du kennst auch ihre Tochter Petra. Sie war die Frau von Bernhard Schröder, der an meiner Fakultät die Studentenabende gemacht hat. Einmal habe ich dich mitgenommen.«

»War das der, der dann verhaftet wurde?«, fragte Kelle, dem dunkel eine Erinnerung an den Abend kam, an dem vom Fenster aus ein Fisch geangelt worden war. Das Dozentenpaar hatte ein Baby gehabt.

»Genau der.«

»Feine Familie«, sagte Kelle ironisch.

»Bernhard und Ingrid sind in Ordnung«, widersprach Paul. »Warum Ingrid jetzt so viele Jahre später in den Westen wollte, versteh ich nicht. Ist aber auch egal.«

»Und wieso bist du dann hier?«, fragte Kelle und sah auf die Uhr.

»Ganz einfach: Damit du und Maren endlich ein Baby bekommt. Nämlich diese Ingke. Jedenfalls, wenn sie noch lebt. Emma meint, sie kann erst ein paar Monate alt sein, und ein Baby werden sie ja an der Grenze wohl kaum totschießen.«

Kelle fiel die Kinnlade herunter. Ihm wurde ganz heiß, und er sah schnell in den trüben Dezemberhimmel, schaute wieder zu Paul, zog die Augenbrauen hoch und zeigte seinem Cousin einen Vogel.

»Als ich gelesen habe, dass Bernhards neue Frau den Brief vielleicht unterschlagen würde, habe ich mir gedacht, dass sie vermutlich nicht die besten Pflegeeltern für das Baby wären«, erklärte Paul. »Außerdem weiß ich gar nicht, wo Bernhard wohnt. Nur, dass er seit '61 im Westen ist. Wie soll das gehen?«

Kelle schüttelte den Kopf. »Du spinnst doch komplett. Ich muss wieder rein.«

Paul hielt ihn am Ärmel zurück. »Ihr habt euch doch angemeldet, oder?«

Kelle nickte widerwillig. Maren und er hatten sich tatsächlich kürzlich mit dem Wunsch bei der Jugendhilfe gemeldet, ein Baby an Kindes statt anzunehmen.

»Na also«, sagte Paul. »Babys, die gut aufgewachsen sind, und davon können wir bei Ingrid und Petra ausgehen, gibt es nicht wie Sand am Meer.«

»Hat das Kind keinen Vater?«, fragte Kelle. Ihm war immer noch heiß, obwohl es feuchtkalt war an diesem vorletzten Tag des Jahres.

Paul schüttelte den Kopf. »Ingrid hat Emma erzählt, dass nicht mal Petra den Vater angeben konnte. Ist irgendwie passiert.«

»Aha«, sagte Kelle. »Wirklich eine richtig gute Familie.«

»Mann!«, sagte Paul. »Rosa Wimpel?«

Als er sah, wie herausfordernd Paul ihn anschaute, musste Kelle lachen, denn als sie nach Berlin gezogen waren, Kelle bei der ABF anfing und Paul an der Uni, hatten sie einen rosa

Wimpel ins Fenster gehängt, wenn der andere gerade nicht auf der Bude erscheinen durfte, weil Damenbesuch da war.

»Du bist doch in der Partei. Du kriegst das doch raus. Frag mal die Genossen.«

»Nee«, Kelle schnaubte. »So kriege ich das nicht raus.«

»Dann lass dir was einfallen. Mach deine Frau glücklich.«

Damit hatte Paul den richtigen Knopf bei Kelle gedrückt. Der kennt mich zu gut, dachte Kelle. Dummerweise wusste er wirklich einen Weg, wie er vielleicht rausbekam, wo das Baby war. »Wie heißt das Kind noch mal?«, fragte er.

»Es ist ein Mädchen. Ingke Schröder. Wenn die Kleine tatsächlich erst ein paar Monate alt ist, wäre sie richtig euer Kind. Praktisch von Anfang an.«

Kelle konnte nicht verhindern, dass er Herzklopfen bekam. Es war verrückt, aber Paul war extra aus Beerenhain hergefahren. Es konnte nicht schaden, wenn er seine Fühler ausstreckte. »Danke, Paul. Ich weiß zu schätzen, dass du zu mir gekommen bist. Ich muss erst mal überlegen. Das geht alles sehr schnell. Und jetzt muss ich wirklich wieder rein.«

Paul fasste seinen Cousin an den Schultern und suchte dessen Blick. »Es geht immer schnell, wenn Kinder kommen. Man kann sich nicht vorher daran gewöhnen. Sie sind auf einmal da. Du musst nicht überlegen. Du musst handeln.« Er sah auf Kelles Hände hinunter und schmunzelte. »Und jetzt geh rein, und verschieb die nächste OP um eine halbe Stunde, deine Zauberhändchen zittern nämlich.«

Kelle ging nicht darauf ein. »Warst du schon bei Maren?«

»Nein, ich war nicht bei Maren. Das ist eine Sache zwischen Eheleuten. Du entscheidest, ob du ihr davon erzählst.«

Kelle war erst irritiert, dann beeindruckt. Paul war wirklich ein kluger Mann. Vielleicht war deshalb seine Ehe mit Hanna so harmonisch. Hanna war zwar weicher und ausgeglichener als Maren, aber ihren eigenen Willen hatte sie auch. Paul hatte schon immer einen untrüglichen inneren Kompass gehabt, was im menschlichen Umgang recht und billig war, und das war vermutlich das Geheimnis des guten und sicheren Gefühls, das Kelle überkam, wann immer er mit dem Paar zu tun hatte. »Danke, Paul. Das war wirklich sehr lieb von dir.«

In der Chirurgie ging ein Fenster auf, und eine junge Schwester rief heraus: »Dr. Beerenhain, kommen Sie? Wir wollen den Patienten bereit machen.«

»Komme«, rief Kelle nach oben. »Danke, Paul«, sagte er noch einmal zu seinem Cousin, »danke, dass du extra hergekommen bist. Grüße Hanna von mir.« Er drückte ihm beide Hände, die so groß waren wie seine eigenen, nur rauer, und eilte den Weg hinunter zum Eingang der Chirurgie.

Während der OP dachte Kelle nur an das, was er tat. Das hatte er sich von Anfang an geschworen und geübt. Als er im zweiten klinischen Semester gewesen war, hatte er einmal mitbekommen, wie eine alte OP-Schwester den Chefarzt auf dem Flur angefahren hatte: »Lassen Sie Ihren Ehekrach gefälligst zu Hause, und reißen Sie sich zusammen oder machen Urlaub!« Er war erschrocken, denn so etwas war bei den hierarchischen Zuständen im Krankenhaus mehr als unüblich. Am nächsten Tag bekam er heraus, dass der Chefarzt eine Operation vergeigt hatte. Der Patient würde lebenslang schwer geschädigt sein.

Kelle war in der Uni umgehend zu den Psychologen marschiert, denn das, so gut kannte er sich, sein einfaches Gemüt und seinen Gefühlsüberschwang auch schon mit Mitte zwanzig, durfte ihm niemals passieren. Er würde es sich sonst sein Leben lang jeden Tag vorwerfen. Also lernte er Techniken, um abzuschalten und die Konzentration zu fokussieren. Und von seiner ersten eigenen OP an nahm er sich vorab immer drei Minuten Zeit, um sich einzustimmen.

Die OP war seine letzte an diesem Tag gewesen, aber er

setzte sich noch einmal ins Dienstzimmer, um nachzudenken. Zwischen Weihnachten und Neujahr war nicht viel los im Krankenhaus, und er war allein. Bald wusste er, wie er es anfangen würde. Vielleicht konnte ein kleines »kommunistisches Tauschgeschäft«, wie seine Frau es immer nannte, helfen. Erst vor Kurzem hatten sie Beerenhainer Tomatenketchup von seiner Mutter gegen eine neue Mischbatterie in der Küche eingetauscht – beides Mangelware.

Kelle packte seine Arbeitstasche, nahm seinen Mantel und holte nach einem Abstecher in die Medikamentenausgabe seine Frau in der Rössle-Klinik ab. Den Abend verbrachte er mit ihr vor dem Fernseher. Weil sie keine Kinder hatten, ließen sie sich Weihnachten und Silvester immer zum Dienst eintragen, achteten aber darauf, dass ihre Dienstzeiten parallel lagen. Dieses Jahr hatten sie Silvester beide Frühdienst und dann Bereitschaft.

Am nächsten Morgen, um acht Uhr dreißig am letzten Tag des Jahres, schloss Kelle die Tür seines Dienstzimmers und wählte eine Telefonnummer aus seinem privaten Notizbuch. Vielleicht habe ich ja Glück.

»Guten Morgen, Jugendhilfe Pankow. Steiner am Apparat«, tönte ihm die tiefe Stimme der Frau entgegen, die ihr Ersuchen auf Annahme an Kindes statt aufgenommen hatte.

»Schön, dich anzutreffen«, sagte Kelle. »Hier Kelle Beerenhain. Bevor ich zur Sache komme, Genossin Birgit, du hast mir doch erzählt, dass dein Mann Asthma hat. Wie geht es ihm eigentlich mit der Silvesterknallerei?« Zum ersten Mal fand Kelle das übliche Duzen unter Parteigenossen praktisch.

»Beschissen«, sagte Birgit Steiner wenig jugendfrei. »Du weißt ja, wie das mit den Asthmamedikamenten ist. Sind Mangelware. Und wirken tun sie auch nicht besonders.«

»Ich hab eine Packung Kenalog, das sollte ihm helfen. Wenn

bis dahin keine abgesprengten Finger reinkommen, kann ich sie dir heute in der Mittagspause vorbeibringen.«

Birgit Steiner gab ein »Öäh« von sich und sagte: »Wollen hoffen, dass die dummen Jungs sich bis zum Nachmittag zurückhalten. Und was kann ich für dich tun?«

»Ach, weißt du was? Ich komme gleich vorbei. Silvester setzen wir keine OPs an, weil wir später mehr als genug zu tun haben. Und wer weiß, wie lange sich die dummen Jungs zurückhalten.«

»Passt mir auch. Es gibt einen gewissen zeitlichen Zusammenhang zwischen der Hochform dummer Jungs und Familienstreitigkeiten, bei denen wir eingreifen müssen.«

»Bin in einer halben Stunde da.«

Kelle, der seinen Dienst für gewöhnlich sehr ernst nahm, meldete sich im Schwesternzimmer ab und versprach, mittags wieder da zu sein. Dann stieg er in seinen Wartburg und brauste nach Pankow. Unterwegs sah er überall Frauen mit Kinderwagen. Eine Schwester hatte ihm mal erzählt, seit sie wisse, dass sie schwanger sei, sehe sie überall Schwangere. Kelle hatte den Eindruck, dass es ihm jetzt mit den Kinderwagen genauso ging. So einen werden wir vielleicht auch bald brauchen, dachte er und musste eine Vollbremsung machen, weil er fast dem Auto vor ihm reingefahren wäre, dessen Fahrer hastig bei Rot gehalten hatte. Kelle, pass auf, ermahnte er sich und dachte sofort danach: Vielleicht doch eher schon einen Sportwagen.

Zehn Minuten später war Kelle heil angekommen und klopfte an Frau Steiners Bürotür.

»Herein«, kam die tiefe Stimme von drinnen.

Kelle trat ein und fand sich in einem Büro mit gelblichen Eichenmöbeln und beigefarbenem Wandanstrich. Neben den Aktenschränken gab es ein kleines Regal mit Kinderspielzeug, und auf dem Boden stand der W50 als Kipplaster, gelbes Führerhaus mit grünem Kipper. Der Klassiker, dachte Kelle. Den musste sein Kind unbedingt auch haben, egal ob Mädchen oder Junge.

Birgit Steiner erhob sich hinter dem Schreibtisch. Sie trug eine weiße Bluse, ein marineblaues Kostüm mit Parteiabzeichen am Revers, Brille und einen strengen, sehr eleganten braunen Bubikopf. Kein bisschen mütterlich, wie Kelle zum zweiten Mal nach dem Antrag, den er mit Maren gestellt hatte, registrierte.

»Ehe ich es vergesse«, sagte er gleich nach der Begrüßung und gab Birgit Steiner die Packung Kenalog.

»Danke«, sagte sie, wies auf einen der beiden Besucherstühle, setzte sich wieder und ließ die Packung verschwinden.

»Ich will offen sprechen«, sagte Kelle. »Uns ist ein Fluchtversuch zu Ohren gekommen. Es handelt sich um Ingrid Schröder und ihre Tochter Petra Schröder, die vorhatten, der DDR den Rücken zu kehren, aber daran gehindert wurden. Petra Schröder hatte ihr Baby dabei. Das Mädchen heißt Ingke Schröder. Einen Vater gibt es wohl nicht.«

Birgit Steiner lehnte sich zurück. »Und jetzt willst du diese Ingke Schröder an Kindes statt annehmen.«

Kelle nickte.

»Nun, laut § 51 Familiengesetzbuch kann bei *schwerer schuldhafter Verletzung der elterlichen Pflichten* ein Entzug des Erziehungsrechts infrage kommen. Dieses Jahr gab es in der *Jugendhilfe* einen Artikel darüber, dass Republikflucht dazuzählt, schließlich nehmen sich Eltern dadurch die Möglichkeit, ihr Kind zu einem sozialistischen Bürger zu erziehen, und berauben es der Fürsorge seiner Familie.« Birgit Steiner spreizte die Hände, legte alle zehn Fingerspitzen aneinander und stützte dann ihr Kinn auf die Zeigefinger. »Es stellt sich allerdings die Frage, woher du, Genosse, diese verdorbenen Subjekte kennst und woher du von dem Fluchtversuch weißt.«

»Es muss wohl schon aufgefallen sein«, sagte Kelle, der den Brief verschweigen wollte, weil er ihn zu sehr in die Nähe dieser Frauen gebracht hätte. »Ingrid Schröder ist seit Jahren ab und zu Gast in der Pension meiner Mutter, und sie hatte sich für die Zeit über den Jahreswechsel angekündigt, ist aber nicht erschienen. Da hat sich meine Mutter Sorgen gemacht und nachgeforscht.«

Birgit Steiner legte ihre Hände auf den Tisch. »Es gibt eine Warteliste, Genosse Karl Emil.«

Kelles Lippen zuckten. Er wurde so gut wie nie Karl Emil genannt. Wer ihn sonst duzte, nannte ihn Kelle, seit frühester Kindheit. Nur unter Parteigenossen kam der Karl Emil ins Spiel, weil sich Genossen duzten, auch wenn sie miteinander nicht vertraut waren. Er fremdelte mit seinem Namen und beschloss, wenn sie diese Ingke oder später ein anderes Kind bekommen würden, würden sie den Namen nicht ändern, selbst wenn es ein Baby war. Auch wenn das Kind noch nicht sprechen konnte, hatte es seinen Namen ja immer wieder gehört und wusste, dass dieser Klang mit ihm verbunden war.

»Aber ich werde sehen, was ich tun kann«, redete Birgit Steiner weiter. »Wie heißen die drei noch mal?« Sie notierte sich die Namen und versprach, sich zu melden.

Kelle fuhr ins Krankenhaus zurück. Als am Nachmittag wirklich ein Elfjähriger mit zwei fast abgerissenen Fingern eingeliefert wurde, dem ein Harzer Knaller in der Hand losgegangen war, tat Kalle sein Bestes, die Finger zu retten. So könnte vielleicht auch einmal mein Kind auf dem OP-Tisch liegen, dachte er. Bei einem Finger schaffte er es, bei einem nicht. Besser, als beide abzunehmen, dachte er.

Die Bereitschaft verwandelte sich, wie nicht anders zu erwarten gewesen war, in einen zweiten stressigen Dienst. Irgendwann kam Maren und brachte Pfannkuchen und Luftschlangen in die Chirurgie. Auf der Inneren bei ihr war es ruhig. Da ging es meist erst in der zweiten Nachthälfte los, mit Alkoholvergiftungen.

Spät in der Nacht, das neue Jahr war längst angebrochen, kamen Maren und Kelle nach Hause. Sie fielen ins Bett, und nach einem ausgiebigen Frühstück fuhren sie zum nahen Liepnitzsee und machten ihren Neujahrsspaziergang. Erst da erzählte Kelle Maren, was passiert war.

Sie blieb vor Aufregung stehen. Ihre Augen weiteten sich. »Wenn wir dieses Mädchen wirklich kriegen, was ist, wenn die Mutter freigelassen wird? Bekommt sie es dann zurück?« Ihr braunes Haar wehte im Wind und bildete einen leuchtenden Kontrast zum türkisblauen See.

Kelle mochte es, wenn seine Frau, die längst eine gestandene Ärztin war und aller Wahrscheinlichkeit nach im gerade angebrochenen Jahr Stationsärztin werden würde, so zart wirkte. Er dachte einen Augenblick nach. »Nein. Das Mädchen wäre dann rechtlich unseres. Das ist uns ja bei dem Antrag gesagt worden, es würde auch eine Geburtsurkunde bekommen, in der wir als Eltern genannt sind.«

»Und wenn die Mutter es in Beerenhain wiedererkennt, wenn sie zufällig kommt, wenn wir auch da sind?«

Kelle schnaubte. »Solche wie die sitzen jahrelang im Gefängnis, und sie war als Erwachsene nie mit, wenn Ingrid da war. Es gibt keinen Grund, deswegen Angst zu haben.«

»Meinst du nicht, dass wir uns dann wie Diebe vorkommen?«, fragte Maren.

»Nein«, sagte Kelle vehement. »Wenn die wirklich geflüchtet sind, ist diese Petra im Gefängnis und das Baby wahrscheinlich schon in einem Heim. Es hat keine Familie. Es ist das Kind einer Verbrecherin.« Er atmete heftig. »Das Kind einer Frau, die unseren Staat mit Füßen getreten hat. Die westlicher Propaganda nachgerannt ist. Einer Frau, die ihr Kind einer Gefahr ausgesetzt hat, sehenden Auges. Nein, Maren, ich sehe mich da nicht als Dieb. Ich sehe mich als Retter, jedenfalls wenn ich es schaffe, ein guter Vater zu werden.«

Maren lächelte, zog seinen Kopf zu sich herunter und küsste ihn. »So kann man das auch sehen.«

»So solltest du es auch sehen.«

Sie gingen weiter am See entlang, und jeder hing seinen Gedanken nach. Schließlich seufzte Maren. »Ich glaub nicht, dass sie uns das Baby geben, wenn wir die Familie kennen. Ich würde das auch nicht machen, wenn ich bei der Jugendhilfe wäre.«

»Der Versuch schadet doch nicht«, sagte Kelle, »wenn es nicht klappt, warten wir eben.«

»Mindestens drei oder vier Jahre. Weil du Genosse bist, vielleicht nur zwei«, ergänzte Maren. Das hatte ihnen Birgit Steiner während des Informationsgesprächs gesagt.

Kelle drückte die Hand seiner Frau. Nach all der Aufregung der letzten beiden Tage kam er beim Spazieren zur Ruhe. Ja, es war eine Schnapsidee von Paul gewesen. Aber lieb gemeint.

»Ein Versuch schadet wirklich nicht«, murmelte Maren, und Kelle merkte, dass sie nachdachte. Aber dann sagte sie nichts mehr dazu, und drei Stunden danach traten beide ihren Spätdienst an.

Zwei Wochen später klingelte bei Kelle auf der Station das Telefon.

»Genosse Karl Emil«, meldete sich eine wohlbekannte tiefe Frauenstimme. »Ich habe gute Nachrichten für Sie.«

Kelle schloss die Hand ganz fest um den Hörer, weil ihm der Schweiß ausbrach und der Hörer ihm aus der Hand zu glitschen drohte. »Genossin Birgit! Das ist aber eine Überraschung«, sagte er, weil er seiner jäh aufgeflammten Hoffnung noch keinen Raum geben wollte, um nicht allzu sehr enttäuscht zu werden.

»Überraschung, na ja«, sagte Birgit Steiner säuerlich. »Wann hast du Dienstschluss?«

Kelle sagte es ihr, und sie verabredeten sich für den Nachmittag in Birgit Steiners Büro.

Die hat aber schlechte Laune, dachte Kelle, der sich knapp und kalt abserviert fühlte. Merkwürdig.

Am Nachmittag holte er Maren ab, die beinahe vergessen hätte, ihren Kittel auszuziehen, so nervös war sie. Kelle fand in seiner Aufregung ihre geröteten Wangen unglaublich sexy.

Eine halbe Stunde später saßen sie Birgit Steiner an ihrem Schreibtisch gegenüber. Vor ihr lag eine rote kunstlederne Aktenmappe mit Hammer und Ährenkranz auf dem Deckel und einer schwarz-rot-goldenen Kordel im Bund. Sie schlug sie auf und hielt das oberste von mehreren Dokumenten hoch.

»Das Gericht hat entschieden, dass Ingke Schröder in eine Familie kommen muss, die ihre Erziehung zu einer sozialistischen Bürgerin in besonderer Weise sichert und das staatsbürgerliche Erziehungsziel nach § 42 Familiengesetzbuch garantiert.« Genossin Birgit hob die Augenbrauen und sah erst Kelle, dann Maren an. Die senkte die Augen und griff nach Kelles Hand.

»Nach § 68 Absatz 1 Satz 1 habe ich der Annahme Ingke Schröders an Kindes statt zugestimmt und dich, Genosse Karl Emil, und deine Gattin Maren Beerenhain als Eltern vorgesehen«, sprach Birgit Steiner weiter und hob ein zweites Dokument hoch.

»Oh«, machte Kelle und dachte: Das ging jetzt aber sehr schnell. Warum nur leierte Birgit Steiner all das in einem geradezu beleidigten Ton herunter? Es war, als ob sie ihnen etwas übelnähme. Aber ehe er fragen konnte, sprach sie schon weiter: »Genosse Karl Emil, Ingke Schröder befindet sich im Kinderheim Anton Semjonowitsch Makarenko. Ihr dürft sie besuchsweise nach Hause mitnehmen.« Sie hob ein drittes Dokument hoch.

»Oh«, machte Kelle wieder, aber diesmal, weil er die Hoffnung zuließ und mit den Tränen kämpfte. Maren und er würden wirklich eine Tochter bekommen.

Maren hielt die Luft an und blieb stumm wie ein Fisch. Kelle wollte zur ersten von tausend Fragen ansetzen, wie all das vonstattengehen sollte und wieso sie ein Kind zugesprochen bekamen, das sie noch nie gesehen hatten, doch die Genossin Birgit ließ keine Unterbrechung zu.

»Petra Schröder wurde das Erziehungsrecht nach § 51 wegen schwerer schuldhafter Verletzung der elterlichen Pflichten sowie § 70 Familiengesetzbuch entzogen, nachdem die Jugendhilfe Berlin-Mitte entsprechend geklagt hat«, dozierte sie. Sie hob zwei Dokumente hoch. »Es gab bereits in der Vergangenheit staatliche Maßnahmen der Erziehungs- und Kontrollaufsicht für Petra Schröder nach § 249 Strafgesetzbuch.« Sie legte ein dünnes Konvolut diverser Durchschläge auf die bereits hochgehaltenen und zurückgelegten Dokumente. »Eure Dokumente sind so weit vollständig.« Sie wies auf den restlichen Packen Unterlagen in der Mappe, die Eheurkunde, den Nachweis über ausreichenden Wohnraum, gesundheitliche Untersuchungen, die Beurteilung ihrer Kollektive über ihre moralischen und sozialistischen Eigenschaften und Ähnliches. »Über die Formalitäten beim Familiengericht und beim Standesamt wird euch Ruth Dreßler informieren, die Direktorin des Kinderheims.«

»Vielen Dank«, sagte Kelle jetzt. »Danke!«

»*Mir* brauchst du dafür nicht zu danken«, sagte Birgit Steiner spröde. Sie hatte die Augenbrauen hochgezogen und blickte nachdenklich auf Maren, die nach wie vor den Blick gesenkt hielt wie eine scheue Schülerin. So kannte Kelle seine Frau gar nicht. Ihre zart geröteten Wangen waren inzwischen rotfleckig.

Birgit Steiner nickte kurz, als sei ihr etwas klar geworden, und beendete ihre Ansprache mit einer Mahnung. »Denkt daran, dieses Kinderheim ist unser bestes. Die kleine Ingke hätte dort eine gute Kindheit gehabt.«

Draußen auf dem Flur ertönte Geschrei und dann eine keifende weibliche Stimme. Die von Birgit Steiner klang auf einmal ganz rauchig, als sie sie entließ: »Schenkt Ingke eure ganze Liebe. Und wenn es Probleme gibt, ruft mich an.«

Kelle spürte, wie sich seine Frau neben ihm entspannte. Er stand auf, wartete, bis auch sie sich erhob, und nahm sie in die Arme. »Paul hat gesagt, Kinder kommen immer plötzlich, man kann sich nicht darauf vorbereiten«, raunte er ihr zu.

Da vergrub sie ihr Gesicht an seiner Schulter und erwiderte seine Umarmung fest.

Die Genossin Birgit war inzwischen an ihnen vorbeigelaufen und hatte die Bürotür geöffnet. Mit den Worten »Du bist doof« rauschte ein vielleicht achtjähriges Mädchen in ziemlich dreckiger Kleidung und mit muffigem Körpergeruch ins Zimmer. Die Mutter wartete im Flur, bis Birgit Steiner Kelle die rote Mappe überreicht hatte und er und Maren das Büro verließen. »Du fängst dir gleich eine«, hörten sie die Mutter noch sagen, ehe die Genossin die Tür hinter ihr schloss.

Auf dem Flur brach Maren in Tränen aus. Sie weinte lautlos, doch die Tränen flossen und flossen. Erst als Kelle sie hinausgeschleppt und vorsichtig auf den Beifahrersitz bugsiert hatte, versiegten sie langsam. Offenbar hatte seine Frau viel mehr unter der Tatsache gelitten, kein Kind zu bekommen, als er vermutet hatte.

Zwei Tage später fuhren Kelle und Maren mit einem funkelnagelneuen roten Sportwagenaufsatz auf dem Rücksitz ihres Wartburgs vor dem Kinderheim vor. Kelle zeigte Maren die Sgrafittos an der Hausmauer neben dem Tor. »Schau, so modern!« Er mochte solche luftigen Darstellungen des sozialistischen Realismus, in denen fast immer Elemente aus der Landwirtschaft vorkamen, hier waren es allerdings nur Blüten und Zweige.

Maren zog Kelle am Arm, sagte: »Guck, wie hübsch!«, und

wies auf zwei Eichhörnchen, die das schmiedeeiserne Tor zierten. Weil um diese Zeit die Kinder in der Schule oder im Kindergarten irgendwo auf dem weitläufigen Gelände waren, war es erstaunlich ruhig. Zwischen den zweigeschossigen Häusern standen einige hohe Kiefern wie Sonnenschirme, durch die das Licht Wege und Rasenflächen sprenkelte. Ein Gartenrotschwanz begleitete sie auf dem Weg, den der Pförtner ihnen gewiesen hatte.

Ruth Dreßler, die Direktorin des Kinderheims, erwies sich als energische Frau, die nicht viel Zeit auf Organisatorisches verschwendete. Sie überflog die Unterlagen in der roten Mappe, dann legte sie ein Blatt dazu – »Das müssen Sie unterschreiben, wenn Sie Ingke mitnehmen möchten« – und komplimentierte Kelle und Maren aus ihrem Büro. Mit energischen Schritten strebte sie dem Säuglingshaus zu. Dort begrüßte sie eine Kinderschwester und fragte als Erstes: »Wie geht es dem Findelkind?«

Die Schwester schüttelte den Kopf und sagte nichts. Zu hören war nur lebhaftes Gebrabbel aus dem Raum gleich links von ihnen. Kelles Herz schlug schneller.

Ruth Dreßler sagte zur Schwester: »Komme gleich«, und wies Maren und Kelle in den Raum linker Hand. »Das ist Ingke.« Sie zeigte auf ein Mädchen mit einem dunkelbraunen Lockenschopf, das vor einem Berg von Bauklötzen saß und es offensichtlich wesentlich interessanter fand, daran zu lutschen, als damit zu bauen. »Machen Sie sich miteinander bekannt, Sie dürfen mit ihr spielen. Ich bin gleich wieder da.« Und weg war sie.

Maren hockte sich sofort hin, sagte: »Hallo, Ingke« und griff nach einem Bauklotz.

Kelle fremdelte und betrachtete das rundliche kleine Mädchen mit dunkelbraunen Locken und einem Herzmund, das sein Kind werden sollte. Drei andere Krabbelkinder spielten einfach weiter, als habe niemand den Raum betreten. Eins mit einem Teddy, eins mit einer Klapper, das dritte lutschte hingebungsvoll am Bindeband seines Jäckchens. Er kam sich vor wie zwischen den Apfelbäumen im Garten seiner Mutter. Sollte er den Cox Orange nehmen oder eher den Gravensteiner, eine Sorte, die Lisbeth zu süßem Apfelmus verarbeitete? Er war eigentlich eher ein Cox-Orange-Typ. Er mochte es aromatisch, säuerlich, knackig. Wie das Kind mit dem Teddy. Die kleine Ingke aber war eher wie ein Gravensteiner: weich, knuffig, freundlich und süß, wie er sah, als Maren einen Turm gebaut hatte und ihre künftige Tochter ihn nicht etwa umwarf, sondern Baustein für Baustein wieder abtrug.

»Fein kannst du greifen«, sagte Maren und lächelte Ingke an. Dann drehte sie sich zu ihm um. »Ist sie nicht süß?«

»Ist sie«, sagte Kelle und ließ sich auch nieder.

Ingke sah ihn prüfend an und bewarf ihn mit einem Baustein. Dabei giggelte sie.

Kelle ließ den Baustein zurückkullern, und Ingke griff ihn sich und warf erneut. Beim dritten Mal jauchzte sie, und damit hatte sie Kelle, auf den in einem Augenblick tausend Kindheitserinnerungen an Spiele in Beerenhain einstürmten, für sich eingenommen. Wenn Paul und er irgendetwas ausgeheckt hatten, wenn sie die Heumiete in ein Piratenschiff verwandelt hatten, die Schafe ihre Büffel waren, die sie jagten, und die Johannisbeeren beim leidigen Pflücken zu Inka-Beeren wurden, die ewiges Leben spendeten und teurer waren als Gold, war er meistens die treibende Kraft gewesen.

Ingke hielt inne, horchte in sich hinein, bekam einen angestrengten Gesichtsausdruck, und dann stank sie. Maren lachte.

»Ich gehe sie trockenlegen«, sagte Kelle, nahm sie hoch – ganz schön schwer schon, dachte er – und verließ mit ihr den Raum. Maren folgte ihm, aber während Kelle sich von einer Kinderschwester in den Wickelraum bringen ließ, machte sie einen Abstecher in ein Zimmer, aus dem leise Ruth Dreßlers Stimme drang.

Eine Schwester zeigte Kelle, wie man das Geschäft beseitigte, und er bemühte sich, dabei keine Miene zu verziehen. Ingke strampelte glücklich ohne Windel, gluckste und strahlte ihn aus ihren braunen Augen an. Wie unsere Tochter sieht sie wahrlich nicht aus, dachte Kelle. Aber der Gedanke huschte so schnell an ihm vorbei, dass er ihn kaum wahrnahm, denn Ingkes Strahlen war so fröhlich und ihr nackter Bauch so kugelig, dass er ihn einfach kitzeln musste, damit sie kreischte. Danach spielten sie Fingerhaschen.

Leider mussten noch zwei Säuglinge gewickelt werden, sodass Kelle den Wickeltisch frei machte, Ingke auf den Arm nahm – eigentlich doch gar nicht so schwer – und sich auf die Suche nach Maren machte.

Sie stand am Bett eines apathisch aussehenden Säuglings, der schnell und leise röchelte. Das Kind war unfassbar klein, es musste ein Neugeborenes sein. Was machte es hier im Kinderheim? Maren gab der Kinderschwester gerade ein Stethoskop zurück, mit dem sie das Baby offenbar abgehört hatte. Mit den Augen bedeutete sie Kelle, nicht näher zu treten. Er verstand sofort, was das hieß, und blieb in der Tür stehen.

»Es ist definitiv eine richtig schwere Lungenentzündung«, sagte Maren. »Das Fieber wird noch steigen, und zwar schnell. Jemand muss hierbleiben, die ganze Zeit. Der Kleine muss ins Krankenhaus, sofort.«

Ruth Dreßler nickte, verließ den Raum und griff nach Kelles Arm. »Kommen Sie.« Kelle hätte Ingke beinahe fallen gelassen, so kräftig zog die Direktorin an seinem Arm. Draußen in der Kälte schlug er seine Jacke um das Mädchen.

In ihrem Büro griff Frau Dreßler als Erstes zum Telefon und rief ein Kinderkrankenhaus an. Dann wandte sie sich Kelle zu. »Und?«

»So eine Süße«, sagte Kelle.

»Haben Sie Kinder in der Familie?«, fragte die Direktorin.

»Ja«, sagte Kelle. »Mein Cousin hat Zwillinge, die werden dieses Jahr elf.«

»Und die haben Sie mal gehütet, als sie so klein waren wie Ingke jetzt?«

»Ja«, sagte Kelle und erinnerte sich daran, wie Maren und er Hanna und Paul nach Berlin eingeladen hatten, nachdem Hanna abgestillt hatte. Das Paar sollte einmal wieder nur für sich ins Museum und ins Theater und essen gehen. Teil des Geschenks war das Kinderhüten. Wenn Ernst A wollte, wollte Rosa B. Das einzig Synchrone waren das Windelvollmachen und das Geschrei. Maren und er waren nach zwei Tagen urlaubsreif, ihre Küche glich einem Schlachtfeld.

Als der Familienbesuch wieder abgefahren war, sah Kelle auch in Marens Blick Erleichterung. Aber als Maren zwei Tage später hinter dem Mülleimer einen Schnuller fand, kochte sie ihn liebevoll aus und legte ihn, in ein sauberes besticktes Damentaschentuch von Lisbeth gewickelt, in die Besteckschublade wie ein Schmuckstück.

Die freundliche Ingke schien ruhiger zu sein als Rosa und Ernst und war außerdem nur ein Baby, nicht zwei. Kelle sagte beflissen: »Meine Frau und ich haben Gemüse von unserer LPG und gestern einen Mixer gekauft, um Brei zu machen. Und Windeln. Und einen Sportwagen.«

Ruth Dreßlers Mundwinkel kräuselten sich. »Dann sehe ich Sie morgen Nachmittag wieder. Wenn alles einwandfrei ist, dürfen Sie Ingke für eine Woche mitnehmen. Gehen Sie ehrlich in sich, ob Sie ein Kind aufziehen wollen.«

Sie schlug die Mappe auf und zeigte Kelle, wo er unterschreiben musste. Es wurde ein wenig krakelig, weil er Ingke auf dem Arm hatte, aber es war nicht viel anders, als auf der Post ein Päckchen abzuholen. Unglaublich einfach. Waren die einschneidenden Dinge des Lebens nicht oft ganz einfach? »Genosse, du wirst ins Städtische Klinikum Berlin-Buch delegiert.« Peng – und da arbeitete er nun seit vielen Jahren. Einen Blick auf Maren geworfen – und zack, die oder keine. Ein Patient schaffte es nicht, tat seinen letzten Atemzug – und puff, war tot. Und nun – plitzplautz, ein Baby.

Maren blieb bei dem Findelkind, bis der Krankenwagen kam, während Kelle nun schon ganz entspannt die vier Krabbelkinder unterhielt, bis alle vor Vergnügen krähten.

Nachdem Maren ihren kleinen Patienten übergeben hatte, wusch sie sich die Hände, er packte Ingke ein, Maren zog ihre Jacke über und streckte die Arme aus. »Jetzt will ich sie haben.«

Und dann liefen sie wie eine echte kleine Familie zum Auto, während von irgendwo Kinderjauchzen herüberhallte.

Maren setzte sich mit Ingke nach hinten, die interessiert aus dem Fenster guckte. Irgendwann schluchzte Maren auf. »Er wird nicht durchkommen. Er muss die ganze Nacht vor dem Tor des Heims gelegen haben. Nur in eine Decke geschlagen, die er weggestrampelt hat.« Kelle sah im Rückspiegel, wie seine Frau die kleine Ingke an sich drückte. »Er wurde vermutlich gestern Vormittag geboren. War vollkommen dehydriert. Der Kinderarzt, der da war, hat gedacht, er ist nur unterkühlt. Aber als wir kamen, stand der Tod schon in seinen Augen. Die Kinderschwester hat es gesehen. Und ich auch.«

Sie presste Ingke noch fester an sich, sodass sich das Mädchen wand.

»Warum lassen Menschen andere einfach so in der Kälte? Wie können sie nur! Warum?« Dann weinte Maren bitterlich, und Ingke weinte vor Angst mit.

Erste Probe, sagte sich Kelle, der von Marens Ausbruch überrascht und tief berührt war. Maren hatte als Lungenärztin oft hoffnungslose Fälle und ging damit im Allgemeinen sehr professionell um.

Sei ein guter Vater und ein guter Ehemann, mahnte Kelle sich. Er fuhr rechts ran, quetschte sich neben seine Frau und den Sportwagenaufsatz auf den Rücksitz, nahm ihr Ingke ab und sagte in das Geheul so ruhig und bestimmt, wie er konnte: »Ihr zwei sollt es bei mir immer warm haben.«

Genau dafür sorgte er die nächsten siebzehn Jahre.

* * *

Berlin, Mai 1992

»Ist das Findelkind durchgekommen?«, fragte Ingke.

Ihr Vater schüttelte den Kopf. »Deine Mutter hat ein gutes Auge, Ingke. Der kleine Junge hat den Tag nicht überlebt.«

Ingke schwieg. Im Gegensatz zu Kelle verstand sie Marens Ausbruch. Es musste entsetzlich für sie gewesen sein. Sie konnte keine Kinder bekommen, weil sie zwei Nächte lang in der Kälte gehockt hatte. Dann sah sie ihre Tochter zum ersten Mal, und die Erinnerung an die Folgen des Aufenthalts in dem nasskalten Schacht hätte heilen sollen. Doch genau in dem Moment begegnete sie einem dem Tod geweihten Säugling, den die Mutter offenbar nicht hatte haben wollen, weshalb sie ihn nachts vor dem Tor des Kinderheims in der Kälte abgelegt hatte. Das Leben musste ihr vollkommen verrückt vorgekommen sein.

In diesem Augenblick war Ingke fast bereit, ihren Eltern zu verzeihen, aber so dumm und rührselig war sie nicht. »Der arme kleine Junge«, sagte sie deshalb nur und schaute ihrem Vater dabei zu, wie er seinen inzwischen kalten Kartoffelbrei in sich hineinschaufelte. »Wie auch immer, Gelegenheit macht Diebe, nicht wahr?«, sagte sie schließlich.

Kelle schüttelte den Kopf und aß weiter. Erst nach einer Weile antwortete er: »Um das klarzustellen: Wir haben dich deiner leiblichen Mutter Petra nicht weggenommen. Wir haben dich aus dem Heim geholt. Deine Mutter Petra Schröder hat kaltherzig aufs Spiel gesetzt, dass du ohne Familie dastehst.«

Ingke seufzte. Sie merkte, dass sie an diesem Punkt bei Kelle nicht weiterkam. Er hatte ein völlig anderes Wertesystem als sie. Das musste sich entwickelt haben, als sein Vater während der Nazizeit als Kommunist im Untergrund war und dann ins KZ kam. Im Alltag lugte es nur selten hervor. Sie war lediglich angehalten worden, die staatliche Fürsorge für die Jugend und die Werktätigen zu schätzen, und aufgefordert, mit ihren Schulnoten einen ersten Beitrag dazu zu leisten, dass das auch so weiterging. Davon abgesehen war sie kaum politisch erzogen worden. Pioniere, FDJ – das war alles ganz automatisch gegangen, und die sozialistischen Phrasen hatte keiner ihrer Schulfreunde wirklich ernst genommen.

»Und ehe du nachfragst«, sagte Kelle kämpferisch, »in der DDR war Kindererziehung nicht einfach Privatsache oder irgendwie Larifari.« Er machte eine unwirsche Bewegung mit der Hand. »Die Familie ist die Kernzelle einer Gesellschaft, und entsprechend hatte die DDR ein klares Familienleitbild. Das ist wahre Zivilisation! In der sozialistischen Gesellschaft sind die Interessen von Familie und Staat identisch. In Sozialismus steckt ›sozial‹. Männer, Frauen und Kinder bauen gleichberechtigt den Staat. Kinder werden zu sozialistischen Persönlichkeiten erzogen, zu guten Staatsbürgern. Was zu einem hervorragenden Betreuungssystem staatlicherseits geführt hat, für das uns viele Westler beneiden. Wir haben mittlerweile drei Ärztinnen, die aus Westberlin zu uns nach Buch gezogen sind, weil hier ihre Kinder ordentlich betreut werden und sie Karrierechancen haben.« Er hob seine Gabel. »Im Sozialismus haben Männer und Frauen gearbeitet und zum Bruttosozialprodukt beigetragen. Im Kapitalismus arbeiten Mütter höchstens ›mit‹. Dabei sind sie meistens gut ausgebildet. Was da verloren geht an gesellschaftlichem Vermögen, wenn eine junge Ärztin statt im Krankenhaus jeden Tag zu Hause steht und Brei für ihr einziges Kind kocht … abartig, wirklich!«

»Vati, hallo!«, meldete sich Ingke genervt von seinem Sozialismussermon und brachte ihren Teller zum Geschirrspüler.

Kelle kratzte seinen aus und reichte ihn Ingke zum Einräumen. »Jedenfalls war es eine gesellschaftliche Verabredung in der DDR, dass Eltern erzieherisch eine Verantwortung gegenüber dem Staat haben und der gegenüber der Jugend. Und das war gut so.«

»Meine Mutter fand das offensichtlich nicht«, sagte Ingke.

»Nein, deine leibliche Mutter fand das wohl nicht«, sagte Kelle. »Für meine Begriffe hatte sie ein sehr merkwürdiges Verhältnis zur Verantwortung. Aber danach wirst du sie, so wie es aussieht, ja vielleicht selbst fragen können.«

Er nahm Ingke den Topf aus der Hand, den sie ausspülen wollte, und stellte ihn ab. Dann hielt er sie bei den Schultern. »Deine Mutter und ich haben mit all unserer Kraft dafür gesorgt, dass du ein Mensch mit einem Bewusstsein für deine gesellschaftliche Verantwortung wirst, und was auch immer du tust, ich hoffe, du enttäuschst uns in diesem Punkt nicht. Auf der ABF habe ich damals gelernt: Im Kapitalismus ist den Menschen das Hemd näher als der Rock. Im Sozialismus ist den Menschen der Rock näher als das Hemd. Ein Hemd wärmt, aber nur, wenn ein Rock darüber ist. Das Findelkind, das an dem Tag gestorben ist, an dem wir dich bekommen haben, hatte ein Hemdchen an. Doch ohne den Rock staatlicher Fürsorge nützt ein Hemd gar nichts.«

Er drehte sich weg, spülte den Topf aus und stellte ihn in den Geschirrspüler. »Ich weiß, dass du das jetzt nicht hören willst. Ich geh mal hoch.«

Er trocknete sich die Hände ab und stieg die Treppe hinauf. Ingke sah seinen gebeugten Rücken und dachte zum zweiten

Mal, dass ihr Vater alt wurde. Wider Willen musste sie anerkennen, dass er Format hatte. Bei ihm klang nichts zurechtgelegt, seine Weltanschauung hatte System.

Sie stellte sich ans Fenster und schaute in den Garten. In die Rasenfläche war ein Buddelkasten eingelassen. Irgendwann hatte sie ihren Vater einmal gefragt, warum sie den nicht wegmachten. »Und was ist, wenn du uns Enkel schenkst?«, war seine Antwort gewesen. Wessen Enkel würden das wohl werden, wenn sie tatsächlich irgendwann mal Kinder bekam?

Ingke schüttelte den Kopf. Was für bescheuerte Gedanken! Kümmer dich endlich um Mathe, ermahnte sie sich, horchte, und als oben alles still war, ging sie ebenfalls die Treppe hoch.

In der Nacht hatte sie wieder ihren Geistergeheul-Traum. Wie immer kam irgendwann dieser schrecklich hallende Knall, und danach fiel und fiel sie ins grundlose Nirgends. Als sie aufschrak, stellte sie fest, dass jemand ihre Hand hielt. Kelle.

»Kleines«, flüsterte er, »ich bin ja da.«

Ingke zitterte und konnte sich kaum beruhigen.

»Soll ich mich ein bisschen zu dir legen?«, fragte Kelle.

Ingke nickte und rutschte zur Seite. Sie musste wieder im Schlaf geschrien haben.

Kelle wickelte sie fest in die Decke ein, was immer wunderbar half, holte seine eigene, legte sich hinter sie und streichelte sanft ihre Schulter. Es war tröstlich und vertraut. Irgendwann blieb die Hand auf ihrer Schulter liegen, und Ingke hörte, wie die Atemzüge ihres Vaters tiefer wurden.

Ob ihr Geistergeheul etwas mit dem Weinen ihrer Mutter im Auto zu tun hatte, als ihre Eltern sie abgeholt hatten? Einem – nach dem, was Ingke nun wusste – bitterlichen Weinen über einen unwiederbringlichen Verlust bei gleichzeitigem überwältigendem Glück? Einem Weinen, das sie wohl geängstigt hatte, weil sie mitgeweint hatte. Hatte sie diese Macke mit dem Albtraum weggekriegt, als sie aus dem Heim geholt worden war? Lag der Grund für ihren Traum womöglich gar nicht in ihrer Vorgeschichte mit ihrer leiblichen Mutter?

Als sie darüber nachdachte, fiel ihr etwas auf: Der Knall war furchtbar, jedes Mal aufs Neue, aber sie wachte gar nicht von dem Knall auf, sondern vom stillen Fallen danach. Diese Stille war schlimmer als das herzzerreißende anschwellende Geheul und der Knall. Sie war ein schwarzes Loch tiefster Einsamkeit und Kälte.

Ingke war froh, dass ihr Vater bei ihr lag und sie nicht allein sein musste. Ihre Eltern hatten sich ganz auf sie eingelassen, das musste sie ihnen zugestehen. Sie hatten sie behütet und erzogen. Sie ließen sie ihren eigenen Weg gehen. Alle Beerenhains hatten in den letzten Wochen das Nest der Familie für sie ausgepolstert und ließen sie nun dennoch wegfliegen, egal, ob sie es guthießen oder nicht. Sie hatten Ingkes Frage nach dem, was Familie war, mit all ihren Geschichten von Zusammenhalt und eigenen Wegen beantwortet. Familie war nicht einfach so da. Familie war Handeln, und das war manchmal schwer. Die Beerenhains hatten einen inneren Kompass, der sich bei »Familie« einnordete, wenn er ins Kreiseln gekommen war.

Ingke drehte sich auf den Rücken und starrte an die Decke. Die Stille in ihrem Traum, ganz am Schluss. Diese kalte Stille. Das passte irgendwie nicht zu der Erklärung mit Marens Weinen im Auto.

Kelle regte sich, und Ingke tat schnell so, als würde sie schlafen. Sie wollte, dass er wieder ins Elternschlafzimmer ging, denn bei ihr würde er garantiert nicht richtig schlafen können, weil er im Hütemodus war, und er brauchte seinen Schlaf, das hatte sie am Abend gesehen. Sie merkte, wie er sich vorsichtig erhob. Dann küsste er sie ganz leicht aufs Haar und schlich sich aus dem Zimmer. Ingke lächelte sich in den Schlaf.

9

Deutsch-deutsche Staatsgrenze, Mai 1992

Marienborn las Ingke auf dem Bahnhofsschild. Der alte Grenzübergang zwischen der DDR und der BRD. Es ruckelte ein bisschen, aber der Zug verlangsamte sein Tempo kaum. Es war Freitag, und sie war auf dem Weg zu ihrem leiblichen Großvater. Wo ihre Mutter wohl über die Grenze gewollt hatte? Wo war sie selbst der Mauer oder irgendwelchen Stacheldrahtzäunen, bewaffneten Posten mit Schießbefehl und Schäferhunden gefährlich nahe gekommen? Wo an dieser Grenze hatte sich ihr Leben so entscheidend verändert? Sie würde all das fragen, und vor allem auch: Warum?

Jetzt fuhr der Zug glatt über die Gleise, wie auf einer Wasserrutsche. Kurz darauf hielt er in Helmstedt. Als er wieder anfuhr, sah Ingke wieder in das Buch, das sie in der Hand hielt: *Der Kuß. Kunst und Leben der Camille Claudel* von Anne Delbée.

Nachdem sie in der Matheprüfung Glück gehabt hatte – es waren die Sachen drangekommen, die sie ordentlich gebüffelt hatte –, fehlten schriftlich nur noch Englisch und mündlich Kunst fürs Abi. Deshalb hatte sie den Roman mitgenommen.

Kurz nach der Wende hatte sie mit ihren Eltern zusammen im Kino Isabelle Adjani als Camille Claudel gesehen. Auf dem Nachhauseweg war Maren sehr nachdenklich gewesen. »Ich hoffe, dass uns die Errungenschaft, dass Frauen nicht mehr im Schatten der Männer landen und eingehen, für Ingke erhalten bleibt«, hatte sie gesagt.

»Wieso?«, hatte Kelle gefragt.

»Vorgestern war ich doch in der FU, bei einem Lungenkarzinomvortrag. Hinterher habe ich mich mit zwei Medizinstudentinnen unterhalten. Ich habe sie gefragt, was sie werden wollen. Die eine hat gesagt: ›Arztgattin.‹ Ich wollte gerade losprusten, da hat die andere ganz ernsthaft genickt. ›Ich auch.‹ Die meinten das wirklich ernst! Für die war das Studium ein Eheanbahnungsinstitut.«

Jetzt, als Felder und Wiesen an ihr vorbeizogen, fiel es Ingke wieder ein. Sie wusste noch nicht, was sie werden wollte, und das bereitete ihr Kopfzerbrechen. Andere aus ihrer Klasse guckten schon, an welchen Unis sie sich bewerben wollten. Das Bewerben war aber sowieso so eine Sache, denn sie waren gleichzeitig die Letzten, die nach zwölf Jahren Abi machten, und die Ersten, die ein Westzeugnis bekamen. Ein Blättchen, ohne Hammer, Zirkel und Ährenkranz. Allerdings wurde ihr Durchschnitt mit 1,5 multipliziert, weil sie angeblich im Verhältnis zum Westen zu gute Noten bekommen hatten und es keine Sechs gegeben hatte.

»Na toll, dann sind die Ossis wegen des Numerus clausus bei allen interessanten Fächern wie Medizin schon mal raus«, hatte Maren erbost gesagt. »Und überhaupt: Wieso bessere Noten? Als ob bei euch nie einer sitzengeblieben wäre.«

»Immerhin drei bis zur Achten«, bestätigte Ingke. »Vieren und Fünfen gab es auch jetzt an der EOS, und Astrid kriegt wahrscheinlich sogar eine Vier in Mathe auf dem Zeugnis.«

»Und dann muss man bedenken, dass bei euch nur zwei oder drei aus einer Klasse überhaupt auf die EOS kamen, also ein Zehntel, im Westen aber locker ein Drittel Abi macht, nicht nur die besten zwei oder drei. Wäre doch komisch, wenn der Durchschnitt hier *nicht* besser wäre. Das ist alles eine Riesenschweinerei«, spulte sich Maren auf wie ganz selten.

»Genau, wieder mal für dumm verkauft, die blöden Ossis«, hatte Kelle ihr frustriert recht gegeben. »Das haben wir alles diesen Gitarre spielenden Romantikeroppositionellen und den weichgespülten ehemaligen Kirchenfuzzis zu verdanken, die die Beitrittsverhandlungen geführt haben. Die haben sich bewundern und über den Tisch ziehen lassen.«

Nach dieser Äußerung war Ingke hoch in ihr Zimmer gegangen, weil sie schon ahnte, dass darauf wieder eine von Kelles Beitrittskriegserklärungen nach dem Beitritt folgen würde, und die nutzten ihr jetzt auch nichts mehr.

Doch wie auch immer, sie musste sich bald entscheiden, auch wenn ihr beim besten Willen kein Beruf einfiel, der ihr Herz höherschlagen ließ. Vielleicht Pharmazie, weil sie Omi Lisbeths Wissen über Kräuterheilkunde immer so toll gefunden hatte, aber Pharmazie hatte mit Kräutern nur in Form von chemischen oder biochemischen Wirkmechanismen zu tun, und ob sie das dann gut fand, wusste sie nicht.

Bei ihrem letzten Besuch im Krankenhaus – bevor sie erfahren hatte, dass ihre Eltern nicht ihre Eltern waren – hatte sie mit ihrer Mutter darüber gesprochen. »Kind«, hatte Maren gesagt, »bei manchen dauert es eben etwas länger. Überstürze nichts. Finde dich erst einmal. Es gibt jetzt so viele Möglichkeiten, etwas für die Gesellschaft zu tun und dabei Menschen und Lebensentwürfe kennenzulernen. Zum Beispiel ein Freiwilliges Soziales Jahr. Man muss für Pharmazie bereit sein, die ganzen Formeln und biochemischen Zusammenhänge zu lernen, die man später in der Praxis gar nicht mehr so braucht. Aber sie bilden die Basis, um Dinge einschätzen und entscheiden zu können. Wie eine Matte im Bodenturnen. Dafür braucht man Sehnsucht nach einem Beruf, und die lässt sich nicht erzwingen. Ein Schritt zur Seite nach der Schule wird hilfreich sein, ganz bestimmt«, hatte sie gesagt und Ingkes Hand in ihre knochige, abgemagerte genommen, aus der ein Schlauch ragte.

Ingke hatte sich über ein Freiwilliges Soziales Jahr informieren wollen und es völlig vergessen, als ihre Welt zusammengebrochen war. Das musste sie unbedingt nachholen, wenn sie wieder nach Hause kam. Auch wenn meine Kinderwelt zusammengebrochen ist, dachte sie, meine Erwachsenenwelt muss ich mir sowieso selbst aufbauen, und die gehört mir allein.

Eins war jedenfalls klar, überlegte sie weiter, während die Landschaft vor dem Zugfenster immer lieblicher und hügeliger wurde. So was wie »Arztgattin« würde sie niemals werden. Dann hatte sie ja nichts in der Hand. Und wenn der Arzt sie betrog, stünde sie ohne ein eigenes Leben da. Sie würde sich fühlen wie in diesem schrecklichen Sprechzimmer, als Kelle ihr eröffnet hatte, dass sie nicht das Kind ihrer Eltern war. So ähnlich wie bei einem Spiel, das sie mit ihrem Vater einst an der Ostsee gespielt hatte. Sie hatten sich auf einem Bein in die auslaufende Brandung gestellt, und die Wellen spülten ihnen den Sand unter dem Fuß weg. Natürlich unregelmäßig. Wer zuerst den zweiten Fuß aufsetzte oder hinfiel, hatte verloren. Die Wellen kamen einfach, man konnte nichts machen. Sie hatten sich mit Todesverachtung hingestellt und dann herumgewackelt und sich gekringelt vor Lachen. Trotzdem war es für sie immer beängstigend gewesen, dass ihr der Boden unaufhaltsam unter dem Fuß weggezogen wurde, und sie hatte das Spiel nie allein, nie ohne ihren Vater gespielt. Dass es ihm genauso erging wie ihr, war tröstlich.

Auf einmal wurde ihr klar, dass es auch jetzt ihnen beiden so ging oder, besser gesagt, ihnen dreien: Nicht nur sie musste sich damit abfinden, dass ihre Eltern nicht mehr einfach so ihre Eltern waren. Auch Kelle und Maren mussten damit zurechtkommen, dass sie nicht mehr ganz selbstverständlich ihre Tochter war.

Zum ersten Mal seit der Eröffnung im Sprechzimmer wäre sie am liebsten wieder einfach nur Marens und Kelles Tochter gewesen. Konnte sie nicht einfach aussteigen und den nächsten Zug zurück nehmen? Nein, kann ich nicht, beantwortete sie sich diese Frage selbst. Nicht nur der Zug hatte eine Grenze überfahren, sie auch. Sie fühlte sich betrogen, und anders als die »Arztgattinnen« war sie willens, sich ein eigenes Leben aufzubauen. Wie meine Mütter, schoss es ihr durch den Kopf. Sie musste sich allem stellen, abwägen und ihrem Herzen folgen wie Camille Claudel. Hoffentlich ging es bei ihr besser aus.

Sie las und machte sich Notizen, bis parallel zur Bahnstrecke ein Hügelzug auftauchte und ein Blick auf die Uhr ihr sagte, dass sie bald da sein musste.

Sie packte Stifte, Block und Buch in ihren Rucksack und erstarrte. Ob Bernhard Petra angerufen hatte? Ob sie jetzt auch da war?

Bernhard hatte ihr geschrieben, dass er kräftig gebaut sei, weiße Haare habe und einen froschgrünen Schlips tragen werde. Ingke stellte sich bei der Einfahrt in den Gang und schaute angestrengt hinaus. Sie wollte unbedingt vor dem Aussteigen wissen, ob ihre Mutter bei ihrem Großvater war. Zunächst sah sie niemanden, auf den die Beschreibung passte. Als der Zug hielt, prallte sie zurück. Direkt vor ihrem Fenster stand ein alter Mann mit schlohweißem Haar, breitem Brustkorb, hellgrauem Hemd, dunkelgrauer Freizeitjacke, schwarzen Jeans und einem knallgrünen Schlips. Allein.

Mit zitternden Knien stieg sie aus, und als sie auf dem Bahnsteig stand, trat der Mann auf sie zu und räusperte sich. »Du musst Ingke sein.«

»Ja«, sagte sie. »Woran siehst du das?«

Er lächelte. »Wagenreihung.«

Sie guckte verständnislos.

»Ich habe mir aufgeschrieben, für welchen Wagen deine Platzkarte ist. Und du warst die einzige junge Dame, die allein aus diesem Wagen ausgestiegen ist.«

»Aaah«, machte Ingke und kam sich dumm vor. Junge Dame, Junge, Junge, dachte sie und musste kichern. Toller erster

Eindruck: dumm und albern. Sie stand da, wurde rot und sagte gar nichts mehr.

»Also dann, willkommen in Göttingen«, sagte ihr Großvater. »Darf ich dir deine Tasche abnehmen?«

Ihr weißhaariger Opa wollte ihr die Tasche tragen? Das kam gar nicht infrage. »Danke«, besann sich Ingke. »Die ist ganz leicht, die kann ich selbst tragen.«

»Na, dann komm.« Er führte sie den Bahnsteig entlang, durchs Bahnhofsgebäude und dann zu einem schlammbespritzten großen Kombi.

»Entschuldige den verdreckten Wagen«, sagte er, als er Ingkes Tasche auf den Rücksitz stellte und ihr die Beifahrertür öffnete. »Wir haben einen Hund, und mit dem bin ich öfter im Wald.«

»Was ist es denn für einer?«, fragte Ingke, die Hunde immer recht gern mochte.

»Seine Mama ist ein geschmeidiger Setter, der Papa ein bulliger Schäferhund.«

»Also ein echter Setfer«, sagte Ingke.

»Genau. Pechschwarz«, sagte Bernhard, nachdem er geschaltet hatte, und dann lächelten sie sich das erste Mal an.

Wenig später fuhren sie über eine Landstraße durch Hügel mit viel Wald. Obstplantagen und Felder wechselten sich ab. Es war lieblicher als um Berlin herum, es gab viele prächtige Fachwerkhäuser, alle in Schuss gehalten. Ingke spürte, wie Bernhard sie immer wieder von der Seite musterte. »Sehe ich jemandem ähnlich?«, fragte sie.

»Ehrliche Antwort?«, fragte er zurück.

»Klar.«

»Wahrscheinlich am meisten deinem Vater.«

»Wahrscheinlich? Weißt du echt nicht, wer das war?«

Bernhard schüttelte den Kopf. »Ich war schon lange im Westen. Petra war auf den Jugendweltfestspielen 1973 und danach schwanger. Berlin war im Ausnahmezustand. Es waren mehrere Millionen Menschen da, viele Studenten aus aller Welt. Petra hatte sich in einen Kubaner verliebt, tja, und das Ergebnis bist wohl du. Das hat sie jedenfalls gesagt. Deine dunklen Locken hast du bestimmt von ihm, das würde passen.«

»Was für Haare hat meine Mutter?«, fragte Ingke.

»Eine Farbe wie Robinienrinde im Profil«, sagte Bernhard schwärmerisch.

Ingke schwieg. Wie bitte?

»Hellbraun und glatt«, setzte Bernhard nach. »Sie ist ungefähr so groß wie du. Ingrid war klein«, ergänzte er, »vielleicht hast du das Zierliche von ihr. Auf jeden Fall aber deinen Mund und dein Lächeln, das hast du von Ingrid und Petra.« Bernhard strahlte sie an. »Wunderhübsch.«

»Ich weiß gar nicht, was ich zuerst fragen soll«, sagte Ingke.

»Ich habe einen Vorschlag«, sagte Bernhard. »Du willst ja bestimmt deine Mutter kennenlernen. Ich weiß nicht, wie sehr sie das mitnehmen wird. Petra hat unter der Trennung von dir jahrelang gelitten, eigentlich leidet sie bis heute. Ich habe gedacht, da überfallen wir sie nicht einfach so. Für dich war es bestimmt schlimm, als du gehört hast, dass du nicht das leibliche Kind deiner Eltern bist.«

Ingke nickte.

»Paul hat mir erzählt, wie du es erfahren hast.« Bernhard tuckerte hinter einem Traktor her, obwohl kein Gegenverkehr kam. »Für Petra wird es gleichzeitig schlimm und schön sein, von dir zu hören, und ich habe mir gedacht, ich werde in der nächsten Woche nach Frankfurt fahren, wo sie lebt, und ihr von dir erzählen. Dann ist jemand bei ihr, wenn sie es erfährt, und wir fallen nicht mit der Tür ins Haus.« Sie schlichen immer noch hinter dem Traktor her. »Vielleicht magst du ihr einen kleinen Brief schreiben, den ich mitnehme. Was meinst du?«

Ingke wusste nicht, was sie davon halten sollte. Sie wäre am liebsten gleich zu ihrer Mutter gefahren. Warum so kompliziert? Sie überlegte und dachte an ihre eigene Sorge, wie ihre Mutter sie wohl empfangen würde. Der erste Moment konnte eine Menge verderben. Insofern war es vielleicht gut, dass Bernhard Petra auf sie vorbereitete.

»Einverstanden«, sagte sie.

Bernhard atmete durch, gab Gas und überholte den Traktor. Kurz danach waren sie in Witzenhausen angelangt.

»Gut«, sagte er und drosselte die Geschwindigkeit wieder. »Ich werde dir von deiner Oma erzählen und von mir und das Wenige, was ich von deiner Mutter als Kind weiß.«

Sie fuhren auf eine Brücke, die uralte steinerne Brückenköpfe hatte, in der Mitte aber neu war.

»Unter uns fließt die Werra entlang«, informierte Bernhard sie. »Die Brücke ist '45 gesprengt worden, als die Amerikaner kamen.«

»In Beerenhain kamen die Sowjets«, sagte Ingke. »Tante Emma hat Glück gehabt, dass ihr Gutshaus noch steht.«

»Es muss schön sein dort. Ingrid ist wohl immer sehr gern da gewesen.« Bernhard kurvte durch die Stadt und machte Ingke auf die eine oder andere Sehenswürdigkeit aufmerksam. »Ich würde mich freuen, wenn du mir erzählen magst, wie du aufgewachsen bist«, sagte er. Und kurz darauf: »Wir sind gleich da. Dann lernst du meine Frau Heide kennen, und wir essen was, und danach machen wir einen schönen Abendspaziergang mit Jonas, okay?«

»Jonas?«

»Der Setfer«, sagte Bernhard.

»Machen wir«, sagte Ingke, und dann bog ihr Großvater in die Auffahrt eines Bungalows am Stadtrand ein. Die Tür ging auf, und ein pechschwarzer großer Hund mit Schlappohren und langem Schwanz sprang heraus. Ihm folgte eine weizenblond gefärbte ältere Frau. Sie war förmlich in ein Kostüm gekleidet und erinnerte Ingke im ersten Moment an Emma. Aber dann sah Ingke den protzigen Goldschmuck, und der kühle Blick bei der Begrüßung sagte ihr ebenfalls, dass diese Frau vermutlich ganz anders war als ihre zwar strenge und verknöcherte, aber doch innerlich warme und liebevolle Tante.

Jonas schnupperte an Ingke, wedelte und rieb seinen Kopf an ihrem Oberschenkel.

»Das gibt's doch nicht!«, sagte Bernhard.

Ingke streichelte Jonas und schaute auf.

»Das macht er eigentlich nur bei mir«, erklärte Bernhard. »Niemanden sonst begrüßt er so. Vielleicht riechst du ein bisschen so wie ich.«

»Na ja«, sagte Heide schnippisch. Ihr »Willkommen« hörte sich ungefähr so an, wie ihr rosa meliertes Kostüm mit den Goldknöpfen aussah, fand Ingke. Heide war eine der Frauen, die nach ihrem zwanzigsten Lebensjahr kein Gramm zunahmen und beim Älterwerden dadurch irgendwie vertrockneten. Ingkes Französischlehrerin war auch so eine.

»Und mach den Schlips ab«, sagte Heide über die Schulter, bevor sie ins Haus vorging.

»Der ist wirklich flippig«, sagte Ingke, die Heide zwar vom ersten Moment an nicht mochte, sich aber an Marens Rat erinnerte: »Wenn dir jemand Widerwillen entgegenbringt, mit dem du auskommen musst, sei erst mal betont freundlich. Dann wirst du unterschätzt, und das macht dir das Leben leichter.«

»Den habe ich gewonnen«, sagte Bernhard und zog ihn über den Kopf. Er hatte hinten einen Gummi.

Ingke kam unvermittelt ein Ausspruch von Rosa in den Sinn: »Lass die Finger von einem Mann, der Fertigschlipse hat. Wer zu doof oder zu faul oder beides ist, um einen Schlips zu binden, wird es nie zu was bringen.« Das hatte Ingke eingeleuchtet, allerdings behielt sie es jetzt wohlweislich für sich. Sie blieb auf der Vortreppe stehen und fragte stattdessen: »Wobei denn?«

»Wir haben hier in Witzenhausen vor elf Jahren unsere landwirtschaftliche Fakultät ökologisch ausgerichtet. Ich habe von Greenpeace damals den Preis für das beste Konzept für eine moderne ökologische Felderwirtschaft bekommen. Greenpeace war da ganz neu in Deutschland, und wir haben gute Kontakte dorthin.« Bernhard schob Ingke in den Flur. »Warum ich den umgemacht habe – außer natürlich, weil er wie ein Hier-bin-ich-Ausrufezeichen leuchtet –, erzähle ich dir nachher.«

Okay, vermutlich kann er Schlipse binden, dachte Ingke, und es erleichterte sie. Sie zog Schuhe und Jacke aus, stellte ihre Tasche beiseite und betrat das Wohnzimmer. Der Bungalow war leichtfüßig und elegant eingerichtet. Heides Kostüm sah gleich viel fröhlicher aus, vielleicht weil der Roséton mit den cremigen Farben harmonierte und neben den Rattansesseln, die gegenüber dem Sofa standen, unkonventioneller daherkam. Von Rosa wusste Ingke, dass wirklich gute Kleidungsstücke sich der Umgebung anpassen konnten und nie deplatziert wirkten.

Der Raum war riesig, auch ein Esstisch stand darin, der für drei Personen gedeckt war. Mehrere große Fenster und eine Terrassentür öffneten das Zimmer zum Garten. Der Rest des Hauses musste aus Minikammern bestehen.

Seitlich der Fenster stand ein Klavier, darauf Familienfotos.

»Darf ich?«, fragte Ingke hoffnungsvoll und zeigte darauf.

»Natürlich«, sagte Bernhard.

»Gibt aber gleich Essen«, sagte Heide und verschwand, wahrscheinlich in der Küche.

Ingkes Herz klopfte. Jetzt würde sie zum ersten Mal ihre Mutter sehen! Die Fotos standen in mehreren Reihen. Die beiden vorderen zeigten ausschließlich einen Jungen und ein Mädchen im Alter von null bis ungefähr Mitte zwanzig. Das Mädchen oder vielmehr die junge Frau trug auf einem der neuesten ein Hochzeitskleid. Der größte Rahmen dahinter beherbergte das Hochzeitsfoto von Heide und Bernhard. Heide trug ein sehr elegantes zurückhaltendes Kleid, das Rosa vermutlich sehr gefallen hätte.

Bernhard langte an Ingke vorbei nach ganz hinten. Dort standen zwei kleine, unscheinbare Rahmen mit Schwarz-Weiß-Fotos. Stiefkindrahmen, dachte Ingke erbost.

»Das ist Petra«, sagte Bernhard.

Auf dem einen Foto sah Ingke ein Baby am Strand, glücklich im nassen Sand matschend. Es war abgegriffen, vielleicht hatte Bernhard es früher bei sich getragen. Mit Babyfotos konnte sie nichts anfangen. Das zweite musste Petras Jugendweihefoto sein. Sie stand in irgendeinem fahnengeschmückten Kulturhaus und trug ein altmodisches Kleid, das nach Omas-Sonntagskleid-abgenäht aussah. Bloß gut, dass ich Rosa hatte, dachte Ingke, deren Jugendweihe ein Jahr vor der Wende gewesen war. Was es damals in der Jugendmodeabteilung des Centrum-Warenhauses gegeben hatte, war grottig gewesen. Die festlichen Kleider aus den teuren Exquisit-Läden waren zwar schick, aber darin war sie sich vorgekommen wie aufgeplustert. Sie nahm Bernhard das Foto aus der Hand. »Meinen Mund habe ich von meiner Mutter«, sagte sie.

»Die Wangenknochen auch«, sagte Bernhard. »Die Hände hast du von deiner Oma Ingrid. Streichelhände«, fügte er leise und versonnen hinzu.

Ingke musterte ihre Mutter. Petra war nicht besonders groß, genau wie sie selbst, aber kräftiger. Ihre glatten Haare trug sie zu einer aufgebauschten Steckfrisur, die aussah wie eine Perücke. »Von wann ist das Foto?«, fragte sie.

Bernhard rechnete nach. »Müsste von 1967 sein, da war sie in der achten Klasse. Es ist von der Jugendweihe«, bestätigte er Ingkes Vermutung.

Petra wirkte verloren auf dem gestochen scharfen Bild. Sie

hielt ein großes Buch mit dem Titel *Weltall Erde Mensch* vor der Brust und dazu einen Blumenstrauß. Das Foto war gestellt, und es ließ Ingke kalt. Eine emotionale Verbindung konnte sie beim besten Willen nicht herstellen. Vermutlich sah es ihrer Mutter genauso wenig ähnlich wie ihre eigenen Jugendweihefotos ihr selbst. »Hast du noch mehr Fotos von meiner Mutter?«, fragte sie deshalb.

»Ja, ein paar, die Ingrid mir geschickt hat. Aber sie hatte selten jemanden, der Petra fotografiert hat. Und sie selbst hatte keinen Fotoapparat.«

»Und von später? In Farbe?«

»Zwei oder drei«, sagte Bernhard.

Ingke war wie vor den Kopf gestoßen. Maren und Kelle hatten bergeweise Fotos von ihr. Sie dachte daran, wie Rosa erzählt hatte, dass Onkel Otto aus dem Westen Geld für einen Film für ihre Bewerbungsmappe geschickt hatte, obwohl er sich im Großen und Ganzen von der Familie fernhielt. Bernhard hätte Ingrid einen Fotoapparat schicken können, um Bilder von seiner Tochter zu bekommen. So teuer waren die doch bestimmt nicht gewesen im Westen, und ihr Opa war immerhin Professor.

»Die kannst du nach dem Essen zeigen«, mischte sich Heide ein. »Kommt, sonst wird es kalt.«

Ingke kam nicht gleich, sondern sortierte die Fotos auf dem Klavier um, stellte die von Ingrid und Petra ganz nach vorn und warf Heide einen trotzigen Blick zu, den diese an sich abperlen ließ.

Es gab Nudeln mit Tomatensauce und Hackfleisch – »Spaghetti bolognese«, wie Heide erklärend sagte. »Ich habe gedacht, das mögen alle, das kanntet ihr bestimmt auch in der DDR, da kann ich nichts falsch machen«, meinte sie.

Ingke sparte sich den Kommentar, dass die DDR erstens schon ein Weilchen Geschichte war und dass sie zweitens seit der Währungsunion Maren immer wieder ins KaDeWe schleppte, um exotische Delikatessen zu kaufen und zuzubereiten. Die kombinierte sie mit den Beerenhainer Schätzen, und dagegen waren Spaghetti bolognese aus Witzenhausen Hundefutter.

Beim Essen erzählte Heide von ihren Kindern Jens und Gabriele und davon, wie toll die waren. Gabriele wohnte mit ihrem Mann in Kassel und hatte gerade als Bankkauffrau angefangen. »Sogar in der Deutschen Bank«, sagte Heide. Das schien demnach eine Bank für Bessere zu sein. Jens war vor einem Jahr als Chemiker in die Schweiz gegangen.

»Wie sind die eigentlich mit mir verwandt?«, fragte Ingke.

»Nicht so sehr«, sagte Heide.

»Stieftante und Stiefonkel?«, mutmaßte Bernhard.

»Hört sich ja sehr vielversprechend an«, versetzte Ingke.

»Ist auch nicht so wichtig«, sagte Heide. »Nachschlag?«

Ingke schüttelte den Kopf. »Hab keinen Hunger mehr. Danke.«

Sie war froh, als sie aufstehen durfte, und folgte Bernhard und Jonas, der nur darauf gewartet hatte, dass sein Herrchen sich erhob, in der Flur. Bernhard griff nach der Hundeleine. »Spazieren gehen, solange es noch hell ist. Fotos später. Okay?«

Ingke nickte.

Sie gingen durch den Garten, der hinten eine Pforte hatte. Sie führte auf ein Sträßchen, wo Bernhard Ingke Jonas' Leine gab und sich eine Pfeife stopfte. Nicht lange, dann kamen sie auf eine Wiese und einen Weg, der zu einem Waldrand führte und sich dort entlangschlängelte.

Ingke erzählte ihrem Großvater, was sie von Paul und Emma wusste.

Bernhard schmauchte und nickte immer wieder dazu. »Mit meiner Kritik an den sowjetischen Kolchosen und meinem Versuch, eine bäuerliche Planwirtschaft in der DDR aufzubauen und dabei aus den Fehlern zu lernen, die dort gemacht worden waren, hat alles angefangen. Sie führten erst zu meiner Verhaftung und knapp drei Jahrzehnte später dazu, dass ich hier in Witzenhausen die Agrarökologie mitaufgebaut habe. Hier bin ich dafür aber nicht ins Gefängnis gekommen, sondern mit dem grünen Schlips geehrt worden. Er ist eigentlich eine lange Schlauchtasche, und darin waren Samen von Wiesenblumen, die ich auf unseren Versuchsfeldern für die Weidewirtschaft ausgesät habe. Von dem einen Punkt bis zum anderen ist es ein langer Bogen.«

Ingke blieb stehen. »Deshalb hast du den Schlips getragen: weil er dich zu deiner Trennung von deiner Tochter zurückführt.«

Auch Bernhard verlangsamte den Schritt und wandte sich seiner Enkelin zu. Er lächelte, wobei in seinen Augen Schmerz brannte, und nickte. »Und zu deiner Oma Ingrid. Da will ich anfangen zu erzählen.« Bernhard machte Jonas von der Leine los, aber der Hund sprang nicht davon, als sie langsam weitergingen. Er blieb an Ingkes Seite.

* * *

Berlin, 1945

Als der Krieg aus war, war Bernhard fünfzehn. Sein Vater gefallen, sein älterer Bruder an der Ostfront vermisst, seine Mutter und er zweimal ausgebombt. Den letzten Bombenangriff hatte das Haus, in dem sie Zuflucht bei einer Freundin der Mutter gefunden hatten, als einziges in der kleinen Straße im Berliner Scheunenviertel heil überstanden. Das Ergebnis war, dass die halbe Straße in diesem Haus zusammenrückte.

Bernhard, mit fünfzehn schon fast ein Mann, schlug sich mehrmals wöchentlich nach Brandenburg durch, um von den Feldern und aus Gärten zu klauen, was im Mai schon wuchs oder sich aus Scheunen und Ställen stehlen ließ. An seiner

Seite war das Hundemädchen, wie die Notgemeinschaft eine sechzehnjährige Waise nannte, die als Einzige die Brand- und die darauffolgende Sprengbombe überlebt hatte, die am 3. Februar 1945 in das Haus zwei Nummern weiter gefallen waren. Das war Ingrid.

Damals hatte sie die Sprache verloren, aber dafür eine Fähigkeit gewonnen, die unbezahlbar war: Sie zähmte jeden Hund. Aufgefallen war das, als ein russischer Soldat seinen Dobermann, der darauf abgerichtet war, Verwundete vom Schlachtfeld zu bergen, auf sie hetzte. Er sollte ihm das junge Mädchen zu wenig rühmlichen Zwecken zu Füßen legen. Der Dobermann widersetzte sich dem Befehl auf einen einzigen Blick Ingrids hin, was den Soldaten so wütend machte, dass er schoss. Allerdings glücklicherweise auf den ungehorsamen Hund, was der halb verhungerten Ingrid die Flucht durch einen Mauerspalt ermöglichte, durch den der kräftige Soldat nicht hinterherkam.

Ingrid bekam einen Buckel aufgeschnallt und ein Mütterchenkopftuch umgebunden, darunter blickten ihre eingefallenen Augen so unerbittlich böse in die Welt, dass Männer, die nicht gerade ihren Hund von ferne auf sie hetzten, sie in Ruhe ließen. Sie gewöhnte sich einen humpelnden Gang an, und so war sie einigermaßen sicher, wenn sie mit Bernhard auf Beutezug ging. Ihre Aufgabe war es, die Hofhunde ruhigzustellen, während Bernhard im ersten Morgengrauen bei den Bauern der Berliner Umgebung holte, was zu holen war.

Die beiden arbeiteten den ganzen Sommer Hand in Hand und ernährten die vielen Hausbewohner fast allein. Im Herbst wurde es kurzfristig besser, weil nun auch die anderen Frauen Kartoffeln stoppeln gehen konnten. Das Einsammeln bei der Ernte liegen gebliebener Kartoffeln war erlaubt, und zwei der älteren Bewohnerinnen kannten sich mit Pilzen aus.

Bernhard machte sich erste Gedanken über die bäuerliche Vorratshaltung, denn es sah nicht so aus, als würde die Versorgungslage im Winter besser werden. Ingrid und er stahlen nun auch Eingewecktes, und Bernhards Mutter, die an Tuberkulose erkrankt war und zu schwach fürs Trümmerklopfen, schickte die kleineren Kinder nach leeren Marmeladengläsern der Besatzer und Restbeständen leerer Gläser und Weckgummis in Berliner Kellern und Ruinen aus. Sie band sich einen Mundschutz um und kochte ein, was einzukochen war. Bernhard baute eine Miete für Kartoffeln, Rüben und Sellerie im Keller. Zwei andere Frauen trockneten essbare Blätter und Kräuter, Erbsen und Bohnen.

Irgendwann im eisigen Januar 1946 fand Bernhard unter der Streu eines Kaninchenstalls ein kleines Kästchen, das in nach Karnickelurin müffelndes Wachstuch eingeschlagen war. Nachdem er dem Tier den Hals umgedreht hatte, öffnete er es. Darin lag ein Ring, der golden aussah. Er hatte einen winzigen roten Stein, der in eine zarte goldene Blüte gefasst war. Daneben lagen zwei passende Ohrringe. Bernhard lugte um die Ecke, wo Ingrid mit dem Hofhund saß, einem riesigen Schäferhund, dem der Speichel von den Lefzen tropfte. Sie streichelte ihn mit ihren hübschen runden Händen. Obwohl Ingrid wie alle anderen auch bis auf die Knochen abgemagert war, hatte sie diese weichen runden Hände behalten. Bernhard dachte in seinen feuchten Jugendträumen immer wieder an diese Hände. Er war jetzt sechzehn, und Ingrid, obwohl nach wie vor stumm, war ihm zu einer treuen Gefährtin geworden. Sie warnte ihn mit einem leisen Zischen, wenn jemand kam. Er hatte ihr ein Sitzkissen auf die Stange des alten Fahrrads gebunden, mit dem sie meistens unterwegs waren.

In der Regel fuhren sie mittags in Berlin los, kundschafteten ein, zwei Bauernhöfe aus, solange es hell war, und suchten sich danach eine Scheune, um dort die Nachtstunden bis zum Morgengrauen zu verbringen. Dann wärmte er Ingrid, angefasst hätte er sie aber nie. Ingrid war nicht so eine. Selbst wenn sie in der Eiseskälte dick eingemummelt aneinandergekuschelt lagen, hatte er den Eindruck, als sei um Ingrid eine Luftblase, die undurchdringlich war.

Jetzt dachte er, dass vielleicht ein Ring und ein Versprechen diese Blase sprengen könnten. Dass er Ingrid das Versprechen geben wollte, wusste er schon lange. Sie war ihm die beste Partnerin, die er sich vorstellen konnte, und er begehrte sie heiß. Er machte sich überhaupt keine Gedanken darüber, dass er erst sechzehn war und Ingrid siebzehn. Er hatte oft ihren weichen Blick unmittelbar nach dem Aufwachen gesehen, bevor sie das unerbittlich Böse hineinlegte. Und mittlerweile vergaß sie es immer öfter hineinzulegen, wenn sie zu zweit waren.

Bernhard steckte das Kästchen in seine Hosentasche und das leider sehr magere Kaninchen unter seine Jacke, dann machte er sich mit Ingrid unter den sehnsüchtigen Blicken des Hofhunds davon. Der andere Hof, den sie sich für diesen frühen Morgen vorgenommen hatten, hatte einen Kettenhund und ein Backhaus. Sie hatten ihn schon lange beobachtet und wussten, dass dort immer freitags gebacken wurde und der Bauer meistens schon am Vorabend zwei Mehlsäcke dafür hineinstellte. Eine halbe Stunde später standen sie nicht mehr da, und Bernhard musste kräftig in die Pedalen treten.

In diesem Berliner Hungerwinter kamen alle Hausbewohner durch. Anfang März ging es Bernhards Mutter immer schlechter, und Bernhard fürchtete das Schlimmste. Er machte einen Abstecher zum Schwarzmarkt und pflückte in einem ehemaligen Schrebergarten ein paar Schneeglöckchen. Dann verteilte er amerikanische Kaugummis an die drei Jungen, die mit ihm in der Dachkammer schliefen, schärfte ihnen ein, die Treppe zu bewachen, dass niemand hochkam, bereitete alles vor und holte Ingrid.

Er öffnete ihr die Tür. Ingrid blieb im Rahmen stehen. Von der Seite sah er, wie das unerbittlich Böse aus ihren Augen wich, das Weiche erschien und dann etwas Sehnsüchtiges. Es verschwand so schnell, wie es gekommen war, und Ingrid sah ihn unerbittlich – aber wenigstens nicht böse – an.

Bernhard wartete. Was dachte sie von ihm? Ob sie vermutete, er wollte sie einfach so rumkriegen? Oder würde sie ihn richtig einschätzen? Sein Herz pochte, und er rührte sich nicht.

Ihr Blick schwenkte zu der mit einem Kissenbezug bedeckten Kiste zwischen den Matratzen und Strohsäcken, auf denen die Jungen schliefen. Darauf dampfte echter Kakao in zwei Bechern, eine Packung französischer Kekse lag daneben. Eine Kerze brannte. Ein Strauß Schneeglöckchen stand in einer angeschlagenen kleinen Vase da, die nicht auf dem Schwarzmarkt hatte eingetauscht werden können. Da wurden ihre Augen feucht, und das Feuchte vertrug sich nicht mit dem Unerbittlichen. Sie machte einen Schritt hinein.

Bernhard merkte daran, wie er die Luft ausstieß, dass er den Atem angehalten hatte. Er trat auch ein und schloss die Tür hinter sich. »Setz dich«, sagte er und wies auf die beste Matratze. Er ließ sich auf der gegenüberliegenden nieder, und da setzte sich auch Ingrid.

Als sie saß, rutschte er von seiner Matratze und ging vor ihr auf die Knie. »Ingrid, meine Gefährtin in schlechten Tagen, die wir gemeinsam zu guten zu machen wussten, Ingrid, die du mich wärmst und beschützt, Ingrid, meine Schöne, willst du auf mich warten, bis ich erwachsen bin, und meine Frau werden?« Er hatte es auswendig gelernt und rezitierte es hastig.

Da öffnete sie zum ersten Mal seit dem 3. Februar 1945 den Mund, um zu sprechen, und sagte laut und deutlich und ebenso hastig: »Ja.«

Sein Herz setzte aus, er hatte so sehr auf ein Nicken gehofft, dass er einen Moment brauchte, um sich vom Sehen aufs Hören umzustellen.

Bernhard begriff sofort, dass dieses Wort nicht nur wegen

seines Inhalts, sondern vor allem deswegen eine Herausforderung bedeutete, weil es ausgesprochen worden war. Er durfte es also auf keinen Fall verderben, hatte jedoch nicht die geringste Ahnung, was eine angemessene Reaktion auf diesen Paukenschlag war. In seiner Aufregung beschloss er, sich fürs Erste nichts anmerken zu lassen. Also zog er ein verwaistes Samtsäckchen aus der Schmuckschatulle seiner Mutter unter der Tischkiste hervor – der Inhalt war längst auf den Schwarzmarkt gewandert –, öffnete es, zog den Ring mit dem winzigen roten Stein in der goldenen Blüte hervor und steckte ihn Ingrid an ihre wunderhübsche runde Hand. Die passenden Ohrringe hatte er für die Hochzeit reserviert.

Ingrid betrachtete ihn, legte die Hand mit dem Ring an Bernhards Wange und sagte: »Ja und nein. Ja, ich will deine Frau werden. Und nein, ich will nicht warten.« Dann küsste sie ihn auf den Mund.

Der Kakao hatte eine ledrige Haut, als sie ihn endlich tranken, aber das war egal.

Am nächsten Tag stellte Bernhard seiner Mutter seine Braut vor.

Am selben Abend rief ihn die Mutter noch einmal zu sich und erklärte ihm, wie er dafür sorgen musste, dass Ingrid nicht vor der Hochzeit schwanger wurde. Im Angesicht dieser ausgemergelten Frau, an der kaum noch Fleisch war, kam bei Bernhard nicht einmal Scham auf, obwohl er noch nie auch nur ansatzweise über solche körperlichen Dinge mit seiner Mutter gesprochen hatte.

Am Tag darauf kam ein Brief vom Deutschen Roten Kreuz. Darin stand, dass Bernhards Bruder schon im Frühjahr 1944 gefallen war. Bernhards Mutter las die Nachricht, atmete so tief wie seit Monaten nicht mehr, hustete dann, stieß Bernhard mit dem Fuß weg, um ihn aus der Gefahrenzone zu bringen, hustete weiter und hörte nicht mehr auf, bis sie blau anlief und röchelte und aus dem Röcheln ein blutiges Gurgeln wurde und sie das Leben losließ.

Bernhard kauerte, von dem überraschend kräftigen Fußtritt der Mutter weggeschleudert, auf dem Fußboden. Er sah zu, wie die älteste Mitbewohnerin und Ingrid mit Mundschutz – Ingrid hatte als Schülerin in einem Kurs Rassehygiene gelernt, wie man Ansteckung bei Schwindsucht vermied – das Fenster öffnen und seine Mutter mit stinkendem Desinfektionsmittel waschen.

»Mach die Augen zu«, sagte die Alte zu ihm.

Als Bernhard sie wieder öffnen durfte, lag seine Mutter in dem einzigen Kleid, das sie noch besessen und für diesen Moment aufbewahrt hatte, auf einem frischen Laken, das wie eine Hängematte in das Bettgestell gespannt war, Matratze und Bettzeug waren weggebracht worden. Die Alte nickte und ließ ihn und Ingrid mit der Toten allein, damit er Abschied nehmen konnte.

Bernhard saß da, Ingrids runde Hand in seiner kräftigen, und dachte über sein Leben nach. Er hatte auf seinen Beutezügen fast ein ganzes bäuerliches Jahr verfolgt und nicht nur viel über Vorratshaltung, sondern auch eine Menge über die Früchte des Feldes, Saat und Ernte gelernt. Das gefiel ihm, und die sowjetische Militäradministration hatte den Lehrbetrieb der Humboldt-Universität gerade wiederaufnehmen lassen.

»Ich möchte Landwirtschaft studieren«, sagte er zu Ingrid.

Sie schien sich über diesen merkwürdigen Satz im Angesicht der toten Mutter nicht zu wundern. »Finde ich gut«, sagte sie. »Ich werde Krankenschwester. In der Charité bilden sie welche aus.«

»Wenn ich mit dem Studium fertig bin, eine Stelle habe und dir etwas bieten kann, heiraten wir.«

* * *

Witzenhausen, Mai 1992

Bernhard klopfte seine Pfeife an einem Baum aus und sah sich um. »Oje, wir sind viel zu weit gegangen«, sagte er. »Kannst du noch?«

»Klar.« Ingke nickte. »Und wie ging es weiter?« Sie wollte jetzt endlich mehr über ihre Mutter wissen. Diese schreckliche Nachkriegsgeschichte hatte ihr Großvater merkwürdig kalt erzählt, als ob er gar nicht selbst dabei gewesen wäre. Sie dachte an Emmas Geschichte. Auch Emma hatte hart und schnörkellos erzählt, aber Ingke hatte die Gefühle dahinter wahrgenommen. Bei Bernhard spürte sie keine.

Ob das am Alter lag? Bernhard war noch fast ein Kind gewesen, Emma eine erwachsene Frau mit zwei Söhnen. Sie selbst hatte die Tatsache, dass Maren und Kelle nicht ihre leiblichen Eltern waren, niemandem aus der Schule erzählt, weil sie dann irgendwie gut damit hätte umgehen können müssen. Sie wusste aber kein bisschen, wie sie damit umgehen sollte.

Vielleicht war es Bernhard damals auch so gegangen, und vielleicht war das bis heute so. Sie beobachtete, wie er einen Stock aufhob und ihn in hohem Bogen in die Wiese am Waldrand warf, an dem sie weit entlanggegangen waren. Jonas sprang in großen Sätzen hinterher.

»Hast du das alles jemals verarbeitet?«, fragte sie, als Bernhard gerade weitererzählen wollte.

Er schaute sie an. »Gute Frage.«

Jonas apportierte den Stock, legte ihn vor Bernhards Füße, und der warf noch einmal.

»Ich fing an zu gesunden, als Ingrid und ich heirateten und gleich darauf Petra unterwegs war. Wir haben alles so gemacht, wie wir damals im Zimmer bei meiner toten Mutter besprochen hatten. 1951 war ich mit dem Studium fertig und bekam sofort eine Assistentenstelle. Da habe ich Ingrid geheiratet.«

»Hat sie die Ohrringe bekommen?«

»Natürlich«, sagte Bernhard und warf den Stock ein drittes Mal für Jonas. »Dass Petra in Ingrids Leib heranwuchs und geboren wurde, war das Schönste, was uns passieren konnte. Wir wollten ganz viele Kinder haben, beschlossen wir damals. Wir hatten beide unsere Familie verloren, und nun hatten wir eine eigene gegründet. Wir fühlten uns stark, wir waren optimistisch, und ich dachte, ich könnte die Welt verändern.«

Das Letzte klang bitter, merkte Ingke. Durch Pauls Bericht konnte sie sich ausrechnen, warum. Sie fragte, was nach dem letzten Studentenabend wirklich geschehen war.

»Das erzähle ich dir morgen«, sagte Bernhard und fuhr sich durch das schlohweiße Haar. »Dafür ist es heute zu spät.«

Das mochte stimmen, aber Ingke merkte auch, wie sehr Bernhard der Ausflug in die Vergangenheit geschmerzt hatte. Ob er Ingrid immer noch liebte?

Jonas stupste Ingkes Hand an, und sie beschloss, die Vergangenheit bis zum nächsten Morgen Vergangenheit sein zu lassen, rief: »Komm!«, und tollte mit Jonas auf dem Weg zurück.

Sie nahmen wieder die kleine Pforte und konnten vom Garten ins Wohnzimmer blicken, in dem inzwischen Licht brannte. Heide saß mit einem Buch in der Hand und einer großen Brille auf der Nase in einem Sessel. Bestimmt hatte sie das Tor quietschen gehört, denn sie schaute auf, hob grüßend die Hand, legte Buch und Brille beiseite und verschwand in der Tür zum Flur.

Bernhard und Ingke nahmen den Weg ums Haus. Das kannte Ingke aus Beerenhain: Bei Tante Emma durfte sie mit dreckigen Schuhen auch nie über die Terrasse ins Haus, und da war der Umweg über die Haustür ein ganzes Stück weiter als hier um den kleinen Bungalow herum.

Heide stand mit einem grauen Handtuch bewaffnet auf der Vortreppe, und Jonas bekam sogar die Pfoten abgetrocknet, was er ohne eine Regung über sich ergehen ließ.

»Ich habe euch das alte Fotoalbum herausgesucht«, sagte

Heide, als sie ins Wohnzimmer traten, und wies auf den Sofatisch, auf dem ein schäbiges, hässlich gemustertes Album lag. So hässlich, dass es schon wieder fröhlich aussah, fand Ingke, der die Eleganz der Einrichtung zwar gefiel, die aber trotzdem nicht mit ihr warm wurde. Irgendwas fehlte. Etwas Persönliches, etwas, das sich nicht eingliederte. Wie dieses hässliche Album zum Beispiel.

Eigentlich hätte sie gern mit Bernhard noch Fotos angeschaut, aber als sie sein fahles Gesicht sah, ließ sie es gut sein. Heide hatte ihn ebenfalls sorgenvoll angesehen, und eine unwillige Falte hatte sich an ihrer Nasenwurzel gebildet.

»Ich glaube, ich bin müde«, sagte Ingke deshalb. »Ich muss auch noch ein bisschen lernen.«

»Dann zeige ich dir jetzt dein Zimmer«, sagte Heide.

»Warst du schon mal ansitzen?«, fragte Bernhard.

»Was ist das?«, fragte Ingke.

»Irgendwo sitzen, zum Beispiel auf einem Hochstand, und warten, dass Wild kommt.«

Ingke schüttelte den Kopf.

»Dann«, sagte Bernhard, »stehen wir morgen ganz früh auf.«

»Aber ich nicht«, sagte Heide.

Ingke bemerkte, wie Bernhard ihr zuzwinkerte, und verstand: Das hier war eine Sache zwischen ihrem Opa und ihr, Heide war offensichtlich wenig erbaut von ihrem Besuch. Und ihr Opa brachte sie beide aus der Schusslinie.

»Bist du Jäger?«, fragte Ingke.

»Ja«, sagte Bernhard schlicht.

»Zu besonderen Gelegenheiten haben wir immer tolles Fleisch für die Familie«, sagte Heide. Dann fügte sie eher unwillig hinzu: »Ich kann uns morgen was auftauen.«

»Ja«, sagte Ingke betont fröhlich, »dass deine Stiefenkelin da ist, ist doch eine besondere Gelegenheit, oder?« Sie klimperte in Heides Richtung übertrieben mit den Wimpern, erstarrte jedoch und fuhr erschrocken zu ihrem Großvater herum. »Morgen früh willst du aber nichts schießen, oder?«

Bernhard blickte kurz von Ingke zu Heide, dann wieder zu Ingke zurück und schüttelte fast unmerklich den Kopf. Dann lächelte er. »Im Mai ist Schonzeit. Ich dürfte zwar Rehböcke und Schmaltiere oder Schmalspießer schießen, aber wir haben anderes vor.«

Was auch immer Schmaltiere und Schmalspießer waren – Ingke merkte, dass ihr gerade alles zu viel wurde. Heide und Bernhard waren ihr fremd. Kein Mensch besuchte normalerweise wildfremde Leute und tat dabei so, als kennte man sich schon ewig.

Sie ließ sich von Heide in ein Zimmer ganz am Ende eines schmalen Flurs bringen. Vermutlich war es einmal ein Kinderzimmer gewesen, jetzt aber diente es als Gästezimmer mit irgendeinem impressionistischen Druck über dem bereits aufgeschlagenen Bett an der Wand. Ihre Vermutung vom Nachmittag bewahrheitete sich: Sowohl dieses Zimmer als auch das Bad, das Heide ihr schon gezeigt hatte, waren klitzeklein.

»Jonas, nein«, sagte Heide, als sie das Licht angemacht und der Hund die Gelegenheit genutzt hatte, hinter ihr durch die Tür zu schlüpfen. Doch Jonas hörte nicht auf sie. Er ließ sich vor dem Bett nieder, legte den Kopf auf die Vorderpfoten und sah Ingke aufmerksam an.

»Ich komme gleich neben dich«, sagte Ingke zu ihm, beugte sich herunter und streichelte seinen Kopf.

»Na gut«, sagte Heide. »dann lass aber die Zimmertür angelehnt.« Sie schloss die Gardine und drehte sich um. »Ich habe den Eindruck, wir beide sollten uns auch mal ein paar Minütchen unterhalten. Morgen vielleicht. Bis dahin Waffenstillstand, deinem Opa zuliebe, okay?«

Ingke zuckte mit den Schultern.

Heide nahm das offensichtlich als Zustimmung. »Gut.

Wenn du noch was brauchst: Zu trinken findest du im Kühlschrank, auf die Waschmaschine habe ich dir ein rotes Handtuch gelegt.« Es klang versöhnlich.

Also bedankte Ingke sich, sagte Gute Nacht, und dann ließ Heide sie allein.

Ingke setzte sich neben Jonas auf den Fußboden und streichelte ihn. Der Hund blieb still liegen und schloss die Augen. Die Ruhe, die von ihm ausging, tat Ingke gut. Sie ließ Kunst Kunst sein, zog sich aus und schlüpfte unter die Decke.

Am nächsten Morgen weckte Bernhard sie noch vor dem Morgengrauen. Ingke hatte das Gefühl, gerade erst eingeschlafen zu sein. Er legte ihr einen dicken Pullover sowie Wollsocken auf die Bettdecke. »Zieh das drüber, es ist noch frisch draußen«, sagte er. »Ich warte im Flur auf dich. Frühstück nehmen wir mit.«

Ingke bekam noch Gummistiefel und eine dicke Jacke von Heide, und dann fuhren sie los.

»Das ist bestimmt ein bisschen so wie nach dem Krieg«, sagte Ingke, als Bernhard auf einen Feldweg einbog.

»Weil ich da auch immer vor dem Morgengrauen unterwegs war?«

Ingke nickte.

»Ja«, sagte Bernhard. »Das stimmt. Diebe und Fluchttiere wie Rehe, Rot- und Damwild meiden freie Flächen im hellen Tageslicht.«

Sie hatten es nicht weit, und nachdem sie geparkt hatten und ein Stück gegangen waren, zeigte Bernhard auf einen Hochstand am Waldrand. »Lass uns dort hinaufgehen, der Blick in die Weite wird mir guttun, wenn ich an meine Zeit im Gefängnis denke.«

Er ließ Ingke die Leiter voransteigen, während Jonas sich unten ins Gras legte. Dann holte Bernhard eine alte Decke aus seinem Rucksack, die sie sich über die Beine breiteten, goss dampfenden Tee in den Becher einer großen Thermoskanne und gab ihn Ingke. Windgeschützt ließ es sich so aushalten. Inzwischen dämmerte es, und sie schauten über ein sanft abfallendes Feld. Der Mais darauf spitzte gerade aus der Erde.

Bernhard flüsterte fast, als er sich an die Geburt seines ersten Kindes erinnerte.

10

Berlin, 1952

Das Neugeborene hatte Haar in der Farbe von aufgebrochener Robinienrinde, und sein Köpfchen fühlte sich auch so weich an. Bernhard bekam seine Tochter eine Dreiviertelstunde nach der Geburt in die Arme gelegt. Sie greinte unwillig. Nachdem er ihr übers Köpfchen gestrichen hatte, legte er seine Hand auch um ihre linke Schulter, ihren Ellenbogen, ihren Po und die Fersen.

Petra wurde still, schlug ihre blauen Babyaugen auf und fixierte ihn neugierig.

»Hallo, meine Kleine, ich bin's«, sagte er.

Petra verzog den Mund, er machte ihr vor, wie Lächeln geht, und Petra klappte die Augen wieder zu. Sie griff nach Bernhards Finger und schlief ein.

»Warum haben Sie das gemacht?«, fragte die Hebamme, die den frischgebackenen Vater beobachtet hatte.

»Wenn sich unsere Tochter im Bauch bewegt hat, haben diese Körperteile ihn ausgebeult, und ich habe schon in den letzten Wochen immer meine Hand darumgelegt, um uns miteinander bekanntzumachen.«

Der Hebamme klappte die Kinnlade herunter. Bernhard störte sich nicht daran. Er wusste, dass er hier für sonderlich gehalten wurde, denn er hatte darauf bestanden, dass sein Kind als Erstes an die Mutterbrust gelegt werden sollte. Das hatte er während mehrerer Praktika in seinem Landwirtschaftsstudium immer wieder gesehen: Wenn Tiere geboren worden waren und trockengeleckt, suchten sie als Nächstes die Zitzen der Mutter. Es musste irgendwie wichtig sein.

Ingrid hatte ihm ernst zugehört, als er sie bat, es so zu halten. Dann hatte sie genickt, und er hatte sie geküsst.

In ihrem Jahr als Diebesgespann hatten sie es genauso gehalten. Weil Ingrid damals nicht sprach, hatte auch er sich auf das Nötigste beschränkt, um ihr ihr Unvermögen nicht unter die Nase zu reiben. Sie verstanden sich wortlos, weil sie sich auf wichtige Handlungen und Gesten verlegt hatten. Zeigen, Zunicken, Zugreifen. Auch wenn etwas zu sagen war, hatte Bernhard es immer knappgehalten. Ihre Gefühle lasen sie sich von den Gesichtern ab, von ihrer Haltung und Gestik, was sie füreinander aufmerksamer sein ließ als andere Paare.

Als junger Vater störte Bernhard sich nicht daran, dass Kollegen Milchflecken auf der Schulter seines Jacketts auffielen, denn er trug Petra zum Bäuerchenmachen gern mit sich herum. Ihm war klar, dass das eigentlich Frauensache war, und die Kollegen witzelten, dass er unter dem Pantoffel stünde, aber er war viel zu vernarrt in seine kleine Petra Robinia – den ersten Namen hatte Ingrid ausgesucht, den zweiten er hinzugefügt –, als dass er es sich hätte nehmen lassen.

Während Ingrids Schwangerschaft hatte sich Bernhards Welt so schnell gedreht, dass ihm fast schwindelig wurde. Er reiste in die UdSSR, um sich die sozialistische Kollektivwirtschaft auf dem Lande anzusehen, und war zuerst beeindruckt von den weiten Feldern. Als er ankam, wogte das Getreide blassgrün im Wind, so weit das Auge reichte. So bekommt man ein ganzes Volk satt, dachte Bernhard, und sog den Korngeruch tief ein. Die modernen Stallanlagen und die riesigen motorisierten landwirtschaftlichen Maschinen hauten ihn schier um. Bis er Dimitri traf. Der Einbeinige war Traktorfahrer. Mit seinem Holzbein konnte er die Bremse bedienen, aber nur schlecht Feldarbeit leisten.

»Das Bein ist im Großen Vaterländischen Krieg geblieben«, sagte Dimitri schroff, als Bernhard sich vorstellte.

Bernhard, der sich auf einmal sehr deutsch und sehr schlecht fühlte, schlug die Augen nieder und verbeugte sich leicht.

Da haute Dimitri ihm auf die Schulter, dass es knackte, und sagte in gebrochenem Deutsch: »Abend – wir – essen.«

»Es ist mir eine Ehre«, sagte Bernhard auf Russisch.

In Dimitris Holzhaus bei Brot, Schmalz, Kraut mit Speck, die seine hübsche rundliche Frau auftrug, und vor allem bei Wodka, den Dimitri ausschenkte, wurde Bernhard klar, dass der einbeinige Russe ihn ins Herz geschlossen hatte, denn er erzählte ihm Dinge, die ihn in den nächsten Gulag hätten befördern können, wenn Bernhard sie weitererzählt hätte.

»Genosse Utschenyj«, sagte Dimitri und benutzte das russische Wort für Wissenschaftler, »unsere Felder sind das Herz der Sowjetrepubliken. Sie sind unendlich groß wie unser Land. Aber alles muss eine endliche Dimension haben, die gesund ist. Ein Land, ein Feld, ein Stall.«

Dimitri trank, Bernhard ebenfalls. Dimitris rundliche Frau nickte lächelnd.

»Genosse Utschenyj«, fuhr Dimitri fort, »unser Land, unsere Felder, unsere Ställe gehören allen. Der Kommunismus hat ein großes Herz. Die Menschen haben ein kleines.«

Er goss erneut ein. Sie tranken schweigend. Die Frau nickte wieder.

»Wenn etwas allen Bürgern gehört und ihr Herz diese Größe ermisst und sich weitet, ist das ein Taumel des Glücks, wogend wie der Roggen im Wind. Wenn aber die Hand all das unfassbar Große nicht zu fassen bekommt – das, was ihr gehört und doch nicht ihr selbst –, wenn also die Hand ins Unendliche statt ins endliche Eigene fasst, wie soll sie dann zupacken, Genosse Utschenyj?«

Sie tranken ein drittes Mal, und Dimitris Frau rieb sich die Wangen.

»Kann man, wenn man so Großes geschaffen hat, zugeben,

dass man etwas falsch gemacht hat? Kann man nicht«, sagte Dimitri und ließ sein Glas auf den Tisch krachen. Seine Frau legte ihre Hand sanft auf seine und sagte leise, beruhigende Worte, deren genaue Bedeutung Bernhard nicht verstand.

Am nächsten Tag nahm Dimitri den deutschen Utschenyj mit auf seinen Traktor, um ihn zu lehren, wie das blassgrüne Getreideparadies und die hundert Meter langen Ställe täuschten. Die Roggenähren nährten Legionen von Kornkäfern. Der Geflügelstall war leer, und der ätzende Geruch nach Löschkalk, der über dem von Hühnerdreck lag, trieb Bernhard die Tränen in die Augen. Dahinter stank es bestialisch nach verbranntem Fleisch; der Gestank kam aus dem Massengrab von siebentausend Hühnern, die an der Geflügelpest zugrunde gegangen waren.

Bernhard verstand und schwor Dimitri bei dessen verbliebenem Bein, dass er in Deutschland alles dafür tun würde, bei der Kollektivierung die Fehler zu vermeiden, die in der Sowjetunion gemacht worden waren.

»Genosse Utschenyj, bringe eure Erfahrung zu uns zurück«, sagte Dimitri, als sie am Bahnhof standen und zum Abschied über den Roggen schauten, der blassgrün bis zum Horizont wogte und in dem Bernhard die Larven des Kornkäfers fressen hören meinte. »Von Bruderland zu Bruderland. Vielleicht können wir dann lernen«, fuhr Dimitri fort.

»Das verspreche ich«, sagte Bernhard und bestieg seinen Zug, der so lang war wie in der DDR drei.

Zurück in Berlin, sah er erst den Bauch, in dem sein Kind heranwuchs, und dann Ingrid, die am Bahnhof auf ihn wartete. Er bekam einen Schreck, denn er hatte sich sehr darauf gefreut, mit seiner Frau das Bett zu teilen. Ging das überhaupt noch?

Es ging, sogar sehr gut.

»Sei vorsichtig«, sagte Ingrid, als er ihr hinterher von Dimitri erzählte. »Hier sind alle schrecklich nervös. Es gehen immer mehr Leute in den Westen.«

Bernhard hörte die Spree unter ihrem Fenster an die Mauer schwappen. Er war so glücklich mit seiner schwangeren Frau. »Kleingeister«, sagte er. »Sollen sie doch.«

Ingrid stand auf, was Bernhard gar nicht gefiel, und holte ein Buch. »Das hat mir unser Oberarzt für dich gegeben. ›Ihr Mann ist Agrarökonom und besucht gerade die Sowjetunion? Ich habe was für ihn‹, hat er gesagt. Am nächsten Tag hat er das Buch mitgebracht.« Sie reichte Bernhard das in Packpapier eingewickelte Buch. »Als er es mir gab, meinte er: ›Schenken Sie das Ihrem Mann, und überlegen Sie, wo Sie Ihr Kind bekommen wollen. Noch ist es Zeit.‹ Am übernächsten Tag ist er nicht mehr auf der Arbeit erschienen.«

Bernhard ärgerte sich darüber, dass irgendein dahergelaufener Oberarzt sich erdreistete, seine schwangere Frau zu verunsichern, und schlug das Buch unwillig auf. *Farm der Tiere,* stand auf dem Innentitel.

»Von einem Engländer«, sagte Bernhard erstaunt, als er hineingeschaut hatte.

»Es ist verboten«, sagte Ingrid.

»Komm wieder ins Bett«, bat er und ließ das Buch auf den Fußboden fallen. »Lass uns noch mal unser Kind schaukeln.«

Ingrid kicherte, und dann schaukelten sie ihr Kind.

In den nächsten Tagen las Bernhard die Persiflage auf den Aufbau des Kommunismus in der UdSSR im Allgemeinen und den Stalinismus im Besonderen und gab Ingrid das Buch zurück.

»Wirf es weg«, sagte er. »Dieser Orwell ist ein schrecklicher Pessimist. Was ist denn die Lehre aus seinem Buch? Dass alles so bleiben soll, wie es war? Lieber ausgebeutet werden in einem etablierten System als etwas Neues ausprobieren? Dass der Mensch schlecht ist?« Er tigerte durch ihr kleines Wohnzimmer. »Ingrid, wir kriegen ein Kind! Es soll einmal an das Gute im Menschen glauben.«

Ingrid schwieg.

Er sah die Skepsis in ihren Augen und dachte an ihre Berichte, wie immer mehr Ärzte verschwanden, sogar aus der Charité, wo sie arbeitete und wo sie die besten Bedingungen hatten. Dachte an ihre Klagen über fehlende Medikamente.

Ingrid stellte das Buch zurück ins Regal zwischen Bernhards Fachbücher.

»Ich muss es ausprobieren«, sagte Bernhard. »In der DDR machen wir es besser. Wir lernen von unserem Bruderland. Unsere Bauern behalten ihr Land, sie bewirtschaften es nur gemeinsam, und das ist gut.« Dann setzte er sich an seinen Arbeitstisch und schrieb einen Brief an Dimitri, den ersten eines regen Austauschs über sinnvolle bäuerliche Planwirtschaft, über Missstände und Ideen, wie diese zu beseitigen seien.

Bernhard diskutierte auch mit den älteren Studenten seiner Seminare darüber, bis er zum Dekan zitiert wurde. In dessen Büro saßen auch der unfassbar beleibte Parteisekretär der landwirtschaftlichen Fakultät und ein Mann, der nicht vorgestellt wurde.

Der Parteisekretär fragte ihn mit einem Donnergrollen in der Stimme, das der Resonanzraum seines Leibes hervorbrachte, was er zur ländlichen Planwirtschaft der Sowjetunion zu sagen habe, und Bernhard erinnerte sich an Ingrids Warnung, vorsichtig zu sein. Doch es half nichts. Der Mann, der ihm nicht vorgestellt worden war, las ihm mit geblähten Nasenflügeln Aussagen zu Missernten in sowjetischen Kolchosen vor und fragte ihn, ob er die so getätigt habe.

Bernhard antwortete: »Ich war dort«, was alles und nichts heißen konnte.

Offenbar entschied sich sein Gegenüber für »alles« – gnädigerweise, denn das ersparte Bernhard ein Einzelverhör.

Der Dekan verwies leise auf den Lehrplan und der Parteisekretär donnernd auf die Völkerfreundschaft, dann wurde

Bernhard mit einer Abmahnung entlassen, der er tunlichst nicht widersprach.

Schulze, dachte er, als er über den Flur ging. Werner Schulze, der musste sich alles aufgeschrieben haben, denn was ihm eben vorgetragen worden war, hatte er tatsächlich wortwörtlich so gesagt. Schulze will mich aus dem Weg räumen, stellte Bernhard entsetzt fest. Der blasse junge Mann aus dem letzten Studienjahr wollte promovieren, und die Assistentenstelle des Fachbereichs war durch Bernhard noch anderthalb Jahre besetzt.

Sobald er seine nächste Vorlesung abgehalten hatte, war er jedoch wieder im Tritt. Er dachte, jetzt erst recht, und rief die Studentenabende ins Leben.

Nach dem ersten wurde Bernhards Nachbarwohnung renoviert, die unbewohnbar war, weil seit dem Krieg ein Fenster fehlte, das bis jetzt nicht neu eingesetzt worden war. Irgendwann hatte jemand den einzigen Ofen aus der Schimmelbude aus- und bei sich eingebaut, weil seiner vielleicht zerbombt worden war. Ein jovialer, ziemlich klein geratener Mann in den Dreißigern zog in die Anderthalbzimmerwohnung ein: Axel Lemke.

Ingrid machte das stutzig. Eines Abends beim Geschirrabwaschen sagte sie: »Woher kriegt der so schnell einen neuen Ofen? Ein richtig gutes Fenster. Sogar neue Dielen. Wie hat der die Handwerker bekommen? Der hatte nämlich welche.« Handwerker waren teuer, und sie selbst hatten ihre Wohnung wie alle ihre Bekannten selbst saniert. Sie überlegte. »Und wieso passiert das ausgerechnet jetzt?«

Ihre Hand schwebte mit einem Teller über dem Spülbecken. »Bernhard, das kommt mir komisch vor. Vielleicht solltest du die Studentenabende sein lassen. Wenn die den nun auf dich angesetzt haben …« Sie drehte sich zu ihrem Mann um, der mit Petra auf dem Arm hinter ihr herumlief, um sie in den Schlaf zu wiegen.

»Ich mach doch nichts Verbotenes«, sagte Bernhard.

Ingrid sah ihn nur an.

»Ich habe es Dimitri versprochen«, sagte Bernhard.

Ingrid seufzte.

Bernhard seufzte auch. »Ich seh mich schon in der Uni vor. Ich finde es schön, dass wir hier in der DDR etwas gestalten können, Ingrid. Ich bin so glücklich damit.« Er holte tief Luft. »Denk doch nur mal: Wir waren Diebe, um unsere Hausgemeinschaft zu ernähren. Es war so schlimm. Alles kaputt. Kaum noch Tiere, kaum Saatgut. Und jetzt bin ich Dozent. Ich darf helfen, ein friedliches Land aufzubauen, eins, in dem alle genug zu essen haben sollen. In dem sogar Bauern mal in den Urlaub können, weil sie sich die Arbeit in LPGs teilen. In dem alle gleichberechtigt mitanpacken. Das muss einfach gut gemacht werden, mit feiner Hand. Dafür bin ich da, das ist meine Verantwortung!« Er schaute auf Petra in seinem Arm, die krähte und ihn hellwach ansah.

Ingrid lächelte. »Petra gefällt ihr Vater so. So begeistert. Mir gefällst du auch. Aber ich will nicht, dass uns was passiert. Die da oben haben Angst. Und Angst ist ein schlechter Ratgeber.«

»Lass uns ein Auge auf diesen Lemke haben«, sagte Bernhard.

Ingrid kratzte sich an der Nase, und etwas Schaum blieb kleben. Bernhard wischte ihn zärtlich mit dem kleinen Finger ab und küsste die Stelle. Danach sahen sie sich tief in die Augen, und er ging mit Petra ins dunkle Zimmer, damit sie endlich richtig einschlief. Ingrid beeilte sich mit dem Abwasch. Wenig später lagen sie beieinander, und die Spree gab mit ihrem Schwappen unten an der Hausmauer den Rhythmus vor.

Am nächsten Tag traf Ingrid Axel Lemke nach ihrem Einkauf vor ihrer Spätschicht im Treppenhaus. Er arbeite im nahen

Märkischen Museum in der Verwaltung, erzählte er und ließ es sich nicht nehmen, ihr das schwere Netz hochzutragen. »An der Tür hat er mir ganz eklig auf den Busen geguckt«, berichtete Ingrid Bernhard später.

Der lachte. »Wo soll er dir sonst hingucken, das ist ja seine Augenhöhe.«

»Find ich nicht witzig«, sagte Ingrid.

Er nahm sie in den Arm. »Ich auch nicht. Wenn er das noch mal macht, sag mir Bescheid.«

* * *

Witzenhausen, Mai 1992

Bernhard kniff die Lippen zusammen und schwieg. Ingke goss Tee in den Becher nach und reichte ihn ihm.

»Ingrid hatte recht mit ihren Befürchtungen. Ich schäme mich deshalb«, sagte Bernhard.

»Hier«, drängte Ingke ihren Großvater flüsternd, als er sich nicht rührte, und stieß ihn sanft mit dem Becher an.

Bernhard nahm ihn, lächelte Ingke traurig zu, trank aber nicht, sondern seufzte tief. Von unten kam ein leises Schnaufen zur Antwort, als würde Jonas, der sich die ganze Zeit mucksmäuschenstill verhalten hatte, mitleiden.

»Bist der Gute«, raunte Bernhard, und irgendwie half ihm das. Er trank einen Schluck. »Axel Lemke war nicht dumm, wie sich herausstellte. Er wartete auf seine Stunde, und die kam, wenn auch erst fast zehn Jahre später. Das erfuhr ich während der Haft.«

Die Knöchel der Hand, mit der er den Teebecher hielt, waren weiß, so fest drückte er zu. Er schaute in die Weite über das Maisfeld hinaus, irgendwohin in seine Erinnerungen an seine Frau.

Schließlich nahm ihm Ingke den Becher behutsam aus der

Hand und trank selbst einen Schluck. Da erzählte Bernhard weiter.

* * *

Berlin, 1952

An einem Montagmorgen nach einem der freitäglichen Studentenabende klingelte es früh um halb sechs. Fünf Mitarbeiter der Staatssicherheit standen vor der Tür. Bernhard wurde verhaftet, die Wohnung durchsucht. Ingrid schaffte es, die Männer so weit zu erweichen, dass Bernhard sich von Petra verabschieden durfte, die Ingrid dazu aus dem Bettchen genommen hatte. Als er sich zu Frau und Tochter beugte, flüsterte Ingrid ihm tonlos zu: »Jedes zehnte Wort.«

Zunächst wurde Bernhard abgeführt und in ein Auto verfrachtet. Dort bekam er einen übelriechenden Sack über den Kopf gestülpt. Wie bei Blinde Kuh, dachte er, aber nur kurz. Dann übernahm die kalte Angst. Sie fuhren nach seiner Schätzung eine knappe halbe Stunde, vermutlich war er also noch in Berlin, aber irgendwo am Stadtrand. Dann wurde er aus dem Auto und eine Treppe hinuntergeführt. Eine Tür wurde aufgeschlossen, er wurde hindurchgeschoben.

Der Mann, der ihm den Sack abnahm, war ein anderer als die, die ihn abgeholt hatten. Er trug eine Uniform, die Bernhard nicht einordnen konnte. Die Bewegung war routiniert, stellte er fest und blinzelte in funzliges Lampenlicht. Im Raum befand sich eine Bretterpritsche mit Matratze, auf der eine gefaltete Decke sowie ein fadenscheiniges bräunliches Ensemble aus Hemd und Hose lagen. In der Ecke stand ein Kübel, ein Fenster gab es nicht, er war wohl zu weit unter der Erde.

»Umziehen«, sagte der Schließer. Er nahm Bernhards Kleidung an sich, nachdem der getan hatte wie ihm geheißen, und ging hinaus.

Die nächsten drei Tage – vielleicht waren es auch nur zwei, Bernhard wusste es nicht – vergingen, ohne dass etwas passierte, außer dass ihm in unregelmäßigen Zeitabständen breiige Pampe, Brot und Wasser gebracht wurden. Das Licht brannte unablässig, nur der Kübel, in den Bernhard seine Notdurft verrichtete, stank immer mehr. Entleert wurde er nicht.

Dann wurde Bernhard zum ersten Verhör geholt, er wurde die Kellertreppe hinaufgeführt und landete in einem Raum mit abgeblättertem Wandanstrich, der säuerlich nach alter Suppe roch. Draußen war es dunkel. Bernhard wusste nicht, ob es früher Morgen oder später Nachmittag war, und es brannte nur eine funzlige Lampe. An einem Tisch saß ein Allerweltstyp mit schütterem, dunkel meliertem Haar, über Eck eine rundliche Frau, deren Uniform nicht gut saß. Bernhard sah, dass ihre Füße, die in Schnürschuhen steckten, geschwollen waren. Ein zweiter Mann stand an der Wand. Die Ärmel seines schlammfarbenen Uniformhemdes waren hochgekrempelt, der Bizeps spannte sie, sein Bürstenschnitt signalisierte: Achtung.

»Schröder, Sie wissen, warum Sie hier sind«, sagte der Mann am Tisch in einem beinahe zärtlichen Tonfall, während der Schließer, der Bernhard gebracht hatte, wegging.

»Nein«, sagte Bernhard und dachte: Wie kann der nur so eine weiche Stimme haben?

»Nein?«, fragte der Mann erneut sanft.

»Nein«, bekräftigte Bernhard.

Der Mann am Schreibtisch ließ ihn nicht aus den Augen. Er nickte mit einem knappen Kippen seines Kopfes dem an der Wand zu. Der trat vor, baute sich vor Bernhard auf und schlug ihm blitzschnell die Faust auf den Kopf, dass Bernhards Wirbelsäule knackte, was er wahrnahm, bevor er zu Boden ging.

»Aufstehen«, sagte der Mann am Schreibtisch in ebenso sanftem Tonfall wie zuvor.

Das tat Bernhard.

»Jetzt erinnern Sie sich sicherlich, warum Sie hier sind.«

Bernhard überlegte, aber zu lange. Das nächste Mal landete er nach einem kräftigen Tritt gegen sein rechtes Knie auf dem Steinboden.

Er stand auf. »Ich habe einen Fehler gemacht«, sagte er, und die rundliche Frau griff nach dem Kopierstift, der neben dem Block vor ihr lag, und stenografierte mit.

Bernhard zwang sich, dem Mann am Tisch in die Augen zu sehen, deren Farbe er im schummrigen Licht nicht erkennen konnte. »Ich habe in meinem Bedürfnis, die Gründung der Landwirtschaftlichen Produktionsgenossenschaften wissenschaftlich zu unterstützen –«

Weiter kam er nicht, diesmal war es ein Hieb in die Magengrube, der ihn erneut Bekanntschaft mit dem Steinboden machen ließ.

»Wir versuchen es morgen noch einmal«, sagte der Mann mit der sanften Stimme, und die Frau legte ihren Bleistift beiseite. Sie schaute das erste Mal auf, und ihr Blick begegnete Bernhards. Ihr Mund war entspannt, so erschlafft, dass es fast wie ein Lächeln aussah, ihr Blick haarsträubend gleichgültig. Bernhard fand das viel grausamer als die beiden Schläge und den Tritt gegen das Knie. Nein, es war nicht grausam, es war irgendwie ergreifend, ihm war nur nicht klar, warum.

In den nächsten Tagen – wie viele es waren, wusste er nicht – lernte er, dass die körperliche Folter schlimmer war als der Ausdruck im Gesicht der Stenotypistin. Er hatte versucht, ihn nachzumachen, um ihn zu ergründen, und war zu dem Schluss gekommen, dass Angst dahintersteckte. Auf jeden Fall ein flacher Atem, und vielleicht hatte sie deshalb so geschwollene Füße.

Ingrid hatte ihm an einem drückend heißen Sommertag einmal gezeigt, wie man den Lymphfluss wieder in Bewegung brachte. Er überlegte und stellte sich in seine Zelle, so lange er konnte. Beim nächsten Verhör hatte er geschwollene Füße. Als er abgeholt wurde, krempelte er seine Hose schnell etwas hoch, sodass man die dicken Knöchel sah. Er blickte der rundlichen Frau entgegen, fing ihren Blick und leitete ihn auf seine Füße. Dann fragte er seinen Peiniger rundheraus: »Gibt es hier Birkenblättertee?« Und dann schaute er auf seine Schuhe, bewegte mit den Zehen deren Kappen auf und ab, legte jeweils Zeige- und Mittelfinger dahin, wo die Rippenbögen zusammentrafen, rührte mit ihnen herum, atmete tief und stöhnte wohlig, als er die Luft wieder aus den Lungen entließ.

Der Mann am Tisch musste seinem Unbehagen nicht einmal Ausdruck geben, so schnell lag Bernhard niedergeschlagen am Boden.

Den Blick der Frau suchte er danach nicht mehr. Aber bei den folgenden Verhören meinte er zu sehen, dass ihre Füße etwas weniger dick waren.

Irgendwann – nach Tagen? Wochen? – wusste er nicht mehr, wann er war, und wo er war, wusste er schon gar nicht. Dass er überhaupt noch war, sagte ihm lediglich der Schmerz.

Schließlich unterschrieb Bernhard, dass er *antisowjetische Propaganda* verbreitet habe und *den Aufbau der Landwirtschaftlichen Produktionsgenossenschaften der DDR planmäßig* habe *untergraben* wollen.

Er unterschrieb, dass er *unter Mißbrauch seiner gesellschaftlichen Funktion als Assistent der Humboldt-Universität die planmäßige Entwicklung der Landwirtschaft* habe *unterlaufen* wollen.

Er unterschrieb auch, dass er *mit dem Ziel, die sozialistische Staats- und Gesellschaftsordnung der Deutschen Demokratischen Republik zu schädigen, ein imperialistisches Machwerk (Buch) eingeführt* habe.

Und er unterschrieb, dass er *eine staatsfeindliche Gruppenbildung organisiert* habe. Interessanterweise stand dahinter *(Ver-*

such). Dieses Wort hatte die Frau, die statt des Stenografieblocks irgendwann eine Schreibmaschine vor sich stehen hatte und die Geständnisse vorlas, die er nie so formuliert hatte, nicht mitgelesen. Und als er vor dem Unterschreiben aufsah, zuckten ihre Augenbrauen leicht. Ihr Mund war wieder vollkommen entspannt, und Bernhard begriff, dass dieser erschlaffte Mund ihre Waffe war. Er verbarg jede ihrer Regungen.

Das kleine Wörtchen in Klammern würde seine Studenten, die an den Studentenabenden teilgenommen hatten, vor dem Schlimmsten bewahren. Eventuell jedenfalls.

Doch als sie die Blätter von ihm wegzog, sah er noch etwas. Es waren drei Blätter, und oben standen Seitenzahlen: *1*, dann wieder *1* und dann *2*.

Da wusste er, dass er in dieser Hölle einem Engel begegnet war, einem Engel mit geschwollenen Füßen.

Wenig später bekam er seine Kleidung zurück, die nun an ihm schlackerte. Man stülpte ihm wieder den Sack über den Kopf, und es ging die Treppe hinauf, die er hinuntergebracht worden war.

Er wurde in ein Auto verfrachtet, diesmal in einen Framo V 901, wie er am Motor hörte, und dort mit Hand- und Fußschellen angekettet. Erst als der Transporter hielt und der Motor abgestellt wurde, nahm ihm jemand den Sack ab.

Durch irgendeinen Hintereingang wurde er in ein Gebäude geführt, und das Tageslicht, durch das er ging, brachte ihn zum Weinen.

Das Gebäude erwies sich als Gericht, und Bernhard wurde in einer nicht öffentlichen Verhandlung mit einem Verteidiger, den er zehn Minuten davor kennenlernte und der ihm einschärfte, den Mund zu halten, verurteilt.

Der Staatsanwalt forderte zehn Jahre wegen Boykotthetze, Artikel 6 der Verfassung der DDR.

Der Verteidiger erwähnte, dass der Angeklagte, übrigens ein

junger Vater und Ehemann einer vorbildlichen Arbeiterin, von seinem republikflüchtigen Professor verblendet worden sei.

Bernhard wurde zu zehn Jahren verurteilt, und sein Verteidiger sagte ihm, er habe großes Glück gehabt.

»Was steht eigentlich darauf, wenn einer zugibt, den Aufbau der LPGs in der DDR untergraben zu haben?«, fragte Bernhard.

Sein Verteidiger sah sich erschrocken um, aber der Posten, der Bernhard bewachen sollte, unterhielt sich mit einem Gerichtsdiener. »Warum auch immer Sie mich das fragen«, sagte er. »Das will ich lieber nicht wissen. Aber das wäre Widerstand gegen die Staatsgewalt in einem besonders schweren Fall, ein Verstoß gegen mehrere Artikel der Wirtschaftsordnung, und solche Sabotage grenzt heutzutage an Landesverrat. Dafür gibt es ganz schnell lebenslänglich.« Dann flüsterte er, mehr für sich als zu Bernhard: »Mindestens, in diesen Zeiten.«

Bernhard bedankte sich laut bei dem Mann und in Gedanken bei Gott für seinen Schutzengel. Denn dieses Geständnis hatte auf der anderen Seite eins gestanden.

Dann wurde er wieder in den Framo verfrachtet, und weil er keinen Sack mehr über dem Kopf hatte, sah er, dass *Konsum* draufstand, als ob keine Häftlinge, sondern Lebensmittel transportiert würden. Im Frachtraum saß mittlerweile ein anderer Häftling, ein Muskelprotz, dessen niedliche helle Löckchen nicht zu seiner bulligen Statur passen wollten. Ziel war das Zuchthaus Brandenburg, wie Bernhard erfuhr, und er erfuhr auch, dass er in Hohenschönhausen gesessen haben musste, im sogenannten U-Boot.

»Und da hast du nur zehn Jahre gekriegt?«, fragte der Mann ihm gegenüber. »Da musst du ja ein Unschuldslamm sein.«

Norbert hieß der Mittvierziger, und er kannte sich aus. Er fuhr zum dritten Mal wegen schweren Raubes ein.

»Was ist mit deinem Fuß?«, fragte Bernhard, der merkte, dass Norbert seinen linken Fuß immer in der Luft hielt.

»Irgendein Splitter.«

»Zeig her«, sagte Bernhard, während der Transporter anfuhr. Bernhard trug zwar Handschellen, aber anders als Norbert hatten sie ihm nur die Füße angekettet.

Schon als er Norbert den Schuh auszog, begann es zu stinken. Unter dem Ballen war eine riesige Eiterblase mit grünlichem Rand. Eine zweite nässte.

»Tut weh«, sagte Bernhard, griff nach dem Fuß und zog die Haut mit einem Ruck auseinander. Es spritzte, Norbert stöhnte.

Bernhard zerrte die Wunde so lange auseinander und drückte vom Spann nach, bis er zwei große Glassplitter zu fassen bekam. So hatte es Ingrid mal bei ihm gemacht, als er sich etwas eingetreten hatte. Die Splitter präsentierte er Norbert. »Lass mich raten: Juwelier, Vitrine, Socken.«

Norbert verdrehte die Augen. »In Westberlin. Die haben mich abgeschoben.«

Sie holten noch andere Häftlinge von irgendwoher ab, und bei einem der Stopps konnte Bernhard den Fahrer überreden, ihm zwei Fetzen seines Unterhemds mit Spiritus aus der Scheibenwaschanlage zu tränken. Mit dem einen wusch er die eitrigen Wunden aus, den anderen band er Norbert um den Fuß.

Diese Hilfe machte sich während der nächsten fünf Jahre, die Bernhard zusammen mit Norbert in Brandenburg verbrachte, bezahlt. Denn Norbert hatte mehr Jahre seines Erwachsenenlebens im Knast verbracht als draußen und kannte die Regeln. Er schmeichelte und schikanierte sich in Rekordzeit an die Spitze der Gefangenenhierarchie und machte klar, dass Bernhard unter seinem Schutz stand. Als Norbert nach fünf Jahren rauskam, hatte er Bernhard genug zum Überleben beigebracht.

* * *

Witzenhausen, Mai 1992

Bernhard hielt inne und legte den Finger an die Lippen.

Ingke verharrte mit dem Teebecher in der Hand, und jetzt hörte sie, was auch Bernhard hinter ihnen vernommen haben musste. Ein leises Knacken, ein Rascheln.

Kurz darauf trat eine Hirschkuh neben ihnen aus dem Wald heraus. Sie stakste aufs Feld und zupfte an den Maispflänzchen. Aber die waren ihr wohl noch zu klein. Sie verlegte sich auf den Feldrain.

Sie äste friedlich, und Ingke verstand, warum Bernhard hier hergewollt hatte. Es war ein ergreifender Anblick, das große Tier im Morgendunst fressen zu sehen. Für ihren Großvater war es bestimmt tröstlich. Sie griff nach seiner Hand, und er drückte ihre.

Eine ganze Weile saßen sie so da, bis die Hirschkuh den Kopf in ihre Richtung hob, die Nüstern blähte und mit wenigen Sprüngen im Wald verschwand.

»Da hat sie uns wohl gewittert«, sagte Bernhard. »Der Wind dreht ein bisschen.«

»Sie war wunderschön. Aber ziemlich dick«, sagte Ingke.

Bernhard lachte leise und holte die Brotdose hervor. »Sie war hochträchtig. Nächste Woche wird sie ihr Kitz haben.«

Er öffnete die Dose, und sie aßen einträchtig ihre Brote.

»Dieses U-Boot«, fragte Ingke irgendwann, »war das wirklich ein richtiger Folterkeller? In der DDR?«

Bernhard nickte. »Und ich hatte noch Glück. Die Staatssicherheit hatte ihn erst im Jahr zuvor übernommen. Davor war der NKWD dort, also der sowjetische Inlandsgeheimdienst, der auch für Säuberungen in der Roten Armee verantwortlich ist. Damals wurde nicht nur gefoltert, sondern auch erschossen. Bis 1951 ist wohl kaum jemand da lebend rausgekommen.«

Ingke ließ ihr Brot sinken. Bernhard aß einfach weiter.

Ingke schaute über die wellige Landschaft und den Himmel,

den die aufgehende Sonne mit einer zarten Morgenröte überzog. Irgendwann biss auch sie wieder in ihr Brot.

»Und wie haben Ingrid und du das alles überstanden?«, fragte sie.

11

Naumburg, 1953
Nach Brandenburg durfte Ingrid Bernhard jeden Monat einen Brief schreiben. Fünfzehn Zeilen auf einem A5-Blatt, später zwanzig auf einem größeren.

In ihren eng geschriebenen Briefen fand er, als er die Wörter abzählte, Folgendes:

Axel, den sie zu einem Patienten machte, *hat geredet. Dimitri*, sie schrieb über den Komponisten Dimitri Schostakowitsch, *ist verstummt.*

Dass ihr Nachbar gespitzelt hatte, war bitter. Bernhard machte sich schwere Vorwürfe, weil er Ingrids Sorge nicht mehr Aufmerksamkeit geschenkt hatte – und weil er die *Farm der Tiere*, die bei ihm gefunden worden war, nicht selbst entsorgt hatte. Wenigstens hatte das Buch zwischen seinen Fachbüchern gesteckt, das schützte Ingrid. Das Schlimmste aber war, dass Dimitri »verstummt« war. Das konnte nur eins heißen: Auch Dimitri war abgeholt worden, weil sie seine Briefe bei ihm gefunden hatten. Und wenn Dimitri abgeholt worden war, dann lebte er jetzt vielleicht nicht mehr, und wenn doch, dann im Gulag.

Zwischen Ingrid und ihm hatte es nie viele Worte gegeben. Liebesbriefe aber bestanden aus Worten, und diese Sprache hatten sie nie geübt.

Bernhard schämte sich zu schreiben, dass er manchmal im Waschwasser plätscherte, um sich an das Schwappen der Spree unter ihrem Schlafzimmerfenster zu erinnern. Er wollte nicht, dass ein Kontrolleur von seiner Sehnsucht las. Obwohl er merkte, dass er Ingrid durch seine Zurückhaltung einschüchterte, brachte er es nicht fertig.

Irgendwann durfte Ingrid ihn besuchen. Alle drei Monate für dreißig Minuten. Sie saßen sich an einem Tisch gegenüber, Anfassen verboten, worüber das Strafvollzugspersonal wachte. Bernhard durfte nur über seine persönlichen Belange sprechen. Ein Satz über die politische Lage oder Vorkommnisse im Gefängnis hätte einen Abbruch des Besuchs zur Folge haben können.

Ingrids Blicke waren vertraut, ihre Gesten auch, und Bernhard hätte seine Frau so gern berührt. Es tat körperlich weh, dass er es nicht durfte. Ihre Worte holperten, und irgendwann holperten auch ihre Gesten, und in ihre Blicke schlich sich Hilflosigkeit.

Ingrid schob ihm ein Foto von Petra über den Tisch, und er sah es sich lange an und schob es zurück.

»Ich kann es nicht nehmen«, sagte er. »Aber bring mir nächstes Mal wieder eins mit, ja?«

Sie blickte ihn forschend an, in ihren Augen flackerte Unverständnis, sie sagte jedoch nichts.

»Damit macht man sich verletzlich«, sagte er in einem Ton, als würde er über das Wetter reden, »und das rächt sich.«

Ingrid riss die Augen auf, und ihre Lippen öffneten sich vor Schreck.

Bernhard musste sich am Stuhl festkrallen, um nicht über den Tisch zu hechten und seine Frau zu küssen.

Dann war die Besuchszeit vorbei.

In der Folge schrieb Ingrid Bernhard Bilder von Petra in Gedichtform. Sie beschrieb ihr Aussehen, ihre Mimik, ihre Bewegungen. Wie sie strampelte, was sie von sich gab. Sie schrieb zum Beispiel:

Wickeln am Abend
Weich das Bein
Strampelt fein
Den Zeh im Mund
Tut gurgelnd kund
Daß nichts ist wund
Frisch eingepackt, die Äuglein klein
Schläft unsre Petra selig ein

Bernhard konnte diese Gedichte auswendig lernen, und so waren die Bilder nur in seinem Kopf, und keiner konnte ihm diesen Schatz rauben.

Von sich selbst schrieb Ingrid fast nichts. Sie wurde ihm immer fremder wie auch das Kind, das wuchs, bald stand, eine Schultüte bekam und ein Pionierhalstuch.

Irgendwann hörte Bernhard auf, die Gedichte zu lernen. Norbert hatte ihm Arbeit in einer Produktionshalle für das VEB Holzverarbeitungswerk Burg verschafft. Von den Politischen durfte sonst kaum einer arbeiten, vor allem in den ersten Jahren von Bernhards Haftzeit war nur für knapp die Hälfte der Häftlinge überhaupt Arbeit da. Es war Teil der Schikane, dass sie den ganzen Tag in der Zelle verbringen mussten. Sie durften nicht einmal etwas spielen, Karten zum Beispiel. Manche wurden darüber verrückt.

Norbert hatte gleich am Anfang dafür gesorgt, dass »der ruhige Mann mit dem kräftigen Brustkorb und den geschickten Händen« in die Küchenmöbelfertigung kam. So hatte Bernhard etwas zu tun, Kontakt zu anderen Häftlingen und einen Verdienst, mit dem er Zigaretten kaufen konnte. Er verschmolz mit Maschinen und Werkzeug, wie er auf seinen Diebeszügen mit Scheunen, Ställen und Büschen verschmolzen war. Er hatte nach dem Krieg gelernt, sich unsichtbar zu machen, was ihm jetzt zugutekam, und er betäubte sich damit, die immer gleichen

Handgriffe so schnell und präzise auszuführen, wie es ging. Manchmal zwölf Stunden am Tag.

Als Bernhard im Juli 1961 nach neun Jahren wegen guter Führung entlassen wurde, wunderte er sich, dass so viel Zeit vergangen war. Er hatte sich einfach abgeschaltet gehabt, und als er vor dem Gefängnis stand und Ingrid auf ihn zukam, hatte er Schwierigkeiten, sich wieder anzustellen.

Aber dann stellte er sich doch besser an als gedacht, während des Nachts die Spree unter ihrem Schlafzimmerfenster an die Hausmauer schwappte wie eh und je.

Ingrid hatte Petra zu einer Schulfreundin geschickt, und erst am nächsten Vormittag, einem Sonntag, sollten sie sie zusammen abholen. Bernhard pries am Sonntagmorgen die Klugheit seiner Frau, als in der Badewanne der Gefängnisschmutz von ihm abweichte, er eine Nagelschere zur Hand nahm und eine Flasche seines Lieblingsrasierwassers mit einer Schleife vor dem Spiegel fand.

Ingrid hatte Brötchen und Eier, Wurst und Käse, selbst gemachte Erdbeermarmelade und eine große Schale mit Knupperkirschen auf den Tisch gestellt.

Die Sonne schien ungegittert auf die Leckerbissen, und Petras Sommerferien hatten vor einer Woche begonnen. Es war wie im Paradies, bis aus der Nachbarwohnung Bärbel Wachholz einen ihrer Schlager hinüberschmalzte.

Bernhard ließ das Messer scheppernd auf den Teller fallen, Ingrid schloss das Fenster.

»Habe ich das richtig gelesen, dass dieser Lemke mich in den Knast gebracht hat?«

Ingrid nickte. »Paul Beerenhain, der junge Spund auf deinen Studentenabenden, hat ihn vom Dachboden kommen sehen, mit einem Oktavheft unter der Wäsche. Ich habe ein Loch in der Decke gefunden, gleich neben der Lampe. Er hat alles mitgehört. Paul wollte dich warnen, aber es war zu spät.«

»Und du musstest die ganze Zeit neben dem wohnen.«

Ingrid zuckte mit den Schultern. »Ich wusste wenigstens, woran ich bin.« Dann legte sie den Finger auf den Mund.

Bernhard stand auf, öffnete das Fenster, aß eine Kirsche, lehnte sich hinaus und schnippte den Kern mit der Gabel schräg hinüber ins offene Fenster des Nachbarn. Dann noch einen und noch einen.

»Bernhard!«, sagte Ingrid ängstlich.

Dann wurde Bärbel Wachholz leiser. Das Fenster drüben war geschlossen worden.

Bernhard hob den Zeigefinger und schaute zur Decke. »Da oben ist er jetzt jedenfalls nicht.«

Ingrid lachte auf, und dann fing sie unvermittelt an zu schluchzen. Bernhard nahm sie in die Arme, und Ingrid schluchzte sich die neun einsamen Jahre von der Seele.

Bernhard hielt sie im Arm und weinte still mit.

Als sie zur Ruhe gekommen waren, räumten sie zusammen den Tisch ab und machten sich auf den Weg zu Petras Schulfreundin. Seit Petra schreiben konnte, hatte sie ihrem Vater immer ein paar Sätze unter die Briefe der Mutter geschrieben. Artige Alltäglichkeiten, zu denen Ingrid sie augenscheinlich angehalten hatte. Bernhard hätte nur nette Lügen zurückschreiben können, aber das wollte er nicht. Also schickte er gepresste Blätter und Blüten von seinen Freigängen, von Pflanzen, die auf dem rissigen Gefängnishof sprossen, erzählte Petra, dass sie Löwenzahn und Gänseblümchen in den Salat mischen könnte und dass ihre Mutter und er sie immer zusammen gesammelt hätten, als sie noch Kinder waren. Er schickte Schafgarbe, Kamille und Brennnessel, Giersch und den hübschen Sauerklee.

Auf dem Weg zu Petra fragte er Ingrid, ob sie wisse, wie es an der Universität weitergegangen sei.

Ingrid nickte. »Zumindest am Anfang, solange Paul Beerenhain da studiert hat.«

Bernhard wusste aus ihren Briefen, dass Ingrid das Angebot, im Haus von Pauls Mutter ein paar freie Tage mit Petra zu verbringen, wahrgenommen und sich mit Emma Beerenhain angefreundet hatte. Dort auf dem Land war es wohl wirklich idyllisch, und seine Tochter hatte frei über die Wiesen springen können und in einem nahen See schwimmen gelernt.

»Natürlich hat dieser Werner Schulze deine Assistentenstelle bekommen.«

Bernhard nickte. Das wusste er schon. Er hatte bereits im Gefängnis seine Fühler ausgestreckt und einen Brief an seine alte Arbeitsstelle geschrieben. In der Antwort stand, dass er *durch seine Verurteilung wegen Boykotthetze eine weitere Beschäftigung als Lehrkraft an einer Universität verwirkt* habe. Die Humboldt-Universität sehe sich nicht imstande, ihn zur Ausbildung der Landjugend einzusetzen, hieß es dort weiter. Er solle sich *erst einmal bewähren, ein klares Bekenntnis zur SED ablegen und vielleicht auf der unteren Verwaltungsebene vor Ort für die Umwandlung von LPGs in Typ III sowie deren Fusionierungen und Spezialisierungen in Pflanzen- und Tierproduktion sorgen.* Dann könne man weitersehen. Bernhard sollte also Genosse werden und genau das tun, wogegen er Dimitri versprochen hatte zu kämpfen: nämlich sämtliche Produktionsmittel vergesellschaften und große Monokulturen aufbauen.

Angesichts Ingrids Auskunft stellte er sich jetzt vor, wie Werner Schulze, inzwischen bestimmt Professor, ihm als sein Genosse Werner schulterklopfend Direktiven vorgab. Bernhard verlangsamte seinen Schritt und fasste einen Entschluss, der während der letzten Haftwochen in ihm herangereift war. Bevor sie bei Petras Schulfreundin ankamen, blieb er stehen und drehte Ingrid zu sich herum.

Ihr braunes Haar – er hatte sich zur Feier des Tages ausgebeten, dass sie es offen trug, nicht wie sonst im Pferdeschwanz – wehte ihr ins Gesicht. Er beugte sich hinunter und strich es mit der Nasenspitze zur Seite. Seine Finger waren von der Arbeit in der Blechbude ganz rau und schwielig, aber die Haut auf seiner Nase war sensibel, und er genoss die Weichheit ihres Haars und wie es duftete.

»Ich werde mir im Westen eine Stelle suchen«, sagte er, tauchte aus ihrem Schopf auf und sah sie an. »Wir verbringen heute einen schönen Tag mit Petra. Morgen fahre ich rüber.«

»Morgen habe ich noch frei«, sagte Ingrid.

Bernhard drückte ihre Hand. »Dann übermorgen.«

»Musst du dich nicht irgendwo melden?«

»Kannst du mich krankschreiben lassen?«

Ingrid überlegte kurz. »Kann ich.«

Dann gingen sie weiter. Ingrid lief wie selbstverständlich neben ihm her, und Bernhard spürte, wie sehr er seine Frau liebte. Es war so vertraut, es war wie früher, als sie sich mit wenigen Worten von ihm und einem Nicken oder Kopfschütteln von Ingrid verständigt hatten. Es hatten eine tiefe Zuverlässigkeit und ein schlichter Pragmatismus zwischen ihnen geherrscht, und dieses vertrauensvolle Einverständnis war auch nach neun Jahren noch da, als wäre er nie weg gewesen.

Ingrid klingelte an einem neu gebauten Haus, und dann hörten sie, wie Kinderfüße durchs Treppenhaus trappelten. Die Tür schlug auf, und Petra stand vor Bernhard.

Ihr Haar hatte nach wie vor die Farbe von schartiger Robinienrinde. Es war glatt. Das Kindergesicht war rund, und Petra hatte einen Kirschmund. Die blauen Babyaugen waren inzwischen hellbraun wie Ingrids. Petra trug einen weißen Pullover, einen karierten Faltenrock, Kniestrümpfe und Sandalen.

»Du bist Vati«, sagte sie und schaute an ihm hoch.

»Und du bist Petra, meine hübsche Tochter«, antwortete er. »Darf ich deinen Rucksack tragen?«

Petra nickte und nahm ihren kleinen Campingrucksack ab, in dem ihr Kuscheltier und ihr Schlafanzug waren.

An diesem Tag fuhren sie hinaus zum Tierpark Friedrichsfelde, und Petra zeigte Bernhard die Bären und die Sibirischen Tiger. Er ließ sich von ihr ein Eis auswählen, und an der großen Wiese mit den Kamelen und Dromedaren aßen sie ihre Brote, die Ingrid vorbereitet hatte.

Am Montag fuhren sie ins Freibad Pankow, und Bernhard war beeindruckt vom modernen Schwung der Rutsche und musste vom Zehnmeterbrett springen, weil Petra ihrer Freundin unbedingt erzählen wollte, dass ihr Vati das konnte. Schon als er die Leiter hochstieg, fühlte er sich klapprig – innerlich und äußerlich. In diesem Moment merkte er, wie sehr er unter den neun Jahren Gefängnis gelitten hatte. Aber oben straffte er sich.

Auf dem Plateau standen Jungspunde, die ihre Muskeln spielen ließen für Mädchen, die zehn Meter weiter unten in knappen Bikinis – er hatte sich von Ingrid aufklären lassen, wie die Dinger hießen, und sofort beschlossen, ihr im Westen auch so einen zu kaufen – auf der Wiese am Beckenrand saßen. Die jungen Leute schienen nichts zu kennen außer diesem Quatsch, so ernsthaft posierten sie füreinander.

Bernhard kam sich uralt vor. Dann jedoch erfüllte ihn Stolz. Er hatte auch ein Mädchen, das unten mit einer hellblauen Badekappe am Beckenrand stand und vor Aufregung hüpfte, und er winkte ihm zu. Dann trat er an den Rand und schaute geradeaus auf einen überraschend grünen Horizont. Ganz steif machen, dachte er noch, und dann schritt er ins Leere.

Während er flog und es im Unterleib kribbelte, während er auftraf und durchs Wasser rauschte – es tat nichts weh, er hatte es heil überstanden –, während er hochruderte und an die Oberfläche kam und dann ein wichtiger Mann war, weil immer nur einer springen durfte und er die Mitte dieses tiefblauen Beckens ganz für sich hatte, und während er zur Badeleiter schwamm, rauschten neun Jahre Gefängnis aus ihm heraus. Wie neugeboren stieg er aus dem Becken und küsste sein Mädchen unter der blauen Badekappe.

»Richtig schnieke, Vati!«, sagte Petra und wischte sich den nassen Schmatzer von der Nasenspitze.

Auch wenn Bernhard das Wort »schnieke« nicht kannte, sagten ihm die strahlenden Augen seiner Tochter alles.

Danach gab es Kartoffelsalat und Würstchen, und Bernhard konnte gar nicht aufhören, Ingrid mit Sonnenöl einzureiben.

Als die Sonne sank und sie zusammenpackten, sagte Bernhard leichthin zu Petra, dass er morgen ganz früh wegfahren müsse, um nach Arbeit zu suchen. Es würde vielleicht ein Weilchen dauern, aber er würde sicherlich eine schöne Arbeit finden.

»Wieso wegfahren? Ziehen wir dann um?«, fragte Petra und machte große Augen.

»Kann sein«, sagte Bernhard. »Vielleicht auch nicht.« Es war gar nicht so einfach, Petra darauf vorzubereiten, dass er erst einmal wieder weg sein würde, und gleichzeitig nicht zu viel zu verraten.

»Und dann kommst du jeden Nachmittag nach Hause wie die anderen Vatis«, sagte Petra.

»Ja«, sagte Bernhard. »Dann komme ich jeden Nachmittag nach Hause zu meinen beiden hübschen Mädchen.«

Petra kicherte, und ihr Kirschmund fältelte sich dabei so süß, dass es Bernhard einen Stich versetzte. Petra wirkte schon richtig kokett in diesem Moment, und ihm wurde bewusst, wie viele Jahre ihrer Kindheit er verpasst hatte.

Schnell beugte er sich hinunter, rollte ein Handtuch ein und packte es in die Badetasche, um die Tränen zu verbergen, die ihm in die Augen schossen. Nun spürte er die letzten Jahre wieder in den Knochen. Er biss die Zähne zusammen und beschloss, den Moment in seinem Herzen zu behalten. Irgendwann, wenn er eine neue Arbeit hatte und er mit seiner Familie im Westen lebte, würde diese Unbeschwertheit ein Dauerzustand sein. Er sehnte sich so heftig danach, dass es schmerzte.

Nachts flüsterte er mit Ingrid. Er würde mit dem Zug nach Wernigerode fahren und dann als Wanderer die grüne Grenze überqueren. So konnte er unauffällig bleiben und wieder zurück, um seine Familie zu holen. »Und wie benachrichtige ich dich?«, fragte er Ingrid.

Die überlegte nur kurz. »Unser Nachbarhaus. Es ist immer noch so feucht wie damals. Ich glaube, es soll abgerissen werden. Außer Fräulein Schirmer von ganz oben wohnt keiner mehr drin.«

»Die muss inzwischen uralt sein«, sagte Bernhard, der sich an die alte Dame erinnerte, deren Verlobter im Ersten Weltkrieg geblieben war und die letztlich nie geheiratet hatte. Sie hatte hin und wieder einmal eine Stunde auf Petra aufgepasst.

»Ist sie. Aber vor allem ist sie vertrauenswürdig. Ich mache einen Namen an einen der anderen Briefkästen, und dahin schickst du die Post an mich.«

»Welchen?«, fragte Bernhard.

»Lehmann«, sagte Ingrid. »Lehmann ist häufig.« Sie schluckte. »Erna Lehmann. Das muss uns Glück bringen.«

Bernhard umarmte seine Frau. Erna war der Name ihrer Mutter gewesen.

In dieser Nacht schliefen Ingrid und Bernhard nicht. Stattdessen nähte Ingrid einen doppelten Boden in Bernhards alten Wanderrucksack, und Bernhard suchte seine wichtigsten Papiere zusammen. Dann legten sie sich hin und sahen sich an, streichelten sich und hielten einander fest. Bevor der Morgen dämmerte, zu ihrer alten Zeit, schmierten sie gemeinsam Brote, und Ingrid packte die restlichen Kirschen in eine Papiertüte.

Bernhard nahm eine Zwillingskirsche wieder heraus, hängte sie über Ingrids Ohr, schaute ihr tief in die Augen und sprach dann in die Muschel: »Ich liebe dich. Bis bald.«

Dann schulterte er den Rucksack, in dem nichts war außer einer Jacke, einer Thermosflasche, dem Picknick und den versteckten Papieren, und ging.

* * *

Witzenhausen, Mai 1992
»Der Name Erna hat euch kein Glück gebracht«, stellte Ingke fest, nachdem Bernhard in Schweigen verfallen war.

»Nein, der Name Erna hat uns kein Glück gebracht«, sagte er, und seine volle Stimme klang rau. »Erna hatte das Pech, am 3. Februar 1945 während des schlimmsten Bombenangriffs auf Berlin wie zigtausend andere am falschen Ort gewesen zu sein. Ich hatte das Pech, am 13. August 1961 am falschen Ort zu sein. Aber vor allem Ingrid hatte Pech: Sie verlor an beiden Tagen einen Menschen, den sie über alles liebte.«

»13. August 1961 – am Tag des Mauerbaus.« Ingke begriff und erinnerte sich an das Telefongespräch, das sie von Beerenhain aus geführt hatten. Bernhard war im Juli '61 aus der Haft entlassen worden und dann in den Westen gegangen, um sich Arbeit zu suchen. Er musste dort gewesen sein und Ingrid und Petra in Ostberlin.

»Ich war in Bonn«, bestätigte er ihre Gedanken und räumte die leere Brotdose in den Rucksack. »Dort führte ich Gespräche für eine Assistentenstelle an der landwirtschaftlichen Fakultät der Friedrich-Wilhelms-Universität. Am 13. August war ich im Regierungsviertel unterwegs. Ich schaute mir das Bundeshaus an, das sehr luftig, aber auch sehr sachlich war. Ich musste an das Freibad denken, es war ähnlich modern angelegt – aber, na ja, irgendwie schicker, gewagter. Warst du da eigentlich mal?«

»Klar, von Buch aus ist es nicht weit.« Ingke reichte Bernhard die Thermoskanne. »Ich kenne die Rutsche, und von dem Sprungturm bin ich auch gesprungen, allerdings nur vom

Dreier. Bei der Rutsche war ständig die Wasserberieselung kaputt, und man bekam Löcher in den Badeanzug. Maren hat immer geschimpft.« Sie schaute ihn an. »Warte mal«, sagte sie. »Du hast da was.« Dann wischte sie ihm mit einer leichten Bewegung einen Krümel von der Nasenspitze.

Bernhard zwinkerte, dann beugte er sich schnell hinunter, rollte die Decke zusammen, die sie gewärmt hatte, und räumte sie in den Rucksack. Unten winselte Jonas leise.

»Er freut sich, dass wir kommen«, sagte Bernhard und räusperte sich. »Er hat sich eine Runde Herumtollen verdient.«

Während sie mit dem Hund durch den Wald gingen und Ingke Stöcke warf, die er begeistert apportierte, schwieg Bernhard. Im Auto legte er die Hände auf das Lenkrad, schaute durch die Scheibe und schwieg weiter. Dann holte er tief Luft und sagte, ohne den Blick von der welligen Landschaft abzuwenden: »Wie es mit deiner Oma weiterging, weiß ich aus ihren Briefen. Es erfüllt mich mit tiefer Scham. Ich weiß nicht, ob du danach noch mit mir reden willst.« Er griff kurz nach Ingkes Hand und ließ sie wieder los. »Wir werden dich heute Nachmittag mit den Briefen allein lassen. Du sollst sie ungestört lesen. Jonas lasse ich bei dir. Er hat dich auf den ersten Blick ins Herz geschlossen wie die Hofhunde damals deine Großmutter. Er wird dich trösten, wenn es nötig ist. Ich werde mit Heide in die Stadt fahren.«

Ingke machte große Augen. Das musste sie erst mal verdauen. Aber solange Jonas bei ihr war, wäre sie ja nicht ganz allein in dem fremden, abweisenden Haus. Also nickte sie.

Sie fuhren zurück, und Heide hatte für Ingke Kartoffelsalat gemacht und zwei Würstchen zum Warmmachen bereitgelegt.

Bernhard erschien mit einem Bündel vergilbter Briefe, das er auf den Sofatisch legte. »Ich habe dir die wichtigsten herausgesucht, und eins musst du vorher wissen: Der Männername Axel heißt rückwärts gesprochen wie?«

»Lexa«, sagte Ingke.

Bernhard lächelte bitter.

»Lexa ist Axel Lemke«, sagte Ingke. »Der Spitzel.«

»Genau«, sagte Bernhard.

»Weil ihr Angst hattet, dass Ingrids Briefe abgefangen werden.«

»Ja«, sagte Bernhard schlicht, nahm seine Enkeltochter in den Arm, drückte sie und ließ sie gleich wieder los.

Ingke hatte das Gefühl, dass Bernhard sich am liebsten an ihr festhalten wollte, es sich aber verbot. Heide stand mit seiner Jacke über dem Arm in der Tür und beobachtete die Szene mit versteinertem Blick.

»Na komm«, sagte sie, und es hörte sich an, als sei der Hund gemeint.

Dann war Ingke mit den Briefen ihrer Großmutter allein. Gleich der erste war ein Schock.

Berlin, den 18. August 1961

Lieber Bernhard!
In Bonn ist es sicher schön. Ich habe im Atlas geguckt, es liegt ja gar nicht weit weg von Holland und Belgien. Das ist die weite Welt! Ich drücke die Daumen für Deine Bemühungen.
Ich wollte vorgestern abend mit Petra einen Spaziergang Richtung Sonnenuntergang machen, da stand Lexa in der Tür. Sie war aufgebracht und empfahl mir dringend, die Gegend um die Bernauer Straße zu meiden. Sie muß mich vorgestern gesehen haben, als ich durch die Rheinsberger spaziert bin. Sie riß mir die Tasche von der Schulter, ich schickte Petra zurück, und wir gingen in die Wohnung.
Sie sei so verlassen, sagte sie, immer so allein. Ich mußte sie trösten. Sie stöhnte und klammerte sich an mich, daß es weh tat. Danach beruhigte sie sich und gab mir die Tasche zurück.

»Ich weiß nicht, ob ich das nächste Mal so leicht zu trösten bin«, sagte sie. »Ich glaube nicht. Das wäre doch schade, oder?«

Ich dachte an Petra, die zu Hause war und sich auf Lexas und mein Verhalten sicher keinen Reim machen konnte, und was blieb mir übrig, als zu nicken?

Heute bin ich wie immer zur Arbeit gegangen. Ich war ein bißchen müde und wund, aber das Arbeiten hat mir gutgetan.

Deine Ingrid

Ingke ließ den Brief sinken, und zu den Tränenspuren ihrer Großmutter gesellte sich ein neuer Tropfen.

Sie hatte nur kurz überlegen müssen. Den Mauerbau hatten sie im Geschichtsunterricht gleich nach der Wende durchgenommen. Sie waren sogar in der Bernauer Straße gewesen, in der die Grenze auf dem Bürgersteig verlaufen war und viele in den ersten Wochen irgendwie über die Höfe schlichen und durch die Fenster in den Westen sprangen, bevor die Fenster zugemauert wurden und später die Häuser abgerissen. Das hatte offenbar auch ihre Großmutter mit ihrer Mutter versuchen wollen, aber Axel Lemke musste auf der Lauer gelegen haben.

Dies war offensichtlich seine Stunde gewesen, die Stunde, auf die er so lange gewartet hatte. Wie sonst sollte das *trösten* und *klammern* und *stöhnen* und *wund* gemeint gewesen sein? In der Tasche waren bestimmt verräterische Sachen gewesen, Papiere vermutlich, Andenken vielleicht.

Ingke überlief es kalt, und sie rutschte vom Sofa auf den Fußboden neben Jonas. Der legte den Kopf in ihren Schoß und schnaufte.

Ingke griff nach dem nächsten Brief.

Berlin, den 30. Oktober 1961

Lieber Bernhard!

Daß Du in Bonn eine Stelle gefunden hast, freut mich sehr. Doch die Tore zur weiten Welt sind zu. Ich suche jetzt eine neue Wohnung. Ich kriege einfach nichts, obwohl so viele gegangen sind. Die Genossen sind immer vor mir dran. Ich habe eine Weile wie Du gedacht, daß der Spuk bald wieder vorbei sein wird, daß das nicht geht, einfach ein Land durchtrennen. Aber es geht.

Lexa hat Petra einen Anorak geschenkt, warm gefüttert. Ich konnte ihn Petra nicht wieder wegnehmen. Sie hat sich so gefreut! Niemand in ihrer Klasse hat einen so schicken Anorak. Ich habe nach zwei Tagen nachts heimlich einen großen Riß hinten reingemacht und am Morgen ganz erschrocken getan, als würde ich ihn gerade entdecken.

Ich habe Petra gesagt, daß sich das nicht wieder flicken läßt und daß das bestimmt jemand aus Neid getan hat. Dann habe ich ihr den alten Anorak geholt.

Lexa war traurig, aber sie konnte nichts machen. Unsere Beziehung ist abgekühlt, ich lasse sie nicht mehr so nah an mich heran und gebe ihr keinen Anlaß zur Hoffnung, das zu ändern.

Ratlos, eingekesselt, Deine Ingrid

Ganz schön unvorsichtig, dachte Ingke. Ihrer Oma schien es bis zu einem gewissen Punkt egal gewesen zu sein, was die Stasi vielleicht mitlas. Und soweit sie wusste, hatte »Horch und Guck« so ziemlich die gesamte Westpost gelesen. Kelle schrieb sich hin und wieder mit seinem Cousin Otto, und Maren hatte einmal gesagt, dass man verrückt würde, wenn man bei so was ständig im Hinterkopf hätte, dass die Stasi mitläse. »Das wollen die ja nur«, hatte sie gesagt, und Ingke konnte sich daran erinnern, weil ihr die auffällige Bitternis in Marens Stimme aufgefallen war.

Ingrid war nur Krankenschwester, überlegte sie weiter. Sie hatte karrieretechnisch nicht viel zu verlieren, und etwas wirklich Strafbares hat sie schließlich nicht geschrieben. Ingke legte das Blatt beiseite.

Der folgende Brief wies eine Kinderhandschrift auf. Ingke atmete scharf ein. Den musste ihre Mutter geschrieben haben! Die Buchstaben waren rund, und der Brief war eindeutig in Schönschrift verfasst.

Berlin, den 22. November 1961

Lieber Vati!
Danke für den schönen Anorak! Er ist sehr schick. Mutti hat gesagt, Du kannst erst mal nicht mehr kommen, wegen der Grenze. Du warst nur so kurz da, das ist gemein. Die Mädchen in meiner Klasse haben mich ausgelacht und mir nicht geglaubt, daß Du dawarst und vom Zehnmeterbrett gesprungen bist. Sie haben gesagt, ich spinne. Seit ich den Anorak habe, hänseln sie mich nicht mehr.
Ich bin jetzt viel trauriger als früher, daß ich keinen Vati habe. Mutti sagt, es geht nicht, aber kannst Du nicht doch wiederkommen?
Deine Petra

Tatsächlich, der Brief war von ihrer Mutter. Ingke strich über das vergilbte Blatt, auf dem auch die Tinte schon recht blass war. Sie holte alle weiteren Briefe aus ihren Umschlägen, aber die waren sämtlich von ihrer Oma. Sie las sie alle hintereinander weg.

Berlin, den 12. Januar 1962

Lieber Bernhard!
Ich bin zur Kaderabteilung bestellt worden. Ich soll mich scheidenlassen. Die Stelle der Stationsschwester wird frei. Petras Lehrerin hat mich nach den Weihnachtsferien zum Gespräch gebeten. Petra ist versetzungsgefährdet. Sie brauche klare Verhältnisse, sagt die Lehrerin. Und endlich einen Vati. Was sollen wir tun? Du bist doch mein Mann!
Deine Ingrid

Berlin, den 20. März 1963

Lieber Bernhard!
Heute ist Frühlingsanfang. Es regnet. Meine Augen sind trocken. Trocken, weil ich es gewußt habe. Weil ich gewußt habe, daß es so kommen wird.
Du hast Dich verliebt, Du wünschst Dir Familienglück, wünschst Dir nichts sehnlicher als das. Du hast gewartet, jahrelang, schreibst Du. Dein Familienglück lasse sich in wenigen Monaten plus zwei Tage bemessen.
Was ist mit all den Jahren, die wir drei einander im Herzen hatten? Oder haben nur wir Dich im Herzen? Ist das kein Glück? Nicht wenigstens ein stilles?
Wir hatten nie viele Worte füreinander. Ich weiß. Solche Worte, wie wir bräuchten, fehlen mir. Sie sind damals, als ich die Sprache verloren habe, für immer verstummt. Meine Gefühle aber nicht, und Du warst der, der sie lesen konnte. Jetzt wird das Vergangenheit sein.
Du willst die Scheidung. Ich verstehe Dich. Ich habe nur Petra, die ich einsetzen könnte, um es Dir schwerzumachen. Das werde ich nicht tun. Weil ich Dich immer noch liebe und Petra sowieso.
Ich verlange nur eins: Behalte den Kontakt zu Deiner Tochter, sie hat nur diesen Vater und wird keinen anderen

bekommen. Nimm Deine Verantwortung wahr, so gut Du kannst.
Ich werde Dir berichten.
Deine Ingrid

Berlin, den 27. Dezember 1965
Bernhard, Du solltest Dich schämen!
Du hast einen Sohn, ein neues Kind, und vergißt das Weihnachtsgeschenk für Deine Tochter Petra. Bei einer Dreizehnjährigen konnte ich schlecht schummeln und etwas aus dem Intershop besorgen, das hätte sie gemerkt.
Oder steckt Deine Frau Heide dahinter?
Deine Ingrid

Berlin, den 22. Januar 1966
Lieber Bernhard, hab ich es doch geahnt!
Deine Heide will also mit Deinen »Hinterlassenschaften« in der DDR nichts mehr zu tun haben. Sie will, daß Du einen »Schlußstrich« ziehst.
Ein Schlußstrich, was für ein Wort für das Verstoßen Deiner Tochter Petra! Wie Heide das wohl sehen würde, wenn sie an meiner Stelle wäre?
Vielleicht bin ich ungerecht. Wie soll Heide sich das vorstellen können?
Aber was soll ich sagen. Ich spüre nur eins, Bernhard: Du hast mir Heides Ausdrücke »Hinterlassenschaften« und »Schlußstrich« geschrieben. Du bist Deiner Frau damit in den Rücken gefallen, um meinetwegen. Das sollte mir eine Genugtuung sein, ist es aber nicht.
Es erfüllt mich mit Trauer. Es zeigt mir, wie verletzt auch Du aus unserer Geschichte herausgegangen bist. Unheilbar, wie ich auch. Heide sollte mir leidtun, denn im Herzen ihres Mannes ist noch etwas übrig von dieser Geschichte

unserer Liebe, und sei es nur ein tiefes Unglück, das sie nicht imstande ist zu vertreiben.
Bemerkt sie es überhaupt?
Ach, das sollte mich nichts angehen.
Wie kann Dich eine verstehen, der nicht so abgrundtief Böses widerfahren ist wie uns? Es wird uns ewig zeichnen wie ein Fluch.
Ich ertappe mich dabei, zu schreiben wie eine verletzte Ehefrau. Vielleicht liegt das daran, daß Du mir offen geschrieben und Dein Leid geklagt hast. Dafür danke ich Dir. Aber ich bin nicht mehr Deine Frau. Ich bin nur noch die Mutter Deiner Tochter Petra. Als die bitte ich Dich: Laß Petra nicht unter Deiner Verletzung leiden. Du hast Dein Leben lang eine Verantwortung ihr gegenüber. Einen Schlußstrich wird es so wenig geben, wie uns als Familie etwas scheidet, es sei denn der Tod.
Weißt Du, was noch kommt, solange Du lebst?
Deine Tochter ist ein richtiger Backfisch geworden, und sie muckt ständig auf. Du bist der Westgeldvati, ich bin die Dämlackmutti. Aber das ist egal. Hauptsache, Vati und Mutti.
Dein innerer Kompaß war eine Deiner großen Stärken. Gib ihn nicht hin für ein vermeintlich sorgloses Leben. Es gibt kein Leben ohne Geschichte. Vergiß das bitte nie.
Deine Ingrid

Berlin, den 3. Oktober 1969

Lieber Bernhard!
Heute ist unser Fernsehturm eröffnet worden, und Petra war dabei. Sie hat sich extra als Gruppenratsvorsitzende wählen lassen in diesem Schuljahr, das will sonst keiner machen. So hat sie es geschafft, in die Delegation der FDJ zu kommen. Die Kugel ist dem Sputnik nachempfunden. Petra meint, da

werden die Westberliner ganz schön ein Auge schieben, wenn sie immer sehen müssen, was die UdSSR geschafft hat. Dieser Kalte Krieg ist schrecklich. Wenn die Sonne auf die Kugel scheint, zeichnet sie ein glitzerndes Kreuz über die Stadt, was die Partei wurmt und für Häme sorgt.
Petra ist eine richtige kleine Sozialistin geworden, und das ist auch gut so, vielleicht kann das den Makel ihres Westvatis ein wenig ausgleichen.
Was ich darüber denke, weißt Du. Es spielt keine Rolle. Wir sind ein Spielball im Krieg. Immer noch. Auch wenn Du es nicht merkst.
Deine Ingrid

Berlin, den 10. September 1971

Lieber Bernhard!
Petra hat letzte Woche ihre Lehre als Köchin im Hotel Stadt Berlin begonnen. Sie ist stolz, im besten und schönsten Hotel der DDR lernen zu dürfen.
Es ist das richtige für sie. Ich habe Dir ja geschrieben, wie sie in Beerenhain mit Lisbeth immer Kräuter gesammelt und im Gemüsegarten geholfen hat, als sie noch mit mir mitgefahren ist. (Bei den letzten Malen wollte sie lieber sturmfreie Bude in Berlin haben.) Daß sie ein Huhn tranchieren kann, hat ihr vermutlich zu der Lehrstelle verholfen, der Koch, der sich um die Bewerberinnen gekümmert hat, war schwerbeeindruckt.
Schreib bitte keine Briefe mehr an sie. Das muß alles an mich gehen. Die im Hotel wollen keine Westkontakte.
Es ist ein Interhotel. Die meisten Gäste sind aus dem nichtsozialistischen Ausland.
Es darf ihr nicht noch einmal schaden, daß Du im Westen bist. Sie hat wegen Dir ja schon keinen Studienplatz bekommen. Das hätten wir gleich wissen können, daß eine

mit einem Vati im Westen keinen Platz für Romanistik kriegt. Sie hat das Fach gewählt, weil der ältere Bruder einer Klassenkameradin als Kfz-Mechaniker in einer FDJ-Jugendbrigade in Angola war. Seine Erzählungen haben sie sehr beeindruckt. Sie wollte gern als Dolmetscherin arbeiten, im Außenhandel zum Beispiel, hat sich die Sprachen der Welt angesehen und festgestellt, daß Spanisch und Portugiesisch sehr verbreitet sind, und die kann man wenigstens ein bißchen am Institut für Romanistik lernen. Aber, wie gesagt, das ist nichts geworden. Auf Lebensmittelchemie wollte sie sich nicht umlenken lassen, das wurde ihr angeboten, als sie erzählt hat, daß sie gern kocht. Aber da hat sie gesagt, dann lernt sie lieber richtig kochen. Und nun ist sie zwar nicht im Außenhandel, aber im Hotel Stadt Berlin an einem Tor zur weiten Welt.
Hier ist sonst alles so wie immer.
Deine Ingrid

Berlin, den 30. September 1973

Lieber Bernhard!
Wir werden Großeltern. Das ist die gute Nachricht. Ich weiß es seit gestern. Die schlechte ist, daß Petras Kind wie sie selbst keinen Vater an seiner Seite haben wird.
Ende Juli/Anfang August waren hier die Weltfestspiele der Jugend und Studenten. Es war wunderschön und mitreißend. Das ganze Stadtzentrum war eine einzige Fete. Sogar nachts. Nichts wurde verboten. Die Polizei hat sogar darüber hinweggesehen, wenn im Brunnen der Völkerfreundschaft mitten auf dem Alexanderplatz gebadet wurde. Daß Walter Ulbricht in der Zeit gestorben ist, hat keinen gekratzt, es war unglaublich.
Aber der Frieden täuscht. Lexa und ihre Freunde waren unterwegs. Der Sohn einer Kollegin wurde als Asozialer

zwei Wochen vorher verhaftet, und er war nicht der einzige.
Petra war jeden Nachmittag nach Dienstschluß mitfeiern. Sie mußte ja nur aus der Hoteltür, auf dem Alex war immer etwas los. Und da hat sie Yudel kennengelernt, einen Kubaner. Sie weiß nur seinen Vornamen, nicht mal, wo er genau herkommt.
Sie möchte das Kind bekommen, obwohl Frauen hier inzwischen abtreiben dürfen. »Mutti, wir haben es doch auch allein geschafft«, hat sie gesagt. Ich bin traurig und stolz zugleich. Ja, Bernhard, ich habe unsere Tochter allein großgezogen. Und es schreckt sie nicht ab, das auch zu machen.
Ich möchte nicht, daß Petra irgendetwas Negatives von Dir darüber zu hören bekommt, was sie getan und wie sie sich entschieden hat. Dazu hast Du kein Recht.
Ich werde Dir schreiben, wie es vorangeht. Der Geburtstermin liegt kurz vor dem Ende von Petras Lehre, aber sie ist eine der Besten, bestimmt wird sie trotzdem abschließen können.
Deine Ingrid

Berlin, den 15. April 1974

Lieber Bernhard!
Ich hoffe, Du hast frohe Ostern gehabt. Ich gestatte mir erstmals, mir vorzustellen, wie Du mit Deinen Kindern in eurem schicken neuen Garten in Witzenhausen Ostereier suchst.
Wir hier werden auch bald wieder ein Kind haben, das mit Feuereifer Ostereier sucht, Deinen Enkel. Vielleicht fährt Petra dann wieder mit nach Beerenhain, denn da waren wir Ostern immer, als sie klein war. Im Bauerngarten dort läßt es sich herrlich suchen.

Diesmal sind wir in Berlin geblieben. Sie ist nun groß, da habe ich Dienst, damit die Muttis der kleineren Kinder freihaben. Es war ihr recht, daß ich geblieben bin. Die Schwangerschaft hat uns nach Petras Jugendphase wieder näher zusammenrutschen lassen.
Petra ist nachdenklich geworden. Sie fragt danach, was wir mit dem Staat eigentlich erlebt haben. Ich habe ihr nun auch von Lexa erzählt, das hatte ich bisher vermieden, um sie nicht zu unüberlegten Handlungen zu treiben. (Nur die Lexa-Sache bei unserem Spaziergang in die weite Welt habe ich ausgelassen. Ich hatte Petra an dem Tag sicherheitshalber nicht gesagt, was ich mit ihr vorhabe, sie war noch zu klein, um ein solches Geheimnis zu bewahren. Was damals geschehen ist, soll Petra nicht erfahren. Ich hätte auch nicht angemessen darüber reden können.)
Trotzdem war sie völlig geplättet, das mit Deiner Verhaftung damals war ja schlimm genug. Ich hatte wie immer bei solchen Gesprächen das Radio an. Sie hat ganz still dagesessen und nachgedacht. »Freiheit … von Freiheitsdemagogie. Nehmt euch die Freiheit, sonst kommt sie nie!«, sang gerade der Oktoberklub ein Lied, von Wolf Biermann, glaube ich. Sie hat aufgehorcht, den Finger nach oben gehalten und mitgesungen: »So soll es sein, so soll es sein, so wird es sein«, und dann gesagt, sie muß sich abreagieren. Mit ihrer dicken Bauchkugel hat sie sich Besen, Schrubber und Eimer geschnappt und ist auf den Dachboden rauf. Ich habe sie durch die Decke werkeln hören. Und wie! Ich dachte, wir kriegen eine Frühgeburt. Aber ich habe auch gehört, wie unser Nachbar die Tür öffnete. Er ging die Treppe hoch, ich leise hinterher. Ich wollte Petra nicht mit ihm allein lassen. Er stand in der Bodentür und fragte, was sie da mache. »Ach, Herr Lemke, wollen Sie helfen?«, fragte sie forsch zurück. »Ich mache sauber, weil ich Leinen ziehen will.

Wenn das Kind da ist, brauche ich Platz, um die Windeln aufzuhängen. Dafür ist unsere Wohnung zu klein.«
Das mußte Herr Lemke erst mal verarbeiten.
Was Petra wiederum genutzt hat, um zu sagen: »Was hier aber auch alles rumliegt! Komische Drähte. Na ja, wird Zeit, daß das mal jemand wegräumt, stimmt's?«
Und dann hörte ich sie den Scheuerlappen auf den Boden klatschen, und zwar mit Schmackes. Sie wischte und sang »Freiheit ... von Freiheitsdemagogie. Nehmt euch die Freiheit, sonst kommt sie nie!«.
Ich machte, daß ich wieder in die Wohnung kam, hielt aber mein Ohr an die Tür. Petra sang noch, als Herr Lemke wieder runterkam.
Wir können stolz auf unsere Tochter sein. Aber in meinen Stolz mischt sich Besorgnis. Wie soll das ausgehen?
Deine Ingrid

Boltenhagen, den 1. Dezember 1974

Lieber Bernhard!
Heute ist der 1. Advent, der Tag des Aufbruchs ins neue Kirchenjahr. Petra, Ingke und ich lassen uns an der See den Wind der weiten Welt um die Nase wehen. Ingke buddelt im Sand und genießt, daß ihr Buddelkasten keinen Rand hat, sie krabbelt, so weit sie will. So soll es sein. So wird es sein.
Deine Ingrid

Ingke ließ die Postkarte nachdenklich sinken, das letzte Schreiben des Stapels. Sie schob Jonas' Kopf sanft von ihrem Schoß, trat zu der Schrankwand und ließ ihren suchenden Blick über das Fach mit den großen Bildbänden schweifen. Ganz am Rand fand sie einen Atlas und schlug ihn auf.

Boltenhagen lag in der Lübecker Bucht, am Ostufer. Das bestätigte ihren Verdacht. Ingrid und Petra hatten ihre Fluchtroute ausgekundschaftet, und Ingrid hatte das Bernhard zwischen den Zeilen mitgeteilt. Sie hatten offensichtlich über die Ostsee flüchten wollen. Wenn die Grenze in der Mitte der Bucht lag, waren es keine zehn Kilometer bis in den Westen. Bei Ostwind konnte man das mit einem kleinen Boot sicherlich schnell schaffen.

Ingke drehte die Karte um. Darauf war ein Haus mit der Aufschrift *Erholungsheim am Strand*, ein Mann fütterte am Brandungssaum mit seinen drei Söhnen Schwäne.

Schlau hatte ihre Oma das gemacht. *Aufbruch*, die *weite Welt*, die ihr Codewort auch schon früher gewesen war, der *Buddelkasten ohne Rand*, *krabbelt, so weit sie will*, und dann auch noch *So soll es sein. So wird es sein.* Das war doch kein Zufall, dass sie das schrieb, es war doch die Liedzeile aus dem Freiheitslied, das der Oktoberklub gesungen hatte.

Ingke hörte, wie die Haustür ging. Und sie merkte, dass ihr Magen knurrte.

Bernhard trat ins Wohnzimmer, Heide rumorte in der Küche. »Du hast ja gar nichts gegessen«, rief sie hinüber. »Magst du keinen Kartoffelsalat?«

»Doch«, rief Ingke Richtung Küche. »Esse ich gleich.« Dann hob sie die Postkarte hoch und fragte Bernhard: »Das ist die letzte Post von Ingrid?«

Bernhard nickte. »Du hast alles gelesen?«

Er sah wieder ganz grau im Gesicht aus. Vermutlich hatte er in der Stadt die ganze Zeit an die Geschichte gedacht.

»Und woher weißt du, dass Ingrid tot ist?«

»Von Petra. Ihr haben sie den Totenschein ausgehändigt.«

»Woran ist sie gestorben? Und wann?«

»Auf dem Totenschein stand *Blinddarmdurchbruch*. Sie ist im Sommer 1977 im Roten Ochsen gestorben, das war das Stasi-Gefängnis in Halle, danach wurde Petra freigekauft. Petra saß in Hoheneck.«

»Was ist nach meiner Geburt passiert? Ich meine, warum wollten die beiden abhauen?«

Bernhard strich sich übers Gesicht. »Ich weiß es nicht.«

»Petra hat dir das nicht erzählt?«

»Unsere Beziehung«, um Bernhards Mund kerbten sich Falten ein, »also, die ist nicht so gut.«

»Was ja auch kein Wunder ist. Dir ist ja nichts Besseres eingefallen, als dir schnellstens eine neue Frau zu suchen, nachdem Ingrid neun Jahre auf dich gewartet hatte. Warum hast du die beiden nicht in den Westen geholt?«

Bernhard ignorierte den Vorwurf. »Das ging damals noch nicht. Das mit der Familienzusammenführung kam erst viel später, erst vor neun Jahren.«

»Du hättest ja auch wieder in die DDR gehen können.«

Bernhard schüttelte den Kopf. »Republikflucht war auch vor dem Mauerbau schon eine Straftat. Und durch meine Verurteilung wegen Boykotthetze stand ich beruflich im Aus.«

»Obwohl du die Strafe abgesessen hast?«

»Ja. Ich durfte weder im öffentlichen Dienst noch in leitenden Stellen in Wirtschaft und Kultur tätig sein, ich hätte nicht mal mehr wählen dürfen. War mir alles aberkannt worden.«

Heide betrat das Zimmer mit einem Glas Wasser, in dem irgendetwas sprudelte. Sie reichte es Bernhard. »Trink das. Und dann leg dich hin. Danach wird es besser.«

Ingke schwieg.

Bernhard trank das Glas in einem Zug aus und schüttelte sich. »Danke«, sagte er und gab Heide das Glas zurück.

»Ich werde dir beim Essen Gesellschaft leisten«, wandte sich Heide nun an Ingke, riss die Augen auf und senkte kurz den Kopf, was eindeutig ein Hinweis auf die in Aussicht gestellten »Minütchen« zusammen war. »Die Würstchen sind gleich warm.«

»Gut«, sagte Bernhard. »Entschuldigst du mich?«, fragte er seine Enkelin mit einem warmen waidwunden Lächeln.

Ingke zuckte trotzig mit den Schultern.

Bernhard ging. Heide sah ihm nach. »Er hat immer mal wieder Krämpfe im Anus, dann wird ihm schwindelig, und er quält sich mit dem Stuhlgang. Das kommt von eurem Gefängnis, weil die immer wieder geguckt haben, ob die Häftlinge dort was verstecken. Ist kein Wunder, dass es heute besonders schlimm ist.«

Ingke taxierte Heide. »*Unser* Gefängnis?«

»Nichts für ungut«, sagte Heide. »Ich hole die Würstchen.«

Sie ging in die Küche und kam mit einem Tablett zurück, auf dem ein Teller mit Würstchen und Kartoffelsalat, ein Porzellanschälchen mit Senf und zwei Gläser Apfelsaftschorle standen. Das stellte sie auf den Tisch, dann sagte sie zu Ingke, die sich vom Sofatisch nicht weggerührt hatte: »Na komm.«

Es sollte versöhnlich klingen, nahm Ingke an. Aber es klang wieder so, als meinte sie den Hund. Trotzdem setzte sich Ingke an den Tisch. Heide konnte ihr egal sein. Sie wollte hier mehr über sich und ihre Familie erfahren, und für Ingkes Geschmack gehörte Heide definitiv weniger dazu als die Beerenhainer Sippschaft. Auch wenn Heide so etwas wie ihre Stiefoma war. Ihre echte Stiefoma.

Ingke musterte sie aus dem Augenwinkel, während sie in ein Würstchen biss. Heide drehte ihr Saftglas auf dem Tisch hin und her. Ingke schob sich einen Happen Kartoffelsalat in den Mund. Er schmeckte, wie sie es erwartet hatte: solide, gut, ohne jeglichen Pepp.

Heide hob den Kopf. »Ich habe Bernhard in einer Kneipe in Bonn kennengelernt. Weißt du eigentlich, dass ich Anwältin bin?«

Ingke schüttelte den Kopf und aß weiter. Inzwischen saß Jonas aufmerksam neben ihr, aber sie traute sich nicht, ihm etwas abzugeben. Eigentlich wollte sie das auch nicht, denn sie mochte keine unerzogenen Hunde, und Heide garantiert auch nicht.

»Ich hatte gerade einen Fall verloren und Bernhard einen Depri, weil er einsam war. Wir betranken uns in stillem Einverständnis. Ich glaube, das hat ihm gefallen.«

Das hat ihm garantiert gefallen, dachte Ingke, weil ihn die Stille an Ingrid erinnert haben dürfte.

»Ich habe schnell gemerkt, dass Bernhard einen tiefen Schmerz mit sich herumtrug, aber auch eine große Sehnsucht nach Verlässlichkeit und Familie hatte«, fuhr Heide fort. »Familie wollte ich auch, und ich wusste, Bernhard würde mich nicht zwingen, Hausfrau zu werden. Damals war es noch so, dass eine Ehefrau nur arbeiten gehen durfte, wenn ihr Mann es erlaubte.«

»Was?«, fragte Ingke.

Heide nickte. »In der DDR war das anders, ich weiß.«

»Ah«, sagte Ingke, »ich vermisse das Wort ›eurer‹.«

Heide lächelte und schüttelte den Kopf. »Touché.«

Das Wort verstand Ingke nicht, aber es war egal, sie merkte, dass Heide ihr die Bemerkung nicht übel nahm. Sie schien mit den Gedanken in der Vergangenheit zu sein.

»Bernhard hat verzweifelt versucht, mir ein guter Ehemann zu sein, er hat alles gegeben, um als Familienvater ein Hafen zu werden. Aber eigentlich hat er sich nicht mehr darauf einlassen können. Die Enttäuschung über den Verlust von Ingrid und Petra hatte sich in ihm festgesetzt. Er hat sich rückhaltlos gebunden, das muss ich ihm lassen, aber er traute sich nicht mehr, sich fallen zu lassen.« Heide schaute auf. »Das hat mich wahnsinnig eifersüchtig gemacht. Eifersüchtig auf Ingrid und Petra.« Sie schnaubte. »Ich wollte nicht, dass er Ingrid schrieb. Dass er Petra Geschenke machte. Ich wollte keine Schattenfamilie neben mir und unseren Kindern. Vielleicht kannst du das verstehen.« Sie trank mehrere Schlucke Apfelschorle.

Ingke nippte an ihrer.

»Irgendwann, als Jens schon da war, habe ich ein Weihnachtspaket einfach nicht zur Post gebracht. Ich habe es einem Obdachlosen in Göttingen hingestellt. Bernhard erfuhr, dass das Paket nicht angekommen war, und hat mich zur Rede gestellt. Ich hätte leicht lügen können, es sind in der DDR ständig Westpakete weggekommen. Die sind einfach auf dem Postweg geklaut worden. Aber ich habe nicht gelogen. Wir hatten unseren ersten richtigen Streit.« Heide zögerte. »Bist du satt?«

»Ja«, sagte Ingke. »Hat gut geschmeckt, danke.«

Sie räumten gemeinsam alles wieder auf das Tablett, und Ingke ging vor, um Heide die Küchentür aufzuhalten.

Während sie die Sachen in den Geschirrspüler räumten, sagte Heide: »Eigentlich ist dieser Streit bis heute nicht beigelegt. Wir rühren einfach nicht daran. Ich finde nach wie vor, Bernhard sollte mit seiner DDR-Geschichte ein für alle Mal abschließen. Irgendwann muss doch mal Schluss sein.«

»Und dann kam ich«, sagte Ingke.

Heide lächelte, ging in den Flur und nahm die Hundeleine vom Haken. Jonas tauchte sofort neben ihnen auf und wedelte mit dem Schwanz.

»Dann kam erst mal Petra«, sagte Heide. »Willst du mit?«

Ingke nickte und schlüpfte in ihre Jacke. Heide zog einen Trenchcoat an, der Ingke an die DDR-Autofarbe »Saharasand« erinnerte. Sie liefen durch den Garten, die kleine Pforte und machten eine Runde hinter den letzten Häusern entlang.

»Petra kam direkt aus dem Gefängnis, sie hatte Zwangsarbeit geleistet, sie hatte ihre Tochter verloren, für immer, wie ihr gesagt worden war. Sie stieß auf Jens und Gabriele, die damals zwölf und zehn waren und die mit diesem Gespenst von einer Frau, die auch noch ihre Halbschwester sein sollte, nichts anfangen konnten. Sie stieß auf Bernhard, den das schlechte Gewissen niederdrückte und der Schmerz über Ingrids Tod, von dem er durch Petra erfuhr.«

»Und sie stieß auf dich.«

Heide winkte ab. »Ich habe mein Bestes getan.«

Was das war, konnte sich Ingke denken. Zärtlichkeit hatte es wahrscheinlich nicht beinhaltet. Kartoffelsalat ohne jeden Pepp vielleicht. Und ein ordentlich gefaltetes Handtuch im Bad.

»Vor allem stieß sie auf die Drogenszene.« Heide atmete tief durch und zeigte auf einen Stichweg, der sie zurück auf die Wohnstraße führte, in der weiter hinten ihr Bungalow lag. Jonas blieb auf der Wiese stehen und ließ die Ohren hängen, bevor er doch hinterhergetrottet kam.

»Ich musste Jens und Gabriele schützen. Eine Drogenabhängige in einem Haus mit unschuldigen Kindern, das ging zu weit. Petra kam und ging, wann sie wollte, Bernhard fand, wir müssten Geduld mit ihr haben, sie habe es so schwer gehabt. Aber mit einer Drogenabhängigen darf man keine Geduld haben. Die braucht klare Regeln.«

»Und die hast du aufgestellt«, sagte Ingke, als Heide verstummte.

»Die habe ich aufgestellt«, bestätigte Heide. »Und irgendwann kam sie immer seltener, bis sie ganz wegblieb.«

»Na toll«, sagte Ingke. Sie waren am Gartentor angekommen. »Du hast also meine Mutter vergrault.«

»Nein, Ingke, das habe ich nicht«, sagte Heide überraschend sanft und legte die Hand auf die Klinke. »Ich habe sie sogar als Köchin vermittelt, das war nämlich ihr gelernter Beruf, aber als Köchin musst du morgens um fünf auf dem Großmarkt Zutaten kaufen, und wenn du vom Vorabend noch zugedröhnt bist, wird das nichts. Das guckt sich ein Restaurantchef nicht zweimal an.« Sie trat in den Garten, setzte sich auf die Vortreppe und lud Ingke ein, neben ihr Platz zu nehmen.

Ingke wunderte sich. Dass Heide sich auf die Treppe setzte, passte nicht zu ihr. Sie musste ganz schön unter Strom stehen.

»Deine Mutter hat damals geklaut wie ein Rabe, um ihre

Sucht zu finanzieren, aber immer nur bei mir. Gabrieles Sparschwein hat sie zertrümmert und geleert, und sie hat eine Scherbe unter Jens' Bücherregal gelegt, damit es so aussah, als sei er es gewesen. Bloß an Bernhards Brieftasche ist sie nie gegangen, obwohl er sie ihr manchmal regelrecht in den Weg gelegt hat. Er hat es mir einfach nicht geglaubt. Er wollte es nicht glauben. Das hat mich tief gekränkt.« Heide wandte sich Ingke zu. »Es ist mir egal, ob du das verstehst, Ingke. Aber mir war das damals zu viel. Ich war froh, als deine Mutter weg war.« Sie hob die Hände, als ob sie mit einer Waffe bedroht würde, und ließ sie auf ihren Schoß fallen. Dann stand sie auf und klopfte sich den Schmutz vom Rock. »Schließlich ist ja doch noch was aus ihr geworden in Frankfurt.« Sie trat ins Haus.

»Ich bleibe noch ein bisschen draußen, ja?«, sagte Ingke.

»Mach ruhig«, entgegnete Heide, ohne sich noch einmal umzudrehen.

Ingke rief Jonas, ging noch einmal um das Haus herum und auf die Wiese hinter dem Garten. Dann warf sie für Jonas Stöckchen und tollte mit ihm über das Gras, bis sie beide vollkommen außer Atem waren.

Sie ging zurück zur Pforte, dort hielt sie inne. Durch die großen Scheiben des Wohnzimmers sah sie Heide und Bernhard nebeneinander auf dem Sofa sitzen. Bernhard war in eine Decke gewickelt und hatte den Kopf an Heides Schulter gelegt. Heide las in einer Zeitschrift, Bernhard hatte eine auf dem Schoß und die Augen geschlossen.

Ingke kam sich wie ein Störenfried vor. Sie ging leise mit Jonas ums Haus und stellte fest, dass Heide ein Steinchen in die Haustür gelegt hatte, sodass sie sie aufdrücken konnte. Sie wischte Jonas die Pfoten ab und flüsterte ihm zu: »Geh zu Herrchen, aber nicht wecken.« Dann trat sie in die Wohnzimmertür, sagte leise: »Ich geh ein bisschen lernen«, und verschwand im Gästezimmer.

Später aßen sie »Videoabendbrot«. Das hatte Heide manchmal für Jens und Gabriele gemacht, als sie Studenten waren und die Heimvideotechnik ganz neu, wie Ingke erfuhr. Es gab Schnittchen und dazu einen Film. Für Ingke wärmte Heide ein kleines Schälchen Rehgulasch in der Mikrowelle auf, und Ingke bedankte sich artig. Sie bestand darauf, dass Bernhard seinen Lieblingsfilm aussuchte.

Er ging ans Regal und stand lange davor. Schließlich zog er *Doktor Schiwago* heraus. »Wir nehmen den.«

»Aber den magst du doch gar nicht«, sagte Heide verwundert.

»Stimmt«, erwiderte Bernhard und schob die Kassette in den Videorekorder. »Aber nicht, weil es ein schlechter Film ist.« Er setzte sich zwischen Heide und Ingke aufs Sofa. »Kennst du den Film?«, wandte er sich an seine Enkelin.

Ingke schüttelte den Kopf.

»Ich werde dir den Roman dazu mitgeben«, sagte Bernhard. »Er erinnert mich an Dimitri. Der Roman war in der Sowjetunion verboten, bis Gorbatschow kam, obwohl Boris Pasternak ein bekannter Autor war. Im Buch geht es um die gesellschaftlichen Umwälzungen vom Zarenreich über den Ersten Weltkrieg bis zur Oktoberrevolution. Das ist zugegebenermaßen schwere Kost. Aber es ist wichtig, um die Geschichte zu verstehen. Im Hollywoodfilm ist praktisch nur die dramatische Liebesgeschichte erhalten. Du wirst sehen, sie ist gut. Das Historische aber ist alles andere als gut, es taugt nicht für ein Videoabendbrot.«

»Und alles hat seine Zeit«, sagte Heide.

In diesem Moment begriff Ingke, dass dieses Ehepaar in einem stillen Ringen um einen lebbaren Kompromiss zusammengeschweißt war. Dass ihr Großvater das Schreckliche, was ihm widerfahren war, wirklich nie verarbeitet hatte und dass Heide mit aller Macht versuchte, ihn von der Kante des Abgrunds seiner Schrecknisse fernzuhalten. So unsympathisch ihr ihre Stiefoma auch war – Ingke musste anerkennen, dass Heide ihren Mann offensichtlich sehr liebte und wirklich ihr Bestes gab.

Bernhard hatte recht: *Doktor Schiwago* war ein ergreifender Film, der Ingke vollkommen in seinen Bann schlug. Und er war lang, danach war definitiv Schlafenszeit. Ingke hatte den Verdacht, dass auch die Länge des Films ausschlaggebend für Bernhards Wahl gewesen war, und sie stimmte ihm im Stillen zu. So war der Tag noch einigermaßen gut zu Ende gegangen.

Das dachte sie, aber sie täuschte sich. In der Nacht schreckte sie aus ihrem Geistergeheul auf und stellte einen Augenblick später fest, dass eine Hand auf ihrer Schulter lag. Sie konnte sich nicht orientieren und schrie und schlug um sich.

»Na, na«, sagte eine tiefe Männerstimme, und dann wurden ihre Hände festgehalten.

Ingke schrie noch einmal, weil dieses Festhalten sie halb in den Traum zurückzog wie ein beängstigender Ruck mitten im Fall ins grundlose Nirgends, und in ihr jaulte es erbarmungswürdig.

Dann verstand sie. Jonas. Bernhard. Sie schluchzte auf, und das Licht ging an. In der Tür stand Heide in einem bodenlangen türkisfarbenen Seidennachthemd mit Spaghettiträgern und Spitze am Ausschnitt. Ingke registrierte es ganz genau, als ob die Realität umso strahlender zurückkehrte, nachdem sie im Traum wo auch immer gewesen war. Das Nachthemd glänzte, aber noch mehr glänzte das schwarze Fell von Jonas, der vor ihrem Bett saß, eine Pfote auf ihr Laken gelegt hatte und sie bittend ansah.

Ingke entzog Bernhard ihre Hand und streichelte den Hund.

»Ist ja alles gut«, sagte sie im selben Moment, in dem Heide streng fragte: »Was ist denn hier los?«

Jonas schleckte über Ingkes Hand, und Bernhard sagte: »Sie hatte offenbar einen Albtraum.«

»Ach, du liebe Güte«, sagte Heide. »Das war wohl alles etwas viel. Ich hol mal warme Milch mit Honig.« Sie knipste die Deckenlampe im Zimmer wieder aus, sodass nur das schummrige Flurlicht hereinfiel.

Ingke kuschelte sich an Jonas, und Bernhard blieb still an ihrem Bett sitzen, bis ihr Atem wieder ruhiger wurde.

»Besser?«, fragte er.

»Hab ich öfter«, sagte Ingke.

Bernhard schwieg einen Moment. »Immer den gleichen?«

Ingke nickte. »Ich hatte ihn wohl schon als Baby. Ich muss ihn schon geträumt haben, bevor ich zu Maren und Kelle kam.«

»Wer weiß, was damals auf der Flucht passiert ist«, sagte Heide, die den letzten Satz gehört hatte und mit einer großen Schale, aus der es dampfte, an Ingkes Bett trat.

Daran hatte Maren auch schon gedacht, aber Maren hatte nicht gesagt »auf der Flucht«, und sie hatte auch nicht vorwurfsvoll geguckt. Maren hatte überlegt, »was sie damals bei eurer Flucht mit dir gemacht haben«, und Ingke begriff, dass das ein Riesenunterschied war.

Maren hatte ihre Mutter nicht dafür verurteilt, dass sie mit ihr versucht hatte zu fliehen, sie hatte die verurteilt, die die Flucht wie auch immer vereitelt hatten. Heide dagegen hatte offenbar kein Verständnis dafür, dass Petra überhaupt eine Flucht mit ihrem Baby gewagt hatte, genau wie Kelle.

»Danke für die Milch, aber ich mag jetzt nicht«, sagte Ingke zu ihr.

»Ich stell sie dir auf den Nachttisch, sie ist vielleicht noch zu heiß«, meinte Heide.

»Geh nur«, sagte Bernhard. »Ich bleibe noch ein bisschen sitzen.«

»Du bist hier sicher«, sagte Heide. »Schlaf dich morgen aus.«

Ingke nickte, und Heide ging.

Als sie weg war, setzte sich Ingke auf und griff doch nach

der großen Schale. Sie legte die Hände darum. »Praktisch«, sagte sie.

»Meine Frau liebt französischen Milchkaffee, und sie meint, er muss unbedingt in so einer Bol serviert werden.«

»Versteh ich«, sagte Ingke, denn das Honigaroma konnte sie durch die große Oberfläche der Flüssigkeit wunderbar riechen. Sie trank in kleinen Schlucken.

Jonas streckte sich vor dem Bett aus, schielte aber immer wieder nach oben, ob alles in Ordnung sei.

»Magst du mir von dem Traum erzählen?«, fragte Bernhard.

»Wir nennen ihn ›Geistergeheul‹«, sagte Ingke. »Es ist dunkel. In der Finsternis ertönt ein Heulen, und es wird immer lauter. Es ist ganz schrecklich. Dann knallt es, und ich falle und falle und falle. Ins Nichts. Davon wache ich immer auf.«

Bernhards Lippen wurden zu einem Strich. »Das hätte sie nicht machen dürfen.«

Obwohl er es nur leise murmelte, verstand Ingke es ganz genau, und sie sah sich bestätigt in ihrer Vermutung, dass Bernhard und Heide das Tun ihrer Mutter missbilligten. Es muss die Hölle für Petra gewesen sein, dachte sie. Ihre Mutter hatte sich zusätzlich zu dem Schmerz darüber, dass ihr das Baby weggenommen worden war, bestimmt selbst schreckliche Vorwürfe gemacht, und da mussten ihr eigener Vater und seine neue Frau auch noch nachtreten.

Sie stellte die Schale ab. »Ich glaub, ich kann jetzt einschlafen. Kann Jonas hierbleiben?«

Bernhard nickte und stand auf. »Wir sind gleich nebenan, du brauchst keine Angst haben.«

»Danke. Gute Nacht.«

Bernhard ging und zog die Tür bis auf einen kleinen Spalt zu, sodass Jonas noch herauskonnte, wenn er wollte.

Ingke legte sich wieder hin, ließ einen Arm aus dem Bett hängen und streichelte Jonas.

Nach einer Weile flüsterte sie ihm zu. »Wenn du eine Jonasine wärst und Welpen hättest, würdest du sie auch mitnehmen, wenn Gefahr im Verzug ist, oder?«

Jonas grunzte leise.

Nur: Was genau war eigentlich die Gefahr gewesen? Hatte wirklich Gefahr gedroht, sodass Petra, Ingrid und sie sich aufgemacht hatten? Das musste sie ihre Mutter unbedingt alles fragen.

Als sie am Morgen aufwachte, stand die Sonne schon ziemlich hoch. Jonas war weg. Sie ging in die Küche, aus der sie es klappern hörte. Heide räumte gerade die Frühstücksteller von Bernhard und ihr in den Geschirrspüler.

»Guten Morgen. Na, wenigstens noch gut geschlafen?«, fragte Heide.

»Ja, danke«, antwortete Ingke. »Kann ich einen Milchkaffee haben?«

Heide nickte. »Mach ich dir gleich. Wir haben schon gefrühstückt, wir wollten dich nicht wecken.«

Ingke half Heide beim Wegräumen, schmierte sich gleich in der Küche ein Honigbrötchen, »Mehr Hunger habe ich sowieso nicht«, und wusch sich ein paar Erdbeeren ab. Dabei sah sie, wie ihr Großvater mit Jonas ums Haus kam.

Wenig später saß sie zusammen mit Bernhard am Tisch im Wohnzimmer, während Heide draußen den Rasen vertikutierte. Auf so eine Idee wären Maren und Kelle nie gekommen, dachte Ingke. Aber die Rasenfläche hier war wirklich samtweich, das hatte sie gestern gemerkt.

Ingke schaute Heide zu und trank ihren ersten französischen Milchkaffee. Sie war zwar gleich nach der Währungsunion im Sommer 1990 mit ihren Eltern in Paris gewesen – wegen Simone de Beauvoir, die ihre Mutter so schätzte, deren Bücher hatte es auch in der DDR gegeben –, aber das Erwachsenengetränk Kaffee bekam sie zu Hause bis heute nur auf ausdrückliches Bitten hin.

Bernhard stand auf und ging zum Bücherregal. Er holte ein sehr dickes Buch heraus und ein ganz dünnes, das in Papier eingeschlagen obenauf lag. Er legte das dicke vor Ingke auf den Tisch. *Boris Pasternak: Doktor Schiwago*, las Ingke auf arbeiterfahnenrotem Grund.

»Du musst es nicht mitnehmen, nur wenn du willst«, sagte Bernhard.

»Doch, mach ich, danke«, sagte Ingke. »Ich bin gespannt.« Dann stutzte sie. »Was ist eigentlich aus Dimitri geworden? Du hast doch bestimmt von hier, also aus dem Westen, meine ich, nach ihm geforscht.«

Bernhard nickte, legte das dünne Buch beiseite und faltete die Hände auf dem Tisch. »Ich wollte sogar hinfahren, habe mich aber nicht getraut. Wie gesagt: Mein Weggang aus der DDR war auch schon vor dem Mauerbau eine Straftat. Und wer weiß, vielleicht hätte ich deswegen in der Sowjetunion Schwierigkeiten gekriegt.«

»Du meinst, die hätten dich festgenommen?«

Bernhard nahm die Hände in einer Vielleicht-Geste auseinander und faltete sie dann wieder. »Ich habe einen meiner Studenten mit einem Brief hingeschickt. Der interessierte sich für das Kolchos-System, und ich habe ihm die Reise finanziert. Dafür hat er Dimitris Frau besucht.«

Er stand auf, holte ein Fotoalbum aus dem Regal, und zwischen Fotos von irgendwelchen Universitätsfeiern war eins, auf dem eine uralt aussehende Frau vor einer Blockhütte saß. Ingke beugte sich über das Foto. Die Frau lächelte, aber ihre Augen … Ingke hielt ihre Hand über den lächelnden Mund. Ja, ihre Augen schienen zu weinen. Die Frau war auch keineswegs so alt, wie es auf den ersten Blick den Eindruck machte. Sie war einfach nur furchtbar verhärmt.

»Er ist tot, oder?«, fragte sie.

»Er wurde in einen Gulag verschleppt, und seine Frau hat nie wieder etwas von ihm gehört.« Bernhard zog das Album näher zu sich und schaute auf das Foto. Wie so oft trat in seine Augen eine herzzerreißende Mischung aus Liebe und Schuld. »Sie hat mir ausrichten lassen, dass sie uns nicht böse sei, weil Dimitri sie und ich Ingrid alleingelassen hätten. Männer müssten kämpfen, hat sie meinem Studenten gesagt.« Ganz kurz zog ein Lächeln über Bernhards Gesicht. »Der war mit der ganzen Sache komplett überfordert.« Dann wurde er wieder ernst. »Ich habe ihr Geld geschickt, aber sie lebte nicht mehr lange. Später wollte ich das agrarökologische Institut hier nach Dimitri benennen lassen, aber das hat natürlich nicht geklappt.«

Er schlug das Fotoalbum zu.

»Hier in Witzenhausen, beim Aufbau des agrarökologischen Instituts, habe ich meinen Frieden gefunden«, sagte er leise.

Ingke stellte ihre Bol ab. »Nein«, sagte sie entschieden. »Hast du nicht.«

Bernhards Kopf ruckte hoch.

»Hast du nicht«, wiederholte Ingke und dachte daran, wie ihre Eltern sich manchmal über völlig überforderte Angehörige von todgeweihten Patienten unterhielten. »Opa, du musst eine Therapie machen. Du hast das alles überhaupt nicht verarbeitet.«

»Sagt mir meine achtzehnjährige Enkelin, nachdem sie mich noch nicht mal zwei ganze Tage gesehen hat«, sagte Bernhard mit eindeutig verärgertem Unterton.

»Ja, sagt sie dir«, bekräftigte sie.

Dann schwiegen beide.

Nach einer Weile griff Bernhard zu dem in Papier eingeschlagenen Buch. »Mach es auf.«

George Orwell: Animal Farm, las Ingke, nachdem sie das Papier zur Seite geschlagen hatte.

»Für deine Englischprüfung. Es ist nicht schwer geschrieben«, sagte Bernhard.

»Danke«, sagte Ingke. *Orwell, Animal Farm* … Sie überlegte, und Bernhard lächelte und ließ ihr Zeit.

»Das ist das Buch, wegen dem du verhaftet worden bist«, sagte Ingke. Die *Farm der Tiere*. Das Buch, das die Stasi bei euch im Bücherregal gefunden hat.«

»Genau das. Also, nicht dasselbe, natürlich. Das hier haben wir gestern in der Stadt für dich gekauft. Das damals war die deutsche Übersetzung, und die haben sie ja mitgenommen.«

»Wer das jetzt wohl hat?«, sinnierte Ingke. »Ob die das dann heimlich gelesen haben?«

Bernhard zuckte mit den Schultern, und um seine Augen bildeten sich Lachfältchen. Dann prustete er los.

Ingke hob die Augenbrauen.

Bernhard japste. »Du musst es lesen, dann weißt du, warum ich so lache.«

»Gut«, sagte Ingke. »Versprochen.« Sie legte den Kopf schräg. »Und du musst mir versprechen, dass du eine Therapie machst.«

»In meinem Alter …«, sagte Bernhard widerspenstig.

»In deinem Alter. Deiner Frau zuliebe«, sagte Ingke.

Bernhard stöhnte.

Ingke schwieg und wartete.

»Na gut«, sagte Bernhard. »Ich nehme das in Angriff.«

»Und was machst du nun wegen meiner Mutter?«, fragte Ingke.

»Ich werde sie nächste Woche in Frankfurt besuchen«, antwortete Bernhard. »Ich werde ihr von ihrer Tochter erzählen, und dann melde ich mich bei dir.«

»Abgemacht«, sagte Ingke. »Und ich schreibe ihr was. Hast du Briefpapier?«

»Ich habe welches«, sagte Heide von der Tür her. »Komm. Und dann müsst ihr auch bald fahren. Es ist schon fast Mittag.«

Sie führte Ingke in ein anderes kleines Zimmer, das sie noch nicht kannte. Vermutlich hatte es früher Jens gehört. Darin standen auf einem weichen Teppichboden ein hübscher kleiner Sekretär mit vielen Fächern, ein Lesesessel und ein elegantes Sideboard. Ein riesiger moderner Druck hing an der Wand. Heide öffnete ein Fach des Sekretärs und holte feines cremefarbenes Briefpapier heraus. »Bitte«, sagte sie.

»Ich hole nur meine Stifte«, sagte Ingke.

»Du kannst auch von mir einen haben«, sagte Heide und wies auf einen Stiftebecher auf der Schreibplatte.

Ingke schüttelte den Kopf. Sie brauchte ihren eigenen Füller. Irgendwas an dem Brief musste von ihr selbst sein. Wenigstens die Tinte.

Dann setzte sie sich hin und überlegte. Schließlich wurde es ein kurzes Schreiben.

Witzenhausen, den 10. Mai 1992

Liebe Mama!
Wie es Dir wohl geht, wenn Du einen Brief von einer Unbekannten mit dieser Anrede bekommst? Ich bin Ingke, Deine Tochter. Ich habe beschlossen, Dich Mama zu nennen, weil ich die Frau, die ich bisher für meine Mutter gehalten habe, »Mutti« genannt habe. Und eigentlich noch nenne. Seit ich weiß, daß Du meine Mutter bist, habe ich versucht, etwas über Dich in Erfahrung zu bringen, aber es ist nicht viel bisher. Dafür lerne ich gerade, was Familie ist, denn als ich erfuhr, daß ich nicht das Kind meiner Eltern bin, stellte ich fest, daß ich gar nicht wußte, was das eigentlich bedeutet: eine Familie. Du und ich, wir haben, seit ich denken kann zumindest, nie Familie sein dürfen. Ich bin traurig darüber und würde Dich gern kennenlernen und hoffe sehr, daß Du mich auch sehen möchtest.
Deine Ingke

Ingke atmete tief durch, steckte die Hülle auf ihren Füller, faltete das Schreiben und schob es in den dazugehörigen cremefarbenen Umschlag.

Dann zückte sie ihren Füller noch einmal und überlegte kurz. Lieber nicht ganz so mit der Tür ins Haus fallen, dachte sie und schrieb schwungvoll *Für Petra* auf den Umschlag.

Als Ingke später im Zug saß, merkte sie, wie anstrengend das Wochenende gewesen war – und wie fremd ihr alles erschienen war. Sie war mit ihren Eltern schon in Frankreich gewesen, in Italien und in Westberlin sowieso. Aber jetzt, hatte sie das Gefühl, war sie das erste Mal »im Westen« gewesen, in diesem »Westen«, in dem alles anders war als in dem Land, in dem sie aufgewachsen war.

Der Bungalow, in dem Jonas die Pfoten abgewischt wurden, war Heides Bungalow, das schicke Wohnzimmer war ihr Wohnzimmer, der Rasen ebenso. Schick, kühl, unpersönlich, drei Eindrücke, die auf ihr Zuhause überhaupt nicht passten, auch wenn Maren und Kelle das Haus durchaus nicht ohne Eleganz eingerichtet hatten. Kelle hatte ein Faible für die Moderne, Maren wusste mit Farben umzugehen, und außerdem war auch Rosa immer wieder mit Kleinigkeiten im Spiel gewesen. Ihr Zuhause, merkte Ingke, war ein Sammelsurium von Vorlieben und Gestaltungswünschen, die von ihren Eltern harmonisch ineinandergefügt worden waren. Heides und Bernhards Zuhause war schick und nicht ungemütlich, aber irgendwie … Es atmete nicht. Es wirkte hingestellt, wie von der Stange und als ob es auf Sparflamme lief. Aber vielleicht, dachte Ingke, verstehe ich das auch einfach nicht.

Sie nahm *Animal Farm* zur Hand. Bernhard hatte recht, es war wirklich nicht schwer geschrieben, und Englisch konnte sie auch viel besser als Französisch. Als sie irgendwann kurz vor Berlin las, wie das Lied *Beasts of England* verboten wurde und durch den Eid auf die *Farm der Tiere* ersetzt, musste sie erschüttert an das Gespräch mit Bernhard denken. Sie verstand jetzt, warum Bernhard hatte lachen müssen, und als sie das Märchen, das kein Märchen war, kurz vor Einfahrt in den Hauptbahnhof ausgelesen hatte, verstand sie es noch besser. *All animals are equal but some are more equal than others* – das war wirklich stark. Sie erinnerte sich an ein Transparent, das 1989 in der Wendezeit in ihrer Schule aufgetaucht war: *Alle Tiere sind gleich, aber manche sind gleicher.* Wer es aufgehängt hatte, hatte nicht ermittelt werden können, aber es hatte einen Riesenaufstand gegeben. Jetzt verstand sie, warum. Kein Wunder, dass Bernhard eingeknastet worden war.

Das Buch, beschloss sie, würde sie Kelle hinlegen.

* * *

Berlin, Juni 1992
»Du hast Post«, rief Maren aus dem Wohnzimmer, als Ingke von ihrer letzten mündlichen Prüfung nach Hause kam.

Ingke wusste sofort, von wem der Brief war. Heute Morgen hatte sie die letzte Abiturprüfung abgelegt, sie hatte es geschafft, das sollte doch eigentlich das Wichtigste sein. War es aber nicht.

Sie hatte Post von ihrer Mutter. Ihrer richtigen Mutter. Oder jedenfalls ihrer leiblichen Mutter. Ingke war sich über diese Frage immer noch vollkommen im Unklaren. Als sie mit Rosa darüber hatte sprechen wollen, war die in Tränen ausgebrochen – »Das ist alles so schrecklich!« –, und Peter hatte hinter ihrem Rücken die Augen verdreht, leicht den Kopf geschüttelt und erst Rosa getröstet und dann Ingke. »Die Hormone«, meinte er, als er kurz mit Ingke allein war. »Die Frage, was eine Mutter zu einer Mutter macht, überfordert sie einen guten Monat vor der Geburt.«

Ingke entschuldigte sich und kam sich vor wie ein Trampel, aber Peter beruhigte sie. »Ich finde es schön, dass sie so ist, so muss das wohl sein. Ich bringe das schon wieder in Ordnung.«

Ingke nickte dankbar, obwohl sie es nicht richtig verstand. Klar war nur: Rosa schied erst einmal aus.

Also ging sie zu Ernst, und der meinte trocken: »Du hast deine leibliche Mutter ja noch gar nicht gesehen. Und zurückgeschrieben hat sie bisher auch nicht. Da warte mal schön ab, mein Küken.« Dann schwieg er eine Weile, aber Ingke merkte, dass er nachdachte, und hielt den Mund.

»Ich weiß nicht, ob man einfach so eine Mutter ist, weil man ein Kind kriegt. Wenn ich Rosa so sehe, würde ich das zwar mit Ja beantworten«, er grinste kurz, und auch Ingke musste über die wirklich närrisch gewordene Schwangere lächeln, »aber wenn das dann so abgebrochen wird wie in deinem Fall … dann verliert sich das vielleicht.«

Ingke schüttelte den Kopf. »Als du mir von Jürgen erzählt hast, hatte ich nicht den Eindruck, dass sich irgendwann im Lauf der Jahre, seit er nicht mehr da ist, irgendwas verloren hätte.«

Ernst schnappte nach Luft und sah sie überrascht an.

»Entschuldige«, sagte Ingke und kam sich erneut wie ein Trampel vor.

»Nein, nein«, sagte Ernst, »du brauchst dich nicht zu entschuldigen. Aber ich glaube, das ist etwas anderes. Mit Jürgen hatte ich eine lange Strecke Leben zusammen. Die ganze Kindheit. Wir sind zusammen erwachsen geworden. Deiner Mutter Petra war nur ein kurzes Stück Weg mit dir vergönnt. Du warst ein Baby. Sie hat keine Ahnung, was aus dir geworden ist. Und vielleicht hat sie auch Angst vor einem Treffen.«

Etwas Ähnliches hatte Bernhard auch angedeutet, aber Ingke fand den Gedanken befremdlich. Sie stellte sich vor, dass sie selbst keine Sekunde gewartet hätte, sondern sofort nach Berlin gefahren wäre. In der zweiten Woche nach ihrer Rückkehr aus Witzenhausen, als sie wusste, dass Bernhard in Frankfurt gewesen war, hatte sie beim Heimkommen immer geguckt, ob vielleicht ein Auto mit Frankfurter Kennzeichen vor dem Haus stand, aber Fehlanzeige, jedes Mal.

Bernhard hatte nur ganz knapp geschrieben, dass er nach Frankfurt gefahren und alles *ganz schön viel* für Petra gewesen sei.

Als Ingke aus Witzenhausen zurückgekommen war, hatte Kelle sie am Bahnhof abgeholt, und Maren war immerhin schon wieder so weit gewesen, dass sie die ersten Möhrchen glasieren konnte, die Ingke schon als Kind geliebt hatte. Damals hatten sie sie nachmittags auf den nahen Feldern selbst ausgerupft, und Ingke wurde erst jetzt klar, dass Maren sie mit ihr zusammen stibitzt hatte, weil es noch keine zu kaufen gab, aber Ingke dieses zarte junge Gemüse so sehr mochte. Weil ihre Mutter dabei gewesen war, hatte sie immer gedacht, das sei so in Ordnung.

Diesmal hatte vermutlich Kelle die jungen Möhren für sie besorgt, weil Maren noch viel zu schwach war, um bis zu den Feldern zu kommen. Allerdings würde Kelle niemals einem Bauern etwas klauen – alte LPG-Ehre. Mit Sicherheit hatte er den Besitzer ausfindig gemacht, vorher gefragt und dafür bezahlt.

Zu den glasierten Möhrchen gab es Kartoffelauflauf mit Zwiebeln und Kümmel und frischem Schnittlauch. Den hatte Ingke selbst einmal zu den Möhrchen zugefügt, weil die Süße der Zwiebeln zur Süße der glasierten Möhrchen passte und der Schnittlauch einen feinen Kontrapunkt setzte.

Dieses Essen war genau das Richtige gewesen, um nach Hause zu kommen. Und ob Ingke wollte oder nicht, das Gefühl des Heimkommens hatte sie so überwältigt, dass sie am Abend in ihr Kissen geweint hatte.

Animal Farm legte sie Kelle wirklich hin, und er versprach, das Buch zu lesen.

»Sehr hellsichtig«, bemerkte er eine Woche später und legte das Buch auf den Abendbrottisch. »Aber nicht alle sind Schweine. Schweine sind die, die ihre Macht missbrauchen, und die gibt es auch in Demokratien. ›Blühende Landschaften‹ hat uns Kohl versprochen. Arbeitslosigkeit haben wir gekriegt.«

»Der Anschluss der DDR an die BRD war auch kein wirklich demokratischer Akt, er war eine Übertölpelung, genau wie im Buch«, sagte Maren. »Nur nicht schleichend, sondern per Blendung.«

»Eine Fortführung des Kolonialismus, in dem die DDR-Volkswirtschaft ausgesaugt wurde vom Westen. Statt einer Billigproduktionsstätte hatte man nun einen neuen ungesättigten Absatzmarkt«, ergänzte Kelle.

»Du hast es auch gelesen?«, fragte Ingke ihre Mutter und verdrehte innerlich die Augen über die gebetsmühlenartige Gesellschaftskritik ihrer Eltern.

Statt Maren antwortete Kelle. »Sie hat mir beim Schummeln geholfen. Ich kann nicht so gut Englisch, um da durchzukommen. Sie hat mir das deutsche gekauft.«

Ingke sah, wie ihre Eltern einen komplizenhaften und gleichermaßen verliebten Blick wechselten.

Kelle schob Ingke das Buch zu. »Wenn es dir bei deiner Englischprüfung hilft, soll es mir recht sein. Wie gesagt, ein dummes Buch ist das nicht.«

Und nun, zwei Wochen später, war auch die Englischprüfung vorbei, und ein Brief von ihrer Mutter Petra lag im Flur. Ein dicker Brief.

Ingke nahm ihn, drehte ihn hin und her und spürte Marens Anspannung durch die Tür des Wohnzimmers wabern, wo sie tagsüber noch viel auf der Couch ruhte.

»Ich geh zu Ernst«, rief sie kurz entschlossen, obwohl es sich draußen bedrohlich zuzog und fernes Donnergrollen bis in den Flur drang. Diesen Brief konnte sie nicht hier lesen, quasi unter ängstlicher Aufsicht. Allein wollte sie aber auch nicht sein. Sie schnappte sich den Umschlag und ihre Regenjacke und verließ das Haus.

Ernst hatte sein Studium der Landwirtschaft und des Gartenbaus in der Umbruchzeit begonnen, als die nach dem Mauerbau getrennten Bereiche von Technischer und Humboldt-Universität sich neu sortierten. Er hatte sich gleich zu Studienbeginn in den akademischen Selbstverwaltungsgremien engagiert und war neben seinem Studium daran beteiligt, einen gemeinsamen Fachbereich aller drei Berliner Universitäten für Agrar- und Gartenbauwissenschaften an der Humboldt-Universität einzurichten. Deshalb war Ingke sicher, ihn in seinem Institut in der Invalidenstraße anzutreffen.

So war es auch. Aber weil Ernst Ernst war, schwänzte er für Ingke eine Vorlesung, und weil es inzwischen schüttete, lud er sie nach nebenan ins Naturkundemuseum ein, wo sie sich in den Lichthof zu dem riesigen Brachiosaurus brancai und dessen kleineren Anverwandten setzten. Durch das Oberlicht flackerten die Blitze, und der Regen trommelte heftig auf die Scheiben. Ingke stellte sich vor, sie sei ein Dinosaurier und erlebte gerade den Untergang ihrer Welt.

Als sie das Ernst mitteilte, legte er seinen Arm um sie. »Na, ganz so schlimm wird es schon nicht kommen. Lass sehen.«

Ingke öffnete vorsichtig den dicken Brief. Darin befand sich ein Schreiben auf ähnlichem Briefpapier wie das von Heide, nur pfirsichfarben getönt. Dazu eine Bahnfahrkarte nach Frankfurt, hin und zurück. Dann noch zwei Fotos, die eine Frau mit robinienrindenfarbenem Haar zeigten. Petra. Auch wenn bei Bernhard und Heide kein aktuelles Foto gestanden hatte, erkannte Ingke ihre Mutter sofort. Sie hatten wirklich den gleichen Mund und auch eine ähnliche Figur – überall gerundet und weich, Petra vielleicht obenrum etwas breiter, wie Bernhard. Petra schien nicht besonders groß zu sein, wenn auch nicht ganz so knuffig wie Ingke. Auf einem der beiden Fotos stand sie an einem Fluss, im Hintergrund ragten ein Doppelhochhaus sowie drei einzelne aus einer Stadt heraus. Das Foto war gestellt, trotzdem lächelte Petra halbwegs entspannt in die Kamera.

Ernst beugte sich über das Bild. »Das ist Frankfurt am Main, da sind die Deutsche Bank und der Messeturm.« Er zeigte auf das Doppelhochhaus und das allerhöchste, das aussah wie ein Bleistift mit der Spitze nach oben.

»Ja, da wohnt meine Mutter«, sagte Ingke. Sie schob das andere Foto über das erste. Es war ein Schnappschuss. Petra trug ein buntes Tuch im Haar, hatte eine Schürze umgebunden und räumte gerade einige Behälter aus einem Transporter, auf dessen Seitenfläche *Robi* und darunter *Cate* zu lesen war, der Rest war abgeschnitten. Petra hatte sich offenbar gerade umgedreht, als das Foto geschossen worden war, und den Mund halb geöffnet, um dem Fotografen etwas zu sagen. Aber sauer schien sie nicht zu sein, denn um ihre hellbraunen Augen entdeckte Ingke kleine Lachfältchen. Sie trug roten Lippenstift, der zu dem Tuch passte und auch zu der roten Schürze. Das sah frisch aus, und Ingke beschloss, das auch einmal auszuprobieren. Vielleicht zum Abiball. Bis jetzt hatte sie immer nur roséfarbenen Lipgloss benutzt, weil sie in Bezug auf große optische Veränderungen unsicher war. Aber ihr Mund und roter Lippenstift schienen zusammenzupassen, schließlich sah es bei ihrer Mutter auch gut aus.

Dieser Gedanke überwältigte Ingke, und sie musste schnell hochgucken, damit keine Träne auf das Foto fiel. Über dem Oberlicht beweinte der Himmel die lange Trennung.

»Sieht sympathisch aus«, sagte Ernst und drückte Ingkes Hand. »Kannst hinfahren, Küken, ist genehmigt.«

»Lass uns doch erst mal lesen«, sagte Ingke und zog die Nase hoch.

Ernst, der offenbar der Meinung war, dass die Hauptsache geklärt war, zuckte mit einer Schulter und schürzte zustimmend die Lippen.

Also öffnete Ingke den Brief.

Frankfurt, den 31. Mai 1992

Meine liebe Tochter!
Daß ich diese Anrede jemals schreiben dürfte, hätte ich mir nicht träumen lassen. Nicht nach all den Jahren, in denen ich Dich irgendwo wußte, aber nicht, wo. Mal wähnte ich Dich bei einer liebevollen Familie, mal bei ganz schrecklichen Menschen, die Dich schlecht behandeln. Beides war fürchterlich. Im ersten Fall fühlte ich mich ungebraucht, im zweiten hilflos. Nun bist Du groß, und wie ich von meinem Vater weiß, hast Du es gut getroffen, Du bist bei irgendeinem Familienableger der alten Dame in Beerenhain gelandet, die mit den Jahren zu einer Freundin Deiner Oma Ingrid geworden war. Wie so etwas Merkwürdiges passieren konnte, mußt Du mir unbedingt erzählen. Es ist schon ein wenig befremdlich.
Doch wie auch immer, danke, meine liebe Tochter – ich könnte das tausendmal schreiben –, daß Du nach mir gesucht hast. Ich will jetzt nicht viel schreiben und kann es auch gar nicht, ich bin viel zu verwirrt. Ich muß Dich anschauen, wenn wir uns über die Jahre austauschen, die wir nicht zusammen verbringen durften.
Ich habe diesen Brief x-mal angefangen und immer wieder zerknüllt, weil ich versucht habe, Dir einfach alles zu schreiben, Dich alles zu fragen, jetzt, sofort, alles auf einmal. Und nun mußte ich einfach sagen: letzter Versuch. Sonst hättest Du ewig auf eine Antwort warten müssen.

Ich habe eine Cateringfirma und bin viel unterwegs, aber wenn Du kommst, möchte ich mir Zeit nehmen. Bitte komm, ich würde mich so freuen! Schreib mir schnell, wann es bei Dir klappt, dann richte ich es ein.
Überglücklich – Deine Mutter

Ingke ließ den Brief sinken.

»Na, war doch gar nicht so schlimm«, sagte Ernst, der mitgelesen hatte.

Das stimmte, es war geradezu erschreckend normal, einfach, folgerichtig. Ingke fühlte sich auf einmal vollkommen erschöpft und leer. In sich zusammengesunken saß sie da.

»Hallo, Erde an Ingke, bist du noch da?«, fragte Ernst.

Ingke nickte, aber sie merkte daran, wie Ernst die Augenbrauen hochzog, dass das nicht besonders glaubhaft war.

Er sah auf die Uhr. »Komm, wir gehen Kaffee trinken. Küken aufwecken.« Er stand auf.

Ingke blieb sitzen und zog noch einmal das Foto mit dem kleinen Lieferwagen heraus. Sie grübelte kurz, dann erhob sie sich ebenfalls. »Ernst?«

»Ja?«

»Habt ihr im Institut ein Telefon?«

»Du meinst, ob wir da telefonieren dürfen?«

Ingke nickte.

»Unsere Sekretärin mag mich«, sagte Ernst. »Und Kaffee hat sie auch.«

»Brauch ich nicht. Bin wach.« Ingke machte eine Pause. »Aber du vielleicht.«

»Aha?«

Sie traten auf die Straße. Es hatte aufgehört zu regnen, und Ingke hakte sich bei Ernst ein. »Ich … also«, sie druckste herum, und Ernst drückte ihren Arm. »Also, ich kann meiner Mutter nicht schreiben und noch mal warten. Zu Hause sitzen, und Mutti, also Maren, also sie liegt unten auf dem Sofa und will das alles nicht. Da kann sie zehnmal behaupten, ich sei erwachsen und dürfe machen, was ich wolle. Und anrufen kann ich auch nicht, jedenfalls nicht von zu Hause. Maren ist ja immer da. Sie erholt sich zwar von der Chemo, aber es geht ihr noch schlecht.«

»Und da kommt unsere Sekretärin ins Spiel.«

»Ja, und du. Ich kann nicht einfach am Telefon mit meiner Mutter reden. Ich muss sie erst mal sehen. Also, ich muss sie sehen, wenn ich mit ihr spreche. Der Brief, den ich ihr aus Witzenhausen geschrieben habe, hat sich schon ganz komisch angefühlt.« Ingke holte zittrig Atem. »Und deswegen wollte ich fragen, ob du sie nicht anrufen kannst und einen Termin ausmachen. Ich hab jetzt frei, ich bin fertig.«

Ernst blieb stehen. »Du hast Abi?«

Ingke nickte. »Heute war die letzte mündliche Prüfung. Hab ich bestanden.«

»Hui«, machte Ernst, griff Ingke beherzt unter die Arme und schleuderte sie in einem Kreis herum wie ein kleines Kind.

Ingke quietschte überrascht, und die Freude, die in ihrem Bauch gesessen hatte und verschwunden war, als der Brief im Flur lag, brach sich Bahn. »Juhu!«, schrie sie laut.

»Juhu!«, rief auch Ernst, schwenkte sie noch einmal herum, dass die Leute auf dem Gehsteig ausweichen mussten, und setzte sie dann ab.

»Wir haben doch gar keine Telefonnummer«, sagte er.

»Wir können die Auskunft anrufen.«

»Klar«, sagte Ernst und verdrehte die Augen. »Sie heißt Schröder, da gibt es bestimmt hundert in Frankfurt.«

»Das stimmt, aber jetzt ist es sowieso tagsüber, und da wird sie, wenn wir Glück haben, in ihrer Firma sein. Sie hat doch geschrieben, dass sie eine Cateringfirma hat. Und ich weiß, glaube ich, wie die heißt.«

»Wie denn?«, fragte Ernst.

»Robinia Catering oder Robinias Catering. *Robi* und *Cate* stand auf dem Transporter auf dem Foto, und von Bernhard weiß ich, dass ihr zweiter Name Robinia ist. Wie der Baum. Weil sie als Neugeborene Haare in der Farbe von Robinienrinde hatte. Nach Robinia Catering könnten wir die Auskunft fragen.«

Ernst verzog den Mund. »Na gut, Sherlock. Ein Versuch. Weil du es bist. Aber denk dran: Das Abitur ist eine Reifeprüfung, und wenn man die bestanden hat, sollte man sich schon trauen, allein zu telefonieren.«

»Ich habe aber mein Zeugnis noch nicht«, sagte Ingke und plinkerte Ernst an.

»Na, da kann ich natürlich nichts machen«, sagte er.

»Juhu!«, rief Ingke noch mal.

»Juhu.« Bei Ernst wurde es eher ein Stöhnen.

Wenig später klopften sie bei der Sekretärin, die fröhlich »Hereihein!« rief. Sie war höchstens Mitte zwanzig, hatte tausend Sommersprossen und sah so frisch aus, als käme sie von einem Morgenspaziergang an der Frühlingsluft.

»Hallo, Ricarda«, sagte Ernst und errötete leicht. »Das ist meine Cousine Ingke, und wir müssten mal telefonieren.« Als er sein Anliegen vortrug, überzog sich auch ihr Gesicht mit einer feinen Röte.

Aha, dachte Ingke, das Mögen scheint auf Gegenseitigkeit zu beruhen. Ob Ernst sich ihretwegen in den Gremien engagierte?

Die Sekretärin griff umstandslos nach dem Hörer, wählte die Nummer der Auskunft und fragte nach Robinia Catering in Frankfurt am Main. Es dauerte nur einen Moment, dann zückte sie einen Stift. »Null, sechs, neun …«

»Siehst du!« flüsterte Ingke laut und stupste Ernst mit der Faust auf die Brust. »Ich kann gleich morgen«, fügte sie hinzu.

Die Sekretärin drehte das Telefon zu Ernst. »Ich geh mal Kaffee holen«, sagte sie und verließ den Raum.

Ingke rief ihr hinterher: »Für mich bitte nicht, danke!« Wenn sie jetzt auch noch Kaffee trank, würde sie einen Herzkasper bekommen. Zu Ernst gewandt sagte sie: »Die ist aber wirklich nett.« Dann schnappte sie sich den Zettel mit der Telefonnummer. »Na los, ich sag sie dir vor.«

Ernst griff zum Hörer und wählte. Ingke hielt die Luft an. Dann wurde offensichtlich am anderen Ende abgenommen. Ernst sagte: »Frau Schröder, hier ist Ernst Beerenhain, ich bin, na ja, so eine Art Cousin Ihrer Tochter Ingke ... Sie steht neben mir und zerdrückt mir gerade das Handgelenk.«

Ingke ließ ihn los und zischte. Ernst redete einfach weiter. »Aber sie will Ihnen gegenüberstehen, wenn sie mit Ihnen redet, deshalb rufe ich an ... Ja, genau ... Sie hat gerade Abi gemacht und jetzt frei ... Wirklich? ... Aha ... Na, das trifft sich ... Sehr gut ... Sie hat ja die Fotos ... Warten Sie, das notiere ich.« Er schnappte sich einen Zettel und einen Stift von Ricardas Schreibtisch. »Können Sie mir vorsichtshalber Ihre Adresse geben? Falls was schiefgeht ... Hab ich. Vielen Dank ... Richte ich ihr aus ... Auf Wiederhören.«

Er legte auf, und als ob dies das Signal gewesen wäre, betrat die Sekretärin das Büro wieder. Sie hielt ein Tablett in der Hand und kickte die Tür mit einem eleganten Hüftschwung zu. Bei dem Knall zuckte Ingke zusammen wie immer, wenn eine Tür laut zufiel, und schnappte nach Luft. Glücklicherweise achtete niemand auf sie.

Ernst stürzte auf Ricarda zu. »Warte, ich helfe dir.«

»Geht schon.« Die Sekretärin stellte das Tablett ab und reichte Ernst eine Tasse, auf deren Untertasse ein Keks lag, in Herzform, wie Ingke nicht entging.

»Für dich hab ich ein Glas Wasser mitgebracht«, sagte Ricarda und wies auf das Tablett.

Ingke bedankte sich. »Was ist denn nun?«, fragte sie Ernst, der Ricarda zusah, wie sie am Kaffee nippte. Wie ertappt wandte er sich Ingke zu.

»Tja, deine Mutter hat morgen Abend keinen Einsatz und meint, dass das prima passen würde. Sie wusste auch einen Zug, weil sie Freunde in Berlin hat. Der kommt morgen kurz vor sechs in Frankfurt an. Die genaue Zeit steht hier.« Er zeigte auf den Zettel. »Deine Mutter wartet vorn am Bahnsteig. Frankfurt ist ein Kopfbahnhof, dort könnt ihr euch nicht verfehlen. Du weißt ja, wie sie aussieht.«

»Moment«, sagte Ricarda und sah Ingke ungläubig an. »Ihr habt eben mit deiner Mutter telefoniert, und du kennst sie gar nicht? Wie geht das denn?«

»Ich bin ein geklautes Kind«, sagte Ingke, »aber das ist eine lange Geschichte. Ernsts Geschichten von seinen Baumpflanzaktionen sind viel spannender. Die sollten Sie sich erzählen lassen. Ich muss jetzt zum Bahnhof, gucken, wann dieser Zug in Berlin abfährt.« Sie griff nach dem Wasserglas, trank einen großen Schluck und sah Ernst auffordernd an. Dann schaute sie zu Ricarda. »Danke fürs Telefonieren. Sie haben sich auf jeden Fall eine Einladung in Ernsts Lieblingskneipe verdient.«

Sie stellte das Glas ab und umarmte Ernst. »Lad sie ein!«, flüsterte sie ihm ins Ohr. »Sonst schnappt sie dir jemand weg.« Dann griff sie sich den Zettel, auf dem Ernst die Ankunftszeit des Zuges sowie Petras Adresse notiert hatte, und ging zur Tür. »Tschühüüs!«

»Halt!«, sagte Ernst streng. »Warte. Du fährst nicht einfach so nach Frankfurt. Das ist weit weg. Ich gebe dir noch Onkel Ottos Adresse, zur Sicherheit. Der wohnt da ja auch. Darauf würde dein Vater bestehen, und wie ich dich kenne, fragst du ihn heute nicht danach.«

Ingke wurde rot und wollte widersprechen, aber Ernst kam

ihr zuvor. »Keine Widerrede. Sonst hab ich dir das letzte Mal geholfen.«

Ingke sah ein, dass Ernsts Gedanke vernünftig war. Sie blieb an der Tür stehen, während er sein Adressbuch aus der Tasche nahm und Ottos Adresse abschrieb. Ingke hatte Otto zwar noch nie gesehen, aber ein Notanker war er auf jeden Fall. Auch wenn er sich von der Familie fernhielt, hatte er seinen Bruder Paul und dessen Kinder doch liebevoll begleitet, und auch Kelle, Maren und sie gehörten für Otto zur Familie.

Sie nahm den Zettel mit Ottos Adresse, bedankte sich erneut und ging.

Am Hauptbahnhof erkundete sie, wann der Zug am nächsten Tag abfahren würde. Dann machte sie sich auf nach Hause.

Als sie ankam, war es zwar noch hell an diesem zweiten Junitag, aber schon recht spät. Die Tür war abgeschlossen. Wo war Maren?

Auf dem Sofa lag sie nicht. Ingke ging in die Küche und fand einen Zettel von Kelle vor.

Maren ging es nicht gut. Wir sind vorsichtshalber in die Klinik gefahren. Weiß nicht, wann wir zurückkommen. Warte nicht auf uns. Es ist frisches Brot da. Vati

Da ist bestimmt der Brief schuld, dachte Ingke und hatte ein schlechtes Gewissen. Sie schnitt eine Scheibe Brot ab, bestrich sie dick mit Butter und biss hinein. Frisches Brot mit Butter war so einfach wie himmlisch.

Sie kaute und dachte nach. Das konnte eigentlich nicht sein. Krebs war eine schlimme Krankheit, und die wurde nicht schlimmer wegen eines Briefs. Die wurde schlimmer, weil es schlecht stand. Weil die Chemo nicht ausgereicht hatte.

Sie legte ihr Brot auf die Arbeitsplatte und schaute in den Garten. Die Wolkendecke war aufgerissen, und das weißliche

Sommerabendlicht überzog alles mit einem kreidigen Ton wie auf den Ostseebildern von Caspar David Friedrich, bei denen Maren und sie hin und wieder zu »heiligen Mutter-Tochter-Gesprächen« gesessen hatten. Der Lichtsaal in der Alten Nationalgalerie, wo die Bilder hingen, war wirklich wunderschön, und Maren fand, dass er genau die richtige Atmosphäre für eine Dame und eine junge Dame hatte. Er vermittelte »ruhige Weite im Geist«, wie sie irgendwann einmal gesagt hatte.

Als Ingke das erste Mal Liebeskummer gehabt hatte, hatte ihre Mutter ihr dort von ihrer ersten Liebe erzählt – Uwe aus der Parallelklasse in Bad Schlema – und von eigenen peinlichen Aktionen, zum Beispiel davon, wie sie Uwe »rein zufällig« am Gartentor aufgelauert hatte, der aber mit Maren nichts anfangen konnte. Das half Ingke, ihrer Mutter von André, einem Jungen aus ihrer alten Bucher Klasse vorzuschwärmen, der sie nach einer Woche wechselseitiger Flirts einfach nicht mehr wahrnahm. Mit Marens Hilfe kam sie ihm auf die Schliche und erkannte, dass er sie nur benutzt hatte, um das Mädchen eifersüchtig zu machen, auf das er eigentlich scharf gewesen war, das ihm aber die kalte Schulter gezeigt hatte. Im Sommer 1989 verschwand er mit seinen Eltern über Ungarn und ließ dieses andere Mädchen, das sich schließlich doch auf ihn eingelassen hatte, einfach fallen wie eine heiße Kartoffel. »Wenn irgendwas gleich am Anfang komisch ist, lass die Finger davon. Lach dir bloß keinen schwierigen Typen an. Die saugen dich nur aus«, hatte Maren gemeint, und die Geschichte mit dem anderen Mädchen hatte ihr recht gegeben.

Ingke blickte in den Garten, der ihr so vertraut war. Die Rosen blühten, die ersten Johannisbeeren waren reif, weil es in den letzten Tagen richtig heiß geworden war, Erdbeeren gab es auch. Ingke beschloss, Petra ein Körbchen mitzubringen. Die würde sie morgen frisch ernten, bevor sie zum Bahnhof fuhr. Das bedeutete, dass sie heute Abend noch packen musste.

Der Garten war völlig anders als Heides. Heide hatte Rabatten um die Terrasse, eine akkurat geschnittene Hecke, Zierbüsche und dazwischen ansehnliche Stauden. Alles wirkte saftig. Kelles und Marens Garten hingegen sah immer ein wenig trocken aus, der Rasen verdorrte in heißen Sommern fast ganz. Trotzdem fand Ingke ihn wunderschön. Zwischen Rosen, Rittersporn und Schwertlilien waren hier und da Beerenbüsche, Zucchinis und Kürbisse versteckt, und sie hatten mehrere Obstbäume. Den Rasen säumte neben der Küche eine geschwungene Kräuterreihe – bei Heide war er geradlinig von gestutztem Buchsbaum eingefasst. Heides Garten war definitiv eleganter, aber ihrer hier in Buch war besser zu gebrauchen. Petra hatte bestimmt keinen Garten, weil sie in der Stadt lebte. Aber es wäre spannend, ihn zu sehen, wenn es einen gäbe, dachte Ingke.

Sie aß ihr Brot auf und schaute in den Kühlschrank. Ganz vorn stand eine kleine Schale mit Klassenarbeitspudding. Den hatte Maren ihr immer gekocht, wenn sie in der Schule eine große Arbeit geschrieben hatte, und natürlich auch zu ihren Abiturprüfungen, denn Ingke hatte vor Klassenarbeiten vor Lampenfieber kaum etwas essen können. Es war Schokoladenpudding, in dessen Milchanteil ein ordentlicher Schwups Schlagsahne steckte. Durchzogen war er von mehreren Schichten gehackter Haselnüsse von dem Strauch hinten im Garten. Sie holte die Schale heraus. Den musste Maren ihr noch gemacht haben, obwohl es ihr schon schlecht gegangen war.

Ingke ließ ihn erst einmal auf der Arbeitsplatte stehen, zimmerwarm schmeckte er besser als gekühlt. Sie ging nach oben und packte.

Irgendwann klingelte das Telefon, Ingke rannte die Treppe hinunter, stürzte ins Wohnzimmer und nahm ab. Es war Kelle.

»Na, meine Süße, wie ist deine Prüfung gelaufen?«, fragte er als Erstes.

Vati ist ein Meister im Einlullen, dachte Ingke. Er konnte Patienten in Sorglosigkeit wiegen, bei denen es wirklich schlimm stand. »Wenn Sorglosigkeit die Genesung befördert«, hatte er einmal gesagt, »dann muss ich sie als Arzt wie Medizin verabreichen.« Ingke kannte ihren Vater allerdings zu gut. Wenn er sie nach der Prüfung fragte, dann nur deshalb, weil er von Marens Zustand ablenken wollte, als sei die Prüfung wichtiger, als ginge es Maren zumindest leidlich. Also ging es Maren in Wirklichkeit richtig dreckig.

»Die hab ich bestanden, aber Mutti geht es schlecht, stimmt's?«

»Sie fühlt sich wirklich nicht gut«, sagte Kelle.

»Und die Werte?«, fragte Ingke.

Kelle schwieg.

»Scheiße«, sagte Ingke.

»Wir starten eine neue Runde Chemo«, sagte ihr Vater. »Sie hat sich von der letzten so weit erholt, dass wir es wagen können.«

Ingke ließ sich auf das Sofa plumpsen.

»Ingke?«, fragte Kelle, weil sie nichts sagte.

Ingke atmete tief durch. Es half ja alles nichts. Sie musste jetzt Klartext reden. »Vati, ich wollte morgen nach Frankfurt fahren, zu Petra. Wir haben uns verabredet. Was mache ich denn jetzt?«

»Soso«, sagte Kelle, »du hast dich verabredet. Davon wussten wir ja gar nichts.«

Ingke hörte die Enttäuschung in seiner Stimme, aber keinen Ärger. Dass er keine Kraft zu haben schien, sich zu ärgern, konnte nur bedeuten, dass es um Maren richtig schlecht stand. »Heute kam ein Brief von ihr, und ich habe das spontan entschieden. Mit Ernst«, erklärte sie. »Da wusste ich doch noch nicht –«

»Ist schon gut«, unterbrach Kelle sie. »Deine Mutter hat mir erzählt, dass ein Brief von Petra Schröder gekommen ist und du damit verschwunden bist.«

»Meinst du, es geht ihr deshalb schlechter?«, fragte Ingke und merkte, wie sich ihr der Hals zuschnürte.

»Nein«, sagte Kelle. »Sie wusste ja, dass sich Petra Schröder melden würde. Aber du kannst trotzdem etwas für deine Mutter tun.«

So oft sagte er sonst nie »deine Mutter«, aber das, spürte Ingke, musste sie ihm jetzt zugestehen. »Was denn?«, fragte sie.

»Ich nehme an, du wirst ein paar Tage bleiben.«

»Ja, ich denke schon. Ich hab ja jetzt frei.«

»Gut. Du hältst deine Mutter täglich oder fast täglich postalisch auf dem Laufenden. Du schreibst ihr ehrlich, was du für deine leibliche Mutter empfindest, und zwar in einem Satz, und du schreibst ihr, und zwar in mindestens zwei Sätzen, dass du dir wünschst, dass es ihr besser gehen möge. Oder eine schöne Erinnerung, die dir vielleicht kommt, wenn du in Frankfurt bist. Du überlegst, wofür du dich bei ihr bedanken könntest.«

Ingke wurde ganz anders. »Vati, muss sie sterben?«

»Vielleicht«, sagte Kelle. »Aber jetzt noch nicht. Sonst würde ich dich nicht fahren lassen, da kannst du ganz ruhig sein.«

Ingke schossen die Tränen in die Augen.

»Sie würde wollen, dass du fährst. Sie möchte dich nicht aufhalten, das weißt du. Deiner Mutter hilft es bei der Genesung zu wissen, woran sie ist. Und wenn du ihr aus Frankfurt schreibst, erfährt sie das. Es ist besser für sie als quälende Ungewissheit. Sie ist eine von den Starken. Sie liebt dich über alles, und du darfst diese Liebe jetzt nicht vergessen, hörst du?«

»Vergesse ich nicht«, versprach Ingke.

»Gut, dann wäre das geklärt. Maren bleibt in der Klinik, ich heute Nacht auch, morgen früh habe ich Dienst. Wir sehen uns also nicht mehr. Nimm dir Geld aus dem Schreibtisch. Mutti hat ihr Portemonnaie reingelegt, und fünfzig Mark sind auf jeden Fall noch im Reservetäschchen. Kauf einen Stapel Postkarten.«

»Mach ich.«

»Na dann, gute Reise.«

»Danke, Vati. Grüß Mutti, und sag ihr, ich hab sie lieb.« Sie machte eine Pause. »Und dich hab ich auch lieb.«

»Das kannst du uns jetzt zeigen«, sagte Kelle kurz angebunden, und dann legte er auf.

Ingke schaute ungläubig den Telefonhörer an. Am Ende war ihm seine professionelle Beherrschung doch noch verloren gegangen. Er musste ziemlich sauer auf sie sein. Und wenn schon. Sie schmiss den Hörer auf die Gabel und trat an den Schreibtisch. In der Schublade lag tatsächlich Marens Portemonnaie. Sie öffnete es und fand dreißig Mark.

Ihr Blick fiel auf das Foto, das in einem Sichtfach steckte. Darauf waren ihr Vater und sie zu sehen, wie sie den Stachelbeerstrauch im Garten plünderten. Ein Schnappschuss, den Maren unbemerkt vor zwei Jahren vom Küchenfenster aus aufgenommen hatte. Das brachte Ingke auf die Idee, ihr Fotoalbum einzupacken. Sie nahm sich auch noch die fünfzig Mark aus dem Täschchen und stockte ihre Reichtümer in ihrem Zimmer mit zwanzig Mark von ihrem Taschengeld auf. Was sie nicht brauchte, würde sie zurückgeben.

Gegen halb zehn dämmerte es, und Ingke ging ins Bad, um sich die Haare zu waschen. Sie wollte Petra unbedingt möglichst schön unter die Augen treten. Aber selbst eine halbe Stunde später musste sie in der Küche noch kein Licht anmachen, als sie mit einem Handtuchturban nach unten ging und die letzte Schüssel des sämigen und tröstlichen Klassenarbeitspuddings aß, der sie durch ihre Kindheit begleitet und der nun, nach bestandenem Abitur, ausgedient hatte.

12

Frankfurt, Juni 1992

Bei der Einfahrt nach Frankfurt machte der Zug eine Riesenschleife. Ingke entdeckte den Bleistiftturm und warf einen Blick auf den Main, als ihr Waggon über die Brücke ruckelte. Das war jedenfalls ein richtiger Fluss, nicht so ein Flüsschen wie die Spree.

Langsam glitten sie in den Bahnhof. Ingke schulterte ihre Reisetasche, die diesmal schwerer war als auf der Fahrt nach Witzenhausen, und nahm das Körbchen mit Erdbeeren, den ersten Johannisbeeren sowie drei Rosenblüten von der Ablage. Die kurzen Stängel der Rosen hatte sie in nasses Zeitungspapier gewickelt und darum Frischhaltefolie geschlagen, damit sie nicht welkten auf der langen Fahrt.

Sie war in einem der hinteren Wagen, und es war weit bis zum Kopf, wo ihre richtige Mutter stehen würde. Auf einmal bekam sie es mit der Angst zu tun. Sie hastete los, nicht dass Petra ging, weil sie ewig nicht kam.

Verschwitzt langte sie bei der Lok an, und als der Pulk sich vor ihr nach rechts und links verteilte, sah sie endlich ihre Mutter. Sie trug ein ähnlich buntes Tuch im Haar wie auf dem einen Foto, hatte Jeans an und eine karierte Bluse. Sie stand ganz locker da und hatte die Hände vor dem Bauch zusammengelegt, aber selbst auf die Entfernung sah Ingke, dass ihre Knöchel weiß hervortraten.

Ihr stockte der Schritt, und prompt wurde sie von hinten angerempelt. Die schwere Tasche rutschte ihr von der Schulter, und das Körbchen flog in hohem Bogen auf Petra zu. Ingke ruderte mit den Armen und konnte sich mit ein paar Schritten gerade so auf den Beinen halten. Mit gnadenloser Klarheit registrierte sie, wie es schmatzte, als sie auf eine Erdbeere trat, und Petra gleichzeitig den Kopf hob und auf sie aufmerksam wurde.

Der Mann, der sie angerempelt hatte, griff nach ihrem Ellenbogen, stützte sie, entschuldigte sich und beugte sich hinab, um das Körbchen, die Rosen und die Beeren aufzuheben, die nicht zu weit weggerollt waren.

Auch Ingke bückte sich und hörte eine warme Frauenstimme rufen: »Lassen Sie nur, ich helfe meiner Tochter schon.«

Ingke hätte sich am liebsten auf den Bahnsteig gesetzt, so schwach fühlte sie sich auf einmal. Ihre Mutter musste denken, dass sie ein schrecklicher Trampel war. Sie blieb mit gesenktem Kopf hocken, bis zwei Beine in Jeans und klobigen Schuhen vor ihr auftauchten.

»Hallo, Ingke. Alles in Ordnung?«, erklang oberhalb der Beine die Stimme, deren warmes Timbre sie an Bernhard erinnerte.

Ingke richtete sich auf und stand ihrer Mutter Aug in Aug gegenüber. Die betrachtete sie, steckte sich eine dreckige Erdbeere in den Mund, kaute und sagte: »Senga Sengana. Also aus dem Garten.«

Ingke riss die Augen auf.

»Du bist doch Ingke, oder?«, fragte ihre Mutter verunsichert.

»Bin ich«, sagte Ingke schnell, und dann mussten sie beide lachen und weinen zugleich. Sie standen da und lachten und weinten wie zwei Irre, und der Mann, der die drei Rosen und eine erkleckliche Anzahl Beeren gerettet hatte, stand hilflos mit dem Körbchen daneben.

»Wenn sonst nichts passiert ist, würde ich dann mal gehen«, sagte er betreten. »Es tut mir wirklich leid.«

Ingke fasste sich zuerst, nahm ihm das Körbchen aus der

Hand, wischte sich die Augen mit der anderen und sagte: »Danke, ich war ja schuld. Aber ich habe meine Mutter siebzehneinhalb Jahre nicht gesehen. Da kann man schon mal wie angewurzelt stehen bleiben.«

Das bekam der Mann eindeutig nicht auf die Reihe, als er von einer zur anderen schaute. »Ja, dann, ääh … wie auch immer … Einen schönen Abend«, sagte er und machte, dass er wegkam.

Petra kicherte.

Ingke wandte sich ihrer Mutter zu. Da standen sie nun und musterten einander. In Petras hellbraune Augen trat ein schmerzlich-bittender Ausdruck. Ingke selbst stand mit dem Körbchen in der Hand da, wie sie es sich vorgestellt hatte. »Fangen wir noch mal an?«, fragte sie.

»Nee«, sagte ihre Mutter. »Auf keinen Fall. Dann wird es förmlich, und das halte ich nicht aus.« Der Ausdruck in ihren Augen wurde intensiver. »Darf ich dich umarmen?«

Ingke nickte.

Und dann nahm ihre richtige Mutter sie ganz vorsichtig in die Arme, und Ingke tat das Gleiche, noch vorsichtiger, wegen des Körbchens in ihrer Hand.

Petra fühlte sich weich an, viel weicher als Maren. Ingke spürte, dass sich ihre Mutter einen Augenblick an sie lehnte, als bräuchte sie eine Stütze. Doch gleich darauf gewann ihr Körper wieder an Spannung, und sie lehnte ihren Kopf zurück.

»Hm«, machte Petra und schnupperte an Ingkes Haut hinter dem Ohr. »Unglaublich. Darf ich noch mal?«

Ehe Ingke antworten konnte, schnupperte Petra noch einmal und schaute sie dann lächelnd an. »Dein Haaransatz riecht eindeutig ein bisschen wie dein Vater Yudel.«

»Das hast du dir gemerkt? Oder hast du ihn ausfindig gemacht?«

Petra schüttelte den Kopf und strich Ingke übers Haar. »Du

hast auch fast seine Haare. Seine waren schwarz und lockig und drahtig. Deine sind nur ein bisschen weicher und dunkelbraun.«

Irgendwie fand Ingke es merkwürdig, dass Petra so intensiv an ihren Vater dachte. Andererseits war er vermutlich nur wenig älter gewesen als sie jetzt, als die beiden sich begegnet waren, und offensichtlich hatte sie ja was von ihm. »Wie habe ich denn ausgesehen, als du mich das letzte Mal gesehen hast?«, fragte sie, um von dem befremdlichen Gedanken abzulenken.

Petras Blick wurde weich. »Knuddelig, und du hast geduftet, wie nur Babys duften. Deine Augen hatten gerade das Babyblau verloren und wurden dunkel, und du hattest kräftige Ärmchen und Beinchen.«

»Hab ich immer noch.«

»Du bist wunderhübsch geworden, meine Tochter«, sagte Petra. »Aber jetzt lass uns hier abhauen.«

Abhauen. So ein Wort würde Maren nie benutzen. Sie hatte immer auf eine gepflegte Sprache geachtet. Petra scherte sich um so was offensichtlich nicht. Vielleicht, weil sie kein Kind aufgezogen hat, dachte Ingke, während sie an ihrer Seite dahinschritt. Moment …

Sie blieb stehen. »Bin ich eigentlich dein einziges Kind?«

Petra wandte sich um. »Bist du. Viel weißt du nicht über mich, oder?«

»Opa Bernhard hat nicht viel erzählt.«

»Auch wieder wahr. Konnte er ja gar nicht. Das holen wir jetzt nach«, sagte Petra und machte eine Kopfbewegung, die bedeutete: Komm.

Sie gingen zur U-Bahn hinunter, und Petra sagte: »Wir haben es nicht weit, und ich habe nur einen Transporter. Damit suchen wir länger einen Parkplatz, als wir mit der U-Bahn brauchen.«

Sie setzten sich nebeneinander, als die Bahn eingefahren

war, und Petra schaute auf das Körbchen. »Das ist ein schönes Mitbringsel. Es ist doch für mich, oder?«

»Klar«, sagte Ingke und hielt es ihr hin. »Woher wusstest du, dass die Erdbeeren aus dem Garten sind?«

»Weil diese Sorte ziemlich schnell matschig wird. Die eignet sich nicht für den Großhandel. Aber es ist eine ganz alte und besonders aromatische Spitzensorte.«

»Du kennst dich aus, oder?«

»Ein bisschen«, sagte Petra und zuckte mit den Schultern. »Ich bereite sehr gern leckere Sachen zu, deshalb habe ich ja auch meinen Catering-Service.«

»Ich auch«, sagte Ingke. »Ich denke mir immer Gerichte aus.«

»Da haben wir was gemeinsam«, sagte ihre Mutter. »Ich habe uns was vorbereitet, und die Beeren essen wir zum Nachtisch.«

»Aber gewaschen«, sagte Ingke.

Petra grinste. »Klar.«

Dann mussten sie aussteigen. Als sie aus der U-Bahn traten, fand Ingke sich in einer hübschen Straße mit kleinen Läden und einem Eckcafé wieder, das gleichzeitig ein Buchladen war. Ungefähr so, wie es inzwischen im bröckeligen Prenzlauer Berg vereinzelte neue Läden gab, nur nicht so schick, sondern irgendwie gewachsen, fand Ingke. Die Häuser waren kleiner.

»Lass mich deine Tasche nehmen«, sagte Petra.

»Nein«, sagte Ingke. »Wieso denn?«

»Na ja, deinen Schulranzen konnte ich dir nicht tragen, aber das Gefühl, meinem Kind etwas abzunehmen, hätte ich gerade gern«, sagte ihre Mutter.

»Wenn das so ist«, sagte Ingke, und sie tauschten Tasche und Körbchen aus. »Hast du dir manchmal vorgestellt, wie es wäre, wenn ich bei dir wäre?«

»Manchmal?«, fragte Petra und schüttelte den Kopf. »Was denkst du denn?«, murmelte sie.

»Ich kann mir das alles gar nicht vorstellen«, gab Ingke zu.

Petra seufzte. »Das ist auch gut so.«

Sie gingen durch eine schmale Seitenstraße, bogen ab, und dann waren sie auch schon da. Petra wohnte im Parterre eines unscheinbaren Hauses aus der Nachkriegszeit. Ihre Fenster gingen nach hinten hinaus. Sie hatte eine winzig kleine Küche, die von einem Wohnzimmer abging, und ein Schlafzimmer.

Petra öffnete die Balkontür und trat mit Ingke hinaus. »Das ist mein Gärtchen.«

»Das ist deins?«, fragte Ingke.

»Ja«, sagte ihre Mutter und lächelte. »Stell dir vor, der Besitzer hat sich bei der Wohnungsbesichtigung quasi dafür entschuldigt, dass die Gartenpflege mit dazugehört. Dabei ist der Garten das Beste an der Wohnung. Ich meine, mitten in der Stadt ein eigener Garten … Frankfurt ist extrem teuer, weißt du?«

Ingke dachte daran, wie sie am Vorabend in Buch am Fenster gestanden und die Gärten von Maren und Heide verglichen hatte. Petras war klein, hinten wurde er von einer verwitterten Backsteinmauer begrenzt, an der ein schiefer alter Holunder stand, der gerade verblüht war. Wo die Sonne hinkam, wuchsen Rosen und Lavendel, dazwischen hohe Fingerhutstängel kurz vor dem Aufblühen. Weiter hinten an der Mauer entdeckte Ingke Funkien und Farn, dort war es offenbar zu schattig für Blumen. Alles wuchs da, wo es Freude am Wachsen hatte. Die Rasenfläche sah saftig aus wie bei Heide, allerdings war sie von Gänseblümchen gesprenkelt. Wenn Heides Garten ein Guckgarten und Marens ein Lebegarten war, dann war Petras ein Lustgarten.

Ihre Mutter ließ sie gucken, ging kurz in die Küche, kam wieder und fragte irgendwann: »Gefällt er dir?«

Ingke nickte.

»Als ich hergezogen bin, fand ich hinten eine mickrige

Weide, die sich dort ausgesät hatte und etwa hüfthoch war. Daran hing ein Zettel in einer Plastikhülle als Schutz vor Regen. Warte, ich habe ihn aufgehoben.« Petra schlüpfte in die Wohnung und holte eine Klarsichthülle mit einem Zettel aus einer Küchenschublade. Sie hielt sie Ingke hin, und die las die zittrige Schrift:

aus einem Kätzchenzweig gewachsen; müsste umgelegt werden, da zuviel Schatten gibt (ausserdem von Blattläusen übersät).

»Ich habe den Vermieter gefragt, und er meinte, die Vormieterin hätte Krebs gehabt und sei daran gestorben. Sie sei am Ende so schwach gewesen, dass sie den Garten nicht mehr habe pflegen können. Natürlich habe ich die Weide rausgenommen, und die lachsfarbenen Röschen hier vorn«, Petra zeigte auf zwei kleine, verholzte Rosenbüsche, »sind noch von ihr.«

»Mutti hat auch Krebs«, rutschte es Ingke heraus, während sie weiter auf die zittrige Schrift starrte.

Petra hielt kurz die Luft an, dann stieß sie sie aus. »Schlimm?«

»Ja«, sagte Ingke und musste sich räuspern. »Ich wollte ihr Knochenmark spenden, und bei der Untersuchung kam raus, dass sie nicht meine Mutter ist.«

Petra stand da, schaute in den Garten und sagte lange nichts. Ingke stellte mit einem verstohlenen Seitenblick fest, dass ihre Mama die Lippen fest zusammengekniffen hatte. Sie fühlte sich auf einmal schrecklich allein.

»Ich wollte dich fragen, wie du es herausgekriegt hast. Ich dachte, vielleicht mit der Geburtsurkunde«, sagte Petra leise.

Ingke schüttelte den Kopf. »Nein, da stehen Maren und Kelle als Eltern drauf. Bei Adoptionen kriegen Kinder eine neue.«

»Was?«, rief ihre Mutter. »Das wird einfach so ausgelöscht?«

Ingke hob die Schultern.

Ihre Mutter schüttelte den Kopf. Dann atmete sie tief durch. »Das mit Maren tut mir leid.«

»Ich habe Vati versprochen, dass ich ihr schreibe«, sagte Ingke. »Damit sie sich nicht solche Sorgen macht.«

»Pft«, machte Petra abfällig. Aber dann strich sie Ingke über den Arm. »So soll es sein. Und jetzt essen wir was. Ich habe Grüne Sauce. Das ist eine Frankfurter Spezialität, und es ist genau die richtige Jahreszeit dafür.«

Sie gingen wieder hinein, und Petra stellte eine bauchige Keramikschüssel, in der eine Art flüssiger Kräuterquark zu sein schien, auf den bereits gedeckten Tisch im Wohnzimmer. Er stand vor dem Sofa, das die passende Höhe hatte und mit vielen Kissen dekoriert war. Beide Zimmer waren mit einem hochflorigen Teppichboden ausgelegt, und auf dem Tisch, den Fensterbrettern und einer Kommode standen Kerzen. »Trinkst du schon Wein?«, fragte sie.

»Eher nicht«, sagte Ingke.

»Dann gibt es Apfelsaftschorle. Okay?«, fragte Petra.

Ingke nickte.

Petra goss ein, und Ingke brachte die Gläser zum Tisch. Ihre Mutter holte derweil mit ein wenig Butter überbackene Kartoffeln aus der Röhre, die sie vorhin angemacht haben musste, sowie zwei Eier, die sie unter einem Sofakissen warmgehalten hatte.

Sie setzten sich, jeder pellte sich ein Ei, und Petra tat Ingke Kartoffeln und Grüne Sauce auf. »Ich wusste nicht, was du magst, und dachte mir, damit kann ich nichts falsch machen.«

»Was ist denn drin in der Sauce?«, fragte Ingke und probierte mit der Gabel.

»Saure Sahne, Dickmilch, ein Spritzer Essig und Sonnenblumenöl werden zusammengemischt, und dann kommen ganz fein gehackte Kräuter dazu. Nämlich Petersilie, Schnittlauch,

Sauerampfer, Borretsch, Kresse, Kerbel und unbedingt Pimpinelle. Am besten, man hält noch kurz den Stabmixer rein, damit es richtig grün wird.«

»Schmeckt super«, sagte Ingke. »Und ich kenne alle Kräuter, außer dieser Pimpi …«

»Pimpinelle. Schmeckt nussig und ein bisschen wie Gurke.«

»Davon brauche ich Samen«, sagte Ingke. »Für Mutti und Tante Emma.«

»Tante Emma?«, fragte ihre Mutter.

»Aus Beerenhain. Sie ist die Mutter von Kelles Cousin.«

»Hm«, machte Petra, legte die Gabel hin, öffnete und schloss ihren Mund und stieß mit einem Stoß die Luft aus. Dann sah sie auf. »Ich war als Kind mit Mutti öfter da«, sagte sie langsam.

»Ich würde gern alles wissen, von deiner Kindheit, aber vor allem«, Ingke wurde rot, »wie ich dann gekommen bin und wieso du in den Westen wolltest. Und was da passiert ist.«

»Das sollst du alles erfahren«, sagte ihre Mutter, »und dann bin ich dran mit fragen. Aber nicht auf leeren Magen.« Sie zeigte mit der Gabel auf Ingkes Teller und fing an zu essen. Auch Ingke langte zu. Sie merkte, dass sie Hunger hatte, denn am Vormittag war niemand da gewesen, der ihr ein Stullenpaket gemacht hätte, und sie war zu faul gewesen, sich mehr als ein Brot zu schmieren.

Das Gericht erinnerte sie an Kartoffeln und Quark, wie sie es oft im Sommer aßen. Aber die Grüne Sauce war würziger, säuerlicher und raffinierter. Sie sah, dass ihre Mutter ungeniert Ei und Kartoffel und Sauce zusammenpampte, und da traute sie sich das auch.

Zum Nachtisch stellte Petra einen Teller mit vielen kleinen Hefeteigbällchen hin, verteilte die Beeren aus Ingkes Körbchen dazwischen, garnierte mit frischer Minze, siebte Puderzucker darüber, kochte Espresso in einem Herdkocher und stellte alles auf den Sofatisch. Sie bat Ingke, die Kerzen anzuzünden, und als sie fertig war, klopfte Petra neben sich aufs Polster. »Ich hab gedacht, Fingerfood ist zum Erzählen am besten«, sagte sie, während sich Ingke neben ihr niederließ.

»Finger-was?«, fragte Ingke.

»Fingerfood. Ist Cateringsprech für Schnittchen und Kaviarhäppchen und so etwas. Das tragen wir auf Empfängen auf Tabletts rum. Die Leute können es herunternehmen, man braucht kein Besteck oder Teller.«

»Aha«, machte Ingke. »Sehr praktisch.« Sie nahm sich ein Hefebällchen und biss hinein. »Hm«, machte sie, als sie auf die saftige Mohnfüllung stieß.

»Eigenkreation. Geht ganz leicht mit einer Garnierspritze.«

»Das musst du mir unbedingt zeigen«, sagte Ingke.

»Mach ich morgen, wenn wir in mein Kochstudio gehen. Aber jetzt«, ihre Mutter steckte sich erst selbst ein Bällchen in den Mund und nahm dann Ingkes runde Hand in ihre eigene runde Hand, »jetzt erzähle ich dir erst einmal, wie es zu dir kam. Das hat etwas mit meiner Lehre als Köchin zu tun, und deshalb werde ich ein wenig ausholen.«

* * *

Berlin, 1971

Petra war keine Freundin von halben Sachen. Nachdem sie eine Absage fürs Romanistikstudium bekommen und beschlossen hatte, Köchin zu werden, marschierte sie umstandslos ins funkelnagelneue Hotel Stadt Berlin, und zwar über die Versorgungsrampe durch den Keller direkt in die Hotelküche. Sie mochte den Alexanderplatz, das Haus des Lehrers mit dem eleganten Fries, den Fernsehturm mit der Sputnik-Kugel, das Centrum-Warenhaus und vor allem das schicke Hotelhochhaus mit der Fassade in abgestuften Himmelblautönen, von wolkendunkel unten bis mittagssonnenhell oben. Alles war modern und ein krasser Kontrast zu ihrem heruntergekommenen uralten Wohnhaus an der Spree.

Petra schlug sich durch den Versorgungstrakt, bis sie in der Hotelküche stand. Dort verließ sie der Mut. Die Küche war riesig, überall Edelstahl, das gab es sonst höchstens in Bulgarien zu kaufen, aber da waren sie noch nicht gewesen. Es dampfte und zischte, wo etwas gebraten wurde. Töpfe und Pfannen klapperten, Schneebesen rasselten in Schüsseln, es war ein wahres Fest. Und alle Köche hatten weiße Hosen und Hemden an. Links von ihr wurden gerade Mettigel für eine kalte Platte hergerichtet, und rechts wollte ein Junge ein Huhn tranchieren und setzte das Messer falsch an. »Nicht!«, rief Petra unwillkürlich. »Das schöne Huhn!«

Der Junge, der bestimmt ein Lehrling war, denn Petra schätzte ihn auf sechzehn, höchstens siebzehn, schaute irritiert auf, und das wiederum erregte die Aufmerksamkeit eines älteren Kochs, der so aussah, wie ein Koch aussehen musste: wohlbeleibt, aber mit feinen Händen.

Er trat auf Petra zu. »Wie bist du denn hier hereingekommen?«

»Immer der Nase nach«, rutschte es Petra heraus, und um es zu erklären, tippte sie sich verlegen lächelnd an deren Spitze.

»Aha«, sagte der Koch und holte Luft, zweifelsohne, um sie hinauszuwerfen.

»Ich will hier in die Lehre«, sagte Petra deshalb schnell. »Ein Huhn tranchieren kann ich schon.« Das hatte sie mit elf oder zwölf von Lisbeth in Beerenhain gelernt, als sie mit ihrer Mutter dort gewesen war.

Der Koch klappte den Mund zu und zog die Augenbrauen hoch.

Petra nutzte die Gelegenheit. »Es ist wunderschön hier. Ich würde so gern hier arbeiten. Und ich habe schon tolle Gerichte erfunden und kenne viele Kräuter.«

»Und ein Huhn kannst du auch tranchieren. Na, dann zeig mal. Muss fix gehen, wird sonst kalt.« Er winkte den Jungen zur Seite und gab Petra eine Schürze. Sie wusch sich schnell die Hände und legte los.

Lisbeth hatte einen kleinen Hühnerhof, privat, und neben den Eiern, die ihre Hühner für die Beerenhainer legten, gab es auch hin und wieder ein Huhn zum Schlachten. Das füllte sie, und Petra hatte mit ihrer Mutter bei Emma von einem gegessen. Es hatte so gut geschmeckt, dass sie zu Lisbeth gegangen war, und die hatte ein paar Tage später extra noch eins geschlachtet und Petra gezeigt, wie sie es zubereitete.

»Ihr müsst in der Stadt Suppenhühner kaufen«, sagte sie. »Die sind nicht so fett, sie schmecken viel besser als Broiler. Und man kann sie genauso in die Röhre stecken.«

Petra hatte für ihre Mutter zum nächsten Geburtstag genau das gemacht, und es war ihr glänzend gelungen. War ja auch nicht so schwer. Äpfel, Zwiebeln, Majoran, mehr brauchte sie gar nicht für die Füllung. Und wie man es schnitt, hatte sie sich genau gemerkt.

»Du musst überlegen, wie es gebaut ist, nämlich auch nicht viel anders als das menschliche Gerippe, das ihr in Bio durchgenommen habt«, hatte Lisbeth ihr erklärt und auf den Brustkorb und die Wirbelsäule gezeigt, nachdem das Gerippe übrig geblieben war.

Jetzt hantierte Petra mit einem wunderbar scharfen Messer, und im Nullkommanichts lagen Keulen, Bruststücke und Restfleisch unter den Rückenstücken auf einer Platte, die Füllung daneben. Übrig blieb das Gerippe, genau wie bei Lisbeth.

»Dufte«, sagte der ältere Koch.

Der Junge war rot geworden und schwieg.

»Die Fleischpakete«, der Koch zeigte auf die Rückenstücke, »verwenden wir ohne Haut für Ragout fin. Die Haut kochen wir in der Geflügelbrühe mit.«

Er winkte dem Jungen mit den Augen, und der nahm die Haut und warf sie in einen riesigen Topf, in dem offenbar Hühnerbrühe köchelte. Das Gerippe warf er hinterher, die zarten Fleischstückchen vom Rücken trug er weg.

»Kapiert«, sagte Petra.

Der Koch reichte ihr die Hand. »Heinz Pietsch ist mein Name, aber alle hier sagen Hotte zu mir.«

»Ich bin Petra Schröder.«

Er hielt ihre Hand ganz zart. »Wann kannst du hier anfangen?«

»Wenn die Schule fertig ist, diesen Sommer.«

»Na, dann bewirb dich.« Er schmunzelte. »Sag Bescheid, wenn du die Bewerbung abgibst. Und komm nicht über die Versorgungsrampe, das ist verboten. Sag vorn an der Rezeption, dass du zu Hotte in der Küche willst, dann geht das.«

»Danke«, sagte Petra. »Vielen Dank.«

»Übrigens: Weißt du, was dein Glück war?«

»Das Huhn?«, fragte Petra zurück.

»Dass du dir die Hände gewaschen hast. Wenn nicht, wärst du hier rausgeflogen, ehe du den ersten Schnitt gesetzt hättest. Dass das klar ist«, sagte Hotte. »Das muss sauber laufen hier.«

Petra nickte. Sauberkeit war also Hottes oberstes Gebot.

Hotte regelte die Sache mit der Bewerbung, wie er es angekündigt hatte, und so wurde Petra im Frühherbst 1971 Lehrling im Hotel Stadt Berlin.

Hotte, stellte sich heraus, war einer der Chefs und Ausbilder. Er erklärte geduldig auch den größten Armleuchtern, wie man kochte, briet, schnippelte und dekorierte. Wer aber zu spät kam oder mit Trauerrändern unter den Fingernägeln, wer die Küche nicht ordentlich putzte, der war untendurch. Hottes Sauberkeitsfimmel war legendär, und er erstreckte sich auch auf das Regelwerk im Hotel, das penibel befolgt zu werden hatte.

Petra erfand gleich im ersten Lehrjahr einen Fleischsalat mit Porree – nur eine leichte Abwandlung des klassischen Rezepts, der es in die gefüllten Tomaten fürs Abendbüfett schaffte. Sie konnte gut rechnen und sich Dinge genau merken, sie war außerdem sprachbegabt – die Namen französischer Gerichte sprach sie schlafwandlerisch richtig aus, nur weil sie sie irgendwo ein einziges Mal gehört hatte –, weshalb Hotte ihrer Bitte stattgab, sich als Hilfskellnerin anlernen zu lassen.

Das war der Anfang vom Ende.

Für Petra öffneten sich die Türen des Hotelrestaurants, die Türen der Zillestube, der Rotisserie, des Alexgrills und Espressos, und auch die Tür zum Roten Salon im siebenunddreißigsten Stock, Türen zur großen weiten Welt.

Oder eben doch nicht. Das wurde ihr nach und nach schmerzlich bewusst. Besonders im Roten Salon, dem Panoramarestaurant mit Blick nach Westen. Mit der Tanzfläche mit Lichteffekten, der riesigen Abzugshaube über dem Grill, der mitten im Restaurant stand, den luftigen Stühlen, die dem Raum mit dem blau-türkisen Blumenteppich einen Hauch von Terrasse gaben. Bei den Kellnern waren sie berüchtigt, weil die Beine nach hinten vorstanden und man leicht darüber stolpern konnte.

Abends, wenn man am Licht der Leuchtreklamen sah, wo Westberlin anfing und Ostberlin aufhörte, musste Ingke an sich halten, durch die Panoramafenster nicht dorthin zu starren, wo es hell und bunt war. Als in ihrem zweiten Lehrjahr im Gang vor dem Salon ein Keramikrelief von Gertraude Pohl und Gunda Walk angebracht wurde, stand Ingke oft davor, obwohl sie dort nichts zu suchen hatte. Zehn Meter lang war es und unglaublich farbenfroh. Es war abstrakt, und abstrakte Kunst war eigentlich verpönt – konnte ja sonst was reingeheimnist werden, wie Ingrid meinte. Im Hotel musste es irgendwie als Wanddekoration durchgegangen sein. Ingke stellte sich manchmal vor, es sei ihr fliegender Teppich in den schillernden Westen. Nur für einen einzigen Nachtflug über die Leuchtreklamen.

Unten im Hotelrestaurant hing ein Bild von Arno Mohr, der den DDR-Alltag auf reduzierten, manchmal fast kindlich naiven Zeichnungen, Drucken und Gemälden wiedergab. Das gefiel den Genossen vermutlich besser, aber Petra mochte es auch. Hier waren die Tische mit steifem Leinen aus der Lausitz, mit normiertem Blumenschmuck – kleine Vase, drei Nelken –, mit schnörkellosem Geschirr und Besteck, mit sparsam geschliffenen Gläsern zentimetergenau einzudecken. Die Größe des Restaurants verhinderte auch den kleinsten Hauch von Gemütlichkeit, denn nur die schwarz-weiß gekleideten Kellner und Kellnerinnen bewegten sich in Augenhöhe wie Schnellzüge in der Kurve, nur lautlos. Es war wirklich schick und licht, zwar eng gestellt, aber mit brusthohen Trennwänden, auf denen sich heimelige Lampen für jeden Tisch wie die Bogenlampen auf den großen Straßen spreizten. Die räumliche Leichtigkeit zerbrach allerdings unter dem Zeremoniell. Nur die Kinder, fast ausschließlich Westkinder, waren, wenn sie hereinkamen, fröhlich, hungrig, sprangen herum und schauten neugierig in die Gegend, auch die älteren, die oft nur wenig jünger als Petra waren. Ihre Unbeschwertheit verlor sich schnell, die gezirkelten Gedecke und das Sitzen Tisch für Tisch, selbst wenn eine größere Reisegruppe sich kannte, prägten ihren Zügen Ernst ein, nur ein kleines, ungläubiges Staunen blieb.

Petra sprach das einmal bei Hotte an. Aber da hatte sie den Falschen erwischt.

»Wir sind ein Aushängeschild, Petra«, belehrte er sie. »Wir sind nicht irgendwas. Kein bürgerliches Hotel in Köln, München oder Hamburg. Wir sind weltläufig, und weltläufig war noch nie kuschelwuschel.«

Ingrid, der Petra das am Abend erzählte, lachte. »Unsere SED-Oberen, diese Tischlergesellen und Halbgelernten, wollen den Adel nachmachen, Adel für alle. Weil sie Minderwertigkeitskomplexe haben.« Sie schnaubte. »Weltläufigkeit! Das kann man nicht herrichten, das hat man, und wenn nicht, dann nicht. Dieses Land ist voll von ängstlichen und unbeholfenen Leuten in Entscheidungspositionen, die anderen sind doch alle im Westen.«

»Ich weiß nicht, Mutti, ich finde unser Hotel trotzdem wunderschön«, sagte Petra nachdenklich.

»Ja, mein Kind, es ist schön. Es ist elegant. Es ist ein großer Wurf. Du hast ganz recht«, sagte Ingrid, die von Petra – natürlich nach Dienstschluss, etwas anderes hätte Hotte niemals zugelassen – einmal zu einer Kleinigkeit im Panoramarestaurant im siebenunddreißigsten Stock eingeladen worden war. »Aber es ist auch ein Ort, an dem der Westen im Osten ist, ein künstlicher Ort. Ein Ort wie auf Treibsand, ein Ort, an dem Menschen nicht einfach lockerlassen können. Und das verdirbt die Sache, besonders im Gastgewerbe. Wenn man nicht lockerlassen kann, kommt keine Wärme auf.«

Dann musste Ingrid zur Nachtwache in die Charité, und Petra blieb allein zu Hause zurück. Ihre Mutter hatte recht: Der Hotelbetrieb strömte eine gewisse Steifheit aus, zumindest in den Restaurants. Die Küche war ein warmer Ort, aber sie war ein Ort hinter den Kulissen, ein Ost-Ort, auch wenn sie so manche Zutat verarbeiteten, die es in der DDR sonst nicht gab.

Petra machte ihre Arbeit Spaß. Und wenn Hotte nicht da war, stellte sie sich Rosinen und Liebesperlen – Letztere selbst mitgebracht – auf die Ausgabefläche und setzte auf die Eiskugeln für die Kinder lustige Gesichter. Dann tauten die eingefrorenen Züge ihrer kleinen Gäste wieder auf. Das war ihr Beitrag zur Wärme, und niemand verriet sie.

Ich arbeite im teuersten Hotel des Landes, sagte sich Petra. Teure Hotels sind nun mal nicht für jedermann. Hotte hatte recht: Sie waren nicht kuschelwuschel, nirgendwo auf der Welt, das hatte sie in Filmen gesehen. Sie hatten etwas Erhabenes, Festliches, Gediegenes. Aber Wärme wollte sie trotzdem hineinlegen. Unbedingt. Denn das gehörte zum Schönsein dazu. Und zum Sozialismus, in dem doch alle gleich waren und es Adel wirklich nur noch auf dem Papier gab.

* * *

Frankfurt, Juni 1992

Petras Redefluss versiegte, und Ingke wartete.

»Ich weiß nicht, wie ich es ausdrücken soll«, sagte Petra. »Aber mir ist damals etwas aufgefallen, etwas, was wehgetan hat.«

Ingke sah aus dem Fenster auf die verwitterte Backsteinwand mit dem Holunder davor und wartete weiter. Sie kannte das Hotel Stadt Berlin wie vermutlich jeder Ostberliner. Aber sie war nie drin gewesen. In der DDR ging man nicht in Hotels. Mit ihren Eltern war sie in Ferienheimen des FDGB gewesen, im Erzgebirge bei Marens Familie, auf Campingplätzen in Ungarn oder der Hohen Tatra und natürlich in Beerenhain. Erst nach der Maueröffnung war sie mit ihren Eltern in Hotels gewesen, in Paris, in Rom, aber in einfachen, denn so viel verdienten nach Osttarif selbst Ärzte nicht.

»Es war der Blick der Westjugendlichen. Die guckten noch mit siebzehn so naiv aus der Wäsche wie ich mit zwölf nicht mehr«, fuhr Petra langsam fort und zog sich gedankenverloren an den blassbraunen Haaren. »So schmerzhaft unbefangen. Ahnungslos. Gutgläubig. So schön!« Sie stieß das mühsam hervor und atmete zwischendurch flach. Dann aß sie noch ein Hefebällchen zur Beruhigung. »Ich begriff, dass es daran lag, dass ich mit zwölf schon wusste, was ich sagen durfte und was nicht. Diese Jugendlichen, die wussten nicht mal, dass es etwas gab, was man nicht sagen durfte. Verstehst du das? Wie alt warst du noch mal, als die Mauer fiel?«

»Fünfzehn«, sagte Ingke und zog die Stimme am Ende hoch. Sie fand es befremdlich, dass ihre Mutter das nicht wusste.

»Hätte ich mir auch ausrechnen können«, sagte Petra. »Entschuldige.« Sie blickte ihrer Tochter forschend ins Gesicht und schüttelte kaum merklich den Kopf. »Bei dir weiß ich es irgendwie nicht«, murmelte sie.

»Na ja, ich kann mir schon denken, was du meinst«, sagte Ingke. »Meine Eltern«, sie stockte, »also Maren und Kelle, die haben ganz offen diskutiert, allerdings immer mit einem Herzensbekenntnis zur DDR. Deswegen stand die Frage des Verbotenen eigentlich nicht im Raum. Und in der Klasse haben wir wenig über Politik geredet.«

»Eine andere Welt«, sagte Petra.

»Vielleicht«, sagte Ingke, »vielleicht gab es in der DDR zwei Welten.« Sie dachte nach. »Gibt es ja jetzt auch. Die aus der CDU sehen die Welt doch anders als die Grünen zum Beispiel.«

Ihre Mutter schnaubte leise und drückte ihre Hand. »Vielleicht so ungefähr«, sagte sie, aber Ingke merkte, dass Petra das nur ihr zuliebe sagte, damit sich kein Graben zwischen ihnen auftat.

»Jedenfalls«, sagte Petra, »kam dann das Jahr 1973. Mein zweites Lehrjahr und das Jahr, in dem du entstanden bist. Es war ein Jahr, in dem sich die DDR öffnete, so weit wie nie zuvor und nie danach.«

Sie nahm sich eine Erdbeere, schaute sie an, lächelte und hielt sie Ingke vor den Mund. Ingke erfasste sie vorsichtig mit den Lippen. Das war ganz schön nah. Während sie kaute, setzte sich Petra zurecht, und als sie weitererzählte, klang sie viel fröhlicher als eben noch. »Es fing im Frühling an mit der *Legende von Paul und Paula*. Vielleicht der wichtigste Film der DDR.

Mit Angelika Domröse und Winfried Glatzeder und Liedern der Puhdys. Ich glaube, alle jungen Leute zwischen vierzehn und vierundzwanzig haben den gesehen. Paula hatte Blumen im Haar, es gab Schlaghosen wie im Westen, es war bunt und fröhlich, obwohl die Liebesgeschichte tragisch endet. Aber egal. Es ist ein Film, der die Freiheit feiert.«

Dann sang sie:

»*Geh dem Wind nicht aus dem Wege,*
keiner ist ein kleines Sandkorn nur.
Pfeif auf die gebauten Stege!
Tritt in die Erde deine eigne Spur!«

Sie räusperte sich. »Kennst du das?«

Ingke schüttelte den Kopf.

»Ist aus einem der Puhdys-Songs. Aber egal, dieses Gefühl trug jedenfalls bis zum Sommer, als die X. Internationalen Weltfestspiele der Jugend und Studenten stattfanden. Ihr Mittelpunkt war genau vor meiner Hoteltür, nämlich auf dem Alex. Rund um die Weltzeituhr und den Brunnen der Völkerfreundschaft war Tag und Nacht was los. Es wurde diskutiert und mit Wasser gespritzt, geflirtet, Musik gemacht und getanzt. Und ich hatte Glück, Hotte teilte alle Lehrlinge die ganze Zeit nur für die Frühschicht ein. ›Das muss sauber laufen‹, war sein Mantra, und sauber gelaufen wäre das sonst nicht.«

13

Berlin, 1973

Es geschah am zweiten Tag der Weltfestspiele. Am 29. Juli kam Petra am frühen Nachmittag aus dem Hotel Stadt Berlin. Sie trug hellgrüne Schlaghosen, die ihr die Oma einer alten Schulfreundin vom Westgeld ihres Vaters in Westberlin besorgt hatte. Dazu einen kurzärmeligen grün-weiß gestreiften Pullover aus der Jugendmode. Ingrid und sie hatten sich darauf geeinigt, dass es immer nur ein Kleidungsstück aus dem Westen sein durfte, damit sie nicht zu sehr auffiel und nicht allzu viel Neid auf sich zog. Sie ging zwei Schritte und wurde beinahe von einem jungen Mann umgerannt, der mit einer ganzen Meute auf den Brunnen der Völkerfreundschaft zusprintete. Der junge Mann griff geistesgegenwärtig um ihre Taille und verhinderte so, dass sie fiel. Die anderen liefen weiter.

Sie hob den Kopf und schaute in schokoladenbraune Augen, die genau auf Höhe ihrer Augen waren. Sie weiteten sich staunend, und sein hübscher voller Mund öffnete sich.

»Hola, mi plátanito«, sagte er hauchend und dachte nicht daran, sie loszulassen.

Petra sah ihn fragend an.

Er fuhr sich mit der Zunge über die Lippen. »Hello. Your shirt. It is green like a banana – plátano. A banana in the sunshine.« Er ließ sie los und schlug die Augen nieder. »And the sunshine, it's you.«

»Thank you«, sagte Petra.

Der junge Mann hob den Kopf wieder und gab ihr die Hand. »I am Yudel.«

»I am Petra.« Dann standen sie da und wollten ihre Hände nicht loslassen, denn ihre Blicke waren auf Augenhöhe ineinander versunken.

»Aber Bananen sind doch gelb«, sagte Petra schließlich auf Englisch, weil ihr nichts Besseres einfiel.

Der junge Mann schüttelte den Kopf, und seine schwarzen Locken flogen dabei. »Kubanische Bananen sind klein und grün. Sie sind tausendmal besser. Man kann sie frittieren.«

Das war das Stichwort. Welche Köchin hätte da nicht nachgefragt?

Yudel wechselte die Hand, mit der er ihre hielt, sodass sie nebeneinander herlaufen konnten. Während sie, ohne zu holpern, mit gleicher Schrittlänge Hand in Hand durch die fröhliche Menge auf dem Alex spazierten, erfuhr Petra, wie man Chatinos machte. Ihr Geheimnis war das doppelte Frittieren von daumendicken Scheiben: erst einmal, dann platt klopfen, dann noch mal. Salz drüber, und fertig waren Chips.

Am Brunnen der Völkerfreundschaft krempelte Petra ihre Schlaghosen hoch, und dann setzten sie sich auf den Rand, hängten die Beine ins Wasser wie rundum mindestens dreißig andere und übten Völkerfreundschaft, besonders ihre Hände, deren Finger sich rührten und regten und mit Streicheln begannen.

Petra erzählte in ihrem holprigen Schulenglisch, dass sie Köchin lernte und gern Gerichte erfand, zuletzt gefüllte Forellen. Sie hatte Möhren mit dem Kartoffelschäler längs in hauchdünne Scheiben gehobelt und ebenso lange und feine Streifen ungarisches Paprika sowie Petersilienstiele passgenau in die gesalzene Leibesöffnung der ausgenommenen Fische gesteckt und dann Butter mit zerstoßenen Senfkörnern und etwas Zwiebel zerlassen und hinzugegeben. Schnell von beiden Seiten gegrillt, Schnittlauch drübergestreut und dazu Kartoffeln, über die noch ein wenig von der Senfbutter kam.

Die Forellen konnten unter der großen Abzugshaube des Roten Salons gegrillt werden, an der Petra im zweiten Lehrjahr als einziger Lehrling schon stehen durfte. Als Hilfskellnerin hatte sie mittlerweile recht viele Vokabeln für Zutaten auf Englisch gelernt, nur die zerstoßenen Senfkörner musste sie weglassen, aber es war egal, Yudel musste das Rezept ja nicht nachmachen können.

Dann begann auf einer Bühne eine Gruppe aus dem Senegal zu spielen, und Yudel zog Petra aus dem Brunnen und vor diese Bühne. Unter flatternden Fahnen mit der Festivalblume tanzte Yudel mit Petra. Er riss sie mit und sie ihn, und weil sie gleich groß waren, harmonierten sie perfekt.

Die temperamentvollen Senegalesen wurden von elegischen Russen abgelöst, und Yudel zog Petra an sich, und sie wiegten sich wie zwei Grashalme im Sommerwind der Taiga. Ihre hellbraunen Augen schauten geradewegs in seine schokoladenbraunen, deren Blick immer verhangener wurde. Dann beugte sich Yudel zu ihrem Ohr und fragte, ob er die Festivalblume auf ihr Gesicht zeichnen dürfe. Mit den Lippen. Und Petra nickte.

Da küsste er sie auf den linken Unterkiefer für das rosa Blütenblatt, auf das linke Auge für das grüne Blütenblatt, auf die Stirn für das orangefarbene, aufs rechte Auge für das gelbe, auf den rechten Unterkiefer für das blaue Blütenblatt. Und dann hörte sie mit nunmehr durch seine zarten, unglaublich weichen Küsse geschlossenen Augen, wie er zittrig Luft holte und einen Augenblick später seine Lippen auf ihre setzte – für die Weltkugel, den Blütenkelch. Sie öffneten ihre Lippen und tranken den süßen Nektar des ersten Kusses, bei dem es nicht blieb.

Am Abend zogen sie eng umschlungen in den Monbijoupark, küssten und streichelten sich auf der Wiese weiter, und als es dunkel geworden war, kletterten sie über den Zaun zum Kinderbad, zogen sich gegenseitig bis auf die Unterwäsche aus und liefen leise, um sich nicht durch Plätschern zu verraten, in das flache Becken. Wenig später plätscherte es doch, aber daran dachten Petra und Yudel nicht mehr.

An den Folgetagen wartete Yudel jeden Nachmittag vor dem Hotel. Sie tanzten und picknickten, sie radebrechten mit anderen jungen Leuten in den seltsamsten Sprachen, sie küssten und liebten sich. In der letzten Nacht, als sich die Plätze leerten, kletterten sie in einem unbeobachteten Augenblick mithilfe eines Restauranttischs, einer Räuberleiter und Yudels starker Arme in die große Granitschale vor dem Alten Museum. Dort lagen sie verborgen vor allen Blicken eng umschlungen mitten in der großen Stadt unter dem Sommerhimmel und der Sichel des gerade wieder zunehmenden Mondes.

Der Stein drückte hart, als Yudel sich über Petra schob, aber der leichte Schmerz lenkte vom schlimmen des Abschieds ab. Sie wussten, dass sie einander nie wiedersehen würden. Yudel war viel zu arm, um auf eigene Faust nach Europa zu fliegen, und DDR-Bürger durften nicht nach Kuba reisen, weil Kuba zwar ein sozialistisches Land war, aber kein eingemauertes.

Sie trennten sich am 5. August morgens um fünf an der Weltzeituhr mit einem Kuss unter Havanna, wo es erst elf Uhr abends war. Petra fuhr mit einer U-Bahn, in der Leute saßen, die zur Frühschicht fuhren, schnell zum Spittelmarkt, huschte nach Hause und erschien um sechs sauber zur Arbeit wie immer.

* * *

Frankfurt, Juni 1992
»Habt ihr denn nicht mal eure Adressen getauscht?«, fragte Ingke ungläubig.

»Nein«, sagte Petra. »Er hätte mir nicht schreiben dürfen, da hätte ich Schwierigkeiten im Hotel gekriegt, und davon hatte ich schon genug, weil mein Vater im Westen war. Kuba und Jugoslawien waren zwar sozialistisch, sie zählten aber nicht zu den Blockstaaten, auf die die UdSSR direkten Einfluss ausübte.« Sie schnaubte. »Warum hätten wir uns auch schreiben sollen … Das hätte unseren Abschied nur schmerzhaft in die Länge gezogen. Das wussten wir beide.«

Ingke schwieg. Das klang irgendwie schrecklich. Schrecklich abgeklärt.

Petra legte den Arm um Ingke und sah sie an. »Als ich gemerkt habe, dass du unterwegs bist, habe ich das natürlich bereut. Ich habe später auch versucht herauszubekommen, woher Yudel kam. Ich wusste nur, dass er vom Land ist und, weil er die frittierten Bananen Chatinos genannt hat, wahrscheinlich eher aus dem Westen. Im Osten Kubas werden die nämlich Tostones genannt. Aber nun ja … Er hat bestimmt inzwischen eine Frau und Kinder, er hat sein eigenes Leben, und irgendwie gefällt mir auch, dass ich einfach eine romantische Erinnerung bin, irgendwo auf dem Land in Kuba.«

Ingke war wie vor den Kopf geschlagen. Dass sie ihren Vater kennenlernen wollte, daran dachte Petra offensichtlich nicht. Sie ging schnell auf die Toilette, um sich zu sortieren, und während sie dort saß, machte sie sich bewusst, dass es bei der Lage der Dinge tatsächlich nahezu unmöglich war, ihren Vater ausfindig zu machen. Petra wollte die Geschichte darüber hinaus offensichtlich so, wie sie war, im Gedächtnis behalten. Nachdem ihr die Tochter genommen worden war und damit unwiederbringlich der Traum von Mutter-Vater-Kind, wollte sie wohl wenigstens diesen Anfang bewahren. Denn wer wusste schon, wie Yudel reagieren würde, wenn Ingke plötzlich auftauchen und Petra ihn als Vater in die Pflicht nehmen würde. Vielleicht wäre er nicht erfreut, und dann wäre für Petra auch der Zauber der Weltfestspiele verdorben. Nein, ihren leiblichen Vater musste sie sich abschminken.

Ingke stand auf, wusch sich die Hände und ging wieder zurück ins Wohnzimmer.

An diesem Abend erzählten sie nicht mehr weiter, jedenfalls Petra nicht. Sie fuhren noch einmal mit der U-Bahn und stiegen am Römer aus, dem Rathaus mit der Treppengiebelfassade. Petra führte Ingke zur Paulskirche, in der 1848/49 die erste deutsche Nationalversammlung getagt hatte, der Auftakt zur Demokratie auf deutschem Boden.

»Du hast fast dein ganzes Erwachsenenleben im Westen verbracht«, sagte Ingke nachdenklich.

»Stimmt«, sagte Petra. »Und ich bin froh darüber, auch wenn ich anfangs nur schwer in den Tritt gekommen bin.«

»Bernhard hat was von Drogen erzählt.«

Petra nickte. »Ja, ich bin nach dem Knast in der DDR richtig abgestürzt, aber ehrlich gesagt auch wegen Heide und Gabi und Jens.«

»Liebe auf den ersten Blick war das bei Heide und mir auch nicht gerade«, sagte Ingke.

»Ja, die arme Heide«, meinte Petra sarkastisch.

Sie mussten beide grinsen. Petra hakte Ingke unter, und dann gingen sie in wiegendem Gleichschritt in der außergewöhnlich milden Juniluft zum Main hinunter und zum Eisernen Steg, von wo aus sie auf die Stadt und den Fluss blickten.

Ingke erzählte von der Schule und auch ein bisschen von Maren und Kelle, aber sie bemerkte Petras Anspannung, als sie von ihren Adoptiveltern sprach, und beschränkte sich aufs Nötigste.

Dann wurde es Zeit, nach Hause zu gehen. Ingke bekam Petras Bett im hinteren Zimmer, wobei ihre Mutter keine Widerrede duldete. Sie müsse morgen in aller Frühe ein bisschen Bürokram machen, behauptete sie, und das Schlafsofa sei wirklich bequem.

Beim Gutenachtsagen setzte sich Petra auf Ingkes Bett, und

ihre Augen wurden feucht. »Ich kann mich noch erinnern, wie ich dich in den Schlaf gewiegt habe«, sagte sie. »Und nun bist du schon so groß.« Sie machte eine Pause und fragte: »Darf ich dich einmal ganz fest in den Arm nehmen?«

Ingke nickte.

Da legte ihre Mutter beide Arme um sie und barg Ingkes Kopf an ihrer Schulter. Sie wiegte Ingke und wiegte dabei auch sich selbst. Auch Ingke schlang ihre Arme um die Frau, die ihr noch fremd war, und flüsterte, nachdem sie sich tröstend eine Weile gewiegt hatten, probeweise: »Gute Nacht, Mama.«

»Gute Nacht, mein Kind«, flüsterte Petra zurück. Dann ließ sie Ingke aufs Kissen hinab und ging schnell aus dem Zimmer.

Ingke lag da und spürte, dass sie fix und fertig war. Kurz dachte sie noch an die Postkarten, die sie am nächsten Tag kaufen musste, aber sie wusste gar nicht, was sie Maren schreiben sollte.

Ihre Mama Petra sah ihr ähnlich, das war irgendwie toll. Sie hatten beide runde Schultern – »schöne Frauenschultern«, hatte Maren immer gesagt und sie in der Alten Nationalgalerie auf entsprechende Barockgemälde hingewiesen. Aber das konnte sie Maren nicht schreiben, das wäre herzlos. Auch sonst entdeckte sie bei Petra viel, was sie von sich kannte. Ihr Schritt war ähnlich, ihre kleine Nase und, wie Bernhard schon gesagt hatte, ihre Hände, die sie beide von Ingrid haben mussten.

Petra hatte etwas Schroffes, etwas Befremdliches, manchmal fast Abweisendes. Vielleicht war sie einsam. Ob sie immer allein gelebt hatte? Das musste Ingke alles noch fragen, aber erst einmal musste sie ausschlafen.

Doch auch in dieser Nacht wurde sie, wie in letzter Zeit so oft, vom Geistergeheul heimgesucht.

Als sie aufwachte, saß Petra bei ihr und hatte ihre Schulter umklammert.

Ingke wollte ihr berichten, was mit ihr los war, aber Petra sagte: »Moment.« Dann ging sie und kam gleich darauf mit einem feuchtwarmen Waschlappen zurück, den sie sanft erst auf Ingkes Stirn und dann an ihre Wangen legte. Das tat unglaublich gut und fühlte sich für Ingke irgendwie vertraut an.

»Hast du das auch mal gemacht, als ich ein Baby war?«, fragte sie.

»Ja«, sagte Petra. »Als du ganz, ganz klein warst und nach dem Trinken Bauchweh hattest. Da habe ich dir ein warmes Kirschkernkissen auf deinen kleinen Leib gebunden und mit einem solchen Lappen über dein Gesicht gewischt. Das hat gut geholfen.«

Ingke erzählte Petra von ihrem wiederkehrenden Traum und davon, dass Kelle und Maren meinten, sie hätte ihn schon als Baby gehabt.

»Bei mir hattest du ihn nicht«, sagte Petra brüsk.

»Vielleicht ist irgendwas bei der Flucht passiert«, sagte Ingke leise, und ihr Herz klopfte.

»Du hattest es die ganze Zeit warm und gut«, sagte Petra, und die Abwehr in ihrem Ton war noch schärfer als eben. »Vielleicht, als sie dich mir weggenommen haben … Wer weiß …« Sie atmete vernehmlich.

»Das musst du mir erzählen«, flüsterte Ingke.

»Das mache ich. Versprochen. Aber immer der Reihe nach. Erst einmal erzähle ich dir, wie es überhaupt dazu kam.« Sie hauchte Ingke einen Kuss auf die Stirn. »Morgen, okay?«

»Morgen. Ja. Gute Nacht, Mama.«

»Gute Nacht, mein Kind.«

Petra verließ das Zimmer wieder, und Ingke rollte sich fest in die Bettdecke, was immer am besten half.

Am nächsten Morgen erschien Ingke erst spät und noch verschlafen im Wohnzimmer, und Petra saß mit einer Brille auf der Nase und Papieren vor sich am Tisch. Sie schob sie jedoch schnell zusammen und sagte, Ingke solle sich in die Bettdecke wickeln und aufs Sofa setzen, gleich gebe es Frühstück.

Also holte Ingke die Decke. Barfuß lief es sich auf dem kuschelweichen Teppichboden wie auf Wolken. Und zwischen den Sofakissen mit der Bettdecke war es wie in einem Nest. Auf dem Tisch brannte die Kerze.

»Ich mach uns Müsli, ja?«, rief Petra aus der Küche.

»Gern, danke«, sagte Ingke und schaute hinaus. Die Sonne kam zwar erst einmal nicht bis ins Erdgeschoss, aber der Himmel war blau, es versprach, ein schöner Tag zu werden.

Petra kam mit einem Tablett ins Zimmer, auf dem eine rundliche Kanne, zwei Teeschalen und zwei Müslischalen standen, in denen verschiedene altmodische Silberlöffel steckten.

Es war Ingke gestern schon aufgefallen, dass Petra kunterbunt zusammengewürfeltes Steingut hatte, aber so verschieden die Muster auch waren, alle waren bäuerlich und passten irgendwie zusammen. Mit den altmodischen Besteckteilen ergab sich eine unkomplizierte Gemütlichkeit und vor allem Wärme. Ja, Petra hatte es offenbar gern rundum kuschelig warm, was dem widersprach, was sie vom Schick des modernen, lichten Hotels Stadt Berlin berichtet hatte. Sie fragte danach.

»Ja, seit dem Knast und auch nach Heides pingeligem Bungalow brauchte ich es behaglich«, bestätigte Petra. »Deine Oma besaß nicht viel, aber in unserer kleinen Wohnung hat sie es uns immer gemütlich gemacht. Im Winter wurde es oft nicht richtig warm, und deshalb gab es gestrickte Overknee-Strümpfe, lange Pullover und Decken. Das steckt irgendwie in mir drin.«

Sie stellte eine Müslischale vor Ingke hin, in der die restlichen Senga-Sengana-Erdbeeren mit anderen Beeren, Banane, Rosinen und Mandelsplittern sowie Joghurt vermischt waren, und darauf thronte ein Krümelberg aus frisch gerösteten Haferflocken mit Leinsamen und Honig. Es duftete herrlich, auch aus der Kanne. »Ich hab Tee gemacht, Pfefferminze mit Rosmarin und Brennnessel, das macht munter.«

»Hast du das Kräuterteemachen aus Beerenhain?«, platzte Ingke heraus, um dann gleich den Zeigefinger zu heben. »Ach nee, das hast du von Opa, der dir immer getrocknete Pflanzen aus dem Gefängnis geschickt hat.«

Petra lächelte. »Ja, stimmt. Mutti konnte keinen mehr riechen. Sie hat nach dem Krieg immer welchen gemacht, als es nichts gab. Dann war das Wasser abgekocht, von dem man nicht wusste, ob es gut war, und es schmeckte wenigstens nach irgendwas. Im Krankenhaus gab es ständig stinkenden Fencheltee, und da hatte sie genug von Kräutertees. Weißt du, dass sie Krankenschwester war?«

Ingke nickte. »Opa hat mir von ihr erzählt.«

»Lang zu«, sagte Petra und nahm selbst einen schönen großen Löffel Müsli. Mit vollem Mund sagte sie: »Sie war eine Kaffeetante. Bernhard hat ihr immer Kaffee geschickt, bis zum Schluss. Ich glaube nicht, dass Heide davon wusste. Deine Großeltern müssen sich sehr geliebt haben. Aber sie hatten keine Chance.«

Sie aßen einträchtig ihr Müsli. Ingke wickelte sich aus der Bettdecke und fragte, ob sie ins Bad könne.

»Klar«, meinte Petra. Du kannst alles nehmen. Ich habe mir immer so gewünscht, mit meiner Tochter zusammen Schminke auszuprobieren.«

»Warum hast du eigentlich hier im Westen keine Kinder gekriegt? Du warst doch noch ganz jung«, fragte Ingke.

Petra zuckte mit den Schultern. »Irgendwie haben meine Beziehungen nie lange gehalten. Und in diesem Jahr werde ich vierzig. Die Männer, die Frauen zum Kinderkriegen suchen, wollen jüngere.« Sie goss sich noch Tee nach. »Ich glaube, ich war nicht kompatibel. Zuerst war ich völlig durch den Wind und dann, als ich zu mir kam, zu selbstständig. Und zu kompliziert. Das wollen die Männer eher nicht.« Sie sah auf. »Na komm, geh duschen. Wir müssen los.«

Ingke probierte im Bad tatsächlich Petras roten Lippenstift aus, es musste der von dem Foto sein, das sie geschickt hatte. Sie fand, dass es toll aussah, aber zu auffällig für einen Tag wie diesen. Sie wischte ihn erst mal wieder ab und pries sich für die Entscheidung, denn als Petra vor dem Losgehen noch mal schnell ins Bad verschwand, benutzte sie ihn, und denselben Lippenstift wie ihre Mutter wollte Ingke nun doch nicht tragen.

Nach einem Abstecher in den Papierwarenladen, wo sie Postkarten kauften, liefen sie fünf Minuten durch schmale Sträßchen zu Petras Kochstudio. Dort war bereits ein schlanker Mann mit lustigen dunklen Locken, aber ganz heller Haut mit zarten Sommersprossen auf der Nase zugange. Ingke schätzte ihn ein ganzes Stück jünger als ihre Mutter ein. Er schnippelte Gemüse klein.

»Hey, Jean«, begrüßte Petra ihn und schob Ingke stolz vor sich. »Das ist meine Tochter Ingke.«

»Salut, Ingke«, sagte Jean. »Schön, dich kennenzulernen. Machst du mit heute?«

Ingke sah hilfesuchend zu Petra, die sagte: »Natürlich.« Und zu Ingke gewandt: »Jedenfalls so viel, wie du Lust hast.«

»Ich habe Lust«, sagte Ingke und freute sich, dass sie etwas zu tun bekam. Wenn ihre Hände beschäftigt waren, war sie immer froh. Ein Beruf, bei dem man nur sitzen und denken musste, wäre nichts für sie, das wusste sie immerhin schon.

»Heute liegt nichts Großes an«, sagte Petra.

»Aber was Feines«, fügte Jean hinzu.

»Eine Sitzung der Deutschen Bank. Wir sind für die Getränke, die Kaffeepause und einen kleinen Imbiss am frühen Abend zuständig.«

»Im Hochhaus?«, fragte Ingke.

»Im Hochhaus.« Petra nickte.

»Krass«, sagte Ingke.

»Genau.« Petra lächelte. »Für die Kaffeepause machen wir unter anderem die Hefebällchen.«

»Und abends gibt es Tartines.«

»Die keiner besser kann als Jean.« Petra zeigte auf die Schale mit fein geschnittenem Gemüse. »Er brät es ganz kurz an, mixt es und macht eine Creme daraus, die hervorragend unter Sardellen oder Schinken passt.«

»Das nimmt das Salzige ein bisschen weg, weißt du?«, sagte Jean.

Ingke nickte. Das konnte sie sich vorstellen. Sie wusste zwar nicht, was Tartines waren, aber das würde sie dann schon sehen.

Erst einmal bekam sie eine rote Schürze, wie Jean und Petra sie trugen, und dann ging es an den Hefeteig und an das Zubereiten kleiner runder Obst-Joghurt-Törtchen, kaum vier Zentimeter im Durchmesser.

»Die kommen auf ein Silbertablett und wirken wie Pralinen, nur leichter. Das finden die Banker schick. Damit bekleckern sie sich ihre Schlipse nicht.«

Jean machte die Gemüsecreme fertig und verschwand dann, um die Reste und Geschirr von einer großen Feier einzusammeln, die sie am Vortag beliefert hatten, bevor Petra Ingke abgeholt hatte. Weil es ein kaltes Büfett gewesen war, hatte es gereicht, dass er allein vor Ort war.

Während Ingke und sie arbeiteten, erzählte Petra, wie es ihr als werdender und junger Mutter ergangen war.

* * *

Berlin, 1973

Nach den Weltfestspielen kam das Leben wieder in alte Bahnen. All die bunten Blumenfahnen wurden eingeholt, und die

Polizei belangte nun wieder jeden, der seine Füße im Brunnen der Völkerfreundschaft abkühlen wollte. Der Vorsitzende des Staatsrates, Walter Ulbricht, der während der Festspiele gestorben war, wurde eingeäschert. Er war längst von Erich Honecker kaltgestellt, sein Tod nur eine Kurzmeldung – *Der Genosse Ulbricht hätte gewollt, dass die Festspiele nicht unterbrochen werden* – wert gewesen.

Mitte August blieb Petras Periode aus, und als sich Mitte September immer noch nichts tat, außer dass ihre Brüste spannten, erzählte sie Ingrid an einem Samstagmorgen, dass sie glaubte, schwanger zu sein.

»Hab ich mir schon gedacht«, sagte Ingrid, während sie Kaffee kochte.

»Wieso?«, fragte Petra, die mit hochgezogenen Beinen am Küchentisch saß, erstaunt.

Ingrid schloss die Kaffeedose und drehte sich zu ihr um. Ihre Mundwinkel kräuselten sich. »Seit Juli war keine einzige Binde von dir im Badmülleimer«, erklärte sie schlicht.

»Oh«, machte Petra.

»Kenne ich den Vater?«, fragte Ingrid.

Petra wurde hin und wieder von Freunden zu Feten abgeholt oder zum Tanzen, aber es war nie etwas Ernstes aus einer der Liebeleien geworden. Und die Lehrlinge im Hotel waren alle jünger als sie und für ihren Geschmack noch viel zu kindlich. Sie schüttelte den Kopf. »Ich, ehrlich gesagt, auch nur ein bisschen«, gestand sie.

»Willst du es behalten?«, fragte Ingrid und stellte Tassen, Butter und Marmelade auf den Tisch. Die Brötchentüte lag schon da.

»Ja«, sagte Petra. »Ich freue mich darauf. Es ist ein Kind der Liebe. Und Mutti, wir haben es doch auch allein geschafft.«

Ingrid stöberte im Kühlschrank nach Käse, rührte den Kaffee in der Kanne um und stellte sie auf den Tisch. Dann setzte sie sich ihrer Tochter gegenüber, drückte kurz deren Hand und drehte die Öffnung der Brötchentüte zu ihr.

Petra nahm sich ein Brötchen und erzählte von Yudel.

Ingrid goss Kaffee ein und hörte nachdenklich zu. Nicht besonders konzentriert, wie Petra feststellte. Dass sie ihren eigenen Gedanken nachhing, bestätigte sich, als Petra geendet hatte.

»Du hattest eine schöne Zeit, eine besondere Zeit«, sagte Ingrid. »Du sollst aber wissen, dass ein Kind keine Erinnerung an eine Zeit ist.« In ihre Augen trat Schmerz. »Wer wüsste das besser als ich.«

Ingrid verschmierte die Butter auf ihrem Brötchen, die längst verteilt war. Dann sah sie auf, und jetzt schimmerte in ihren Augen Liebe. »Ein Kind ist etwas Eigenes. Vom ersten Tag an. Seine Gegenwart überschreibt alles andere, zumindest wenn es klein ist. Du wirst es nicht leicht haben, allein mit einem Kind. Du wirst dich abhetzen müssen, und niemand dankt es dir. Dafür ist ein Kind auch nicht da, dafür wäre dein Yudel zuständig. Du bist noch jung. Ich würde dir wünschen, ein Kind mit einem Mann dazu zu bekommen. In seinen Augen das Glück zu sehen über das Geschenk, das du ihm machst. Ein Mann, der dich unterstützt und das Glück, ein Kind zu haben, mit dir teilt. Geteiltes Glück ist doppeltes Glück.«

»Mutti –«, begann Petra.

Aber Ingrid war noch nicht fertig mit einer der längsten Reden, die sie je gehalten hatte. »Ich würde mich freuen, Oma zu werden. Das sollst du wissen. Ich würde dich nach Kräften unterstützen, aber die Mutter wärst du. Die Verantwortung läge ganz allein bei dir. Überleg dir das, stell mir dieses Wochenende alle Fragen, die du hast. Am Montag gehst du zur Ärztin. Wenn ich richtig gerechnet habe, hast du für eine Abtreibung kaum noch Zeit. Und denke auch daran, das Kind käme vor Beendigung deiner Lehre, das ist sehr ungünstig.«

Petra biss in ihr Marmeladenbrötchen und horchte in sich hinein. Das tat sie den ganzen Samstag lang. Am Sonntagmorgen schlüpfte sie zu ihrer Mutter ins Bett und teilte ihr mit, dass sie ihr Kind bekommen wolle, und Ingrid lächelte, strich ihrer Tochter das robinienrindenfarbene Haar aus der Stirn und gab ihr einen Kuss auf die Nasenspitze. Zu sagen gab es nichts mehr, und da Ingrid nie mehr Worte machte als nötig, war es für Petra gut so.

Mittags gab Petra im Hotel für Hotte einen Zettel ab, dass sie am Montag erst am Nachmittag auftauchen würde, sie müsse einen Arzttermin wahrnehmen. Hottes Wohlwollen würde sie brauchen, wenn sie das Kind bekam und die Lehre trotzdem zu Ende machen wollte.

Am Montag wurde ihr die Schwangerschaft bestätigt, voraussichtlicher Geburtstermin war der 20. April 1974, gut zwei Monate vor dem Ende ihrer Lehre.

Petra kam gegen vierzehn Uhr im Hotel an und bat Hotte Pietsch um ein Gespräch. Weil der Mittagsansturm vorbei war und es vor den Abendessensvorbereitungen relativ ruhig sein würde, wischte sich Hotte gleich die Hände sauber ab und nahm Petra mit in sein kleines Büro. Er setzte sich hinter den Schreibtisch, Petra davor.

»Hotte, ich bin schwanger«, sagte Petra unumwunden.

Hotte klatschte leise in seine feinen Hände, hielt sie zusammengenommen in Gebetshaltung vor sich, senkte die Nase auf die Zeigefinger und schloss die Augen. Als er sie kurz darauf wieder öffnete, sah er Petra von unten herauf an. »Wann soll das Kind kommen?«

»Im April«, antwortete Petra.

Hotte setzte sich gerade hin und legte die Hände auf den Tisch. »Ich nehme an, du willst deine Lehre zu Ende machen?«

»Unbedingt. Bitte«, sagte Petra.

Hotte dachte nach. »Das muss sauber laufen«, sagte er dann.

»Meine Mutter hilft mir«, sagte Petra.

»Deine Mutter«, brummte Hotte. »Einen Vater hat das Kind wohl nicht.«

Petra schüttelte den Kopf.

»Tja«, machte Hotte. »Das Praktische ziehen wir vor. Die Prüfungen an der Berufsschule machst du mit den anderen. Die beginnen erst im Juni. Du suchst dir einen Platz in der Wochenkrippe.«

Petra nickte. »Danke«, sagte sie.

»Du bleibst im Schichtdienst. Wie alle hier. Das muss sauber laufen.«

Petra nickte wieder. Das würde sie schon irgendwie hinkriegen.

Hotte sah auf die Uhr. »Zeit für die Cremetorten.«

Petra nickte zum dritten Mal, ging in die Hotelküche und schlug Buttercreme.

Abends erzählte sie ihrer Mutter, wie es ihr ergangen war.

»Wann ist der Termin?«, fragte Ingrid nach, die gerade saubermachte.

»Am 20. April«, sagte Ingke.

»Ach, du meine Güte. Sieh zu, dass du das Kind vorher oder nachher zur Welt bringst«, sagte Ingrid und schüttelte die Sofadecke aus dem Fenster aus.

»Wieso?«, fragte Ingke.

»Das ist Hitlers Geburtstag. Da kommt mein Enkelkind gefälligst nicht zur Welt.«

»Zu Befehl«, sagte Petra und musste grinsen.

Zwei Wochen später wurde Hotte in die Direktion zitiert.

»Ist wegen dir«, sagte einer der langgedienten Köche süffisant und warf ungeniert einen Blick auf ihren Bauch, der sich noch kein bisschen wölbte. Petra mochte den Kerl nicht besonders. Hotte auch nicht, denn der Mann war faul, aber Hotte fasste ihn mit Samthandschuhen an, was nicht zu ihm passte.

Das konnte nur bedeuten, dass dieser Kollege einer der vielen Spitzel war, die im Hotel arbeiteten.

Als Hotte zurückkam, sagte er jedoch nichts. Der Tag verlief wie jeder andere. Erst als der Kollege wie meistens überpünktlich gegangen war und Petra beim Wegräumen großer Rührschüsseln an Hotte vorbeikam, fasste sie sich ein Herz, blieb stehen und fragte: »War das wegen mir heute Vormittag?«

Hotte sah sich um und dann sie an. »Kommt nicht gut, einen Vater zu haben, der im Knast saß und sich in den Westen verdünnisiert hat, und dann einen Kindsvater auch halb aus dem Westen, wohl aus Kuba.«

Petra riss die Augen auf.

»Was denkst du denn? Du arbeitest im besten Interhotel des Landes. Da wird drauf geachtet, wer hier angestellt ist.«

Offenbar war Petra auch dabei beobachtet worden, mit wem sie sich im Sommer getroffen hatte. »Und jetzt?«, fragte sie.

»Hast ja wohl keinen Kontakt mit dem Vater mehr«, sagte Hotte und ließ offen, welchen er meinte.

»Nein«, sagte Petra, denn schon bei ihrer Einstellung als Lehrling war klar gewesen, dass es keine Westkontakte geben durfte. Weshalb ihr Vater immer nur an ihre Mutter schrieb.

»Das bleibt auch so«, sagte Hotte. »Und sieh zu, dass auch sonst alles sauber läuft.«

»Mach ich«, sagte Petra. »Danke.«

»Bitte«, sagte Hotte. Und weil er das sagte, wusste Petra, dass er sich bei der Direktion nach Kräften für sie eingesetzt hatte, andernfalls hätte er nach dem »Danke« höchstens gebrummt.

Ihre Schwangerschaft verlief leicht und problemlos, trotz Schichtdienst. »Das Kind hat genau die richtige Größe für Sie«, sagte die Hebamme im März, einen guten Monat vor der Geburt.

»Das ist, weil der Vater auch die richtige Größe für mich hatte«, sagte Petra.

»Hatte?«, fragte die Hebamme pikiert.

Petra zuckte mit den Schultern.

»Na ja«, sagte die Hebamme nun deutlich schnippisch. Und dann sagte sie gar nichts mehr.

Petra hatte sich bis jetzt wenig Gedanken darüber gemacht, was es hieß, keinen Vater für das Baby zu haben. Um Kindersachen zu kaufen, stand sie sich mit anderen Schwangeren die Beine in den dicken Bauch, das war auch bei Ehepaaren offenbar Frauensache. Jetzt war zum ersten Mal, seitdem sie ihren Chef von der Schwangerschaft unterrichtet hatte, aufgefallen, dass sie allein war. Und es verhieß nichts Gutes.

Die praktischen Prüfungen legte sie Anfang des neunten Monats ab, und Hotte ließ ihr nichts durchgehen.

»Das muss sauber ablaufen«, flüsterte sich Petra selbst zu, als ihr beim Töten und Ausnehmen des Fisches für Karpfen blau schlecht wurde.

Sie hielt sich aufrecht und bestand.

Der April war sonnig und warm. Die letzten zwei Wochen vor der Geburt hatte Petra frei, und Bernhard schickte Windeln, die es in Ostberlin nur auf Kontingent gab. Zusätzlich zu den Baumwollwindeln packte er sogar ein Paket der brandneuen Pampers ein – für den Fall, dass sie mal unterwegs sei.

Dann kam der 18. April. In der Morgendämmerung spürte Petra, dass es losging. Ingrid war zur Nachtwache in der Charité. Petra schrieb ihr einen Zettel und machte sich zu Fuß auf in die Tucholskystraße.

Dort, in der Frauenklinik, empfing man sie verständnislos. »Sie sind allein mit Wehen gelaufen?«, fragte die Schwester bei der Aufnahme.

Petra nickte und krümmte sich. Als sie am Bode-Museum vorbeigelaufen war, war die erste schlimme Wehe gekommen, und auf der Brücke hatte sie sich an der Brüstung festhalten müssen, weil schon die nächste kam. Aber da konnte sie die Klinik bereits sehen.

»Kommen Sie«, sagte die Schwester und brachte sie zu einem Zimmer, in dem eine Frau lag, die ihr Kind schon geboren hatte. Dort sollte sie sich ausziehen, waschen und das Krankenhaushemd überstreifen. Sie schaffte es geradeso zwischen den Wehen. Eine Hebamme kam, untersuchte sie und entschied, sie gleich in den Kreißsaal zu bringen.

Dort war es schrecklich. Es gab sechs Betten, und zwei Kreißende stöhnten und schrien um die Wette. Eine dritte lag still und mit starren Augen auf der Seite. Petra schätzte sie auf Anfang zwanzig, bestimmt war es wie bei ihr selbst das erste Kind.

Während die erste Kreißende ihr Kind gebar, dann die zweite und die junge Frau neben Petra rhythmisch stöhnte, dachte Petra an das Kinderbad im Monbijoupark, eine Brache im Scheunenviertel und die Granitschale vor dem Alten Museum. Sie zwang sich, die Wehen zu veratmen, bis auch sie aus tiefstem Leibe stöhnen musste.

Wenig später presste sie Ingke aus sich heraus und war voll des Staunens darüber, dass der Schmerz vorbei war. Sie bekam ihre Tochter in den Arm gelegt, und die dunklen Locken Yudels, die sie eben noch in ihrer Erinnerung schweißglänzend über sich wippen gesehen hatte, kringelten sich nun auf einem kleinen Köpfchen, das aus einem Moltontuch herausschaute.

Inzwischen war Ingrid eingetroffen, und weil sie eine Kollegin war, durfte sie Petra ins Wöchnerinnenzimmer bringen. Petra hatte Glück, denn sie hatte eins mit dazugehörigem Babyzimmer bekommen, zu dem eine Schlupftür führte. Ingrid zeigte Petra alles für den Umgang mit Ingke, was sie wusste, und weinte in der Erinnerung daran, dass ihre Mutter das nicht für sie hatte tun können, weil sie im Bombenhagel umgekommen war.

Trotz der Fürsorge ihrer Mutter und der Schwestern auf der Entbindungsstation war Petra froh, als sie ein paar Tage später nach Hause und Ingke bei sich haben durfte, wann immer sie wollte.

Ingrid war ins Wohnzimmer gezogen, und Petra und Ingke bekamen das Schlafzimmer.

Der Mai brach an, und es wurde kühl und nass. Petra band sich Ingke zum Spazierengehen auf den Rücken, weil sie den neuen Kinderwagen nicht nass machen wollte, denn der war in der Wohnung zugleich das Kinderbett. Ingrid zeigte ihr, wie sie mit dem Bindetuch – einem halben zerschlissenen Laken – umgehen musste. Die jungen Mütter in den letzten Kriegsmonaten und danach hatten es so gemacht, weil es keine Kinderwagen gegeben hatte. Ingke gefiel das offensichtlich. Fest an den Leib ihrer Mutter gebunden, war sie ruhig und friedlich, im Kinderwagen eher zappelig und nörgelig.

Als Ingke zwei Wochen alt war, erhielt Petra Besuch von einer Fürsorgerin. Martha Kubitz war eine etwa vierzigjährige unförmige Frau, die von Amts wegen nach alleinerziehenden Müttern zu sehen hatte und nach Nikotin stank. Weil Petra im Schichtdienst arbeitete – es musste schließlich »alles sauber laufen« –, hatte die Fürsorgerin auf die Anmeldung bei einer Wochenkrippe gedrungen. »Ihr Kind braucht einen geregelten Tag«, hatte sie gesagt.

Petra ging zweimal in die empfohlene Krippe, und jedes Mal wurde ihr schwer ums Herz, als sie die zehn Gitterbettchen sah, die pro Zimmer in einer Reihe standen.

In der Wochenkrippe bekam Petra von »Tante Amalie«, in deren Gruppe Ingke kommen sollte, einen Tagesplan fürs erste Halbjahr mit, auf dem zwischen 5.15 Uhr und 6 Uhr die erste Flasche verzeichnet war. Dann *Spiel im Bettchen* bis 6.45 Uhr. Es folgten *Messen, Wiegen, Baden, Schlaf an der frischen Luft*, die zweite Flasche, dann *Spiel in der Box*.

»Bereiten Sie Ihr Baby schon einmal auf diesen Tagesplan vor«, sagte Tante Amalie.

Petra schaute entgeistert auf das Blatt. Erstens wurde ihr bewusst, dass sie schon bald abstillen musste, obwohl sie doch gerade erst begonnen hatte und es so innig und schön fand. Zweitens entsprach dieser Tagesplan in keiner Weise der zärtlichen Zweisamkeit zwischen Mutter und Tochter, die aus Glucksen und Greifen und Schauen und Streicheln bestand.

Tante Amalie begriff, legte Petra die Hand auf den Arm und sagte: »Das ist das Beste für Ihr Baby. So erziehen wir es gleich von Anfang an zur Mitgestaltung des Lebens im Kinderkollektiv.«

Petra nickte, um Ingkes willen, freundlich, bedankte sich und floh.

Zu Hause erzählte sie ihrer Mutter davon.

Ingrid senkte den Kopf. »Du warst immerhin schon ein halbes Jahr alt, als du in die Krippe kamst. Und auch nicht so lange. Fräulein Schirmer aus dem Nachbarhaus hat mir geholfen und dich ganz oft betreut.«

»An die kann ich mich noch gut erinnern«, sagte Petra. »Ich durfte die Servietten aus ihrer Aussteuerkiste als Tischdecke für den Puppentisch benutzen.«

»Mach erst mal die Lehre fertig, dann sehen wir weiter«, sagte Ingrid.

Petra nickte. Das war auf jeden Fall vernünftig.

Im Mutterschutz durfte sie zu Hause für die Prüfungen lernen und pumpte ab, wenn sie wegmusste. Dann nahm Ingrid frei und betreute Ingke. Die letzten zwei Prüfungen fielen in die zweite Julihälfte. Mitte Juli endete jedoch Petras Mutterschutz. So stand sie am Montag, dem 15. Juli, morgens um halb sechs mit der schlafenden Ingke vor der Tür der Wochenkrippe.

»Geben Sie sie mir«, sagte Tante Amalie und gab den Platz in der Tür nicht frei.

Ingke wachte bei der Übergabe auf und machte Kulleraugen. Dann schloss sich die Tür, und Petra ging zum ersten Mal seit Langem wieder an ihren Arbeitsplatz.

Sie hatte zu lange mit Abstillen gewartet, sodass ihre Brüste nach einem halben Tag schmerzhaft spannten und sie sich zum Abpumpen auf die Toilette zurückziehen musste. Glücklicherweise hatte Ingrid ihr morgens die Pumpe – »vorsichtshalber« – in die Tasche gesteckt.

Die Tränen liefen Petra über die Wange, als die Milch in das Glasgefäß schoss, und als sie sie ins Klobecken goss, weinte sie bitterlich.

In dieser ersten Woche der Frühschicht war Ingke ein Tageskind, und als Petra sie nachmittags abholte, schien alles in Ordnung zu sein. Sie schmusten und herzten sich, bis Petra ihr Baby ins Bett brachte und sich zum Lernen hinsetzte. Die vorletzte Prüfung schaffte sie gerade so.

In der zweiten Woche hatte Petra Spätdienst, und als sie Ingke am Montag um vierzehn Uhr zum Spiel in der Box ablieferte, weinte das Mädchen. Aber wie immer schloss Tante Amelie die Tür vor Petras Nase. »Den Abschied hinziehen ist ein kapitaler Erziehungsfehler«, war ihre Meinung. »Da wird er unnötig betont.«

Petra ging zur Arbeit. Das Hotel war nahezu ausgebucht, und weil der Sommer regnerisch war, füllten sich die Restaurants schnell und anhaltend. Petra schuftete, und als sie spätabends nass vom Nieselregen die Wohnungstür öffnete, war sie zum ersten Mal seit Ingkes Geburt allein zu Hause. Ingrid hatte Nachtwache, und ihr Baby lag im dritten von zehn Gitterbetten vom Fenster aus gerechnet vierhundert Meter Luftlinie von ihr entfernt.

Lerne, Petra, lerne!
Deine Mutti

Diesen Zettel fand sie auf dem Küchentisch und dazu eine Tafel Milka-Schokolade aus dem Intershop.

Sie setzte sich, schaute auf den Zettel und auf die Tafel Schokolade und brauchte einen Moment, um die brüske Aufforderung zu verstehen.

Ja, sie musste ihre Lehre abschließen. Es waren nur noch wenige Wochen. Und dann? Ja, und dann?

Lerne, Petra, lerne!

Petra verbot sich die Und-dann-Gedanken und lernte.

Am Freitag holte Ingrid Ingke ab. Da sie noch Nachtwache hatte, blieb Ingke eine halbe Stunde allein in ihrem Kinderwagenbettchen zu Hause, ehe Petra im Laufschritt von der Spätschicht kam. Schon auf der Treppe hörte sie ihre Tochter brüllen. Oben stand Axel Lemke in der Tür.

»Ist denn keiner da?«, fragte er.

»Doch«, sagte Petra. »Meine Tochter wird Bauchweh haben, sie verträgt die Flasche noch nicht gut.« Dann verschwand sie in der Wohnung und ließ die Tür lautstark hinter sich zufallen.

Natürlich weiß der, dass Ingrid zur Arbeit gegangen ist, dachte sie. Der schreibt das bestimmt auf. Aber dieser Gedanke schoss nur nebulös durch ihr Hirn, denn schon hatte sie ihre Tochter aus dem Bettchen geholt und an sich gepresst.

Ingke hörte nicht auf zu weinen.

Petra hatte nach dem ersten Abpumpen auf der Mitarbeitertoilette beschlossen, dass sie nicht abstillen würde. Sie pumpte stattdessen regelmäßig ab und hatte volle Brüste mitgebracht. Sie ließ ihre Tasche auf den Boden fallen, ihr Nicki flog hinterher, und dann dockte sie ihre Tochter an.

Ingke nahm die Brust, trank, schluchzte, verschluckte sich, schrie und trank und schrie wieder.

Petra schossen die Tränen in die Augen. Mit ihrer zappelnden Tochter auf dem Arm und verschleiertem Blick entdeckte sie einen Zettel auf Ingkes Bettdecke.

Ingke ist wund. Bringe Zinksalbe aus dem Krankenhaus mit. Am besten frische Luft an den Popo lassen. Deine Mutti.

Petra ging mit ihrer Tochter zum Wickeltisch und wickelte sie aus. Der zarte Babypopo war wund bis aufs Blut. Petra erbleichte. Sie tupfte ihn mit lauwarmem Wasser ab, nahm eine saubere Windel, schlang sie locker wie ein Röckchen um ihr Baby und setzte sich erneut zum Stillen hin.

Diesmal griff Ingke nach der Brust, saugte kräftig und trank auch noch die zweite Brust leer.

In dieser Nacht schlief Ingke nur mit ihrem Windelröckchen auf dem Bauch ihrer Mutter, die sich ein altes Wachstuch untergelegt hatte. So wachte Petra auf, wenn Ingke pullerte, tupfte gleich sanft, nahm ein neues Windelröckchen, und dann schliefen sie wieder ein.

Morgens um kurz nach halb sieben schlüpfte Ingrid in die Wohnung, es erfolgten flüsternd die Übergabe der Zinksalbe und ein Bettentausch. Sie schoben den Kinderwagen ins Wohnzimmer, Petra wechselte mit dem Wachstuch und Ingke aufs Sofa, und Ingrid bekam das Bett im hinteren Zimmer, um nach der Nachtwache ungestört schlafen zu können.

Dank der Zinksalbe und der sommerlichen Wärme, die das Spielen mit nacktem Popo ermöglichte, schafften es Petra und Ingrid in den nächsten Tagen, dass sich Ingkes nässende, wunde Stellen schlossen.

Petra hatte noch Spätdienst, aber Ingrid das Wochenende frei. Am Montag und Dienstag hatte Petra frei, am Mittwoch ihre letzte Prüfung, dann ging sie in die Nachtschicht. Denn das Hotel Stadt Berlin war das einzige Hotel der Stadt, in dem die Küche nachts nicht schloss.

An diesen Tagen brachte Ingrid ihre Enkeltochter morgens in die Krippe, Petra holte sie mittags ab.

Ingke war zwar dank der Zinksalbe und weil sie während dieser Woche Tageskind war und zu Hause nach Bedarf von Ingrid oder Petra gewickelt wurde, nicht mehr wund, aber sie wurde zappelig und verfolgte ihre Mutter immer mit Blicken.

Am Freitag kam Ingrid nachmittags von der Arbeit, und Petra kochte ihr Kaffee. Sie selbst trank Kräutertee und hatte Ingke auf dem Schoß. Ingrid drehte ihre Kaffeetasse mit gesenktem Kopf hin und her. Ein Zeichen dafür, dass sie sich sammelte, das wusste Petra. Da hob Ingrid den Kopf. »Heute Morgen war ich im Schlafraum von Ingkes Gruppe.«

»Die haben dich reingelassen?«, fragte Petra, denn Übergabe war immer an der Tür. Nur beim Abholen durften die Eltern die Krippe betreten.

Ingrid nickte. »Der kleine Ingo hatte Fieber, und es war nur diese ganz Junge mit den schwarzen Haaren da.«

»Sigrid. Die hat gerade ausgelernt«, sagte Petra.

»Genau. Sie war sich unsicher, und weil ich Krankenschwester bin, sollte ich ihn mir mal anschauen. Er glühte, aber es sah nach einer Erkältung aus, ich habe Wadenwickel empfohlen und Pulmotin. Das war aber nicht das Schlimme. Im Nachbarbettchen saß ein anderer Junge, der Älteste der Gruppe, glaube ich, und wiegte sich hin und her.« Sie machte eine Pause.

Petra wartete.

»Es war eindeutig Hospitalismus. Sein Blick war völlig leer.«

»Was ist das?«, fragte Petra und gab Ingke ihre Klapper, die ihr entglitten war.

»Eine Krankheit. Sie entsteht, wenn Menschen unter Lieblosigkeit leiden. Babys zeigen die Symptome, wenn sie mangelhaft umsorgt werden, wenn sie zu wenig Aufmerksamkeit bekommen, keine Ansprache und auf sich selbst zurückgeworfen werden. Bei kleinen Kindern führt das zu mangelnder Bindungsfähigkeit, Ängstlichkeit, dem Gefühl des Abgeschnittenseins von der Welt.« Ingrid trank einen Schluck Kaffee. »Die

Kleinen auf der Station mit den sterbenskranken Kindern, die monatelang im Krankenhaus sind, haben das manchmal. Wenn die Eltern selten kommen.«

Petra dachte an die Blicke ihrer Tochter und ihre Unruhe und kuschelte Ingke gleich ein bisschen fester an sich. »Mutti, ich will das nicht«, sagte sie dann. »In zwei Wochen bekomme ich mein Zeugnis. Hotte sagt, ich werde übernommen. Das ist eine große Ehre. Aber ich kann das nicht mit der Wochenkrippe.«

»Ohne Zweischichtsystem geht es in deinem Beruf aber kaum«, wandte Ingrid ein. »Und ich arbeite ja auch im Schichtdienst.«

»Irgendwas wird sich schon finden«, sagte Petra.

Am Samstagmittag klingelte es. Petra war mit Ingke allein zu Hause. Vor der Tür stand Frau Kubitz, die Fürsorgerin. »Ich wollte mal sehen, wie es Ihnen und der kleinen Ingke geht«, sagte sie.

Petra war überrascht, ließ Frau Kubitz jedoch eintreten und sich nicht anmerken, wie zuwider ihr der strenge Nikotingeruch der Frau war.

»Sie bringen Ihre Tochter sehr unregelmäßig in die Krippe«, kam Frau Kubitz recht schnell zur Sache, nachdem sie Ingke kurz in Augenschein genommen hatte. »Eine Regelmäßigkeit wäre aber wichtig, der Krippenerzieherin ist bereits eine gewisse Unruhe bei Ingke aufgefallen.« Sie sah auf die Uhr. »Eigentlich sollte die kleine Ingke jetzt auch schlafen.«

»Ich habe sie gerade gestillt«, sagte Petra, und wie zur Bestätigung machte Ingke, die über ihrer Schulter hing, vernehmlich ihr Bäuerchen. Dann gluckste sie zufrieden vor sich hin.

»Sie wissen schon, dass Sie die Schlaf- und Essenszeiten der Krippe auch zu Hause einhalten sollten«, sagte Frau Kubitz. »Ihre Tochter braucht geregelte Zeiten. Sie garantieren bestmögliche Entwicklungschancen.«

»Meine Tochter braucht ihre Mutter«, rutschte es Petra heraus.

Frau Kubitz hob die Augenbrauen. »Alle Babys brauchen ihre Mutter. Aber wir wollen nicht unbescheiden werden. Ohne die Krippe hätten Sie Ihre Lehre nicht abschließen können, und Sie wollen ja nicht als ungelernte Küchenkraft arbeiten, oder? Was für ein Vorbild wären Sie Ihrer Tochter da?«

»Ich bin sehr dankbar«, sagte Petra widerstrebend. Eigentlich stimmte, was Frau Kubitz sagte. Jedenfalls was die Möglichkeit betraf, sie während ihrer Arbeit unterzubringen. Aber Petra merkte, dass sie sich nicht vorschreiben lassen wollte, was sie mit Ingke zu Hause machte. Und als sie das feststellte, machte sie sich klar, dass die festen Zeiten in der Krippe ihrer Tochter nicht entsprachen. Ingke trank öfter, machte tagsüber eher kleinere Nickerchen, und vor allem liebte sie es, herumgetragen zu werden. Wie aber sollten ein oder zwei Krippentanten zehn Kinder herumtragen und dabei andere füttern oder wickeln?

»Frau Schröder?«, hörte sie die Stimme von Frau Kubitz. »Haben Sie verstanden?«

»Wie bitte?«, fragte Petra zurück. Sie war in Gedanken gewesen und außerdem unkonzentriert, weil sie zu wenig schlief.

»Wenn Sie Frühschicht haben, können Sie Ingke gern als Tageskind bringen. Aber machen Sie es sich und Ihrer Tochter nicht unnötig schwer. In unserer sozialistischen Gesellschaft herrscht Interessenidentität von Staat und Individuum. Vertrauen Sie Ihr Baby den Tanten in der Krippe an. In den anderen Wochen lassen Sie sie als Wochenkind dort, dann hat sie geregelte Zeiten, wird ruhiger werden und den Mitarbeiterinnen dort nicht so viel Mühe machen«, wiederholte Frau Kubitz ungehalten, was sie eben schon einmal erklärt haben musste.

»Nein«, sagte Petra. »Ich hole meine Tochter, wann immer ich kann, zu mir. Aber ich werde mich um einen der Krippe angepassten Tagesablauf bemühen«, fügte sie hinzu. Das war zwar gelogen, aber sie wusste, dass Frau Kubitz einen Bericht für die Jugendhilfe schreiben würde, und sie hatte Sorge, dass er zu negativ ausfallen würde.

Frau Kubitz presste die Lippen zusammen. »Ihre Tochter war schon des Öfteren allein zu Hause, wenn die Oma eher zur Arbeit muss, als Sie nach Hause kommen.«

Lemke, das Arschloch, dachte Petra. »Da ist sie inzwischen immer in der Krippe«, log sie schnell.

»Wir werden sehen, ob das so geht«, lenkte die Fürsorgerin überraschenderweise ein. Dabei schob sie die Hand in ihre Tasche, und Petra sah, dass sie die Schachtel f6 darin befingerte. Jetzt war sie froh, dass die Fürsorgerin eine so starke Raucherin war. Länger als eine halbe Stunde ohne Zigarette kam sie offenbar nicht aus, und in einem Haushalt mit einem Säugling genierte sie sich zu rauchen.

Petra brachte ihren Besuch höflich zur Tür und schloss sie fest hinter der Frau.

Und dann zeigte sich wieder einmal, dass Petra keine Freundin von halben Sachen war. Sie unterschrieb den ihr angebotenen Arbeitsvertrag beim Hotel Stadt Berlin nicht.

»Sie enttäuschen mich«, sagte Hotte. »Sehr. Sie haben Talent, und das sollten Sie nutzen. Dazu sind Sie verpflichtet, dem Volk verpflichtet«, fügte er hinzu.

Aber Petra merkte, dass das eine Floskel war. Ihre Vermutung bestätigte sich, als Hotte fortfuhr. »Wo könnten Sie das besser als in dieser Küche? So eine werden Sie nirgendwo wiederfinden. Ich nehme das persönlich. Gehen Sie mir aus den Augen«, sagte er und schickte Petra zum Kartoffelschälen.

Dann kam der letzte Tag im Hotel Stadt Berlin, alle Lehrlinge sollten erst um zehn erscheinen, zur Zeugnisvergabe. Aber Petra hatte eine andere Idee.

Sie hatte im Schrebergarten der Eltern einer Kollegin, die

mit ihr die Lehre gemacht hatte, Pflaumen geerntet. Im Nachbargarten hatte eine alte Frau Zitronenverbene, und davon nahm Petra auch einen Zweig mit. Sie machte mit saurer Sahne und Mürbeteig Pflaumentörtchen für Hotte, und der Dreh mit der Zitronenverbene darin war der Clou. Das Rezept schrieb sie mit Füller in ein Oktavheft, in dem auch ihre Porree-Füllung für die Tomaten und ihre gefüllte Forelle sowie zwei weitere selbst erfundene Rezepte standen. Sie schlug es in einen mit Kartoffeldruck ebenfalls selbst gefertigten Umschlag ein, auf dem sich um den Namen *Hotte* Möhrchen, Zwiebeln und Radieschen tummelten.

Sie nahm Ingke mit und kam eine halbe Stunde vor Schichtbeginn, denn sie wusste, Hotte würde wie meistens morgens schon um halb sechs da sein, um die Anlieferung zu überprüfen.

Sie betrat das Hotel durch den Haupteingang, setzte sich auf einen runden Kunstlederhocker an einen der glänzend furnierten Tische gegenüber der Rezeption und bat, Hotte zu rufen, aber nicht zu verraten, wer da sei. Dann baute sie die Törtchen auf und legte das Oktavheft dazu.

Als Hotte erschien, konnte er nicht zurück, obwohl er sie sich die letzte Zeit konsequent »aus den Augen« geschickt hatte. Ein Rückzug unter den Blicken der Rezeptionsangestellten wäre peinlich gewesen.

Petra bat ihn, sich zu ihr zu setzen. Er tat es widerwillig. »Ein Koch gehört nicht in den öffentlichen Bereich«, sagte er grummelnd.

»Nur zehn Minuten«, sagte Petra. »Die Gäste schlafen alle noch.«

»Trotzdem«, brummte Hotte und sah an den Törtchen vorbei.

»Ich weiß, dass ich dich enttäuscht habe«, sagte Petra. »Ich möchte mich aber bei dir bedanken. Erstens dafür, dass du mich als Lehrling genommen hast. Zweitens dafür, dass du nie gesagt hast, dass es ›nicht sauber gelaufen‹ sei, wie ich schwanger geworden bin. Das rechne ich dir hoch an.«

»Das ist mich nichts angegangen«, schnarrte Hotte mit einem Seitenblick auf den Kinderwagen, in dem Ingke selig schlief.

»Jetzt, genau in diesem Moment, hätte ich mein Baby in der Wochenkrippe abgeben müssen, um hier arbeiten zu dürfen. Ich bin dankbar, dass es diese Krippe gibt, sie hat mir meinen Abschluss ermöglicht, aber meinem Baby tut es nicht gut, so lange dort zu sein. Es tut ihm gut, bei mir zu sein, und es verträgt meine Muttermilch besser als die Flasche.«

Hotte warf wieder einen Blick zum Kinderwagen, diesmal einen befremdeten, sagte aber nichts.

»Ich werde nicht wegwerfen, was ich bei dir gelernt habe, ich werde nur eine Pause machen und meine Tochter mit meiner Muttermilch ernähren, weil ich als Köchin weiß, dass nur das Beste gut genug für die ist, die ich versorge. Wenn Ingke ein bisschen älter ist, wird sie in den Kindergarten gehen, und ich werde nach einer Möglichkeit suchen, mein Talent zu nutzen.«

»Pft«, machte Hotte.

»Bitte, nimm diese kleine Leckerei als Dank an«, sagte Petra. »Ich habe die Idee dafür dem zu verdanken, was ich bei dir gelernt habe. Sie ist mir gekommen, als ich Zitronenverbene in einem Schrebergarten entdeckt habe.« Zitronenverbene war eine der Geheimwaffen für Hotte Pietschs Süßspeisen. »Tolles Kraut. Ist zu Unrecht in Vergessenheit geraten«, hatte er einmal gesagt, als er es seinen Lehrlingen vorgeführt hatte.

»Ich muss wieder zurück, sonst stellen die mir Sellerie statt Kohlrabi hin. Aber dir ist das ja egal.« Er stand auf, ohne die Törtchen zu nehmen.

Petra war jedoch schneller. »Danke, dass du mir zugehört hast.« Sie schob den Kinderwagen eilig zum Ausgang. Sie wusste, Hotte würde dafür sorgen, dass »alles sauber lief«, und die Törtchen nicht stehen lassen, denn solche Törtchen gehörten nun mal nicht in den Rezeptionsbereich auf die Hochglanzfurniertische.

In der Krippe wurde sie gerügt, weil sie zu spät kam, aber das war ihr egal. Um zehn Uhr erschien sie mit den anderen Lehrlingen im Hotel und nahm ihr Zeugnis entgegen. Hotte ließ sich nichts anmerken, aber der Druck seiner zarten Hand war erstaunlich fest und, wenn Petra nicht alles täuschte, sogar einen Augenblick länger als bei den anderen beiden.

* * *

Frankfurt, Juni 1992

»Ich war nicht mehr in einer Krippe«, sagte Ingke.

»Wär ja auch noch schöner. Erst ein Kind klauen und es dann weggeben«, sagte Petra unversöhnlich und holte den Hefeteig für die Mohnbällchen aus einer Warmhaltekiste.

»Maren hat erst halbtags gearbeitet und später, als ich in der dritten Klasse war oder so, wieder voll. Zuerst war Omi Lisbeth aus Beerenhain da, aber da war ich noch zu klein, um mich zu erinnern. Ihre Hühner hat Hanna so lange mitversorgt, das ist die Frau von Kelles Cousin. Später war ich im Kindergarten, aber immer nur bis nach dem Mittagsschlaf. Ich hab Fotos von allen mit.«

»Ach.« Petra winkte ab, und Ingke merkte, dass die Fotos ihre Mama nicht sonderlich interessierten. Dabei dokumentieren sie doch mein Leben, dachte sie, aber dann fiel ihr ein, wie wenig Schröder-Fotos es gab. Vermutlich würden Petra die Fotos nur wehtun und sie auf all das unwiederbringlich Verlorene stoßen. Vielleicht sollte sie ihr Album lieber in der Tasche lassen.

Petra knetete den Teig noch einmal ordentlich durch. Dann hielt sie ihn Ingke an die Wange. »Hefeteig hat mich immer an dich erinnert. Wenn er schön gegangen und geknetet ist wie jetzt, fühlt er sich trocken, warm und genauso weich an wie ein Babypopo. Wie der Ingkepopo.«

Ingke lächelte, aber das Lächeln tat ihr weh, als sie sah, wie ihre Mutter sich übers Gesicht wischte und in einer Schublade nach der Garnierspritze kramte. Sie verstummte und erzählte lieber nicht, dass Maren, weil sie so lange nur halbtags gearbeitet hatte, erst Stationsärztin geworden war, als sie selbst schon FDJlerin war. Maren war zwischenzeitlich aus dem Kaderentwicklungsplan herausgefallen. Kelle war stolz auf seine Frau gewesen und hatte sie zum Essen ausgeführt – ohne Ingke. Es war das erste Mal gewesen, dass Ingke ihre Eltern als Paar unabhängig von sich wahrgenommen hatte: als Ärzte, als Erwachsene mit Bedürfnissen und Zielen, die nichts mit ihrer Tochter zu tun hatten. Sie hatte es schön gefunden, sich aber gleichzeitig auch ausgeschlossen gefühlt.

Petra zeigte Ingke nun, wie sie die Bällchen formen und die Mohnmasse, die sie während des Erzählens zubereitet hatte, hineinspritzen sollte. Und Petra war streng. Die Bällchen mussten alle die gleiche Größe haben und durften nicht eingedrückt werden, wenn Ingke sie aufs Blech setzte.

»Muss picobello aussehen«, erklärte Petra. »Deutsche Bank ist Deutsche Bank.«

So war Hotte bestimmt auch, dachte Ingke bei sich.

Jean traf ein und versprach, die Bällchen aus der Röhre zu nehmen. Er wollte sich an die Tartines machen, und Petra und Ingke gingen hinaus und ein wenig spazieren.

»Ich zeige dir das chinesische Gärtchen«, sagte Petra, und sie schlenderten los.

»Wie ging es dann weiter?«, fragte Ingke. »Ich meine, als du raus warst aus dem Hotel.«

»Abwärts«, sagte Petra.

14

Berlin, 1974

Petra hatte sich alles gut überlegt. Im August arbeitete sie stundenweise als Aushilfe in der Imbissgaststätte im Volkspark Friedrichshain. Die war genauso neu wie das Hotel Stadt Berlin und Teil einer Anlage aus verschiedenen Pavillons, in und vor denen Sport getrieben werden konnte: Boccia, Tischtennis, Galgenkegeln, Ringewerfen, Schach und vieles mehr. Darüber hinaus gab es einen Lesepavillon.

Die Speisekarte war bescheiden, besondere Möglichkeiten, an gute Zutaten heranzukommen, bestanden nicht. Petra verstand Hotte und das Privileg, im Hotel Stadt Berlin zu kochen, jetzt erst richtig, denn im Vergleich dazu kam sie sich vor wie bei der Viehfütterung. Aber es war ihr egal. Die Kolleginnen machten das Beste daraus, und die Stimmung war immer gut.

Sie hatte eine neue Krippe gefunden, keine Wochenkrippe, sondern eine Tageskrippe. Auch hier durfte sie Ingke nicht bringen und holen, wann sie wollte, aber während der Spielzeiten ging es immer, und daran hielt sich Petra. Angeschlossen war ein Kindergarten, und einmal stolperte Petra beim Abholen fast über etwas, das ihr in den Weg fuhr. Sie presste ihr Baby an sich und schaute nach unten. Vor ihren Füßen stand ein Panzer, daran war ein Kabel befestigt und an dem Kabel eine Steuereinheit, die ein kleiner Junge in der Hand hielt.

»Is' der T 34. Von der Roten Armee. Aus dem Großen Vaterländissen Krieg.« Der Junge lispelte.

Petra war platt und schaute an ihm vorbei. Hinter dem Jungen war ein Gefecht mit Plastiksoldaten im Gange. »Du bist tot!«, schrie ein kleines Mädchen und zeigte auf Petra.

»Wir verteidigen unser sozialistisches Vaterland«, erklärte eine junge Kindergärtnerin in vollem Ernst.

»Toll«, sagte Petra und machte, dass sie wegkam.

Anfang September war Schluss mit der Aushilfsarbeit in der Imbissgaststätte, die Sommerferien waren vorbei, und die Stammbesatzung reichte.

Petra brachte Ingke nicht mehr in die Krippe und suchte auf eigene Faust nach Großküchen, die für Schulen, Betriebe oder Kindergärten kochten und in denen es keinen Schichtdienst gab. Doch so schnell wurde sie nicht fündig.

Stattdessen erschien Martha Kubitz erneut bei ihr.

Ingke rollte sich inzwischen fröhlich auf ihrer Babydecke herum, die im Wohnzimmer lag.

»Wie soll es nun bei Ihnen weitergehen?«, fragte die Fürsorgerin und schob gleich hinterher: »Sie haben kein Ställchen?«

»Nein«, sagte Petra.

»Und wenn Sie mal aus dem Zimmer gehen?«

»Ich hab alles außer Reichweite geräumt.«

»Aber nicht die Stühle«, sagte Frau Kubitz.

Petra guckte verständnislos.

»Na, wenn Ihre Tochter da mal an einem Bein zieht und der Stuhl kippt um und auf sie drauf …« Die Fürsorgerin zog die Augenbrauen vielsagend hoch.

»Danke, ich werde die Stühle rausstellen«, sagte Petra, denn sie war auf der Hut. Ingke hatte sich allerdings noch nie für Stuhlbeine interessiert.

»Sie gehen nicht arbeiten«, stellte Frau Kubitz fest.

»Ich suche«, antwortete Petra.

»Warum haben Sie dann die Stelle bei Narva, die Ihnen zugewiesen wurde, nicht angetreten?«, fragte Frau Kubitz.

Diese Stelle war ihr von der zentralen Arbeitskräftelenkung genannt worden.

»Weil dort Schichtarbeit ist, so groß ist der Betrieb.«

Die Fürsorgerin schloss die Augen, als müsse sie sich zur Ruhe rufen, und sagte: »Fräulein Schröder, das Recht auf Arbeit und die Pflicht zur Arbeit bilden eine Einheit, so steht es in unserer Verfassung. Arbeitsscheue Elemente wie Sie können nicht geduldet werden. Wenn Sie nicht arbeiten, verletzen Sie Ihre staatsbürgerlichen Pflichten. Ich muss Meldung machen. Das ist asozial, und Sie wissen hoffentlich, was das heißt.«

Petra schüttelte den Kopf und spürte am Brennen ihrer Augen, dass ihre Angst darin zu lesen sein musste.

»Der sozialistische Staat sieht sich in Verantwortung für all seine Bürger, auch für die Kleinsten. Und wenn Sie als Mutter die nicht wahrnehmen …«

Petra erbleichte.

»Reicht es nicht schon, dass Ihre Tochter keinen Vater hat? Das sieht alles nicht gut aus für Sie«, sagte Frau Kubitz und fingerte in ihrer Handtasche herum.

Nach einer Zigarette, dachte Petra. Sie musste dieses Gespräch irgendwie schnell und gut zu Ende bringen. »Geben Sie mir noch einen Monat Zeit, ich finde bestimmt was«, sagte sie.

»Zwei Wochen«, sagte Frau Kubitz. »Und die Stühle nicht vergessen. Ich finde allein raus, Sie bleiben bei Ihrer Tochter.«

Dann ging sie.

Petra fand nichts in den nächsten beiden Wochen. Als Frau Kubitz das nächste Mal klingelte, diesmal angekündigt, war Ingrid da. Sie hatte für Petra in der Charité-Poliklinik eine Krankschreibung besorgt und bereits einen feuchten Lappen bereitgelegt. Als es schellte, kroch Petra ins Bett und verpasste sich mittels des Lappens strähnige Haare und einen Schweißfilm im Gesicht. Dann schlüpfte sie unter die Decke und schloss die Augen.

Martha Kubitz kam herein und fuhr ihr mit ihren Nikotinhänden über die Stirn. Petra stöhnte leise und ließ die Augen zu, aber Ingrid erzählte später, dass Frau Kubitz ihre Hand abgeleckt hätte – um zu gucken, ob Petra den Schweißausbruch nur simulierte. Da Ingrid sich als Krankenschwester mit Simulanten auskannte, hatte sie den Lappen mit Salzwasser getränkt, und so merkte die Fürsorgerin nichts.

Petra hörte nur Gesprächsbrocken aus dem Wohnzimmer: »hat Schüttelfrost« (Ingrid), »arbeitsscheu« (Martha Kubitz), »bemüht sich täglich« (Ingrid), »tritt andere erwerbstätige junge Muttis mit Füßen« (Martha Kubitz).

Irgendwann ging die Fürsorgerin, und Ingrid kam ins Schlafzimmer. »Nächste Woche ist sie wieder da, und du stehst unter dem Verdacht, arbeitsscheu zu sein. Wenn die dich als Asoziale abstempeln, kriegt Ingke einen Vormund und kommt ins Heim oder zumindest wieder in die Wochenkrippe, und du wirst verdonnert, zu Narva zu gehen.«

Also suchte Ingke weiter. Am fünften Tag sah sie, wie beim Bäcker um die Ecke ein Schild in die Auslage gelegt wurde: *Bäckergehilfe gesucht*. Ingke ging sofort in den Laden und war noch gar nicht ganz drin, da sagte sie: »Sie können das Schild wieder rausnehmen, ich mach das.«

»Da müssen Sie aber zu nachtschlafender Zeit aufstehen«, sagte der alte Bäcker.

»Kann ich mein Baby mitbringen? Schläft durch«, antwortete Ingke.

Sie bekam die Stelle. Sechs Tage die Woche von morgens um drei bis um acht. Sie verdiente nicht viel, aber sie hatte es geschafft. Glaubte sie zumindest. Mittags legte sie sich mit Ingke hin, und so schlief sie einigermaßen ausreichend.

Doch sie hatte die Rechnung ohne Martha Kubitz gemacht. Die Fürsorgerin sagte: »Ich durchschaue Sie, Frau Schröder. Sie wollen sich nicht ins Kollektiv der Werktätigen eingliedern. Sie streben eine Randexistenz an. Das ist nicht gut für Ihre Tochter. Wir werden wohl Schritte einleiten müssen.«

»Die blufft«, sagte Ingrid am Abend.

Petra glaubte das nicht so recht und lag lange wach. Sie überlegte, was sie wollte und was nicht. Nicht wollte sie, dass ihre Tochter mit drei Jahren »T 34« lispeln konnte. Nicht wollte sie, dass Ingke wieder unruhig wurde, weil sie sich alleingelassen fühlte in einer Krippe, deren Erziehungsplan eine durchgetaktete Wüste war. Sie wollte, dass Ingke diesen unschuldig-naiven Blick der Westjugendlichen aus dem Hausrestaurant und dem Roten Salon des Hotels Stadt Berlin behielt, den sie in der DDR als Schulkind sicherlich verlieren würde, schon weil sie, Petra, vieles kritisch sah. Deshalb fasste sie den Entschluss, aus der DDR zu fliehen.

Sie dachte zwei Wochen still für sich darüber nach, während sie in der Bäckerei arbeitete. Als sich dann in ihrem Herzen nichts geändert hatte, offenbarte sie sich ihrer Mutter auf einem Spaziergang.

Ingrid schwieg eine Weile dazu, wie es ihre Art war. Aber als sie fast zu Hause waren, sagte sie: »Ich komme mit. Ich habe nichts zu verlieren hier, nur dich und mein Enkelkind.«

Damit war es beschlossen, und sie begannen zu planen. Was die Fürsorgerin betraf, behielt Ingrid recht: Martha Kubitz hatte geblufft, sie hörten nie wieder von ihr.

Petra ging Tag für Tag in die Bäckerei, und der alte verwitwete Bäcker, dessen erwachsene Kinder in anderen Städten arbeiteten, schloss die kleine Ingke, die meistens um halb sieben aufwachte, ins Herz.

* * *

Frankfurt, Juni 1992

»Huch, wir müssen zurück, und zwar schleunigst«, sagte Petra mit einem Blick auf die Uhr. Sie hatten lange auf einer Bank im chinesischen Gärtchen gesessen, das wie eine kleine Oase zwischen dem Nordend und einer mehrspurigen Straße lag.

Petra reichte Ingke die Hand, und sie hasteten zurück ins Kochstudio, wo Jean bereits alles verpackt hatte. Gerade war er dabei, den Transporter zu beladen.

»Salut, Mesdames!«, rief er erleichtert, als Petra und Ingke außer Atem auftauchten. »Da haben die in der Bank aber Glück, dass sie nicht mit mir zum Kaffeeausschenken vorliebnehmen müssen, sondern hübsche Damen bekommen wie bestellt.«

»Danke, Jean.« Petra keuchte. »Wir telefonieren nachher wegen des Geburtstags morgen. Achtzig Leute. Auf der Torte eine Sechzig, sonst eigentlich das Übliche.«

»Gut«, sagte Jean. »Ich räum auf, und dann bin ich weg?«

»Ja«, sagte Petra. »Danke.«

Sie kontrollierte noch einmal, ob alles da war, dann stiegen sie ein. Ingke setzte sich auf den Beifahrersitz.

»Im Handschuhfach sind eine Haarbürste und Gummis«, sagte Petra, und Ingke öffnete es brav. Petra langte hinüber und klappte die Sonnenblende herunter, an deren Rückseite es einen Spiegel gab, sodass Ingke sich sehen konnte. »Mach dir einen Pferdeschwanz. Offene Haare sind im Service nicht gut.«

»Trägst du deswegen die bunten Tücher?«, fragte Ingke, die zusätzlich zu den Gummis ein zusammengeknülltes im Fach fand.

»Auch. Ich finde, das steht mir«, sagte Petra. »Ist schön frisch.«

»Stimmt.«

»Ich mag Buntes, seit dem Knast. Es macht mich fröhlich.« Dann verstummte Petra.

Eine halbe Stunde später schenkte Ingke mit straff zurückgekämmten Locken Kaffee aus, am Abend lief sie mit Tabletts mit den sehr appetitlich anmutenden Tartines umher – getoastete Knusperschnittchen mit ausgefuchstem und dekorativem Belag, wie sie feststellte.

Ihren ersten Einsatz im Catering überstand sie ohne Peinlichkeiten. Nicht zuletzt, weil sie grundlegende Regeln der Esskultur von ihrer Großtante Emma eingetrichtert bekommen hatte. So viele Männer in Anzügen – schicken Anzügen ohne Falten trotz stundenlangem Sitzen – hatte sie noch nie zu Gesicht bekommen, nur im Fernsehen. Auf dem blauen Teppichboden, der auch in den Fluren lag, wirkte alles gedämpft. Was sie so nicht kannte: Für die Männer war sie eine Bedienmaschine und ansonsten Luft. Eindeutig eine Figur unter ihrer Würde.

Das sagte sie Petra beim Zusammenräumen. Die winkte nur ab. »Die Hierarchien sind bei so manchem Unternehmen gruselig, bei Banken sowieso, das ist alles. Kümmer dich nicht drum.«

»Ich weiß noch nicht, was ich werden will«, sagte Ingke.

»Wird schon.« Petra stapelte die letzte Kiste auf ihre Sackkarre, und Ingke merkte, dass ihre Mutter kein Gespür für ihre Zukunftssorgen hatte, anders als Maren und Kelle. Wie soll sie auch, dachte sie gleich hinterher. Trotzdem war sie unangenehm berührt.

Als sie nach Hause kamen, stellte Petra eine Wasserkaraffe auf den Tisch, zündete alle Kerzen an, und sie aßen die übrig gebliebenen Tartines. Auf dem Sofa an ihre Tochter gekuschelt erzählte Petra von ihrer Flucht.

Ingke berichtete ihr erst einmal, was sie schon wusste oder ahnte, und es war genau so gewesen. Nun erfuhr sie außerdem, dass Petra und Ingrid Anfang Dezember einen Fluchtweg über die Deutsche Bucht ausgekundschaftet hatten. Schon im

Herbst hatte die Oma von Petras Schulfreundin, die als Rentnerin reisen durfte, in Westberlin einen Kajak zum Aufblasen besorgt. Als Petra ihre alte Freundin deswegen ansprach, behauptete sie, der sei für den See am Beerenhainer Gutshaus, wo Ingrid oft ihre freien Tage verbrachte. Ingrid baute Paddel mit Teleskopstangen, die im Kinderwagen transportiert werden konnten, ohne herauszuragen. Stück für Stück transportierten sie alles in die Boltenhagener Dünen und vergruben es dort.

»Es gibt eigentlich nicht viel zu sagen«, erzählte Petra. »Wir brachen am Heiligabend auf, weil wir dachten, an diesem Abend würden vielleicht nicht so viele Grenzer patrouillieren. Wir schafften es bis ins Wasser, du warst fest auf meinen Bauch gebunden, und weil du das so liebtest, schliefst du selig an der frischen Luft.«

Petra machte eine Pause und schaute ins Kerzenlicht. Dann legte sie den Arm um Ingke und drückte beinahe schmerzhaft fest zu, als würde sie das nachfühlen wollen.

»Doch dann erwischte uns ein Suchscheinwerfer, ein Schnellboot brummte heran, wir wurden an Bord gezogen, und das war's. Deine Oma sah ich das letzte Mal, als wir anlegten und abgeführt wurden. Ich kannte sie nur als tätige Frau, sie arbeitete ja voll, zog mich allein auf, und dann führte sie uns dreien den Haushalt, damit ich wenigstens ein bisschen Zeit für dich hatte. Jetzt stand sie da im Dunkeln: untätig, duldsam, mit hängenden Schultern und unendlich viel Zeit.

›Ich habe sie gezwungen‹, sagte sie auf einmal laut in die knackig kalte Dezemberluft. ›Ich bin schuld. Ich wollte in den Westen, schon 1961 wollte ich in den Westen. Ich wollte immer in den Westen.‹ Sie wurde lauter und lauter. ›Ich habe sie überredet, sie hatte ja nur mich. Und ihr Vater ist im Westen. Das Kind muss wenigstens einen Großvater haben, wenn es schon keinen Vater hat, habe ich ihr gesagt. Ich habe sie unter Druck gesetzt. Ich habe sie gezwungen, hören Sie? Ich habe meine Tochter gezwungen.‹

So ging das in einer Tour. Bis sie sie den Kai entlang wegstießen. Wir wurden schon in getrennten Jeeps abtransportiert.«

Petra sah Ingke an. »Ingrid wollte alles auf sich nehmen. Sie wollte, dass ich eine möglichst geringe Strafe bekomme. Ich wusste, dass sie auch vor Gericht bei dieser Version bleiben würde.« Sie zuckte mit den Schultern, und ein feines Lächeln glitt über ihr Gesicht. »Die Soldaten haben sich um ihr Gerede gar nicht gekümmert, es war auch nur für mich gesagt, damit ich eine entsprechende Aussage mache. Jedenfalls hatte noch kein Mensch mitgekriegt, dass du vor meinen Bauch gebunden warst, natürlich hatte ich dich unter meinem dicksten Mantel. Erst als wir in die beleuchtete Kaserne traten, merkten sie es. Es war ein junger Grenzer, der auf dich kleine Ingke-Beule unter meinem Mantel aufmerksam wurde. Er trat hinzu, schaute in den Kragen und sprang zurück wie von der Tarantel gestochen. Ich musste stehen bleiben, und ein Vorgesetzter wurde geholt. Sie berieten sich, telefonierten, dann wurde ich wieder rausgebracht und in einen Barkas gesetzt. Noch in der Nacht fuhren sie mich nach Berlin in die Keibelstraße. Diese Sache war den Grenzern offensichtlich zu unheimlich.«

Petra hob den Kopf, sah zur Decke und drückte Ingkes Schulter. Sie atmete mühsam. »Ja, Keibelstraße«, flüsterte sie.

Ingke verflocht ihre Finger tröstend mit denen der mütterlichen Hand auf ihrer Schulter, konnte aber nicht verhindern, dass Petra die Tränen übers Gesicht liefen.

»Nur weil ich gesagt habe, dass ich dich stillen müsse, durfte ich dich noch behalten, als ich in meine Zelle gebracht wurde.«

Petra schluchzte auf, und Ingke wechselte die Position. Jetzt nahm sie ihre Mutter in die Arme.

»Eine Wärterin kam mit hinein. Sie sah zu, wie ich dich stillte.« Aus Petras Schluchzen wurde ein anhaltender tiefer

Heulton. »Ich zog es hin, so lange ich konnte. Aber eigentlich stillte ich dich damals nur noch abends zum Einschlafen, es war kaum was da.«

Wieder dieser Heulton, und Ingke versteifte sich.

»Ich sah dich an … dein frohes Gesicht … deine Augen, die nur Gutes von der Welt erwarteten … diesen Blick, den ich dir erhalten wollte …« Weiter kam Petra nicht. Sie weinte bitterlich.

Ingke saß da in den weichen Kissen des Sofas, die Füße in der flauschigen Auslegware vergraben, schaute in die Kerzen, die ruhig vor sich hin brannten, zitterte in der warmen Gemütlichkeit und wusste auf einmal ganz genau, wie es weitergegangen war. »Du hast mich gestillt.«

»Fest eingeschlagen in meinen Pullover … um dich vor den neugierigen Blicken der Wärterin abzuschirmen … um dich niemals herzugeben«, brachte Petra weinend hervor.

»Und dann bin ich dir weggenommen worden.«

»Von der Wärterin.«

»Und du hast geweint.«

»Geheult wie eine Wölfin«, präzisierte Petra außer sich.

»Geheult wie eine Wölfin, genau«, wiederholte Ingke ruhig. »Oder wie ein Gespenst. Und dann hat die Wärterin die Tür zugeschlagen.«

Petra hob den Kopf. »Stimmt. Mit einem lauten Knall. Woher weißt du das?«

Ingke sah sie nur an.

»Ist das dein Geistergeheul?«

»Ja«, sagte Ingke. »Ich habe das Weinen gerade erkannt. Jetzt weiß ich auch, warum die Stille hinterher viel schlimmer ist als der Knall: Die Stille ist die Einsamkeit.«

* * *

Berlin, 1975

Petra sollte ihre Tochter mehr als siebzehn Jahre nicht wiedersehen. Ihr wurde gesagt, dass ihr Baby in ein Heim gebracht worden sei. Bei ihrem ersten Verhör blieb sie stumm, und das erste und letzte Mal in ihrer Haftzeit erfuhr sie so viel Menschlichkeit, dass ihr ein Schock zugestanden wurde.

Dann aß sie, was ihr gebracht wurde, und dachte nach. Sie dachte an das, was Ingrid auf dem Kai gerufen hatte, und daran, dass ihre Tochter in einem Kinderheim war. Und sie dachte an ihr Ziel, der kleinen Ingke eine unbefangene und sorglose Kindheit zu ermöglichen.

Beim nächsten Verhör erklärte sie, dass sie ihre Tat bereue, dass ihre Mutter ihr in den Ohren gelegen habe, dass ihre Ingke wenigstens den Großvater brauche, wenn sie schon keinen Vater habe, und dass ihre Mutter sowieso immer in den Westen gewollt habe.

Sie wurde zu drei Jahren Gefängnis verurteilt wegen ungesetzlichem Grenzübertritt nach § 213 Strafgesetzbuch. Ihr Vergehen wurde als schwerer Fall eingestuft, weil sie versucht hatte, auch ihr Kind auszuschleusen. Mildernd wirkte, dass sie von ihrer Mutter überredet worden war.

Noch bevor ihr Urteil erging, erhielt sie Besuch von der Jugendhilfe. Es war allerdings nicht Martha Kubitz, die sie aufsuchte, sondern eine Frau in einem blauen Kostüm mit Bonbon am Revers sowie weißer Schluppenbluse. Nichts an ihr war unförmig, schon gar nicht der akkurate Bob, zu dem ihr schimmerndes braunes Haar frisiert war.

»Birgit Steiner.« Ohne eine Grußfloskel setzte sich die Frau auf die andere Seite des Tischs im Besucherzimmer.

Petra ließ sich zögerlich auf ihrer Seite nieder.

»Sie wollten mit Ihrem Baby unser Land verlassen«, sagte Frau Steiner. »Hatte Ihr Vorhaben näher mit Ihrer Tochter zu tun?«

Petra nickte. Das hatte es, allerdings belog sie Frau Steiner über den Grund. »Ich wollte, dass sie wenigstens einen Opa hat, wenn sie schon keinen Vater hat«, schob sie getreu ihrer sonstigen Aussagen nach.

Frau Steiner schaute sie regungslos durch ihre Brille an.

»Mein Vati ist im Westen. Seit ich neun bin«, fügte Petra deshalb hinzu.

»Und warum hat Ihr Kind keinen Vater, wenn Ihnen das doch so wichtig ist?«

»Ich habe einen Fehler gemacht«, sagte Petra. »Ich habe das nicht abgesehen.«

Frau Steiners Mundwinkel zuckte. »Ja, so kann man das wohl nennen.«

»Ich habe einen großen Fehler gemacht«, sagte Petra. »Ich möchte nichts mehr, als meine Tochter wieder bei mir haben.«

»Und sie zu einer sozialistischen Persönlichkeit erziehen?«

»Zu einem guten Menschen, ja.«

»Das klingt nicht so, wenn man Ihre Akte liest«, sagte Frau Steiner.

Martha Kubitz hatte also tatsächlich Meldung gemacht.

»Ingke hatte anfangs Probleme mit der Wochenkrippe. Aber das haben wir gelöst«, sagte Petra.

»Indem Sie als gelernte Köchin als Aushilfe in einer Bäckerei gearbeitet haben.« Frau Steiners Augenbrauen hoben sich über den Brillenrand.

Die weiß ja alles, dachte Petra und schwieg.

Die Augenbrauen rutschten wieder an ihren Platz, und Frau Steiner holte Luft. »Für Ihre Tochter konnte ein Platz im Kinderheim A. S. Makarenko gefunden werden. Bewähren Sie sich. Das wird nicht leicht für Sie werden. Wenn Sie Ihre Tochter wiedersehen, wird sie nach Lage der Dinge bereits ein aktiver Teil des Kinderkollektivs ihres Heims sein und ohne Wenn und Aber die ersten Schritte auf dem Weg zu einer sozialistischen

Persönlichkeit gemacht haben. Sollten Sie diese Schritte nicht ebenfalls gegangen sein, wird es schwierig. Und noch mehr Schwierigkeiten sind das Letzte, was wir der kleinen Ingke zumuten werden.«

»Ich werde mich eingliedern, so gut ich kann«, sagte Petra.

»In unserem sozialistischen Staat sind Kinder nicht mehr Objekte elterlicher Gewalt, Frau Schröder«, fuhr Birgit Steiner fort. »Sie sind Subjekte, deren optimale Entwicklung ureigenste Aufgabe des Staates ist. Und es obliegt Ihnen als Mutter an erster Stelle, Ihre Tochter als Staatsbürgerin zu erziehen. Dieser Ansatz scheint Ihnen noch fremd zu sein.«

»Sie sprechen das Prinzip der Interessenidentität von Staat und Individuum an«, sagte Petra in einem Geistesblitz der Erinnerung an Martha Kubitz.

»Sie sind nicht dumm«, sagte Birgit Steiner. »Aber prüfen Sie Ihr Herz. Wir verbleiben vorerst so.«

Petra ließ sich wie betäubt in ihre Zelle zurückführen.

* * *

Frankfurt, Juni 1992

»Aber Birgit Steiner hat meinen Eltern die Adoption ermöglicht!«, rief Ingke. »Birgit Steiner, so hieß die, von der haben Kelle und Maren erzählt. Die hat mich ihnen vermittelt.«

»Ich hatte nicht den Eindruck, dass sie lügt«, sagte Petra. »Nach dem, was ich dann erlebt habe, glaube ich nicht mal, dass sie hätte kommen müssen.«

»Komisch«, sagte Ingke.

»Verdächtig«, sagte Petra.

Dann hingen sie beide ihren Gedanken nach. Ingke dachte daran, dass sie bei Marens Bericht zweimal das Gefühl gehabt hatte, dass sie nicht alles erzählt hatte. Aber bei Kelle nicht. Kelle war kein Lügner, er hatte ihr aus tiefer Überzeugung, dass es so richtig sei, verschwiegen, dass sie adoptiert war. Bei Maren war sich Ingke da nicht so sicher. Und hatte Kelle nicht erzählt, dass die Genossin Birgit ihnen ihre Annahme an Kindes statt eher unwillig ermöglicht hatte?

»Vielleicht war da doch diese Kubitz im Spiel. Die konnte mich nicht leiden«, sagte Petra in ihre Gedanken hinein. »Oder Axel Lemke. Der hat ja brühwarm weitergegeben, wenn Muttis Schicht und meine eigene so lagen, dass du eine halbe Stunde allein zu Hause warst. Wer weiß, was der aus Rache für meine Dachbodenaktion noch alles erzählt hat.« Sie stieß den Atem aus. »Komm, wir gehen ins Bett«, sagte sie. »Ich bin völlig fertig.«

»Gut«, sagte Ingke, und ihr fiel ein, dass sie Maren eine Postkarte schreiben musste.

Als sie einander Gute Nacht gesagt hatten und Petra die Tür zum Wohnzimmer geschlossen hatte, setzte sich Ingke an die Wand gelehnt in ihr Bett. Sie nahm sich ein Kochbuch vom Nachttisch als Unterlage – *Die karibische Küche*, wieso lag das da? – und schrieb:

Frankfurt, den 4. Juni 1992

Liebe Mutti!

Weiter kam sie nicht. Da saß sie im Bett ihrer leiblichen Mutter und schrieb an ihre andere. Das war doch völlig verdreht! Sie saß da und starrte auf die Bettdecke, deren Bezug samtig war, wie Molton. Er war goldbraun-weiß gestreift, was zum warm goldenen Licht der Nachttischlampe und dem zierlichen Biedermeiernachttisch aus Kirschholz passte.

Karibische Küche … War Kuba nicht eine karibische Insel? Ja, dachte Ingke, war sie. Sie lächelte, rückte die Kissen, die sie sich in den Rücken gestopft hatte, zurecht und ließ ihren Kopf an die Wand sinken. Dann schaute sie auf die Postkarte und dachte daran, dass Maren, so klapprig, wie sie gewesen war, inzwischen vielleicht sogar mit einer Sonde ernährt wurde. Sie zog ihren Füller aus der Kappe und schrieb unter die Anrede:

Wie geht es Dir? Ich drücke die Daumen, daß Du die Chemo gut überstehst. Mach Dir um mich bitte keine Sorgen. Ich bin gut in Frankfurt angekommen und lerne Petra kennen. Heute haben wir zusammen in ihrem Kochstudio gearbeitet und dann in der Deutschen Bank serviert. Alles Schnösel da.
Deine Ingke

Dann löschte sie das Licht.

Als sie am nächsten Morgen aufwachte und leise ins Wohnzimmer trat, war Petra nicht da. Auf dem Tisch lag ein Zettel.

Liebe Ingke, bin auf dem Großmarkt und dann im Kochstudio, schon mal ein wenig vorbereiten. Ruf an, dann komme ich mit einem frischen Croissant für Dich vorbei.
Deine Mama

Ingke wurde bewusst, dass ihre Mutter ihren Besuch um ihre Arbeit herum organisieren musste und dass das vermutlich nicht ganz einfach war. Also griff sie zum Telefon und sagte ihrer Mutter, dass sie nicht kommen müsse, sie würde sich schnell fertig machen und ins Studio finden.

»Kommt nicht infrage«, sagte Petra. »Ich kann eine Frühstückspause gebrauchen.«

Ingke machte Katzenwäsche, setzte Kaffee auf und deckte den Tisch, damit Petra sie wenigstens nicht noch bedienen musste.

Petra duftete nach frischer Luft, als sie hereinkam, stürzte sich auf ihren Kaffee und sagte: »Heute machen wir eine Erzählpause. Meine Knastgeschichte erzähle ich morgen, da richten wir einen Leichenschmaus aus, das passt besser.«

Ingke war es recht. Auf dem Weg zum Studio steckte sie ihre Karte in einen Briefkasten, und dann bereiteten sie eine riesige Gartenparty im schicken Kronberg vor. Sie marinierten Grillfleisch, mischten Salate, buken eine Geburtstagstorte und drei weitere Kuchen und füllten Nachspeisen in kleine Gläschen, bis es keinen leeren Fleck auf den Arbeitsflächen des Kochstudios mehr gab.

Jean holte einen riesigen Grill aus dem Keller und verstaute ihn als Erstes im Transporter. Danach kam alles andere, und dann ging es auch schon los.

Petra und Jean teilten sich das Grillen und Servieren, Ingke räumte leere Teller weg – »immer von links«, hatte Petra sie angewiesen.

Eine so vornehme Gartenparty hatte Ingke noch nie gesehen. Gartenparty, das hieß in Berlin-Buch meistens kurze Hosen, Tischtennis chinesisch, ein Gartenschlauch zum Abspritzen, zwei klapprige Grills und selbst gemachter Kartoffel- und Nudelsalat von Campingtellern sowie Kuchen und stapelweise Bierkisten. Später Lampions und schrammelige Musik aus knackenden Boxen, aber vor allem viel lautes Reden und Lachen und am Schluss mindestens drei Betrunkene.

Hier hatte Jean in einer ersten Tour schon Stehtische mit weißen Tischdecken aufgebaut, statt des Gartenschlauchs gab es einen Pool mit Champagnerbar, und die Pfennigabsätze der Damen versanken im Rasen. Es wurde leise geplaudert, und schon bald trennten sich die Frauen- von den Männergrüppchen. Später traf eine Band ein, und drei, vier Paare tanzten auf der Terrasse. Kinder gab es keine, und die Betrunkenen wurden von ihren Gattinnen in ihre Limousinen eskortiert, ehe es lustig werden konnte.

»Uff«, machte Ingke, als sie zu nächtlicher Stunde im Transporter saßen. »Ich hab ja nicht viel gemacht, aber die Stimmung war total anstrengend.«

»Der Fluch der Reichen«, sagte Petra trocken.

Am nächsten Tag fuhr Jean frühmorgens auf den Großmarkt, Petra und Ingke wollten sich nach einem schnellen Frühstück im Kochstudio mit ihm treffen.

Für den Leichenschmaus standen Bouillon, dann Tafelspitz, das Leibgericht des Verstorbenen, als Dessert Schokocreme sowie für den Nachmittag Pflaumenkuchen mit Schlagsahne auf dem Plan. Als sie im Studio ankamen, köchelte der Tafelspitz bereits vor sich hin, und Jean war mit der Schokocreme beschäftigt. Sie buken den Pflaumenkuchen, Ingke schlug Sahne, und dann fuhren sie los. In der großen Etagenwohnung der Kundin gefiel es Ingke viel besser als in dem schicken Garten am Vortag. Bei der Bouillon wurde schon laut erzählt, die schönsten Erlebnisse mit dem Verstorbenen in breitem Hessisch zum Besten gegeben und herzlich gelacht.

Nach dem Auftun des Tafelspitzes stellten sie alles Weitere in der Küche der Gastgeberin bereit und gingen, den Rest wollte die Witwe allein servieren.

Petra hatte eine Box mit Tafelspitz-Brötchen vorbereitet, und mit der schlenderten sie in den Palmengarten. Dort, auf einer Bank inmitten des über und über blühenden Rosengartens, picknickten sie. »Ich brauche eine schöne Umgebung für das, was ich jetzt erzähle«, begründete Petra ihren Ausflug.

15

Hoheneck, 1975

Am Abend nach der Verurteilung wurde Petra zum Güterbahnhof Schöneweide gebracht und in einen Reichsbahnwaggon verfrachtet. Von außen sah er nicht ungewöhnlich aus, nur dass er Milchglasscheiben hatte, war merkwürdig. Von innen waren die Fenster jedoch vergittert, statt Abteilen gab es Minizellen auf einer Seite des Gangs. Sie hatten je sechs Klappsitze, immer drei und drei einander gegenüber. Petra wurde einer zugewiesen. Neben ihr saß eine Frau Mitte dreißig und wie sie selbst an Händen und Füßen gefesselt.

»Bin Elke. Schon mal hier mitgefahren?«, fragte sie, nachdem die Polizistin weggegangen war, die Petra gebracht hatte.

Petra schüttelte den Kopf. »Bin Petra«, sagte sie.

Elke lachte rau, wobei sichtbar wurde, dass ihr die oberen Schneidezähne fehlten. »Gerade erst eingeknastet? Erstes Mal?«

Petra nickte. Elkes S-Laute kamen zischelnd aus der Zahnlücke hervor.

»Na dann, willkommen im Grotewohl-Express.«

»Wie bitte?«, fragte Petra.

»So nennen wir diese Luxuswaggons. Sie sind dazu da, die Gefängnisbesatzungen durcheinanderzumischen, damit keiner zu lange an einem Ort bleibt, verstehste? Man könnte sich ja zu gut vertragen untereinander.«

»Und Sie sind schon mal mit so einem gefahren?«, fragte Petra und merkte, dass der Waggon langsam anfuhr.

Elkes Lachen war diesmal bellend. »Das ›Sie‹ vergiss mal gleich, du Scherzkeks. Hab sechs Jahre hinter mir. Jetzt machen die 'ne Rundfahrt. Komm aus Halle, aus'm Roten Ochsen.« Sie sah Petra an. »Da is' vorn paar Tagen 'ne Frau angekommen, die sah dir ziemlich ähnlich. Nur älter.«

»Hieß die Ingrid? Ingrid Schröder?«, fragte Petra.

»Ingrid, ja, stimmt. Habt ihr so 'ne Familienverschwörung gemacht und den Erbonkel um die Ecke gebracht?«

Petra war aufgeregt, ihre Mutter saß also in Halle ein. Ob sie Kontakt mit ihr aufnehmen konnte?

»Hey, hab dich was gefragt.« Elke stieß Petra mit der Schulter an, und zwar kräftig.

»Nein«, sagte Petra und konnte gerade so das Gleichgewicht halten. »Republikflucht.«

»Ach je«, sagte Elke. »Ich hab meinen Mann beseitigt, is durch 'n blöden Zufall rausgekommen. Der Arsch hat mich grün und blau geprügelt, immer wenn er besoffen war, und das war er ständig. Hat's verdient.«

In diesem Augenblick kollidierte der Waggon mit irgendetwas und kam zum Stehen. Die beiden Frauen kippten fast vom Sitz, und Petra registrierte einen Augenblick verzögert, dass sie neben einer Mörderin saß.

»Oh«, machte sie.

»Nichts für ungut«, sagte Elke. Dann lehnte sie sich an Ingke, kippte den Kopf an die Wand und schlief ein.

Der Waggon setzte sich wieder in Bewegung. Er war an einen Güterzug gekoppelt worden, wie Petra später bei der Ankunft feststellte.

»Ah, die Mörderburg«, sagte Elke, als sie im Dunkel der Nacht über ein Schotterbett hinausgeführt wurden und das Bahnhofsschild *Stollberg* sahen. »Da bin ich richtig.«

Die Fahrt in einem Gefangenentransporter mit sechs weiteren Frauen war nicht lang, aber sie ging steil bergauf und immer weiter bergauf. So fuhr Petra in die Burg Hoheneck ein. Das Erste, was ihr in dem maroden Gemäuer auffiel, waren die

Treppen- und Ganggeländer. Sie waren schulterhoch, weiß gestrichen und mit Kunstschmiedeschnörkeln versehen. Sie sahen alt aus, aber es waren Gefängnisgeländer, schon immer gewesen, denn sonst wären sie niemals so hoch gebaut worden. Wer hatte die so schön gearbeitet?

Leider war es das einzige Schöne, das Petra in den nächsten Jahren zu Gesicht bekommen sollte, mit Ausnahme ihrer Zellengenossin Helene Ahrens. Ehe sie Helene kennenlernte, die sie wieder aufweckte, verbrachte sie eine Woche geistig komatös mit Elke und knapp dreißig anderen Frauen im »Zugang«. Dort saß sie und stickte ihren Namen auf Bänder, die anschließend in uralte Wäschestücke eingenäht wurden. Dabei sah sie die ganze Zeit Fräulein Schirmer vor sich, die sie als Kind oft gehütet hatte. Manchmal hatte sie ihre Aussteuerkiste wie einen Schrein geöffnet und Petra Bett- und Tischwäsche mit kunstvoll eingesticktem Monogramm gezeigt. Fräulein Schirmer hatte unzählige dieser Monogramme auf weißes Leinen gestickt, ihre Eintrittskarte in ein Leben als Ehe- und Hausfrau, das nie stattgefunden hatte, weil ihr Verlobter aus dem Ersten Weltkrieg nicht wiederkam. Petra saß, gekleidet in schwarze Uraltuniformstücke mit fehlenden Knöpfen und Besätzen, stickend im Brautgemach zu ihrem Leben als Gefangene, das sehr wohl stattfinden würde. Sie saß da und sah nicht auf aus dem Schrein ihrer kindlichen Erinnerung.

Irgendwann wurde sie in einen der »Verwahrräume« gebracht, in denen die Arbeitskommandos untergebracht waren, verlor Elke aus den Augen und traf auf Helene. Die nahm Petra, die steif und stumm und mit leerem Blick abgeliefert worden war, zur Begrüßung in den Arm. So lange, bis Petras Blick auftaute und Petra sie anschauen konnte.

Helene sah aus wie eine Fee im Märchen. Langes, feines weißblondes Haar, ätherische Gestalt, durchsichtige Haut. Die Tatsache, dass es nur kaltes Wasser zum Waschen gab, wenn überhaupt, denn die Pumpe, die es den Berg hochleitete, war ständig kaputt, schien ihr nichts auszumachen. Auch der Staub und Schmutz des Gefängnisses nicht. Sie sah aus wie Mitte zwanzig, war aber schon vierzig.

Helene war eine von einundzwanzig, manchmal bis zu dreißig Zellengenossinnen in Petras Zelle. In der standen sieben Dreifachbetten auf blutrot gebohnerten Dielen, und manchmal kamen noch Bodenschläferinnen dazu, denn das Gefängnis war notorisch überbelegt. Als Neue bekam Petra ein mittleres Bett, Helene hatte das daneben.

Die Feenfrau war Porzellanmalerin in Meißen gewesen, für das Zwiebelmuster, zu mehr hatte sie es nicht gebracht. Irgendwann hatte sie angefangen, Stücke zu klauen und sie einer Tante im Westen zu schicken, verborgen zwischen preiswerten Porzellandrucken von Kahla. Sie wollte ein ganzes Service zusammensammeln, das die Tante dann für sie verkaufen sollte. Eines der letzten Stücke war eine große Kanne, und mit der wurde sie am Werkstor erwischt. Bei ihr zu Hause fand die Polizei das vorbereitete Paket mit billigen Kahla-Tassen und eine Liste mit Stücken, die bereits in Bergisch Gladbach warteten. Da das nicht nur Diebstahl war, sondern Schmuggel ins nichtsozialistische Ausland, also ein Ausbluten der DDR, hatte Helene eine saftige Strafe aufgebrummt bekommen.

»Vor allem deshalb, weil es nicht mal die Kahla-Sachen einfach so zu kaufen gibt«, flüsterte sie Petra in einer der ersten Nächte zu. »Die Richterin liebte Zwiebelmuster, und dass ich über eine Kollegin bei Kahla an Zeug rankam und als Tarnung verschleuderte, was sie selbst nur zu gern gehabt hätte, hat sie auf die Palme gebracht.«

Helenes Geschichte hatte, obwohl sie kriminell war, etwas Normales, etwas Lebendiges, und vor allem hatte sie nichts mit Petras Schmerz zu tun. Die Erzählung der Zellengenossin holte Petras Geist in die Welt zurück.

Helene hatte so zarte und geschickte Hände wie Hotte Pietsch, weshalb sie an den Maschinen für die Feinstrumpfhosen, an denen die Frauen im Dreischichtsystem arbeiteten, fast die Norm schaffte. Petra wurde in den Nähsaal gesteckt und musste Bettbezüge nähen, hundertachtzig pro Schicht, oder die beiden Seitennähte von dreihundertfünfundzwanzig Kopfkissenbezügen schließen – das hätte nicht mal Helene annähernd hingekriegt.

Aber Petra kriegte gar nichts hin. Ihr Geist war wieder wach, und sie dachte bei dem sturen Rattern der Nähmaschine an Ingke und nähte krumm und schief. Sie wurde angebrüllt und nähte noch schiefer. Woraufhin sie von der Maschine weggezerrt wurde.

»Ich will zu meinem Baby!«, schrie Petra.

»Das hätten Sie sich eher überlegen sollen«, sagte die Wachtel, wie die Wachtmeisterinnen unter den Frauen genannt wurden, kalt. Sie brachte Petra »zum Ausnüchtern« in eine der Dunkelzellen. Dort blieb Petra drei Tage und Nächte mit je einer Mahlzeit, danach wurde sie in gleißendes Sonnenlicht auf einen Flur geführt, und immer, wenn sie die Augen schließen wollte, wurde sie geschlagen.

Sie sah noch Tage danach Sternchen, aber ihre Nähte waren nun gerade. Nicht zuletzt deshalb, weil die Frauen in ihrer Zelle sie bei ihrer Rückkehr mit Brot und trockenem Käse begrüßten, was sie sich vom Munde abgespart hatten. Petra begriff, dass sie Glück hatte mit ihrer Zelle, weil die Insassinnen zusammenhielten, und das erleichterte sie.

Abends oder sonntags saßen die Frauen oft zusammen und richteten sich gegenseitig auf. Sie lernten auch voneinander. Helene unterrichtete mit Nähkreide auf dem Fußboden Zeichnen. Magda kannte sich mit Astronomie aus und erklärte Sternbilder, die sie nachts sehen konnten, weil sie Glück mit ihrer Zelle hatten: Sie ging nicht auf den Hof, sondern nach außen. Die dralle Mittvierzigerin saß wegen fahrlässiger Tötung, sie war mit einem unbeleuchteten Traktor spätnachts betrunken von einem Erntefest heimgekehrt und hatte unterwegs eine junge Familie in einem Trabi unter sich begraben. Das hatte ihr volle acht Jahre eingebracht. Petra steuerte Küchentipps bei.

Helene Ahrens, die nicht nur mehr kriminelle Energie besaß, als man ihr ansah, sondern auch logistisches Denkvermögen, hatte einen knastübergreifenden Kontaktkreis aufgebaut, dem auch Elke angehörte. Nicht lange nach Petras Ankunft fragte sie, als die Frau, die wegen räuberischer Erpressung mit Todesfolge saß und als Anstaltsspitzel fungierte, Schicht hatte, in die Runde: »Hat jemand eine Nachricht für andere Gefängnisse?«

Petra überlegte. »Ich. Für Ingrid Schröder im Roten Ochsen. Dass ich hier bin. Dass Ingke im Heim ist. Dass ich in drei Jahren rauskomme und Ingke hole.«

»Gut«, sagte Helene und gab die Nachricht an Kontaktfrauen in anderen Zellen weiter, die sie dort ihren Mithäftlingen erzählten. Man wusste nie, wann jemand verlegt wurde, und auch nicht, wohin. Deshalb merkten sich alle diese Informationen.

»Dass ich in drei Jahren rauskomme und Ingke hole« – Petra wurde während der nächsten Schicht an der ratternden Nähmaschine bewusst, dass sie mit diesem Satz ein Ziel formuliert hatte. Ein Ziel, zu dem es einen Weg gab, nämlich den ins Herz ihrer Tochter. Ihr Etappenziel Nummer eins sollte sein, Ingke zum ersten Geburtstag ein Päckchen zu schicken.

Sie erzählte Helene davon, die sie daraufhin mitleidig ansah und ihr mitteilte, dass sie weder ein Päckchen schicken könne noch ihrer Tochter ins Heim schreiben, das könne nur über eine Privatperson laufen.

Petra hatte bei ihrer Einlieferung so neben sich gestanden,

dass sie all die Bestimmungen gar nicht richtig mitgekriegt hatte. »Ich habe aber niemanden«, sagte sie, und ihr kamen die Tränen. Nicht weil sie niemanden hatte, sondern weil sie sich an dem Etappenziel festgeklammert hatte.

Helene dachte nach. »Wann hat deine Tochter Geburtstag?«

»Am 18. April wird sie ein Jahr.«

»Ende März wird Magda entlassen«, sagte Helene. »Was willst du denn schicken?«

»Ich will ein kleines Häschen nähen, aus Stoffresten«, sagte Petra. »Ich will, dass Ingke ein Kuscheltier von mir hat.«

»Es muss irgendwie zu schmuggeln sein«, sagte Helene.

»Und ich brauche eine Gabe für Magda«, ergänzte Petra. Sie wusste auch schon, was. Denn Magda war eine starke Raucherin, und ihr Lohn reichte nie. Also nähte Petra schneller, bis ihre Arme schmerzten und darüber hinaus. Sie schaffte mehr und mehr, und ihr Verdienst stieg von achtzig Pfennigen im Monat auf neun Mark. Die wanderten in Form von Zigaretten aus dem Knastkiosk zu Magda.

Nachdem eine Frau aus der Nachbarzelle beim Diebstahl einer Nadel erwischt worden war, die sie in den Saum ihrer Jacke gesteckt hatte, und das mit drei Tagen Karzer bezahlte, hatte Petra furchtbare Angst, aber auch sie versuchte es, und sie hatte mehr Glück. Sie wurde auch nicht erwischt, als sie sich Stoffreste und Garn in den Schlüpfer steckte.

Petra nähte heimlich ein blau-weiß kariertes Häschen, damenbindengroß, und füllte es mit Stoffabfällen. Es bekam ein gesticktes Gesicht und Knopfaugen. Als es fertig war, versteckte sie es in einer Monatsbinde samt einem Blatt Papier, auf dem stand, dass sie Magda bevollmächtigte, für sie tätig zu werden. Die Binde legte sich Magda am Entlassungstag vor.

»Ich habe eine Familie ausgelöscht, eine gute Tat für eine andere zu tun wird mir helfen«, hatte die dralle Frau gesagt und dem Handel zugestimmt. Sie versprach, das Kinderheim

A. S. Makarenko in Berlin ausfindig zu machen und den Hasen seiner Empfängerin zukommen zu lassen.

Petra gab nach Magdas Entlassung deren Adresse als Postkontakt für sich an. Dann wartete sie. Ob das Heim ihr zurückschreiben würde? Vielleicht gab man Magda sogar ein Foto ihrer Tochter? Zwei Fotos durfte jeder haben, und Petra hatte kein einziges.

Drei Wochen später kam die Erzieherin, wie die Vorgesetzten der Wachteln im Rang eines Oberleutnants hießen, und verteilte Post. Geöffnet, wie stets. Zum ersten Mal war auch ein Brief für Petra dabei. Die Erzieherin gab ihn ihr und lehnte sich mit hämischem Blick an den Rahmen der Zellentür. »Lesen!«, befahl sie.

Petra nahm die zwei Blätter.

Magda schrieb:

Liebe Petra!
Ich hätte meine Tat so gern ein klein wenig wiedergutgemacht. Es tut mir leid, es ist mir nicht gelungen.
Ich bin mit einem kleinen Stoffhasen nach Berlin gefahren, und dieser Hase hat die Herzen gerührt und dafür gesorgt, daß ich Auskunft bekommen habe.
Schau in den Himmel, Petra, schau auf den Großen Wagen, der Nacht für Nacht seine Bahn zieht, egal, was geschieht.
Der Wagen Deines Lebens ist umgekippt, aber Du bist jung und kräftig und wirst ihn wieder aufrichten.
Magda

Als Petra das las, stockte ihr Herz, und das zweite Blatt ließ es gefrieren.

Berlin-Johannisthal, den 16. April 1975

Werte Frau Schröder!

Leider muß ich Ihnen mitteilen, daß die kleine Ingke nicht mehr in unserem Heim ist. Ihnen ist das Erziehungsrecht nach § 51 Abs. 1 sowie § 70 Abs. 1 u. 2 FGB aberkannt worden.

Ihre Tochter wurde inzwischen von einem Paar, das keine Babys bekommen kann, an Kindes statt angenommen. Ich bin mir bewußt, daß dies eine schmerzliche Nachricht für Sie sein muß. Seien Sie jedoch versichert, daß das Mädchen bei Eltern aufwächst, die ihm eine gute und liebevolle Kindheit ermöglichen werden.

Mit sozialistischem Gruß

Die Unterschrift war unleserlich, darunter stand *Heimleitung*.

Petra las, der Brief entglitt ihr, und sie kippte vornüber.

Als ihr Herz so weit aufgetaut war, dass es wieder schlug, und Petra zu sich kam, lag sie auf dem blutroten Dielenboden und sah die Erzieherin auf sich hinabgrinsen. »Zwei Briefe in einem, so was gibt es normalerweise nicht«, sagte sie süffisant. »Aber in diesem Fall habe ich gern eine Ausnahme gemacht.«

Petra schrie und hörte nicht mehr auf, bis zwei Wachteln kamen und sie abtransportierten. Sie schrie nach Ingke, dass es durchs Treppenhaus hallte. Sie fluchte unflätig, bis sie Schaum vor dem Mund hatte. In der Krankenstation bekam sie eine Spritze, und dann erschlaffte sie.

Sie kam weder an diesem noch am nächsten Tag zurück in die Zelle. Wie sie später erfuhr, nahm Helene Kontakt mit einer inhaftierten Krankenschwester auf, die in der Krankenstation arbeitete. Die berichtete, dass Petra unter Beruhigungsmitteln stand. Luminal, Rudotel, Prothazin, Faustan, so ganz genau wusste sie es nicht.

Helene hatte den Brief des Kinderheims gelesen und setzte ihre Mitgefangene in Kenntnis – auch davon, dass Petra vertrauenswürdig war. Daraufhin redete die Schwester unmittelbar vor einer turnusmäßigen Medikamentengabe mit Petra, als die halbwegs ansprechbar war. Sie brachte sie zu der Einsicht, dass sich nichts ändern ließ. Jedenfalls nicht durch lauten Protest. Sie riet ihr, die Tabletten einzunehmen, sie aber unter der Zunge zu verstecken und im ersten unbeobachteten Moment auszuspucken und später im Klo zu entsorgen. Und sie empfahl ihr, den Dämmerzustand erst einmal weiter zu simulieren.

Das tat Petra. Aber sie warf die Tabletten nicht weg. Sie sammelte sie und verbarg sie in Klopapier gewickelt in einer Bettfeder. Es fiel ihr schwer, denn eine quälende Unruhe befiel sie. Ihre Hände zitterten wie die ihres Geschichtslehrers in der Schule, nachdem Klassenkameraden sein Schnapsdepot entdeckt und geplündert hatten. Da wurde ihr klar, wie gefährlich die Pillen waren.

Irgendwann wurde sie zurück in ihre Zelle gebracht. Anders als beim täglichen Verlassen des Nähsaals wurde sie nicht gefilzt, als sie die Krankenstation verließ. Und so wanderten die Tabletten in der Nacht in eine ihrer Bettfedern. Wie ein Tablettenröhrchen, fand Petra, ein perfektes Versteck. Sie dachte, wenn mal wieder eine der Frauen verzweifelte und Heulkrämpfe bekam oder mit dem Kopf an die Wand schlug oder sich das Gesicht zerkratzte oder die ganze Nacht schrie und fluchte, könnten sie vielleicht helfen. Denn so etwas kam immer wieder vor.

Jetzt musste sie jedoch erst einmal wissen, was das für merkwürdige Paragrafen waren, nach denen ihre Tochter ihr weggenommen worden war.

Helene hatte eine Idee. Ihre Mutter erhielt alle drei Monate eine Besuchsgenehmigung. Sie wurde beauftragt, den Inhalt der

Paragrafen herauszukriegen, denn Petra wusste nicht einmal, an wen sie sich wenden könnte. Martha Kubitz würde ihr garantiert nicht weiterhelfen, und von dieser anderen Frau – Steiner oder wie sie hieß – wusste sie nicht einmal, woher genau die kam. Die hatte sie ja offensichtlich übertölpelt, obwohl ihr Bauchgefühl Petra etwas anderes sagte. Magda wollte sie nicht noch einmal belämmern, und Rechtsauskünfte durften auch nicht in Briefen stehen.

Es war Sommer, als sie die Antwort bekam. Helenes Mutter erzählte alles bei ihrem nächsten Besuch, und Helene sagte es Petra weiter. Der § 51 regelte den Entzug des Erziehungsrechts bei schwerer schuldhafter Verletzung der elterlichen Pflichten. Richtig perfide war der § 70. Der bestimmte nämlich, dass die Einwilligung der Mutter für die unwiderrufliche Weggabe des Kindes auf Klage des Organs der Jugendhilfe durch das Gericht ersetzt werden konnte.

Petra verstand. Sie begriff, dass sie für immer verloren hatte, und dachte sofort an die Tabletten in der Feder ihres Bettes.

Als ihr Blick zu der Stelle wanderte, ergriff Helene ihre Hand. »Schenkst du sie mir?«, fragte sie leise.

Petra riss die Augen auf.

»Ich weiß, was da versteckt ist«, sagte Helene. »Und ich will dir was erzählen.«

Sie vertagten sich auf die Nacht. Da schlüpfte Helene zu Petra ins Bett, und weil sie so dünn und zart war, passten sie sogar zusammen in die schmale Koje.

»Weißt du, warum ich das Meißner gestohlen habe?«, flüsterte Helene.

Petra wartete.

»In meiner Familie gibt es eine Erbkrankheit. Mein Vater ist daran gestorben, und meine Mutter hat herausbekommen, dass diese Krankheit in seiner Familie ganz oft auftaucht. Sie heißt Veitstanz. Mein Vater war ein lieber Mann. Als ich zehn war, wurde er ungeschickt, ließ Sachen fallen, stolperte. Ein Jahr später wurde er jähzornig und ungerecht. Er bekam Zuckungen. Auch sein Gesicht verzerrte sich, das jagte mir Angst ein. Er konnte kaum noch essen, wurde immer dünner und verblödete. Es war schrecklich. Meine Mutter wollte ihn nicht in ein Heim geben, aber irgendwann war es nicht mehr zum Aushalten. Im Heim ist er schnell gestorben.«

Helene machte eine Pause, und Petra nahm unter der Decke ihre Hand.

»Ich habe Angst, dass ich das auch habe. Man kann nichts machen. Ich habe mir geschworen, wenn es bei mir ausbricht, mache ich mit dem Westgeld von dem Meißner eine Reise, eine richtig feine: Prag, Budapest, Rila-Gebirge, Nessebar. Zum Schluss Achtopol. Das Ende unserer Welt. Es gibt eine Steilküste dort und große Felsen, hab ich auf Fotos von Freunden gesehen, da wollte ich dann runterspringen. Damit es mir nicht so geht wie meinem Papi.«

Helene atmete zittrig ein und aus. Petra drückte ihre Hand.

»Deswegen bin ich Porzellanmalerin geworden, damit ich es gleich merke. Weil man da eine ruhige Hand braucht. Ich habe auch Ostgeld gespart, aber es sollte etwas ganz Besonderes sein, etwas, hinter das ich nicht zurückwollen würde. Verstehst du? Eine Fahrkarte, nur Hinfahrt. Damit ich dann auf den Felsen die Kraft habe.«

Sie lagen fast Nase an Nase, das Mondlicht schien durchs Zellenfenster, und der Große Wagen zog seine Bahn. Im Licht des sternenklaren Nachthimmels sah Petra die Doppelspur seiner Räder auf Helenes Haut unter den Augen glänzen.

»Ich glaube, ich habe diese Krankheit. Mir ist in letzter Zeit mehrmals der Faden aus der Strickmaschine gerutscht, ich konnte die Strumpfhosen nicht gleichmäßig glattziehen. Ich bin jetzt genauso alt, wie mein Vater war, als es bei ihm losging.« Helenes Stimme versagte.

Petra streichelte sie mit ihrer weichen Hand, mit der sie das letzte Mal ihr Baby gestreichelt hatte.

»Sag es sonst niemandem, versprich mir das. Ich will kein Mitleid. Das halte ich nicht aus«, sagte Helene.

Petra versprach es, streichelte weiter und legte so viel Zärtlichkeit in das Streicheln, wie sie konnte. Sie ließ es langsamer und leichter werden, bis es nur noch ein Hauch war. Da schlief Helene ein, und Petra verspürte überrascht zum ersten Mal in Hoheneck ein Hochgefühl. Sie war glücklich. Glücklich darüber, dass sie etwas zu geben wusste, dass sie Liebe zu geben wusste, wenn auch keinen Trost.

In den nächsten Monaten geschah nichts. Petra stand nachts am Fenster, wenn es sternenklar war, sah den Großen Wagen fahren und verstand nicht sein Woher und Wohin. Doch der Blick ins Weite bewahrte sie vor dem Verrücktwerden.

Im Spätherbst kehrte Helene nicht von einer Spätschicht zurück. Dafür pflanzte sich die Frau, die wegen räuberischer Erpressung mit Todesfolge saß, auf Helenes Bett und beäugte Petra. »Deine Freundin ist im Karzer. Wegen Sabotage«, verkündete sie und lüpfte Helenes Kopfkissen. Hämisch fuhr sie fort: »Dauernd verklemmten sich bei ihr die Fäden in der Maschine. Ausgerechnet bei der geschickten Helene.« Der Zellenspitzel verdrehte die Augen. »War doch klar, dass ihr keiner glaubt, dass das aus Versehen war.«

Bei Petra gingen alle Alarmlampen an. »Wirklich?«, fragte sie, und es gelang ihr, so dümmlich zu wirken, dass die Frau irgendwann grunzte und sich trollte.

Als Helene wiederkam, musste Petra zur Nachtschicht. Sie begegnete der Freundin auf dem Gang, aber weil sie natürlich von Wachteln begleitet wurden, konnten sie einander nur zunicken. Helenes Wange war geschwollen, und ihr Feenblick war noch ätherischer als sonst. Irgendwohin gerichtet, aber nicht im Hier und Jetzt.

Nach Achtopol, dachte Petra, und es überlief sie kalt. Sie blieb unwillkürlich stehen, wurde aber sofort von der Wachtel angebrüllt und vorangestoßen, und da lief sie weiter.

Als Petra am nächsten Morgen die Zelle betrat, standen alle stumm um Helenes Bett. Helene lag da wie immer, wie eine Fee, nur dass sie jetzt wirklich eine himmlische Gestalt geworden war.

* * *

Frankfurt, Juni 1992

Petra atmete tief durch die Nase ein, und Ingke tat es ihr nach. Der Rosenduft war betörend. Ein Schmetterling ließ sich auf der Lehne der Bank nieder.

»Vielleicht ist sie das«, flüsterte Ingke.

»Vielleicht.«

Petra packte die Dose weg, in der ihr eigenes Tafelspitzbrötchen unangetastet lag, und der Schmetterling flatterte auf und davon.

»Ab da habe ich nur noch funktioniert. Ich habe einen Ausreiseantrag gestellt, und als wieder mal Durcheinandermischen angesagt war, habe ich die Nachricht über deine Adoption und über meinen Antrag weitergegeben, und das muss auch im Roten Ochsen angekommen sein. Denn Ingrid hat dann auch einen Ausreiseantrag gestellt, das erfuhr ich zusammen mit der Nachricht von ihrem Tod, Ende September 1977, als zwei Frauen aus Halle zu uns verlegt wurden. Sechs Wochen später, am 15. November, erschienen James und Daisy im Gefängnis. Wir nannten sie so, sie waren von der Stasi oder vom Innenministerium, ich weiß es nicht. Sie kamen immer dann, wenn jemand vom Westen freigekauft worden war. Ihre Ankunft verbreitete sich jedes Mal wie ein Lauffeuer. Und dieses Mal kamen sie meinetwegen.« Petra brach ab, und an ihrem Blick ins

Weite des Palmengartens, der Bernhards auf dem Hochstand ähnelte, merkte Ingke, dass sie nicht an die frohe, sondern an die schreckliche Nachricht dachte.

»Hast du erfahren, warum Ingrid gestorben ist?«, fragte Ingke deshalb sanft.

»Da bin ich mir nicht so sicher«, sagte Petra.

»Wieso nicht?«

»Ich habe später, nach der Maueröffnung, ihren Totenschein gesehen. Es stand *Blinddarmentzündung* drauf.«

»Und?«, fragte Ingke, als Petra nicht weiterredete.

»Deine Oma war Krankenschwester. Sie wusste, wie man eine Blinddarmentzündung diagnostiziert. Spätestens wenn man vor Schmerzen nicht mehr auf dem rechten Bein hüpfen kann, weiß man, woher die Qualen im Unterbauch kommen. Eigentlich hätte sie an so was nicht sterben dürfen.«

Das musste Ingke erst mal verarbeiten.

»Es kann daran gelegen haben, dass die Wachtmeisterinnen sich einen Scheiß um Krankheiten kümmerten und sie einfach nicht in die Krankenstation gebracht haben. Oder sie ist an irgendeiner Bestrafung gestorben. Es gab schlimme. Oder an einem Arbeitsunfall. Aus dem Roten Ochsen haben viele in einer Chlorfabrik gearbeitet. In Quecksilberdämpfen. Da, wo sich reguläre Arbeiter weigerten reinzugehen. Wer aus Halle kam, empfand unsere Näherei als Paradies.«

Petras Tonfall war rotzig. Ingke begriff, dass ihre Mutter mit Ingrids Tod nur burschikos umgehen konnte. Sie legte den Arm um Petras Schulter und streichelte ihren Oberarm. Sie hoffte, dass sie es so zärtlich fertigbrachte wie Petra seinerzeit bei Helene.

Vielleicht klappte das sogar, denn Petra schwieg, und ihr Blick, der gerade unerbittlich gewesen war, wurde nach und nach weicher. »Es ist schön, dass du da bist«, sagte sie irgendwann. »Und es ist ein Glück, dass Helene die Tabletten wollte.

Und dass ich wenigstens eine einzige gute Tat tun wollte, indem ich sie ihr überließ. Sonst gäbe es mich vielleicht nicht mehr.« Dann stand Petra auf. »Komm, wir fahren nach Hause.«

Als sie den Transporter geparkt hatten und zu Petras Wohnung gingen, lief vor ihnen eine Frau mit einer großen Kaufhof-Tüte. Petra lachte auf und zeigte auf die Tüte. »Eines muss ich noch erzählen.«

Und das tat sie, nachdem sie geduscht und sie es sich zu Hause bei einem schönen Tee kuschelig gemacht hatten.

»Die Bettwäsche haben wir für VEB Planet Eppendorf genäht, die Strümpfe für VEB Feinstrumpfwerke Esda in Thalheim hergestellt – alles für den Export, wie an den Etiketten zu sehen war. Die Strümpfe habe ich später bei einem Discounter entdeckt, die Bettwäsche auf dem Wühltisch eines Kaufhauses in Kassel.«

Petra gab mit Schwung einen Schuss Honig in ihren Tee und hielt das Glas Ingke hin. Die bediente sich ebenfalls.

»Ich konnte einfach nicht anders, ich musste ein Set Bettwäsche klauen. Und natürlich wurde ich prompt vom Kaufhausdetektiv erwischt.« Petra kicherte.

Ingke fand Petras Fröhlichkeit bedenklich. Irgendwie künstlich.

»Der zerrte mich in ein Büro der Verwaltung«, erzählte Petra weiter. »Dort musste ich unter den Augen eines unfassbar dicken Angestellten, der furchtbar nach Schweiß stank, auf die Polizei warten. Eine Beamtin und ein Beamter kamen. Ich erklärte, dass ich diese Bettwäsche als Zwangsarbeiterin im DDR-Gefängnis Hoheneck genäht hätte, vielleicht genau diese. ›Ich habe fast drei Jahre für höchstens ein Fünfzigstel des Lohns gearbeitet, der mir zugestanden hätte. Drei Schichten. Von der Nachtschicht ging es mit einer Stunde Pause in die Frühschicht.‹«

Petra hielt Ingke ihren Zeigefinger hin und zeigte mit dem

der anderen Hand auf kleine weiße Pünktchen unter dem Nagelbett. »Den habe ich dem Dicken auch unter die Nase gehalten, und damals waren die Narben noch rot. ›Da kann man sich vor Müdigkeit schon mal durch den Finger nähen‹, habe ich ihm erklärt.

›Die Frau ist verrückt‹, hat der Mann zu den Polizisten gesagt, die danebenstanden.

›Ich zeige Sie an, dass Sie Produkte von Zwangsarbeitern verkaufen‹, habe ich erwidert und ihm mit dem durchgenähten Finger auf die Brust getippt. ›Das ist ja in Deutschland gute Tradition, nicht wahr?‹

Der Mann ist knallrot angelaufen. ›Führen Sie sie ab‹, hat er die Polizisten angeblafft.

»Aber ich, ich habe mich dem halbherzigen Griff der Beamtin entwunden.«

Petra triumphierte, als sei es gestern gewesen, und Ingke wurde es langsam bange.

»›Sie können mich gleich mitnehmen‹, habe ich zu denen gesagt. Und dann zu dem Dicken: ›Ich mache Sie darauf aufmerksam, dass ich nur einen Bruchteil meines Lohns erhalten habe, weswegen Sie diese Qualitätsarbeit auf Ihrem Wühltisch verramschen können. Mir steht kistenweise Bettwäsche zu. Ich werde laut schreien, wenn ich abgeführt werde, dass ich in der DDR Zwangsarbeit für Ihr Kaufhaus geleistet habe. Es werden viele Kunden hören. Und ich werde Sie anzeigen, Sie persönlich, denn Sie müssten dem jetzt nachgehen.‹«

Ingke merkte, dass Petra außer Atem war, aber sie erzählte weiter und sprach immer schneller.

»Da griff der Mann zum Telefon und rief den Kaufhausleiter an. Der kam tatsächlich, und ich hab ihm die Lage erklärt und gesagt: ›Schauen Sie mal in Ihre Einkaufslisten. Diese Bettwäsche haben Sie von VEB Planet Eppendorf erworben, auch wenn das auf der Verpackung nicht draufsteht. Die haben eine Produktionsstätte im Knast Hoheneck, das ist, wenn überhaupt, dann ein schlecht gehütetes Geheimnis.‹

Der Kaufhausleiter hat den Dicken ins Kontor geschickt, und als er nach einer Viertelstunde wiederkam, war er blass. Er hat seinem Chef eine Liste gezeigt und auf eine Position gewiesen. Daraufhin hat der Kaufhausleiter die Polizisten weggeschickt und auf eine Anzeige verzichtet. Ich habe die Bettwäsche bekommen und noch ein zweites Set dazu mit den besten Wünschen für meine Zukunft.«

Petra rieb sich die Hände und sagte launig: »Ich habe sie Heide mitgebracht. ›Die Garnituren hab ich vielleicht genäht, im Gefängnis. Hab ich heute als Entschädigung erbeutet. Schenk ich dir. Für dich und Vati. Ich würde darin Albträume kriegen. Du sicher nicht‹, habe ich ihr gesagt.«

Petra klang übertrieben altklug, und Ingke vermutete, dass sie ihren damaligen ätzenden Tonfall nachmachte.

»Heide hat natürlich nie ein Bett damit bezogen. Aber sie wegzuschmeißen hat sie sich auch nicht getraut.« Petra nahm einen großen Schluck Tee und verbrannte sich den Mund. Dann traten Tränen in ihre Augen.

Ingke nahm ihrer Mutter die Tasse aus der Hand und umarmte sie fest und lange. Irgendwann zuckten Petras Schultern, und dann weinte sie wieder ihr bitterliches Weinen, das Ingke aus ihren Albträumen kannte. Nur leiser.

Ingke merkte, dass ihr das alles zu viel war. Und sie merkte auch, wie fremd ihr diese Frau war, die ihr doch so ähnlich sah.

Als Petra aufgehört hatte zu weinen, saßen sie noch eine Weile zusammen, aber Ingke spürte Petras Unruhe und sagte irgendwann, dass sie ins Bett wolle. Das schien Petra recht zu sein, und so zog sich Ingke zurück.

Als sie zum Zähneputzen ging, sah sie eine leere Blisterpackung aus dem Badmülleimer ragen. Sie öffnete den Eimer und fand auch den Karton dazu. *Tofranil.* Sie schaute in den Karton und fand die Packungsbeilage. Es war ein Antidepressivum.

Ingke packte alles wieder zusammen und in den Mülleimer, dann ging sie in Petras Bett.

Wenig später klopfte ihre Mutter an ihre Tür – so was hätten Maren und Kelle niemals gemacht, die kamen immer einfach rein, stapften höchstens vernehmlich die Treppe hoch, wenn Ingke mal Jungsbesuch hatte.

Petra kam an ihr Bett, strich ihr mit dem Handrücken über die Wange und löschte das Licht. »Gute Nacht, Ingke.«

»Gute Nacht, Mama.«

Dann ging Petra und schloss leise die Tür.

Mama. Klang das richtig? Ingke wusste es nicht. Im Moment zweifelte sie daran. Merkwürdig, dass Petra ein Antidepressivum nahm, wo sie doch so schlechte Erfahrungen mit diesem Zeug gemacht hatte. Andererseits, war es wirklich so verwunderlich?

Ingke bekam auf einmal heftige Sehnsucht nach ihren Eltern. Sie knipste das Licht wieder an, setzte sich auf, nahm eine neue Postkarte, legte sie auf *Die karibische Küche* und zückte ihren Füller.

Frankfurt, den 6 Juni 1992

Liebe Mutti!
Heute hat mir Petra ihre Gefängnisgeschichte erzählt, es war schrecklich dort, wie im Mittelalter. Sie wollte mich eigentlich aus dem Heim zurückholen nach der Haft, aber da war ich schon bei euch. Mit dem Schmerz ist sie, glaube ich, nie fertiggeworden.

Ingkes Füller schwebte über der Karte. Eigentlich wollte sie fragen, wer damals eigentlich ihre Adoption verfügt hatte, aber da merkte sie, dass sie Maren nicht traute. Irgendwas war da merkwürdig. Wann hatte sie noch mal das Gefühl gehabt, dass Maren ihr etwas verschwieg?

Sie schob die Kappe auf den Füller und überlegte. Zum ersten Mal, als Maren erzählte, wie Thomas Uhlig sie im Krankenhaus als Spitzel entlassen hatte. Und dann, ja, genau, das war nicht Maren gewesen, sondern Kelle. Er hatte seinen Eindruck geschildert, dass Birgit Steiner der Adoption eher widerwillig zugestimmt hatte, und ihm war ein Blick aufgefallen, den sie auf Maren geworfen hatte, woraufhin Maren errötet war, was Kelle als Aufregung interpretiert hatte. Was, wenn es Schamröte gewesen war? Wenn Maren irgendwas gedreht hatte?

Maren hatte Kelle nicht erzählt, warum genau sie unfruchtbar war. Klar, dachte Ingke, weil sie ihm dann auch von ihrer Spitzeltätigkeit hätte erzählen müssen. Und das hätte der aufrechte Träumer Kelle gar nicht gut gefunden. Ingke musste unwillkürlich lächeln. Sie beschloss, es ihm nicht weiterzusagen. Warum im Nachhinein Unfrieden schaffen? Jetzt, da Maren todkrank war? Nein, irgendwann musste es auch mal vorbei sein.

Aber trotzdem. Sie beschloss, in Berlin Birgit Steiner ausfindig zu machen. Sie wollte wissen, wie das mit ihrer Adoption gelaufen war. Ob Frau Steiner bei ihrer leiblichen Mutter ein falsches Spiel gespielt hatte oder nicht. Sie musste ihr ja nicht erzählen, dass sie Petra inzwischen gefunden hatte.

Sie zog die Kappe von ihrem Füller wieder ab, schrieb Maren von ihrem Besuch im Palmengarten und schloss:

Vielleicht können wir ja irgendwann mal zusammen hingehen.
Halte durch!
Deine Ingke

Dann löschte sie das Licht und war gleich darauf eingeschlafen.

Am nächsten Morgen fand sie wieder einen Zettel auf dem Tisch, daneben eine Tüte mit einem Croissant.

Liebe Ingke,
heute steht ein Konfirmationsessen auf dem Programm. Bin im Studio. Ruf mich an.
Deine Mama
PS: Es ist so schön, »Mama« zu schreiben! Davon durfte ich so lange nicht einmal träumen.
Noch mal: Deine Mama

Ingke lächelte und fand an diesem hellllichten Tag das Wort »Mama« nicht falsch. Sie rief an, und sie verabredeten sich in einer knappen Stunde, kurz bevor sie zum Kunden fahren mussten.

Es war schon spät, keine Spur von Morgenkühle, und Ingke beschloss, zum Frühstücken auf den Balkon zu gehen. Während sie ein Stück Croissant abrupfte, schaute sie in den Garten, den die Sonne sprenkelte. Die Pfingstsonntagsglocken läuteten, und Ingke wurde ganz festlich zumute.

Sie dachte daran, wie Maren bei Festen wie Ostern, Pfingsten, Erntedank und Weihnachten immer darauf bestanden hatte, in die Kirche zu gehen, und Kelle sich gebeugt hatte. Zu Erntedank fuhren sie nach Beerenhain und gingen mit der ganzen Familie in Gottfrieds Kirche im Nachbardorf, wo die Beerenhains aus alten Zeiten sogar noch eine eigene Bank hatten, was Kelle furchtbar peinlich fand. Aber die Bank blieb frei, egal wie viele schon vor ihnen da waren, und Emma strebte hocherhobenen Hauptes darauf zu. Das Erntedankfest war von den Kirchenbesuchen immer am schönsten gewesen. Die Morgenröte-Frauen und die aus Gottfrieds Dorf hatten dann alles, was das Land hergab, im Überfluss auf den Altarstufen aufgebaut, und es duftete nach Äpfeln und Dahlien, Birnen und prallen Ähren.

Jetzt lag Maren im Krankenhaus, und Kelle hatte es bestimmt nicht versäumt, den letzten Flieder und die ersten Rosen zu schneiden und sie Maren zu Pfingsten ans Bett zu bringen.

Ingke stand auf, ging in Petras flauschiges Kuschelnest zurück, das kein Familiennest war, sondern eine Auspolsterung des Verlassenseins. Sie stellte das heimelige Steingut in den Geschirrspüler und machte sich fertig.

Kurz danach fuhren ihre Mama, Jean und sie mit einer Ladung vorgebratener gefüllter Tauben nach Oberreifenberg in den Taunus.

»Heute Nachmittag wandern wir auf den Feldberg, der liegt gleich da, das bietet sich an«, sagte Petra.

Ingke guckte auf ihre leichten Schuhe.

»Du hast die gleiche Größe wie ich«, sagte Petra. »Ich hab heute Morgen nachgeguckt. Hinten liegen ein Paar Wanderschuhe für dich drin.«

Für das Konfirmationsessen hatte eine ganze Taubenschar ihr Leben lassen müssen. Das sah Ingke, als sie ausluden. Petra und Jean arbeiteten Hand in Hand beim Füllen der Teller, und Ingke half beim Servieren – »immer von rechts«, hatte Petra sie diesmal angewiesen.

Als Nachtisch gab es eine Art Küchlein, die Kuloppe hießen, ein typisches hessisches Pfingstgebäck. Jean hatte dazu eine Himbeer-Minze-Sauce kreiert, um sie aufzupeppen.

Als die Tellerchen mit den Kuloppes auf dem Tisch standen, scheuchte Jean Petra und Ingke weg. »Allez! Ich mach das hier fertig.«

»Ich habe ein schlechtes Gewissen. Das ist doch meinetwegen, oder?«, fragte Ingke ihn.

»Nein. Ist wegen deiner Mutter. Ich habe ihr viel zu verdanken.« Dann winkte Jean sie mit dem Kopf weg.

Wenig später wanderten Ingke und Petra durch den Wald

steil bergauf. Petra hatte darauf bestanden, dass Ingke ihre Wanderschuhe anzog, sie selbst trug Turnschuhe. Als sie oben waren und auf dem Aussichtsturm bis zum Odenwald, dem Spessart, dem Pfälzerwald, dem Vogelsberg und dem Hunsrück geblickt hatten – für Ingke alles exotische Landschaftsbezeichnungen –, suchten sie sich ein sonniges Plätzchen am Rande des Gipfelplateaus. Bei Brötchen mit Salatgarnitur und Täubchen, Apfelsaft, Kuloppes und Kaffee aus der Thermoskanne erzählte Petra, wie es ihr im Westen ergangen war.

16

Witzenhausen, 1977

Petra kam ins Aufnahmelager Gießen. Nachdem sie Bernhards Adresse angegeben hatte – an die konnte sie sich glücklicherweise erinnern –, bekam sie seine Telefonnummer und durfte ihn anrufen. Er meldete sich, und sie erkannte seine tiefe und klangvolle Stimme sofort.

»Hallo, Vati. Hier ist Petra. Ich bin im Westen.«

Schweigen.

»Vati?«

»Petra.« Jetzt klang die Stimme gar nicht mehr voll, sondern rau.

»Ich bin in Gießen. Im Aufnahmelager. Holst du mich?«

»In Gießen. Aufnahmelager.« Bernhard hatte sich wieder gefangen. »Ich bin in zwei Stunden da.«

Und das war er. In Pullover und Haushose. Er war sofort losgefahren, nur die Pantoffeln hatte er gegen Straßenschuhe getauscht.

Petra durfte in der Verwaltung warten, auf einem bequemen Stuhl, mit einem duftenden Kaffee. Ihr war sonntäglich zumute. Und dann kam ihr Vater, und sie erkannte ihn sofort. Er sie ebenfalls, aber sie sah, wie er ein Erschrecken verbergen musste.

Kein Wunder, fast drei Jahre nur kaltes, rostbraunes Wasser, Schichtarbeit ohne Pause, so gut wie keine frische Luft und schlechte Ernährung – das musste Spuren hinterlassen haben. Spuren, die ihren Vater vermutlich sogar an die erinnerten, die ihn gezeichnet hatten, als sie sich das letzte Mal gesehen hatten, unmittelbar nach seiner Haftentlassung im Juli 1961, als Petra neun Jahre alt gewesen war.

Sie liefen aufeinander zu, und ihr Vater zog sie in die Arme, vorsichtig, als sei sie ein verwildertes Tier und könne beißen. Seine Vorsicht war gut, denn Petra fühlte, dass sie dünnhäutig geworden war.

»Meine Petra«, murmelte er in ihr Haar. »Meine Große.«

Weil Petra überempfindlich war, dachte sie sofort: Es gibt ja auch eine Kleine, Gabriele. Und einen Kleinen auch, Jens, wenn sie sich richtig erinnerte. Ihr Vater war nicht mehr nur ihr Vater, und in den Tierpark oder ins Schwimmbad ging er jetzt mit seinen Kleinen. Als sie mit ihren Gedanken an dieser Stelle angekommen war, dachte sie zum ersten Mal seit langer Zeit an Ingke, an ihre Kleine, mit der sie nie in den Tierpark oder ins Schwimmbad gehen würde. Und in den Armen ihres Vaters kam sie sich entsetzlich allein vor. Sie verhärtete sich innerlich wie im Gefängnis, löste sich aus der Umarmung und sagte: »Lass uns gehen.«

Er nickte, blickte sich kurz um und fragte: »Du hast nur das, was du am Leibe hast?«

»Und das hier.« Petra griff nach dem Karton, in dem ihre wenigen persönlichen Urkunden und Unterlagen waren.

Sie sagten Bescheid, dass sie gehen würden, und die Verwaltungsangestellte, die Petra empfangen hatte, erklärte, dass sie in Witzenhausen am nächsten Tag als Erstes zum Einwohnermeldeamt gehen sollten. Dort würde Petra einen Ausweis und alles andere bekommen, was sie zur Übersiedlung brauchte.

Ihr Vater führte sie zu seinem blättergrünen VW Variant und hielt ihr die Beifahrertür auf. Als Petra sich nach hinten beugte, um ihre Kiste auf den Rücksitz zu stellen, lag dort eine leere Bonbontüte, und erneut wurde ihr bewusst, dass sie zu einer Familie kam, einer kompletten Familie. Einer Westfamilie mit sorglosen Westkindern, in der sie ein Fremdkörper sein würde.

Bernhard fuhr los und fragte als Erstes: »Hast du Hunger?«

Petra zuckte mit den Schultern. Nach dem Gefängnisfrühstück hatte sie noch nichts gegessen, und mittlerweile war es Abend. Die Aufregung hatte das Hungergefühl verdrängt, aber angesichts der Bonbontüte auf dem Rücksitz sagte sie: »Meinst du, wir kriegen irgendwo eine Tafel Schokolade?« Sie wollte auch etwas Süßes haben, genau wie Bernhards neue Kinder.

»Klar«, sagte Bernhard. »Wir fahren gleich tanken, und da holen wir eine. Heide wird was Schönes kochen, aber wir brauchen ungefähr zwei Stunden, bis wir zu Hause sind.«

Zu Hause, dachte Petra. Ihr wurde bewusst, dass es kein Zuhause mehr für sie gab. Ihr Zuhause waren Ingke und ihre Mutter gewesen und die kleine Wohnung an der Spree. Ihr altes Wohnhaus lag hinter der Mauer, Ingke würde sie nie wiedersehen, und ihre Mutter war tot. Konnte es einfach so ein neues Zuhause geben?

Sie sah ihren Vater von der Seite an und stellte fest, dass sie nicht mal wusste, wie alt er war.

»Wie alt bist du eigentlich?«, fragte sie.

»Achtundvierzig«, antwortete er.

Ganz schön alt schon, dachte Petra. Er hatte eine Menge graue Haare und sah kräftiger aus als 1961, aber da war er richtig abgemagert gewesen. Wir sind Vater und Tochter, dachte sie, und trotzdem sind wir einander völlig fremd. Er kennt mich nur als Baby und dann zwei Tage als Schulkind. Er hat schon mehr als die Hälfte seines Lebens gelebt, und ich bin ein Pünktchen darin. Ein Pünktchen aus einer anderen Welt als der, in der er seit sechzehn Jahren lebte, nachdem er vorher neun Jahre im Gefängnis gewesen war, abgetrennt von der alten Welt, zu der sie als sein Baby gehört hatte.

Andererseits: Ingke würde sie nie vergessen, nie in ihrem Leben. Und vielleicht ging es ihrem Vater mit ihr ebenso.

»Was ist eigentlich passiert?«, fragte Bernhard in ihre Gedanken hinein. »Ich habe vor Weihnachten 1974 eine Karte von Ingrid bekommen, der ich entnommen habe, dass ihr flüchten wollt. Und dann habe ich nichts mehr gehört.«

»Und hast du was gemacht?«, fragte Petra schroff.

»Ich habe Ingrid geschrieben, aber es kam keine Antwort. Als auf den dritten Brief hin nichts geschah, habe ich mich ans Deutsche Rote Kreuz gewandt und euch in die Suchliste eintragen lassen. Die machten euch ausfindig: dich in Stollberg und Ingrid in Halle. Von Ingke keine Spur. Man sagte mir, ich solle mich mit dem Diakonischen Werk in Verbindung setzen, damit ihr auf eine Freikaufliste kommt. Das war's.«

Bernhard steuerte eine Tankstelle an. Petra kam mit in den kleinen Laden und sog erst einmal tief den Atem ein. Dieser Duft! Ein bisschen wie Ingrids Frühstückstisch mit frischem Kaffee plus Westseife. Sie bekam ihre Tafel Schokolade, ihre Lieblingssorte, wie als Kind. Es rührte sie so sehr, dass sie fast geweint hätte. Bernhard hatte oft Schokolade geschickt, als sie klein war, und er hatte verschiedene Sorten ausprobiert. Ingrid hatte ihm mitgeteilt, welche Petra am besten schmeckte, und die bekam sie dann immer. Und er wusste es noch.

Sie fuhren weiter, und Petra ließ sich die Schokolade auf der Zunge zergehen. Sie brach auch ihrem Vater Stückchen ab. Es war paradiesisch.

»Ein Glück, dass es dunkel ist, ich würde die viele Landschaft gar nicht aushalten«, sagte sie.

Bernhard langte hinüber und drückte sanft ihr Knie.

»Ingrid ist tot«, sagte Petra unvermittelt, und glücklicherweise war gerade niemand hinter ihnen auf der Autobahn, denn Bernhard drückte vor Schreck auf die Bremse. Das Auto machte einen Schlenker, ehe er es wieder im Griff hatte.

»Das kannst du mir doch nicht einfach so sagen.« Er klang böse.

»Mir ist es auch einfach so gesagt worden«, sagte Petra und steckte sich ein Stück Schokolade in den Mund.

»Schon gut«, sagte Bernhard. »Weißt du, woran sie gestorben ist?«

Petra schüttelte den Kopf. »Ich weiß es nur, weil zwei Frauen aus dem Roten Ochsen zu uns verlegt wurden. Die haben es erzählt.«

»Ist das denn sicher?«, fragte Bernhard.

Petra dachte daran, wie Helene abtransportiert worden war. Sie hatten sie nicht mal abgedeckt, sondern einfach auf einer Trage nach unten gestellt, zum Müll. Von dort war sie dann weggebracht worden. Der Tod eines Häftlings verbreitete sich wie ein Lauffeuer, es wurde gar nicht versucht, ihn geheim zu halten. Das sollte Bernhard eigentlich aus eigener Erfahrung wissen. Deshalb sah sie ihn nur mit hochgezogenen Augenbrauen an.

Er guckte zu ihr hinüber und schnaubte kurz. »Und dein Baby?«, fragte er leise.

»Wurde mir weggenommen. Ist vermutlich bei einer Bonzenfamilie in den besten Händen. Und jeden Morgen im Kindergarten singt sie *Bummi, Bummi – Bummi, Bummi, brumm, brumm, brumm.*« Der Refrain klang wie Stockhiebe, so wie Petra ihn ausspuckte. Sie kannte das Lied aus Ingkes Krippe. Einer Gruppe älterer Kinder war es öfter vorgesungen worden. Sie hatten sich an den Händen gehalten dabei und die Ärmchen im Takt gehoben und gesenkt.

»Wie bitte?«, fragte Bernhard.

»Mir wurde in Abwesenheit das Erziehungsrecht aberkannt, und dann wurde sie weggegeben. Sie ist rechtlich nicht mehr meine Tochter.«

Bernhard schwieg eine Weile. »So was geht hier auch.«

»Was?« Petra verschluckte sich und musste husten.

»Na ja, zumindest theoretisch. Staatsfeinden können die

Kinder auch hier entzogen werden. Ulrike Meinhof hat ihre Zwillinge vor Jahren auf Sizilien in einem Barackenlager für Erdbebenopfer versteckt, und Gudrun Ensslin hat ihren Sohn zu unbescholtenen Pflegeeltern gegeben, bevor sie in den Untergrund ging. Beide wollten vermeiden, dass sie den Behörden in die Hände fielen. Die Meinhof hat 1970 ein Fernsehspiel über Heime hierzulande gemacht, in denen noch der Nazigeist herrschte; die wusste, was sie nicht wollte. Aber ich glaube, es war auch eine Menge Egoismus dabei.«

»Oh, solcher Egoismus kommt ja in den besten Familien vor«, sagte Petra, guckte auf den Rest Schokolade und warf ihn auf den Rücksitz, ohne das Papier fest darumzuwickeln. Papier und Schokolade samt Krümeln landeten auf dem Polster verteilt.

»Entschuldige«, sagte Bernhard erschrocken.

»Nein«, sagte Petra.

Dann schwiegen sie.

»Wir sind verrückt«, sagte Bernhard nach einer Weile. »Wir treffen uns nach sechzehn Jahren wieder und streiten uns.«

»Wir waren noch nie ein Fall für freundliche Plaudereien. Also, Mutti und ich jedenfalls nicht.«

»Deine Mutter und ich auch nicht. Sie hat nach dem Tod ihrer Mutter lange gar nicht gesprochen.«

»Ich weiß. Ihr wart immer auf Beutezügen zusammen, um was zu essen zu besorgen, und du hast sie auch ohne Worte verstanden. Hat sie mir erzählt«, sagte Petra.

»Das ist schön«, sagte Bernhard.

»Sie hat ein Scheißleben gehabt«, sagte Petra nach einem Weilchen.

»Sie hatte dich«, sagte Bernhard. »Du warst ihre größte Freude.«

»Tja, und dann wollte ich in den Westen, und dabei ist sie letztlich draufgegangen.«

»Gib dir nicht die Schuld daran«, sagte Bernhard erschrocken.

»Nein, vorher ist ja ihre andere große Freude, nämlich du, in den Westen gegangen«, sagte Petra sarkastisch.

»Du weißt aber schon, dass ich damals Arbeit suchen wollte und Ingrid und du nachkommen solltet.«

»Weiß ich«, sagte Petra. »Du bist unschuldig.«

»Du auch.«

»In einer Diktatur gibt es keine Unschuld, Vati.«

»Vielleicht hast du recht«, sagte Bernhard, nachdem er eine Weile darüber nachgedacht hatte.

»Vielleicht?«

»Nicht nur vielleicht.«

So fuhren sie als zwei Schuldige vor Heides schickem Bungalow vor, den Bernhard und sie mit dem Geld ihrer Eltern hatten bauen lassen. Die unschuldige Heide trat aus der Tür, und hinter ihr tauchten zwei Westkinder auf, zwölf Jahre der Junge, zehn das Mädchen.

Jens und Gabriele dufteten wie die Westkinder im Hotel Stadt Berlin, stellte Petra bei der Begrüßung fest. Beim Servieren hatte sie es immer gerochen. Es war eine Mischung aus künstlichen Fruchtaromen, Vanille und Westwaschmittel.

Aber auch die Kinder rochen das Fremde, jedenfalls Gabriele. »Die stinkt«, sagte sie nicht allzu leise zu ihrer Mutter, als sie ins Haus gingen.

Petra drehte sich um und sagte brüsk: »Ja, nach drei Jahre Mottenpulver, Schweiß und kaltem Rostwasser.«

Gabriele drückte sich an ihre Mutter.

Bernhard griff ein. »Petra hat die Sachen an, die sie bei ihrer Gefangennahme vor knapp drei Jahren getragen hat. Mehr hat sie nicht. Such doch gleich mal mit Heide etwas Neues für sie raus, ich lasse eine Badewanne ein.«

»Pädagogisch die Kurve gekriegt«, sagte Petra, als Bernhard

ihr den Mantel abgenommen und sie in ein roséfarben gekacheltes Bad mit Wasch- und Klobecken aus ebenso roséfarbener Keramik führte. Nur die Wanne war weiß. Es duftete unfassbar gut in dem Raum.

»Aber eine wunderbare Idee«, sagte sie. »Waschen wir den Zonendreck ab und steigen als ein neuer Mensch aus der Wanne«, fügte sie theatralisch hinzu.

»Du kannst alles nehmen«, sagte Heide, die hinzugetreten war und ein großes Handtuch sowie einen Bademantel auf der Waschmaschine bereitlegte. Aus einer Schublade nahm sie eine Zahnbürste in einer voluminösen Einzelverpackung.

»Danke«, sagte Petra.

»Wenn du fertig bist, gibt es Essen«, verkündete Heide und drehte den Hahn über der Wanne auf. »Aber lass dir Zeit.«

»Danke«, sagte Petra noch einmal.

Dann gingen die beiden, und Petra schälte sich aus ihren Sachen. Zum ersten Mal seit fast drei Jahren sah sie sich im Spiegel. Sie war verhärmt, knochig, ihre Nägel rissig, die Haare strähnig.

Sie wandte sich von ihrem Jammerbild ab und putzte sich die Zähne. Die Zahnpasta hatte Streifen, und Petra überlegte, wie die wohl so aus der Tube kamen. Es gab nur eine Öffnung. Ein Wunder des Westens. Währenddessen war die Wanne vollgelaufen, und sie entschied sich für ein Schaumbad, das aufdringlich nach Rosen duftete. Sie gab einen großen Schuss ins Wasser, plätscherte, bis sich eine dicke Schaumschicht bildete, stieg in die Wanne und ließ sich in den knisternden Schaum sinken.

Als sie ihren Kopf anlehnte, kamen die Tränen. Petra ließ sie fließen, und sie flossen lange. Erst als sie versiegten, schrubbte sie sich mit einem großen Schwamm ab, der auf dem Wannenrand lag, und wusch sich die Haare.

Wenig später saß sie mit einem Pullover und einer Hose von

Heide am Esstisch und aß, von Jens und Gabriele misstrauisch beäugt, Spaghetti.

»Du darfst mit bei mir schlafen«, sagte Gabriele.

»Danke«, sagte Petra.

Als sie dann in das Zimmer kam, wusste sie, dass sie hier schleunigst wegmusste. Auf Gabrieles Bett saßen Kuscheltiere aufgereiht, und Petras Blick fiel auf ein besonders abgeliebtes, einen braunen Teddy. Den hatte Gabriele bestimmt, seit sie ein Baby war. Ein Baby wie Ingke, die jetzt drei war und für immer unerreichbar. Gabrieles Teddy saß da, wo er vermutlich schon sein ganzes Teddyleben zugebracht hatte, behütet von Gabriele und Heide und Bernhard. Das, dachte Petra, halte ich nicht aus.

Und so kam es auch.

Die Unwucht, die Petras Erscheinen im Familienleben in Heides Bungalow auslöste, war einfach zu stark. Petra merkte schnell, dass sie Heide glühend beneidete, um Jens und Gabriele, in deren Kinderaugen sie die Blicke der jugendlichen Westgäste des Hotels Stadt Berlin wiedererkannte. Genau wegen dieser Blicke hatte sie sich ihre Tochter übers Herz gebunden – damit sie sie auch aus solchen Augen anschauen würde. Und jetzt würde sie sie nie wieder anschauen.

Petra musste sich angesichts der unschuldigen geborgenen Westkinder klarmachen, dass sie ihre Tochter verraten hatte. Es zählte nicht, dass sie etwas Gutes gewollt hatte. Sie hatte das Glück ihrer Tochter verspielt. Weil sie die Krippe ihrer Tochter wie eine Kaserne empfunden hatte, weil sie gen Westen geschielt hatte. Weil sie nicht demütig, sondern dekadent, weil sie nicht dankbar, sondern dämlich gewesen war.

Wenn sie Heide morgens in der Küche dabei beobachtete, wie sie sich einen ihrer geliebten französischen Milchkaffees machte, münzte sie ihren Neid in Verachtung für Heides kleines Leben um, das Leben einer Frau, die nichts Böses erlebt hatte und mit einem silbernen Löffel im Mund geboren worden war.

Nicht lange nach ihrer Ankunft löcherte Jens Petra beim Abendessen, wollte alles über ihre Flucht wissen. »Hatten die Maschinengewehre? Wie im Film?«, fragte er.

Petra blieb ihr Gürkchen im Hals stecken. Sie starrte Jens an. Dieser Trampel begriff nicht, dass ihre Entdeckung auf der Ostsee eisiger an ihr Herz gegriffen hatte als das Wasser. Eisiger als jede kalte Stahlkugel, die sie hätte treffen können. Er war einfach zu beschränkt, um sich vorstellen zu können, dass Petra zwar jetzt in genau dem warmen kleinen Leben saß, das sie sich für Ingke und sich gewünscht hatte, dass es aber nicht ihr Leben war. Dass ihr Leben seit dem Moment ihrer Entdeckung ein eiskalter Klumpen gewesen war und immer bleiben würde.

Sie blickte auf ihr Glas, in dem ein Eiswürfel schwamm, nahm es und kippte den Inhalt mit Schwung in Jens' Gesicht.

Er schrie wie am Spieß, seine kleine Schwester heulte sofort mit, die Schultern ihres Vaters sackten herab. Heides Lippen, auf denen trotz des Essens roséfarbener Lippenstift schimmerte, öffneten sich stumm, schlossen sich, dann sagte sie: »Jens, komm mit.«

Sie sagte es ruhig, wie angesichts eines wilden Tieres, und zog ihn aus dem Raum. Gabriele lief den beiden nach.

Bernhard legte seine Hand auf Petras. »Das kannst du doch –«

»Was kann ich nicht?«, herrschte Petra ihn an. »Jens zur Besinnung bringen? Ihm klarmachen, dass es etwas anderes als diese heile Welt hier gibt?«

Sie starrte Bernhard an und merkte, wie sein Mund zuckte, wie er sich ein Lächeln verkniff. War da in seinen Augen Stolz? Ein Erkennen, dass sie seine Tochter war? Dass sie aus demselben dreckigen Stall kamen?

»Komm, wir gehen noch ein bisschen raus«, sagte ihr Vater, und Petra kam mit.

Sie liefen ums Haus, verließen den Garten durch das rückwärtige Pförtchen und stiefelten im Dunkeln in den Wald. Bernhard ging sicheren Schrittes, das Mondlicht reichte ihm aus, und Petra dachte daran, dass er als Junge mit Ingrid nächtelang im dunklen Brandenburg unterwegs gewesen war.

Sie liefen schweigend nebeneinanderher, und Petra versuchte, so gut zu sehen, wie er damals sehen musste, um den russischen Soldaten aus dem Weg zu gehen, die um Berlin herum stationiert waren. Bald hatten sich ihre Augen an die Dunkelheit gewöhnt, und sie entdeckte eine Tollkirsche am Wegesrand.

»Gibst du mir mal dein Taschenmesser?«, fragte sie ihren Vater und blieb stehen. Sie wusste, dass er immer eins in der Tasche seines Waldmantels hatte, wie der dicke Mantel von allen genannt wurde, den er auf seinen Spaziergängen trug. Spaziergänge, die er meistens allein unternahm, weil er da am besten bei sich sein konnte, wie er Petra erklärt hatte.

Er schaute auf den Strauch. »Bist du verrückt?«

»Nö. Ich würde es aber jetzt gern werden«, sagte Petra wahrheitsgemäß.

»Petra, Jens hat keine Ahnung.«

»Und kein bisschen Einfühlung.«

»Na ja, mit Einfühlungsvermögen hast du eben auch nicht gerade geglänzt.«

»Nicht? Wie hätte ich meinem Halbbruder« – das Wort rutschte Petra heraus, die Erkenntnis, dass es richtig war, kam erst einen Augenblick später – »sonst begreiflich machen sollen, dass es etwas anderes unter der Sonne gibt als seine unschuldige Welt? Indem ich ihm davon erzähle? Dazu muss man dieselbe Sprache sprechen. Und die sprechen wir nicht. Kennt Jens die Sprache des Schmerzes, des tiefen Verlusts, der nie wieder weggeht? Der unentrinnbaren Schuld? Kennt er nicht. Und es wäre falsch, mich mit ihm gemeinzumachen.«

Bernhard sah Petra an, und in seinen Augen schimmerten Tränen. Dann holte er sein Messer heraus.

»Schab einfach was von den Wurzeln ab, da ist genug drin«, sagte Petra und stieß mit ihren Stiefelspitzen etwas Schnee und Erde von einer Wurzel.

»Wieso erkennst du überhaupt eine Tollkirsche? Und dann auch noch im Winter?«, fragte Bernhard, während er sich bückte.

»Da links hängen zwei vertrocknete Früchte, und ein paar Blätter sind ja auch noch da«, sagte Petra. »Als Kind war ich mit Mutti manchmal in Beerenhain. Die Schwägerin der Vermieterin kannte sich aus wie eine Hexe. Ich war ständig bei ihr und habe sie beim Kräutersammeln begleitet.«

Bernhard brummte irgendwas, und dann schabte er an der Wurzel herum, löste feine, saftige Fasern aus dem Innern. Sie liefen weiter, kauten und zutschten an den Fasern und schwiegen einträchtig. Dann wies Bernhard auf einen Hochstand, und während sie die Leiter hochstiegen, schwammen die Sprossen vor Petras Augen in der Luft herum. Oben wickelte Bernhard sie mit in seinen Mantel, und dann träumten sie.

Nichts Gutes. Alle beide nicht. Aber zusammen. Und das zählte. Zumindest, als Petra wieder klar im Kopf wurde.

»Bin wieder da«, sagte sie.

»War interessant«, sagte ihr Vater. »Hab ich vorher noch nie gemacht.«

»Ich auch nicht«, sagte Petra. »Ich hab mir nur gemerkt, dass Frau Beerenhain ganz nebenher mal gesagt hat, dass in den Wurzeln eine Menge drin ist. Über Essbares bleibt einfach alles hängen bei mir.«

»Wir sollten gucken, dass wir Arbeit als Köchin für dich finden«, sagte Bernhard.

Petra nickte, und dann stiegen sie die Leiter wieder hinunter. Der Mond war nicht mehr zu sehen, es musste mitten in der Nacht sein.

»Ich habe all die Hofhunde wiedergesehen, die Ingrid bezähmt hat, als wir nach Kriegsende unterwegs waren.«

»Mutti hat mir davon erzählt«, sagte Petra.

»In meiner Vorstellung geiferten und knurrten sie und fielen mich an. Und dann der Knast …« Bernhard winkte ab.

Auch Petra hatte in ihre Vergangenheit jenseits der Mauer geguckt. Die schwarzen Ostseewellen, ihr Baby mit riesigen Augen, Helene, die Fee. Es verband sie. Das zumindest dachte Petra, und es tröstete sie, bis die kalte Dusche kam.

Zu Hause wartete Heide im Wohnzimmer auf sie. Sie war müde und aufgebracht, eine ganz schlechte Mischung. »Eine schwierige Kindheit, ein traumatisches Erlebnis, eine grauenhafte Zeit im Gefängnis – nichts entschuldigt schlechtes Benehmen«, kanzelte sie Petra ab. »Das ist eine der ersten wichtigen Lektionen, die ich als Anwältin gelernt habe. Das schlechte Benehmen setzt das schlechte Erleben in schädlichem Tun fort. Du bist erwachsen. Du bist für dich verantwortlich. Also handele danach. Das hilft, das kannst du mir glauben.«

»Bist du jetzt fertig?«, fragte Petra.

»Bernhard«, sagte Heide und musste nicht hinzufügen: Sag doch auch mal was.

Denn Bernhard kam schon auf sie zu, nahm sie in den Arm und sagte zu Petra: »Heide hat recht. Entschuldige dich bei Jens.«

Petra sah das Paar im warmen Schein der Wohnzimmerlampe stehen und konnte sich gerade noch davon abhalten, den Couchtisch durchs Zimmer zu schleudern. Ihr Vater hatte sich für Heide entschieden und wollte nicht noch mal alles falsch machen.

»Ich will einen Hund haben«, sagte sie und starrte Bernhard nieder. Dann ging sie ins Bett.

Am nächsten Morgen nahm sie das bisschen Taschengeld, das sie hatte, und stellte sich an die Landstraße. Der Fahrer, der hielt, wollte nach Frankfurt. Großstadt, dachte Petra. Genau das, was ich jetzt brauche.

»Was für ein Glück«, sie lächelte ihn an, »da muss ich hin.«

Er setzte sie an einer S-Bahn-Station am Stadtrand ab, und Petra dachte: Hauptbahnhof ist immer richtig. Als sie durch die Taunusstraße lief, wurde ihr bewusst, dass sie eigentlich gar nicht wusste, was sie hier wollte außer weg aus Witzenhausen. Während sie daran dachte, einfach in irgendein Restaurant zu gehen und zu fragen, ob eine Köchin gebraucht wurde, merkte sie, wie sich jemand an ihrer Handtasche zu schaffen machte – einer eleganten bordeauxfarbenen Ledertasche von Heide. Sie packte den Dieb am Handgelenk und drehte ihm beherzt den Arm auf den Rücken, wie sie es dutzendfach bei den Wachteln in Hoheneck gesehen hatte. Dann schaute sie richtig hin und sah, dass es ein Junge war, kaum älter als Jens, in zerrissener, verdreckter Jeans und einer viel zu dünnen Jacke für Anfang Dezember. Er stöhnte.

»Wenn du trittst, trete ich dich ins Knie«, sagte Petra ruhig. Auch das kannte sie von den Wachteln. Sie ließ kurz den Blick schweifen. Es waren nicht viele Leute auf der Straße, und keiner interessierte sich für die Szene. Komisch, dachte sie.

»Isch brauche Geld. Für meine Maman«, sagte der Junge, und Petra ließ los. Der Junge richtete sich auf, wandte sich Petra zu und schien sich zu wundern, dass sie noch da war.

»Wie heißt du?«, fragte Petra.

»Jean«, sagte der Junge. »Ich brauche nur zehn.«

»Wofür?«, fragte Petra.

»A«, hauchte der Junge. »H«, verbesserte er sich mühsam.

Petra wartete.

»Wo'er bist du? 'eroin. Weiß jeder 'ier.« Dem Jungen war der Geduldsfaden gerissen. »'ab schon fast genug Geld.«

»Gut, Jean«, sagte Petra. »Zehn Mark. Aber ich komme mit.«

Der Junge zögerte.

»Ich heiße übrigens Petra.«

Der Junge zuckte mit den Schultern und ging vor. Eine Straßenecke weiter erstanden sie ein winziges Päckchen Heroin, das Petra an sich nahm, bevor Jean danach greifen konnte. Wohl oder übel musste er sie zu seiner Mutter führen, die in einem eiskalten Raum in einem Abbruchhaus auf einer versifften Matratze lag und zitterte. Neben ihr erhob sich bei ihrem Eintreten ein junger Hund und tapste auf dünnen Beinen auf Petra zu.

Petra beugte sich hinab, streichelte den Welpen, der wie sein Frauchen nur Haut und Knochen war, und sah schweigend zu, wie sie das Heroin aufkochte, sich den Arm abband und spritzte. Jean hockte auf dem Boden und sah woandershin.

»Ich bin Petra«, sagte Petra, als die Frau seufzend die Augen schloss und den Kopf an die Wand legte.

»Julie«, murmelte die Frau.

»Unser 'und 'eißt Milou«, sagte Jean. Dann schluckte er und sagte: »Den brauch isch, wenn isch bin Tintin. Zum Drandenken.«

»Tintin?«, fragte Petra, der völlig schleierhaft war, wovon der Junge redete.

»Du kennst nischt Tintin?« Der Junge zog ein Buch unter der Matratze hervor, das anmutete wie ein Bilderbuch, sich zu Petras Überraschung aber als ein französischsprachiger Comic entpuppte, in dem, wie Jean ihr beim Blättern erklärte, Tintin und sein Foxterrier Milou die Hauptrolle spielten.

Auch wenn Petra nichts verstand, wusste sie doch eines: Jean hatte einen Gefährten bitter nötig und ihn in Milou gefunden. Deshalb sagte sie: »Ich hole jetzt Hundefutter.«

Sie holte nicht nur Hundefutter, sondern auch ein paar Brötchen, die Jean verschlang.

»Kann ich hier pennen?«, fragte Petra.

»Für Brötchen und Hundefutter? Eine Nacht«, sagte die Frau, der es besser zu gehen schien.

»Danke«, sagte Petra, schulterte ihre Tasche und merkte sich die Hausnummer, als sie auf die Straße trat. Ein neues Zuhause, dachte sie. Sie wusste, dass sie stärker war als diese Frau, dass sie sie in der Hand hatte. Das und die eiskalte Bude waren ihr tausendmal lieber als Heides sicherer Bau.

* * *

Feldberg, Juni 1992

Ingke und Petra hatten alles aufgegessen, und die Sonne senkte sich herab.

»Der Rest ist schnell erzählt«, sagte Petra beim Zusammenpacken, nun wieder schroff. »Ich habe in Frankfurt gekellnert, unregelmäßig. Ich habe Bekanntschaft mit Heroin gemacht, und weil das teuer ist, habe ich Heide, Gabriele und Jens beklaut, immer wenn ich dort auftauchte, um mal durchzuatmen. Dein Opa war der Sache nicht gewachsen, und Heide kehrte alles unter den Teppich, damit ihre Kinder keinen Schaden nahmen.« Sie schnaubte.

Vielleicht, dachte Ingke. Aber in erster Linie hat Heide alles unter den Teppich gekehrt, weil sie Bernhard liebt. Sehr liebt. Und weil es ihr reicht, dass er sich an ihr festhält. Aber das sagte sie nicht. Sie wollte ihre Mutter nicht verärgern. Je mehr Petra von sich preisgab, desto mehr kam sich Ingke nicht vor wie eine Tochter, sondern so, als sei sie die Mutter und Petra ein zartes Kind, das sie auf keinen Fall falsch behandeln durfte, weil es sonst zerbräche.

»Was hatte das mit Tintin auf sich, was Jean gesagt hat?«, fragte sie deshalb, als sie den Abstieg vom Feldbergplateau begannen.

»Tintin war Jeans Name auf dem Kinderstrich. Er ging für Julie anschaffen«, sagte Petra. »Er hat sich den Namen seines Comichelden ausgesucht, weil er sich dann vorstellen konnte, dass er ein Guter war und seine Mutter rettete. Aber natürlich rettete er sie nur vor dem Turkey.«

Turkey ... Ingke erinnerte sich dunkel, nach der Wende in der Schullektüre *Wir Kinder vom Bahnhof Zoo* gelesen zu haben, dass es das Szenewort für einen kalten Entzug war. Sie hütete sich, ihrem Erschrecken Ausdruck zu geben oder nachzufragen. Sie fürchtete, dass ihre Mutter dann so unwirsch reagieren würde wie bei Jens.

Auf einmal sehnte sie sich nach ihrem Bucher Familiennest, nach ihren Eltern Maren und Kelle, die sie vertrauensvoll immer alles fragen konnte. Die immer stark waren, selbst jetzt, da Maren schwer krank war. Also schob Ingke ihre runde Hand in Petras runde Hand und passte ihren Schritt dem ihrer Mama an, was nicht schwer war, denn sie waren fast gleich groß.

»Vier Jahre später wachte Julie eines Morgens nicht mehr auf, und ich stand mit Jean da«, fuhr Petra fort. »Ich wusste inzwischen, dass die beiden aus Charleroi kamen und dass dort auch Jeans Vater lebte, der verheiratet war und von seiner Affäre Julie und seinem Sohn nichts wissen wollte. Ich rief ihn an und drohte, ihm Jean zu schicken, wenn er ihm nicht ein Internat bezahlte, damit er einen Schulabschluss machen könne. Er bestritt, dass Jean sein Sohn sei, und Gentests gab es damals noch nicht. Aber Julie hatte ein Foto von ihm, und Jean war ihm wie aus dem Gesicht geschnitten. Also ging ich in ein Fotoatelier, ließ ein Bild von Jean machen und schickte es ihm. Da willigte er ein, unter der Bedingung, dass seine Frau nicht davon erführe. Und dann hatte ich noch ein zweites Mal Glück. In einem der Restaurants, in denen ich kellnerte, wurde die Stelle des Kochs frei, und das war eine richtige Anstellung. Ich wusste, das war meine Chance. Ich ließ Milou bei Bernhard, bekam diese Wohnung hier und schaffte es, zu mir selbst zu finden.«

Petra schwang beim Wandern ihren und Ingkes Arm forsch vor und zurück, was Ingke befremdete. So ganz nach zu-sichselbst-gefunden fühlte sich das nicht an. Eher nach aufgesetzter Fröhlichkeit. Dabei war ihre Mama einmal ganz bei sich selbst gewesen: als Kind, behütet von Ingrid, als Lehrling im Hotel Stadt Berlin und auch, als sie sich für ihr Baby entschieden hatte, was eine freie Entscheidung gewesen war.

Ingke verstand jetzt besser, warum Maren und Kelle ihr nichts von ihrer Adoption hatten sagen wollen – weil sie sie nicht ins Straucheln bringen wollten. Aber nun war es herausgekommen, und deshalb fragte Ingke: »Was habe ich eigentlich von Yudel?«

»Von Yudel?« Petra hörte mit dem albernen Armschwingen auf, und ihre Stimme wurde weich. »Abgesehen von den dunklen Locken und den schokoladenbraunen Augen? Dass alles schön geschwungen ist, deine Arme, deine Waden. Und deine Freundlichkeit. Deine runden Damenschultern, den Mund und die kleine Nase hast du von mir.«

»Die Hände haben wir von Ingrid, das hat mir Opa schon erzählt.«

»Genau«, bestätigte Petra.

Dann wanderten sie einträchtig nach Oberreifenberg zurück. Dort stand der Transporter fix und fertig bepackt, Jean war mit dem Bus nach Frankfurt zurückgefahren.

»Ich habe noch eine Überraschung für dich«, sagte Petra, als sie einstiegen. »Warte, bis wir im Studio sind.«

Nachdem sie dort ausgeräumt hatten und den riesigen Geschirrspüler befüllt, holte Petra eine Kiste aus dem Lager. Darin lagen kleine grüne Bananen. »Hat Jean gestern vom Großmarkt mitgebracht«, erklärte sie.

»Sind das kubanische Bananen?«

»Genau«, sagte Petra. »Damit du auch was von deinem Vater hast.«

Ingke umarmte ihre Mutter, die stolz und ein wenig unsicher vor ihr stand und geradezu nach einer Umarmung schrie.

Es war immer noch merkwürdig, Petra fühlte sich fremd an. Aber das wird schon vergehen, dachte Ingke und hielt ihre Mutter extra lange umschlungen.

»Gib mir mal das Öl da«, sagte Petra mit belegter Stimme, als sie einander freigegeben hatten.

Das tat Ingke, und dann frittierten sie die Bananen und lachten ausgelassen, als sie die Scheiben mit einem Brett für den zweiten Durchgang breitschlugen. Ihre Mama lachte so laut, dass es Ingke befremdete, es war fast wieder künstlich, aber nur fast. Eher traurig.

Die Chatinos schmecken jedenfalls richtig gut, fand Ingke und dachte daran, dass irgendwo in Kuba ihr Vater war und unter der karibischen Sonne solche Bananen aß.

Am nächsten Tag fuhr Ingke zurück nach Berlin, denn Petra und Jean hatten in der Folgewoche ein Catering für eine Filmproduktion des Hessischen Rundfunks, und da waren sie beide von frühmorgens bis spätabends im Einsatz.

»Ich werde diese Frau Steiner ausfindig machen«, sagte Ingke beim Packen am nächsten Morgen. »Ich will wissen, wie das mit meiner Adoption gelaufen ist.«

Petra legte das karibische Kochbuch in ihre Reisetasche. »Komm bald wieder«, sagte sie.

Dann fuhren sie zum Bahnhof, und die Umarmung zum Abschied war schon nicht mehr ganz so fremd.

17

Berlin, Juni 1992

Ingke hatte nicht zu Hause angerufen, irgendwie hatte sie den Eindruck gehabt, sie könne Petra das nicht antun. Sie fuhr mit der S-Bahn nach Buch, und als sie den Schlüssel ins Schloss steckte, wurde die Tür von innen aufgerissen. Vor ihr stand Kelle und fuhr sich mit der Hand durch sein aschblondes, schütteres Haar. Ingke sah in sein ovales Gesicht mit den hellen blauen Augen, das ihr so vertraut war. Er schloss sie in die Arme, und Ingke konnte nicht anders, sie schluchzte auf.

Es war einfach alles zu viel gewesen. Ihre Mama, so fröhlich sie wirkte, so verlassen war sie im Herzen. Das war Ingke erst im Zug richtig klar geworden, als die Anspannung von ihr abfiel, die sie während des Besuchs die ganze Zeit begleitet hatte.

»Meine Kleine.« Kelle streichelte ihr den Rücken.

Lange standen sie so da, bis Kelle Ingke sanft von sich wegschob, ihr in die Augen sah, die tränennassen Locken aus ihrem Gesicht strich und nach der Reisetasche griff.

»Hast du Hunger?«, fragte er, als sie ins Haus gingen.

»Ja«, antwortete Ingke.

»Das trifft sich gut. Ich auch«, sagte ihr Vater und nahm Kurs auf die Küche. »Ich bin gerade von Mutti gekommen.« Er trat zur Arbeitsplatte, holte Brot aus der Büchse und säbelte Scheibe für Scheibe ab.

Ingke sah ihm zu. Bei der siebten Scheibe fragte sie: »Wie schlimm ist es wirklich, Vati?«

»Ungewiss«, sagte er, schaute den Scheibenberg an und legte

das Messer zur Seite. »Danke, dass du ihr geschrieben hast.« Er blickte wieder zum Brot, zog die Augenbrauen hoch, wandte sich mit einem kleinen Lächeln Ingke zu und sagte: »Guck doch mal im Kühlschrank nach, ob wir leckere Sachen haben, um den Brotberg niederzukämpfen.«

»Und ob«, sagte Ingke, nachdem sie einen Blick auf die übervollen Borde geworfen hatte.

»Paul und Hanna waren hier. Wir waren zusammen mit Ernst, Rosa und Peter in der Klinik bei Mutti. Und da Maren zurzeit höchstens Brei zu sich nehmen kann, sind noch reichlich Leckereien übrig.«

Sie luden den Küchentisch voll mit Schafskäse, Hähnchen, Spargelcreme und Radieschen.

»Hau rein«, sagte Kelle, und Ingke haute rein. Es schmeckte himmlisch und nach Zuhause. Es schmeckte nach der großen Familie, in der sie gestern gefehlt hatte, als alle im Krankenhaus bei Maren gewesen waren.

Zum Nachtisch gab es Rhabarberkuchen. »Von Emma, mit Grüßen an dich«, sagte Kelle.

Das erinnerte Ingke an ihr Vorhaben. »Das Rezept ist von meiner Oma Ingrid«, sagte sie. »Sie hat es Tante Emma gegeben, als sie dort zu Besuch war.«

»Aha«, machte Kelle und wechselte das Thema. »Hast du dir eigentlich Gedanken gemacht, was du jetzt vorhast? Also nach der Schule?«

Sehr plump, dachte Ingke und ging nicht weiter darauf ein, sondern schüttelte nur den Kopf. »Wie war das eigentlich mit der Frau damals? Ich meine die von der Jugendhilfe, die mich euch vermittelt hat, wie hieß die noch mal?«

»Birgit Steiner«, sagte Kelle, und seine Augen wurden schmal. »Wieso?«

Super, dachte Ingke. An den Vornamen hatte sie sich nicht mehr erinnern können, aber den würde sie bestimmt brauchen.

»Na ja«, sagte sie. »Du warst doch überrascht, dass ihr mich gekriegt habt.«

»Ja«, sagte ihr Vater. »Sie machte erst nicht den Eindruck, redete von Warteliste.« Er schob seinen Teller weg. »Aber vielleicht hat sie gewusst, dass wir gute Eltern sein würden, die richtigen für dich. Frau Steiner war eine sehr professionelle Frau.« Er griff über den Tisch und nahm Ingkes Hand. »Und ich finde, wir waren gute Eltern. Aus dir ist eine wunderbare junge Frau geworden.« Er atmete tief durch. »Willst du von deiner leiblichen Mutter erzählen?«

Das wollte Ingke wirklich, aber es kam ihr wie Verrat vor. Genauso unmöglich, wie von Petra aus zu Hause anzurufen, um anzukündigen, wann sie ankommen würde.

»Ich weiß nicht«, sagte sie. »Petra und Bernhard haben beide ein Ding weg wegen dem Knast und der Trennung und alldem.«

Kelle drückte ihre Hand und ließ sie dann los. Zum ersten Mal fing er nicht mit seiner sozialistischen Leier an. »Vielleicht schläfst du erst mal drüber«, sagte er stattdessen. »Ich hab morgen Frühdienst, danach gehe ich zu Mutti. Kommst du mit?«

Ingke nickte, und dann räumten sie die Reste weg, Kelle schaute noch ein bisschen fern, und sie ging hoch in ihr Zimmer. Es war einfach wunderbar, wieder hier zu sein, bei sich selbst.

Am nächsten Morgen rief Ingke bei der früheren Jugendhilfe Pankow an, die jetzt Jugendamt hieß. Sie erfuhr, dass Birgit Steiner zuletzt in leitender Position dort gewesen war.

»Dann wurde sie durch einen Westberliner Sozialarbeiter ersetzt«, sagte die Frau von der Telefonzentrale, und es war deutlich, was sie davon hielt. Sie hatte zwar keine Telefonnummer, wusste aber, dass die ehemalige Kollegin in Bernau wohnte.

In Bernau gab es nur vier Steiners, und ein Eintrag im Telefonbuch lautete *D. und B. Steiner*. Die Nummer erwies sich als Treffer. Herr Steiner meldete sich und bestätigte Ingke, dass seine Frau Birgit bei der Jugendhilfe Pankow tätig gewesen war. Sie sei einkaufen, aber Ingke könne gern in einer halben Stunde noch mal anrufen. »Meine Frau freut sich immer sehr, wenn sich einer ihrer Schützlinge meldet«, sagte Herr Steiner.

Ingke legte auf, und ihr Blick blieb an dem Eintrag hängen, in dem neben der Telefonnummer auch die Adresse der Steiners vermerkt war. Sie holte den Stadtplan und stellte fest, dass die Straße ganz nah am S-Bahnhof Bernau lag. Bis dorthin waren es nur drei Stationen, von Haustür zu Haustür kaum mehr als eine halbe Stunde.

Kurz entschlossen schlüpfte sie in ihre Sandalen, dann ging sie noch einmal in die Küche zurück, legte das letzte Viertel Rhabarberkuchen in eine Dose und nahm es mit.

Vierzig Minuten später klingelte sie bei Steiners an der Wohnungstür. Eine schlanke Frau mit einem schicken grau melierten Bob öffnete ihr.

»Guten Tag, ich bin Ingke Beerenhain. Ich habe vorhin angerufen.«

»Hat mir mein Mann erzählt«, sagte die Frau mit tiefer Stimme. »Aber irgendwie klingelt da bei mir nichts. Du musst mir auf die Sprünge helfen. Komm rein.« Damit ging sie vor in ein Wohnzimmer, in dem noch eine DDR-Schrankwand stand. Eine von denen, die die Eltern aller ihrer Schulfreundinnen spätestens ein Jahr nach der Währungsunion rausgeschmissen hatten.

Im Flur lugte Herr Steiner aus einer Tür, begrüßte Ingke mit Handschlag, verschwand dann aber wieder. Seine Frau führte Ingke ins Wohnzimmer und bot ihr einen Platz auf dem Sofa an. Sie selbst setzte sich in einen Sessel, sehr gerade, sodass auch Ingke sich nicht anzulehnen traute.

»Danke, dass Sie sich Zeit nehmen«, sagte Ingke höflich. »Sie haben meine Adoption vermittelt.«

»Ah«, sagte Frau Steiner. »Weißt du, wann das war?«

»Ja«, sagte Ingke, »Anfang Januar 1975. An Karl Emil und Maren Beerenhain aus Buch.«

»Hmm.« Frau Steiner zog die Augenbrauen zusammen.

»Sie haben meine leibliche Mutter Petra Schröder im Gefängnis besucht und –«

»Ja. Ich weiß«, sagte Birgit Steiner und hob den Zeigefinger. »Ich erinnere mich an den Fall. Sehr genau sogar.« Sie schaute auf. »Republikflucht. Aber woher weißt du, wer deine leibliche Mutter ist?«

Ingke erklärte es ihr.

»Und warum bist du dann hier?«, fragte Frau Steiner, und ihre Augen wurden schmal.

»Weil irgendetwas nicht stimmt«, sagte Ingke. »Ich weiß auch nicht so genau.« Sie zögerte, und Birgit Steiner lehnte sich nun doch in ihrem Sessel zurück und schlug abwartend die Beine übereinander.

»Meine leibliche Mutter, Petra Schröder, hat mir erzählt, dass Sie bei Ihrem Besuch im Gefängnis mit ihr übereingekommen seien, dass ich im Heim bleiben würde und meine Mutter mich nach Verbüßen der Strafe zurückbekommen sollte.«

»Das stimmt«, sagte Birgit Steiner. »So hatte ich es vor.«

»Und warum haben Sie Ihre Meinung geändert?«

Frau Steiner wechselte die übereinandergeschlagenen Beine, nahm die Arme an die Brust und die Hände zusammen und tippte mit den Zeigefingerspitzen an ihr Kinn. Es sah aus, als würde ihr der Schreibtisch fehlen, auf den sie früher im Büro beim Nachdenken vermutlich oft die Arme gestützt hatte.

»Deine Mutter hat nicht mit dir darüber gesprochen? Also deine Adoptivmutter?«

Ingke schüttelte den Kopf. »Vati hat erzählt, wie er mit Mutti bei Ihnen war und sie mich dann im Heim abgeholt haben. Aber er hatte den Eindruck, Sie seien unwillig gewesen.«

Frau Steiner lächelte in sich hinein. »Ja, der Genosse Karl Emil. Ich erinnere mich genau.« Dann wurde sie ernst. »Ingke, ich habe diese Sache nicht entschieden. Die Entscheidung kam von höherer Stelle. Ich musste mich beugen. Jemand hat hinter meinem Rücken die Sache befördert.«

»Könnte es Ihre Kollegin Martha Kubitz gewesen sein? Aus Mitte?«

»Die Kubitz?« Birgit Steiner lachte verächtlich. »Die Kubitz war eine dumme Stulle. Die hat es nie auf einen Posten gebracht, auf dem sie weisungsbefugt gewesen wäre. Wie kommst du darauf?«

»Sie hat meine Mutter, also meine leibliche, als asozial abgestempelt, weil sie mich nicht in die Wochenkrippe geben wollte.«

Frau Steiner winkte ab. Dann beäugte sie Ingke prüfend, lange und eingehend. Schließlich sagte sie: »Wenn mich nicht alles täuscht, musst du in dieser Angelegenheit deine Adoptivmutter fragen.« Sie ließ Ingke nicht aus den Augen.

»Ja«, sagte Ingke und hielt dem Blick stand. »Das kann sein. Das werde ich machen. Ich danke Ihnen.« Sie sah auf ihren Schoß und auf die Dose mit dem Kuchen, die sie immer noch in den Händen hielt. »Ich habe Ihnen etwas mitgebracht. Rhabarberkuchen. Meine leibliche Oma hat ihn so gebacken und den Beerenhains das Rezept gegeben, also meiner Großtante in Brandenburg, wo sie immer im Urlaub war.«

Birgit Steiner setzte sich wieder auf – befreit, wie Ingke annahm. »Das kann ich nicht annehmen. Das ist doch sicher dein Lieblingskuchen.«

»Ist es«, sagte Ingke. »Aber ich habe das Rezept.«

Birgit Steiner schürzte die Lippen. »Na dann«, sie stand auf und streckte die Hand nach der Dose aus, »werde ich ihn mal auf einen Teller tun. Mein Mann freut sich bestimmt sehr über einen schönen Nachmittagskaffee.«

Sie gingen in die Küche, und Frau Steiner legte das Kuchenviertel auf einen Teller. »Du hast liebevolle Eltern, nicht wahr? Du hast es gut gehabt, oder?«

»Ja«, sagte Ingke. »Habe ich.«

»Das ist die Hauptsache«, sagte Frau Steiner. »Die Hauptsache sind immer die Kinder.« Sie gab ihr die Dose wieder.

»Ich glaube, Sie waren eine gute Jugendhelferin«, sagte Ingke und meinte es ehrlich.

»Bin ich immer noch. Die Wessis haben mich rausgeschmissen, offiziell, weil die leitende Position jemand innehaben sollte, der sich mit den neuen Bestimmungen auskennt. Als ob man die nicht lernen könnte! Inoffiziell, weil ich Genossin war, für den Erhalt von bezahlbaren Hortplätzen mit Hausaufgabenbetreuung gekämpft habe und nicht der Meinung war, das sollten die Muttis zu Hause machen. Die sollten lieber arbeiten gehen, statt den Familienfrieden mit Hausaufgabenstress zu gefährden, den Pubertierende wegen des Abnabelungsprozesses anzetteln. Viel mehr als im Hort. Diese Nachmittagsmuttis schaden allen: den Leistungen der Kinder, ihren eigenen Nerven und der Gesellschaft, weil sie nicht zum Bruttosozialprodukt beitragen. Ich fange das jetzt mit Hausaufgabenbetreuung schwieriger Kinder auf.«

Frau Steiner hob beide Hände in einer Ergebenheitsgeste. »Entschuldige. Da sind die Gäule mit mir durchgegangen.«

»Ist für mich nachvollziehbar«, sagte Ingke und dachte daran, wie Kelle sich immer aufregte. Dann verabschiedete sie sich.

Auf der Fahrt zurück nach Buch beschloss sie, Maren an diesem Tag noch nichts zu sagen. Sie musste unter vier Augen mit ihr sprechen, denn egal, was herauskommen würde, etwas Gutes würde es nicht sein.

Als sie zur verabredeten Zeit auf der Station eintraf, stand ihr Vater mit einem Kollegen auf dem Flur, der ihm gerade einen Befund zeigte. Ingke trat hinzu, und Kelle legte einen Arm um ihre Schulter. »Es sieht gut aus«, sagte er. »Die Chemo war erfolgreich.«

Der Kollege nickte Ingke zu. »Sie sind die Tochter?«

Ingke nickte.

»Na, dann bringen Sie Ihrer Mutter doch gleich die Nachricht, dass das Schlimmste erst mal überstanden ist.«

Ingke nickte wieder und dachte: Wenn das mal stimmt. Was den Krebs betraf vielleicht, aber sonst …

Sie gingen hinein, und Ingke bekam einen Schreck. Die schönen braunen Haare ihrer Mutter waren kurz geschnitten, und es waren kaum noch welche da. Eigentlich hätte sie damit rechnen müssen, denn als sie abgefahren war, war der Haarausfall nach der vorangegangenen Chemo schon im Gang gewesen.

Kelle drückte ganz kurz und fast schmerzhaft fest ihre Hand, ließ sie dann los und trat ans Bett, um seine Frau zu küssen. Der Händedruck verfehlte seine Wirkung nicht. Ingke riss sich zusammen.

»Hallo, Mutti«, sagte sie, als Kelle sich von Maren löste und sich einen Stuhl heranzog. Ingke trat ebenfalls ans Bett und umarmte Maren vorsichtig. Sie roch aus allen Poren nach Chemie. Aber diesmal erinnerte sich Ingke daran, dass sie eine geübte Arzttochter war, und ließ sich nichts anmerken.

»Wie schön, dass du wieder da bist«, murmelte ihre Mutter, gab Ingke frei, klopfte neben sich auf die Matratze, und Ingke setzte sich.

Dann überbrachten sie die gute Nachricht und verabredeten, dass Maren in ein, zwei Tagen nach Hause kommen sollte, wenn sie sich einigermaßen stabil auf den Beinen halten konnte.

»Und wie war es in Frankfurt?«, wollte sie wissen.

Ingke zuckte unbestimmt die Schultern.

»Vati und ich sind übereingekommen, dass wir deine leibliche Mutter gern willkommen heißen würden, wenn sie möchte«, sagte Maren. »Schließlich haben wir dich ihr zu verdanken.«

»Ich weiß nicht, ob sie das will«, sagte Ingke.

»Was ist denn aus ihr geworden?«, fragte Maren. »Hast du Geschwister?«

Ingke bemerkte das ängstliche Flackern in Marens Augen und schüttelte den Kopf. Geschwister, das war etwas, was Maren ihr nicht bieten konnte und was Petra ihr hätte voraushaben können.

Dann erzählte sie von ihrer Mama. Zuerst von der Flucht, wobei sie genau registrierte, dass ihr Vater, die rote Socke, erstaunlich gelassen blieb. Sie rechnete ihm das hoch an, denn es war klar, dass er sich ihr zuliebe zurückhielt. Und er würde sich auch Petra gegenüber zurückhalten. Wenn Kelle eine Entscheidung getroffen hatte, stand er dazu, darauf konnte man sich verlassen. Wer von einem Beerenhain willkommen geheißen war, wurde mit Respekt behandelt, und zwar von allen. Das ist Familie, begriff Ingke. Meine Familie, mein warmes Nest. Diese Nestwärme musste sie Petra weitergeben, die ihre eigene verloren hatte, das war ihre Aufgabe.

Deshalb ließ Ingke die Drogengeschichte aus, erwähnte Jean lediglich als Sohn einer verstorbenen Freundin und schwärmte von der Cateringfirma. Dann kam sie ins Stocken. »Ich habe beschlossen, dass ich sie Mama nenne, dann habe ich eine Mama und eine Mutti«, sagte sie, und Trotz schwang in ihrer Stimme mit.

»Das ist in Ordnung«, sagte Maren und legte Ingke begütigend die Hand aufs Bein.

Erleichtert rückte Ingke mit dem heraus, was sie beschäftigte. »Sie ist, na ja … also gefühlsmäßig … ich weiß auch nicht, irgendwie ungeübt.«

»Kein Wunder«, ließ sich Kelle vernehmen. »Sie hat über

die Jahre eine Leerstelle in ihrem Herzen gehabt und offenbar niemanden, der ihr darüber hinweggeholfen hat. Das lähmt.«

Ingke sah ihn erstaunt an.

»Als mein Vater ins KZ kam, war ich fünf. Das riss auch so ein Loch in mein Herz. Wenn ich meine Mutter und Tante Emma und Paul und dann natürlich Maren nicht gehabt hätte, hätte ich das nicht so gut überstanden.«

Maren warf ihrem Mann einen verliebten Blick zu, und Ingke wurde klar, dass sie die treibende Kraft gewesen war, die Kelle überredet hatte, Petra willkommen zu heißen.

Danach war es Zeit zu gehen, und Maren bat Ingke, ihr am nächsten Tag ein schönes Seidentuch aus der Schublade im Flur mitzubringen. »Die restlichen Haare werden in den nächsten Wochen auch noch ausfallen, und es wird ein paar Monate dauern, bis die nachwachsen«, sagte sie. »Mit Glatze rumlaufen will ich nicht.«

Und so kam am nächsten Vormittag die Gelegenheit für Ingke, ihre Mutter zu befragen. Sie suchte aus der Schublade der Flurgarderobe das dezenteste Tuch heraus, das sie finden konnte. Einerseits weil Maren schrecklich blass war, andererseits weil Petra kunterbunte Tücher im Haar hatte und Ingke nicht wollte, dass sie bei Marens Anblick daran erinnert wurde.

Während sie im Krankenhaus mit ihrer Mutter probierte, wie es am besten aussah, fragte sie wie nebenbei: »Du hast dafür gesorgt, dass ihr mich gekriegt habt, stimmt's?«

Ihre Mutter erstarrte.

Ingke sah ihr in die Augen. »Du hast irgendwas gedreht.« Ihr Herz klopfte. »Die Frau von der Jugendhilfe wollte das nämlich nicht.«

Maren schürzte die aufgesprungenen Lippen. »Findest du nicht, dass du gute Eltern bekommen hast?«

Ich hätte auch meine Mama zurückbekommen können, dachte Ingke, sagte aber lieber nichts, sondern wartete ab.

Maren ließ den Kopf in die Kissen sinken. »Woher weißt du das überhaupt, mit Frau Steiner, meine ich.«

»Ich war gestern bei ihr.«

Maren zupfte nervös an dem Tuch auf ihrem Kopf herum. Dann holte sie entschlossen Atem. »Dein Vater war nicht so begeistert, ein fremdes Kind anzunehmen, er hatte Angst davor, ein geschädigtes zu bekommen und damit nicht fertigzuwerden.« Sie wedelte unbestimmt mit der Hand. »Ich meine, die meisten Kinder kommen ja nicht ins Heim und waren vorher gut behütet.«

»Versteh ich«, sagte Ingke, damit ihre Mutter weiterredete.

»Ja, aber schließlich haben Paul und Hanna, die wussten, wie sehr ich mir ein Kind wünschte, ihn überzeugt, sich doch anzumelden. Und dann erfuhr Paul von dir.«

»Aber Paul hat nichts gedreht, oder?«

»Nein. Das war tatsächlich ich. Dein Vater berichtete mir von seinem Erstgespräch mit Frau Steiner und davon, dass sie nicht bereit zu sein schien, die Warteliste zu umgehen. Und ich dachte, jetzt oder nie, denn ich merkte, dass es Kelle eine Beruhigung war zu wissen, dass du aus der Schröderfamilie kamst, die Paul sehr schätzte. Es musste einfach klappen.« Sie verstummte.

Ingke saß wie auf Kohlen, hütete sich aber, etwas zu sagen. Aussitzen, dachte sie. Einfach aussitzen. Bis dreißig zählen. Als sie bei zweiundzwanzig war, redete ihre Mutter weiter.

»Ich habe mich damals mit Thomas Uhlig getroffen. Er hatte inzwischen Karriere gemacht und einen höheren Posten im Ministerium hier in Berlin.«

»Im Ministerium für Staatssicherheit«, präzisierte Ingke, und es überlief sie kalt, denn jetzt griffen alle Zähne des Räderwerks, das sie in die Beerenhainfamilie befördert hatte, ineinander.

»Ja. Ich wusste, dass die Stasi in den Republikfluchtfällen ihre Finger drin hatte. Ich musste ihn nicht mal daran erinnern, dass ich noch was guthabe bei ihm. Das hatte er mir nämlich versprochen.« Den letzten Satz hatte sie nur geflüstert. Sie schluckte trocken.

Das ist der fehlende Zahn im Räderwerk, dachte Ingke.

Maren redete weiter. »Er wusste nach all den Jahren genau, dass ich deswegen komme. Und er hat mir versprochen, sein Bestes zu tun. ›So soll es sein‹, hat er gesagt. ›Sie können wegen meiner Unachtsamkeit keine Kinder gebären. Es ist mir eine große Freude und Erleichterung, dass ich Ihnen nun helfen darf.‹ Dann gab er mir die Hand, und ich habe nichts mehr von ihm gehört.«

Maren klang beinahe bewundernd, als sie das sagte. Und das stieß Ingke ab. »Aber dass er die Sache gedeichselt hat, weißt du?«, fragte sie sicherheitshalber.

»Ja, Thomas Uhlig war bei der Stasi, aber er war ein redlicher Mann, er hat sein Versprechen gehalten. Außerdem habe ich es den Andeutungen von Birgit Steiner entnommen.«

»Und Vati hast du nichts davon erzählt.«

»Ich habe Vati inzwischen die Geschichte von damals erzählt, und es war nicht leicht für ihn, das zu verdauen. Die Gestapo hat deinen Opa Wilhelm 1940 abgeholt. Für Vati war die Bespitzelung der Bürger durch die Stasi genauso schlimm wie die Machenschaften der Gestapo.«

»Er weiß aber nicht, dass du für die Adoption noch einmal Kontakt mit diesem Uhlig aufgenommen hast.«

»Nein, das weiß er nicht«, sagte Maren, und Tränen traten in ihre Augen.

Sie schwiegen beide eine Weile, und Marens Atem ging keuchend.

Schließlich wischte sie die Tränen weg. »Aber ist das wichtig? Du wärst sonst in eine andere Familie gekommen. Es gibt viele unfruchtbare Paare, die sich sehnlich ein Kind wünschen. Und du warst ein gesundes, hübsches Baby.«

»Nein, Mutti. Wäre ich nicht. Birgit Steiner war bei Petra im Gefängnis und hat sich ein Bild von ihr gemacht. Sie hat befunden, dass Petra eine gute Mutter war. Birgit Steiner wollte mich nicht zur Adoption freigeben. Meine Oma Ingrid hat alles auf sich genommen – dass sie Petra zur Republikflucht angestiftet habe und so. Damit Petra so schnell wie möglich wieder rauskommt. Sie hat nur drei Jahre gekriegt. Sie hat sich bewähren wollen, und sie hätte mich zurückbekommen.«

Marens Augen weiteten sich, und sie wurde noch blasser, als sie ohnehin schon war. Hastig langte sie nach dem Nierenschälchen auf ihrem Nachttisch und erbrach sich so heftig hinein, dass es auf die Bettdecke spritzte.

Ingke sprang auf und lief auf den Flur, um eine Schüssel und eine Schwester zu holen.

Als sie zurückkamen, war Maren ohnmächtig aufs Bett gesunken, das Nierenschälchen war heruntergerutscht, und das Erbrochene tropfte von der Bettdecke auf den Boden.

»Ach herrje«, sagte die Schwester und klingelte. »Sie müssen sie schrecklich aufgeregt haben«, bemerkte sie ärgerlich über die Schulter, während sie Maren in die stabile Seitenlage brachte. »Gehen Sie jetzt lieber.«

Ingke war froh, dass sie sich aus dem Zimmer trollen konnte, das nach Erbrochenem stank und nach Verrat.

Sie lief nach Hause wie ferngesteuert, ihr Kopf war leer. In dem stillen Haus angekommen, in dem sie aufgewachsen war, wusste sie nicht, was sie tun sollte. Petra anrufen? Nein, so etwas konnte man am Telefon nicht erzählen. Sie stand in ihrem Zimmer, blickte auf die cremefarbene Tapete, ihr U2-Poster und das von Madonna, ihr allererstes. Sah auf ihren Schreibtisch, an dem sie zwölf Jahre lang Hausaufgaben gemacht hatte, und auf die Matratzenlandschaft am Boden, die seit drei Jahren ihr Jugendbett ersetzte. Auf den Regalborden und dem Tisch lag Staub, weil Maren ausfiel und Kelle sich nur Zeit fürs Nötigste im Haushalt nahm. Ingke überlegte, ob sie selbst sauber machen sollte oder nicht, konnte sich nicht entscheiden und stellte fest, wie absurd der Gedanke im Augenblick war. Da klingelte unten das Telefon.

»Bist du von allen guten Geistern verlassen?«, schrie Kelle sie ohne jede Begrüßung an, sodass sie erschrocken den Hörer vom Ohr weghielt. »Was hast du mit Mutti gemacht?«

Natürlich, in den Bucher Krankenhäusern verbreitete sich alles mit Lichtgeschwindigkeit.

»Die haben mich angerufen, ich soll kommen. Ich dachte wer weiß was.« Kelle atmete schwer. »Maren saß da, hat an die Wand gestarrt, als wäre ihr der Leibhaftige erschienen. Ich habe kein Wort aus ihr rausbekommen. Und dann erfuhr ich von der Schwester, dass du da gewesen bist.«

Ingke schwieg.

»Außerdem stank es nach Kotze«, setzte Kelle nach. »Und die Übelkeit war eigentlich vorbei.«

»Tja«, sagte Ingke, »der Leibhaftige war wohl ich.«

»Wie bitte?«, raunzte Kelle.

»Ganz einfach. Dass ich meiner Mutter weggenommen wurde, ist Muttis Schuld.«

»Was für ein Blödsinn!«, ereiferte sich Kelle. »Du warst ihr längst weggenommen worden, als wir von dir gehört haben.«

»Aber nur vorübergehend«, erwiderte Ingke.

»Aha«, sagte Kelle. »Da hat dich Petra Schröder ja offenbar schön gegen uns aufgewiegelt. Das hätte ich mir gleich denken können. Aber egal. Du, mein Fräulein, hättest es besser wissen müssen. Du hättest wissen müssen, was zählt. Was jetzt zählt. Denk gefälligst nach darüber. Ich komme heute spät, wenn überhaupt. Jetzt muss ich operieren, und danach gehe ich zu Mutti. Da bleibe ich, bis es ihr wieder besser geht. Und du hast Besuchsverbot, dass das klar ist.« Damit legte er auf.

Ingke schaute den Hörer an und legte ihn langsam zurück

auf die Gabel. Sie hatte nicht die geringste Lust, Kelle zu begegnen und auch sonst keinem aus der Beerenhainfamilie. Die würden ihr alle Vorwürfe machen. Sie musste nur daran denken, wie sie sich Pfingsten alle bei Maren versammelt hatten. Sie würden nicht verstehen, dass sie es einfach wissen musste, dass es Maren ja schon besser gegangen war, dass sie schlecht warten konnte, bis es ihr wieder schlechter ging, und dann vielleicht für immer.

Sie musste weg. Einfach weg. Mitfahrzentrale, schoss es ihr durch den Kopf. Eine ihrer Schulfreundinnen war schon so unterwegs gewesen. Die Nummer stand im Stadtmagazin.

Sie rief an und hatte Glück. In zwei Stunden fuhr jemand nach Frankfurt, Treffpunkt am Bahnhof Zoo. Das konnte sie sich leisten. Sie schrieb Kelle eine Nachricht, dass sie nach Frankfurt gefahren sei, sprach in Petras Kochstudio auf den Anrufbeantworter und packte ihre Tasche. Dann machte sie sich auf.

18

Frankfurt, Juni 1992

Der schwatzhafte Geschäftsmann, der sie mitgenommen hatte, setzte Ingke an der Friedberger Landstraße ab, und von da konnte sie bis zu Petra laufen. Sie musste eine Weile vor der Haustür sitzen, es war schon nach Mitternacht, als Petra kam. Aber das machte nichts, denn es war erstaunlich mild für Anfang Juni. Petra umarmte sie kurz, als sei es nichts Besonderes, dass sie so unverhofft vor der Tür stand, und sagte: »Als Erstes kriegst du mal einen Schlüssel.«

Ingke bestand darauf, am nächsten Tag beim Filmcatering zu helfen, auch wenn das nur vier Stunden Schlaf bedeutete, woraufhin ihre Mutter Jean anrief und ihm für den nächsten Tag freigab.

»Na, da ist wohl ordentlich was schiefgegangen«, sagte Petra, als Ingke schwieg und schwieg, weil sie nicht wusste, was sie sagen sollte. »Komm, wir beziehen dein Bett. Morgen ist auch noch ein Tag. Da kannst du mir alles erzählen, Filmdrehen heißt immer lange Pausen. Wir müssen da sein, aber über den Tag verteilt gibt es gar nicht so viel zu tun. Jetzt schlaf erst mal.«

Ingke nickte erleichtert.

Als Petra sie am nächsten Morgen weckte, hatte sie das Gefühl, erst drei Minuten geschlafen zu haben. Sie machten einen Abstecher ins Kochstudio und einen Halt an der Großbäckerei, und dann fuhren sie nach Wiesbaden, wo die Außendrehs für eine Vorabendserie stattfanden. »Ein Riesenaufwand für ein paar Minuten«, warnte Petra Ingke vor. Und tatsächlich entstand in einer hübschen Altbaustraße ein riesiger Wagenpark.

Sie bauten ein Vorzelt auf, unter das sie als Büfett einen Biertisch stellten. Ingke schmierte Brötchen, fahndete nach Extrawünschen der Schauspieler, brachte Salbeitee und Aspirin, und als gedreht wurde, saß sie mit Petra auf Klappstühlen auf dem Bürgersteig.

»Du hattest recht mit deinem Gefühl für Birgit Steiner«, sagte sie unumwunden, nachdem ihre Mutter und sie ihre Gesichter ein Weilchen in die Junisonne gehalten hatten. »Frau Steiner wollte, dass ich im Heim bleibe und dann zu dir zurückkomme.«

»Mhm.« Petra zog die eben noch entspannt ausgestreckten Beine an.

»Ich muss dir die Geschichte meiner Mutter erzählen, damit du verstehst, was passiert ist«, sagte Ingke. »Das bin ich ihr schuldig.« Dann erzählte sie die Geschichte mit Thomas Uhlig in aller Kürze.

»Ja, und dann hat die gute Maren ihren Stasijoker gezogen«, sagte Petra, die sofort verstand, worauf die Sache hinauslief, als Ingke geendet hatte.

»Aber sie hat nicht gewusst, dass Frau Steiner bei dir war.«

»Na und?«, fragte Petra. »Sie hätte nach mir fragen können. Sie hätte nach mir fragen müssen. Oder nein, eigentlich nicht mal das. Deine Eltern haben gewusst, dass ich dich behalten will. Ich bin mit dir geflohen, nicht ohne dich! Du warst kein verlassenes Kind. Das haben sie genau gewusst.« Das Letzte kam zwischen zusammengebissenen Zähnen heraus, samt einem Speicheltröpfchenschauer.

Ingke erschrak über die Heftigkeit dieses Ausbruchs. Sie spürte, dass der Zorn tief in Petra drinsaß. So tief, dass er sich vielleicht niemals ganz ausgraben ließe.

»Meine Eltern heißen dich willkommen, das haben sie mir ausdrücklich gesagt«, versuchte Ingke, die Wogen zu glätten. Aber da war sie an die Falsche geraten.

»›Meine Eltern‹?«, kreischte Petra und sprang auf, dass ihr Klappstuhl umfiel. Einer der Tonmänner sah sich erschrocken um, und der Dreh wurde abgebrochen. Aber Petra bekam davon nichts mit. Sie geiferte: »Das sind keine Eltern. Das sind Räuber. Sag nie wieder Eltern. Die oder ich. Und wenn die auf Knien angekrochen kommen …«

Jetzt war der Tonmann neben ihnen angelangt und griff nach Petras Arm. »Hey, hast du sie nicht mehr alle? Krieg dich mal ein. Deine privaten Familienfeste kannst du zu Hause abhalten.«

Petra riss sich los, spuckte auf den Boden und rauschte davon.

»Tut mir leid«, flüsterte Ingke.

»Na, solange die nicht wiederkommt …« Damit zog der Tonmann ab.

Petra tauchte tatsächlich nicht wieder auf. Den Rest des Nachmittags und den Abend übernahm Ingke allein, und sie war so freundlich und zuvorkommend, wie sie konnte. Schließlich, als alle zusammenpackten, baute auch sie ab, verschloss den Transporter und ging so unauffällig wie möglich die Straße hinunter, als sei alles ganz normal. Wenn sie Petra jetzt auch noch das Geschäft verdarb, war die Bresche der Zerstörung vollkommen. Erst in der Nebenstraße fragte sie, wie sie zum Hauptbahnhof kam. Denn sie hatte beim letzten Mal gesehen, dass S-Bahnen von Frankfurt nach Wiesbaden fuhren.

Als sie in Petras Wohnung ankam, war es fast Mitternacht, aber Petra war nicht da. Ingke hatte schreckliche Angst um sie. Sie dachte an das Tofranil und an das Heroin. Jean kam ihr in den Sinn. Sie kannte zwar seine Telefonnummer nicht, hatte aber am Vorabend mitbekommen, dass er in Petras Telefon unter der Kurzwahl eins eingespeichert war. Sie rief ihn an.

Er meldete sich verschlafen, hörte zu und sagte dann hellwach: »Ich suche sie. Aber zuerst komme ich vorbei und hole den Transporterschlüssel. Dann kannst du ins Bett gehen. Ich übernehme für morgen.«

Als Ingke am nächsten Morgen früh erwachte, war alles still. Die Wohnung ihrer Mutter strahlte die kuschelige Behaglichkeit aus, die Petras leeres Herz wärmte. Der Himmel war schon wieder blau, als ob es nur Schönes in der Welt gäbe. Ingke tigerte über den weichen Teppichboden hin und her und überlegte.

Jetzt bereute sie, dass sie keiner ihrer Schulfreundinnen von ihrer Geschichte erzählt hatte. Sie hätte irgendjemanden gebraucht, irgendjemanden von außen, der ihr vertraut war. Sie holte ihr Adressbuch und schlug es auf. Dabei fiel ein Zettel auf den Boden. Sie hob ihn auf, und er entpuppte sich als Ernsts Notiz mit der Adresse von Otto Beerenhain. Unter dem Namen und der Straße standen *Frankfurt-Westend* und eine Telefonnummer.

Onkel Otto. Der Mann, der selbst einmal weggelaufen und mehr oder weniger weggeblieben war. Vielleicht war Otto der Richtige.

Sie sah auf die Uhr. Halb acht, aufgestanden war er bestimmt schon, aber zur Arbeit gefahren sicher noch nicht. Sie rief an.

»Beerenhain«, erklang eine Stimme, die sie sofort an Paul erinnerte.

»Hallo, Onkel Otto«, sagte sie zaghaft. »Hier ist Ingke.« Dann wusste sie nicht weiter.

»Ingke … Kelles Tochter?«

»Ja«, sagte Ingke.

»Das ist aber eine Überraschung«, kam es vom anderen Ende der Leitung.

»Ich bin hier gestrandet«, sagte Ingke. »Also, hier, in Frankfurt.«

»Mit dem Stranden bist du nicht die Erste«, sagte Otto.

»Ich will zu dir«, sagte Ingke schlicht.

»Wo bist du denn genau?«, fragte ihr Onkel.

»Im Nordend.«

»Hast du meine Adresse?«

»Ja.«

»Weißt du was? Nimm ein Taxi. Du klingelst bei mir, und ich löse dich aus.«

»Danke«, sagte Ingke.

»Dann los. Um zehn hab ich eine Verhandlung und vorher noch eine Besprechung.«

Also legte Ingke zum zweiten Mal in drei Tagen einen Zettel hin, wo sie war, packte ihre Sachen in ihre Tasche und machte sich auf den Weg.

Sie landete vor einer hübschen dreigeschossigen Villa, und ehe sie klingeln konnte, kam schon ein älterer Herr mit Brieftasche in der Hand federnden Schrittes die Vortreppe hinunter. Er hatte das ovale Gesicht der Beerenhains, seine fast weißen Haare wiesen noch ein paar Strähnen in der Farbe der kargen Sandböden im nördlichen Brandenburg auf, und er war groß und schlank wie sein jüngerer Bruder Paul. Er bezahlte das Taxi, nahm ihre Tasche und führte sie in die Beletage der Villa, die er ganz allein bewohnte.

»Schön, dass ich helfen kann«, sagte er. »Ich habe dir viel zu verdanken.«

»Wie bitte?«, fragte Ingke perplex.

»Das ist Nummer drei auf dem Tagesplan«, sagte Otto. »Nummer eins ist für dich ein kleiner Frankfurt-Bummel, für mich die Verhandlung, aber das sollte bis zum Mittag über die Bühne gegangen sein. Nummer zwei ist die Beantwortung der Frage, was ich für dich tun kann, kombiniert mit einem schönen Mittagessen. Gut so?«

Ingke nickte, und zum ersten Mal seit langer Zeit war sie wieder richtig froh. Otto strahlte etwas aus, das auch Rosa an sich hatte, eine verbindliche Gastlichkeit, die einem nicht das Gefühl gab, als sei das etwas Besonderes.

»Fein«, sagte Otto und führte Ingke in die Küche, die so schick war, wie Ingke noch nie eine gesehen hatte. Am Fenster stand ein kleines Tischchen, darauf eine Kaffeetasse und ein aufgeschlagener Stadtplan. Otto nahm ihn und zeigte Ingke, wo sie waren. Dann tippte er auf die Alte Oper. »Vor der Oper ist ein Platz und darauf ein großer runder Brunnen. An dem treffen wir uns um halb eins. Nagel mich nicht auf die Minute fest, aber ich komme. Wenn es sonnig bleibt, suchen wir uns einen schönen Tisch draußen vor einem der Restaurants mit Blick auf den Platz.«

»Danke«, sagte Ingke, »das finde ich.«

Otto fuhr mit dem Finger auf dem Stadtplan Richtung Osten. »Da sind viele hübsche Läden, geh ein bisschen bummeln, das entspannt. Brauchst du Geld?«

Vor so viel Großzügigkeit und Pragmatismus schwirrte Ingke der Kopf. »Nein, nein«, sagte sie. »Danke.«

»Gut. Dann ist das abgemacht.« Otto sah auf die Uhr. »Ich muss los. Trink einen Kaffee, fühl dich wie zu Hause, und zieh die Tür einfach ran, wenn du losgehst, ja?«

Ingke konnte nur nicken, folgte ihrem Onkel in die Diele, die ungefähr so groß war wie ihr Wohnzimmer in Buch, sah zu, wie er nach einem Staubmantel und einem Mercedesschlüssel griff. »Onkel Otto«, sagte sie, »warum bist du so gut zu mir, wir haben uns noch nie gesehen, ich könnte sonst wer sein.«

Er schüttelte vergnügt den Kopf. »Könntest du nicht. Paul schickt mir regelmäßig Fotos von der Familie, und auch wenn du auf dem letzten ein ganzes Stück jünger bist, dein freundliches Gesicht und die dunklen Locken sind unverkennbar.« Damit hob er grüßend die Hand, und dann fiel die hohe Wohnungstür mit einem satten Klacken hinter ihm ins Schloss.

»Uffff«, machte Ingke und stand da wie ein begossener Pudel.

Sie schämte sich in Grund und Boden. Gerade war ihr klar geworden, wie sehr sie sich in den Mittelpunkt gestellt hatte. Wie wenig einfühlsam sie gewesen war. Wie sie sich hatte antreiben lassen nur um der Fakten willen. Nur damit die Räder ineinandergriffen, die letztlich alles zwischen ihren Zähnen zermalmt hatten. »Du bist ein Elefant im Porzellanladen«, schalt sie sich. Gleichzeitig wusste sie nicht, wie sie es hätte besser machen sollen.

Sie drehte sich einmal um sich selbst. Von der fast quadratischen Diele gingen sechs Türen ab. Die Wohnungstür mit einem bunten Glaseinsatz, durch den die Sonne schien und ein buntes Muster aufs Parkett warf, weil das Treppenhaus dahinter große Sprossenfenster hatte. Zwei kleine Türen, unauffällig in der Holztäfelung, wovon die eine in einen kleinen Durchgang zur Küche führte und die andere wahrscheinlich in eine Toilette oder ein Bad. Zwei große geschlossene Türen und eine angelehnte, hinter der Ingke ein Wohnzimmer wahrnahm, aus dem es schwach nach Rauch roch.

Sie verbot sich, die Wohnung zu erkunden, in die sie sich eingeladen hatte, und öffnete lediglich die Tür, hinter der sie eine Toilette vermutete, was sich als richtig erwies. Sie schlüpfte in der Diele in ihre beste Bluse für den Opernplatz, verstaute ihr T-Shirt in der Reisetasche und zog den Reißverschluss ordentlich zu. Dann ging sie in die Küche, wusch Ottos Kaffeetasse ab und nahm sich den Stadtplan mit.

Sie ging durchs stille Westend zur Alten Oper, orientierte sich nach Osten und musste schmunzeln, als sie die Geschäfte dort sah. Was auch immer sich Otto unter Bummeln vorstellte – selbst ihre Mutter, die immerhin Ärztin war, konnte sich da nichts leisten. Nach der Wende war sie mit Maren einmal den Kurfürstendamm entlanggebummelt, und sie hatten nach den ersten zwanzig Metern beschlossen, so zu tun, als seien sie Schaufensterdekorateurinnen und müssten sich Anregungen für ihr altes Familiengeschäft holen. Sie hatten sich in keinen einzigen der Läden reingetraut, um der Blamage zu entgehen, nicht das armseligste Blüschen erstehen zu können. Ingke war damals gerade sechzehn gewesen und dabei, eine nachpubertäre Beziehung zu ihrer Mutter aufzubauen, und war stolz auf sie gewesen. Marens Schönheit, ihre Haltung, ihr Esprit bei ihrem Spiel und ihre natürliche Eleganz konnten es mit der der Westfrauen auf dem breiten Bürgersteig locker aufnehmen. Es war eines der ersten Male gewesen, an denen sie ihre Eltern-sind-peinlich-und-alt-Brille hatte absetzen können.

Sie hatte es gut getroffen mit Maren und Kelle, das musste sie zugeben. Zum ersten Mal dachte sie daran, wie es wohl gewesen wäre, wenn sie im Heim geblieben und dann wieder zu Petra gekommen wäre. Zu einer Mama, die eine schreckliche Zeit im Gefängnis hinter sich hatte und vermutlich irgendwo eine Stelle zugewiesen bekommen hätte, wo sie kübelweise Kartoffelbrei mit Blutwurst hätte kochen müssen für Schulessen wie in ihrer Oberschule in Buch.

Vielleicht hätte ihre Anwesenheit Petra gesunden lassen, weil diese erkannt hätte, was sie wirklich am allermeisten wollte: ihre Tochter. Jetzt hatte Petra für sich das, was sie sich für ihr Kind gewünscht hatte: die Freiheit, ihre Meinung zu sagen, sich mitzuteilen in dem, was sie dachte und wollte. Aber das war offensichtlich etwas anderes.

Um zehn vor halb eins fand sie sich am Brunnen vor der Oper ein und spürte, dass sie schrecklich hungrig war. Sie hatte seit fast vierundzwanzig Stunden nichts mehr gegessen, seit Petras Ausraster nicht mehr. Wo ihre Mama wohl war? Vielleicht sollte sie am Abend nachsehen und auch einen Zettel in den Briefkasten des Kochstudios stecken, für Jean.

»Da bist du ja«, ertönte Onkel Ottos Stimme, und sie sah ihn von der Seite auf sich zukommen. Sie trat ihm entgegen, er lächelte sie kurz an und blickte dann über sie hinweg.

»Da«, sagte er und zeigte mit dem Finger auf einen gerade frei werdenden Tisch in der Sonne. Mit seinem federnden Schritt ging er darauf zu, wartete, bis Ingke nachkam, und zog ihr den Stuhl zur Seite. Das hatte noch nie jemand für sie getan, und Ingke fühlte sich geehrt, aber die Geste sorgte auch dafür, dass die Scham zurückkam.

»Du hast hoffentlich Hunger«, sagte er.

»Hab ich«, antwortete sie.

Sie bestellten Tortellini mit Spargel-Ricotta-Füllung, Otto genehmigte sich ein Glas Weißwein, Ingke hielt sich an die Wasserkaraffe. Trotzdem stieß Otto mit ihr an. »Jetzt will ich wissen, welchen Schiffbruch du überstanden hast, der dich hat stranden lassen.«

Ingke lachte. »Ich fürchte, überstanden habe ich ihn noch nicht, aber verursacht.«

»Mhm«, machte Otto.

Und Ingke erzählte. Von der Entdeckung, dass sie nicht das Kind ihrer Eltern war, von der Suche nach ihrer leiblichen Mutter und der Geschichte ihrer Adoption. Sie ließ auch nicht aus, wie sie ihre Eltern und ihre Mama gekränkt hatte.

»Fassen wir doch mal zusammen und zäumen das Pferd dann von hinten auf«, sagte Otto und pickte seine letzte Teigtasche vom Teller, während Ingke erst richtig anfing zu essen, weil sie so viel erzählt hatte. »Du bist eine junge Dame, du hast Eltern, die dich liebevoll aufgezogen haben und sauer sind, weil du einer Frau nachrennst, die ihrem Kind die Sterne vom Himmel holen wollte und wie Ikarus abgestürzt ist. Dazu hast du eine Mama, die tief verletzt ist aufgrund der Geschehnisse und deine Eltern für ihr Tun verurteilt. Angenommen, die kriegen sich alle wieder ein, was würdest du dir für dein Leben mit deiner Familie wünschen?«

Ingke ließ ihre Gabel mit einer Tortellini darauf in der Luft hängen. Otto nahm sein Weinglas vom Tisch, lehnte sich zurück, trank einen Schluck und schloss genüsslich die Augen. Also aß Ingke weiter und überlegte dabei. Sie dachte an Maren und Kelle, Rosa und Ernst, an die tote Oma Lisbeth, Tante Emma, Paul und Hanna. Und sie dachte an Petra, Bernhard und Heide. »Dass keiner den Willen eines anderen durchkreuzt«, entfuhr es ihr.

»Interessant«, sagte Otto. »Kannst du das erklären?«

»Na ja, aus ihrer Haut können die alle nicht. Maren und Kelle wollten Petra zwar willkommen heißen, aber nur um meinetwillen, nicht wirklich. Nicht, weil sie Petras Auffassung akzeptieren.«

»Wenn man andere Denkweisen ehrlich zulässt, erkennt man an, dass das Recht, das man auf seiner Seite glaubt, ein subjektives Recht ist. Dass es andere Rechtsauffassungen gibt. Meinst du das?«, fragte Otto.

»Puh, wenn wir jetzt Beruferaten machen würden, hätte ich deinen rausgekriegt«, sagte Ingke.

Otto verschluckte sich am Wein und lachte so schallend, dass die Leute vom Nebentisch herübersahen. Daraufhin tupfte er sich den Mund schnell mit der Serviette ab. »Tja, siehst du, wir können eben wirklich alle nicht aus unserer Haut.«

Otto trank einen großen Schluck Wasser. Dann sah er Ingke erschrocken an. »Sag mal, schwänzt du eigentlich die Schule?«

Ingke kicherte. »Nein, ich habe gerade Abi gemacht, es gibt keine Schule mehr.«

»Na, ein Glück«, sagte Otto. »Das hätte mich glatt meine Pension kosten können, wenn ich hier mit einer jungen Schulschwänzerin auf dem Opernplatz sitze. Glückwunsch, übrigens.«

»Aber frag jetzt bitte, bitte nicht, was ich nun mit meinem Leben anfangen will.«

»Erst mal die Mücke machen?«, fragte Otto ungerührt.

Ingke verdrehte die Augen.

»Das Dümmste wäre es nicht. Hast du nicht erzählt, dass

dein Vater aus Kuba kommt? Du kannst ja dort nach ihm suchen, wenn du schon mal dabei bist.«

»Du nimmst mich auf den Arm«, sagte Ingke.

»Ein bisschen«, gab Otto zu. »Mir ist schon klar, dass es ziemlich idiotisch ist, in einem fremden Land einen Mann zu suchen, von dem man nur den Vornamen kennt und weiß, dass er 1973 in Ostberlin war. Aber in Kuba gibt es bestimmt Entwicklungsprojekte, und du könntest deine kubanischen Wurzeln kennenlernen.«

Ingke sann nach, während Otto Pannacotta und zwei Espressi orderte. »Ich weiß, was ich mir wünschen würde. Nämlich mit Maren und Petra nach Beerenhain zu fahren. Maren könnte sich erholen, und Petra und ich renovieren das Schröderzimmer.«

»Was ist das Schröderzimmer?«, fragte Otto.

Ingke erklärte es ihm.

»Ach herrje«, sagte Otto und klang genau wie die Krankenschwester angesichts Marens Erbrochenem.

»Na ja, es sieht ziemlich abgeschrappelt aus, und an zahlende Gäste vermieten kann Emma es schon lange nicht mehr.«

»Gibt es auch ein Ottozimmer?«, fragte ihr Onkel.

»Soweit ich weiß, nicht«, sagte Ingke.

»Jetzt bin ich eifersüchtig«, sagte Otto, als der Kellner kam. »Als Trost kriege ich die Pannacotta ganz für mich allein.« Er zog beide Schalen aus der Tischmitte zu sich heran.

»Denkste«, sagte Ingke und zog ihre zurück. »So eine niedere Regung wie Neid kann ich bei einem Richter nicht durchgehen lassen. Sonst ist deine Pension nachher wirklich weg.« Sie hielt die Stimmung bewusst locker, denn sie hatte wohl gemerkt, dass Otto tatsächlich betroffen war, weil es für eine fremde Familie ein Zimmer gab, für ihn jedoch nicht.

»Das geht auf keinen Fall«, sagte Otto. »Die wird im Herbst fällig.«

»Schon?«, fragte Ingke.

»Danke für das Kompliment«, sagte Otto trocken.

Dann ließen sie sich einträchtig, Löffelchen für Löffelchen, die süße Creme im Munde zergehen.

Otto rührte nachdenklich in seinem Espresso. »Deine Adoptionsgeschichte ist wirklich tragisch«, sagte er. »Alle wollten aus ihrer Sicht heraus das Beste, und dann ist ein solches Desaster daraus geworden – immerhin nur für die drei Elternteile, nicht für die Hauptperson. Deswegen liegt in der tragischen Konstellation Anlass zur Hoffnung.«

»Das verstehe ich nicht«, sagte Ingke.

Otto schien ihr gar nicht zuzuhören. »Salomo«, murmelte er. »Das passt.«

»Wie bitte?«

»Ich würde gern einen Brief an deine Familie schreiben, also an beide Seiten. Es ist noch nicht ganz ausgegoren, aber das kriege ich hin. Du liest ihn, und wenn er dir gefällt, schicken wir ihn ab.«

»Und das soll helfen?«

»Die Frage kannst du mir stellen, wenn er fertig ist«, sagte Otto und winkte dem Kellner, um zu zahlen.

Sie verabredeten, dass Ingke einen Zettel mit Ottos Telefonnummer und der Bitte an Jean, dort anzurufen, in den Briefkasten des Kochstudios stecken sollte. So würde sie hoffentlich erfahren, was mit ihrer Mama los war, ohne sie noch mal aufzuregen. Währenddessen wollte sich Otto an den Brief machen.

Als Ingke zurückkam, war Otto noch nicht fertig. Er hatte in einem der Zimmer, deren Türen am Morgen geschlossen gewesen waren, an seinem funkelnagelneuen Laptop gesessen und geschrieben. Rauch kringelte sich von dem Zigarillo im Aschenbecher daneben in die Höhe. Ingke war schon wieder hungrig und erbot sich, ein paar Kleinigkeiten zum Abendbrot zu besorgen. Damit erklärte sich Otto einverstanden unter der Bedingung, dass sie mit seinem Geld bezahlte.

Ingke kaufte ein und hatte wenig später einen Salat aus Spargel und Radieschen gezaubert sowie Baguette aufgeschnitten. Als sie Käse dazustellte, rief Otto durch die Wohnung: »Geschafft! Nach dem Essen können wir Probe lesen.«

Während der Drucker ratterte, kam er in die Küche. »Hm«, machte er. »Daran könnte ich mich gewöhnen. Wie lange bleibst du?«

Ingke lachte und überlegte, warum Otto keine Frau hatte. Aber das wollte sie lieber nicht fragen. Ihre Baustelle war schon groß genug.

Sie aßen, und dann schlug Otto vor, ins Wohnzimmer zu gehen. Ein Doppelsofa und ein großer Sessel mit Fußteil zum Beinehochlegen standen beidseits eines Kamins.

»Geht der?«, fragte Ingke.

»Klar«, sagte Otto. »Soll ich ihn anmachen?«

Ingke nickte. »Das ist wie im Film.«

»Na dann«, sagte Otto und holte ein paar Scheite aus dem Holzkorb neben dem Kamin.

Auf dem Sims entdeckte Ingke Fotos von allen Beerenhains, außer von Emma. Dann loderten schon die ersten Flämmchen auf, Otto holte den Brief aus dem Drucker, gab ihn Ingke und ließ sich ächzend auf dem Sessel mit dem Fußteil nieder. Ingke machte die Stehlampe neben dem Sofa an, nahm Platz und begann zu lesen.

»Die Anrede fehlt, die mache ich handschriftlich«, sagte Otto, dann überließ er sie ihrer Lektüre.

Vor langer Zeit leistete eine angehende Abiturientin ihrer Schulkameradin einen Freundschaftsdienst und gab ihr die Adresse einer Tante im Westen, woraus ihre Unfruchtbarkeit resultierte und die Schuld eines Mannes,

der sie mit der Übergabe eines wunderschönen Mädchens beglich.
Vor nicht ganz so langer Zeit sah eine junge Frau in unschuldige Kinderaugen und wünschte sich für ihr Kind nichts mehr als diese Unschuld in seinen Augen, setzte mutig alles aufs Spiel und verlor ihr wunderschönes Mädchen.
Nun behaupten beide Frauen, das Mädchen sei ihres.
»Ich habe dich aufgezogen«, sagt die eine.
»Ich habe dich geboren«, sagt die andere.
Vor sehr, sehr langer Zeit standen einmal zwei Frauen wie diese mit einem Säugling vor König Salomo und behaupteten beide, es sei ihrer. Salomo befahl, das Kind mit dem Schwert zu teilen und jeder Frau eine Hälfte zu geben, wie im ersten Buch der Könige, drittes Kapitel nachzulesen ist. Da regte sich bei der einen die Mutterliebe, und sie bat: »Bitte, Herr, gebt ihr das lebende Kind und tötet es nicht!«, während die andere rief: »Zerteilt es!«
Der weise König gab das Kind der Frau, die bereit war loszulassen, damit es leben und glücklich aufwachsen könne.
Unser Mädchen heute steht nun zwischen den beiden Frauen mit ihrem Kummer. Denn beide Frauen können mit Fug und Recht von sich sagen, sie haben voller Liebe gehandelt, und diese Liebe spürt das Mädchen, und es erfüllt es mit Schmerz, daß jede Frau die andere einer Schuld bezichtigt.
Daher wird es eine Verhandlung geben. Nur wer erscheint, hat Anrecht auf die Mutterschaft.
Ort: Das Schröderzimmer auf Beerenhain
Zeit: Sonntag, 21. Juni 1992, 16 Uhr

»Krass«, sagte Ingke mit Tränen in den Augen.

»Aha«, machte Otto.

»Echt schlau. Aber … Onkel Otto?«

»Hm.«

»Du weißt schon, dass das an Nötigung grenzt.«

»Klar, ich bin Richter, schon vergessen?«

Sie lächelte ihn mit feuchten Augen an, und er wiegte den Kopf.

»Vielleicht sollten wir ihn meinen Kollegen lieber nicht zeigen.«

»Wegen der Pension.«

»Genau«, sagte Otto.

Ingke schaute noch einmal auf das Blatt. »Du bist wirklich genial«, sagte sie. »Danke!«

Sie ging zum Sessel hinüber und umarmte ihren Onkel fest. Dann richtete sie sich auf und schaute in die Flammen des Kamins. »Am 21. ist Sommersonnenwende, der längste Tag des Jahres.«

»Na, das passt doch«, sagte Otto. »Da könnt ihr abends lange draußen sitzen und über den See schauen.«

Ingke wandte sich ihm zu. »Du vermisst Beerenhain, nicht wahr?«

»Am Anfang schrecklich. Womit wir bei Nummer drei auf dem Tagesplan sind.«

»Oh«, sagte Ingke, der das alles ein bisschen schnell ging.

»Stört es dich, wenn ich mir dabei einen Zigarillo anzünde?«

»Kein bisschen«, sagte Ingke.

»Rauchst du etwa auch?«

»Nö.« Ingke hatte es ein paarmal probiert, aber richtig cool fand sie es nicht.

Otto war gerade aufgestanden, da klingelte das Telefon. Er ging ins Arbeitszimmer, und kurz darauf rief er Ingke zu sich und hielt ihr den Hörer hin. »Es ist dieser Jean, der Mitarbeiter deiner Mutter.«

»Danke«, sagte Ingke und hielt sich schnell den Hörer ans Ohr. »Jean! Lieb, dass du anrufst. Hast du was von Petra gehört?«

»Deiner Maman geht es wieder besser. Sie ist im Krankenhaus.«

»Was?«, sagte Ingke und umklammerte den Hörer.

»Gab einen kleinen Absturz. Aber sie hat sich selbst eingeliefert. Ist eine starke Frau, deine Maman.«

»Absturz?« Ingke verstand gar nichts.

»Willst du nicht wissen«, sagte Jean.

»Hat sie …«, Ingke sah sich um, aber Otto war mit den Zigarillos ins Wohnzimmer verschwunden. »Hat sie Heroin …«, flüsterte Ingke und sprach nicht weiter.

»Ist schon ewig nicht mehr vorgekommen«, sagte Jean diplomatisch. »Sie bleibt noch ein paar Tage, es gibt da einen guten Arzt. Er spricht mit ihr und versteht.«

»Ich hätte ihr das alles nicht so sagen dürfen.«

»Was auch immer. Ich bestelle ihr das, gut? Sie will keinen Besuch.«

»Das verstehe ich«, sagte Ingke. »Bitte richte ihr aus, dass ich mich schäme, dass ich so ein Trampel war.«

»Mache ich.«

»Und Jean … kommst du allein klar?«

»Komme ich. Mach dir keine Sorgen, Ingke.«

»Danke, Jean, danke für alles.«

Sie legte auf, atmete ein paarmal tief durch und ging ins Wohnzimmer.

Dort hatte Otto die Flügeltür zum Balkon leicht geöffnet und ein neues Scheit in das Kaminfeuer geworfen. Ein leiser Luftzug wehte von draußen hinein, zog den Schornstein empor und nahm auch den Rauch des Zigarillos mit.

»Petra ist wiederaufgetaucht«, sagte Ingke. »Es ist alles gut. Aber sie will jetzt ein bisschen allein sein.«

Otto sah sie prüfend an.

»Tagesplan Nummer drei«, sagte Ingke mit fester Stimme. »Ich bin gespannt.«

»Es ist eigentlich schnell erzählt«, sagte ihr Onkel, »und es ist kein Ruhmesblatt für mich.«

Er schwieg, und Ingke begriff, dass sie ihm Zeit lassen musste. Also kuschelte sie sich auf das Sofa und blickte ins Kaminfeuer.

»Du warst die Erste, der sich meine Mutter mit der schrecklichen Geschichte dieses russischen Offiziers anvertraut hat. Warum auch immer, vielleicht, weil es auch mit dem Thema Mutterliebe zu tun hat.«

»Ja, mit Familie. Ich wollte von allen wissen, was Familie für sie bedeutet.«

Otto sah auf. »Interessant … Ja, da lag es nahe. Das verstehe ich jetzt. Denn das war genau mein Fehler. Ich habe jahrzehntelang gedacht, dass meine Mutter das für das Gut gemacht hat. Für das Gutshaus, für das Land. Und ich habe sie dafür verachtet. Irgendwann habe ich zwar begriffen, dass sie die Hure gespielt hat, damit dieser Offizier mich nicht erschießt – und das hätte er getan, wenn sie seine Blicke nicht mit all ihrer Verführungskunst auf sich gelenkt hätte und er mich in der Tür hätte stehen sehen oder wenn ich sie verteidigt hätte. Aber …« Ottos Stimme war rau geworden, und er brach ab.

»Aber du hast trotzdem gedacht, dass es ihr im Grunde um ihren Besitz ging.«

Otto nickte und zuckte dann mit den Schultern.

»Dabei ging es ihr um die Familie, darum, für ihre Kinder zu sorgen. Sie wollte das Gut nicht um des Gutes willen behalten, sondern um euretwillen.«

»Es ist ein feiner Unterschied, aber ein entscheidender.«

»Ja«, sagte Ingke. »Das sehe ich auch so.«

Sie schwiegen eine Weile, und Ingke überlegte, ob Otto vielleicht wegen der Enttäuschung mit seiner Mutter keine Frau hatte. »Tante Emma ist ein harter Knochen«, sagte sie.

»Und meine Aufgabe ist es, ihr einen Lebensabend zu ermöglichen, in dem sie weich werden kann«, sagte Otto. »Viel Zeit bleibt mir dafür vermutlich nicht mehr.«

»Aber du wirst ja bald pensioniert«, sagte Ingke.

»Genau«, sagte Otto. »Ich werde das Dach neu decken lassen und eine neue Heizung einbauen.«

»Habt ihr euch denn schon ausgesprochen?«

»Haben wir. Aber nur am Telefon. Zur Sommersonnenwende komme ich deshalb auch.«

»Unbedingt. Du musst mir Schützenhilfe leisten.«

»Nur wenn du mir sagst, was ich meiner Mutter mitbringen könnte.«

»Kletterrosen«, sagte Ingke wie aus der Pistole geschossen. »Die neben der Terrasse sind nämlich zum Teil erfroren.«

»Ich hau das ganze Auto voll«, sagte Otto und warf seinen Zigarillo in den Kamin.

Während sie das Gästezimmer richteten – hinter der letzten großen Tür verbarg sich noch ein kleiner Flur, der zu einer schmalen Kammer, dem Bad und Ottos Schlafzimmer führte –, sagte Otto: »Dass du von dem Brief weißt, ist unser Geheimnis. Du wirst eine Extraeinladung erhalten. Auch per Post nach Berlin. Dahin wirst du nämlich schnellstens zurückfahren, und mit deinem Benehmen wirst du dafür sorgen, dass Maren gesund werden und am 21. in Beerenhain erscheinen kann.«

»Onkel Paul würde jetzt sagen, dass du ein ausgekochter Hund bist.«

»Ja«, sagte Otto. »Das hat er schon vor fünfzig Jahren zu mir gesagt, wenn ich ihn übertölpelt habe.«

»Ich bin stolz darauf, dass ich ein Geheimnis mit dir habe, Otto.«

»Bei dem Kompliment einer so hübschen jungen Dame werde ich heute schlafen wie auf Wolken.«

19

Beerenhain, 21. Juni 1992

Der Sonntag der »Verhandlung« versprach ein heißer Tag zu werden, wie schon der ganze Monat zu warm und sonnig ausfiel. Ingke war bereits seit drei Tagen in Beerenhain und von Emma mit Putzlappen durch das Haus gescheucht worden.

»Als ob der Bräutigam kommt«, hatte Hanna am Freitagabend gelästert, aber ihre glücklichen Augen straften den flotten Spruch Lügen. Sie freute sich für Paul und Emma.

Ingke hatte erfahren, dass Paul schon zweimal in Frankfurt gewesen war und Otto besucht hatte, dieser sich aber bis jetzt standhaft geweigert hatte, nach Beerenhain zu kommen. Am Vortag war er endlich eingetroffen, das schneeweiße Mercedes-Coupé voller Rosentöpfe. Ein Reifenpaar auf dem Sommerweg, eins auf dem Pflaster, überwand das Auto bei der Ankunft die Grenze zwischen den Wegteilen der Lindenallee, eine Grenze, die vor siebenundvierzig Jahren gezogen worden war, und die sattgrünen Blätter des mächtigen alten Baumdachs darüber rauschten wie ein brandender Applaus.

Beim Ausladen der Rosentöpfe fiel Ottos Blick auf die Erdkrümel, die im ganzen Innenraum verteilt waren. »Jetzt sieht man wenigstens, dass ich ein Landei bin«, sagte er zufrieden. »Das ist standesgemäß.«

»Mir wäre lieb gewesen, wenn du Petra noch irgendwo zwischen den Rosen reingestopft hättest«, sagte Ingke, die insgeheim gehofft hatte, dass Otto ihre Mama mitnehmen würde. Petra hatte sich nicht mehr gemeldet, und Ingke hatte sich nicht getraut, sie anzurufen, und war furchtbar nervös.

»Die kommt morgen«, sagte Otto, und es klang so selbstverständlich, dass Ingke sicher war, die beiden hatten in Kontakt gestanden.

Otto schien überhaupt seine Hand über sie zu halten, denn schon als Ingke vor acht Tagen in Berlin angekommen war, hatte überraschenderweise ihr Vater auf dem Bahnsteig gewartet. Otto hatte ihn informiert.

»Burgfrieden«, hatte Kelle sie empfangen. »Weißt du, was das heißt?«

»Dass man irgendwie stillhält?«

»Das ist eine mittelalterliche Regelung in Burgen. Fehden sind bei schwersten Strafen innerhalb der Mauern verboten. In diesem Fall innerhalb des Gartenzauns unseres Grundstücks.«

Da wusste Ingke, dass Onkel Otto nicht nur ihre Ankunftszeit durchgegeben, sondern auch dafür gesorgt hatte, dass bis zur »Verhandlung« Waffenstillstand herrschte. Und sowohl Maren und Kelle als auch sie hielten sich daran.

Zwei Tage später trafen Ottos Briefe ein – der, den sie schon kannte, an ihre Eltern und eine Einladung an sie. Sie hatte zwar den Eindruck, dass Kelle das Spiel durchschaute, aber er schwieg. Und so war sie nach Beerenhain gefahren, sobald Kelle ein paar Tage frei hatte und sich um Maren kümmern konnte, die zumeist im Garten unter dem Sonnenschirm auf einer Liege lag, vor sich hin döste und behauptete, so einen schönen faulen Urlaub hätte sie schon ewig nicht mehr gehabt. Dabei schaffte sie es, ohne gestützt zu werden, kaum bis ins Haus aufs Klo.

Als Otto am Samstag vorgefahren war – er muss morgens um fünf in Frankfurt aufgebrochen sein, dachte Ingke –, trat Emma auf die Vortreppe wie immer, wenn Besuch kam. Und natürlich hatte sie vorher flugs den Wasserkocher in der Küche angestellt. Solche Höflichkeitsrituale sind super hilfreich, dachte Ingke, die sich im Hintergrund hielt und mit Hanna aus einem Fenster spähte.

Otto stieg aus, ging, ohne zu zögern, auf seine Mutter zu und zog sie in die Arme. Sie standen lange so da, und Ingke hatte von oben den Eindruck, dass Otto seine alte Mutter aufrecht hielt, denn es sah so aus, als versagten ihr die Beine. Hanna zog sie denn auch vom Fenster weg. »Wir lassen die beiden mal allein.«

Erst eine Stunde später waren die zwei aus dem Wohnzimmer herausgekommen, in dem sie aus den Keramiktassen von Otto Lindig Kaffee getrunken hatten, und Paul hatte sich zu ihnen gesellt.

Emmas Blick fiel auf Ottos Auto. »Wenn ihr das jetzt nicht ausräumt, haben wir Herbstlaub.« Dabei schaute sie ihre Söhne an, und Paul sagte: »Na, Bruder? Ärger holen wir uns heute nicht ab, oder?«

»Nee«, sagte Otto. »Dafür suchen wir uns eine lohnendere Sache aus.«

Und dann hatten sie zusammen die Rosen ausgeräumt, die in der Bullenhitze im Auto schon die Blätter hängen ließen, und gleich an der Hauswand neben der Terrasse eingepflanzt.

Am Sonntagmorgen war Ingke davon aufgewacht, dass ihre Großtante die frisch gepflanzten Rosen mit dem Gartenschlauch wässerte, ehe die Sonne zu hoch stand.

Wenig später zog der Duft von Kaffee und Kräutertee aus Hannas und Pauls Küche, und alle trafen sich zu einem ausgiebigen Sonntagsfrühstück, bei dem Ingke vor Aufregung kaum etwas essen konnte. So hibbelig war sie, dass sie fast ihre Teetasse umwarf.

»Rhabarber gibt es bei der Hitze dieses Jahr keinen mehr«, sagte Emma. »Aber du könntest einen Beerenkuchen backen.«

»Ich?«, fragte Ingke.

»Natürlich du.« Emma zog streng die Augenbrauen zusammen. »Womit, bitte schön, willst du denn deine Eltern und deine Mutter empfangen?«

»Oh«, machte Ingke, die in ihrer ganzen Verwirrung nicht daran gedacht hatte, was sie zur »Verhandlung« beisteuern könnte. »Klar«, sagte sie schnell. »Das mache ich natürlich. Gute Idee.«

»Weitere?«, fragte Emma und zog die Augenbrauen erneut hoch.

»Einen Wiesenblumenstrauß«, sagte Ingke. »Dann ist er wirklich von mir.« Emmas Beete plündern wollte sie auf keinen Fall.

»Na gut, da hast du erst mal zu tun. Hält ja kein Mensch aus, wie du hier rumzappelst.«

»Ich muss noch mal los«, sagte Hanna und stand auf.

»Wir haben auch zu tun.« Paul winkte Otto mit sich.

»Ich muss bügeln.« Damit erhob sich auch Emma, und ehe sie sichs versah, fand sich Ingke mit dem ganzen benutzten Frühstücksgeschirr allein in Hannas Küche. Das ist ein abgekartetes Spiel, dachte sie, doch in ihre Nervosität mischte sich ein Hauch von Vorfreude.

Während sie draußen Beeren pflückte, hörte sie Paul und Otto Holz hacken und konnte sich nicht erklären, wieso sie das ausgerechnet an diesem Tag machten.

Als sie in Emmas Küche stand und Kuchen backte, verschwanden Otto und Emma in Ottos Coupé. Am frühen Nachmittag ordnete sie gerade ihren dicken Wiesenblumenstrauß in einer von Emmas Vasen, da tauchte Paul auf. »Maren liebt doch Waldmeister, oder?«, fragte er.

»Ja«, sagte Ingke.

»Dann komm. Hinten an der Nordecke des Sees im Wald ist welcher, der noch nicht geblüht hat.«

»Das ist Beschäftigungstherapie«, sagte Ingke.

»Das habe ich überhört«, sagte Paul und winkte mit dem Kopf zur Haustür.

Also gingen sie Waldmeister ernten, und Ingke erfuhr auf dem Weg um den See, dass es Rosa bestens ging – abgesehen von der Tatsache, dass sie vor lauter Bauch nicht mal mehr auf der Seite einigermaßen schlafen konnte. »Ernst ruft in letzter Zeit gar nicht mehr an«, sagte Paul.

»Vielleicht hat er eine Freundin«, sagte Ingke und dachte an Ricarda, die Institutssekretärin.

Paul schwieg.

»Wäre doch die beste Lösung, oder?«, sagte Ingke.

»Ja«, sagte Paul. »Aber so linkisch, wie er ist –«

»So treu ist er«, sagte Ingke und wechselte das Thema, denn sie waren inzwischen am anderen Ende des Sees angekommen, und sie wollte von Paul auf keinen Fall über einen etwaigen Freund ausgefragt werden, weil sie sich genierte, dass sie keinen hatte. Irgendwie lief sie immer weg, wenn es ernst wurde. »Wo wächst denn der Waldmeister?«

Paul zeigte es ihr.

Als sie wieder auf Beerenhain ankamen, waren auch Hanna und Emma zurück, und sie überlegten zusammen, was sie anziehen könnte.

»Etwas, wo ich zehn Taschentücher in irgendwelche Taschen stecken kann«, sagte Ingke düster und schaute aus dem Fenster. Es war drei viertel vier, und zu hören war nur das kräftige Vogelkonzert eines sonnigen Juninachmittags im nördlichen Brandenburg.

Hanna fand, dass ein Sommerkleid jetzt das Beste wäre. »Darin werden deine Mütter ihr Mädchen am hübschesten finden«, meinte sie.

»Strategisches Anziehen also«, sagte Ingke.

»Selbstverständlich«, sagte Emma, verschwand nach unten in die Küche und schlug Schlagsahne.

So wurde es also ein Sommerkleid, und als Ingke in ihre Sandalen schlüpfte, rief Emma hinauf, dass sie jetzt gefälligst kommen und das Kuchentablett fertig machen solle. »Was bist du denn für eine Gastgeberin, wenn nichts vorbereitet ist?«, fragte sie und sah demonstrativ auf die Uhr.

Letztlich musste doch Hanna den Kuchen und die Waldmeisterlimonade hochtragen, denn in diesem Moment war ein Motorengeräusch zu hören. Ingke warf flugs den Wasserkocher an, stellte sich neben Emma auf die Eingangstreppe und wischte sich die verschwitzten Hände an ihrem Sommerkleid ab.

Es war Ottos weißes Coupé, und auf dem Beifahrersitz saß Maren, hintendrin erkannte Ingke Petra und Kelle.

Ingke lief die Treppe hinunter und öffnete Marens Tür. Ihre Mutter stieg wacklig aus, und Ingke wollte sie stützen, aber da war schon ihr Vater zur Stelle. »Die Treppe hoch helfe lieber ich«, sagte er und hakte seine Frau unter.

Also klappte Ingke den Sitz nach vorn, damit Petra aussteigen konnte. Ihre Mama sah jung und frisch aus und trug wie meistens ein buntes Tuch im Haar.

Jetzt habe ich zwei Mütter mit Tuch auf dem Kopf, dachte Ingke unvermittelt. Als sie Emma ihrer Mama vorstellte, hatte sie den Eindruck, dass die beiden sich nach den vielen Jahren, die zwischen ihrem letzten Zusammentreffen lagen, als Petra noch ein Kind gewesen war, bereits begrüßt hatten.

Dass sie mit dieser Vermutung richtiglag, erfuhr sie im Schröderzimmer, in dem ihre beiden Mütter, Kelle und Otto um den kleinen Tisch herumsaßen, der sonst immer am Fenster stand und viel zu klein für Kuchen und Kaffeetassen war.

Deshalb schenkte Ingke erst einmal Waldmeisterlimonade aus, das war bei der Hitze sowieso das Beste.

Petra sah sich um und betrachtete die in die Jahre gekommene fleckige Tapete und das alte Bauernbett. »Ja, ich erinnere mich dunkel«, sagte sie und wandte sich an Ingke: »Deine Oma Ingrid mochte den Blick aus dem Fenster sehr und den Vogelgesang und das Quaken der Frösche. Die hab ich immer versucht zu fangen.«

»Ich auch«, sagte Kelle. »Hast du auch Froschrennen veranstaltet?«

Petra schüttelte den Kopf. »Ich hab überlegt, ob man die essen kann und ob die schmecken.«

»Stimmt, du bist ja Köchin«, sagte Maren. »Wie bereitet man Froschschenkel eigentlich zu?«

Ingke sah von einem zum anderen und kam sich vor wie im falschen Film.

»Ach, das ist ganz leicht. Zwei Stunden in einem fruchtigen Sauvignon Blanc marinieren, braten, dann Schalotten und Knoblauch anschwitzen, mit Wein ablöschen, Petersilie dazu, köcheln lassen …«

Ingke sah hilfesuchend zu Otto, aber der zwinkerte nur und prostete ihr mit seiner Waldmeisterlimonade zu.

»… Crème fraîche mit einem Eigelb mischen, die Sauce damit binden und über die Schenkel geben. Petersilie drüber, fertig.«

»Hört sich lecker an«, sagte Kelle.

»Das ist Tierquälerei«, sagte Ingke, der es jetzt reichte. Es war wie früher, wenn ihre Eltern Besuch gehabt und sich über ihren Kopf hinweg unterhalten hatten.

»Na ja«, sagten Maren und Petra wie aus einem Munde und im gleichen abwiegelnden Tonfall und sahen sich sogleich erschrocken an. Dann musste Maren kichern, und auch Petras Mundwinkel zuckten.

Otto räusperte sich vernehmlich, woraufhin Maren ihr Glas auf dem Tisch abstellte, Petras Hand ergriff und sich an Ingke wandte. »Entschuldige bitte. Wir sind noch ein bisschen durcheinander. Wir haben uns vorhin bei Gottfried, also … da haben wir uns zufällig getroffen –«

»Klar«, sagte Ingke, »zufällig.« Sie verzog jedoch keine Miene. Denn sie begriff, dass alle dieses Spiel nur für sie spielten, und eine tiefe Zuneigung zu ihrer Familie erfüllte ihr Herz.

»Na gut«, warf Kelle ein, »nicht zufällig, sondern von Otto eingefädelt. Er kehrt gern den großen weisen Jungen raus, das hat er schon als Kind gemacht. Meistens ist es nervig, aber dumm ist er nun mal nicht, das muss man ihm lassen.«

»Also, da haben wir uns lange unterhalten«, fuhr Maren fort. »Und wir haben gedacht, was auch geschehen ist, aus welch verschiedenen Ecken wir auch kommen, also gedanklich, von der Anschauung der Dinge her, so ist uns doch allen eins wichtig.« Ihre ohnehin zittrige Stimme versagte, sie trank einen Schluck, und Petra ergänzte die umständlichen Worte kurzerhand: »Nämlich dass es dir gut geht. Dass du dich mit uns wohlfühlst und glücklich bist, dass du uns hast.«

»Deshalb wollen wir die Vergangenheit jeder für sich bedenken und ansonsten ruhen lassen und gemeinsam in die Zukunft schauen«, vollendete Kelle.

»Das war es schon?«, fragte Ingke, als ihre drei Elternteile sie erwartungsvoll anblickten.

»Wie man's nimmt«, ließ sich Otto vernehmen. »Ich würde sagen, das muss jetzt werden, und zwar am besten mit diesem Kuchen da und am allerbesten an einem ordentlichen Tisch, auf den auch die Teller passen.«

»Ja«, sagte Kelle. »Und am allerallerbesten auf der Terrasse unterm Sonnenschirm.«

»Finde ich auch«, sagte Ingke, und dann fiel ihr etwas ein. »Wir feiern, dass die Sonne heute so lange und *schön wie nie über Deutschland scheint* wie an keinem anderen Tag im Jahr.«

Kelle hob erstaunt die Augenbrauen, und Petra grinste.

Otto brauchte einen Moment, um zu schalten, dann nickte er Ingke zu. »Kluges Mädchen. Das kriegen deine drei Eltern als einfache erste Übung bestimmt hin. Ich nehme die Kaffeekanne und diese Limonade mit.«

»Ich nehme den Kuchen und die Teller«, erbot sich Petra.

»Ich das Tablett mit den Tassen, Milch und Zucker.« Ingke griff danach.

»Und ich meine Frau«, sagte Kelle.

Und damit zogen sie auf die Terrasse.

Auf der Treppe beugte sich Otto zu Ingke. »Also, falls du überlegst, Juristin zu werden: Die ergiebigsten Verhandlungen finden in Hinterzimmern statt. Und das alte Amtszimmer dieses Pfarrers Gottfried im Nachbardorf eignet sich hervorragend dazu, das muss ich schon sagen.«

Als sie durch den Flur gingen, sah Ingke Emma durch die Tür im Wohnzimmer telefonieren und meinte sie sagen zu hören: »Ihr könnt.«

Keine halbe Stunde später knirschten wieder Autoreifen über die hübsche Kiesauffahrt des alten Gutshauses.

»Das ist ja wie in der Großstadt hier«, sagte Emma und blieb erstaunlicherweise sitzen.

Erst hörten sie Autotüren klappen, dann Geplauder, und dann watschelte die hochschwangere Rosa um die Hausecke, gefolgt von ihrem Mann Peter und einem etwa gleichaltrigen Mann sowie einer Frau, in der Ingke auf den zweiten Blick Gabriele erkannte, Heides und Bernhards Tochter. Dann musste der Mann ihr Bruder Jens sein. Es erschienen Hanna, die zusammen mit Bernhard einen Topf schleppte, und danach Paul mit Heide und Gottfried. Als Nachzügler kam Ernst um die Ecke, der Ricarda an der Hand hielt und einen lippenstiftverschmierten Mund hatte.

»Ich hab gehört, hier gibt's was zu feiern«, sagte Rosa und zeigte auf den Rest Waldmeisterlimonade. »Die gehört mir. Haltet ihr euch mal an den Schampus, ich darf ja nicht.« Damit drehte sie sich um und zeigte auf Bernhard und Hanna, die den Topf abstellten, in dem drei Flaschen Champagner zwischen halb geschmolzenen Eiswürfeln steckten.

Als spät am Abend die Sonne sank, sich eine sternenklare Nacht über Beerenhain senkte, die Gesellschaft längst an eine lange Tafel auf den Rasen gezogen war und alle satt von Gegrilltem waren, zündeten Otto und Kelle ein Feuer an.

Ingke sah sich um. Bernhard und Paul hockten zusammen und diskutierten angeregt über ökologische Landwirtschaft, Heide und Emma schauten in fast gleichen eleganten Schluppenblusen in die Flammen, hielten Gläser mit Schlehenlikör in der Hand und wechselten ab und zu ein paar Worte. Petra schrieb Maren im Schein von Ottos Feuerzeug ein Rezept für eine Kraftbrühe auf. Hanna und Gottfried summten leise zweistimmig ein Abendlied vor sich hin. Peter hatte seine Rosa im Arm, daneben saßen Jens und Gabriele, und zwischen ihnen flogen probeweise Namen für den Nachwuchs hin und her. Ernst und Ricarda waren irgendwo in der Dunkelheit verschwunden.

Ingke saß still zwischen ihren Familienmitgliedern, ein Onkel-Tante-Fotoalbum auf dem Schoß, für das Jens und Gabriele sämtliche Schröderfotos, derer sie auf die Schnelle hatten habhaft werden können, abfotografiert und eingeklebt hatten. Sie saß da, allein und doch geborgen, und freute sich unbändig darauf, in die »weite Welt« hinauszugehen, wohin auch immer, möglicherweise tatsächlich nach Kuba, wo viele solche dunklen Locken hatten wie sie und sie sich vielleicht auch ein bisschen zuhause fühlen würde. Vorher wollte sie nur noch das Schröderzimmer renovieren, mit blassblauen Wänden – Maren und sie fanden das todschick –, einem flauschigen Teppich für Petra und einem Aschenbecher für Otto auf dem Fensterbrett. Eins jedenfalls stand fest, und sie flüsterte es wie ein Versprechen zum Sternenhimmel über Beerenhain: »Irgendwann führe ich meine Familie weiter.«

Quellen

Filme

Störung Ost, D/R: Mechthild Katzorke/Cornelia Schneider, D 1996, Dokumentarfilm über Punks in der DDR

DDR-Umweltbewegung: Die Wälder sterben wieder, R: Claudia Bracholdt, D 2019

Gesichter einer Landschaft: Landstück, R: Volker Koepp, D 2016

Die Frauen von Hoheneck. Ein DDR-Gefängnis und seine Schatten in die Gegenwart, Dietmar Klein/Kristin Derfler, Dokumentation, D 2011

Musik

Auferstanden aus Ruinen (DDR-Nationalhymne), Text: Johannes R. Becher, Melodie: Hanns Eisler, 1949

Geh dem Wind nicht aus dem Weg, Puhdys 1971 (Text: Wolfgang Tilgner, Musik: Dieter Birr)

Glaubensfragen, Renft 1975 (Text: Gerulf Pannach, Musik: Christian Kunert)

Macht kaputt, was euch kaputt macht, Ton Steine Scherben 1969 (Text: Norbert Krause, Musik: Rio Reiser)

Rockballade vom kleinen Otto, Renft 1974 (Text: Gerulf Pannach, Musik: Thomas Schoppe)

So soll es sein – so wird es sein, Wolf Biermann 1968

Unsre Heimat, Text: Herbert Keller, Melodie: Hans Naumilkat, 1951

Wenn ich ein Vöglein wär, Text: Johann Gottfried Herder, Melodie: vermutlich Schweiz, 1806 in: *Des Knaben Wunderhorn*

Bücher

Bibel, Einheitsübersetzung

Familiengesetzbuch der DDR (verschiedene Fassungen)

Furian, Gilbert: *Mehl aus Mielkes Mühlen. Politische Häftlinge und ihre Verfolger*, Berlin 2019

Hermann, Kai/Rieck, Horst: *Wir Kinder vom Bahnhof Zoo*, Hamburg 1978

Orwell, George: *Farm der Tiere*, Zürich 1946; englische Originalausgabe: *Animal Farm*, 1945

Preußler, Ottfried: *Das kleine Gespenst*, Stuttgart 1966

Strafgesetzbuch der DDR (verschiedene Fassungen)

Strafgesetzbuch für das Deutsche Reich, 1871

Verfassung der DDR (erste Fassung 1949)

Wunschik, Tobias: *Honeckers Zuchthaus: Brandenburg-Görden und der politische Strafvollzug der DDR 1949–1989*, Göttingen 2018

Zentrum für Zeithistorische Forschung Potsdam (Hg.): *Dimension und wissenschaftliche Nachprüfbarkeit politischer Motivation in DDR-Adoptionsverfahren 1966–1990*, Potsdam 2018

Dank

Dieses Buch hätte nicht entstehen können ohne die Menschen, die mir aus ihrem persönlichen Erleben aus der Zeit der deutschen Teilung berichtet haben. Manche haben sich Schmerzliches und Schreckliches vergegenwärtigt, damit dieser Roman entstehen konnte. Ihnen danke ich ganz besonders. Ich danke auch denen, die sich mit ihrer Arbeit der deutschen Geschichte widmen und mir gern Rede und Antwort gestanden haben, sowie anderen, die äußere Umstände des Romangeschehens für mich lebendig geschildert haben. Meiner großen Familie in meiner Kindheit und Gegenwart danke ich für das, was sie in meine Seele gelegt hat und legt und was mir ermöglicht hat, diesen Familienroman zu schreiben.

Im Einzelnen danke ich Dr. Dorothée Brüne, die mich bei der Umsetzung der seelischen Verletzungen von Figuren beraten hat. Susanne Hattig von der Gedenkstätte Bautzen informierte mich über die Verurteilung politisch Verfolgter in den frühen 1950er-Jahren. Dr. Stefanie Heinen, meine Lektorin, setzte mutig auf mich und begleitete mein Schreiben aufgeschlossen mit so klaren wie nützlichen Vorschlägen. Doris und Wolfgang Hensel halfen mir mit dem Geschehen in der Berliner Zionsgemeinde in den 1980er-Jahren weiter. Mechthild Katzorke ließ die DDR-Punkszene in Anekdoten aufleben. Ret Langmeier führte mich durch das Stasigefängnis Hohenschönhausen, in dem er aus politischen Gründen inhaftiert war, schaute auf meine Fiktion und vermittelte mir weitergehende Kontakte zum Zeitzeugenbüro. Catharina Mäge, politische Gefangene in Hoheneck, erzählte mir von den Zuständen und dem Leiden in den 1970er-Jahren dort. Prof. Dr. Holger Mittelstraß berichtete über die Entstehung der ökologischen Agrarwissenschaften in Witzenhausen. Meinen Eltern Dr. Elfriede und Dr. Georg Mothes verdanke ich meine wunderschöne Kindheit im nördlichen Brandenburg, sie haben dafür gesorgt, dass Beerenhain entstehen konnte. Mein Cousin Jörn Mothes berichtete über die DDR-Umweltbewegung, meine Tante Maria Mothes half bei Asthmamedikamenten, und meine Tochter Undine Mothes war meine nachgeborene kritische Erstleserin. Sebastian Nagel von der Gedenkstätte Zuchthaus Brandenburg-Görden unterrichtete mich über die Örtlichkeiten dort in den 1950er-Jahren. Dr. Markus Pilz inspirierte mich zu der Geschichte von Ernst und Marie. Gertraude Pohl informierte mich aus erster Hand über die Innengestaltung des neu errichteten Hotels Stadt Berlin Anfang der 1970er-Jahre. Mein Mann Manfred Treiling ermutigte mich, dieses Buch zu schreiben, und begleitete mich in meinem Leben mit der Beerenhain-Schröder-Sippe.

Mein Herz ist erfüllt von Freude über diesen mannigfaltigen Beistand – danke auch dafür!

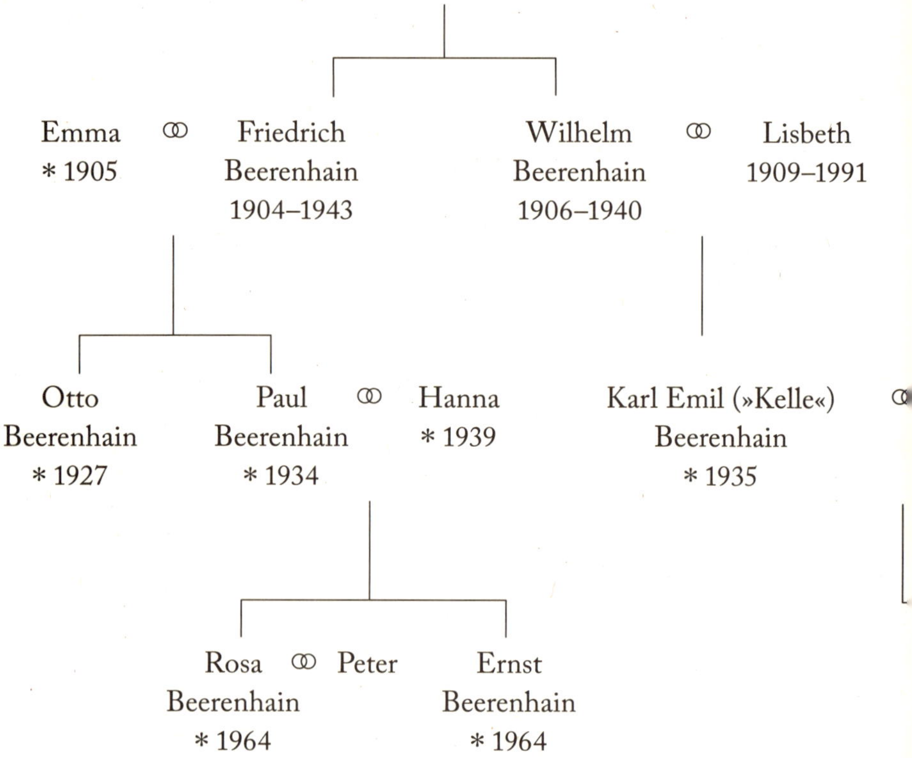
Emma
* 1905
Friedrich
Beerenhain
1904–1943
Wilhelm
Beerenhain
1906–1940
Lisbeth
1909–1991
Otto
Beerenhain
* 1927
Paul
Beerenhain
* 1934
Hanna
* 1939
Karl Emil (»Kelle«)
Beerenhain
* 1935
Rosa
Beerenhain
* 1964
Peter
Ernst
Beerenhain
* 1964

Ingrid
1929–1977

ⵔⵔ 1

Bernhard
Schröder
* 1929

ⵔⵔ 2

Heide
* 1938

Maren
geb. Winkler
* 1942

Petra
Schröder
* 1952

Yudel
* 19..

Jens
Schröder
* 1965

Gabriele
Schröder
* 1967

Ingke
Schröder / Beerenhain
* 1974